本书为国家级首批新文科建设与实践研究课题“‘新文科’背景下新疆高校中国语言文学类专业改造提升的探索与实践”（编号 2021050091）、新疆维吾尔自治区 2020 年研究生教育教学改革项目“新疆大学中国语言文学学科研究生课程思政建设的探索与实践”（编号 XJ2020GY03）阶段性成果。

编委会名单及简介

主　编： 邹　赞（新疆大学文学院教授、博士生导师）

副主编： 张　艳（新疆大学文艺学 2019 级博士生）

宋骐远（新疆大学文艺学 2019 级博士生）

梁鑫鑫（新疆大学比较文学与世界文学 2020 级博士生）

编　委： 高晓鹏（新疆大学比较文学与世界文学 2020 级博士生）

李红霞（新疆大学比较文学与世界文学 2020 级博士生）

杨开红（新疆大学比较文学与世界文学 2021 级博士生）

刘俊杰（新疆大学比较文学与世界文学 2021 级博士生）

王　静（新疆大学比较文学与世界文学 2017 级硕士生）

余嘉辉（新疆大学比较文学与世界文学 2019 级硕士生）

郭佳楠（新疆大学文艺学 2018 级博士生）

蔡逸雪（新疆大学文艺学 2020 级硕士生）

邱　喆（新疆大学文艺学 2021 级硕士生）

楼　旸（新疆大学文艺学 2022 级硕士生）

跨文化之维

比较文学经典著作专题研究

主编 邹赞

副主编 张艳 宋骐远 梁鑫鑫

暨南大学出版社
JINAN UNIVERSITY PRESS
中国·广州

图书在版编目（CIP）数据

跨文化之维：比较文学经典著作专题研究/邹赞主编；张艳，宋骐远，梁鑫鑫副主编．—广州：暨南大学出版社，2022.12

ISBN 978-7-5668-3492-8

Ⅰ.①跨… Ⅱ.①邹…②张…③宋…④梁… Ⅲ.①比较文学—文学研究—文集 Ⅳ.①I0-03

中国版本图书馆 CIP 数据核字（2022）第 165002 号

跨文化之维：比较文学经典著作专题研究

KUAWENHUA ZHI WEI：BIJIAO WENXUE JINGDIAN ZHUZUO ZHUANTI YANJIU

主　编：邹　赞　副主编：张　艳　宋骐远　梁鑫鑫

………………………………………………………………………………

出 版 人： 张晋升
策划编辑： 杜小陆
责任编辑： 康　蕊
责任校对： 刘舜怡　陈慧妍　黄亦秋　黄子聪
责任印制： 周一丹　郑玉婷

出版发行： 暨南大学出版社（511443）
电　　话： 总编室（8620）37332601
营销部（8620）37332680　37332681　37332682　37332683
传　　真：（8620）37332660（办公室）　37332684（营销部）
网　　址： http：//www.jnupress.com
排　　版： 广州良弓广告有限公司
印　　刷： 深圳市新联美术印刷有限公司
开　　本： 787mm×1092mm　1/16
印　　张： 24.5
字　　数： 410 千
版　　次： 2022 年 12 月第 1 版
印　　次： 2022 年 12 月第 1 次
定　　价： 98.00 元

序　一

《跨文化之维：比较文学经典著作专题研究》付梓之前，承蒙主编邹赞教授厚爱，我有幸先睹全书，应邀作一短序。实际上，主编本人详略得当、各有侧重的两篇序言已对本书的辑成背景、宗旨和意义做出了清晰而富有感染力的陈述："在新文科背景之下，经典研读成为构塑具有人文情怀、批判意识和丰富想象力的比较文学高层次人才的主要路径。……比较文学学科研究生培养要凸显国际视野、多语言多文化及跨文化对话技能，在坚守中华文化主体性的前提下，为推进全球文化交流和现代治理体系提供人才支撑。"可以说，这本论文选集荟萃了邹赞教授及其团队近几年的教学实践成果，锁定"想象的共同体""跨文化思维""世界文学""文化记忆"等数十个经典而重要的比较文学理论议题，围绕与之关联且互相交错的20多部原典，如诺贝特·埃利亚斯《文明的进程：文明的社会起源和心理起源的研究》、鲁迅《摩罗诗力说》、雷纳·韦勒克《文学理论》、张隆溪《道与逻各斯》、谢天振《译介学》等，论者"结合自身的阅读积累和学术兴趣"，展开批判性解读（critical reading）。

仅从18篇论文涉及的阅读范围和论题聚焦来看，新疆大学中国语言文学学院比较文学专业已发展出前沿而独特的学科定位和培养路径：引入多维文化坐标，夯实所在领域的知识谱系，突出对话意识，彰显新疆大学的区域优势，而主编邹赞教授则以一篇峰回路转、新见迭出的解读为他的研究生演示何为批判性的思维游戏。他的《"想象的共同体"与当代西方民族主义叙述的困境》堪称教科书级别的范例：选择"想象的共同体"这一热议经年且歧见丛生的问题，"兼以盖尔纳、史密斯、霍布斯鲍姆等人的论述为参照"，通过爬梳安德森发掘民族主义的衍生过程及其复杂的脉络，深究关键概念如 imagined，imaginary 等原文和译文差异，质疑其貌似自洽周备的话语裂隙，进而发现其方法论的"阿喀琉斯之踵"以及由此引起的理论预设的崩塌。如果说，安德森以"精巧迷人的笔法"叙述了一个关于民族主义的现代故事，那么邹文则通过犀利严密的追问拆解了我们一度信而不疑的七宝楼台：为什么是“想象”的？民族为什么会被想象为拥有主权？民族为什么会被想象为“共同体”？我们首先应该追问“想象的共同体”理论的言说语境，它针对谁言说？为什么会在彼时成为理论热潮？为什么处于不同政治经济结构中的人们能够分享同一种“情感结构”，产生出一种深厚的“同志之情”？……并对一众安德森信徒提出预警：挪用“想象的共同体”理论来分析中国的现实问题就必须谨防掉入陷阱——这一提醒虽非第一时间，但仍恰在其时。自安德森大热于国内之后，其人其作的核心观念“想象的共同体”犹如磁铁般吸引了大量次生研究，络绎跟进的发表形成的磁场效应，一方面扰乱了一些研究者的问题导向；另一方面误导不少学子堕入话语（discourse）拜物教，迷信权威理论可以简化为一组放之四海的概念公式，皆能有效阐释时空不同且流动不居的文化、文学、政治现象或再现。

近些年来，批判性思维（critical thinking）一直被标举为人文学科培养方案的动力装置和理想状态，但是真愿下场实践的导师并不多见。囿于教学传统的惰性和效率优先的考量，很多导师长于搬运和灌输“知识模块”，乐见学生快速配置集成思路，导入概念先行、结论预定的写作模板。所以，每年一到毕业季，总有忧心之士吐槽学位论文乏善可读，后生乏畏可期，更有技术党利用大数据技术统计、采样、演示趋同论文的八股套路以证互联网时代的科研内卷。因此每每论及国内人文学科的教学困局时，一些著名学者不得不自降期望值，转而呼吁研究生多读点文学和理论原典，至于他们能不能由一般阅读进阶到批判性阅读，由批评性阅读升级到批判性思考，由破舶来迷信而立本土新法，只可偶遇不可强求。

然而，真的教学改革者敢于直面不足一观的现状，寻求破解之道。最近几年，才华横溢、锐气焕发的邹赞教授勇于探索，更新旧有课程设计，依托扎实而系统的读书活动、活跃而多元的工作坊、充满智性碰撞的论坛等形式，不断激励新疆大学中国语言文学学院学生努力趋近比较文学专业最新期待：批判性、自反性和现实感——这本师生合作的文集堪称他们有所思、有所得的留痕。换言之，我们不妨将《跨文化之维：比较文学经典著作专题研究》读作一个善于领奏的第一小提琴手和他的乐队成员的智性演练：每一篇独奏努力回应领奏的基础动机：摒弃线性思维，突出不同流派的分歧，呈现话语的褶皱和张力，虽然技法不尽圆熟，核心概念的辩论略显单薄，某些节、段需要加强，不少结论有待商榷，但是流通于全书的后生锐气可感可知——这一点可从梁鑫鑫《从〈多元文化时代的比较文学〉看比较文学的"焦虑"症候》、张艳《全球化时代比较文学的危机与再生——对〈苏源熙报告〉的再思考》、余嘉辉《阿莱达·阿斯曼的文化记忆理论研究》等篇得到印证。诸生的结语部分尤见锋芒：在深究过细读对象的主要观点，或有影响力的观点之后，总能根据相应的文献和逻辑，发现某些局限，提出自己的质疑。

在阅读本书的过程中，我时有耳目一新之喜，喜于我的新疆大学同事播下质疑的种子，收获了金色蔷薇；时有锋芒在背之愧，愧于作为他的同行，我不曾像邹赞教授那样敏于尝试难事，善于开拓新方向，勤于鼓励后学——从他发来的 PDF 文档修改痕迹里，我这个老编辑看到了一个主编的严谨和一个导师的宽厚——很显然，他负责最后打磨工序：修补语义脱落，挽救词不达意，高亮文献对话。三番审定这本文集之后，他又开始着手编选《比较文学经典个案研究》《中亚电影专题研究》，照例又是团队和师生合作。我在感佩之余，更为他的学生感到庆幸：法乎其师，得乎其中。

张箭飞

武汉大学文学院教授、博士生导师，新疆大学天山学者

2022 年 10 月

序　二

边疆多民族地区"比较文学"课程教学的新视野

1931年，傅东华先生将法国学者洛里哀（Frederic Loliee）的《比较文学史》译介过来，标志着"比较文学"的名称正式进入汉语界并逐渐被接受。但对于中国学界而言，比较文学并非西洋舶来品，比较意识与比较思维在自古以来的文学实践和文化交流中清晰可循，比如远古时期的"西王母神话"、汉唐以来的佛教东传等。晚清民国以来的"西学东渐"大大推动了中国比较文学的学科化进程，一些高等院校开始设立与比较文学相关的课程和讲座。"从美国哈佛大学比较文学系获硕士学位归来的吴宓，积极提倡比较文学，并于1924年在东南大学开设了'中西诗之比较'等讲座，这是中国第一个比较文学讲座。"① 20世纪二三十年代，"新批评"的早期代表人物I. A. 瑞恰慈（I. A. Richards）东渡中国，在清华大学外语系率先开设"比较文学"课程，授课讲义被编撰成中国最早的比较文学教材。如果说，民国年间兴起的比较文学热潮标志着中国比较文学学科化的初始阶段；那么，中国比较文学在20世纪80年代迎来了全面复兴，一批专业学术机构、刊物、教材、学术组织和国际交流计划破土而出，一套相当完整的人才培养方案和课程体系也随之建立起来。1990年，"比较文学"正式进入研究生培养目录。1998年，教育部将"比较文学"与"世界文学"合并为"比较文学与世界文学"，成为中国语言文学一级学科下属的二级学科。

与港台的比较文学通常设在外语系科不同，中国内地的比较文学绝大多数在中文系安营扎寨。截至目前，我们有数十所高校设有比较文学博士点，百余所高校拥有比较文学硕士点，"比较文学"课程在中文系本科阶段基本得到普及，形成以"文学概论""中外文学史""中外文论""中外

---

① 杨乃乔：《比较文学概论》（第三版），北京大学出版社2006年版，第30页。

文学作品选读”为基础的本科高年级专业必修课程。随着学界建立比较文学中国学派的呼声日益高涨，高校“比较文学”课程教学改革也提上日程。近年来，国家层面提出“一带一路”重大倡议，这种总体发展思路呼唤更多具备跨文化视野和复杂性思维的高素质人才，为新形势下中国比较文学的发展提供了理想的契机。与此同时，边疆多民族地区由于其所处的特定地理空间位置，加之其内部丰富多元的文化生态格局，成为“丝绸之路经济带”文化交流的核心场域，也是中国比较文学最具活力、最富潜质的前沿阵地。本文尝试引入“一带一路”倡议下跨文化人才培养的现实目标，结合“比较文学”课程教学存在的客观问题，参照边疆多民族地区的特定历史文化情境，以新疆大学中文系“比较文学”课程建设为实践个案，深入探析边疆多民族地区“比较文学”课程教学改革的新视野。

一

作为一门晚近发展起来的新兴学科，比较文学即使是在欧美国家也只有一百多年的历史。在这段不算长的学术谱牒中，比较文学始终携带着一种深深的焦虑感，“危机”甚至“学科消亡”之说此起彼伏。纵观比较文学学科发展史上的种种“危机论”，大致可以分为两类：

一是着眼于对“比较文学”学科命名的质疑，认为“比较文学”无非就是“文学之间的比较”，既没有多么了不起的理论，也谈不上有科学的方法论体系，这样一来，从事比较文学研究与教学的学者也就很容易被认为是“不务正业”“投机取巧”。事实上，这种对“比较文学”的消极误读甚至“污名化”，主要缘于某些学者固守学科本位主义思想，担心“比较文学”一旦取得学科合法性之后，将会在学术资源方面与“中国古代文学”“中国现当代文学”等传统学科形成激烈竞争。此外，一些学者对比较文学的学科史和方法论疏于了解，抓住一点皮毛就开始大放厥词，将“比较文学”等同于饱受诟病的“文学比附”（X 比 Y）。

另一类比较文学的“危机说”更具学理性，问题意识主要关涉比较文学的学派、学科疆界以及介入现实问题的能动性等。1958 年，美国学者雷纳·韦勒克（René Wellek）在教堂山会议上发表了论战檄文《比较文学的危机》，批判矛头指向法国学派，认为法国学派提倡的“影响研究”要求事事找证据，陷入了“非文学化”的怪圈，雷纳·韦勒克强调“比较文学”要向“审美”和“文学性”回归。2003年，美籍印裔学者斯皮瓦克（Gayatri C. Spivak）立足全球化语境下跨文化交流的不平等现状，呼吁大家应高度重视比较文学的“欧美中心主义”陷阱。在她那本“骇人听闻”的《一门学科之死》（*Death of a Discipline*）里，斯皮瓦克给出了两点有助于引导比较文学走向“新生”之路的建议：其一，“将比较文学这一人文学科与社会科学中的区域研究（area studies）联手，看成是比较文学摆脱政治化并确保其跨界研究的新路径”[①]；其二，斯皮瓦克直言不讳，批评全球化的种种后果，尝试以一种尚未被西方中心主义侵蚀的“星球化”（planetarity）来代替“全球化”。此外，英国文化学派翻译理论家苏珊·巴斯奈特（Susan Bassnett）也从未放弃过与“比较文学”较劲，她预言“比较文学”将理所当然归入“翻译研究”的麾下。

自20世纪70年代以来，“比较文学”遭遇了全球人文学科“文化转向”的冲击，经历了所谓的“泛文化化”过程，甚至有被“比较文化”取代的趋势。“尽管比较文学的泛文化化有一定的历史必然性，但并不能因此就认为比较文化取代比较文学具有合理性。”[②] 显然，比较文学绝不可能也不应该等同于“比较文化”，两者在学科范畴、问题边界、实践方法上差异甚巨。需要指出的是，“文化研究”（cultural studies）和“比较文学”之间存在着相互影响的事实。“比较文学是一个批判性、理论性的跨学科研究项目能够自由试验的场域，其结果对于其他学科具有示范作用，因此也就在总体上影响到文学研究和文化研究的方向。”[③] 与此同时，“文化研究”对实践性和政治性的张扬，其解构中心、重视边缘经验与差异性因素的学术旨趣也为比较文学打开了一扇崭新的窗口。

那么，比较文学的多舛命运又会给我们的课堂教学带来怎样的启示呢？笔者结合自己多年来为新疆大学中文系本科生讲授“比较文学”课程的教学实践，略谈几点个人的看法：

首先，要处理好“学科史”“方法论”与“比较文学个案研究”三部分之间的比重关系。倘若过多讲授比较文学的学科发展与学理特性，那么

---

① 孙景尧、张俊萍：《“垂死”之由、“新生”之路——评斯皮瓦克的〈学科之死〉》，《中国比较文学》2007年第3期，第1－10页。

② 刘象愚：《比较文学的危机和挑战》，《社会科学战线》1997年第1期，第148－150页。

③ ［美］乔纳森·卡勒著，生安锋译：《比较文学的挑战》，《中国比较文学》2012年第1期，第1－12页。

这门本身难度就很大的课程势必迫使很多同学望而却步。但是比较文学的学科渊源及其方法论又是本课程教学大纲所规定的核心内容，有鉴于此，可以将课程按照32个标准学时分为“三编”，第一编是“绪论：‘文化的位置’与比较文学的意义”，占用4个学时；第二编系统讲授比较文学的“学科史”与“方法论”，内容涉及比较文学的历史、现状与学科定位，跨文化研究范式及其作为现代学术方法的“比较”，[①] 占用8个学时；第三编侧重于比较文学的经典案例，用20个学时简要介绍“文类学”“主题学”“形象学”“比较诗学”“译介学”“文学与宗教”“文学与大众传媒”等相关理论，指导学生结合自身的阅读积累和关注兴趣，展开个案分析。

其次，要重视“文化转向”的现实语境，不但让学生掌握“比较文学是什么、做什么、怎么做”，也要帮助学生大致了解全球思想文化地形，并且在这个地形中寻找多维坐标，以便从更深层次认识到比较文学与跨文化研究的现实价值。笔者在“绪论”部分结合教材相关内容，有意识地融入“文化研究”的前沿视野，通过重新评估新自由主义背景下知识生产与学院体制所面临的重大转型，考察“文化”如何摆脱“经济决定论”模式，成为漂浮在经济、政治之上的社会结构性因素。此外，通过批判性介绍塞缪尔·亨廷顿（Samuel Huntington）的“文明冲突论”和弗朗西斯·福山（Francis Fukuyama）的“历史终结论”，启发学生认识到如果要真正做到尊重文化多样性，就必须反对文化中心论、警惕文化孤立主义。当学生初步了解这些大的社会文化命题之后，再去讲解“文化转型、文化差异与文化误读”，并由此引出“比较文学”所承载的“互识、互补、互证”的跨文化功能，就显得水到渠成了。

最后，有学者指出：“本科生的比较文学课不应该主要讲授学科理论与研究方法，而应该以中外文学知识的系统化、贯通化、整合化作为主要宗旨和目的。”[②] 笔者对此观点深以为然，但仍需表明的是，我们有必要以专题的方式向学生介绍何为比较文学的“比较”，它与一般认识论意义上的“比较”有什么不同，可以从哪些层面展开比较，如此等等。作为跨文化研究方法的“比较”，“一定要与价值追求、问题意识和学术目标结合在

---

① 参见笔者对陈跃红教授的学术访谈，邹赞编著：《思想的踪迹：当代中国文化研究访谈录》，黑龙江教育出版社2014年版，第191－199页。

② 王向远：《“宏观比较文学”与本科生比较文学课程内容的全面更新》，《中国大学教学》2009年第12期，第55－60页。

一起……‘比较’的价值就在于要有‘1+1>2’的判断，要保证其中存在不作比较就发现不了的学术命题”。[①] 通过区分一般意义上的“比较”与作为跨文化研究方法的“比较”，详细考察“比较意识”的历史生成，帮助学生发现多元文化对话时代的“比较”是一种建立在主体间性、文化间性思维基础之上的方法论，“要警惕‘理论失效’‘通约性困扰’，善于寻找共创机制——先对谈，再寻找机会提前发话，把自己作为问题，引入多种参照系”（陈跃红语）。可以说，厘清“比较”的内涵与外延是关涉比较文学学科合法性的关键问题，也是培养学生合理确定比较文学选题、培养跨文化思维的重要前提。

二

比较文学是一种跨文化、跨学科的文学研究，其跨越性主要表现在跨文化、跨民族、跨语言、跨学科[②]四个方面。鉴于中国社会历史情境与西方存在明显的差异，因此比较文学的“跨越性”并非放之四海而皆准的僵硬信条，我们必须结合具体的文化语境对之加以规约，这一点对于边疆多民族地区来说尤其如此。

“跨民族”可以算作中国比较文学的独特贡献，因为无论是法国学派还是美国学派，都不约而同地强调比较文学的“跨国性”，只不过法国的梵·第根（Paul Van Tieghem）、基亚（Marius-François Cuyard）、卡雷（J. M. Carré）等人过分强调法国文学对他国文学的影响，这种单边思维折射出一种以法国为中心的文化沙文主义心态，也由此招来美国学者的不满。众所周知，20世纪的美国文学迎来了发展的巅峰状态，辛克莱·刘易斯（Sinclair Lewis）、尤金·奥尼尔（Eugene O' Neill）、威廉·福克纳（William Faulkner）、欧内斯特·海明威（Ernest Hemingway）等相继荣膺诺贝尔文学奖，文学创作领域的卓著成绩为美国学者反思法国比较文学的

① 邹赞编著：《思想的踪迹：当代中国文化研究访谈录》，黑龙江教育出版社2014年版，第193页。

② 文学的跨学科研究应具备两个原则：一是“跨学科”研究应当坚持以“跨文化”为基本前提；二是要把握合适的“度”。“文学与哲学”“文学与心理学”“文学与宗教”之间的跨学科研究无疑是可行的，至于“文学与医学”，甚至“文学与化学”之间是否存在跨学科研究的必要性，那就见仁见智了。

偏狭性提供了坚实动力，美国学者明确提出比较文学应当超越纯粹寻找事实联系的局限，凸显一种注重文学性和审美特质的平行研究，但不管如何，这种平行研究主要还是强调跨国与跨学科两个层面。相比较而言，中国学者自觉认识到“跨国”只是中国比较文学的优先条件，但并非必要条件。比如，季羡林指出要将民族文学纳入中国比较文学研究的观照视域：“西方一些比较文学家说什么比较文学只有在国与国之间才能进行，这种说法对欧洲也许不无意义，但是对我们这样一个多民族的大国家来说，它无疑只是一种教条，我们绝对不能使用。我们不但要把我国少数民族的文学纳入比较文学的轨道，而且我们还要在我国各民族之间进行比较文学的活动，这是一个广阔的天地，大有可为。”① 此后，乐黛云等学者身体力行，努力探索中华民族“多元一体”格局下各兄弟民族之间的文学交流与文化互动，在遵循“中华多民族文学史观”的前提下，“特别强调结合中国多民族国家的历史传统，进行跨民族文化和跨学科的比较研究，并将人类学的田野分析方法引入比较文学”②。可以说，“向内比”成为当下中国比较文学最具增长性的特色领域，也是边疆多民族地区“比较文学”课程教学应当重点突出的课题。这一问题在具体的教学实践中主要涉及三个方面：

第一，积极发挥铸牢中华民族共同体意识的比较文学力量。在坚持“中华民族、中华文化、中国历史、中国文学”的整体视野下，从文学史和文学批评层面深入发掘各兄弟民族在历史长河中的文学交流交往事实，借助生动的文学交往个案，讲好中华民族共同体故事。

第二，教师在教学实践中要从历史文化视角出发，帮助学生大致了解从古至今中原汉文化与边地少数民族文化之间的交流互动，通过对“胡服骑射”“北魏孝文帝改革”“唐传奇和变文”等历史事件和文化事实的讲解，让学生认识到中华民族“多元一体”的文化格局是在各民族频繁接触、交往和融合的过程中形成的，进而培养一种互为主体、平等对话的间性思维。只有实实在在建立起一种科学的跨文化对话思维，我们才能够以合理的态度去评价兄弟民族的文化，并在文化的日常交往实践中，领悟前辈学者提出的“各美其美，美人之美，美美与共，天下大同”的要义。

---

① 吴光主编：《比较文学研究》，上海古籍出版社2009年版，第36页。

② 邹赞编著：《思想的踪迹：当代中国文化研究访谈录》，黑龙江教育出版社2014年版，第186页。

第三，既然中国比较文学不是一个舶来品，那么我们在教学实践中就一定要凸显本土/在地性（locality），将比较文学看成一种与现实生活持续对话的“活生生的知识”。因此，比较文学的课程教学不能只是埋在故纸堆里，而是应当积极主动与现实情境勾连起来，时刻保持对现实的介入和思考。笔者在本课程的“绪论”部分重点讲授了“学习比较文学的现实意义”，专门结合新疆在丝绸之路以及中国和中西亚文化交流过程中的要冲位置，引导学生思考如下重要命题：佛教如何传入中土又如何影响汉唐以来的文学创作？19 世纪以来的中外旅行游记如何书写新疆形象？《福乐智慧》与“四书”在哪些方面存在可比性？诸如此类问题要求学生具备较广的阅读积累和一定的理论储备，教师可以在课堂上穿针引线、适时点拨，启发学生通过课后阅读和小组讨论来提炼自己的观点。

三

自比较文学在学院体制中取得学科合法性以来，学界就比较文学到底是“精英学科”还是“大众学科”展开论争。有学者强调比较文学与生俱来的“精英性”，认为学习比较文学是一项高难度的知识挑战，“恐怕首先和主要的还在于它对跨文化、跨语言基本功力的要求。在中国，这就意味着学者们需要至少掌握好一门外语，并对中外两种文学、文化有较到位的把握”。[①] 这种观点显然不无道理，它推崇比较文学的“原典实证”研究方法，凸显研究者要精通至少一门外语并具备熟读外文原著的能力。但如果将比较文学过分拘囿于知识精英的小圈子，那么这门学科将会因为曲高和寡而愈来愈脱离大众视野，最终沦为一种丧失介入现实活力的知识生产游戏。与此同时，以刘献彪、王福和为代表的一批本土学者自始至终“走在比较文学普及的途路中”，“让比较文学走向大众，把比较文学的精神传播推衍扩大，让更多的人了解、应用比较文学的方法，雅俗共赏，共享比较文学。具体地说，就是突出教学，培养世界公民，传播人文精神，构筑沟通对话、友好和平的桥梁”[②]。这些学者立足中国社会实际，编撰“教材”

① 孟华：《比较文学的“普及性”与“精英性”》，《中国比较文学》2004 年第 1 期，第17－21 页。

② 尹建民等：《刘献彪与新时期比较文学》，安徽大学出版社 2012 年版，第 5 页。

“手册”，探索比较文学教学新思路，提出“让比较文学走向中学语文教学”，尝试将比较文学的思维与方法挪用到跨文化传播等领域，为中国比较文学的“普及”与“应用”捶敲边鼓、奔走呼告。

应当说，比较文学的准入门槛相对较高，如果没有良好的中西文学与文学理论功底，那又何来“比较文学”“比较诗学”之说？在这个全球化深入渗透、电子传媒汹涌而至的时代，比较文学需要进一步贴近现实文化情境的变迁，思考并回应新生文化现象对普罗大众日常生活的影响，“走向大众”“融入跨文化实践”成为比较文学无法推脱的时代使命。这种游走在“精英”与“普及”之间的张力状态，为“比较文学”的课堂教学提供了某种思路，那就是要在简要介绍学科史和方法论的基础上，择取“文类学”“主题学”“形象学”等文学范畴之内的比较文学以及“文学与宗教”“文学与心理学”“文学与大众传媒”等重要的文学跨学科研究，教师以经典案例阐释为线索，帮助学生掌握基本的学理知识，并运用“教师导向型”（tutor-lead seminar）教学法，启发学生将比较文学的基本原理与个人阅读经验以及鲜活的当代文化现象勾连起来，真正做到比较文学的“理论性”与“实践性”、“世界”与“本土”的双重观照。笔者现结合自己的教学经验，简略谈几点边疆多民族地区比较文学课堂教学改革的思路：

第一，现行“比较文学”本科通用教材收录的案例大多因循守旧，“milky way”（牛奶路）、“赵氏孤儿”与“中国孤儿”“寒山诗的流传”等已成滥套。我们在讲授“比较文学”课程当中，有关学科史、方法论及其他学理性知识可以参阅指定教材，但秉着“因材施教”的原则，教师应当充分考虑到学生的具体情况，有意识地引入符合接受者地域、族群身份与文化传统的案例，这样更加能够引起接受者的共鸣，达到“教学相长”的旨归。在笔者讲授“比较文学”的课堂上，学生大多来自天山南北，也有少部分同学来自内地，有的甚至来自中亚诸国，学生的来源包括汉族、回族、维吾尔族、哈萨克族、塔吉克族、锡伯族、蒙古族、柯尔克孜族等，很多学生除了会说普通话以外，还掌握了本民族的语言甚至多种其他语言，他们各自拥有本民族的文化传统与日常习性。为了充分调动起学生的课堂参与积极性，笔者有意替换了教科书上的案例，将一些富有新疆地域特色和民族特色的文学文本纳入进来。比如，在讲解“流传学”的时候，以阿凡提故事的跨文化传播为例；在讲授“形象学”一节时，以外国旅行游记中的新疆书写为个案，让学生更加直观地理解“形象学”的基本原理。

第二，鉴于本科生的知识储备相对有限，部分少数民族学生尚需花时间补习国家通用语言文字，所以比较文学的“学科史”和“方法论”环节主要由教师讲授，但“案例分析”环节一定要调动起学生的参与热情，教师应当结合学生的不同来源和知识背景，引导他们将比较文学的原理与方法运用到本民族文学与文化交流实践当中去。这样不仅有助于唤起学生的学习兴趣，还有助于在多民族文学研究领域融入比较文学的视野。比方说，笔者在讲授“主题学”一节时，特别提示学生关注新疆当代少数民族文学里出现的“动物”母题，结果几位少数民族学生充分调动语言优势，完成了一个十分精彩的“主题学”案例展示。说到底，比较文学对于大多数人而言应当是一门“实践”的学科，一个不断打开思维空间的思想游戏，一场始终关注日常现实的跨文化对话。

第三，边疆地区由于地理位置相对偏僻，在资讯传播、文化理念、文化资源的开发与利用等方面客观上存在一定的“时间差”，这就要求教师在经典案例的择取上具备前沿视野，既要熟悉比较文学学科内部的最新发展动态，也应当了解当下社会文化的关键词。一方面，人文社会科学在全球范围内的边缘化态势警示比较文学应当持续激发自身的活力，超越文本中心主义，吸纳人类学、民族学的“田野调查”实证方法，在关注书写文本的同时，重视口传文本的价值。一般认为，“文学人类学”正在成为中国比较文学尤其是边疆多民族地区比较文学发展最具活力的领域，因此，笔者在“案例分析”环节专门向学生介绍了“文学人类学”的发展概貌，同时讲授“民族志”“口述史”等田野作业的基本方法。事实证明学生很感兴趣，有的在修完本课程之后，甚至选择了诸如“史诗《伊利亚特》与《江格尔》的英雄观比较”作为毕业论文题目。另一方面，我们身处一个“全媒体”“大数据”的时代，文学的疆界、文学批评的方式与有效性、跨文化对话的空间与载体都发生了翻天覆地的变化。学生与教师处于同样丰富多元的资讯场域里，那种纯粹传授书本知识的教学模式显然已经过时，教师应当自觉跟上时代的步伐，在研读经典文本的同时，绝不能忽略时下流行的大众文化，在课堂教学中可以恰到好处地穿插一些大众文化论题和流行元素。笔者在“案例分析”部分专设“比较文学与大众传媒”一节，主要向学生介绍文学文本的跨国旅行与跨媒介转换，比如以《暮光之城》流行文化现象为例，讨论吸血鬼文学与电影的“流变”。

结　语

2015 年 4 月，笔者有幸参加了由四川大学承办的“中国比较文学研究的回顾与展望”学术研讨会，时任中国比较文学学会会长的曹顺庆教授在大会发言中透露了一个振奋人心的消息：比较文学正在申请成为一级学科。不管比较文学成为一级学科的可能性有多大，它都反映出了中国比较文学学者的一个美好愿景。对于边疆多民族地区而言，国家推行“一带一路”重大倡议，毫无疑问是一次自上而下对“中心/边缘”的重置与改写，它呼唤更多高层次的跨文化研究人才，为比较文学的理论与实践提供了极其理想的舞台。作为边疆多民族地区从事比较文学教学与研究的专业人士，我们在积极关注比较文学前沿动态的同时，更应该沉下心来，了解、研究我们自身所处地域的空间特殊性与文化多样性，以勇于创新的姿态，探索出一条具有边疆多民族特色的比较文学教学之路。

邹　赟

2022 年 8 月

序　三

经典研读：新文科视野下比较文学研究生培养的重要路径

2020年教育部在山东大学威海校区召集新文科建设工作会议，会上发布《新文科建设宣言》，明确了新文科建设的任务目标："构建世界水平、中国特色的文科人才培养体系；加强价值引领，落细落实思想建设；优化专业结构，促进多专业融合发展；夯实课程建设体系，培养学生的跨领域知识融通能力和实践能力。完善全链条育人机制，加强高校人才培养与产业部门的融合发展；全面建设文科特色质量文化。"[①] 次年教育部公布首批新文科研究与改革实践项目。[②] 与此同时，部分高校秉承"产教融合、协同创新"的人才培养宗旨，尝试优化整合行业/区域资源优势，构建"新文科建设联盟"。这些标志性事件显示出"新文科"成为当下高校学科建设与人才培养的风向标。

作为一个教育领域的热词，"新文科"高频率出现在各种期刊专栏、学术会议与教研教改成果之中。学界针对这一新生现象展开持续讨论，从不同层面丰富了有关"新文科"的认知。因此，厘清"新文科"究竟"新"在何处，是我们立足新文科视域思考创新人才培养的逻辑起点。本文通过阐释"新文科"建设的内涵，全面检视比较文学研究生培养所面临的机遇与挑战，从"知识输入、学术创新和想象力构塑"三个维度以及经典选择的"五大原则"出发，探析"经典研读"对于培养高素质比较文学研究生的重要意义。

---

① 参见教育部新文科建设工作组于2020年11月3日在山东大学发布的《新文科建设宣言》。

② 教育部首批认定1011个新文科研究与改革实践项目。

一

顾名思义，新文科的命名是相对传统文科而言的，是对全媒体时代乃至“数智时代”文科学科体系、学术体系、话语体系的形象表述，充分呈现出知识转型与人才培养和时代语境之间的关联共振。新文科之“新”，“不是新旧的新，是创新的新，是整个发展思路、标准、路径、技术方法和评价等系列新变化。‘四新’建设是要提升国家的元实力——经济硬实力、文化软实力、生态成长力和全民健康力”①。因此，新文科不是对传统文科的质疑，两者在传播中华优秀文化、厚植家国情怀方面一脉相承，但是在学科图景、问题意识、价值属性、人才培养目标等维度存在显著差异。

新文科究竟“新”在何处？这一命题关系到人文学科在整个学科格局中的位置。首先，新文科即要尝试重构学科图景，消解对学科特性的本质主义理解，弥合传统意义上文、理、工、商、艺等学科范阈之间的区隔，积极倡导学科间的跨越、交叉与互融。学科的出现与细分是“近代的历史变迁、文化讨论影响到知识分类的结果”②，深深烙上了科层制的印记，学科之间的跨越交叉是一种常态化现象。因此对新文科建设而言，跨越性尚不足以勾勒其学科的生态格局，更确切地说，新文科建设从跨学科走向了融学科、超学科。③ 就中文学科来说，其与相关学科之间由跨越交叉走向互融已成为不可逆转的趋势。众所周知，在 20 世纪 80 年代的方法论热潮

---

① 吴岩：《积势蓄势谋势　识变应变求变——全面推进新文科建设》，《新文科教育研究》2021 年第 1 期，第 8 页。

② 汪晖：《人文学科在当代面临的挑战》，《澎湃新闻》，2016 年 12 月 28 日，https：//www. thepaper. cn/newsDetail_ forward_ 1588934.

③ 赵奎英指出：“‘超学科’不仅指学科与学科之间的交叉、跨越、融合，还包括学科与‘非学科’的交叉、跨越、融合，包括专业内与‘专业外’的各行各业人士的跨界合作。”参见赵奎英：《试谈“新文科”的五大理念》，《南京社会科学》2021 年第 9 期，第 148 页。此外，李凤亮等学者认为，“‘超学科’是为应对当前全球化、现代化、复杂化、个性化的社会问题而提出需要用跨媒介的方法、跨文化的思维去重构教育方针和教育体系；‘共同体’思维将世界作为一个难以分割的整体，将微观世界与宏观世界相结合，科学与人文相融合，以国际视野应对全球范畴出现的多样化、复杂化的局势，以减缓生态文明冲突、世界治理纷争和精神文明冲突等问题”。参见李凤亮、陈泳桦：《新文科视野下的大学通识教育》，《山东大学学报（哲学社会科学版）》2021 年第 4 期，第 163 页。

中，人文学科不但引入了信息论、系统论、控制论等理工科研究范式，还借用了“熵”“耗散结构”等自然科学理论术语。新形势下，信息技术迅猛发展，移动网络高度发达，大数据、人工智能、云计算、区块链等新技术、新介质推动传统知识传输及接受方式的转型，文学研究经历了文化转向、空间转向、身体转向乃至元宇宙转向之旅。人文学科的阐释模式和批评话语主动跨出疆界，融入其他学科的新知识和新技术，例如，文学研究有机借鉴大数据技术，依托 GIS 技术绘制文学地图，采用虚拟仿真技术还原历史情境、复活文学叙事，开启读图读屏时代学术研究的数据化与可视化模态。语言学研究对高科技的需求尤其强烈，如计算语言学、语料库语言学、人机交互系统、机器翻译等。因此，新文科对于学科之间的融合创新，绝非停留在话语搬演或技术挪用层面，而是要在新的学科格局中重估人文学科的位置，“人文学科是要真正面对和走进新科技的疆场深处，去看明白文科在智能时代的真实处境，在文科的学科格局再造中，去探寻历史可能昭示的新生密码”①。

其次，新文科强调要重构人文学科的价值属性，妥善处理好“道”与“术”之间的关系。长期以来，人文学科被贴上了“软性学科”的标签，其学科价值主要界定为“提升道德修养”“形塑人文情怀”。在中国传统文化精神的脉络中，“观乎人文，以化成天下”（《周易》），人文教育的核心职能就是“以文润心、以德化人”。人文学科因其偏重精神陶冶、智慧启迪和心灵温润，与现实功利规则保持着一定的距离，容易被单向度地误解为“无用之学”。但是值得注意的是，“如果承认以往的文科对文化的‘有用’相对忽视，对人文作为资本和生产力要素的关注不够，那么未来推进的新文科，就完全有必要突破‘无用之用’的围墙，从‘有用’的范畴去确立新的发展模式”②。简言之，新文科建设在价值属性上应坚持“守正创新”，一方面，要传承人文学科厚德载物的核心价值；另一方面，要保持与变动的现实之间的密切互动，将关注视角触及社会的丰富面向，尤其是数字网络时代人类的精神生态，善于从现实生活中提炼问题意识，为“数智时代”人类的生存状况提供价值指引和实践支撑。

---

① 陈跃红：《新文科：智能时代的人文处境与历史机遇》，《探索与争鸣》2020 年第 1 期，第 13 页。

② 陈跃红：《新文科：智能时代的人文处境与历史机遇》，《探索与争鸣》2020 年第 1 期，第 12 页。

再次，新文科建设要凸显创新型人才培养目标。人才培养是学科建设的关键环节，新文科建设之“新”还体现在要“培养什么样的人才”。教育部高等教育司司长吴岩这样概括新文科的“四大任务”和“四大担当”：“新文科要培养知中国、爱中国、堪当民族复兴大任的新时代文科人才；培育优秀的新时代社会科学家；构建哲学社会科学中国学派；创造光耀时代、光耀世界的中华文化。”① 具体而论，在新文科的意义上讨论创新型人才培养，根本前提在于牢固坚守中华文化立场、夯实中华民族和中华文化的主体性，以深挚的家国情怀和文化自信参与世界不同文明间的交流互鉴，打造具有中国特色、中国气派、中国风格的人文学科学术体系、知识体系和话语体系，培养具有中国情怀、中国担当和中国精神的高层次创新型人才。

最后，新文科建设要立足全球与地方、世界与本土等坐标，考量（后）冷战和（后）疫情时代国际地缘政治秩序的变迁，积极回应新秩序下人文学科的社会位置与知识转型，以“互为主体、平等对话”的跨文化姿态融入国际学界的思想交锋与学术论争，将极具中国智慧的“各美其美，美人之美，美美与共，天下大同”融入世界未来图景的构设，既要有能力、有信心讲好中国故事，讲好“亚洲命运共同体”和“中非命运共同体”视域下的区域治理故事，也能够放眼寰球，为推动构建人类命运共同体和新型全球治理体系提供创新动力。

二

比较文学作为一门以“跨越性、可比性、相容性”为基本特征的人文学科，其显著的批判性、自反性（self-reflexivity）以及对于外在现实世界的高度关切，使得该学科领域呈现出鲜明的“新文科”特质。也正是在这一意义上，比较文学是名副其实的“朝阳学科”而非“夕阳学科”②。随着“新文科”建设理念的提出，学界开始深入思考新文科背景下比较文学

① 吴岩：《积势蓄势谋势　识变应变求变——全面推进新文科建设》，《新文科教育研究》2021 年第 1 期，第 8 页。

② 有关比较文学“危机”与“焦虑”的分析，参见邹赞、朱贺琴主编：《涉渡者的探索——中国语言文学学术名家访谈录》，社会科学文献出版社 2020 年版。

研究生人才培养面临的机遇与挑战。[①]

首先谈机遇。“新文科”概念的提出得益于新技术的发展，新技术在很大程度上重构知识图景及其传输方式。新技术的日新月异赋予了这个时代独特的文化意味，读图读屏成为一种颇具症候的文化消费标帜。客观上讲，影视传播及网络传播较之传统纸媒，其知识传播的路径更加多元快捷，形形色色的学术公众号、网络短视频密集推送前沿信息、学术动态、专题讲座、电子资源库。受众不需要前往各类图书馆，即可在线共享诸多文化资源。学术资源在空间和时间上的区隔逐渐缩减，学术意义上的“地球村”“共同体”日益成为现实。如此一来，研究者（学习者）只要熟练掌握搜索引擎技巧，即有望在有限时间内获取大量有效信息。浩如烟海的经典文本从象牙塔中脱离出来，借助跨媒介改编，开启“再经典化”之旅。美国学者亨利·雷马克在《比较文学的定义和功能》一文中这样辨析“世界文学”与“比较文学”，“世界文学主要研究那些历史悠久、脍炙人口、有永久价值的文学作品……比较文学并未被质量和感染力这个标准束缚到这个地步。对二流作家曾经进行过而且可以进行更多有启发的比较研究，因为他们比伟大作家更能代表他们时代为时间所局限的特征”[②]。雷马克的论述虽然不无偏颇之处，但是为我们思考比较文学的社会功用提供了有益参考，即比较文学的学科特性赋予其强烈的边缘观照，除了讨论莎士比亚、但丁、弥尔顿、巴尔扎克、聂鲁达等被文学史经典化的“伟大作家”，还注重发掘尚未进入“一流”行列的作家作品，为边缘作家、边缘文体及边缘文化现象的显影创造了契机。这一特性在新媒体、新技术时代表现得更加明显，许多曾经湮没在古籍典藏或乡野田间的文本因各种机缘被激活，焕发出蓬勃生机。新技术、新媒体为比较文学学习和研究者带来了便捷多元的文献史料获取路径，帮助他们在思考和分析边缘文本时能够有效跨越时空的障碍，推进学术研究的广度和深度。

其次，新媒体、新技术使得教学手段更趋科学合理。比较文学对教学及研究者的知识视野和思维方法有着极高要求，这也提示我们在进行比较文学研究生人才培养时，要与时俱进更新教学理念，摒弃单向度的知识“输出—输入”模式，积极构建全方位、多层次、立体式的教学路径。近

① 中国高校比较文学人才培养主要集中在研究生层面。首都师范大学文学院和华东师范大学国际汉语文化学院先后设立比较文学系，积极探索比较文学专业（方向）本科生培养。

② 干永昌等选编：《比较文学研究译文集》，上海译文出版社 1985 年版，第 217 页。

年来，一场席卷全球的新冠肺炎疫情加剧了世界格局的变迁，在很大程度上重构着国际地缘政治格局与文化生态，同时也催生了教育教学领域的范式革命。随着远程教学手段的渐趋成熟，比较文学研究生不仅能够在线聆听北大、复旦、耶鲁、哈佛等国内外名校的精品课程，还可以通过连线方式实时参与外校课堂教学，院校之间的虚拟教研室、在线学术工作坊、名师讲坛和读书会等活动也日益普及，学术资源及教学空间的共享进一步缩减了因外在因素导致的人才培养差距。更准确地说，当下比较文学研究生培养已经超越了传统意义上的导师制，互联网学术资源及跨院校、跨区域的课程共享与学术交流，使得研究生学术素养的形塑呈现出多维发散状态。

再者，科际间的融合创新成为一种趋势和潮流。学科是一个现代的发明，是知识分类精细化和科层制影响的结果，学科间泾渭分明的区隔已经日益显现出局限性，跨学科、融学科、后学科、反学科甚至超学科等概念被提炼出来并广泛使用。跨学科是比较文学的一大特质，这种学科特质也使得比较文学携带着鲜明的新文科气息，一方面，注重文学与哲学、心理学、宗教学、人类学、管理学等学科之间的话语转换与对话融通，诸如凸显语言文学与管理学和艺术学的交融，创造性发掘文学作品蕴含的风景文化资源，及时将学科之间长期以来协同完成的科研成果转化为“教学生产力”和高素质人才培养内驱力；另一方面，倡导文学与新媒体技术的深度融合，构建数字化时代“细读”与“远读”① 相结合的人文学科知识传授模式，比如将世界名著创意转化为网络音视频资源，打造有声类阅读产品，推动“全民阅读与书香社会”建设。

最后，聚焦国际化的跨文化人才培养目标更加明确。只要略微梳理比较文学学科史，就会发现比较文学法国学派及美国学派都强调跨国文学关系或比较研究。② 新文科建设特别重视培养具有国际前沿视野和跨文化交

---

① “远读”由意大利马克思主义文艺理论家弗兰克·莫莱蒂提出，该理论“旨在以新的时间、空间和形式差异三个维度代替传统的高雅与低俗、经典与非经典、世界文学与民族文学的二元区隔，有助于重新纳入为细读所摒弃的一系列社会因素，扩大文学研究的场域”，参见徐德林：《协商中的“远读”》，《山东社会科学》2021 年第 11 期，第 68 页。

② 梵·第根在《比较文学论》中指出，对同一国家内部操持不同语言写作的作家之间的文学文化关系研究，也应当归属比较文学范畴。参见［法］梵·第根著，戴望舒译：《比较文学论》，吉林出版集团有限责任公司 2015 年版，第 38 – 39 页。但是从整体上看，法国学派和美国学派都鲜明凸显比较文学的“跨国”性；鉴于中国历史文化情境的独特性，杨周翰、乐黛云等学者强调比较文学的“跨民族”性，“向内比”成为中国比较文学的一大特色。参见邹赞、张艳：《从比较文学到世界文学——邹赞教授访谈》，《长江丛刊》2020 年第 31 期，第 103 – 107 页。

际能力的高素质人才，“新文科建设不仅需要扣准新工业革命、新经济发展、中国特色社会主义新时代的脉搏，还需要结合高等教育跨国界、跨文化发展视点，审慎把握文科思维特质与学科属性，在跨区域教育合作、多学科交叉融合中推动传统文科的转型升级，培养一批更具国际意识、国际交往能力、国际竞争力和跨文化领导力的高素质国际专业人才”[①]。应当说，新文科建设的人才培养目标与比较文学研究生培养宗旨在深层次上达成了高度契合，如新疆大学比较文学博士生的培养目标设定为：“本学科方向以马克思主义文艺理论为指导，聚焦丝绸之路经济带核心区文化建设，既重视对学科前沿理论的把握，也注重凸显学术研究的在地化特色。在系统掌握中国文学与中华文化的基础上，培养具有世界眼光和跨文化意识，能够独立从事比较文学与跨文化研究的专门人才。”[②] 简言之，在新文科背景下，比较文学研究生培养要凸显国际视野、多语言多文化知识结构及跨文化对话技能，在坚守中华文化主体性的前提下，为推进全球文化交流和现代治理体系提供人才支撑。

再看挑战。由于新文科尝试在理念和实践层面重构文科图景，因此对传统教育的“术”“道”关系和人才培养模式提出了新的要求，这在一定程度上给比较文学研究生培养带来了挑战，主要表现为以下几个方面：第一，比较文学研究生培养的终极目标是激发人文学的想象力，随着新媒体、新技术的突飞猛进，如何能够在坚守比较文学学科主体性的前提下，充分激发研究者和学习者的批判意识与创新精神？第二，如何妥善处理比较文学的“精英化”与“大众化”之间的关系？[③] 第三，跨越性是比较文学的典型特征，一方面指向文学学科内部的“跨越”，主要表现为跨民族、跨国籍、跨文化、跨语言，如果综合考虑中西历史文化语境的差异性，或可表述为“跨民族、跨文化”两个要素是充分必要条件，“跨国籍、跨语言”为优先条件；另一方面指向文学与其他学科之间的关系，即“跨学科性”，“跨学科”是比较文学研究最具潜力的领域，在新文科鲜明提倡学科

---

① 潇潇：《国际化视野中的“新文科”建设与“一带一路”行动》，《黑龙江高教研究》2021年第6期，第44页。

② 参见新疆大学中国语言文学学院2021年版博士生人才培养方案，由本文作者牵头制定。

③ 有关比较文学应该侧重“精英化”抑或“大众化”发展路径，一直是学界热议的话题。笔者认为，作为学术研究领域及高端人才培养的比较文学，应凸显精英化面向，但同时不能忽略比较文学与跨文化研究的实际应用价值，这又触及比较文学的“大众化”面向。

交叉融合的背景下，如何把握学科交叉间跨越的限度，再次显影为比较文学必须应对的难题。

三

随着社会历史情境的变迁，比较文学研究生培养也将迎来新一轮改革，除了教学理念和教学技术更新之外，经典研读将成为构塑具有人文情怀、批判意识和丰富想象力的比较文学高层次人才的重要路径。这既是新文科建设对比较文学研究生培养提出的新要求，也是比较文学积极回应时代挑战所采取的有效策略。

一般认为，“经典研读”是比较文学研究生培养必不可缺的环节，是关系到人才培养质量的重要前提。只有通过精研细读比较文学学科史、方法论及专题研究相关经典文献，研究生才能够构建起具有国际视野的比较文学与跨文化研究知识结构和理论图景。当我们尝试深入思考这一议题时，必须回应两个层面的问题：一是如何理解“经典”，哪些论著可以列入比较文学“经典”著作？二是遴选“经典”的原则是什么？

“经典”不应当被限定为某种本质主义的描述，它一方面特指经过漫长历史淘洗和检验并被赋予“永恒性”（eternity）的典范文本，如中国文学里的《诗经》《离骚》《文心雕龙》《红楼梦》，外国文学里的古希腊神话、荷马史诗、莎士比亚戏剧等；另一方面指向那些产生于某一特定时代并具有重要影响力的文本，此类文本的价值有可能持续绵延，也有可能昙花一现，注重凸显文本的“时代性”（contemporaneity）。因此，每个时代既有从远古历史传承而来的“共享”的经典序列，也有属于该时代特有的经典文本。据此思路，比较文学经典著作应当包括三个序列的文本：一是比较文学学科“前史”时期的文化史、思想史著作，如《歌德谈话录》《共产党宣言》等；二是在比较文学学术史上留下深刻烙印，对于推动比较文学学科发展产生过显著贡献的论著，如波斯奈特的《比较文学》、巴尔登斯伯格的《比较文学：名称与实质》、梵·第根的《比较文学论》、马法·基亚的《比较文学》、雷纳·韦勒克的《比较文学的危机》、亨利·雷马克的《比较文学的定义和功能》、王国维的《〈红楼梦〉评论》、鲁迅的《摩罗诗力说》与《文化偏至论》、钱锺书的《谈艺录》、杨周翰的《攻玉集：镜子和七巧板》、季羡林的《比较文学与民间文学》，等等；三是对特定时期比较文学发展状况进行综述、评估或者从跨学科角度为比较文学从困境中“突围”提供理论资源的论著，如北京大学比较文学与比较文化研究所编辑出版的《多边文化研究》、美国比较文学学会发布的五份学科发展报告[①]，等等。

在本科阶段，比较文学是中国语言文学类专业开设的专业核心课程或选修课程，教材统一使用教育部“马克思主义理论研究和建设工程重点教材”，授课内容主要包括“学科史”“方法论”以及“比较文学个案研究”三部分，侧重比较文学的基本原理与应用实践。相比而言，比较文学研究生培养则注重提升理论素养，主张将比较文学学术史和学科史放置到中外思想史、文化史的整体版图中加以观照，除了开设“比较文学专题研究”“马克思主义文艺理论专题研究”“西方文论原著精读”等课程以外，还常常依托工作坊、学术论坛和读书会，凸显“经典研读”在人才培养环节中的重要作用。

“经典研读”能否达成预期目标，关键在于“经典文本”的选择。笔者结合近年来为研究生开设“比较文学工作坊”的教研心得，总结出五大遴选原则：

其一，立足中国思想文化传统，解构长期以来将中国比较文学当作“纯粹舶来品”的叙事陷阱。任何一门现代学科的兴起、发展及演变过程，都是内部因素与外在机缘“耦合”的结果。如果完全忽视内部因素，那么学科发展就成为“无源之水”，失去了根基。因此我们在思考和言说中国比较文学学科史的时候，就应当自觉警惕对学科发展做历史线性的、化约论式的判断，而应当返回历史深处，从厚实的文献史料爬梳中厘清中国比较文学的“前史”乃至“史前史”，例如《山海经》蕴含着丰富的文学人类学思想，“二十四史”收录了大量反映中国历代各民族文化交流、交往、交融的历史事实，汉唐佛经翻译折射出跨文化译介的实践经验，等等。选择若干中国文化原典，综合运用教师导读、学生做主题报告、集体研讨等形式，有利于帮助研究生建立起一种具有鲜明主体性的中国比较文学学科发展史。

其二，梳理知识谱系，将碎片化的知识点分门别类归纳概括，形成脉

① 按照发布时间的先后顺序排列，分别是《列文报告》(1965)、《格林报告》(1975)、《伯恩海默报告》(1993)、《苏源熙报告》(2003)和《海瑟报告》(2017)。

络清晰、逻辑严密的经典文本序列。如何从汗牛充栋的经典文本中确定阅读的先后顺序？如何在保持阅读量较大的前提下凸显文本之间的逻辑关联？诸如此类问题，成为教师在主持比较文学工作坊或者为研究生推荐阅读书目时常常会遇到的问题。阅读并不是越多越好，关键在于效果。教师可以引导和启发学生建立中外比较文学必读书单，然后按照主题、时代、思潮乃至关键词等分类原则，形成一个个“阅读序列”。例如可以将国际比较文学学术史上赫赫有名的五份学科发展报告作为一个“阅读序列”，指导研究生从《列文报告》到《海瑟报告》展开系统研读，结合每份报告出台的历史文化情境，聚焦报告中的核心问题意识，或可有效推进研究生对于比较文学知识图景的深层认知。

其三，养成“复杂性思维”，重视发掘比较文学各学派之间的理论论争与思想交锋。摒弃线性思维和化约论的一条有效路径，就是着重关注不同学派（流派）在思维和观点上的分歧，呈现理论话语的褶皱和张力，例如“二战”后美国学派与法国学派之间的论争，这场长达数十年的激烈交锋可以追溯到20世纪50年代初，“1952年，当美国《比较文学与总体文学年鉴》转载法国比较文学家伽列（卡雷）为基亚的《比较文学》一书所写的前言时，雷纳·韦勒克感到实证主义学风在美国有卷土重来的危险，立即在下一年的《年鉴》（1953）上撰文对伽列（卡雷）和基亚进行批判……”① 1958年雷纳·韦勒克在教堂山会议发表战斗檄文《比较文学的危机》，将这场硝烟弥漫的论战推至高峰。因此，如果对卷入这场论战的代表性文本展开细致研读，形成文本参照互比的效果，就能引导学生摒弃对法国学派或美国学派的刻板印象，认识到这样的事实：法国学派不等于影响研究，影响研究只是法国学派的主导研究范式；美国学派也不等于平行研究，部分美国比较文学学者也是影响研究范式的积极实践者。再者，法国学派常常被冠以民族文化中心主义甚或沙文主义的指责，美国学派容易被贴上西方中心主义的标签，这种表述显然不无道理，但它是从整体意义上的概括，并不排除部分学者对东方文学的关注热情。

其四，立足地缘政治的特殊坐标，重估世界比较文学的文化地形图，尝试探索“亚际比较文学”（Inter-Asian Comparative Literature）的可能。

① 干永昌：《比较文学理论的渊源与发展》，见干永昌等选编：《比较文学研究译文集》，上海译文出版社1985年版，第15页。

笔者曾指出："在'亚洲命运共同体'构建的框架下，思考'亚际电影'或'亚际比较文学'，坚守中华文化的主体性，由本土走向区域，由区域走向有中国声音参与的世界电影和世界文学新型图景，或许能成为一种可资参照的路径。"① 比较文学研究生培养应凸显区域特色，除了引导学生掌握学科基本原理，还应当立足区域发掘特色，如西南高校重视中国与东南亚国家之间的文学文化关系，东北高校凸显中国与日本及朝鲜半岛之间的文化交流，新疆高校则可发挥地处丝绸之路经济带核心区的区位优势，在中国与中亚国家之间的文学文化关系领域持续发力。笔者尝试提出"亚际比较文学"概念，旨在突破欧美比较文学的西方中心主义局限，将关注视野投向东方文学尤其是亚洲国家间的文学交流，同时打破原先侧重东北亚国家之间的文化关系而忽略中亚、西亚文学的缺憾。

其五，前瞻性思考数字人文与比较文学的"联姻"。随着人工智能和大数据技术的兴起，数字人文成为一个热门话题。大数据、GIS 技术等被应用到文学地图学、世界文学等研究领域，例如弗兰克·莫莱蒂（Franco Moretti）就颇具创意地采用大数据技术来研究世界文学。在这样的背景下，比较文学研究也必须认真考量数字人文对其传统研究范式带来的革新。有学者在相关领域已开展令人惊喜的实践，"以 Web of Science 核心数据库中比较文学主题论文为研究对象，采用 Python 编程及 CiteSpace、VOSviewer、His Cite 等工具，从研究热点与热点、研究者与文献、研究力量及合作关系等多角度，综合时间、空间、内容多个层次，进行分析并可视化呈现，全面分析近 50 年来国际比较文学的主题演化与研究热点变迁，把握核心研究者与重要文献，挖掘研究力量分布及合作扩散方式，力图提供理解人文学科的新方法"②。因此，指导学生阅读《数字人文指南》（*A Companion to Digital Humanities*）、《数字人文中的论争》（*Debates in the Digital Humanities*）、《数字科技与人文中的实践》（*Digital Technology and the Practices of Humanities Research*）、《批判性的数字人文：找寻一种方法论》（*Critical Digital Humanities: The Search for a Methodology*）等经典论著就显得非常有必要了。

---

① 邹赞、金惠敏：《自觉·交流·互鉴——关于文化理论与文化自信的对话》，《文艺研究》2019 年第 8 期，第 18 页。

② 冉从敬、何梦婷、黄海瑛：《数字人文视阈下的比较文学可视化研究》，《厦门大学学报（哲学社会科学版）》2020 年第 5 期，第 141 页。

结　语

基于比较文学学科特质与新文科建设的契合度，比较文学研究生培养成为推进和检验新文科建设的一扇重要窗口。在新文科背景下，比较文学研究生培养既要紧扣时代脉搏，主动适应新技术、新媒体给人文学科带来的挑战，又要始终坚持学科的主体性原则，凸显经典研读的重要地位，形塑学生的批判意识和想象力，培养“厚植家国情怀、彰显人文底色、回归经典研读、凸显多学科交叉融通、重视创新人才培养”的高素质跨文化人才。

邹　赞

2022 年 9 月

目　录

"想象的共同体"与当代西方民族主义叙述的困境[①]

——对本尼迪克特·安德森《想象的共同体》的批判性解读

邹赞　欧阳可惺

一

"民族主义"是一个相当晚近才出现的概念，18 世纪末期，德国哲学家约翰·戈特弗里德·赫尔德（Johann Gottfried Herder）和法国神父奥古斯丁·德·巴鲁尔（Abbé Augustin de Barruel）"使用该词并使之具有可辨识的社会和政治的含义"[②]。在英语语境中，"民族主义"起先是一个神学用语，意思是"某些民族成为上帝选民的信条"[③]。从词源学角度考察，"Nationalism"的后缀"-ism"本身就负载着不言而喻的"枯燥信条"和"自我中心"之义，由此，民族主义也就常常被理解为带有某种"唯我独尊"和民族自我/中心主义的倾向，它结合不同的社会历史语境，履行着整合/崩解的"双刃剑"式政治文化功能。冷战以降，民族主义与全球化成为重塑世界政治格局和文化地形图的两大主要思潮，"全球化/本土性""文化霸权主义/文化民族主义""民族文化认同/族群政治"等成为人们考量当下语境与主体性坐标所无法绕避的关键概念。

民族主义在知识分类学上有着复杂的谱系，汉斯·科恩（Hans Kohn）采用"东西二分法"，从血统和地理维度将其分为"公民民族主义"（西

---

① 本文原载于《中南民族大学学报（人文社会科学版）》2011 年第 1 期，中国人民大学复印报刊资料《民族问题研究》2011 年第 5 期全文转载。

② ［英］安东尼·史密斯著，叶江译：《民族主义：理论，意识形态，历史》，上海人民出版社 2006 年版，第 6 页。

③ ［英］安东尼·史密斯著，叶江译：《民族主义：理论，意识形态，历史》，上海人民出版社 2006 年版，第 6 页。

方）和“族裔民族主义”（东方）；更常见的一种分类法是按照不同领域来划分，诸如政治民族主义、文化民族主义、宗教民族主义等；安东尼·史密斯（Anthony Smith）从研究范式维度对民族主义的区分影响颇大，经常为不同学科的学者们所引证。在安东尼·史密斯总结出来的诸种范式中，现代主义的民族主义研究范式堪称最正统、最主流，其中，汤姆·奈恩（Tom Nairn）和迈克尔·赫克托（Michael Hechter）诉诸经济视角，厄内斯特·盖尔纳（Ernest Gellner）专注于社会文化视角，安东尼·吉登斯将民族主义与国家主权直接等同起来，埃里·凯杜里（Elie Kedourie）则强调民族主义意识形态的不同层面。在现代主义范式之内，埃里克·霍布斯鲍姆（Eric J. Hobsbawm）和本尼迪克特·安德森（Benedict Anderson）被归入“建构主义”一脉，前者认为民族产生于“被创造的传统”，后者则将民族定义为“想象的政治共同体”。此外，还有“永存主义”“原生主义”“族群—象征主义”和不够成熟的“后现代主义”研究范式。① 随着民族主义在国际政治、经济和文化场域中的意义愈益凸显，欧美学界出现了一批相关研究成果，有一部分已经被翻译介绍到了中国，在学术界引发论争或产生影响。②

---

① 详细论述参见［英］安东尼·史密斯著，叶江译：《民族主义：理论，意识形态，历史》，上海人民出版社2006年版，第46－64页。

② 比较有代表性的著作有：*Nations before Nationalism*（J. A. Armstrong），*Nations and States*（Hugh Seton-Watson），*Nations and Nationalism*（Ernest Gellner），*The Break-up of Britain: Crisis and Neo-Nationalism*（Tom Nairn），*The Crisis of the National State*（Wolfgang Freidmann），*Nationalism and the State*（John Breuilly），*The Ethnic Origins of Nations*（Anthony Smith），*Nations and Nationalism since 1788*（Eric J. Hobsbawn），*Identity as Ideology: Understanding Ethnicity and Nationalism*（Maleśević，Sinisa），等等。此外，北欧学者斯坦·托纳森、后殖民理论家霍米·巴巴和佳亚特里·斯皮瓦克也分别在区域研究、文学叙事等领域发表有关民族主义的重要论述。西方民族主义著作在中国大陆的译介，主要有中央编译出版社的“民族主义研究学术译丛”，收录埃里·凯杜里的《民族主义》、厄内斯特·盖尔纳的《民族与民族主义》；中央民族大学出版社的“民族学人类学译丛”，收录《人民·民族·国家：族性与民族主义的含义》《族性》《民族与国家：对民族起源与民族主义政治的探讨》等；江苏人民出版社的“海外中国研究丛书”，收录杜赞奇的《从民族国家拯救历史：民族主义话语与中国现代史研究》，生活·读书·新知三联书店的“法国思想家新论”收录吉尔·德拉诺瓦的《民族与民族主义》、皮埃尔－安德烈·塔吉耶夫的《种族主义源流》；上海人民出版社的“世纪人文系列丛书”收入安东尼·史密斯的《民族主义：理论，意识形态，历史》、本尼迪克特·安德森的《想象的共同体：民族主义的起源与散布》、霍布斯鲍姆的《民族与民族主义》；中央编译出版社的“另类视野”收录许永强、罗永生选编的《解殖与民族主义》，陈顺馨、戴锦华选编的《妇女、民族与女性主义》；此外，安东尼·史密斯的《全球化时代的民族与民族主义》、凌津奇的《叙述民族主义——亚裔美国文学中的意识形态与形式》、安东尼·吉登斯的《民族－国家与暴力》、帕尔塔·查特吉的《民族主义思想与殖民地世界：一种衍生的话语?》也广有影响。

应当说，盖尔纳、霍布斯鲍姆和史密斯的民族主义叙述带有明显的欧洲中心主义意味，他们不约而同地把第一波民族主义浪潮上溯至18世纪末19世纪初的欧洲，此外，史密斯对于民族主义的考察建构在纯历史的视域中，盖尔纳从"意愿/文化/政治单位结合"的角度定义民族，陷入一种"民族主义造就了民族"的非历史的结构功能论，霍布斯鲍姆采取的是一种"自上而下"的治理构想，认为民族单位等同于政治单位，狭隘地强调民族与主权国家之间的关联。如果说，盖尔纳等人的理论主要是在社会政治学与国际关系学领域产生影响，那么，安德森的《想象的共同体：民族主义的起源与散布》（以下简称《想象的共同体》）由于对宗教、语言和现代小说精细入微的"另类"阐释，"可能对以文化与'意识'（consciousness）为研究对象的社会、人文学科的影响更大"①。在中国现当代文学和文化研究界，"想象的共同体"已经成为炙手可热的理论话语，为人们逾越既有的民族主义理论的政治经济学范畴、从文学/文化文本的话语层面探讨民族国家建构提供了诸多启示。考虑到理论在旅行过程中的"变异"与"误读"，"想象的共同体"在被挪用来分析中国的现实问题时就必须谨防掉入陷阱，毕竟，理论的原初语境和接受语境是如此迥然而别，杜赞奇就直言不讳地批评了安德森对于印刷资本主义功用的过度推崇，"一味强调印刷资本主义促进了对于共同命运的想象及同步性，就忽视了书面语言与口头语言之间的复杂关系"②。

下文试以安德森的《想象的共同体》（原著第二版，译著2005年版）为讨论中心，兼以盖尔纳、史密斯、霍布斯鲍姆等人的论述为参照，批判性解读"想象的共同体"的复杂内涵，并进一步指出当代西方民族主义叙述的困境。

二

安德森在开篇处就援引本雅明之语"逆其惯常之理以爬梳历史"，表明该书的宗旨是"从另类视角书写民族主义"。与盖尔纳等人以欧洲为中

---

① 参见［美］本尼迪克特·安德森著，吴叡人译：《想象的共同体：民族主义的起源与散布》，上海人民出版社2005年版，"导读"第14页。

② ［美］杜赞奇著，王宪明等译：《从民族国家拯救历史：民族主义话语与中国现代史研究》，江苏人民出版社2009年版，第52页。

心的民族主义叙述不同，安德森将研究对象投射到东南亚，扮演了一个“同情弱小民族的‘入戏的观众’”（吴叡人语）。安德森对于研究对象和研究方法的选择，很大程度上取决于他独特的人生经历。

安德森出生于中国，成长在一个具有多元文化背景的家庭，少年时遭遇战乱，有过流亡经历。爱尔兰裔的流散情结，加之胞弟佩里·安德森——英国第二代新左派领军人物——潜移默化的影响，安德森开始了对于帝国政治的启蒙认知。后来，安德森就读于康奈尔大学，师从著名的批判知识分子乔治·卡欣（George Kahin），专攻“印度尼西亚研究”，在印度尼西亚进行田野调查期间，他亲历了苏加诺总统威权民粹政权的反西方民族主义政治运动。由于“康奈尔文件”[①] 事件威胁到苏哈托政权的合法性，安德森被禁止进入印度尼西亚。这反倒是一个契机，促使他将关注视点从印度尼西亚转向了越南、菲律宾、泰国和东帝汶，“从单一个案的、深陷入具体细节的‘微观式’研究中解放出来，使他得以发展出一个比较的、理论性的以及较宏观的视野”[②]。安德森在东南亚的田野工作和参与反越战运动的经历奠定了其民族主义理论的批判性基调，此外，他在剑桥修读文学和古典研究时所训练出的细读功夫，加上佩里·安德森、汤姆·奈恩等注重社会历史研究的左翼知识分子的影响，也为《想象的共同体》提供了融历史社会学、比较研究、人类学和文本细读于一炉的跨学科研究路径。

《想象的共同体》的英文副标题是 *Reflections on the Origin and Spread of Nationalism*，Origin 和 Spread 两个动态名词表明了安德森试图发掘民族主义的衍生过程及其复杂的脉络。关于第二版的修订意图，安德森开宗明义地指出，“使之符合现实世界与民族主义研究的巨大变化”[③]。“导论”部分主要涉及两个问题：其一，勾描民族主义的研究现状。民族主义的影响无处不在，具有说服力的民族主义理论却寥寥无几，尽管有赫尔德、卢梭、伯克等人的筚路蓝缕之功，但民族主义依旧显得“根底浅薄”，缺乏

① 可参见本尼迪克特·安德森著，徐德林译：《椰壳碗外的人生：本尼迪克特·安德森回忆录》，上海人民出版社 2018 年版；梁展：《普遍差异、殖民主义与未完成的共同体——本尼迪克特·安德森的民族主义想象》，《外国文学评论》2020 年第 4 期，第 27 – 29 页。

② ［美］本尼迪克特·安德森著，吴叡人译：《想象的共同体：民族主义的起源与散布》，上海人民出版社 2005 年版，第 6 页。

③ ［美］本尼迪克特·安德森著，吴叡人译：《想象的共同体：民族主义的起源与散布》，上海人民出版社 2005 年版，“第二版序”第 2 页。

像霍布斯、托克维尔、马克思、韦伯那样举足轻重的思想家。基于马克思主义与自由主义在解答"民族"和"民族主义"问题上的不足，安德森决定尝试以"哥白尼精神"对"'民族主义'这个'异常现象'提出一个比较令人满意的诠释"①。必须注意的是，安德森在介入民族主义问题时的基本思维方式是反冷战逻辑的，他认为中、越、苏等社会主义国家内部的冲突和战争已经不适用于此前的社会主义/资本主义对决模式，民族主义是造成这些国际冲突的根本原因。安德森倾向于将民族的属性和民族主义看成是"特殊类型的文化的人造物"（cultural artefacts）②，这也充分表露出安德森的建构/构成主义研究取向。其二，安德森将民族界定为"它是一种想象的政治共同体——并且，它是被想象为本质上有限的（limited），同时也享有主权的共同体"③。我们可以对安德森的界定作四个层面的解读：首先，为什么是"想象"的？由于生活区域的限制，民族的成员体往往不可能彼此熟悉、相遇，只能靠一些内心的意象将彼此联结起来。安德森指责盖尔纳"太热切地想指出民族主义其实是伪装在假面具之下，以致他把'发明'（invention）等同于'捏造'（fabrication）和'虚假'（falsity），而不是'想象'（imagination）与'创造"（creation）'"。④ 这也提醒我们要注意安德森的措辞，"共同体"是"想象"（imagination）而非"虚构（假）"（imaginary）的。使用"想象"一词，表明了安德森的民族主义理论所关注的对象并非纯粹的主观心理意识，而是一种涂尔干式的"社会事实"（social fact）。在安德森的考量框架中，民族共同体都是想象出来的，区分各民族共同体的标准只能是"想象的方式"。其次，民族总是被想象为"有限的边界"，不管边界如何移动、扩张，也绝不可能等同于全人类。安德森直截了当地指出，基督徒那种普世主义的浪漫幻想太不切合实际。再次，民族为什么会被想象为拥有主权？神谕的、阶层制的王朝叙事遭遇拆解，加之宗教多元主义的"跨域化"，民族于是期待能够逾越宗教信仰

① ［美］本尼迪克特·安德森著，吴叡人译：《想象的共同体：民族主义的起源与散布》，上海人民出版社2005年版，第3页。

② ［美］本尼迪克特·安德森著，吴叡人译：《想象的共同体：民族主义的起源与散布》，上海人民出版社2005年版，第4页。

③ ［美］本尼迪克特·安德森著，吴叡人译：《想象的共同体：民族主义的起源与散布》，上海人民出版社2005年版，第6页。

④ ［美］本尼迪克特·安德森著，吴叡人译：《想象的共同体：民族主义的起源与散布》，上海人民出版社2005年版，第6页。

与支配领土范围不一致的藩篱，幻想着自由，而“衡量这个自由的尺度与象征就是主权国家”。[①] 最后，民族为什么会被想象为“共同体”？安德森强调了深沉的同志之爱和富有牺牲精神的民族情感，书中第八章也专门谈论了爱国主义和种族主义。民族属性因为一种“自然的连带关系”，将想象出来的“有机共同体”看成是公正无私的，并愿意为之牺牲。安德森对民族主义和种族主义作了辨析，“民族主义乃是从历史宿命的角度思考的，而种族主义所梦想的却是从时间开始经由一系列永无止境而令人作呕的交配传递下来的永恒的污染……这是发生在历史之外的”[②]，并且，种族主义的根源主要是阶级意识形态而并非民族主义意识形态。要解答为什么关于“民族”的想象会产生如此巨大的威力，就必须探讨民族主义的文化根源。

耐人寻味的是，安德森以“死亡”作为起点来考察民族主义的文化根源，由于民族主义的想象（比如历史上的民族英雄）多关切死亡和不朽，因此与人们对于宗教的想象有着千丝万缕的联系。达尔文的社会进化论无法解答生命中的偶然和宿命，宗教则试图以“重生”的承诺勾连起生与死之间的连续。18 世纪的西欧见证了民族主义的诞生，也目击了宗教式思考模式的衰颓，“这个启蒙运动和理性世俗主义的世纪同时也带来了属于它自己特有的、现代的黑暗”[③]。这个时代迫切通过世俗的形式，“重新将宿命转化为连续，将偶然转化为意义”[④]。“民族”最适合于完成这个使命，“民族”在过去与未来的时空隧道里穿行，将偶然化为命运。安德森主张：“应该将民族主义和一些大的文化体系，而不是被有意识信奉的各种政治意识形态，联系在一起来加以理解，这些先于民族主义出现的文化体系，在日后既孕育了民族主义，同时也变成民族主义形成的背景，只有将民族主义和这些文化体系联系在一起，才能真正理解民族主义。”[⑤] 安德森接下来讨论这些大的文化体系中的两种表现形式：宗教共同体和王朝。宗教共

---

① ［美］本尼迪克特・安德森著，吴叡人译：《想象的共同体：民族主义的起源与散布》，上海人民出版社 2005 年版，第 7 页。

② ［美］本尼迪克特・安德森著，吴叡人译：《想象的共同体：民族主义的起源与散布》，上海人民出版社 2005 年版，第 146 页。

③ ［美］本尼迪克特・安德森著，吴叡人译：《想象的共同体：民族主义的起源与散布》，上海人民出版社 2005 年版，第 10 页。

④ ［美］本尼迪克特・安德森著，吴叡人译：《想象的共同体：民族主义的起源与散布》，上海人民出版社 2005 年版，第 10 页。

⑤ ［美］本尼迪克特・安德森著，吴叡人译：《想象的共同体：民族主义的起源与散布》，上海人民出版社 2005 年版，第 11 页。

同体的衰落和王朝的式微是民族主义得以产生的“背景”，前者是以所谓神圣语言和书写文字媒介为中心的符号霸权系统，伴随着欧洲人的海外探险，信仰日益沾染“领土化”与“相对化”的政治意图，加上拉丁文逐渐失去了作为神圣语言的霸主地位，宗教共同体自然难逃崩解的厄运。至于后者，旧有的王朝依靠多层妻妾制和联姻的“性政治”来统合多样化、异质性的民众，但是许多君主为了维护其专制统治，很早就在探究以“民族”之名来建构其统治的合法性了。安德森反对那种认为“民族的想象共同体就真是从宗教共同体和王朝之间孕育，然后再取而代之”① 的线性因果论，强调真正值得思考的是人们在面对宗教共同体和王朝衰落时理解世界方式的“变化”。首先是时间观念的变化，安德森引入了本雅明关于“同质的、空洞的时间”的著名描述，他以小说和报纸为例，详述这两种世俗的印刷媒介如何激起“想象的关联”，让人们可以想象出共同体的其他成员与自己“同步存在”，从而理解“同质的”“空洞的”时间。印刷资本主义为“共同体”的“想象”提供了技术和物质条件。

虽然印刷资本主义使得“水平—世俗的、时间—横向的”共同体成为可能，但是，何以民族会成为这类共同体的首选呢？安德森以“语言”为中心，分析了现代民族意识得以形成的几个因素：资本主义是众多原因中至为重要的，“资本主义的逻辑因此意味着精英的拉丁文市场一旦饱和，由只懂单一语言的大众所代表的广大潜在市场就在招手了”②。方言化的印刷资本的兴起，极大地解构了拉丁文自身的神圣地位，也使得行政方言的偶然发展成为可能，但是在安德森看来，这些因素的作用可能主要是消极的，“即使这几个因素当中的任何一个，或者全部，都不存在，我们还是很可能想见新的想象的民族共同体的出现”③。而所谓的积极因素，就是资本主义、印刷品和人类语言的“巴别塔宿命”三者之间的相互作用。资本主义在介乎拉丁文和口语方言的“夹层”处创造了印刷语言，实现了不同语言的人们可以相互交流的愿望，此外，印刷资本主义赋予语言一种新的

① ［美］本尼迪克特·安德森著，吴叡人译：《想象的共同体：民族主义的起源与散布》，上海人民出版社 2005 年版，第 11 页。

② ［美］本尼迪克特·安德森著，吴叡人译：《想象的共同体：民族主义的起源与散布》，上海人民出版社 2005 年版，第 39 页。

③ ［美］本尼迪克特·安德森著，吴叡人译：《想象的共同体：民族主义的起源与散布》，上海人民出版社 2005 年版，第 42 页。

“固定性”（fixity），“为语言塑造出对‘主观民族理念’而言是极为关键的古老形象”[①]。并且，与旧的行政方言不同的权力语言也被创造出来了，在印刷语言中争夺起话语权。以上几个因素的耦合，为现代民族的登场奠定了基础。安德森特别指出，当代民族国家的边界与特定印刷语言的使用范围并不相符，语言恰恰体现了民族与国家之间的张力关系。

安德森在第一部分（前三章）侧重对民族和民族主义起源的理论阐释，第二部分（第四章至第七章）采用历史叙述的方式，梳理出民族主义在全球播撒的四次浪潮。与盖尔纳等学者采取的欧洲中心视点不同，安德森将第一波民族主义设定在“18 世纪的美洲”。首先，安德森指出，汤姆·奈恩对于民族主义起源的民粹主义解释并不具有普适性，不能用来分析美洲的民族主义问题，这一点也反映出安德森本人的民族主义理论具有自觉的“语境”意识，比如他在分析第二波“欧洲语言民族主义”时，就重点分析了它的民粹主义特征。其次，安德森试图回答“为什么欧裔海外移民的共同体会在大部分欧洲国家之前发展出他们的民族国家”，一方面，启蒙运动的思想火种、殖民地与母国共同分享的语言和文化促使“新经济和政治学说得以相对较迅速轻易地传到美洲”[②]。另一方面，欧裔移民的美洲之旅是一次“受束缚的朝圣之旅”，尽管他们与母国同胞分享语言、宗教或礼节，但他们会因为欧裔海外移民的身份而遭到母国排斥，陷入一种身份危机。母国的制度性歧视与殖民地的边界重合，欧裔移民在“受束缚的朝圣之旅”中形成了共同的体验，于是，殖民地被想象为“祖国”，殖民地人们被想象成“他们的民族”。美洲的民族想象之所以成为可能，印刷资本主义也功不可没，18 世纪后半期，大量地方性报纸涌现，“即使是‘世界性的事件’也都会被折射到一个方言读者群的特定的想象之中”，“一个穿越时间的稳定的、坚实的同时性（simultaneity）概念对于一个想象的共同体有多么重要”[③]。第二波欧洲语言民族主义可以被称为“欧洲民粹主义—语言民族主义”，与被安德森描述为“前辈”的美洲民族主义相

① ［美］本尼迪克特·安德森著，吴叡人译：《想象的共同体：民族主义的起源与散布》，上海人民出版社 2005 年版，第 44 页。

② ［美］本尼迪克特·安德森著，吴叡人译：《想象的共同体：民族主义的起源与散布》，上海人民出版社 2005 年版，第 51 页。

③ ［美］本尼迪克特·安德森著，吴叡人译：《想象的共同体：民族主义的起源与散布》，上海人民出版社 2005 年版，第 60 页。

比较，欧洲民族主义更强调民族印刷语言的重要性，美洲民族主义和法国大革命也为它提供了"盗版"的模型。与美洲不同，欧洲各国基本上是多方言的，"权力与印刷语言在地图上各自管辖着不同的领土"①。地理大发现和不断深入的拓殖运动催生了一场语言革命，随着比较语言学的建立，拉丁文等古老神圣语言要与方言相互竞争，辞典编纂家、文学和语言领域的专业知识分子使得"逐渐逼近的语言之间的平等主义终于现身"②。由于资产阶级的内聚力受到印刷语言（方言）的制约，他们因此呼吁"方言统一"，寻求构建"以方言为基础的国家语言"，那些掌握印刷资本的制媒者和专业知识分子也因势利导地发展以方言为基础的民族出版业，将广大的中间阶层纳入阅读消费大众。以上两个因素的结合，促成了一波颇具民粹主义倾向的欧洲语言民族主义。第三波是"官方民族主义"，它是对群众性民族主义的反动，19 世纪中后期，由于辞典编纂学的革命与欧洲民族主义运动的兴起，诸多王朝/专制国家遭遇了文化和政治上的困难，"基本出于行政的理由，这些王朝以或快或慢的速度确定了某种方言作为国家语言"③。安德森将官方民族主义表述为"俄罗斯化"的"归化"（naturalization）策略，是统治者为了延续其对多语领土的统治权的手段。英国、日本、匈牙利等具体个案表明：官方民族主义"自上而下"地将王朝与民族一体化，所仰仗的"策略"包括"学校教育""印刷宣传""官方历史书写"甚至"军国主义"。最后一波是"一战"后的亚非民族主义，既是对与官方民族主义相联系的帝国主义的反应，也吸取了前三波民族主义的经验，比如美洲民族主义的"公民—共和"理念、欧洲民粹主义—语言民族主义的选举和政党组织、官方民族主义的教育体系。安德森首先以印度尼西亚为正面例证，认为通晓双语的知识精英是殖民地民族主义者的雏形，由于歧视性的殖民地行政与教育体系同时将殖民地民众的社会政治流动限定在殖民地的领土范围之内，这一体验类似于美洲欧裔移民的"受束缚的朝圣之旅"，"领土的边界"于是被想象为"民族的边界"。法属西非和印

---

① ［美］本尼迪克特·安德森著，吴叡人译：《想象的共同体：民族主义的起源与散布》，上海人民出版社 2005 年版，第 75 页。

② ［美］本尼迪克特·安德森著，吴叡人译：《想象的共同体：民族主义的起源与散布》，上海人民出版社 2005 年版，第 69 页。

③ ［美］本尼迪克特·安德森著，吴叡人译：《想象的共同体：民族主义的起源与散布》，上海人民出版社 2005 年版，第 81 页。

度支那被用来作为反例，正是因为教育的朝圣之旅和行政的朝圣之旅之间的错位，它们才没有达成“民族想象”的模塑条件。值得一提的是，安德森反思了语言在塑形民族这一想象共同体过程中的意义：语言是想象一个共同体的媒介，语言的重要性就在于为“想象的共同体”创建“事实上的、特殊的连带”，但是，“在一个以民族国家为至高无上的规范的世界里，所有这一切都意味着，如今即使没有语言的共通性，民族也还是可以被想象出来的……出于一种对已经被现代史证明为可能的事物的普遍知觉”[①]。随着革命意识的传播和工业资本主义的发展，无需借助语言的统一来建构民族想象已经成为可能，瑞士的民族主义即是一例。安德森将瑞士民族主义归入最后一波，也说明了这一时期民族主义在形态上的多元性。

在1991年的修订版中，安德森新增加了两章内容[②]，吸收了一些新理论来分析民族主义的建构方式。“爱国主义与种族主义”一章侧重于探讨诗歌/小说对于塑造民族情感的重要意义，新增加的两章则更具后现代主义色彩，有意识地矫正了此前对于民族主义叙述的“纯洁的整体性”，转而“将民族主义意识形态描绘为一种霸权活动”[③]。这同时也印证了北欧学者斯坦因·托纳森（Stein Tonnesson）和汉斯·安德罗夫（Hans Antlov）对《想象的共同体》的中肯评价，“连接现代与后现代研究途径的桥梁”[④]。人口调查、地图和博物馆是模塑殖民地民族主义想象的三条路径，帝国借助人口调查的行政权力，将殖民地政府用分类思想想象出来的认同“具体化”，同时以系统量化为原则，忽略人群的异质性，给予民众一个“明确”的位置，“每个人都在里面，而且每个人都占据了一个——而且只

① ［美］本尼迪克特·安德森著，吴叡人译：《想象的共同体：民族主义的起源与散布》，上海人民出版社2005年版，第127页。

② 该书英文版的第九章是“The Angel of History”（历史的天使），题目显然是借自本雅明，该章谈到了革命与民族主义的“模式—盗版”问题，并且以中国、越南等社会主义国家为分析个案，但因为涉及对中越战争等敏感话题的分析，故未能加入“理论的旅行”中来。参看 Benedict Andersion·“The Angel of History”，*Imagined Communities*：*Reflections on the Origin and Spread of Nationalism*，London：Verso，1991. 也可参阅吴舒洁的相关讨论：《重读〈想象的共同体〉》，《文艺理论与批评》2009年第6期，第20页。

③ ［美］杜赞奇著，王宪明等译：《从民族国家拯救历史：民族主义话语与中国现代史研究》，江苏人民出版社2009年版，第52页。

④ 参见［美］本尼迪克特·安德森著，吴叡人译：《想象的共同体：民族主义的起源与散布》，上海人民出版社2005年版，“导读”第14页。

有一个——极端清楚的位置”①。这当中也会存在一些协商，比如宗教共同体的族群化过程。殖民地政府将位于各层级的人们以“结构”的方式统合起来，并且依照这种想象的“族群—种族”层级结构原则来组建官僚机器。受泰国历史学家东猜的启发，安德森引入地图的概念，认为地图与权力结盟，印刷地图形塑了东南亚人新的空间想象，此处可以察觉安德森受到了后现代主义关于“地图在先，地形在后”的空间理论的影响。博物馆学也是当代文化理论所热衷的议题②，在机械复制时代，殖民地政府有意味地将“考古”与“权力”结合起来，借助视觉记忆，“古迹”“文物”通过复制与再现，构筑出一种历史的深度，博物馆遂成为讲述殖民政府的家史、想象殖民地领土的有效方式。新/旧空间的同时并存，为民族主义在美洲率先出现提供了土壤，也形构了殖民政府与母国和新民族之间的协商关系。此外，民族传记也是建构民族主义历史叙述的方式，个人立传一般是从头讲到尾，民族传记则需要“溯时间之流而上”，启动记忆/遗忘机制，将历史叙述为自我的书写，从而达成民族认同。

三

安德森以精巧迷人的笔法叙述了一个关于“民族主义”的“现代故事”，他在历史分析和社会学的理论迷宫中穿行，以庞杂的关涉世界史、文学叙事、宗教等多重维度的视角书写了“民族主义”理论的建构论神话。与安东尼·史密斯那本教材式的论著③相比，安德森的《想象的共同体》在体例和结构上无疑要更为复杂，但正是这样一个看似圆满的“故事”，其间密布着层层裂隙。国内已有学者对“想象的共同体”提出了诸多质疑，比如：对民族主义的界定十分模糊、忽视了民族主义产生的血缘

① ［美］本尼迪克特·安德森著，吴叡人译：《想象的共同体：民族主义的起源与散布》，上海人民出版社2005年版，第156页。

② 斯图亚特·霍尔、托尼·本内特等人都有相关论述，参见Tony Bennett. *The Birth of the Museum*，Routledge，1995.

③ 安东尼·史密斯担任国际著名期刊*Nation and Nationalism*杂志的主编，其关于民族主义的著述甚丰，声名显赫。《民族主义：理论，意识形态，历史》是一部很受欢迎的“民族主义研究”入门读物，撰写体例按照“概念—范式—理论—历史—前景”的模式展开，颇似教科书。

和地理维度、对中国民族主义问题的适用性十分有限等。[①] 笔者不再赘述各家之言，现补充几点批判性的意见，并希图碰触当代西方民族主义叙述的若干困境。

第一，安德森是民族主义理论“建构派”的主要代表，与阿姆斯特朗等“原生论”者的理论判然而别，安德森尤其重视社会文化心理对于构建民族想象的重要作用。正如该书开篇所提到的，由于自由主义在民族主义问题上未能提供合理的诠释，安德森决定另辟蹊径，抛开政治经济的决定性作用，从文化意识和语言层面探求民族何以形成如此“深厚的情感”。这里不妨对盖尔纳和霍布斯鲍姆作一简单的比较，盖尔纳非常重视经济对于形构民族国家的作用，他从“农耕—工业”的社会形态更替来谈及民族主义时代出现的背景，认为“民族主义是工业化社会组织的结果”[②]，霍布斯鲍姆则提到德国的政治经济学家李斯特关于“国民经济”的论述取代了古典自由主义的经济理论如亚当·斯密的理论，后者是以企业为经济单位，而前者则把国家/民族作为经济发展的核心[③]。为了避免陷入“经济还原论”，安德森充分关注文化心理等主观向度，其“想象的共同体”理论也因此被指责为缺失了政治经济学视野。毋庸置疑，此类批评并非空穴来风，而是具有文本事实根据的。在笔者看来，这种批评流于对单一文本的表层解读，较为简单化了。我们首先应该追问“想象的共同体”理论的言说语境，它针对谁言说？为什么会在彼时成为理论热潮？究其原因，一方面是民族国家作为一个政治经济单元，在西方思想史的脉络中已经成为不言自明的“模型”，既有关于民族、民族主义、民族—国家的研究大多囿于政治经济的范畴之内，安德森则尝试着拨开政治经济学的迷雾，将关注视角投向：为什么处于不同政治经济结构中的人们能够分享同一种“情感结构”，产生出一种深厚的“同志之情”？这恰恰是既有研究未能妥善解决

① 参见马衍阳：《〈想象的共同体〉中的“民族”与“民族主义”评析》，《世界民族》2005年第3期；白建灵：《试论民族共同体的性质、内容及其形成——对所谓民族是“想象的共同体”的质疑》，《青海民族研究》2008年第2期；吴晓东：《“想象的共同体”理论与中国理论创新问题》，《学术月刊》2007年第2期；张慧瑜：《民族与民族主义——关于〈想象的共同体〉的读书笔记》，载“文化研究网”。

② ［英］厄内斯特·盖尔纳著，韩红译：《民族与民族主义》，中央编译出版社2002年版，第33页。

③ 参见张慧瑜：《民族与民族主义——关于〈想象的共同体〉的读书笔记》，载“文化研究网”。

的问题。另一方面，我们要追溯"想象的共同体"理论的原发语境，安德森关于民族主义的讨论是冷战后期的别样尝试，凸显了语言、宗教和印刷资本主义的作用，随着20世纪60年代（革命）的终结、80年代的剧变、冷战结构的破裂，以及社会主义被证实为不过是一种"另类的现代性"，整个世界情势呼唤一种新的与之相对应的理论，安德森的"想象的共同体"刚好处于后冷战与新自由主义的结合部，遂成为风靡全球的民族主义思想资源。笔者认为，政治经济维度在安德森的理论中并没有完全缺失，只不过是被融合在印刷资本主义等文化范畴之中。卢旺达种族屠杀、科索沃危机、印度尼西亚排华事件等表明：当今世界的种族/民族冲突事件无不牵系着一个复杂紧张的全球政治经济结构，任何有关民族主义的叙述都不可能完全脱离政治经济维度。安东尼·吉登斯明确指出，"如果说资本主义世界经济是现代世界体系的一个突出特征，那么，民族国家体系同样是现代世界体系的突出特征之一"①。当然，安德森过于凸显文化意识层面，难免有削"政治经济"之足以适"文化意识形态"之履的嫌疑，"（安德森）的讨论限制在20世纪民族主义的'模式化'特性中，没有注意那些迂回曲折、被压制了的可能性和未解决的矛盾"②，帕尔塔·查特吉对安德森的批评恰好表明了当代西方民族主义叙述所面临的一个困境，即面对风云变幻的世界形势，如何有效处理政治、经济、文化因素与民族主义之间的复杂关联。

第二，安德森对四波民族主义的归纳看似清晰，也有意呈现了它们之间的关系，比如官方民族主义对亚非民族主义的影响，"盗版"和"模型"等词汇的使用频率很高。这种历史线性叙述模式虽然有利于把整个故事叙述得圆滑，但忽视了每一波民族主义内部的复杂性，比如对亚非民族主义的分析就很成问题。安德森认为，解殖过程在第三世界的发展并非以"逆向种族主义"（反对白人/欧洲）的方式得到实践，针对这一提法，巴利巴尔（Etienne Balibar）批评道，"这观点是在伊斯兰原教旨主义产生最近的新发展以前提出的，虽然这种主义对于我们今天目睹的'仇外现象'有何

---

① ［英］安东尼·吉登斯著，郭忠华译：《批判的社会学导论》，上海译文出版社2007年版，第119页。

② ［印度］帕尔塔·查特吉著，范慕尤、杨曦译：《民族主义思想与殖民地世界：一种衍生的话语》，译林出版社2007年版，第33页。

影响，要加以评估，但安德森的观点是有欠完备的”[①]。巴利巴尔的理由可以归纳为：尽管亚非拉地区可能不存在“向外告知”的“第三世界”逆向种族主义，但国/国、族裔/族裔、社群/社群之间确切地存在着制度性或普遍的种族主义。大众传媒对这些种族主义观点加以扭曲、强化，使得白人种族主义“历久常新”。安德森的讨论建立在历史变动的生成语境中，但由于在论题的细部缺少很多必要的参照系，因此又存在理论预设和本质主义的倾向，同样，埃里·凯杜里对于民族主义的“梅菲斯特（《浮士德》中的魔鬼）”想象也如出一辙，本质主义和理论预设成为当代西方民族主义叙述的又一个“阿喀琉斯之踵”。

第三，安德森凭借其丰富的历史知识与娴熟的文本细读技巧，精心建构了一个“放送影响—回馈反应”的机械模式，每一波民族主义似乎都能从法国革命/欧洲民族主义那里找到可供盗版的原型。诚然，民族主义在法国和德国有着深厚的传统，比如德国浪漫主义与民族主义之间的密切关联。但安德森以欧洲民族主义为放送影响的绝对源头，自觉或不自觉地将亚非民族主义裹挟进欧洲的叙述逻辑，帕尔塔·查特吉在一篇名为“谁的想象的共同体”（“Whose Imagined Community?”）的文章中提出尖锐质疑，“如果世界上其他地方的民族主义者都必须从欧美预先提供的‘模型’中去选择‘想象的共同体’，那他们还有什么可以去想象的?”[②] 此外，安德森过于依赖小说、传记等文学性文本，明显表露出英国学院派文学批评的做派，虽然有东南亚的田野调查作为实证资料，但是全书基本上是用欧洲理论来分析欧洲以外的对象，综合考虑上述因素，这难道不算是另一种形式的欧洲中心主义吗?

第四，典型的语言与技术决定论。安德森不仅摘引本雅明的名言警句，移用其名作《历史的天使》作为章节标题，而且，“印刷资本主义”成为他的整个理论叙述中的“主角”，也显然受到了本雅明技术主义文艺思想的影响。笔者认为，安德森关于“印刷资本主义”的论述有两大不足：其一，正如杜赞奇教授所敏锐觉察到的，安德森只关注书面语言，忽视了口头语言与书面语言之间的复杂关联，这使得“想象的共同体”理论具有很大的局限性，比如对于那些文字出现得较晚或者没有书写文字的民

---

① 许永强、罗永生选编：《解殖与民族主义》，中央编译出版社2004年版，第130页。

② John Hutchinson & Anthony Smith. *Nationalism*: *Critical Concepts in Political Science*, Routledge, 2000, p. 940.

族来说，他们大多依靠口头传唱的民间文艺来维系一种深厚的共同体情感，并不分享印刷资本主义的任何成果。其二，将印刷资本主义对于塑造民族想象的功用过分理想化，安德森一厢情愿地鼓吹印刷技术革新和科技传播的重大影响，完全忽视了印刷媒介的接受群体。如果引入罗兰·巴特关于"作者死了"的提法及其对"可读的文本/可写的文本"的区分，或者是参照接受美学理论，就会发现印刷媒介并非可以轻而易举地对受众实施"皮下注射"。其间关涉期待视野、接受动机、误读等复杂情况，安德森的论述显然过于武断和乐观。

第五，安德森在修订版中引入了后现代主义理论，将历史记忆、文化再现与民族叙事结合起来，展示出当代西方民族主义叙述的后现代走向。后现代主义的民族主义叙述本身就是一个雅努斯神话，它一方面将民族主义拓展到日常生活的微观政治层面，强调民族叙述的文本性，希望从话语之中发掘出意识形态与权力关系，"民族主义被视为一种复数形态与话语场域，各种关于民族主义的论争在此协商、汇聚"①。凌津奇对亚裔美国文学中的研究颇具代表性，通过对雷庭招、汤婷婷、赵健秀等人的小说文本的分析，试图"通过认真分析这些文本意识形态生产的形式特征……将20世纪80年代后期的亚裔美国文学话语作为一种文化生产与再生产的历史进程来加以研究"②。同样，文化多样性、差异政治学也延伸了民族主义的研究视野，女性、流散、移民和边缘群体与民族主义之间的张力关系以各种方式被呈现出来。伊瓦·戴维斯（Yuval - Davis）、沃尔拜（Walby）、凯瑟琳·霍尔（Catherine Hall）、布塔利亚（Butalia）、斯科斯基（Skurski）从符号、话语和社会运动层面阐述女性与民族、民族国家之间的悖论关系，斯科斯基指出，"作为'依附'和'他性'的标志，女人是在阶级、种族和地域等级体系中被建构出来的，并且在一种线性的历史叙述中被赋予意义"③。凯瑟琳·霍尔深入分析了伍尔夫的"女人没有国度"的言说语境及其实质内涵，认为"民族和民族主义相关的过程与行动，民族被构想、挑

① Umut Özkirimli. *Contemporary Debates on Nationalism: A Critical Engagement*, Palgrave Macmillan, 2005, p. 2.

② ［美］凌津奇：《叙述民族主义：亚裔美国文学的意识形态与形式》，中国社会科学出版社2006年版，第2页。

③ Umut Özkirimli. *Contemporary Debates on Nationalism: A Critical Engagement*, Palgrave Macmillan, 2005, p. 57.

战和理解的政治的、经济的与文化的方式，必须通过社会性别以及种族、族性和阶级的透镜来领会”[①]。另一方面，后现代主义的民族主义叙述由于过分倚重话语分析，极易沉迷于符号的能指游戏，陷入“理论主义”的深渊。安德森对于地图与博物馆形塑民族想象的描述，对于民族传记书写与记忆/遗忘机制的启动，显然受到了后现代理论的影响，试图在话语层面讨论民族共同体结构。总的看来，当代西方民族主义叙述在受惠于后现代主义（拓宽视域、延展空间）的同时，也应该对过分沉迷于微观政治层面而可能招致的危险保持警惕。从这一意义上说，安德森的“想象的共同体”理论既透露出当代西方民族主义叙述的若干困境，也为我们思考世界上其他区域的民族主义问题提供了重要的“他者镜像”。

① ［英］爱德华·莫迪默、罗伯特·法恩著，刘泓、黄海慧译：《人民·民族·国家：族性与民族主义的含义》，中央民族大学出版社2009年版，第69页。

恐惧与竞争
——论诺贝特·埃利亚斯《文明的进程》中的“文明发生”机制

刘俊杰

诺贝特·埃利亚斯（Nobert Elias，1897—1990）是20世纪最伟大的社会学家之一，其代表作《文明的进程：文明的社会起源和心理起源的研究》（以下简称《文明的进程》）一书是20世纪的人文经典读本，也是社会学的必读书目。此书集历史、政治、心理、人类学等学科知识为一炉，奠定了西方社会学发展的基础，曾一度成为畅销书而风靡整个西方世界。但从1937年试印本到1976年袖珍本的畅销，埃利亚斯差不多付出了长达四十年的时间。三十多年的流亡生涯，在德国学术界的默默无闻和其理论与当时文化传统的背离均使他未能占据“天时”“地利”与“人和”。但他一直坚信其理论的正确性，数十年来没有丝毫的动摇，终究迎来了他人生和学术生涯的高光时刻。如果说智者就是能以其思想启迪人生、启迪社会的人，那么埃利亚斯就是这样一位智者。《文明的进程》全书分上、下两卷，以中世纪晚期至18世纪的欧洲社会作为研究对象，上卷着重描写世俗上层行为的变化，即立足经验事实的生活方式变迁史；下卷重点分析权力结构的长期变化，并指出正是权力结构的变化才构成了上卷中人类生活方式变化的基础。下卷卷末还附有一个总结，题名为“文明论纲”，是埃利亚斯文明进程论观点的总结与概括，其核心在于指出人类的行为方式、生活方式和权力结构的变化是如何在人的情感结构中表现出来的。埃利亚斯从探讨人的行为举止和日常生活入手，以小见大，将宏观的社会、国家与微观的人及其行为方式结合起来，既颠覆了传统社会学将社会与人分割开来的做法，又把两者编织进相互作用的关系大网，从而重新审视了文明的发生过程。文明不是与生俱来的、天然的，而是个人心理结构和社会结构长期演化进程的结果，其内在的驱动力不是科学与理性，而是恐惧与竞争。

一、文明与文明机制

什么是文明？在人文社会科学领域，其含义往往是混乱、模糊、前后矛盾的，而且在东西方文化中，对这一概念的使用也十分复杂，几乎不可能有明确的定义。[①] 中国古代典籍中有“钦明文思”“浚哲文明”“天下文明”“文明以健”[②] 等，但其意更多指君子的文韬武略、内外德行。“五四”以后，受西学影响，其古典意义逐渐消失，与西方现代语境中的意义趋同，指“人类的某种开化状态，亦即在制度、风俗、心理等层面上相对摆脱了原始社会质朴状况的特定文化形态”[③]。而在欧洲漫长的历史发展过程中，文明的观念也几经变化。英语中文明（civilization）的词根是 civil，有“公民的、国家的、有礼貌的”等意，其源自拉丁文 civis，civilis，侧重指“市民，公民”。启蒙时期的“文明”是“civil”，其古典来源是从希腊文转化来的拉丁文“civis”，意指公民。[④] 历史学家通常认为区别于耕种等农业活动的城市生活是人类文明的开始。在启蒙运动的推波助澜下，在历史演进和知识体系的不断建构过程中，欧洲历史逐渐将文明与野蛮对立。“就其新义而言，civilization 一般指与野蛮状态相对立的状态”[⑤]，休谟也将“文明”与“野蛮”对立，甚至认为：“我们确实有一定的理由认为，那些生活在极圈之外或生活在热带的民族均较其他种族低劣，他们不可能达到人类心智的高级造诣”，“这种肤色的人几乎从来没有建立过文明的国家，甚至从来没有任何一个黑人在作为上或思辨上表现突出，他们中间没有精巧的制造品，没有科学与艺术”[⑥]。这一观点得到伏尔泰、康德等人的赞同，并认为“理性”只有在现代欧洲才能有所发展，启蒙运动只能在能完全运用“理性”的欧洲人这里才能实现。当然，受中世纪宗教思想压抑太久的欧洲人迫切需要在“文明”“理性”的引导下寻找思想的出路，

① ［法］布罗代尔著，肖昶等译：《文明史纲》，广西师范大学出版社 2003 年版，第 1 页。

② 以上四种表达被认为是汉语中“文明”一词的最早出处，分别出自李民、王健撰：《尚书译注》，上海古籍出版社，2004 年版，第 1、12 页；黄寿祺、张善文撰：《周易译注》（上），上海古籍出版社 2007 年版，第 11、85 页。意思都指“经天纬地曰文，照临四方曰明”。

③ 陈启能等：《世界文明通论：文明理论》，福建教育出版社 2010 年版，第 79 页。

④ ［英］弗格森著，林本椿、王绍祥译：《文明社会史论》，辽宁教育出版社 1999 年版，“序”第 2 页。

⑤ ［法］布罗代尔著，肖昶等译：《文明史纲》，广西师范大学出版社 2003 年版，第 24 页。

⑥ ［英］休谟著，张若衡译：《休谟政治论文选》，商务印书馆 1993 年版，第 93 页。

这种心态似乎可以理解，但"文明"唯欧洲独有的观点强化了欧洲文化中心论和优越论的思想，进而成为一种准备向世界其他国家和地区施行的价值观，这种论调尤其值得警惕。

埃利亚斯的思路则有别于19世纪传统的社会学家、历史学家的一般看法。他自小接受中产阶级热衷的德国古典教育，阅读并收藏了古典时期的许多名家著作，并对其深感兴趣。但1915年18岁的埃利亚斯在上大学前先上了战场，目睹了战争的残酷，战后的通货膨胀又迫使他辍学务工。他先后经历了德国皇权的衰败、"一战"、希特勒的独裁和政治、经济的混乱时期，深感西方曾一度讴歌的"文明"等时间、空间、道德原则之类，并非如康德认为的那般是固有的、永恒的、普遍的东西，所谓的"文明"只是遮盖并掩饰冲突和暴力的强大力量的外衣。[①] 由于他在布雷斯劳大学曾读过医科，解剖室的工作使他获得了生物构造和大脑功能等方面的知识，由此反驳了当时哲学界，甚至自柏拉图以来的根深蒂固的哲学观点，即人的世界可以分为内部心灵世界和外部世界两部分。埃利亚斯后来将其称为"封闭的人"，即作为单数的处于主客观静态二元关系的孤独的个体。埃利亚斯认为："哲学的、唯心主义的人的形象和解剖学的、生理学的人的形象并不一致。"[②] 如果仅限于哲学领域内探讨，只是对知识在时间中的变化形态的一种把握，根本无法解决此类问题。因此，他从哲学转向了社会学。将人放在知识的历史链条上，并按照复数来思考。由此，他对"文明"的理解就区别于传统社会学家："我们习惯于把'文明'视为一种财富，一种像现在这样供我们坐享其成的财富，而根本不问我们究竟是如何达到这一水准的，根本不问文明是指一个过程还是指一个过程中我们现在所处的阶段"[③]，正是对这一习惯的追问才使埃利亚斯放弃了对"文明"进行词源学上的溯源与考证（尽管也有词源的分析），而是以中世纪的水准为出发点，以一种简洁的表达指出文明"表现了西方国家的自我意识，或者也可以把它说成是民族的自我意识。它包括了西方社会自认为在最近两

---

① ［德］诺贝特·埃利亚斯著，斯蒂芬·门内尔、约翰·古德斯布洛姆编，刘佳林译：《论文明、权力与知识——诺贝特·埃利亚斯文选》，南京大学出版社2005年版，"导言"第3页。

② ［德］诺贝特·埃利亚斯著，斯蒂芬·门内尔、约翰·古德斯布洛姆编，刘佳林译：《论文明、权力与知识——诺贝特·埃利亚斯文选》，南京大学出版社2005年版，第4页。

③ ［德］诺贝特·埃利亚斯著，王佩莉译：《文明的进程：文明的社会起源和心理起源的研究·第一卷：西方国家世俗上层行为的变化》，生活·读书·新知三联书店1998年版，第130页。

三百年内所取得的一切成就”[1]。他首先将自己关注的对象界定在现代西方文明上，指出“文明”是现代西方社会发展水平的一种表现；其次，在大量一手资料和经验、假设的支持下，埃利亚斯将“文明”概括为一个过程而非一种状态，全书就是作者对“文明”这一过程的社会、心理起源的探究，也即对以人类行为的变化和社会结构的变化所相互激荡的文明的某一进程的基本特点进行探源。

埃利亚斯认为：“‘文明’一词的含义在西方国家各民族中各不相同。”[2] 社会结构会对文明产生影响，以英国、法国和德国之间的差别为甚。在英、法语言中，文明与文化并非对立。“文明”可用于政治、经济、宗教、技术、道德或社会的现实。它强调的是人类共同的东西，也体现了一种民族的自我意识。埃利亚斯特别强调了法国“推广宫廷贵族礼仪的运动，即宫廷贵族同化其他阶层的倾向”[3]，由于法国贵族同化其他阶层的作用比德国大，因而，法国宫廷贵族的礼仪与规范能自上而下地不断拓展，富裕而又表现出政治积极性的市民阶层较为容易地突破了阶级“栅栏”而逐步被宫廷同化，进而演变成一种整体的民族特征，而这一点恰恰与德国的情况相反。在德国，“文明”与“文化”是相互对立的。“文明”指有用的东西，包括人的外表和生活的表面现象，“人的行为和举止，指人的社会状况，他们的起居、交际、语言、衣着等”[4]。主要侧重个人修养，其意指大致等同于“有教养的”。区别于“文明”的“文化”则指将政治经济排除在外的思想、艺术与宗教等成就。之所以存在这样的对立，主要源于德国贵族与市民阶层之间极其严格的社会区分。即使到了18世纪依然如此，这一点也非常鲜明地呈现在文学作品中，如席勒的《阴谋与爱情》中女主人公露易丝与斐迪南之间被出身和地位扼杀的爱情。市民阶层生活圈子狭小，生活不富裕，无法像其他西方国家的中等阶层那样通过金钱的加持来打通贵族与市民阶层之间的界限。而且他们也害怕如果摧毁向上的围

① ［德］诺贝特·埃利亚斯著，王佩莉译：《文明的进程：文明的社会起源和心理起源的研究·第一卷：西方国家世俗上层行为的变化》，生活·读书·新知三联书店1998年版，第61页。

② ［德］诺贝特·埃利亚斯著，王佩莉译：《文明的进程：文明的社会起源和心理起源的研究·第一卷：西方国家世俗上层行为的变化》，生活·读书·新知三联书店1998年版，第62页。

③ ［德］诺贝特·埃利亚斯著，王佩莉译：《文明的进程：文明的社会起源和心理起源的研究·第一卷：西方国家世俗上层行为的变化》，生活·读书·新知三联书店1998年版，第83页。

④ ［德］诺贝特·埃利亚斯著，王佩莉译：《文明的进程：文明的社会起源和心理起源的研究·第一卷：西方国家世俗上层行为的变化》，生活·读书·新知三联书店1998年版，第63页。

墙，那么向下的围墙也可能会在这场风暴中被摧毁。而贵族也竭力以血统观念将中等阶层的优秀人物摒弃于宫廷贵族的生活圈子之外。讲德语的被排除在政治生活之外的中等阶级的知识分子就以“文化”，即通过道德、教育等真正的“德行”来证明自我；而宫廷贵族则以讲法语、遵从法国模式的“文明”来区分，也即康德将其提高、深化的“文明”与“文化”的相互对立。这种对立阻碍了统一的具有典范意义的“上流社会”的形成，无法像法国那样形成对下层的同化倾向，“文明”无法展开。这种对立最初只是社会矛盾，即宫廷贵族与知识分子之间。在埃利亚斯看来，这种概念的对立可能会被遗忘，或者因人们在这一概念中找不到与此相对应的价值和作用而失去生命力。但“一战”的现实使这种概念的对立重新活跃起来。“这一对立概念的内容、意义与作用也随之发生了变化，从主要用于表现社会内部的对立发展为主要用于表现民族对立”①。因而，纵观《文明的进程》全书，我们会发现，尽管全书围绕“文明的进程”展开论述，但这里的“文明”并非古代文明而是现代西方文明；并非英国、法国意义上的文明，而是德国特有的与“文化”相对立的“文明”，作为德国人的埃利亚斯也间接地探究了“究竟什么是德国的”这一问题。

埃利亚斯将文明放置在历史横向与纵向发展的坐标系中，放置在一个长期的演变过程中进行观照，他认为：“‘文明’与‘不文明’的行为之间并不存在像‘善’与‘恶’那样的对立……我们现在的行为以及我们这一阶段的文明很有可能会使我们的后人感到羞愧，就像我们的前人的行为有时会使我们产生羞愧的情感一样。”② 这使“文明”获得了一种相对性，正是在此基础上，埃利亚斯摒弃了文明的表现是天然如此的观点，提出“‘文明’是指一个过程，至少是指一个过程的结果，它所指的是始终在运动，始终在‘前进’的东西”③。从而背离了将文明与发展、进步联系在一起的机械论或目的论的形而上学的观点，进而将关注点转移至“文明”发生机制的问题上来。

---

① ［德］诺贝特·埃利亚斯著，王佩莉译：《文明的进程：文明的社会起源和心理起源的研究·第一卷：西方国家世俗上层行为的变化》，生活·读书·新知三联书店1998年版，第94页。

② ［德］诺贝特·埃利亚斯著，王佩莉译：《文明的进程：文明的社会起源和心理起源的研究·第一卷：西方国家世俗上层行为的变化》，生活·读书·新知三联书店1998年版，第129页。

③ ［德］诺贝特·埃利亚斯著，王佩莉译：《文明的进程：文明的社会起源和心理起源的研究·第一卷：西方国家世俗上层行为的变化》，生活·读书·新知三联书店1998年版，第63页。

二、恐惧——文明“发生”的心理来源

与福柯关注现代刑罚体系是如何规训与惩罚人的身体的背后实质不同，埃利亚斯将关注点放在了对个体行为方式和情感的控制机制的产生上面。弗洛伊德认为：文明是“超我”，是对“本我”的制裁、控制和规范。① “通过减弱和消除个人的危险的进攻欲望，并在个人内心建立一股力量，像一座被征服的城市中的驻军一样来监视这种愿望，从而获得对它的控制”②，罪行感就是超我和自我之间张力的结果，“文明通过鼓励把侵略性内化为超我来制止它”③。罪行感与对权威和超我的恐惧的因素相一致。权威使人断绝对本能的满足，而恐惧则促使对惩罚需要的满足。“他声称，走向文明的决定性一步，是用人们一致的力量来取代个人的力量。这种取代的实质是限制社会成员满足的可能性，而个人看不出任何这种限制。”④埃利亚斯深受弗洛伊德思想的影响，他认为，“羞耻感”和“难堪感”就是一种恐惧，它们会在某种诱因之下自动地、习惯性地再生产出来，以达到对情感控制的目的，从而实现“文明化”，而“文明化”的进程又会进一步推动羞耻感与难堪感界限前移，二者之间是一种互相推动的关系。作者引用埃拉斯穆斯《男孩的礼貌教育》这本小册子来作出说明。这本小册子主要就是培养人的“羞耻感”。中世纪时期的人对本能不加约束或约束较少，“在中世纪随地吐痰不仅仅是一种风俗，而且是一种普遍的需要。即使是在宫廷上流社会里，吐痰也被视为完全理所应当的事情。人们对自己的主要约束是：不能把痰吐在餐桌上或餐桌的对面，而应该把痰吐在桌子底下”⑤。但在文明社会里，“天使无处不在”，这一外部神灵带来的“恐惧”和“没有人会这么做”的告诫会形成一种外部强制，要求儿童克制自己的本能，遵守禁忌。当我们面对一个优越于自己的个体、群体或组织时，内心会处于一种无可奈何、完全受人摆布的状态，从而在外部制约

---

① ［奥］弗洛伊德著，徐洋等译：《论文明》，国际文化出版公司2000年版，第120页。

② ［奥］弗洛伊德著，徐洋等译：《论文明》，国际文化出版公司2000年版，第121页。

③ ［美］M. A. R. 哈比布著，阎嘉译：《文学批评史：从柏拉图到现在》，南京大学出版社2017年版，第538页。

④ ［美］M. A. R. 哈比布著，阎嘉译：《文学批评史：从柏拉图到现在》，南京大学出版社2017年版，第539页。

⑤ ［德］诺贝特·埃利亚斯著，王佩莉译：《文明的进程：文明的社会起源和心理起源的研究·第一卷：西方国家世俗上层行为的变化》，生活·读书·新知三联书店1998年版，第252页。

与内在控制下改变自己的行为方式。从宫廷礼仪到社会强制是作为“超我”来实现对“本我”情感的控制。这种外部强制带来的“恐惧”与不这样做就可能引起疾病等理性认识的“恐惧”逐步演变成自我强制，它们像“超我”一样，具备调节和抑制作用，然后被带入家庭和道德领域，成为每个人自发的行为和习惯，成为与生俱来的东西。只要人际关系的结构不变，这种感觉就会不断重复，“恐惧”带来的对人类本能欲望的压制就越来越变成私人的、内部的、普遍的感觉。

如果我们承认个人与社会并非割裂的存在而是处于相互交织的关系网中，那么文明的发生就是社会结构和心理结构两种因素同时并行的结果。社会结构的变化改变着人与人之间等级关系的差异与相互依赖的程度；而心理结构的变化又固化并推进了社会结构的变化。表现在文明的进程中，就是行为的合理化与羞耻感的推进是同步进行的。埃利亚斯将社会的发展分为三个阶段：“‘宫廷礼仪（courtoisie）’‘礼貌（civilité）’和‘文明（civilization）’”①。在法国，宫廷礼仪（courtoisie 是法语，指古代宫廷贵族的礼仪）最初只是宫廷上流社会所特有，主要为上流社会所制定，是他们可以表达自我意识并区别于下层普通民众的标志。受制于中世纪文明的水准，人们的行为方式往往依靠个人的情绪和本能，因而会出现就餐时用手掏耳朵、挖鼻孔、擦眼睛；吃饭时发出咂嘴声等看起来不够良好的举止，难堪的感觉是不存在的。而在宫廷中却有了相应的礼仪的规定。为什么会出现这样的差别？为什么要进行自我的克制？贵族上层对自我情感的克制是随社会结构的变化而变化的，这种变化又推动了难堪感和羞耻感的不断前移。由于要表现自我意识同时区别于下层普通民众，因而上层贵族要对情感进行自我控制。否则，一方面无法与下层民众进行区分；另一方面不能表达“细腻的感情”，不符合宫廷礼仪，从而会使别人产生难堪与羞愧的感觉，也就是出于“恐惧”而进行的克制。由于社会等级的不同，人又是社会网络上的节点，因而生活在各种关系中，需要相互依赖。随着社会结构的变化，人与人之间的关系愈益紧密，而人与人之间和平相处的基础是压制本能欲望，抑制自我情感。人与人之间的相互观察和自我的监督随之加强，等级高的贵族阶层要求或强迫等级低的或与之相等地位的人要遵

---

① ［德］诺贝特·埃利亚斯著，王佩莉译：《文明的进程：文明的社会起源和心理起源的研究·第一卷：西方国家世俗上层行为的变化》，生活·读书·新知三联书店 1998 年版，第 186 页。

从相应的社会水准。外在权威所带来的“恐惧”推动了羞耻感和难堪感界限的前移。随着骑士阶层的衰落，大致在16世纪，civilité（礼貌）逐渐取代“宫廷礼仪”而被频繁使用。这一阶段，人的就餐行为发生变化，如吃饭时用餐巾、不用餐巾擦脸。在吃肉问题上，避免将大块的牲畜肉端上餐桌。其原因仍和看到死去牲畜的肉让人感到恶心，同时会产生难堪的感觉有关，而且为了表明人与动物的区别，在生活中，人们会尽量避免让他人产生兽性的联想，正如弗洛伊德所说：“人类文明，……指人类生命将自己提升到其动物状态之上的有别于野兽生命的所有那些方面。”① 到18世纪，随着市民阶层的逐步宫廷化，“礼貌”逐渐被废除，“civilization”开始成为中产阶级的概念。当然这种情况在英国、法国和德国之间是存在差异的。法国宫廷贵族对下层的同化能力很强，英、法等国的市民阶层就将宫廷贵族的礼仪、观点和风俗习惯等视为自己的；而德国由于市民阶层与宫廷贵族之间的等级隔阂比较大，市民阶层只将礼貌看作宫廷中的风俗习惯而持怀疑与不信任的态度。从这一转变，我们可以看到文明的进程是伴随着宫廷礼仪自上而下进行的，并非直线式的，而是复调式的，但总体是朝着一个方向发展。

在人的行为方式更为“文明化”的过程中，理性的认识，诸如“卫生”“健康”等概念没有贡献多大的力量，人们之所以改变就餐行为，原因在于对权威的恐惧，对社会禁忌的恐惧，对“超我”的恐惧。这些恐惧带来了羞耻感与难堪感界限的前移。尽管躯体威胁和暴力强制等外在恐惧越来越弱，但社会禁忌和规范越来越多，内在恐惧增强。比如，在中世纪，外来强制较弱的情况下，在餐桌上向别人递刀的行为是正常需要，无须关心其他问题。但在武器受到限制、有了诸多戒律的情况下，刀会使人联想到攻击、流血等显而易见的危险因素，从而引发种种情感。只要递刀人做出了可能的攻击动作，如刀刃朝向接受者时，就会产生难堪感，“恐惧”就会产生，人就会迫于各种强制而改变自己的行为方式。

如果单纯按照社会现象解释社会现象的逻辑，理性认识会显得苍白无力，就会如帕森斯之流的传统社会学那般走入死胡同。因为，在他们看来人是一个封闭的、自成一体的小世界，与他人、社会相互割裂，文明与不文明只是一种静止的状态。埃利亚斯则将个人与社会放置在动态关系中，

---

① ［奥］弗洛伊德著，徐洋等译：《论文明》，国际文化出版公司2000年版，第2页。

并在社会结构和人的行为方式之间架设了一座桥梁——心理结构。埃利亚斯从心理结构与社会结构的相互关系，从外在强制与自我强制的相互制衡重新看待文明的“发生”，指出文明“发生”的心理根源乃是“恐惧”。恐惧带来了人的行为与感觉的改变，但并非“理智地”通过目标明确的措施来加以实现，“文明化”没有计划，但包含一定的方向和秩序，而这一点的解释是与文明“发生”的社会来源相互交织的。

三、竞争——文明“发生”的社会来源

与西方个体行为方式的“文明化”同时进行的是西方社会的“文明化”。个体行为方式经过了“宫廷礼仪—礼貌—文明”的阶段演化，与此相呼应，埃利亚斯从制度史出发，勾勒出了西方文明世界从封建到专制国家形成的三个阶段：“封建领主—独占—国王机制”。由此文明发生的社会结构与心理结构的变化串联了起来，表明文明是一种动态发生的过程的观点。这种动态发生的机制首先存在于个人感情冲动与理性控制之间的张力中；同时，也会因人与人之间的相互依存关系而产生超越个体的更有强制性的社会秩序，正是“这种相互交织的秩序决定了历史变迁的形成，也是文明进程的基础”①。

受心理学的影响，埃利亚斯认为竞争是人的一种本性。“凡是众多的人为着同样的机遇而奋斗，需求超过了满足需求的机遇，不管对机遇的支配权是否为人所独占，就会出现竞争的局面。”② 中世纪早期的竞争主要表现为“自由竞争”，即对生活、生产资料的私人独占，这种没有独占性的竞争实际上就是淘汰，表现为达尔文式的优胜劣汰。他们信奉利剑是取得生产资料的手段，暴力威胁是生产的手段的原则。只要个人愿意，可以随时发动战事，改变竞争态势。在封建领主阶段，因为处于对土地高度依赖的自然经济状态，人与人之间相互依赖的程度较低，而中世纪时期人对自我情感的控制较弱，人际关系的链条还不够紧密，各领主国之间通过对土地的占有而不断竞争，他们都将身家性命孤注一掷，愈演愈烈，但大都会

① ［德］诺贝特·埃利亚斯著，袁志英译：《文明的进程：文明的社会起源和心理起源的研究·第二卷：社会变迁　文明论纲》，生活·读书·新知三联书店1999年版，第252页。

② ［德］诺贝特·埃利亚斯著，袁志英译：《文明的进程：文明的社会起源和心理起源的研究·第二卷：社会变迁　文明论纲》，生活·读书·新知三联书店1999年版，第167页。

陷入一种循环：通过军事、经济暴力或和平协商的方法，从对手那里取得更大的竞争机遇，获得霸权，但在或短或长的时间内，他们又将面临新的数量级的对手，机遇将被重新分配。这种循环还有可能陷入霍布斯认为的“人对人是狼”的危险状态。埃利亚斯称其为“征伐统治者阶段”与“保守统治者阶段”的相互交替，也就是“封建化”的过程，即“统治权和土地的逐步分散，国土从从事征伐的中央领主手中转移至武士阶层手中”①。另外，还存在一种情况，占有土地的大领主，通过分封土地的方式巩固自己的地位，但由于缺乏外在强制和自我控制，自己的助手和仆从总想脱离领主而伺机崛起，从而产生离心力量。在自然经济关系中，这样就很难产生统一、稳定、强有力的中央集权的官僚体制，而以现代社会和平方式完成的中央监控自然也无法实现，即无法实现对机遇的分配调控。这一时期不断增长的人口和对土地需求的比例失调进一步加剧了对外扩张、对内紧张的局势。人与人之间只存在武力的外部威胁，情绪和本能情感不受约束，无法产生出严格而稳定的“超我”实现对“自我”的控制。“文明”的意义很难发生改变。随着骑士阶层的兴起，人与人之间相互依赖的程度增强，这带来了人对自我情感的约束，上层内部开始形成微弱的行为抑制模式，即上文所说的宫廷礼仪以及礼仪自上而下的普及。

随着市民阶层的崛起，封建领主和骑士阶层不断衰落，货币经济得到了长足发展。商业与贸易的繁荣使人们对货币的需求增加。在自然经济时代对土地的依赖转变为对商业税收和货币的依赖。社会分工越来越细化，人与人之间相互依存的程度和生存与加工、商业与贸易的关系程度紧密关联。大的封建领主通过强大的暴力实现了税务独占，占有了大量的货币。而对权力和税收的独占也开始沿着从“私”走向“公”再走向“国家”的趋势进行。因为人际网络总是趋向于：“对独占朝着有利于整个人际网络和整个人际网络的意义上的方向进行调节，不管有什么因素作为抵制的机制穿插其间，也不管有什么因素在反复较量的冲突状态中阻碍过程的发展。”② 独占会导致对机遇的支配权的集中，在社会分工严格而又细密的情况下，当各集团利益的分布不能实现均衡，或无法通过武力决战来化解利

① ［德］诺贝特·埃利亚斯著，袁志英译：《文明的进程：文明的社会起源和心理起源的研究·第二卷：社会变迁　文明论纲》，生活·读书·新知三联书店1999年版，第34页。

② ［德］诺贝特·埃利亚斯著，袁志英译：《文明的进程：文明的社会起源和心理起源的研究·第二卷：社会变迁　文明论纲》，生活·读书·新知三联书店1999年版，第125页。

益冲突或矛盾时，“便是强大的中央政权胜利高歌向前迈进之时”①，此时，国王机制就会形成。在这一机制中，由于国王处于竞争的中心，他必须时刻注意调节贵族与市民阶层之间的关系来实现协调和凝聚的社会功能。埃利亚斯认为在社会结构发生转变的过程中，人的心理结构也发生了变化。由于处于自然经济阶段，尽管存在交换这样的贸易行为，但贸易的开展不是物物交换就是强取豪夺，人与人之间的关系链条简单而粗暴，相互依存的程度不高。但进入贸易经济阶段，社会的职能分工越来越细密，物物交换的形式开始因货币的出现而发生变化，人与人之间依赖的程度提高，这要求对个人行为进行克制与互相的监控。埃利亚斯指出：“鉴于其行为的深远后果而对其眼前的情绪与本能的冲动加以克制；它们在个人身上……培养一种均衡的自我控制……并按照社会的标准对其本能进行坚持不懈的调节。……在人的身上培养一种审慎的态度……而且成年人通过自己的行为方式和习惯，半是自动半是自觉地为孩子在制造相应的行为方式和习惯。……以致一部分被抑制的本能冲动和情绪根本不再直接被意识到。”②

由于摆脱了对土地和事物的依赖，专制君主不再需要骑士阶层的武力，转而通过暴力独占实行了税务独占，继而出现了垄断，导致竞争从外部走向内部。曾经的封建领主为了生活与荣耀不得不依附于君主，进而转变成为宫廷贵族。“贵族，至少是贵族的一部分，需要国王，这是因为随着独占的逐渐形成，自由武士的职能已从社会中消失；这还因为，由于货币不断交织于各个方面，光是庄园的收获——与新兴的市民阶层的水准相比——已不能维持中等水平的生活，面对日益强大的市民阶层，有着贵族体面的社会存在更不能维持。在这种压力下，一部分贵族——希望在那里找到栖身之所的人——便去了宫廷，因之便直接地依附于国王。”③ 国王需要贵族的礼仪来满足自己虚荣的需求，从而实现了对贵族的收编。而贵族此时要面临两个问题：一是迫于生活的压力，要维持生计不得不为之；二是出于归属感和贵族的体面。金钱与财富固然重要，但贵族的体面更重

① ［德］诺贝特·埃利亚斯著，袁志英译：《文明的进程：文明的社会起源和心理起源的研究·第二卷：社会变迁　文明论纲》，生活·读书·新知三联书店 1999 年版，第 190 页。

② ［德］诺贝特·埃利亚斯著，袁志英译：《文明的进程：文明的社会起源和心理起源的研究·第二卷：社会变迁　文明论纲》，生活·读书·新知三联书店 1999 年版，第 263 页。

③ ［德］诺贝特·埃利亚斯著，袁志英译：《文明的进程：文明的社会起源和心理起源的研究·第二卷：社会变迁　文明论纲》，生活·读书·新知三联书店 1999 年版，第 290 页。

要，这当然也与体面丧失、堕入与市民相等阶层的恐惧有关。埃利亚斯认为，这种“经济必要性和体面必要性”的双重联结使得贵族由外来强制转为自我强制时更为有力。竞争也从之前以武力为中心的自由竞争转而变为“围绕着独占性的国王所赐予的机遇而展开”① 的竞争。其最大的竞争对手是在经济上崛起的市民阶层，而这也是国王实现与贵族相抗衡的主要力量。每个人都在对他人的依赖中处于人际结构的网络中，没有例外。竞争无处不在，尽管每个人都通过自己的力量改变着竞争的态势，但“竞争总会导向一种参与者料想不到的或无法预见的新的社会制度的建立，导向独占制度的形成；使得受到独占制约的竞争代替没有独占性的竞争”②。国王机制由此形成。但在国王机制中，看似独立、私人化的王国其实也受限于规律和强制而不能为所欲为。埃利亚斯以“拔河”的情景为喻说明了两种力量的相互制衡与依附。市民与贵族之间处于极为紧张的相持状态，而国王则是紧张局势的掌控者，他需要时刻保障社会机构的最佳状态。这种新情况的出现反映在人的心理结构上就是文明的发生。由于对他人的依赖程度增加，由于机遇的获得不再通过武力，而是通过“文明”的举止和国王的恩宠，在人与人之间的交往中，每个人都越来越注重细节，心理情感越来越细腻化。曾经对暴力的重视转变为对宫廷礼仪或礼貌的重视。因为在宫廷中，人的价值实现的基础来自国王恩宠的多寡，以及在其他权势者那里的影响还有在宫廷的勾心斗角中扮演的角色。“这种相互交织的价值关系要求人们对自己的行为进行细微的区分。每一个失误，每一次的鲁莽行事，都会使其在宫廷舆论中的行情下跌；在某种情况下，这甚至威胁到他在宫中的地位。”③ 埃利亚斯在这里以骑士抒情诗为例作了说明。在大多数的封建社会中，女性对男性是毫无限制的依赖，因而男性无须对自己的本能加以克制，但随着上述情况的出现，依附于国王的武士在面对社会地位比自己高的女性时，为了生活，男性不得不放弃和克制自己的情欲。对感情的渲染、生活与细腻化带来了通常意义上的“爱情”的描写；对本能欲

① ［德］诺贝特·埃利亚斯著，袁志英译：《文明的进程：文明的社会起源和心理起源的研究·第二卷：社会变迁　文明论纲》，生活·读书·新知三联书店1999年版，第293页。

② ［德］诺贝特·埃利亚斯著，袁志英译：《文明的进程：文明的社会起源和心理起源的研究·第二卷：社会变迁　文明论纲》，生活·读书·新知三联书店1999年版，第170页。

③ ［德］诺贝特·埃利亚斯著，袁志英译：《文明的进程：文明的社会起源和心理起源的研究·第二卷：社会变迁　文明论纲》，生活·读书·新知三联书店1999年版，第296页。

望的自我克制带来了文明。身体暴力慢慢从人际关系中退场，但人与人之间的依赖、相互观察与监督是剧烈的，并内化为要“培养出与以兵器相争所不同的品性：深思，算计长远，自制，精确调节自己的情绪”①，在控制与竞争中，形成了渐进的理性化和整体的文明化。国王机制的发展使国家的出现成为可能，促使文明化运动较高阶段的推进，由此带来文明的现代意义的产生。

在强大的竞争压力下，社会职能分工越来越细，愈益强调人的行为自动、自我的强制。“由于不同阶层间相互依存的关系更为紧密，时髦的模式流传与周转较之中世纪要快得多；相互依存的关系既带来更为密切的联系，也带来了相互间的持久的张力。”② 区别于之前的时代贵族与市民阶层对国王恩宠的竞争，随着资产阶层的崛起，竞争又呈现为新的局面。社会的发达，职业分工的进一步细化，竞争的激烈，使人对自己情感的控制越来越成熟。此时的竞争已不再是对土地的竞争，也不是对地位下降的恐惧，“从今而后职业与金钱才是体面的源泉”③，“随着职业资产阶级崛起而承担了上层的功能，所有这一切宣告结束，这一切也不再是社会塑造模式走向的中心。而今赚钱和职业是社会强制首选的攻坚地带；对个人进行塑造规范的就是这种社会强制”④。曾经作为一种区别于市民阶层的贵族功能，对艺术、社交模式的影响日益下降，文明走向一个新的阶段。“在某种意义上可说是战场转移至人的内心”，“个人的存在依附于长而细密的职能分工的流水线上，于是个人便渐渐学会了舒缓地控制自己；个人也很少是自己激情的俘虏了。……生活在某种意义上来说，危险少多了，但也同时缺少了情绪色彩，或者说乐趣也少了，至少从情欲的直接表达来讲是这样。于是便在梦中，在书中，在图画中来寻找日常生活中所缺少的东西的替代品”⑤。

---

① ［德］诺贝特·埃利亚斯著，袁志英译：《文明的进程：文明的社会起源和心理起源的研究·第二卷：社会变迁　文明论纲》，生活·读书·新知三联书店1999年版，第295页。

② ［德］诺贝特·埃利亚斯著，袁志英译：《文明的进程：文明的社会起源和心理起源的研究·第二卷：社会变迁　文明论纲》，生活·读书·新知三联书店1999年版，第330页。

③ ［德］诺贝特·埃利亚斯著，袁志英译：《文明的进程：文明的社会起源和心理起源的研究·第二卷：社会变迁　文明论纲》，生活·读书·新知三联书店1999年版，第330页。

④ ［德］诺贝特·埃利亚斯著，袁志英译：《文明的进程：文明的社会起源和心理起源的研究·第二卷：社会变迁　文明论纲》，生活·读书·新知三联书店1999年版，第331页。

⑤ ［德］诺贝特·埃利亚斯著，袁志英译：《文明的进程：文明的社会起源和心理起源的研究·第二卷：社会变迁　文明论纲》，生活·读书·新知三联书店1999年版，第264页。

结　语

《文明的进程》写于20世纪30年代，经历过血淋淋的战场厮杀的埃利亚斯对暴力、屠杀的理解显然已经超出了所谓“文明代表进步”“文明的进程是从蒙昧到野蛮再到文明的直线发展”等传统观点。他从“恐惧”和“竞争”入手展示了文明的“发生”机制，集中讨论了人的行为、习性与人的心理结构和社会结构之间存在的长期双向互动关系。这种演变表明，所谓天生固有的、与生俱来的一切，都是在社会环境中养成并将继续形塑，它与权力关系的变化会在人格结构和人的习性中反映出来，即打上权力差别的烙印。因而，如果我们试图理解文明的进程，那就不仅要关注行为与观念的长期变化轨迹，还应与国家形成的进程相联系。“恐惧”与“竞争”分别构成了“文明发生”的内外机制，但背后起作用的是权力。在马克斯·韦伯关于“国家是通过合法使用暴力而拥有权力的组织”的观点影响下，埃利亚斯形成了对使用暴力而展开的垄断权的扩展过程的分析。越来越有效的垄断带来了领土的内部安定，反之亦如此。因“恐惧”和“竞争”带来的已然习惯性的自我约束的标准，即文明程度的提高与这种不断螺旋式上升关系之间其实也是相互交织的，文明的进程从来不是单因素的作用，而是多种因素相互依赖、相互推动甚至相互牵制的结果。埃利亚斯对西方哲学和社会学主流观点的批判，源自对既有知识和知识结构的质疑，他以“开放的人”（hominesaperti）作为理论阐释的出发点，指出人并非封闭、孤立的个体，而是以多种方式在多种层次上结合，人的知性活动是站在别人的肩膀上进行的，并没有一种先在的“逻辑”法则，也没有所谓知识的起点，一切的反思、经验、观察都是处于进程中的。尽管埃利亚斯将目光放在社会学领域，但其审视问题的角度，探讨问题时运用的跨学科方法，以及将人看作“以复杂形式彼此相互依赖，并在依赖中形成一种社会构造并受其影响”的观点，对强调跨越和沟通的比较文学学科发展带来了观念与方法论的启发。

论“影响研究”的理论与方法
——以《比较文学论》为例

楼　旸

“影响研究”是比较文学法国学派的主导研究范式，代表着比较文学“第一阶段”① 的主要范式特征，该范式大致形成于19世纪末20世纪初。梵·第根（Paul van Tieghem，1871—1948）作为法国学派的集大成者，其阐释“影响研究”基本原理的专著《比较文学论》是比较文学学科史上一座里程碑式著作。

《比较文学论》展现了“影响研究”的学理依据，设计并总括出了“誉舆学”“源流学”及“媒介学”的方法论蓝图，同时以三个不同的观察对象——“放送者”“接受者”和“传递者”作为切入点，探讨具有“同源”的不同作家作品之间，在跨国度的精神、物质层面所存在的借用、模仿等方面的事实联系。② 作为首部较为完整阐释“影响研究”方法论的著作，《比较文学论》在20世纪30年代初经由戴望舒译为中文。③ 虽然《比较文学论》存在着囿于时代、文化背景的明显短板，但是该书为比较文学的研究范式提供了重要理论资源。

传统的影响研究以探寻各国文学间彼此关系的“同源性”为主要特点。一般意义上的影响研究的“影响”，第一，是指在一个作家身上或其文学作品中存在着一些外来的影响因素，这些因素对人或作品产生了某些

---

① 一般认为，比较文学学科理论经历了以法国学派“影响研究”为主导范式的欧洲阶段，以美国学派“平行研究”为主导范式的北美洲阶段，以及以中国学派“跨文化研究”为主导范式的亚洲阶段。参见曹顺庆：《比较文学学科理论发展的三个阶段》，《中国比较文学》2001年第3期，第3－19页。

② 李伟昉：《比较文学：文学史分支的学理依据》，《文学评论》2010年第5期，第20－24页。

③ 范方俊：《戴望舒翻译梵·第根〈比较文学论〉的缘由及意义》，《中国现代文学研究丛刊》2013年第4期，第165－170页。

作用，这些作用不仅可以被证实，而且它们在这个作家自身所处的环境与作家个人经历中都无处可觅；第二，“影响”的过程是一个有机的、发生了创造性改变的移植过程，而且最终需要通过作家的艺术作品表达出来。[①]在梵·第根看来，一切“影响”的因素虽不能决定一个作家的才能，但“确定了他用以表现自己的文学形式”[②]，并且“影响”能帮助作家认识自己，促使他“从思想过渡到文字”[③]。总之，“影响”会对作家的艺术构思和艺术创造阶段产生作用，而这种作用是使得这个作家的作品面貌形成至此的一个必要条件，没有“影响”的因素，他不会呈现出作品如此的面貌。与此同时，“影响”的产生需要一定的历史条件，它只有在具备条件的社会中出现，同时也受这个社会的种种环境制约。“影响”的过程具有复杂性、多样性，大致会经历“启发”“促进”和“认同”三个阶段[④]：一开始往往是因一个不自觉、具有偶然性的，一国作家由外来因素受到的“启发”作为影响过程的起始；而后该作家进入了对这些因素主动探索的阶段，这时“影响”的程度开始加深，对该作家的文学活动有着进一步“促进”的作用；在这之后，作家会根据自己所处的时代环境来消化这些“影响”，“认同”其中的内容，这是一个根据作家自身理解将接收到的外来因素加工变形，使之满足自己需要的过程；最终，这些文学影响依靠受这些因素作用的作家通过文学作品的形式呈现出来。

在《比较文学论》的导言中，梵·第根勾勒了“影响”被人发现的路径，指出一旦人们对作品的历史和际遇开始好奇，继而就会有兴趣探寻作家在个人生涯中受到了什么因素的作用，才促发其创作的动机，“他的构思是在哪一些影响之下形成的，他的才能是如何发展的？他和你读过的几位同时代的作家，有着什么关系？……他在生前和死后给人什么影响？”[⑤]之后，梵·第根明确了“影响”的内涵为指代那些“源流以及主题、思想

---

① 乐黛云：《比较文学原理》，湖南文艺出版社 1988 年版，第 49 – 50 页。

② ［法］梵·第根著，戴望舒译：《比较文学论》，吉林出版集团有限责任公司 2010 年版，“导言”第 3 页。

③ ［法］梵·第根著，戴望舒译：《比较文学论》，吉林出版集团有限责任公司 2010 年版，第 11 页。

④ 乐黛云：《比较文学原理》，湖南文艺出版社 1988 年版，第 50 – 51 页。

⑤ ［法］梵·第根著，戴望舒译：《比较文学论》，吉林出版集团有限责任公司 2010 年版，“导言”第 3 页。

或形式的借用”[①]。之后在方法论中，梵・第根指出了“影响”应该确定为“一位作家的作品在和某一位外国作家的作品接触的时候所受到的变化”[②]。由此，《比较文学论》中“影响”的概念得以初步彰显。

一、“影响研究”的理论形成

（一）梵・第根之前的学者们对“影响研究”的实践探索

任何学说或理论体系的产生，都是一个不断继承、不断创新的螺旋式发展过程。因此，如果要探讨梵・第根在《比较文学论》中构建的“影响研究”方法论体系，就需要追寻在他之前的学术先驱者们的思想因子，梳理这些研究成果对于梵・第根的理论构建有何贡献。

梵・第根在该书第一部分“比较文学之形成与发展”中，依照时间顺序理顺了“比较文学”这一概念自古希腊以来的发展脉络。可以看到，从古希腊到中古世纪，人们尚未形成不同文化之间的“比较”意识，到文艺复兴和古典主义初期，“比较”的意识初步显现，但“那‘比较’只及于指出抄袭，或建立价值之批判”[③]，“比较”的意识至此都还是学者、批评家主观的批评，不具备历史、客观的眼光。在18世纪，随着文学眼界的扩大，欧洲有更多国家加入了文学界的实践活动，而且“作品的翻译增多了，智识界的关系愈来愈密切了”[④]，但文学史并没有随之诞生，被梵・第根等诸多法国学者认为属于文学史分支的“比较文学”就更没有论及。此后，浪漫主义前期思想代表人物赫尔德尔（Herder）即便有了构设讨论不同种族文化殊异之文学史的意识，但始终没有开辟比较文学这条道路。梵・第根认为，比较文学直到19世纪初期才真正有了自身地位。1827年，维尔曼（A-bel Francois Villemain）开设专题讲座“对于18世纪法国作家

① ［法］梵・第根著，戴望舒译：《比较文学论》，吉林出版集团有限责任公司2010年版，第6页。

② ［法］梵・第根著，戴望舒译：《比较文学论》，吉林出版集团有限责任公司2010年版，第105页。

③ ［法］梵・第根著，戴望舒译：《比较文学论》，吉林出版集团有限责任公司2010年版，第5页。

④ ［法］梵・第根著，戴望舒译：《比较文学论》，吉林出版集团有限责任公司2010年版，第6页。

所及于外国文学和欧洲气质的影响之考验"[①]，第一次提出了国际上存在巨大文学影响的观点。直至19世纪后半期，比较文学才开始快速发展，其中比较语言学者、民俗学学者在文学之外的特殊道路上，对比较文学"记录国际间假借"[②] 的理念做出了贡献。1900年，布吕奈尔（Pierre Brunel）在主题为"各国文学的比较历史"会议上发表演讲并引起强烈反响，助推了国际比较文学学会的产生。英国学者波斯奈特（Hutcheson Macaulay Posnett）率先以《比较文学》为名撰写专著，为比较文学"又划着一个时代"[③]。

除了上述学者外，对梵·第根的方法论体系构建有着重要影响的是戴克斯特、倍兹、朗松和巴登斯贝格。他们的观点从不同层面推动了影响研究范式的发展，通过自身的实践，确定并巩固了一种实证主义基调。他们对于梵·第根的影响研究理论构建具有基础性、启发性的意义。

1. 戴克斯特

戴克斯特（Joseph Texte）紧随老师布吕奈尔的脚步，注重国际文学的影响关系。他对比较文学这一新领域做了开创性的工作，被梵·第根赞誉为"法国第一个比较文学的专家"[④]。戴克斯特严谨细致，勤于思考且敢于改革创新，为构建影响研究的合法地位，询唤"法国学派"的出场做出了巨大贡献。戴克斯特以其发表的《法国与外国的文学比较研究》一文为起点，撰写完成博士论文——《让·雅克·卢梭和世界主义文学之起源：18世纪法国与英国文学关系研究》（1895）[⑤]，这是实证主义的方法首次被用来谈论文学史上的重大问题。[⑥]

除此之外，戴克斯特于1896年在里昂大学以"文艺复兴以来日耳曼

---

① ［法］梵·第根著，戴望舒译：《比较文学论》，吉林出版集团有限责任公司2010年版，第9页。

② ［法］梵·第根著，戴望舒译：《比较文学论》，吉林出版集团有限责任公司2010年版，第9页。

③ ［法］梵·第根著，戴望舒译：《比较文学论》，吉林出版集团有限责任公司2010年版，第15页。

④ ［法］梵·第根著，戴望舒译：《比较文学论》，吉林出版集团有限责任公司2010年版，第17页。

⑤ 杨乃乔主编：《比较文学概论》，北京大学出版社2002年版，第164页。

⑥ 冯欣：《被我国比较文学教材忽视的学科开拓者：约瑟夫·戴克斯特》，《中外文化与文论》2016年第1期，第13－24页。

文学对法国文学的影响”[①] 为题，开设了周期性的比较文学讲座。他既关注到了各民族文学的独特个性，也注意到了文学研究应该跨越单一语言和单一文化体系的重要性。这也推动了随后一系列比较文学讲座的开设，使得比较文学在法国大学里稳住了阵脚。与此同时，戴克斯特的大部分短论文章也都致力于探讨国际影响，并且参与茹勒维尔主编的《法国文学史》的编撰工作，负责整理法国文学在 18、19 世纪以来受到的外国影响。其中，戴克斯特对于文学中“精神道德的影响”[②] 的研究以及他的《卢骚和文学的无国界论之源流》[③] 等比较文学实践，都对梵·第根《比较文学论》中研究方法体系的建设起着点拨作用。最后还需值得注意的一点，正是戴克斯特将倍兹的“目录索引”[④] 向大众进行了推介。

2. 倍兹

倍兹（Louis-Paul Betz）与戴克斯特处于同一时期，两人共同扮演了法国比较文学的先驱者角色。倍兹于 1897 年发表《比较文学目录》[⑤]，整理了 2 000 条索引，至 1899 年单行本出版时已增订为 3 000 条索引，该书目集为后世比较文学学者的研究工作提供了极大帮助。这些目录索引是倍兹为比较文学做出的最重要贡献，当然也反映了当时法国比较文学发展之迅速。在《比较文学论》中，梵·第根在对誉舆学的方法进行分类时，借助倍兹目录索引所记载的问题，充实了对“一位作家在外国的际遇和影响”[⑥] 的例证。

3. 朗松与巴登斯贝格

朗松（Gustave Lanson）对法国近代文学史做出了改革，他提倡对于文学史要进行精确细密的把握。朗松的自身地位和研究业绩，以及他在巴黎大学的教学成果，使得他在文学史领域产生了重要影响，对文学史研究朝着广泛求证和精确批评的方向发展起到了引导作用。而他在法国文学与外

---

① 乐黛云：《比较文学原理》，湖南文艺出版社 1988 年版，第 18 页。

② ［法］梵·第根著，戴望舒译：《比较文学论》，吉林出版集团有限责任公司 2010 年版，第 80 页。

③ ［法］梵·第根著，戴望舒译：《比较文学论》，吉林出版集团有限责任公司 2010 年版，第 95 页。

④ ［法］梵·第根著，戴望舒译：《比较文学论》，吉林出版集团有限责任公司 2010 年版，第 17 页。

⑤ 乐黛云：《比较文学原理》，湖南文艺出版社 1988 年版，第 19 页。

⑥ ［法］梵·第根著，戴望舒译：《比较文学论》，吉林出版集团有限责任公司 2010 年版，第 102 页。

国文学影响关系的研究成果，也让他成为法国比较文学的先驱之一。

朗松在《法国文学史》（1894）中凭借丰富的史料支撑，以认真严谨又细致入微的态度阐释见解。朗松还撰写了《龙萨怎样创造?》等论文，深入探究法国文学与外国影响的相互关系，以及作家龙萨的创作与外国诗歌的假借关系，肯定了外来影响对法国自身的积极作用。[①] 由此可见，朗松所开启的实证研究方法，为梵·第根的影响研究方法论奠定了总基调。梵·第根对朗松的文学史改革思想持肯定态度，认为他促成的实证方法倾向，对比较文学的发展来说是一种有益的影响。朗松也启发着人们要系统、整体地考察比较文学的学术方法，这一思想也是梵·第根《比较文学论》诞生的缘由之一。朗松门下弟子受其影响，也为比较文学的形成和发展起到了很大的推动作用。[②] 此外，朗松认定文学史"跟一切历史一样"，即尽力寻求"一般的事实"[③]，进而在历史脉络中梳理各作品之间影响关系的源与流的论断，也基本敲定了后来梵·第根等法国比较文学学者将比较文学视为文学史分支的理念。

被公认为法国比较文学教父的巴登斯贝格（Fernand Baldensperger），作为戴克斯特的学生，在1901年接替老师主持里昂大学的比较文学讲座；在1902年又增补了倍兹的《比较文学目录》至六千多条；他在代表作《歌德在法国》（1904）中第一个成体系地考察物料证据，并从中捕捉细微的影响痕迹；他的《文学史研究》（1907、1910）及其他论文也解决了许多关于法国受到的外来影响的问题。1921年，巴登斯贝格与同事阿扎尔携手创办《比较文学杂志》[④]。凭借巴登斯贝格的远见卓识，吸纳了更多国家的比较文学研究成果，使得法国及欧洲一些国家有关比较文学的论文和书籍拥有了自身的领地，但其中更多的是反映法国学者思想的著述。该杂志凭借自身的成功与长久的生命力，让"法国学派"所占据的比较文学中心地位更加稳固。在该杂志中，巴登斯贝格发表了文章《比较文学的名称与

---

① 范方俊：《从居斯塔夫·朗松的〈龙萨怎样创造?〉看比较文学法国学派的文学史研究性质》，《江淮论坛》2012年第3期，第162－166页。

② 李伟昉：《论朗松对比较文学影响研究的奠基性贡献——以〈文学史方法〉为中心》，《外国文学研究》2016年第2期，第112－120页。

③ 范方俊：《从居斯塔夫·朗松的〈龙萨怎样创造?〉看比较文学法国学派的文学史研究性质》，《江淮论坛》2012年第3期，第162－166页。

④ ［法］梵·第根著，戴望舒译：《比较文学论》，吉林出版集团有限责任公司2010年版，第23页。

实质》，以历史的眼光追寻了法国的比较文学发展历程，揭示了法国比较文学实证性研究的主要特征。该文奠定了法国学派方法论的基础，实证主义的研究方法成为法国比较文学研究路数的“主潮”①。此外，巴登斯贝格的研究成果为梵·第根在例证方法论的过程中提供了材料支撑。如《歌德在法国》中对歌德作品多变性的辨析，为梵·第根的“誉舆学”提供了一个很好的范例；再如《奥诺雷·德·巴尔沙克作品中的外国倾向》② 又为梵·第根的“源流学”方法提供了一个良好的模范。

受朗松与巴登斯贝格二人的影响，法国比较文学学术成果愈加丰富，并且产生了深远的全球声誉。梵·第根认可这些学者的成就与贡献，最终在《比较文学论》中对影响研究的理论进行了宏观且细致的梳理和整合。

（二）梵·第根的比较文学实践

纵观法国学派影响研究范式的形成过程，维尔曼、戴克斯特、倍兹、朗松和巴登斯贝格等学者致力于比较文学实际问题的探讨，通过对各种实际案例的分析，从不同方面为影响研究的理论形成做出了贡献。法国学派经历着前后两个时期，巴登斯贝格和梵·第根率领的实证主义导向，代表了重建前的法国学派初期阶段。③ 法国学派发展至梵·第根，其站在前人打下的基础上做出了系统性的理论阐释，以充足的例证支撑自己构建的方法论体系，将法国学派的影响研究范式进行了全面整合，成为法国学派理论的集大成者。④

梵·第根一生进行了大量比较文学研究实践，编撰众多著述，主要有：《莪相在法国》（1917）、《1745 年至 1790 年间作为外国文学与法国之间媒介的〈文学年鉴〉》（1917）、《浪漫主义运动》（1912—1923）、《文艺复兴以来的欧美文学史》（1921）、《18 世纪欧洲诗歌中的黑夜和坟墓》（1921）、《前浪漫主义》（1924、1930、1947）、《莎士比亚在欧洲大陆》（1947）、《文艺复兴时代的拉丁文学》（1948）、《欧洲文学中的浪漫主义》（1948）、《近

① 乐黛云：《比较文学原理》，湖南文艺出版社 1988 年版，第 20 页。

② ［法］梵·第根著，戴望舒译：《比较文学论》，吉林出版集团有限责任公司 2010 年版，第 119 页。

③ 乐黛云、陈惇主编：《中外比较文学名著导读》浙江大学出版社 2006 年版，第 292 – 304 页。

④ 汤炀：《形象学与比较文学法国学派的重建》，黑龙江大学硕士学位论文，2013 年。

代各国文学年表》(1937)。[①]

《比较文学论》的主要学术贡献在于：框定比较文学的研究范围；对比较文学定义、研究对象、研究者及其他前提性的相关问题做了充分的论述；统摄前人的观点，构建了以影响放送者、接受者和传递者三个不同角度作为切入，以总结出的与三者对应的具体方法论为核心的影响研究范式体系；对“国别文学”“比较文学”以及“总体文学”之关系提出了自己的认知。[②] 梵·第根通过该书“导言：文学批评—文学史—比较文学”“比较文学之形成与发展”“比较文学之方法与成绩”和“总体文学”四大部分的详细论证，构建了完整的影响研究范式体系。

二、“影响研究”的方法论范式

（一）“影响研究”的主要观点

1.“比较”的界定

要了解影响研究方法的主要观点，首先要明确法国学派是如何对比较文学之“比较”进行阐释的。在《比较文学论》第一部分的开篇，梵·第根就对“比较文学”这一命名的起源进行了追溯：从维尔曼自1827年首次使用“比较文学”[③] 这一名称之后，便产生了多种表述“比较文学”概念的名称变体与之抗衡。梵·第根认为，问题的关键在于阐明“比较文学”这一概念本身，而并非在于追求一个最精确的用词来涵盖它的内容，毕竟每一种命名都存在着一定的偏颇。因此，梵·第根在该书中姑且沿用“比较文学”一名以便人们接受，暂不谈论该命名的合理性。

梵·第根对于“比较”概念的阐释，直接见于他影响极为深广，同时有一定缺陷的定义——“总之‘比较’这两个字应该摆脱了全部美学的含义而取得一个科学的含义的”[④]。梵·第根先是将一般认识论上的“比较”

---

① 上海外语学院外国语言文学研究所编：《中西比较文学手册》，四川人民出版社1987年版，第14页。

② 李伟昉：《方法的焦虑：比较文学可比性及其方法论构建》，《中国比较文学》2021年第3期，第27-36页。

③ ［法］梵·第根著，戴望舒译：《比较文学论》，吉林出版集团有限责任公司2010年版，第3页。

④ ［法］梵·第根著，戴望舒译：《比较文学论》，吉林出版集团有限责任公司2010年版，第5页。

设为其论述的对照，指出比较文学之“比较”并非是一种将两种几乎无关联的事物僵硬地拼凑在一起，再从中提取一般规律的方法；接着又以否定的态度，说明当一般的“比较”手段用于文学作品时，是一种无意义的行为，对历史、文学之发展起不到任何推进作用。从逻辑上看，一般意义上的“比较”只是比较文学的一个必然的出发点。更进一步，梵·第根从“比较”的真正目的和特质出发，指出比较文学之“比较”，是“如一切历史科学的特质一样，把尽可能多的来源不同的事实采纳在一起，以便充分地把每一个事实加以解释是扩大认识的基础，以便找到尽可能多的种种结果的原因”①。

由此可见，梵·第根对于“比较”的概念界定，是为探究客体间“二元关系”的研究思路和倡导实证主义科学方法框定路数。值得肯定的是，这种界定方式在一定程度上突破了一般意义上纯粹的比较，将“比较”的概念带离了人类自发意识的层面。梵·第根以科学理性的观点对“比较”的概念进行阐释，潜在推动了比较文学向着如今多元文化对话的方向发展的势头。② 但由于这是对影响研究范式的首次系统性阐述，梵·第根之于“比较”意义的认识还仅仅停留在判断史料真实性的层面，并未做更深层次的考究。

2.“影响研究”三要素

在梵·第根建构的影响研究方法架构中，支撑起整个方法论的是“放送者”“接受者”和“传递者”三大核心要素。在整个方法系统中，它们三者在“影响”的过程中彼此发挥不同的作用，同时又相互作用，有时其中一方还会承担另一方的功能。因此，三者是影响研究中必不可少的重要因素，在影响研究方法论的实践过程中发挥着重要作用。

首先，应当明确在比较文学的研究中使用“影响”研究方法，必定涉及多个个体或集体的对象，它们彼此发生反应，才会导致文学作品中“影响”的发生。因此，梵·第根在开始阐述方法论之前，就将跨越文学疆界、发出影响的起始点确定为“放送者”；而将穿过影响路径之后最终的到达点确定为“接受者”；在这路径之上，通常要凭借一些个人、集体作

① ［法］梵·第根著，戴望舒译：《比较文学论》，吉林出版集团有限责任公司2010年版，第5页。

② 陈跃红、邹赞：《跨文化研究范式与作为现代学术方法的“比较”：北京大学博士生导师陈跃红教授访谈》，《社会科学家》2010年第11期，第3－7页。

为影响流动的媒介者，而这些媒介便充当了“传递者”的角色。梵·第根从以上三个不同的观察角度着手，一步步展开对客体间“影响”关系的探究。此外，上述三者在实际的影响研究案例中，并不是绝对的各自独立，而是互相影响，甚至有可能某一对象扮演三者中的多个角色，就如梵·第根补充到的“一个国家的‘接受者’在另一个说起来往往担当着‘传递者’的任务”① 等类似情况的存在，需要额外关注。

3.“影响研究”的研究目标及研究任务

梵·第根在书中指明比较文学学科已经朝着自身独立的方向发展，但又不能脱离基于本国文学史的一部分研究方法，要在文学史的圈地内进行着比较文学专门的目标和特殊任务。

在梵·第根看来，文学史的任务是以历史轴线为标准，将作家与作品放置于轴线之上排列，并将其中“可以解释者均加以解释”②。文学史所选择的作品必定是具备文学价值的，而在它们各自的时间、空间关系，以及它们的价值之中，存在着需待考证的联系。在这些联系里，包括这些作品各自的前驱、源流、使之产生的影响、作品本身的内在内容和外在艺术形式，以及传播之后它的际遇等，这其中有大部分都是超出作品本身范围的，它们便单独成为一种特殊的研究。这一“特殊的研究”就是比较文学所追寻的目标，它可以帮助解释文学史对一部作品的评价。梵·第根认为，比较文学可以实现对一个国家文学史研究所得结果的延伸，将其联系别国文学史成果，从而绘成一幅复杂的影响网络，与文学史“平行”③ 着。此外，比较文学在补充本国文学的同时，又将它与别国文学史相连通，构成普遍性、一般性的文学史网络，用于补充本国文学史并将各本国文学史联合在一起。

由此可以看出，梵·第根以影响研究的方法探寻不同国家文学间的影响之关系，顺着影响发生并流传的线索来摸清影响路径并以之作为比较文学的目标，也默认了“归根结底比较文学是影响研究”④。

---

① ［法］梵·第根著，戴望舒译：《比较文学论》，吉林出版集团有限责任公司2010年版，第39页。

② ［法］梵·第根著，戴望舒译：《比较文学论》，吉林出版集团有限责任公司2010年版，“导言”第4页。

③ ［法］梵·第根著，戴望舒译：《比较文学论》，吉林出版集团有限责任公司2010年版，第40页。

④ 杨乃乔主编：《比较文学概论》，北京大学出版社2002年版，第63页。

4. 国别文学、比较文学和总体文学

梵·第根将“一国文学的疆界”作为影响研究展开的前提进行着重讨论。在他看来，不能简单以“语言学的幅员及政治的领土”① 来界定一国文学的疆域，应当考量作家进行文学活动的中心、写作的语言等因素后，才能敲定一国文学的疆界，而单独研究一国疆界之内的文学问题即为“国别文学（national literature)”。梵·第根赋予比较文学的责任，是尝试延伸比较文学在文学史之外的研究范围，但他的根本做法，还是将比较文学研究限制在两国文学的“二元的”② 关系上，这就与他想要绘制复杂的国际文学史网络的目标发生矛盾。而值得注意的是，梵·第根已经提出了比较文学应以跨国和跨语言作为前提的基础观念。

为了实现比较文学所要达到的终极目标，梵·第根又提出“总体文学(general literature)”③ 的概念，将那些跨越语言与国界的、同属于多个国家的文学事实，都规划在了总体文学的领地之中。而且他还在对总体文学的定义之中着重凸显其格局的宏大，将总体文学凌驾于国别文学和比较文学之上，弥补着比较文学所不能完成的任务，并且它还包含着美学和文学批评的因素。④ 总而言之，梵·第根对比较文学和总体文学的划分，常常被概述为前者讨论两国之间的文学关系问题，而后者则为多国范畴。梵·第根在对总体文学的阐释当中，明确指出“它只要站在一个相当宽大的国际的观点上，便可以研究那些最短的时期中的最有限制的命题”⑤，可见梵·第根所提出的总体文学，是要站在涵盖多国文学的宏观视野上，研究它们之间共时性的而非历时性的文学现象。但这一任务并没有被梵·第根归入比较文学的领域内，也由此限制了比较文学自身的研究视野，并且引起外界对于比较文学和总体文学概念精准性的质疑。

当然，梵·第根对于“总体文学”的勾画还是为比较文学的发展提供

---

① ［法］梵·第根著，戴望舒译：《比较文学论》，吉林出版集团有限责任公司 2010 年版，第 37 页。

② ［法］梵·第根著，戴望舒译：《比较文学论》，吉林出版集团有限责任公司 2010 年版，第 137 页。

③ ［法］梵·第根著，戴望舒译：《比较文学论》，吉林出版集团有限责任公司 2010 年版，第 140 页。

④ 乐黛云、陈惇主编：《中外比较文学名著导读》浙江大学出版社2006 年版，第 292 – 304 页。

⑤ ［法］梵·第根著，戴望舒译：《比较文学论》，吉林出版集团有限责任公司 2010 年版，第 141 页。

了更宽广的学术视野。正如马克思、恩格斯在《共产党宣言》中所言："资产阶级由于开拓了世界市场，使一切国家的生产和消费都成为世界性的了……旧的，靠本国产品来满足的需要，被新的，要靠极其遥远的国家和地带的产品来满足的需要所代替了。过去那种地方和民族的自给自足的闭关自守的状态，被各民族的各方面的互相往来和各方面的互相依赖代替了。物质的生产是如此，精神的生产也是如此。各民族的精神产品成了公共的财产，民族的片面性和局限性日益成为不可能。于是由许多种民族和地方的文学形成了一种世界文学。"① 总体文学所指向的未来不仅是比较文学的发展趋向，也是社会发展使然。国际经济贸易的往来会助力于国际文学活动的交流互动，文学研究的格局会相应突破狭隘的国别文学研究，迈向比较文学描绘的国际文学往来的美好图景。比较文学的发展会随着各国、各民族在各方面愈发密切的交流，不断突破探索的路径，向着总体文学的最终形态迈进。

（二）"影响研究"的实践原则

1. 研究对象与研究者

梵·第根将比较文学界定为"本质地研究各国文学作品的相互关系"②，并且对该定义做了详尽的阐释和补充，这触及了更多深入的问题。

首先，"各国文学作品的相互关系"实在太过宽泛，比如，地域的范围该如何限定？时间范围该如何限定？如果不加以辨明，则会引发争论。在《比较文学论》中探讨比较文学的形成源流时，梵·第根分析了19世纪之前的"比较"均不具备"比较文学"的理念，于是他在书中做了时间范围上的限定，将"近代各国文学之间的关系"③ 归属为比较文学的研究对象。

其次，着手确定影响研究的对象之前，应该聚焦不同的研究个案，将其中涉及的作家国界认定清楚。简言之，不能以某作家使用某国家占支配

---

① ［德］马克思、恩格斯著，中共中央马克思恩格斯列宁斯大林著作编译局编译：《共产党宣言》，人民出版社1997年版，第31页。

② ［法］梵·第根著，戴望舒译：《比较文学论》，吉林出版集团有限责任公司2010年版，第37页。

③ ［法］梵·第根著，戴望舒译：《比较文学论》，吉林出版集团有限责任公司2010年版，第37页。

地位的语言写作，或国籍属于某个国家，就将其划为是该国的，而是要以该作家文学活动中的重心来判定，进而才能判定一个研究案例中的作家作品是否算作比较文学范畴。

在这之后，研究者们方能以“三要素”作为不同的出发点，开展影响研究的主体工作。但在梵·第根关于研究对象和研究者的论述中，还存有其他值得参考的手段和观点。其中，梵·第根提出了需要额外注意的要点，并列举出了几个具体操作手段供研究者们参考。例如研究者们应该谨慎对待“影响”中容易被疏漏的细小因素，提倡使用“札记”① 记录细节信息以防止遗漏。再如，要求研究者应当知道顺着何种方向可以找到“影响”与“假借”②，在该环节中可以运用假设的方法，即便作出的假设最终是错误的，那么如此的反证也同样具有价值。

再者，在将研究对象作对照研究时，文本中的思想感情、作者生平等也应进入考察者的视野，甚至要着力于追寻难以求得的作品“原稿”③。另外，研究主体需要将自己的审视目光放置在作者或作品所处的年代，结合彼时的社会、文化环境去看待，如果对于研究客体所属时代的认知是缺失的，那么误读与误解在所难免。

除此之外，对于研究者来说，应该具备掌握多国语言的能力，并且还应通晓多国文学及相应的时代环境，以及比较文学研究所需要的更多专门知识，这是研究者用来挖掘影响之证据的必备工具。只有这样，考察者所进行的研究才能处于一个高阔的位置，研究所得的结论才不会过于浅显或存在疏漏。

2.“影响研究”的两个特点

第一个值得注意的特点，是在探究一位作家在外国产生的影响时，所谓“影响”通常只是这位作家的某几部作品而已，而且往往还不是这位作家最重要的几部作品。此种情况，大多数是由于这位作家那些原本不被人重视的几部作品，经过空间上的远距离传递，达到另一与作品诞生地环境

---

① ［法］梵·第根著，戴望舒译：《比较文学论》，吉林出版集团有限责任公司 2010 年版，第 41 页。

② ［法］梵·第根著，戴望舒译：《比较文学论》，吉林出版集团有限责任公司 2010 年版，第 41 页。

③ ［法］梵·第根著，戴望舒译：《比较文学论》，吉林出版集团有限责任公司 2010 年版，第 42 页。

殊异的终点时，作品被误读或歪曲了。随之而来的，是蕴含其中的作者情感、精神和人格等被误读，但这一常见情况的发生，对于作品和作家来说不一定就是负面的。

第二个值得关注的特点，便是在比较文学的研究视野里，要留意挖掘那些文学史中不重视甚至未提及的二流、三流作家。因为在以“放送者”和“传递者”的角度追寻影响的踪迹时，这些不被本国文学史重视的作家通常起着重要作用。

梵·第根指出的以上两个特点，可以启发比较文学研究者在进行影响路径的梳理时，得以明确寻找的方向，对于比较文学研究实践有指导意义。

3.“影响研究”的研究领域

在梵·第根看来，比较文学研究对象的选取范围是广泛多样的，因而在谈论具体的方法论时，要先基于一个研究领域的界定和分类。由比较文学影响研究的目的出发，为了刻画出影响的“经过路线”①，寻找那些跨越语言与国界的因子实际存在着的证据，因此不仅要将目光放在影响转移的路径上，也要考察路径中的“影响”或“借用”等本身，此外还要探究这一传递路径发生的缘由，以及其中夹杂着的细小的物质或情感因子等。

第一种领域类别，即影响研究传播的路径本身，以及被传递了的所有影响因子本身。在这之中研究者要搜集尽可能多的事实证据，找出其中的共同因素，得到的结果便是研究对象间的“文学假借性”②。对外来影响借用最多的因素，是外在艺术形式，即“文体”；作品表现手法，即“作风”③；文学典型、主题等，即“题材”，以及“思想”与“感情”等④。

第二种领域类别则与上一种无交集，是研究者们从诸多外部角度，考察这一影响路径的产生原因。对该类别而言，要从上文提到的“三要素”着手，站在一部作品或一位作家、一类文体形式或一国之内的国别文学所发出种种影响与借用的源头之上，进而找出在影响路径的终点处，以它们

---

① ［法］梵·第根著，戴望舒译：《比较文学论》，吉林出版集团有限责任公司 2010 年版，第 46 页。

② ［法］梵·第根著，戴望舒译：《比较文学论》，吉林出版集团有限责任公司 2010 年版，第 46 页。

③ 即“风格”。

④ ［法］梵·第根著，戴望舒译：《比较文学论》，吉林出版集团有限责任公司 2010 年版，第 46 页。

为模板的所有模仿。还可以将这种思路反过来，从影响的终点出发，向起点进行追溯，在那里找到这些影响与借用的本位所在。在路径之中还有媒介者推动着影响的传递，甚至有时影响的本位就在传递者手中，亦可从该角度发现影响路径产生的蛛丝马迹。

两类选取研究对象的领域，是分别从传递着的影响本身与其发生缘由两个维度进行考量的，二者当属不同的层面。但对于一个确定了的研究个案，往往可以从这两个层面共同考虑，在这两个领域的考量可以交错进行，相互完善彼此的成果。

（三）“影响研究”的核心内容

1.“物质”部分

在对于影响之事实证据的挖掘上，物质层面的线索当然是最直观可视、最有说服力的证据，是最易于被研究者发现的，也是研究者主要寻找的东西。上文谈到的第一类研究领域，便是对这些影响之“物质”的搜索。关于这部分，梵·第根分别从“文体和作风”“题材典型与传说”以及“思想与情感”三方面展开论述。

首先，梵·第根肯定并强调了文体形式的重要性，原因是外在的艺术形式无疑是给人留下最鲜明印象的。不论从历时性还是共时性的角度看，文体形式都是一国作家最通常、最易于从本国文学传统或外来影响中借用的东西，而且它使得文学传统和国际文学的相互关系“在任何部分都没有像这里那样显得明白清楚”①。于是梵·第根直截了当地指出研究者们应探究作家们“所选的艺术形式的来历，说明他们在这方面是否有所革新，并且——如果可能的话——解释这种革新的无意识的缘由或故意的理由”②，而且文体形式的重要性还体现在它们对于思想感情的倾向性往往起引导作用；从对文学艺术本身研究的层面来说，文体形式和作家独创特质本身就是同等重要的研究对象。

之后，梵·第根将外来影响中的艺术形式区分为“文体”与“作风”来论述。就“文体”而言：第一，对于研究者来说，考察文体是探究作家

① ［法］梵·第根著，戴望舒译：《比较文学论》，吉林出版集团有限责任公司2010年版，第48页。

② ［法］梵·第根著，戴望舒译：《比较文学论》，吉林出版集团有限责任公司2010年版，第48页。

思想的敲门砖，因为作家将自己的思想嵌套进一定的表达形式时，对于该形式的选择并非无因，因此比较文学家需要追寻作家的个性与其选择的文体间的关系。第二，文体的类别给予研究者一种很好的自然分类方法。作家对于文体的选择，展露着个人心智和才能的独特之处，他们选择不同的文体进行创作，是出于表达不同思想的需要。第三，文体形式在文学史上也是有“时尚”[①] 的。某一文体在各国的文学史中流行的时间不尽相同，印刷技术与刊物的更新影响着文体流行的变化，该变化很有可能引起国际间文学中显著影响的发生。综合以上观点，梵·第根将文体研究取名为“体类学”[②]。

此外，对于“作风”而言，梵·第根借布封“作风就是人”[③] 的观点，指明一位作家在与其民族、社会环境存在密切联系的语言中所表现出的思想风格，这些背景条件看似最不易因受到外来影响而变化，故可以从作家的思想个性中窥探出其中蕴含着的与其他民族、环境具有共性的因素。但其实，即便是最具独创性的作家，其个人作风也会随外国影响的某些分子而产生变化。

总之，外来影响对于作家的文体选用和思想风格的改变，在某些时候起着主导作用，而这两方面又是外来影响最易显露、最易被研究者捕捉之处，因此对于文体与作风的研究是极为重要的问题。

其次是应对各国之间文学题材互相假借的“主题学”[④]。总的来说，一类题材或者典型的传说故事在许多国家中流传、变形时，通常是包含着新兴作家对外国前辈作家的借鉴，以及他们个人的天赋和创造成分。因此，比较文学研究需要以这些作家的观念为立场，以他们的读者及其自身的兴趣倾向来解读该作家作品中主题的变动、殊异。由此可以看出，一位作家将自己选取的典型题材加以改动时，要注意其中添加了作家怎样的思想和手段。更进一步，当研究者以同一个典型的题材作为研究的主要对象，讨论它

---

① ［法］梵·第根著，戴望舒译：《比较文学论》，吉林出版集团有限责任公司 2010 年版，第 49 页。

② ［法］梵·第根著，戴望舒译：《比较文学论》，吉林出版集团有限责任公司 2010 年版，第 51 页。

③ ［法］梵·第根著，戴望舒译：《比较文学论》，吉林出版集团有限责任公司 2010 年版，第 60 页。

④ ［法］梵·第根著，戴望舒译：《比较文学论》，吉林出版集团有限责任公司 2010 年版，第 63 页。

在不同作家手中发生的变动时，即可清楚地辨识各个作家的艺术个性。

再次，梵·第根将主题学的主要领域划分为“题材”“典型”和“传说”三大类。第一类的“题材”，包含了“那些无个性的局面”[①]，可以理解为一类传统、固定的情节或故事模式以及其中出现的事物和文化习俗；第二类的“典型”，大致涵盖着代表各个社会阶级、身份的典型人物，以及神话传说故事中捏造的象征性虚构形象；第三类的“传说”，其实是《俄狄浦斯王》之类的希腊神话或者《圣经》等，那些由人物的性格和命运“所注定的行动或一系列行动、态度或命运”[②] 构成的传统情节模式。在这些领域内，比较文学研究者可细细察觉当一个典型主题在不同作家身上流变时，作家本身或周遭社会中占支配地位的理想与兴趣倾向等。

最后是“思想与情感”领域，也即精神领域。此一类的研究，其实比“体类学”和“主题学”更深入了一层，不是直接可感的实质性物质，但它与前两类关系紧密，通常是一体两面的关系。在这一层面的影响之中，思想感情在国际文学的转移，往往依附于其他影响因子，接受者的一端在多数情况下已经具备了一种思想萌发的势头，外来的影响则起到了兴起和推动作用。

其中，梵·第根讨论问题的某些着眼点值得借鉴。例如，他列举的第一种“宗教和哲学的思想”，往往被大众认为不属于文学，但梵·第根坚持将它们归属为文学的思想，因为它们的传播和转移，都要依靠它们“借以表达的艺术”[③] 才能散播到群众中间，因此不能被比较文学家忽视。第二类“道德的思想”是在着重考量人之本性、命运等形而上的观念，以及追求那些按照社会道德原则来衡量、指导自己现实行为实践的思想。最后一类“美学的和文学的思想”则是与文学艺术关系最紧密的思想，其中尤需重视的，是对接受者一方诗歌与戏剧等起作用的文学与美学思想。此外，还需重视作家们对情感表现的模仿。情感的表达往往是作家创作活动的最主要使命，即使情感总是本质地属于个人，但情感也如思想一样，存

---

① ［法］梵·第根著，戴望舒译：《比较文学论》，吉林出版集团有限责任公司 2010 年版，第 66 页。

② ［法］梵·第根著，戴望舒译：《比较文学论》，吉林出版集团有限责任公司 2010 年版，第 69 页。

③ ［法］梵·第根著，戴望舒译：《比较文学论》，吉林出版集团有限责任公司 2010 年版，第 76 页。

在着模仿与被模仿，也存在着某些常套，更有在特定环境与阶段中存在的“情感的时尚”①。因此，比较文学研究应该去考察在国际发生转移和借用现象的情感影响对社会、精神、道德的价值造成了怎样的改变。

2.“形式”部分

在这一部分，梵·第根从影响发生、进行和作用的形态层面，探讨影响研究的方法。前文已经梳理了影响本身的因子，接下来则转换到影响路径之外的角度，以不同的立场来回望影响路径，看看影响是如何为自身创造转移的形式，是通过何种形态在两国文学中过渡的。

第一，以影响的“放送者”为本位出发，探究一国之作家作品在另一国之中声望、名誉的成就，也即“誉舆学（doxologie）”②。研究一个对象在外国获得的成功，目的是进一步追寻该对象在接受者一端造成的影响。要知道，作家或作品在另一国度取得成功不等同于产生了如何的影响，前者是后者的前提与推力。此外，作家或作品在国外之际遇的研究，与对它们产生的影响所进行的研究是密不可分的。

因此，研究者以影响发出端的作家作品或一国之文学为出发点，以观察范围由大到小、由一般到特殊为检索思路，去考察与放送者有关的一系列模仿、借用、影响。

首先，以一般的影响和接触、国与国之间的文学影响为视野范围，先进行历时的观察：通过分析两种国家不同文明形式中的共性，发现放送者一国对接受者一国的影响，通常后者的文化形式会深受前者影响，有时也会相互影响；通过分析一位作家对另一国家之风俗、传统、文明、个性的态度或认识，阐明该国家对作家的影响；调查某一作家的外国旅居史，有时可发现对国际文学关系影响的重要作用。还可以从共时性的角度切入，调查一个文学派别、团体，甚至一种文体等，在特定时代对某些重要作家的影响。其次，将范围聚焦在一位作家身上，探究他对另一位作家、文学派别或团体的影响。在这一层面中，研究者可以去调查一位作家对另一位与其写作同一文体的作家造成的影响，同样，也可以抛开艺术形式而研究表达相同思想或情感的作家，还可以调查一位作家、一个文学派别或团

① ［法］梵·第根著，戴望舒译：《比较文学论》，吉林出版集团有限责任公司2010年版，第84页。

② ［法］梵·第根著，戴望舒译：《比较文学论》，吉林出版集团有限责任公司2010年版，第89页。

体、一种文体对一部专著的影响。以上两种方法，前者可以从影响中蕴含的多种因子里发现模仿者个性，后者则能更多地显露出影响发出者的集体共性。再次，仍然将目光定格在一位作家身上，探究该作家在外国的际遇和造成的影响。有时一位作家在另一国家的影响力虽然不大，但对该国的思想与艺术发生了引导作用；有时一些作家的名不见经传之作，在另外一国之中却产生了种种超越文学声望的影响；还有一些自身价值略次于其拥有的名声的作品，也常常会造成一定的国际影响。最后，为了进一步辨明种种影响的殊异之处，应对影响做出明确的分类。总体来说，一位作家产生的影响，可分为四大类别：思想或精神层面上的、创作技术层面上的、为他者提供了“题材”与“主题”层面上的，以及开拓新的领域并使得未经发掘的社会环境、时代等流行开来的。

第二，以“接受者”为本位出发，找寻某一作家的某一思想、主题、风格或艺术形式的来源，也即“源流学（crénologie）”。源流的形式，既有最直观、存于文字之中的“笔述的源流”，也有无实物存在的“口传的源流”[①]，二者存在的文学类型往往不同。在此种形式的研究中，研究者需以从个体到集体的研究思路，从小到大、从细微到宏观地研究种种不同的影响源流。

首先，以单独一部作品为出发点，寻找该作品内容中暗含着的某部他国作品。这一层面的研究，有时要得益于文学创新之处的稀少。大多数情况下，文学创作者的活动都囿于一个狭窄的圈子，其中的模型、本质的观念等都来源于对老旧事物的个人化改造，甚至有些细节性的想法和语句也是借用而来的。其次，纵观一位作家的全部生涯，通过作家的兴趣、模仿等得出其受到的影响，并以此对该作家进行源流上的“圆形的研究”[②]。此一层面的研究，首先要基于对作家阅读过的书籍进行精细检索，将得到的一切线索应用于对该作家所受到的影响的回溯，从而防止无目的、无方向的寻找。而之所以称为“圆形的研究”，是因为在进行此类探讨时，不能将追溯源流的目光局限在一国文学的范围内，而是要以作家为中心点，探讨该作家受到来自外国除文学层面外的一切影响，从而形成“圆形的”、

① ［法］梵·第根著，戴望舒译：《比较文学论》，吉林出版集团有限责任公司2010年版，第113－115页。

② ［法］梵·第根著，戴望舒译：《比较文学论》，吉林出版集团有限责任公司2010年版，第118页。

周全的考察。

第三，从影响行进路径的“媒介者”的角度，以“媒介学”[①] 的方法，以个人、社会环境、文学批评与文学刊物以及译者与译本为不同类别，来观察影响的转移。

在以接受者国家中的某些个人担任传递者角色的情况中，他们或偶然、或必然地接触了外国作品，而后使得这些作品在自己的国家中传播。相反，如果是个人身处异国旅居或定居的情况，很少有能将其本国的文学向他国进行推介的情况。以上两种路径中，作为传递者的个人往往本身就属于影响的接受者之一，因此还有另一种路径，即影响的传递者本身独立于放送者与接受者角色之外，来自第三方国家，可谓名副其实的传递者。

社会环境、文学批评与文学刊物充当媒介者的情况，是更易于被研究者取得实据的。一个社会所处时代营造的氛围，形成的文学集团、会社、“沙龙”[②] 等都由一些趣味相投者组建，因此他们的文学活动与影响力，相较于个人媒介者来说更明显、更易被发掘。文学批评与刊物，通常比群体性的媒介者起到更好的影响传递作用。比较文学研究者应当以研究外国文学的一些刊物或批评文章作为最先的切入点，进而观察他们是如何引介、移植外国文学或外来影响的，或是如何做后续的巩固工作的。更值得关注的是那些本身就致力于将多个其他国家的文学引渡到自己国家刊物的作家。

译者和译本则是极其特殊的一类。文学作品在跨语言与跨国传递时，能产生影响的基本都不是作品原著，而是接受国主导语言的译本或是“从译本译出的译本”[③]，并且文学是语言的艺术，因此不同语言对同一作品造成的歧义“把这从这一国到那一国的过程弄复杂了”[④]。但阅读文本是作品传播的前提，译本的出现又是一国之读者能够阅读的基础，于是译本的研究便成了比较文学家研究的重中之重。在梵·第根看来，将原著与译本进

---

① 译文中为“仲介学”，语源出自希腊文 Meoos，译为居间者。参见［法］梵·第根著，戴望舒译：《比较文学论》，吉林出版集团有限责任公司 2010 年版，第 121 页。

② ［法］梵·第根著，戴望舒译：《比较文学论》，吉林出版集团有限责任公司 2010 年版，第 124 页。

③ ［法］梵·第根著，戴望舒译：《比较文学论》，吉林出版集团有限责任公司 2010 年版，第 129 页。

④ ［法］梵·第根著，戴望舒译：《比较文学论》，吉林出版集团有限责任公司 2010 年版，第 129 页。

行比较分析，能够看出译本所展现的风格与原著的相似程度，译本较原著所表现出的独特倾向性，以及译本中透露出译者对作者的印象是怎样的，等等。与此同时，研究者还要额外地考察译本较原著的内容是否存在缺失，以及考察译本中或因译者关于语言知识的不足，或因译者无意间的错漏而导致的译文错误及其引发的后果。由此，译本与译本的比较，以及对译者本身的考察研究也是影响研究的一个方面。

三、“影响研究”的方法论特征

（一）历史性

1. 方法论总体特征

比较文学法国学派在最初的形成与实践过程中，始终将比较文学划归于文学史的旗下，且影响研究的重点即在讨论国际文学关系的历史。影响研究方法论在《比较文学论》中透露着鲜明的历史性特征。梵·第根梳理比较文学在法国的兴起时指出：“在法国比较文学之所以能因为戴克斯特及其后继者之力而有那么显著的进步，那是因为它的方法是追踵着本国文学史的方法的。”①

可以说，基于文学史研究的比较文学研究方法，是有益于对国界、民族和语言屏障的打破，并有益于有机地整合“散落无序的文学现象”② 的。在梵·第根方法论系统的形成与法国前人学者的比较文学实践中，方法与意识都发端于文学史，而后续的发展也仰仗于文学史，影响研究的方法特征深深地体现着文学史的特质，他甚至认为比较文学与文学史是“相依为命”③ 的。在梵·第根看来，研究者对文学的认识需要从感性主观层面进入理性客观层面，对于文学要做出具备历史性的解释。因此，比较文学的研究方法需要一种“更详尽、更客观的历史意识”④，单纯对作品进行审美层面的“比较”并不具备历史意义，唯有同文学史研究一样具备了科学的

---

① ［法］梵·第根著，戴望舒译：《比较文学论》，吉林出版集团有限责任公司 2010 年版，第 21 页。

② 曹顺庆、孙景尧、高旭东：《比较文学概论》，高等教育出版社 2018 年版，第 44 页。

③ ［法］梵·第根著，戴望舒译：《比较文学论》，吉林出版集团有限责任公司 2010 年版，第 14 页。

④ ［法］梵·第根著，戴望舒译：《比较文学论》，吉林出版集团有限责任公司 2010 年版，第 21 页。

方法，才能实现“比较”的真正意义。[①] 因此，比较文学家所做的工作是利用自己的专门知识，将文学史家的研究延伸推广到国外，完成那些本国文学史家所不能完成的、涉及作家作品转移到外国及在外国的一系列研究。此外，纵观梵·第根之前的法国学者们对比较文学的拟命名，如“各国文学比较史”（戴克斯特使用过的）、“各国文学比较的历史”（顷昂拜耳使用过的）及“比较的文学的历史”（巴登斯贝格使用过的）等，都可看出比较文学明显的历史性身份。而梵·第根对于“比较”这一概念的检讨，更是不允许它“一点也没有历史的含义”[②]。

综上可见，梵·第根在铺设其影响研究方法论的框架时，显示出“唯历史主义倾向（historical relativism）”[③]，并且和诸多法国学者一样，将比较文学划为文学史的一部分，自始至终和文学史是相依为命的。

2. 誉舆学、源流学中的历史性

在誉舆学中，梵·第根正是要求研究者凭借着历史意识，着重关注作家作品所发出影响的史实依据，并且挖掘影响的效果。对于某一作家作品在外国产生的影响，既可以进行共时性的搜集，将影响造成的结果当作历史现象来分析考察；也可进行历时性的梳理，将影响以发出为原点，以时间为轴线来细数它经过路径上所有的接受者，以及在接受者那里产生的效果，进而编织成一条完整的影响的历史线索。

历时性的梳理是较为普遍的，誉舆学的研究重心主要是就一位作家及其作品所发出的影响的讨论，不论探讨的是该作家作品对他者的影响，还是讨论其自身的声望、遭遇，抑或讨论一位作家在外国的旅居经历对于两国之间文学关系历史的影响，若在这方面可以做到最精细、最贴近研究对象的取证，将能发现的所有相关问题均加以罗列、探讨。另外的共时性研究，是研究者专精于一段时期内某一文学运动或文学现象，致力于发掘它们对他国文学所造成的重要影响，在他国文学史中产生的不可忽略之作用。

在源流学中，研究者有一个躲不开的问题就是要关涉接受者的传记和

---

① 庞希云：《“法国学派”影响研究理论与体系的建立和完善——从梵·第根到基亚》，《广西大学学报（哲学社会科学版）》2006 年第 1 期，第 61 – 65 页。

② ［法］梵·第根著，戴望舒译：《比较文学论》，吉林出版集团有限责任公司 2010 年版，第 4 页。

③ ［美］雷纳·韦勒克：《比较文学的危机》，见张隆溪选编：《比较文学译文集》，北京大学出版社 1982 年版，第 22 – 32 页。

其作品的“创世纪”[1]，即追溯影响的来源，要基于对接受者自身的成长史、其作品的发迹史进行充分的挖掘，从而发现埋藏于其中关于影响的种种线索。如果说誉舆学是探究影响之“去脉”，那么源流学则是探究影响之“来龙”。于是研究者们需要从发现的线索出发，顺藤摸瓜地追溯到该影响最初的发源地，还原其中涉及的所有历史真相，而这一路径便是中间所有接受者构成的该影响的历史轴线。

梵·第根在源流学的专题部分，试图将主要问题细化成小问题，将大矛盾切分为小矛盾，将各类源流隔离开来观察，但不论是题材、借用的细节，还是相似的思想，都可看作回溯影响源头的必要线索。可以看出，在后期“接受美学”和“读者反应论”进入影响研究之前，[2] 以梵·第根为代表的影响研究最初阶段在以接受者为视角的源流学部分，基本是将誉舆学的研究步骤与方向颠倒，故《比较文学论》中的源流学和誉舆学存在着历史性这一共有特征。

（二）实证性

1. 方法论总体特征

实证性是影响研究的根本特征。影响研究长期以来只是单纯、机械地追寻国际文学关系的事实依据，推断影响的继承关系，并不谈论文学问题的有效性，而着重于证明文学现象的真理性。[3] 因此，初期的影响研究方法以寻求实证为根本目的，将作品视为“影响”的总和，运用严密的考证方法，尽力搜集来源不同的史料，进而判断客体间的事实联系，阐明欧洲各国文学间复杂的交织关系。

法国学派影响研究的实证性倾向，是受到了法国哲学家孔德（Auguste Comte）的实证主义哲学影响，这使得法国学者将影响研究仅限定在通过表象考证事物联系。在梵·第根的方法论中便处处显露着19世纪“唯事实主义（factualism）”倾向和“唯科学主义（scientism）”[4] 倾向：将比较

---

① ［法］梵·第根著，戴望舒译：《比较文学论》，吉林出版集团有限责任公司2010年版，第115页。

② 乐黛云：《比较文学原理》，湖南文艺出版社1988年版，第43页。

③ 邹赞、张艳：《从比较文学到世界文学——邹赞教授访谈》，《长江丛刊》2020年第31期，第105页。

④ ［美］雷纳·韦勒克：《比较文学的危机》，见张隆溪选编：《比较文学译文集》，北京大学出版社1982年版，第22－32页。

文学本质等同于文学史收纳事实史料的本质，将“比较”概念中的美学成分全部剥离，又将“比较”的目的限制为仅仅去证实不同文学间的借用、影响现象等。因而，影响研究由考据学奠定的根本倾向，过于看重文学作品外部事实联系，使得研究范式架空了文学自身的美学价值，难以发展出事实联系之外的内容，与文学研究真正关心的“价值”和“品质”[①] 相背离。

由此，梵·第根的影响研究范式之实证性特征，根本在于他将比较文学研究的主体——材料事实关系作为探究客体间二元关系的学理依据。法国学者们欲证实研究客体间影响、借用等二元关系的存在，而从客观上看，该二元关系不会完全属于客体间的任意一方，客体中的任意一方都不能将这关系完全阐明。因此，这是在法国学者看来研究主体介入的必要原因，唯有主体的介入才可将客体间的二元关系全面阐释。

实证的方法旨在消除主观偏见。从梵·第根的方法范式看来，梵·第根尝试以科学的、客观的手段，对上述二元因果关系进行阐释，以挖掘外部事实材料作为研究的唯一课题，以翔实的事实材料作为支撑，将主观的结论以完全史料性的证据代替，故实证性成为其方法论体系中的根本特征。[②] 在《比较文学论》中，梵·第根在梳理法国学者功绩时，便总结了前人学者共同的研究特征，即均具备“细密的考证”[③]，之后便顺理成章地在“一般原则与方法”的论述部分，提出了研究者应“避免那些早熟的似是而非的批判”[④] 这一针对精确求证而规定的首要前提。之后，又将“放送者”“接受者”和“媒介者”三种研究路径做细致的划分，分门别类讨论影响因子的传递，从而完成了对方法论系统的描绘。其中，梵·第根又反复凸显将“影响”详细分解成“无数特殊的小影响”[⑤] 这一小心求证的态度，强调精细考证的必要性，为之后“物质”与“形式”各部分方法奠

---

① 庞希云：《“法国学派”影响研究理论与体系的建立和完善——从梵·第根到基亚》，《广西大学学报（哲学社会科学版）》2006 年版第 1 期，第 61 – 65 页。

② 胡鹏林：《比较文学：影响研究、平行研究与文化研究之争——论 20 世纪比较文学方法论的危机及其化解》，《南京社会科学》2002 年第 6 期，第 46 – 52 页。

③ ［法］梵·第根著，戴望舒译：《比较文学论》，吉林出版集团有限责任公司 2010 年版，第 23 页。

④ ［法］梵·第根著，戴望舒译：《比较文学论》，吉林出版集团有限责任公司 2010 年版，第 40 页。

⑤ ［法］梵·第根著，戴望舒译：《比较文学论》，吉林出版集团有限责任公司 2010 年版，第 41 页。

定了严谨考证的基础。在梵·第根看来，如果没有了精细的考证，比较文学只会产生“一些近似之说和空泛的概论”[①]。

梵·第根的目标是建立科学的研究方法，他所寻找的是证明“没有影响就没有这部作品的诞生”的证据，默认作品的产生已有存在的先决条件，于是他以牺牲文学性作为代价，来打造科学性的系统。但梵·第根也注意到了影响的路径上会有“心理学的因子”之类复杂因素“跑进去”[②]的情况，于是当他沿着上述路径寻找实证时只得将外部层面和内部思想、心理层面的因素混淆在一起，使得实证性的弊端暴露出来。[③] 当然，这样的实证性科学方法能相当精准地完成对影响的取证，防范影响研究走向空泛和主观的误区，确实可以帮助完成梵·第根为比较文学设定的研究目标。[④]

2. 誉舆学、源流学和媒介学中的实证性

在誉舆学的研究工作中，研究者的任务是从影响的输出端出发，考量影响波及的所有终点，其中涉及的问题又分为众多细小的因子。研究者要逐步挖掘发出影响的作品被哪些国家的哪些作者直接或被译介后阅读过；处于影响终点处的人们怎样接受该作品；人们接受、借用、模仿着的是作品中的思想、情感、主题、作风，还是形式等……进而触及该作品影响波及的范围、达到的深度、持续的时间，以至于在接受者国家的文学史中起到了怎样的作用等一系列展开的问题，研究者欲证实以上涉及每一个细小问题的真理性，便需要凭借不可推翻的铁证来支撑。

值得注意的是，梵·第根特别提示要警惕在对比不同作家作品时，误把其中来自本国文学传统的影响当作外来影响，以至于被该错觉误导，故对影响的考察应该对此加以小心。此外，梵·第根对于影响因子传递的考察，是将“把种种因子隔离开来”这一前提作为凌驾于一切研究展开之上的总观点：“一切影响之一般的研究，都是应该小心地和这种种因子分开

---

① ［法］梵·第根著，戴望舒译：《比较文学论》，吉林出版集团有限责任公司2010年版，第24页。

② ［法］梵·第根著，戴望舒译：《比较文学论》，吉林出版集团有限责任公司2010年版，第46页。

③ 冯文坤：《谈谈比较文学中的影响研究》，《中国比较文学》2001年第3期，第33－48页。

④ 文治芳：《论乐黛云比较文学研究的理论与方法》，山东大学博士学位论文，2009年。

的。”[①] 这是因为有些影响的形态复杂，有时某种影响造成的效果是平行的，有时又是顺承的、相续的。例如某影响对于不同身份、领域、文学派别的人们起到互不相同的引导作用，或者是多种“物质”部分的题材、形式、思想、感情等先后地被接受者模仿、借用。为了科学地将种种影响辨明，故将各个细小的因子作出细致的划分以防互相干涉、混淆是极其重要的。

在源流学的考据中，“笔述的源流”一类便是容易确定证据的，文字是着实存在着的、可被捕捉的物质，而“口述的源流”却往往是模糊的，难以直接地摆出实证，只能概述地、侧面地将影响作家的谈话、故事、逸闻等当作间接的证据。其余的则如同誉舆学一样，在考察一切影响之源流时，要将题材、细节、思想等因子互相孤立地看，书中“所读过的书籍之精密的检讨”“一个思想，一句美丽的诗，一句极好的话的最初的源流和进展”等表述，均体现着对于细致实证的诉求。即使是在“集体的源流”中对于一位作家进行“圆形的研究”时，也要警惕研究客体是否聚焦，是否存在范围过大而导致“流于肤浅的危险”[②]。

当对媒介者进行考察时，要求研究对象兼具可视性与实证性，只有通过材料证明文学现象的真实性，才能使结论得到完备的支撑。此外，媒介学更要关注非重要作家群体，他们通常作为客体间文学二元关系中的第三者角色，对影响的传递往往做出最重大的贡献，通常在他们的文学活动中能发现对于某种影响最大程度的推广，故在媒介者身上做翔实的取证，往往能得到最有力的证据。再者，文学团体、文学派别以及文学批评、报刊等，其本身即可作为影响在流传中的证据。而最为复杂的应当还是对译者或译本的取证，在对译本进行考量时更要细心地确定译文的完整性和准确性，往往一丝一毫的线索都会牵扯接受者对于影响之态度的若干问题，同样，译本与译者本身也是影响传递与接受的事实依据。

总的来说，实证挖掘出来的每个影响都只是部分，对于整个影响活动的总体而言，它们为影响产生的全部结果贡献各自不同的功能，梵·第根为了凸显其方法论的科学性和出于论述逻辑的需要，将三条路径互相孤立

① ［法］梵·第根著，戴望舒译：《比较文学论》，吉林出版集团有限责任公司 2010 年版，第 112 页。

② ［法］梵·第根著，戴望舒译：《比较文学论》，吉林出版集团有限责任公司 2010 年版，第 120 页。

来看。但“三要素”之间、各类影响因子之间是彼此关涉的，不可根据单独一个来对其造成的影响结果作出机械地推断，应将它们放在整条影响路径中，联系与其相关的所有因子来考虑。

（三）文本性

1. 方法论总体特征

在法国学派先驱学者的引导下，对文本进行深入的钻研成为影响研究自身发展的需要。在梵·第根看来，文学的本质不仅是作者固有才能的体现，更是“种种文学影响之间的不断的合作的结果”①。影响研究所考察的影响之起点与终点，脱离不开作家、作品、文学团体、文学派别等，具体到实际的个案，即是文本自身了。影响的流传需要靠放送者、接受者与媒介者共同参与，并且主要靠他们的文学创作来体现。对参与者创作的作品文本进行价值的考量和审美的分析，是展开影响研究的第一步，实现该前提才可进一步对该作品放送的（或接受的）影响作出价值的判断和延伸探究。

在《比较文学论》中，具体研究过程的焦点无疑是被定在了文本身上，这与方法论的实证性特征也有很大关系，对文本的细查是取证的最直接手段。当研究者考察文字表面之外的因子如思想或感情时，事先对文本的思想内涵与情感表现进行确切的理解，更是后续研究的重中之重。文本性并非仅仅对史料文字的表面关注和堆积，而是对文本价值和作品倾向性等的把握，这是把握被研究的“影响”的先决条件，即作品批评是第一性的，对影响因子的研究是第二性的。

文学作品除表面的结构和形式之外，还有深层次的内涵，这也使得影响研究会分成结构和形式的、精神和情感的两种研究层次。对于法国学派学者来说，源自实证主义的哲学基础，让他们极力挖掘外部层次的史料，也决定了他们的影响研究难以发掘影响对于作品的内在作用，这使得比较文学向着“文本研究”“文学史料研究”发展，距离文学研究却越来越远。②

2. 源流学、媒介学中的文本性

在源流学的视角下，主要以对接受者作品的文本分析作为发现影响因素的切入点，它相较于考察影响发出者在异域的声望、遭遇时，要涉及文

---

① ［法］梵·第根著，戴望舒译：《比较文学论》，吉林出版集团有限责任公司2010年版，第11页。

② 程培英：《比较文学若干理论问题的思考》，复旦大学博士学位论文，2013年。

本之外更多因素的誉舆学来说，源流学中的文本性特征更为突出，也更为集中。对于一般的源流学研究，将被研究作品中的题材、思想、细节等影响因子孤立开来，分门别类地从文本中挖掘表象的、潜在的线索，进而按照实证的指向追溯影响的源头。而对于一位作家的“圆形”研究，则需要进行体量庞大的文本分析，对该作家的全部文学活动进行考察，从中发现其受到外来之影响的全部，其中除了艺术形式一类可视性的影响因子之外，更多的则是思想、情感、兴趣之类具有倾向性、潜在性的影响因子。

媒介学视域中的文本性显得尤为必要，文字媒介是媒介学的重头戏，其重要性还是着重见于对译本的考察中。通常，绝大多数影响的跨国、跨民族及跨语言传播均依靠译者的译介，接受者通过译本才能触及外国文学的情况占主要地位。即使这种方式仅仅是间接接触，但对于接受者而言该方式可能是唯一与外来影响相联系的途径。同时，译者的翻译活动本身也是复杂的文学接受过程，内含对原作所发出影响的第一次接受，因此对译作的文本分析是考察影响传播之媒介的重要手段。

结　语

法国学派初期所建立的实证研究方法，仍是当今比较文学影响研究所遵从的重要研究路径，并且在中外文学关系研究中，该方法仍是一种必然的遵循。[①] 本文通过对梵·第根《比较文学论》中影响研究范式的梳理，归纳、分析了其方法论的核心内容与范式特征，以批判性视角从中汲取针对比较文学实践具有指导意义的内容，并以发展的眼光剔除限制学科建设的内容。

纵观以《比较文学论》为代表的影响研究理论与方法，梵·第根注意到了在同一民族、同一语言的作家中，文学间相互影响的现象并不明显，于是他将国别文学史研究的眼光提升至跨语言、跨民族、跨国界与跨文化的高度，为后世的比较文学研究打下了开放性视野的基础。与此同时，梵·第根在《比较文学论》中拒绝审美研究进入方法论体系的做法，切实有效地清理了具有模糊性、相似性的文学现象。[②] 而且，对语言文化环境

---

① 文治芳：《论乐黛云比较文学研究的理论与方法》，山东大学博士学位论文，2009 年。

② 杨乃乔主编：《比较文学概论》，北京大学出版社 2002 年版，第 65 页。

各异的作家作品进行硬性比较的做法，确实为之后的影响研究树立了严谨、精细的考证态度和学术风格取向，纠正了以主观感觉代替客观实在的风气。

但初级阶段的影响研究理论体系，其漏洞与先天不足之处显得更为严重，造成了实证主义危机、历史相对主义危机和外部事实主义危机等若干危机，常导致形式与内容、内部与外部、符号与意义分离的错误。[①] 在法国学者看来，外部影响因素力压文学内部规律，成为文学发展的主要推力，从而为他们言说影响的重要性提供了理由，于是他们进行着外缘的“文学交往研究”[②]，用事实来证明事实，这也是法国学派方法论的致命缺陷所在。正因此，最初的影响研究存在着诸如无法解释某一文化中的边缘文学作品，但该边缘文学作品在另一文化中被中心化的问题，唯有经后来学者对理论进行纠正与重新建构，才使得影响研究重获新生，不断发展。[③]

由此，对源头理论的引介应当从自身主体出发，结合中国现实文学背景对影响研究方法论进行反思，掌握与之对话应有的正确认识与合理应用方法。

首先，应当避免对“影响研究”这一主体认知的混淆，采取影响研究的方法不可用对与错来评判。该方法的引介对于我国寻找与他国文化互动的事实有着现实价值，进而对于重塑民族自尊与文化自信的心理诉求起到帮助作用。[④] 虽然其中留有生硬、机械的空泛比较手段，但应当充分利用比较文学学科自身的开放性优势，拓宽影响研究的理论内容与实践途径，警惕其中不合时宜的做法。

其次，警惕方法论之“欧洲中心性”的陷阱。梵·第根在《比较文学论》中将一国文学作品作为解释另一国文学作品的依据，其中充当主体与客体的总是限于法国等欧洲部分国家，该做法以法国自身文化作为参考，将自我“神圣化”，在凸显了法国自身优越性的同时，缺失了真正的“他者”作为对照，处处沾染着狭隘的民族主义色彩。[⑤] 这也直接妨碍了原本

① 冯文坤：《谈谈比较文学中的影响研究》，《中国比较文学》2001 年第 3 期，第 33 – 48 页。

② 胡鹏林：《比较文学：影响研究、平行研究与文化研究之争——论 20 世纪比较文学方法论的危机及其化解》，《南京社会科学》2002 年第 6 期，第 46 – 52 页。

③ 赵渭绒、曹顺庆：《比较文学学科理论体系新思考》，《外国文学研究》2012 年第 3 期，第 111 – 119 页。

④ 付飞亮：《从方法论看中国比较文学百年史》，《学术探索》2015 年第 1 期，第 104 – 111 页。

⑤ 冯文坤：《谈谈比较文学中的影响研究》，《中国比较文学》2001 年第 3 期，第 33 – 48 页。

想要跨越两个不同文化体系的比较文学构想，使得影响研究难以突破法国沙文主义的藩篱。由此，在理论与实践中都应当以“互为主体、平等对话、互相照亮”[①] 为原则，利用影响研究的手段阐明中外文化接触过程中是如何进行文学交互的。

再次，在当今的新文科背景下，欲使得比较文学学科保持发展势头，凸显自身优势，应摒弃影响研究中的上述不足，同时也要从方法论弊端中得到启示，以充实当下及以后的比较文学实践。[②] 例如从影响研究放逐审美性的缺点中，启发日后的比较文学实践应立足文学性；从法国民族文化中心主义的弊端中，启发比较文学实践应打破狭隘民族主义的藩篱；检讨方法论本身不够严谨之处，将影响研究的理论范式进行多方面的扩充；从梵·第根对“总体文学”呆板的划分中，进一步拓展比较文学的研究领域等。[③]

最后，结合当今中国“多元一体”的文化格局现状，对比较文学经典著作《比较文学论》进行重新回溯，利用其对于我国比较文学学科理论建设的“他山之石”价值，不论在中外文学文化关系，还是在我国多民族文学文化交流、交往、交融的话题展开上，都具有重要意义。

---

① 乐黛云、邹赞：《漫谈比较文学与跨文化研究——访乐黛云教授》，《吉首大学学报（社会科学版）》2016 年第 6 期，第 12 - 16 页。

② 李斌：《新文科背景下比较文学学科的挑战与机遇》，《新文科教育研究》2021 年第 4 期，第 38 - 47 + 142 页。

③ 曹顺庆：《重新规范比较文学学科领域》，《中国比较文学》2005 年第 2 期，第 52 - 69 页。

从文学出发回归文学本身
——评韦勒克、沃伦的《文学理论》

邱　喆

在西方文学理论的发展历史上，一部部专门以研究文学及其发展规律为主要内容的优秀作品不断涌现，其中，雷纳·韦勒克（René Wellek）和奥斯汀·沃伦（Austin Warren）合著的《文学理论》（*Theory of Literature*）被视为当代文学理论的经典著作。《文学理论》一书自出版以来，受到了国内外学者的广泛关注，被称为"文学理论的圣经"①。钱锺书在其《管锥编》中数次引用《文学理论》中的说法与中国典籍中的描述相互印证。②《文学理论》一书由四部分构成，结构严谨、逻辑清晰，全书围绕着文学最基本的问题展开讨论：第一部分是关于文学的定义与区分；第二部分是初步工作即论据的编排与确定；第三部分"文学的外部研究"则探讨了文学与其他艺术形式或其他学科以及文学与社会的关系问题；第四部分"文学的内部研究"则是韦勒克和沃伦讨论的重中之重，主要对文学作品的存在方式、文学的类型等展开细致的论述。20世纪，西方各种文艺思潮此起彼伏，在形式主义文论的脉络上，先后涌现出俄国形式主义（Russian Formalism）、布拉格学派（Prague School）、英美新批评学派（The New Criticism）等重要流派：俄国形式主义继承了结构主义语言学（Structural Linguistics）的某些观点，并把他们用于文学和美学批评，在文学批评中强调形式而忽略内容；布拉格学派最独特的观点在于认为语言的基本功能是被用作交际工具，语言是一个由多种表达手段构成的、为特定目的服务的功能系统，他们主张要用功能的观点去研究语言；英美新批评学派则推崇文

① 旷新年：《重写文学史的终结与中国现代文学研究转型》，《南方文坛》2003年第1期，第4页。

② 钱锺书：《管锥编（第2册）》，中华书局1979年版，第748页；钱锺书：《管锥编（第4册）》，中华书局1979年版，第1421页。

学本体论，提倡文本的语义分析。在上述文化语境下，韦勒克和沃伦受到了众多思潮流派的影响，集众学派之所长，对文学的本质属性等进行了系统的研究。“韦勒克从二十世纪新的文学发展和新的批评形态着眼，特别总结了从俄国形式主义到英美新批评的理论实践，重新对文学作品的存在方式加以审视从而确立了新的文本观。其中文学的‘本体性’和文学的‘内在研究’是他的文学理论体系的核心内容。”①

韦勒克曾在捷克的查理大学专攻日耳曼文学，在普林斯顿大学攻读英国文学，并曾在伦敦大学任教，后来希特勒军队攻占布拉格，韦勒克得到了美国学者的援助，开始在爱荷华州立大学任教，并与同事奥斯汀·沃伦来往最为密切。此后，韦勒克结识了“新批评学派”的几位主将，新批评学派的理论给韦勒克留下了深刻印象，他决定和沃伦合作撰写《文学理论》，重点讨论文学艺术品的本质、功能等多方面的问题，并试图研究文学与其他相邻学科的关系，这对当代世界文学理论的发展具有里程碑式的意义。1948 年，耶鲁大学建立比较文学系，韦勒克成为该系首位系主任，并成为刚创刊不久的《比较文学》（*Comparative Literature*）杂志的编委。在韦勒克漫长且卓有建树的学术生涯中，最具影响力的事件是 1958 年他在国际比较文学学会教堂山会议上做了《比较文学的危机》（*The Crisis of Comparative Literature*）专题发言，较为系统地阐述了美国学派的观点，对在国际比较文学界长期处于主导地位的法国学派提出了挑战和质疑，引发了法国学派和美国学派的思想交锋，促进了比较文学在理论上的逐步成熟。

《文学理论》传达出的韦勒克关于文学的见解，似乎是其对法国学派提出挑战和质疑的最好例证。该书最大的特色就是从文学本体论出发，对文学本身进行深刻而全面的探索，两位作者非常重视文学内部研究，将“文学性”作为文学的本质，对文学的存在方式展开了一系列的分析研究，同时还对“比较文学”“总体文学”“民族文学”等重要概念进行辨析。基于此，本文围绕该书最具代表性的三个论点展开论述。

一、文学的本质：“文学性”

在韦勒克、沃伦之前，世界范围内已出版多本以“文学理论”命名的理论专著或教材，韦勒克和沃伦批判继承了前人的观点和理论成果，从总

① 李阳：《韦勒克文学理论研究》，东北师范大学硕士学位论文，2005 年，第 1 页。

体上对文学的本质进行了系统性阐述。他们主要围绕“什么是文学的本质”“文学研究的对象”“文学的功用”以及“文学研究的方法是什么”等问题展开论述，指出文学的本质是“文学性”。“文学性”的概念最早是由罗曼·雅各布森（Roman Jakobson）提出来的，他认为一部作品之所以能够成为文学作品，是因为它具有所谓的“文学性”，这是文学作品区别于其他作品的重要一点。可以看出，韦勒克这里对文学本质的界定很明显是受到了雅各布森等人的影响，他认为一部作品只有具备“文学性”，才能与一般的艺术作品区分开来，成为真正意义上的文学。纵观文学发展史，长久以来，人们很容易将几个不同的概念混为一谈，或把文学的概念过度扩大为某一宽泛的概念如“文明”，又或者局限为某一狭隘的指称如“名著”，韦勒克和沃伦则对此进行了较为清晰的界定。

在《文学理论》开篇，韦勒克、沃伦二人便对文学进行了界定，认为文学和文学研究是两种截然不同的活动，并且通过反面论证的方式，挑战并质疑了其他理论家的不同看法，这种“破—立”的论证方式在《文学理论》中随处可见，这也是该书一大论证特色。“文学创作的经验对于一个文学研究者来说固然是有用的，但他的职责毕竟与作者完全不同。研究者必须将他的文学经验转化成知性的形式，并且只有将它同化成一套连贯的、理性的体系，它才能成为一种知识。”① 韦勒克和沃伦用辩证的眼光思考问题，肯定了文学创作经验对文学研究者的积极作用，但同时也看到了二者的差别和转化关系，开始有意识地引入“文学的内部研究”等相关概念。

面对长期以来人们将文学与文明等同的状况，韦勒克、沃伦明确指出文学和文明是两个不同的概念。有人认为凡是印刷品都可以称为文学，凡是以文字作为载体表现人类文明的艺术形式都可以称为文学。如果遵循上述说法，那么古代的巫术、星体运行说等都应该属于文学，这样一来文学的范围就变得极其宽泛，没有了界限，泛化到与文明或者文化的概念融为一体。如此，“文学的价值便只能根据与它毗邻的这一学科或那一学科的研究所提供的材料来判定，将文学与文明的历史混同，等于否定文学研究

---

① ［美］韦勒克、沃伦著，刘象愚等译：《文学理论（新修订版）》，浙江人民出版社 2017 年版，第 3 页。

具有其特定的领域和特定的方法”[①]。由此可知，把文明和文学混为一谈的说法，使得文学的概念被过度扩大化，这种说法并不能准确地概括文学的本质。

同样，另一种把文学的定义局限到“名著”范围之内的说法在他们看来同样不合理，这种做法使得文学的概念过于狭隘，往往只注意文本“出色的文字表达形式”，不问其题材如何。韦勒克和沃伦注意到，大部分文学史著作确实也讨论了其他领域和学科中一些卓有成就的学者的生平事迹和代表作，但结合史实稍做分析之后，他们得出“文学史家不能自动地转化为这些学科的合格的行家，而只能成为一个简单的编纂者或一个自以为是的侵入者”[②] 的观点。由此可见，把文学局限成名著，这种观点在韦勒克看来也是片面和孤立的。显然，韦勒克和沃伦并没有因为自己从事文学研究，就以文学研究者的心态高傲自居，他们从客观事实出发，秉持中立态度，尽量最准确地还原文学史家的主要职能。

经过一系列举例论证和推理论证，我们可以看到，韦勒克和沃伦并不赞成把文学和文明或名著混为一谈的观点，认为只有文学作品的“文学性”才使得文学作品区别于历史、哲学等其他类似的创作。“文学既不是外延被无限扩大的文明或文化的替代词，也不是内涵被无限缩小的名著，文学之所以区别于其他概念，在于文学有属于自己的本质特征‘文学性’，具有‘文学性’的艺术作品才能被称为文学。”[③]

在《文学理论》中，韦勒克、沃伦认为“文学性”首先体现在“文学语言”上，文学语言区别于日常语言和科学语言。区别文学语言和日常语言、科学语言在他们看来很有必要，因为只有文学语言才能最贴合文学作品的本质特征，即文学性。首先，科学语言和文学语言相对来说比较好区分。文学语言和科学语言最大的不同点就在于科学语言要求语言准确、清晰，是“直指性”的，而文学语言多义且高度内涵，往往使人感到意犹未尽，是“含蓄性”的。科学语言要求语言符号及其所指称的对象是一对

---

① ［美］韦勒克、沃伦著，刘象愚等译：《文学理论（新修订版）》，浙江人民出版社 2017 年版，第 3 页。

② ［美］韦勒克、沃伦著，刘象愚等译：《文学理论（新修订版）》，浙江人民出版社 2017 年版，第 9 页。

③ 来梅：《论韦勒克的文学观——以〈文学理论〉为例》，《凯里学院学报》2014 年第 4 期，第 83 页。

一的关系，从而最大程度上形成统一的说法。而文学语言则更强调主观性，具有极其丰富的思想和情感，并且承载着历史上的事件、记忆和联想，其语言符号及其所指称的对象往往是一对多的关系，是高度“内涵”的。韦勒克、沃伦对科学语言和文学语言的区分是准确而形象的，这将更好地凸显文学的本质特征。

相比之下，区别日常语言和文学语言相对来说则显得比较困难。因为日常语言并不是一个已经被规范的概念，它与社会变迁及人们的生活息息相关，具有随意性和易变性，既包括人与人交往的口头用语，也包括各种特殊情境中的固定用语，如商业用语等。虽然日常语言也会表现情感，但其表现程度和方式与文学语言存在不同。此外，从数量方面来说，文学语言对于语源的发掘和利用更加系统化。例如在诗人的作品中，有着比日常状态下更丰富的“个性”。文学语言和日常语言在实用意义上的区别更加清晰、明显，日常语言多用于人与人生活中的沟通和交流，实用性较高，而那些看起来实用度较高的语言如教诲诗、讽刺诗等，却往往不被当做文学来看待。韦勒克和沃伦注意到了兼具日常语言功能和文学语言功能的文学形式，并承认了它们的文学性，使得一直以来被界定模糊的文学作品有了合适的“归处”。

在突破语言层的研究后，韦勒克、沃伦认为“文学性”还体现在“虚构性、创造性、想象性”方面，“文学的本质最清楚地显现于文学所涉猎的范畴中，尽管文学艺术的中心是在抒情诗、史诗和戏剧等文学类型上，但它们处理的都是虚构的、想象的世界”①。以小说为例，他们认为即便再真实的文学作品也与现实世界有着重大差别。“小说人物不过是由作者描写他的句子和让他发表的言辞所塑造的。他没有过去，没有将来，有时也没有生命的连续性。”② 韦勒克认为“虚构性”的文学概念是用来说明文学的本质，而不是用来评价文学优劣的，也就是说，要区分一部作品是不是属于文学作品的范畴，满足“虚构性”是一个重要的指标，但至于评价一部文学作品是否优劣，“虚构性”则无法成为唯一的评判标准。韦勒克和沃伦相当重视文学的“虚构性”这一特质，但同时避免将其视为判断作品

---

① ［美］韦勒克、沃伦著，刘象愚等译：《文学理论（新修订版）》，浙江人民出版社 2017 年版，第 32 页。

② ［美］韦勒克、沃伦著，刘象愚等译：《文学理论（新修订版）》，浙江人民出版社 2017 年版，第 33 页。

好坏的唯一标准，他们在定义文学的本质时的态度极其严谨。可见，在韦勒克和沃伦的时代，“虚构性”是作为评判文学作品的重要标准而存在的，但随着时代的更替，文学自身也不断进行着更新和发展，在当代更是衍生出了所谓的“非虚构文学”形式，即把现实元素作为创作背景的文学样式。韦勒克和沃伦所强调的文学“虚构性”和当下流行的“非虚构文学”从字面上看似乎有着不可相合的矛盾，中国非虚构文学的代表作家之一梁鸿也对此有着独特的见解：“自2010年始兴起的‘非虚构文学’思潮，最有意味的地方在于这一概念的兴起是由‘文学内部’发生，其结果却是‘文学内部’在大部分时候给予此相当严厉的批评、挑剔甚至否定，在‘文学外部’它却如火如荼，渐呈蔓延之势。”① 由此看来，尽管“虚构性”与“非虚构性”表面上是矛盾的，但它们的关系极其密切，并不是简单意义上的互相否定关系。虽然韦勒克和沃伦一派重视的“文学内部”研究强调“虚构性”，但“非虚构文学”的兴起也是由文学内部发生。显然，文学包罗万象，无论是“虚构性”还是“非虚构性”都不能成为评判一部作品是否为文学作品的唯一标准，并且“虚构性”和“非虚构性”也并没有高低优劣之分，因为每个时代有每个时代不同的文学需求，“非虚构文学”能够在当下流行、受欢迎，是当下的文化环境和受众群体等多种因素综合作用的结果，这并不能说明“虚构性”不再是文学作品的重要标准。实际上，在“非虚构文学”盛行的今天，“虚构性”文学也并不显得过时。

在通过“文学语言”和“虚构性、创造性、想象性”表现文学的本质特征，即“文学性”后，韦勒克和沃伦进而得出结论：“一部文学作品，不是一件简单的东西，而是交织着多层意义和关系的一个极其复杂的组合体”②。如此看来，并不是所有既采用“文学语言”，又具有“虚构性、创造性、想象性”的作品都可以被称为文学作品。因此，韦勒克、沃伦二人从客观事实出发，结合实际，得出结论，对文学的本质进行了挖掘和开发，他们认为历代文学理论家挖掘出来的东西只是文学的一部分，而不足以代表所有文学作品，更无法概括为单一的文学本质概念。

另外值得注意的是，虽然同为美国学派的代表学者，但韦勒克、沃伦

① 梁鸿：《非虚构文学的审美特征和主体间性》，《中国现代文学研究丛刊》2021年第7期，第90页。

② ［美］韦勒克、沃伦著，刘象愚等译：《文学理论（新修订版）》，浙江人民出版社2017年版，第34页。

和亨利·雷马克（Henry Remak）在关于“文学性”相关问题的探讨上存在着不同看法，韦勒克曾批评雷马克的概念界定，而雷马克针对韦勒克、沃伦看重“文学性”的做法，也提出了一种新的看法，即重视文学的整体性，而不是只关注作品的“文学性”，他将跨学科整体研究确定为比较文学的研究范式之一，就是一个很好的例证。诚然，正如韦勒克与沃伦认为的那样，“文学性”可以被视作文学的本质，但雷马克和韦斯坦因（Ulrich Weisstein）等人也补充了韦勒克与沃伦的观点，并对其进行了完善，这使得文学理论界关于文学本质的探讨更加深入。

二、文学的存在方式：采用不同标准的多层结构

文学作为一种能够使人产生情绪变化的艺术形式，并不是虚无缥缈的，它有着实实在在的存在方式，我们可以用感官感受到它存在的真实性。文学并非不可感知的虚拟物品，它和绘画、雕塑、音乐等其他艺术形式一样，有着独特的存在方式。在关于“文学的存在方式”的相关讨论中，韦勒克和沃伦首先罗列了以往几种普遍流行的关于“文学的存在方式”的观点，并试图通过批判、驳斥这些他们不赞同的观点，进而引出自己的观点，极有特色的“破—立”论证方式在其论述过程中反复得以体现。

最流行、最古老的说法之一，就是把“诗”或者文学作品当作一种“人工制品”，认为它们具有像一件雕刻作品或一幅画一样的性质，都是客体。这样看来，文学就相当于纸上留下的墨水线条，或者像刻着巴比伦诗歌的槽子，成了普通的书写或者印刷形式。韦勒克和沃伦认为这样的观点无法令人满意，首先是因为还存在着大量的不被书写或者印刷记录下来的“口头文学”，而这种观点只会导致口头文学的被忽略。正如韦勒克和沃伦所论，我们可以毁掉写下来的文学作品或者所有印成册的诗歌，因为它们很有可能被口头流传。另外，写在纸上的文学作品也包含了大量的非文学因素，如铅字的大小、铅字的类型、开本的大小等，如果将文学作品看作“人工制品”，那么上述的这些非文学因素，都可以导致把同一本书的不同版本看成是不同艺术品的悖论。以辩证的眼光看问题是韦勒克和沃伦在《文学理论》中最常采用的研究方法。虽然否定了把文学作品当作一种“人工制品”的说法，但他们并没有对书写与印刷的重要性视而不见。“可以肯定，由于书面记载遗失和理论上成立的口头流传方法失效，大量的文

学作品丢失了、湮没了。书写与印刷的出现使文学传统的接续有了可能，因而必然大大增强了艺术品的统一性与完整性。”① 由此可知，韦勒克和沃伦认为书写与印刷能够使得各个时代的艺术品更加统一和完整，从这方面来看，书写和印刷的贡献也是不容忽视的。

另一种普遍流行的观点认为文学作品的本质存在于讲述者或者诗歌朗诵者发出的声音序列中。尽管这种观点被广泛接受，尤其受到诗歌朗诵者的欢迎，但在韦勒克和沃伦的眼里依旧是不成立的。韦勒克和沃伦认为大声朗诵或者背诵一首诗只是一种表演，而不是某首诗或文学作品本身。更何况，还有许多书面文学是不能通过声音承载或者表现出来的。“存在着大量的根本不可能诉诸声音的书面文学，假定诗存在于大声诵读之中，就必然导致荒唐的结论，即如不诵读，一首诗就不存在，并且每诵读一次，这首诗就获得了一次再创造。”② 背诵或朗诵诗在他们看来，根本算不上诗或者文学作品，而只是一种表演方式，因此，这种普遍流行的观点在他们眼中也是不成立的。

此外，认为诗是读者的体验的说法也受到了部分学者的支持。持这种观点的人认为：“一首诗就等同于我们读它时或者听别人读它时的心理状态和过程。在每个读者的心理活动之外，诗就不存在。”③ 韦勒克和沃伦认为，作为读者，我们读诗的时候，或多或少都会通过个人体验去理解、认识这首诗，但这首诗并不等同于这种个人的体验。每个人所接受的教育、个性、每个人所处的时代文化风气，以及每个人在宗教、哲学等方面的不同背景，使得不同的人即使读同一首诗，体验也是不同的。因此这种观点同样不成立。

当然，诗或者文学作品是作者的经验这种说法也曾经风靡一时。他们二人认为这种说法同样不攻自破，因为当作者完成创作后，想要重读自己的作品时，他已经成了自己作品的一个读者，像其他任何读者一样也容易对自己的作品产生误解。实际上，文学并不只是作者个人经验的产物，读

---

① ［美］韦勒克、沃伦著，刘象愚等译：《文学理论（新修订版）》，浙江人民出版社 2017 年版，第 133 页。

② ［美］韦勒克、沃伦著，刘象愚等译：《文学理论（新修订版）》，浙江人民出版社 2017 年版，第 134 页。

③ ［美］韦勒克、沃伦著，刘象愚等译：《文学理论（新修订版）》，浙江人民出版社 2017 年版，第 135 页。

者也能依靠自己的经验对作品进行再解读，这将使得理解同一部作品的维度更加多元化。

总而言之，上述从个人或者集体、社会经验出发试图寻求文学作品的存在方式的观点都是行不通的。因为这些观点不能把真正的诗的标准特性阐释清楚，而这个标准就是内涵的标准，必须从对作品的每一个单独的经验中抽取出再合成真正的艺术品的整体。至于这些标准究竟在哪里，是怎样存在的，韦勒克参考了英伽登（Roman Ingarden）对文学作品的层面分析，英伽登认为文学作品具有四个层次，即语音层、不同等级的意义单元层、图式化观相层、再现客体层。在英伽登看来，语音层是文学作品的最基本的层次，紧接着就是除了语音以外的词、句子两个等级，而所谓的图式化观相层就是指“任何一部作品都只能用有限的字句表达呈现在有限时空中的事物的某些方面，并且这些方面的呈现与表达只能是图式化的勾勒”①。此外，英伽登认为文学作品的第四个层次是“再现客体层”，简而言之就是虚构的并且具有不完备性的意象的相关东西。而韦勒克在此基础上对其进行了完善，他认为文学作品或者艺术品包含八个层面：①声音层面，包括谐音、节奏和格律；②意义单元，它决定文学作品形式上的语言结构、风格、文体的规则；③意象和隐喻，这是所有问题风格中可以表现诗的最核心的部分；④存在于象征和象征系统中的诗的特殊“世界”；⑤有关形式和技巧的特殊问题；⑥文学类型的性质问题；⑦文学作品的评价问题；⑧文学史的性质以及可否有一个作为艺术史的内在的文学史的可能性。② 当然，把文学作品看作含有不同标准的若干层面的体系仍然不能确定这一体系的实际存在方式，而以索绪尔（Ferdinand de Saussure）为代表的语言学家对于语言系统和个人话语之间的区分，有助于我们更好地理解文学作品本身及其对作品个体体验之间的区别。韦勒克把文学作品分为了八个层面，对关于这些问题的以往理论，他和沃伦多不赞同。“因为即使是新批评学派的前辈们也仅是从外部的、表面的角度来研究它们，把它们的绝大部分作为文饰和修饰性的装饰，把它们从其所在的作品中分离出来。而韦勒克的观点则与此不同，他认为文学的意义与功能主要呈现在隐喻和神话中。人类头脑中存在着隐喻式的思维和神话式的思维这样的活

① 朱立元主编：《当代西方文艺理论》（第三版），华东师范大学出版社 2014 年版，第 101 页。

② ［美］韦勒克、沃伦著，刘象愚等译：《文学理论（新修订版）》，浙江人民出版社 2017 年版，第 145 页。

动，这种思维是借助隐喻的手段，借助诗歌叙述与描写的手段来进行的。"①韦勒克擅长向英美新批评学派的理论家们学习，同时也善于融会贯通、集各家学说之长，他提出文学作品的八个层面成为其重视文学内部研究的主要内容。

总的来说，关于文学作品的存在方式，韦勒克和沃伦驳斥了文学作品是"人工制品""声音序列""读者的体验""作者的经验""一切经验的总和"等传统观点，吸收了索绪尔和英伽登的部分观点，升华凝练成自己的看法。"通过类比论证指出索绪尔语言学中语言系统和个人言语行为的关系正相当于诗的本体性与诗之间的关系。现象学认为对'意向性客体'本身的研究不应局限在意向性心理事实中进行。人们必须用'现象学的还原'法抽象出'意向性客体'本身。在这方面韦勒克毫不讳言借鉴英伽登对文学作品所做的多层面的分析，将这个'符号结构'划分为三个层面：声音层面、意义单元和世界层面。"②

另外，英美新批评学派对韦勒克和沃伦也产生了重大影响，英美新批评学派强调文学作品本身就是文学活动的本源，他们推崇"文学本体论"，主张对文学作品做细致的文本细读，而韦勒克和沃伦正是受到了英美新批评学派的影响，才会高度重视对文学作品存在方式的讨论和对文学内部研究的关注。韦勒克深入探讨了文学的存在方式问题，而这种探讨对二十世纪世界文论的发展具有巨大的推动作用。"他关于文学作品存在方式的论述有一定的合理性，使得对作品的结构层次做出分析成为可能。作品存在方式论在他的整个文论体系中具有重要地位，作为他整个文论的理论核心，决定了它的整体结构和基本特征，使二十世纪的文学理论界对文学作品有了更加深入的、清晰的认识。"③

三、关于"比较文学""总体文学""民族文学"的辩证分析

作为出色的文学研究者，韦勒克、沃伦不仅对文学的本质和存在方式等细节进行了全新的思考，还从"文学性"出发，以文本作为起点，对更

① 王娟：《论韦勒克的文学内部研究》，新疆大学硕士学位论文，2004 年，第 1 页。

② 李阳：《韦勒克文学理论研究》，东北师范大学硕士学位论文，2005 年，第 9 页。

③ 支宇：《文学作品的存在方式——韦勒克文论的逻辑起点和理论核心》，《西南民族大学学报（人文社科版）》2002 年第 3 期，第 71 页。

大范围内的“比较文学”“总体文学”“民族文学”进行了较为全面的辩证分析，从而使《文学理论》形成了由点及面、由面到体的结构。关于“比较文学”“总体文学”“民族文学”的说法由来已久，前代学者们也曾对这些概念进行过谈论和界定，但直到20世纪五六十年代，国际学界关于这些重要概念的界定也并未达成一致。比较文学从19世纪末兴起，经过一百多年的发展，已经在世界各国生根发芽，成为国际文坛最具活力、最受瞩目的学科和研究门类之一。作为世界比较文学学科出色的学者，韦勒克对于比较文学、总体文学、民族文学进行了全面、准确的界定，并通过观察比较文学发展过程中的规律，提出了众多关于比较文学学科发展的建议，促进了世界范围内比较文学的蓬勃发展。

根据《文学理论》，“比较文学”首先可以是关于口头文学的研究，根据当时学界普遍接受的观点，它所研究的问题可以归入民俗学。但是，韦勒克认为直接将“比较文学”等同于民俗学则并不准确。

接着，韦勒克和沃伦在《文学理论》中指出，“比较文学”的另一个含义是指对两种或多种文学之间关系的研究，这种含义是采用了法国比较学派巴尔登斯伯格（Fernand Baldensperger）等学者的观点，“这一学派发展了一套方法学，除了收集关于评论、翻译及影响等资料，还仔细考虑某一作家在某一时期给人的形象和概念，考虑诸如期刊、译者、沙龙和旅客等不同的传播因素，考虑‘接受因素’，即外国作家被介绍进来的特殊气氛和文学环境”①。法国学派对于比较文学概念的界定有着一定的合理性，韦勒克把它们概括为“西欧文学的高度统一性”②，但其也有着自身的局限性，他们将研究的重点放在纯粹的事实上、来源上、影响上，而忽略了文学本身的价值，这样便显得过于主次颠倒。

在批判继承前两种观点的基础上，韦勒克、沃伦以及美国比较文学学派提出了第三种概念，即“把‘比较文学’与文学总体的研究等同起来，与‘世界文学’或‘总体文学’等同起来”，认为第三种概念避免了上述概念的弊病。众所周知，歌德（Johann Wolfgang von Goethe）曾提出过“世界文学”的概念，他使用这个名称是希望有朝一日世界各国文学都将

---

① ［美］韦勒克、沃伦著，刘象愚等译：《文学理论（新修订版）》，浙江人民出版社2017年版，第36页。

② ［美］韦勒克、沃伦著，刘象愚等译：《文学理论（新修订版）》，浙江人民出版社2017年版，第36页。

合为一体。这个理想非常宏伟，但是十分难以实现，因为如果要实现歌德所说的“世界文学”，那必然意味着各个国家、各个民族需要放弃自身的个性，从而实现世界范围内各个国家的“共性”，要做到这一点是极其不易的。因此，韦勒克、沃伦认为“总体文学”这个名称较好些，它原是用来指诗学或者文学理论和原则，而法国比较文学学派的梵·第根则把它拿来表示一个与“比较文学”相对照的概念，他认为“‘总体文学’是研究超越民族界限的那些文学运动和文学风尚，而‘比较文学’则研究两种或两种以上文学之间的相互关系”[①]。韦勒克等人综合了“世界文学”和“比较文学”的概念，认为“世界文学”更应是“总体文学”，“把文学看作一个整体，不考虑个别民族语言上的差别，去探索文学的发生和发展”[②]。韦勒克和沃伦以西方文学中心论的视角，试图将世界范围内的文学看成一个紧密联系的整体，尽力忽视民族语言的差别，专注文学本身的发展趋势。

“‘世界文学’的提出孕育着文学自身研究的超越和跨界特征，也预示着比较文学的诞生。而其中文学联系成为一种文化的、审美的联系。这样的比较文学研究才更具有普世价值，更能欣赏到文学艺术作品的美学价值。”[③] 理想情况下，我们不会怀疑古希腊文学和古罗马文学之间的继承关系、西方中世纪文学和现代文学之间的继承关系，同时也必须承认拉美文学的紧密整体性，但是随着民族主义的进一步发展，逐渐出现了用狭隘而单一的视角来研究民族文学的倾向。而19世纪的进化论思想也在一定程度上重新点燃了全球文学史的理想。虽然中间的过程一波三折，但一直到韦勒克、沃伦所生活的20世纪中期，还是有许多迹象表明要复活总体文学史编纂工作的意图。面对民族文学与比较文学是否矛盾冲突的问题，韦勒克认为民族文学和比较文学并不是对立的关系，而是类似于包含与被包含的关系：“这里推荐比较文学当然并不含有忽视研究各民族文学的意思。事实上，恰恰就是‘文学的民族性’以及各个民族对这个总的文学进程所做

---

① ［美］韦勒克、沃伦著，刘象愚等译：《文学理论（新修订版）》，浙江人民出版社2017年版，第37页。

② 陈惇、刘象愚：《比较文学概论》，北京师范大学出版社2010年版，第44页。

③ 李晓乒：《关于“比较文学”与“世界文学”的重新认识——读韦勒克等的〈文学理论〉的启示》，《时代文学（上半月）》2014年第8期，第201页。

出的的独特贡献应当被理解为比较文学的核心问题。”[①] 他们显然注意到了比较文学与民族文学的紧密关系，指出了以往的民族主义和种族理论的错误，同时强调了民族文学对比较文学发展的重要性。此外，韦勒克还特别提出，在世界文学发展史上，存在着同一种语言的文学是不同民族文学的现象，因此“民族的界限”问题就显得尤其复杂，许多政治、文化、历史、地理的因素都影响着民族文学的界定，因此，界定民族文学的时候是不能只采用单一标准而进行划分的，必须要参考多重标准。“在批判民族文学政治化的前提下，韦勒克认为虽然民族文学表达的是本民族的精神文化，但它归根结底还是一种文学，摆脱不了文学本质的牵绊，因此，任何的民族文学都是一个血肉相连的整体；其次，差异性也是各民族文学与生俱来的特质，虽不应该被提到张扬的地步，但也绝不能对其泯灭，因为正是有了这些差异性的存在，世界文学才有可能发展，才能变得有意义。”[②] 在《文学理论》中，韦勒克和沃伦虽然并没有通篇大论地阐述什么才算是民族文学，却非常清楚地表达了他们对民族文学的看法，尤其是其民族文学观，继承了歌德、马克思等的世界文学理念，强调从整体的视域来审视民族文学，不但为文学研究拓宽了研究视角和研究领域，而且为比较文学的发展注入了新鲜的血液。

结　语

作为20世纪出色的文学理论家，韦勒克和沃伦提出了许多关于文学的不同观点与看法，为世界文学和比较文学学科的发展贡献了自己的应有之力。“韦勒克在此书中对文学中诸多根本性问题进行的深刻探讨，尤其是对于文学本体‘文学性’的重视，一定程度上使人们研究文学时不再一味周旋于文学的外围，而是进入到了文学的内部。”[③] 韦勒克和沃伦从现象学、俄国形式主义、布拉格学派、英美新批评学派中充分吸取经验，受到启发，最终形成了独特的文学观。“如果说现象学、俄国形式主义及布拉

① ［美］韦勒克、沃伦著，刘象愚等译：《文学理论（新修订版）》，上海三联书店1984年版，第47页。

② 彭浪：《论韦勒克的民族文学观》，湘潭大学硕士学位论文，2016年，第5页。

③ 来梅：《论韦勒克的文学观——以〈文学理论〉为例》，《凯里学院学报》2014年第4期，第86页。

格学派文论在观念层面促使他们形成了诸种比较文学的学科意识，那么，英美新批评学派则从方法论与实践操作层面为其提供了土壤。"① 韦勒克和沃伦对文学的本质与存在方式的界定等学术观点给文学以更加丰富的养料，使得当代世界文学理论不断成熟并更新发展。

以 1958 年在教堂山会议上发表了《比较文学的危机》的讲话为标志性事件，以韦勒克为代表的美国学派学者开始不断对在世界比较文学界长期占据主导地位的法国学派发起挑战。美国学派认为法国学派向来重视文学的影响研究，而忽视了对文学内部规律的探索，和法国学派不同的是，他们相当重视文学的内部研究，而《文学理论》一书中关于文学的诸多思考正体现着韦勒克对当时的法国学派的质疑和挑战。从这个角度来看，《文学理论》作为表现韦勒克乃至美国学派主要观点的舞台，其意义非凡。作为韦勒克思想集大成之作，这本书不但引起了当时的学术界的轰动，而且对当代文艺学界都具有深刻的影响，其学术价值值得我们做进一步的深入探讨。

然而，纵观《文学理论》一书，我们可以发现韦勒克、沃伦还是和同时期的大多数欧美学者一样，始终没有跳出西方文学中心论的窠臼，他们大部分的观点也都是从西方文学中心观出发而谈的，表现的是典型的美国比较文学学者的观念，这本书里并没有谈及东方文学就是一个很好的例证。东方文学是世界文学大花园中不可或缺的一朵奇葩，只有当西方学者重新正视、重视东方文学的地位，不断从东方文学中汲取养料，同等地看待西方文学和东方文学的贡献，世界文学才能够百花齐放、百家争鸣。

韦勒克和沃伦上承俄国形式主义、布拉格学派，下启英美新批评学派，对文学本质的界定，对文学存在方式的探讨以及对比较文学、总体文学、民族文学的辩证分析都表现了其对法国比较文学学派的质疑和挑战，也助推了美国比较文学学派的横空出世，为世界比较文学学科注入了新鲜血液。作为现代世界文学理论界的翘楚，韦勒克和沃伦关于文学的思考值得我们进一步探索和挖掘，他们的探讨从文学出发又回归文学本身。与此同时，《文学理论》这部学术经典所蕴含的文学观也正待我们逐步深挖。

---

① 胡燕春：《论文学理论对于韦勒克比较文学思想的影响》，《学术论坛》2005 年第 9 期，第 140 页。

从《多元文化时代的比较文学》看比较文学的“焦虑”症候

梁鑫鑫

比较文学学科从诞生之日起，就充满焦虑和危机。比较文学“危机”一说随着时代的变革此消彼长，这一学科也在不断的质疑声中激发一次又一次的思想争论，实现一次又一次的突围。在每一次突破危机之后，紧随其来的又是新一轮的焦虑局面，甚至有学者提出“比较文学危机重重”[①]“比较文学学科已死”[②] 等言论。根据美国比较文学学会（ACLA）章程附则规定，每十年需准备一份学科状况研究报告。迄今为止，ACLA 已发布了五份学术报告，分别是《列文报告》（1965）、《格林报告》（1975）、《伯恩海默报告》（1993）、《苏源熙报告》（2003）和《海瑟报告》（2017）。1993 年，查尔斯·伯恩海默（Charles Bernheimer）作为当时的美国比较文学学会会长，会同他组建的委员会合作完成了题为《世纪之交的比较文学》（*Comparative Literature in an Age of Globalization*）的科学发展报告。为了体现批评视角和撰稿人所属机构的多元性，伯恩海默整合了三篇学科报告和十六篇专业领域内一流学者对报告的回应汇编成论文集，以《多元文化时代的比较文学》（*Comparative Literature in the Age of Multiculturalism*）为书名出版。

由于受到 20 世纪 70 年代以来文化理论的影响，伯恩海默在报告中对比较文学学科发展方向提出了两条建议：一是比较文学应摒弃欧洲中心主义而提倡多元文化主义，将比较文学研究范围扩大到东西方；二是比较文

---

① ［美］韦勒克：《比较文学的危机》，见张沛主编：《比较文学基础读本》，北京大学出版社 2017 年版，第 92－100 页。

② 参见 Gayatri Chakravority Spivak. *Death of a Discipline*, Columbia University Press, 2003, p. xii.

学研究的关注点不应再是文学文本和文学现象，而应扩大文学研究的语境，将文学研究扩展到文本赖以产生的文化语境。[①] 一石激起千层浪，这两条建议就像掷下的重石，在国际比较文学学界引发了强烈反响和持久论争，对我们思考当下比较文学的发展走向，仍具有重要意义。

比较文学的“焦虑”症候发端于学科创始期，此后这种状况与该学科的发展如影随形。当然，“焦虑”症候并不必然导致研究者产生消极情绪，生于忧患的比较文学学科自身就具有很强的创新潜力和适应能力，“焦虑”本身也使得这门学科在质疑声中一次又一次地脱胎换骨，通过调适，不断适应新的时代需求。本文将揭示美国比较文学学会三份报告的代际特征及报告中所提出的观点的分歧，分析比较文学“焦虑”症候的表现及原因，并试图结合当下新的时代语境，回望和梳理该论文集中视角不同、立场有别的学者们提出的思考和解决路径，探讨其对当下中国比较文学研究的启示和借鉴意义。

一、报告出台的背景

比较文学学科自诞生之日起，就被赋予了“跨文化之桥”的使命。比较文学作为一个相对独立的领域，在近代发端于欧洲。随着“二战”后美国学派浮出历史地表，比较文学学科迈入新的发展阶段，由所谓“欧洲阶段”进入“美洲阶段”[②]。随着学术语境的不断变化，20 世纪比较文学学科虽一直存在质疑声，但在质疑声中学科的发展依旧进行得如火如荼。对于美国比较文学而言，大约每隔十年一次的学科报告，都在它所处的特定时期和文化语境中提供了因时而进、因势而新的发展思路和发展方向。美国比较文学学会的三份报告——《列文报告》《格林报告》《伯恩海默报告》可以说是20 世纪重要的三座比较文学学科路标。这三份报告中表现出的代际特征以及报告中所呈现的观点分歧，为我们分析比较文学学科挥之不去的“焦虑”症候提供了切入口。

---

① ［美］查尔斯·伯恩海默著，王柏华等译：《多元文化时代的比较文学》，北京大学出版社2015 年版，“总序”第Ⅲ页。

② 需要指出的是，我们并不赞同对比较文学学科发展做历史线性叙述，所谓“欧洲阶段”“美洲阶段”“亚洲阶段”的划分，只是为了相对清晰地厘清比较文学的发生发展过程，但并不意味着三者之间在时间上和逻辑上存在严格的先后顺序。

美国比较文学学科的前两份报告（即《列文报告》和《格林报告》），是继韦勒克在教堂山会议发表《比较文学的危机》之后的两次重要发声。相比于1958年美国学者在教堂山会议上对法国学派发起的挑战宣言，《列文报告》和《格林报告》的发布语境显然不同，这也使得报告在措辞上相对少了些火药味。首先，美国仅用了两百多年时间从一个欧洲殖民地发展为世界大国，这一社会现代化进程也促进了文学的发展，并在长期受欧洲中心主义主导的文化环境中争取到了话语权。20世纪中后期进入比较文学的“美国时辰”（The America Hour）[①]，正如有些美国学者所宣称的：“美国在政治上独立了，在文学方面也必须独立；美国以军事著称，也必须以文学、艺术著称世界”[②]，在他们看来，美国关于文学的“美国梦”愿景也终于有了实现的可能。美国借助“一战”和“二战”大发战争横财，攫取“渔翁之利”，经济迅猛发展，国际影响力与日俱增。美国各大学也抓住20世纪六七十年代这一时代命脉迅猛发展，并真正居于世界的领先地位。[③]虽然美国文学的历史非常短暂，但凭借其在20世纪世界文坛中获得的声誉，一改19世纪及之前将欧洲当作精神原乡的文学书写模式，开始鼓噪着向古老的欧洲文学传统叫板，凸显自身的民族文化特色。此外，随着冷战的铁幕开启，以文化和意识形态的冲突暂时取代了战火硝烟，美国政府开始自上而下建立相关跨学科研究机构，对亚非拉等地区展开一种携带着鲜明政治意味的“区域研究”，这在一定程度上要求美国不能仅仅只关注欧洲，还必须将视野投向原先在国际比较文学图景中“被遮蔽”的第三世界国家。基于上述原因，美国比较文学学者表现出对法国学派影响研究模式的不满，转而寻求一种没有事实联系的文学审美类同性研究和跨学科研究。

《伯恩海默报告》出台的历史文化语境与前两份报告有着显著不同，其时正面临着从冷战到后冷战的国际地缘政治格局变迁。然而在这种语境下，美国“只是允许在接受‘共同文化’的前提下保留了原有传统文化某些特点的各个‘亚文化群体’的存在”，“‘文化多元’并没有保留具有真

---

① Claudio Guillen. *The Challenge of Comparative Literature*, translated by Cola Franzen, Harvard University Press, 1993, pp. 60 – 62.

② 陶洁：《灯下西窗：美国文学和美国文化》，北京大学出版社2004年版，第6页。

③ 袁明：《美国文化与社会十五讲》，北京大学出版社2003年版，第119页。

正独立意义的‘文化群体’”[①]。20 世纪末，随着苏联解体、东欧剧变，作为地缘政治格局意义上的冷战结构宣告终结，世界进入所谓的“后冷战”时期，多极化取代了冷战时期的两极对峙格局。此外，随着大众文化和消费文化的勃兴，美国尝试借助以好莱坞电影为典型代表的文化产业去倾销意识形态霸权。此时比较文学研究的关注点也从以文学文本为核心的比较研究，转向批评理论、女性主义、符号学、电影与媒介研究以及文化研究[②]。传统文学研究观念遭到拒绝，文学研究拓展到文化语境，文化理论和文化研究对文学研究带来的挑战和冲击是巨大的，它引发了诸如“日常生活审美化”“大众文化如何面对传统文学”“文学文本旅行之后自我与他者的关系”等诸多问题。在这样的状况下，文学批评界热衷于批评本质主义的文学研究模式，主张将文化生产、文化流通、文化情境、文化文本及受众接受纳入观照视野，强调要考量文学与外在文化现实之间的复杂关联。此外，学界对“经典”的态度也发生了改变，经典不再是一个封闭的序列，而是一个流动和不断建构的场域。事实上，对经典的理解应该包括两个维度：一方面，经典是人类历史经过反复证明、具有永恒价值的经典；另一方面又是一个不断被建构、接受和筛选的流动的经典。[③]“在消费文化语境中，文学经典的‘经典’地位不断地受到来自各个方面的挑战，但同时真正的‘经典’所具有的地位又在这种挑战中得以巩固，‘文学经典’总是处在恒态与动态、短暂与永恒、解构与建构的矛盾统一之中”[④]，而这些冲击也使得比较文学必须正视面临的新问题并及时做出回应。

二、“焦虑”症候在三份报告中的表现

首先，从三份报告对学科边界、学科定位的论述来看比较文学“焦虑”症候的表现。1965 年哈里·列文（Harry Levin）在美国比较文学学会上发布专业标准报告，主张在严格确立学科位置的同时，应加强各系科之

① 袁明：《美国文化与社会十五讲》，北京大学出版社 2003 年版，第 53 页。

② Susan Bassnett. *Comparative Literature: A Critical Introduction*, Blackwell, 1993, p. 5.

③ 相关论述参见邹赞、朱贺琴等：《涉渡者的探索——中国语言文学学术名家访谈录》，社会科学文献出版社 2020 年版，第 13 页。

④ 赵学勇：《消费文化语境中文学经典的处境和命运》，《陕西师范大学学报（哲学社会科学版）》2006 年第 5 期，第 6 页。

间的联系。《列文报告》在报告的附录——“本科生项目”中提出：“只要具备适当的条件，比较文学的本科专业能为研究生阶段的学习提供坚实基础，它的优点在于本科生阶段时就早早地讲授给学生一种比较的眼界，以及在广度和深度上同时并重。”① 报告肯定了“比较”方法的经久不衰，“一种真正比较的方法既适用于当代也同样适用于过去”②，对比较文学中“比较”的跨文化范式予以关注。《列文报告》并未详细论述比较文学学科的边界和定位，只是指出比较文学和其他学科并非竞争的关系，相反，比较文学“是为了促进和连接它们”③。列文在思考比较文学和其他学科之间的关系时还考虑到学科间的相关性，这为后续发布的报告认清比较文学学科边界并提倡有相关性的学科间的跨系合作打下了良好基础。此外，列文在报告的结尾处试图对美国学派在比较文学学科上所体现出的“国际主义信念”展开仓促申辩，而这部分的申辩内容却弄巧成拙，反而将其西方中心主义意图暴露无遗。这一时期美国比较文学正逐步从外围走向中心，但并非报告中强调的得益于“美国的文化多元主义”，他们的学术视野依旧是偏狭的。报告也提到，美国“特别是对欧洲人和欧洲观念的接受能力”或许是他们成为比较文学研究重心的原因，而这种接受能力是极其有限的，更谈不上尊重文化多样性，他们所宣扬的“美国文化多元主义”不过是一种自恋式的口号罢了。

1975 年格林（Tom Greene）做了关于标准的学科报告，阐述随着学科的发展，《列文报告》所提出的构想和要求哪些还适应当下、哪些已经是要拒绝或再设限的观点。在报告中，格林对探索文学与其他艺术和人文学科之间的关系给予支持态度。同《列文报告》相比，《格林报告》更强调了跨系合作的重要性，主张必须强烈依靠全部人文学科系并同外国语言文学等相关科系建立共生关系，在院系活动的各个层面展开双向合作。在展开跨系合作的同时，注重本国经典的学习和研究，“不能放松自身精华遗

① ［美］查尔斯·伯恩海默著，王柏华等译：《多元文化时代的比较文学》，北京大学出版社 2015 年版，第 30 页。

② ［美］查尔斯·伯恩海默著，王柏华等译：《多元文化时代的比较文学》，北京大学出版社 2015 年版，第 26 页。

③ ［美］查尔斯·伯恩海默著，王柏华等译：《多元文化时代的比较文学》，北京大学出版社 2015 年版，第 24 页。

产的加紧研究。”[①] 此外，《格林报告》再一次重申了美国社会鼓吹的多元主义观念：“它希望支持，而且在很大程度上确实支持了一种新的国际主义：以更宽阔的视野看待作家和作品，在全欧洲的范围内把握历史运动，……以世界主义的优势视角来澄清文学批评的重大理论问题。在学界内部，它希望使各个独立的欧洲语言系形成一种新的合作关系，……让不同学科的教师和学生穿越学科界限、相互交往。”[②] 但《格林报告》还是沉浸在对欧洲范围内的作家作品、文类模式具有深刻理解和把握的洋洋自得之中，依旧没有从偏狭视野中走出来。当然，这次报告预想到了“一种新的全球（global）文学的设想正在浮出地表，涵盖我们这个星球有史以来全部的语言创造（verbal creativity）”[③]，报告在某种意义上意识到了自身视野的偏狭，感受到了外界环境变化带来的焦虑，但又缺少突破的勇气和魄力，最终还是同《列文报告》一样，保持温柔和缓的腔调，绕开了已摆在眼前的问题，非但没有将相同的焦虑疏解开，反而轻描淡写并选择了顺延下去。

1993 年查尔斯·伯恩海默接下了接力棒，他不再回避“焦虑”症候，组建好委员会之后便开始了第三份报告的撰写工作。《伯恩海默报告》没有选择和前两份报告站在同一条战线上，“《格林报告》大力捍卫《列文报告》为抵御已露端倪的挑战所提出的标准，其实并没有给比较文学提出多少新的目标和可能性”[④]。它明确指出前两份报告已不适应新的时代语境。伯恩海默认为，比较文学所遭遇的最大威胁在于它的精英主义，此外比较文学应当包括媒介之间的比较，建议从早期的手抄本到电视、超文本和虚拟现实等媒介方面恢复比较的价值。伯恩海默指出，在旧的文学研究模式中，“‘文学’这个词已不再能有效地描述我们的研究对象了”[⑤]，旧的标准下所确立的学科，需要为了适应新语境将旧的称谓扩展合并，这将会使

---

① ［美］查尔斯·伯恩海默著，王柏华等译：《多元文化时代的比较文学》，北京大学出版社 2015 年版，第 35 页。

② ［美］查尔斯·伯恩海默著，王柏华等译：《多元文化时代的比较文学》，北京大学出版社 2015 年版，第 31 页。

③ ［美］查尔斯·伯恩海默著，王柏华等译：《多元文化时代的比较文学》，北京大学出版社 2015 年版，第 34 页。

④ ［美］查尔斯·伯恩海默著，王柏华等译：《多元文化时代的比较文学》，北京大学出版社 2015 年版，第 43 页。

⑤ ［美］查尔斯·伯恩海默著，王柏华等译：《多元文化时代的比较文学》，北京大学出版社 2015 年版，第 46 页。

学科边界得以扩大、学术成果得以增多。报告建议扩展研究领域，在不放弃欧洲视野的基础上突破欧洲中心主义和欧洲话语霸权的窠臼，提倡多元文化论并将其作为工具进行文化间的翻译和对话。《伯恩海默报告》不再将文学看作有效的研究对象，它更愿意抓住理论研究、跨学科研究与文化研究占据比较文学舞台并大展身手的机会，放弃了“文学”的中心地位，使得比较文学研究的边界急遽放大，这样又陷入了学科无所不包的境地，进而使比较文学陷入新的焦虑和危机中。

其次，三份报告都针对比较文学学科体系建设与人才培养，提出了各自关于学科建设的硬件设施要求、招生条件、课程设置、师资力量和教育经费等问题的构想与方案。

从文末附录一可以看出，关于学科培养体系的建构，三份报告都提出了相对具体的方案。列文为防止学科发展过于泛滥，针对本科生、研究生（硕士研究生、博士研究生）等不同学习阶段提出了不同的教学和培养建议，并制定了一套最低标准和一份较为详细的本科生项目的附录。《格林报告》基本承袭了《列文报告》的内容，虽然他在报告中对《列文报告》进行了批评，认为他们毫不犹豫地维护精英论，“他们认为精英论是他们的学科性质所固有的”[①]，但针对研究生院校人数过多的现象，提出要仔细审查学生的申请材料，对申请人的外语水平、文献学训练、两种文学上的大量训练等均设置了较高门槛，显现出浓厚的精英化教育色彩。同时《格林报告》对于《列文报告》关于“本科生项目”的附录给予了高度评价，并建议“采用一切可能的手段把这篇附录分发下去，包括在美国比较文学学会和现代语言协会（MLA）的‘通讯’上发表出来”[②]。而《伯恩海默报告》对两份报告中表现出的精英论持反对态度，伯恩海默在报告中列出了七大关键性事实也说明了学科相较于之前的变化，他指出两份报告中对比较文学的基本价值构成的三大威胁，其中最大威胁是直接指向比较文学的精英形象的根基——原文阅读和教授外语作品。伯恩海默认识到学科中的精英论“在一些小院系的范围内追求最高标准——在过去的十年里似乎是一个令人满意而可行的理想，随着历史的迅猛变化，无论是好是坏，如

① ［美］查尔斯·伯恩海默著，王柏华等译：《多元文化时代的比较文学》，北京大学出版社 2015 年版，第 32 页。

② ［美］查尔斯·伯恩海默著，王柏华等译：《多元文化时代的比较文学》，北京大学出版社 2015 年版，第 39 页。

今已受到挑战”[①]。有关《列文报告》的评价指出“列文报告以均衡、有判断力和优雅著称，可是，他的作者们毫不犹豫地维护精英论，他们认为精英论是他们的学科性质所固有的”[②]，如果标准保持不变，将难以适应学科近十年的发展现状。然而报告接下来以接近商量和试探的态度从“标准和学科”“领域的更新”“研究生项目”“本科生项目”这四部分，分别阐述比较文学处在历史发展关键点上的专业发展趋势，所提出的具体要求与其表明的态度呈现出明显的悖论关系。

在课程设置、教师素质和入选学生的要求上，列文指出，“一个完备的课程设置应该囊括以下内容：主要历史时期、主要运动和主要文类，以及若干具体课题”[③]，对比较文学专业的本科生提出了五项最低要求的同时，也对硕士研究生和博士研究生在语言文献等方面提出课程要求。列文在报告中强调，“对于一个靠吸引丰富多样的思路才兴旺发展起来的学科，他的候选人不可能靠单一文化经典就获得入选资格”[④]，本科生必须同时具备专业多样且全面平衡发展的能力。“作为参与者，我们需要聚集特殊训练所赋予我们的各种优势：理论上的深度、方法论上的严格和对历史复杂性的特别意识”[⑤]，提倡候选学生应具有高水平的综合文化素质以及多元开放化的学术理念。谈到本科生课程设置时，格林重申态度，支持《列文报告》关于本科生的附录并对跨学科项目的萌芽和非欧洲文学的兴趣日益剧增的现象表示欢迎。此外格林提议设立一个永久的“评估委员会”，以便对标准进行维护。《伯恩海默报告》中指出：“如果不重新确立学科的目标和方法，就无法负责任地提出我们的标准，我们不以抽象意义上的学科未来为依据，而是以全国许多院系和项目已经遵循的方向为依据”[⑥]，由此分

---

① ［美］查尔斯·伯恩海默著，王柏华等译：《多元文化时代的比较文学》，北京大学出版社2015年版，第33页。

② ［美］查尔斯·伯恩海默著，王柏华等译：《多元文化时代的比较文学》，北京大学出版社2015年版，第32页。

③ ［美］查尔斯·伯恩海默著，王柏华等译：《多元文化时代的比较文学》，北京大学出版社2015年版，第28页。

④ ［美］查尔斯·伯恩海默著，王柏华等译：《多元文化时代的比较文学》，北京大学出版社2015年版，第27页。

⑤ ［美］查尔斯·伯恩海默著，王柏华等译：《多元文化时代的比较文学》，北京大学出版社2015年版，第40页。

⑥ ［美］查尔斯·伯恩海默著，王柏华等译：《多元文化时代的比较文学》，北京大学出版社2015年版，第45页。

别对本科生和研究生项目提出了几项具体的建议。三份报告对学生的多语种要求并未降低，但提供了多种选择的可能性，《伯恩海默报告》鼓励突破欧洲话语体系，去学习亚非拉领域的语种，甚至提倡对更古老的领域进行学习。三份报告关于译文的态度看起来逐渐趋于“宽容”，虽然鼓励阅读原典文献，但也有了参看译文的商量余地，对翻译文学的态度也是矛盾纠结的。

应当说，尽管这三份报告中表现出对精英论的批评，但不论是对古典文学的课程设置、教师队伍和学生素养的不断严格规范化，还是对跨学科研究和文化研究的倡导以及对多语种标准的提高，最终都不约而同地选择了走精英主义路径。三份报告在一定程度上彰显了比较文学学术上的先锋性以及美国比较文学学术视野的偏狭性。从欧洲阶段的法国学派开始，比较文学就携带着鲜明的精英化倾向，对学者们自身的综合素养要求越来越高，研究者需要从事的是一种高智商的“思想游戏”。但无论是选择走精英化路径还是大众化路径，这两条路径本身就不是二元对立的，所以也不必争出一个对错来。这里不妨借用邹赞教授的观点来为两种路径的争议问题提供解决思路，“对那些专门从事比较文学与跨文化研究（比较诗学、中外文学关系、形象学、文学跨学科研究）的学者而言，肯定是走精英化的路径。倘若将比较文学作为一种可资参考的资源，为语文教学或者企业文化服务，那显然就更倾向于大众化了”①。文学研究正朝着多元文化的、全球的和跨学科的方向发展，这三份报告在不同历史时期勾勒出了“二战”后比较文学在美国的迅猛发展之途，即如何从国别文学史的外围补充走向文学研究的前沿阵地。通过将三份报告进行文本对读，我们发现比较文学的危机和“焦虑”症候始终挥之不去，20 世纪 70 年代以来多元文化发展势头愈演愈烈，比较文学的外部和内部受到强大冲击，重重危机已并不允许学者们继续回避或“旁观”下去，学者们开始把“焦虑”症候抛出，并对这一症候积极进行反思和“诊治”。

三、三份报告发表后引起的论争和思考

《伯恩海默报告》的发表引起了国际比较文学界的热烈讨论，在伯恩海默的倡议下，部分享誉国际的比较文学学者针对已发表的这三份报告撰

① 邹赞、朱贺琴等：《涉渡者的探索——中国语言文学学术名家访谈录》，社会科学文献出版社 2020 年版，第 149 页。

文回应。伯恩海默择取了回应中的 16 篇论文并将其收录进了《多元文化时代的比较文学》。[①]

比较文学作为极具开放性和包容性的学术领域，在《伯恩海默报告》提出摒弃欧洲中心主义思想和提倡多元文化论之后，很快得到了诸多学者们的支持和回应："积极消除这种在他者名义下的欧洲中心主义，应该是比较文学未来最为重要的任务之一。"[②] 对于很多学者来说，能够摆脱欧洲中心主义对学术研究的束缚以及改变学术研究的不平等待遇，无疑是令人振奋的。亚文化群体平等话语权力的争取以及学科中新兴研究方向的开设，使得比较文学研究范围也相应得以扩大。"比较文学天生就是多元主义的，它可以意识到差异（difference）但又不会被限定，无论它表现为何种强大的形式如语言、宗教、种族、阶级和性别；无疑，由于多元论（pluralist）暗示的是一种惰性组合（inert groupings），因而它并非描述我们这个多元合成事业（composite venture）的最佳词汇；我们这项工作的最深层的能量以及我们的理论、道德和政治的立场总是关系到相遇（encounter）、平行、对比和并置，它们具有激发活力、批判和开阔眼界的力量"[③]，这种对传统信条发出的挑战，不仅击中了强势群体的痛处，也使得学者预见到文学研究中偏见的壁垒将被打破，文化间的互动将改变目前单向、单边的影响方式，进而走向多向、多边、多维度的交流互动。

在达成摒弃欧洲中心主义思想的共识的基础上，学者们就比较文学研究的关注点产生了分歧。一方面，部分学者呼吁多元文化背景下比较文学研究领域的更新扩展和学科范围的扩大，不约而同选择和伯恩海默站在同一战线，将以往作为比较文学研究焦点的文学从研究的重要位置上剥离。"如果文学'不是我们学科的唯一焦点'，正如委员会的作者们于 1993 年所言，而且我也完全同意和支持这个观点，那么它依旧是我们的智识的基础，是我们用以衡量其他一切话语的话语类型，是我们最成功的实践对象。"[④] 另一方面，有学者对伯恩海默提出的将文学文本和文学现象不再作

① 这里尝试采用关键词梳理的方式，对 16 篇回应论文中探讨的主要话题进行概括统计，并分析三份报告引发的学术论争与思想交锋，见本文附录二和附录三。

② ［美］查尔斯·伯恩海默著，王柏华等译：《多元文化时代的比较文学》，北京大学出版社 2015 年版，第 123 页。

③ ［美］查尔斯·伯恩海默著，王柏华等译：《多元文化时代的比较文学》，北京大学出版社 2015 年版，第 85 页。

④ ［美］查尔斯·伯恩海默著，王柏华等译：《多元文化时代的比较文学》，北京大学出版社 2015 年版，第 65 页。

为比较文学研究的关注点提出质疑甚至批评。“存在与再现的互补关系，使得在话语、文化、意识形态等之中保持文学的核心地位显得很急迫，因为文学只需转换下视角，也就是转换下它的类型和成规（这些都是所谓已经陈旧过时的术语），就可以包括这一切，并对它们提出问题。”①

此外，学者们在对比较文学独特方法论的创建思考上，大致提出两种解决路径，即重新重视“比较”以及依赖跨学科进行文化研究。爱德华·J·阿赫恩（Edward J. Ahearn）和阿诺德·温斯坦（Arnold Weinstein）在论文中对“比较”给予了高度评价，“比较文学的第二个与生俱来的优点，也是展现它学科特征的一点：比较”②，他们认为“比较”尊重差异，具有整合力量，为学科发展提供创新性和新视野，现阶段如何恢复和凸显“比较”才是核心问题。大部分学者肯定文化研究对学科环境的适应性，提出比较文学应当向文化研究学习借鉴的倡议，“不是要否认文化研究，而是要抓住这个机会，从比较文学理论和多语种的角度同样研究文化研究正在研究的问题”③。但也有部分学者对文化研究持观望甚至警惕态度。“文化研究是指文化的具体研究：毕竟，就算一个人有最强烈的愿望，决心学习世界上数量可观的多种文化，也不可能超过他可以学的语言和文学的数量”④“在那些缺乏学科规范的情况中，跨学科性可以意味着‘共同体标准’——在这个案例中,即一种来自社会科学领域的视图使身份一体化的多元文化主义模式——可以取而代之，这样一来，对学术生命的影响将是摧毁性的。”⑤ 在多元文化背景下，比较文学跨学科研究中的“跨”应该“跨”到什么程度？比较文学同文化研究究竟应该保持什么样的关系？这些都成为学界关注比较文学的焦点议题。

学者们对报告的回应中，支持和批评质疑声交织，这也从侧面反映出20世纪末美国比较文学学界对《伯恩海默报告》的重视、关注和反思。追

---

① ［美］查尔斯·伯恩海默著，王柏华等译：《多元文化时代的比较文学》，北京大学出版社2015年版，第79页。

② ［美］查尔斯·伯恩海默著，王柏华等译：《多元文化时代的比较文学》，北京大学出版社2015年版，第85页。

③ ［美］查尔斯·伯恩海默著，王柏华等译：《多元文化时代的比较文学》，北京大学出版社2015年版，第128页。

④ ［美］查尔斯·伯恩海默著，王柏华等译：《多元文化时代的比较文学》，北京大学出版社2015年版，第209页。

⑤ ［美］查尔斯·伯恩海默著，王柏华等译：《多元文化时代的比较文学》，北京大学出版社2015年版，第226页。

求学科领域的无限扩大并非好事，无所不包有时甚至会消解一门学科的存在价值，因而对学科边界的界定显得尤为重要而急切。比较文学不是文化研究、文化批评，更不是文化理论，它不能够偏离文学文本。如果取消了“文学”这个限定，比较文学将会变得无所不包，从而导致学科的自我消解。从辩证的意义上看，文化研究可以为比较文学提供新的范式和研究思路，这将使得比较文学焕发新的生命力。“任何边界巡逻都不可能‘阻碍’新来者；这些新来者会像老住户一样为自己寻找一个位置：解构、女性主义理论、同性恋研究、电影、大众文化。”① 当然，比较文学与文化研究也存在“对话沟通、互存互惠”的可能性。“无论是作为一个名称还是作为一个学科，比较文学只有不断地自我批评才能坚守住自己，它的许多本质特征既可以用来压抑对于文化的兴趣，也可以用来开启新的知识。”②

结　语

他山之石，可以攻玉。中国比较文学的发展离不开对国际比较文学发展动态的把握和研究，离不开对国外比较文学新理论、新方法和新实践成果的学习借鉴。“东海西海，心理攸同；南学北学，道术未裂”③，现代意义上的中国比较文学发展（或者说中国比较文学的学科化历程）不到百年，但无论是“前学科时代”还是学科化建构时期，学者们一直有着内在的文化自觉与文化自信，有着积极回应外来文化冲击的主体意识。在学科发展中，我们要警惕欧洲中心主义和西方中心主义的侵蚀，在积极拓展学术视野的同时，主动消解霸权话语，关注边缘文化现象与边缘话语，尝试在“互为主体、平等对话、抓住机会、提前发问”④ 的跨文化对话基础上，进一步丰富和完善具有中国特色的比较文学学科理论建设。

---

① ［美］查尔斯·伯恩海默著，王柏华等译：《多元文化时代的比较文学》，北京大学出版社2015年版，第107－108页。

② ［美］查尔斯·伯恩海默著，王柏华等译：《多元文化时代的比较文学》，北京大学出版社2015年版，第121页。

③ 钱锺书：《谈艺录·序》，见张沛主编：《比较文学基础读本》，北京大学出版社2017年版，第229页。

④ 有关跨文化对话的基本原则，参见陈跃红、邹赞：《跨文化研究范式与作为现代学术方法的“比较”：北京大学博士生导师陈跃红教授访谈》，《社会科学家》2020年第11期，第3－7页。

附录一：《列文报告》《格林报告》《伯恩海默报告》中学科培养体系方案整理

<table>
<tr><td rowspan="13">学科培养体系方案</td><td rowspan="13">《列文报告》</td><td rowspan="10">比较文学专业</td><td rowspan="6" colspan="2">本科生</td><td>硬件设施</td><td>图书馆必须在几种语言和文学方面有足够的馆藏</td></tr>
<tr><td>师资力量</td><td>至少有一位教师具有比较文学博士学位或受过同等训练</td></tr>
<tr><td>院系设置</td><td>必须同时具备古典语言文学系和现代语言文学系</td></tr>
<tr><td>招生条件</td><td>1. 招收准备进入比较文学研究生阶段学习的学生；2. 一个完备的课程设置</td></tr>
<tr><td>对本科生的最低要求</td><td>1. 学习≥两种文学（其中之一是英语）；2. 深入学习≥一种文学；3. 掌握二外的阅读能力；4. 高级课程需要有相当数量的原文阅读；5. 熟悉从古至今的西方文学史上的重要作品</td></tr>
<tr><td>佼佼者培养</td><td>竭尽所能引导其阅读一种或两种以上的外文原文</td></tr>
<tr><td rowspan="4">研究生</td><td rowspan="2">硕士</td><td>对学生的要求</td><td>跨系合作</td></tr>
<tr><td>对教师的要求</td><td></td></tr>
<tr><td rowspan="2">博士</td><td>对学生的要求</td><td>1. 坚实的专业领域；2. 要熟悉其语言的历史以及能阅读其早期文献；3. 至少熟悉所关注课题范围内一个到两个小领域；4. 保持对其他领域的好奇心（不要求精通）；5. 随时关注批评和学术研究的方法论；6. 扎实的历史训练；7. 辅助语言的掌握；8. 具备高水平的语言能力和批评素质；9. 获取博士学位的时间更长</td></tr>
<tr><td>对教师的要求</td><td>鼓励学生抓住一切出国留学的机会</td></tr>
<tr><td rowspan="3">非比较文学专业</td><td rowspan="2" colspan="2">本科生</td><td>课程要求</td><td>1. 通识教育；2. 具有比较性</td></tr>
<tr><td>对教师的要求</td><td>1. 具有专业博士学位或同等学术背景；2. 有能力处理全部原文文本</td></tr>
<tr><td colspan="2">研究生</td><td colspan="2"></td></tr>
</table>

（续上表）

<table>
<tr><td rowspan="9">学科培养体系方案</td><td rowspan="5">《格林报告》</td><td>硬件设施</td><td>配备良好的图书馆</td></tr>
<tr><td>院系设置</td><td>1. 持续拥有较强大的外语系；2. 必须具备一个充足完善的教师队伍；3. 每个系或项目都应包括 1 ~ 2 个受过专业训练的比较文学学者；4. 教师兼任制；5. 学生可跨系自由注册；6. 本科生院系讲座课程的主讲人应至少以原文阅读他所教授的文本，并在课堂上使用这个经验；7. 设立一个永久的“评估委员会”</td></tr>
<tr><td>招生条件</td><td>1. 资质上乘兼具语言深度和文学能力的学生；2. 招收适当数量的学生，研究生申请人入学前至少应该对两种语言有相当程度的了解，一两年后应该增加为三种，其中还应该有一种古代语言；3. 在本科生阶段应该在至少一种、最好两种文学上接受过大量指导训练，有对过去自身的活生生的意识</td></tr>
<tr><td>教育经费</td><td>奖学金资助确有保障</td></tr>
<tr><td>上课要求</td><td>研究生：1. 语言要求一定要严格执行；2. 文献学训练也很必要；3. 要求主修一门语言文学；4. 在研究生阶段某时刻应该对学生的表现作出评估</td></tr>
<tr><td rowspan="3">《伯恩海默报告》</td><td>院系设置</td><td>1. 鼓励来自不同学科的教授加入比较文学教学队伍，以实施团队教学课程，探讨各领域之间的交叉点和方法论；2. 积极支持座谈会，让教师和学生得以共同讨论跨学科和跨文化课题</td></tr>
<tr><td>本科生课程设置</td><td>1. 让学生知道一本书是怎样在一种文化中被奉为经典之作的；2. 提供一些研究欧洲和非欧洲文化关系的课程，要求所有专业的学生都来选修；3. 高年级课程可以时常把课堂讨论引向目前的一些论争；4. 专业必修课应当提供多种方案供学生选择；5. 鼓励学生学习阿拉伯语、印地语、日语、汉语或斯瓦希里语，比较文学系和比较文学项目将需要支持这些语言课程，并设法把这些语言文学纳入本科生项目</td></tr>
<tr><td>对本科教师的要求</td><td>1. 不断提到他们正在讨论的译文的原文，应当在这些课程中增加对翻译理论和实践的讨论；2. 需要提醒自己和学生对学科以外的其他领域保持关注，鼓励他们超越学科界限，自由转移和跨越</td></tr>
</table>

（续上表）

<table>
<tr><td rowspan="2">学科培养体系方案</td><td rowspan="2">《伯恩海默报告》</td><td rowspan="2">对学生的要求</td><td>本科生</td><td>1. 用原文掌握两种文学、两门外语，应掌握一种古代经典语言；2. 外语要求的价值不应当仅限于文学意义的分析，应当扩大它的语境，理解母语发挥的各种作用；3. 在基本的民族文学方面具备扎实的功底</td></tr>
<tr><td>研究生</td><td>1. 建议扩展研究领域并对文本进行精确阅读，精通外语，但减少对翻译的敌视；2. 应积极参与经典形成的比较研究和对经典的重新思考；3. 在进一步更新英美和欧洲视野的语境方面发挥积极作用；4. 应包括媒介之间的比较；5. 对教学提出的要求应当在比较文学系和比较文学项目所主办的课程、座谈会和其他论坛中加以探讨</td></tr>
</table>

附录二：《多元文化时代的比较文学》中16篇回应论文中的关键词整理

<table>
<tr><th></th><th>论文名称</th><th>论文中探讨的关键词</th></tr>
<tr><td rowspan="3">1993年现代语言协会大会对《伯恩海默报告》的三篇回应</td><td>关于“性灵”安东尼·阿皮亚</td><td>培养安排；研究焦点；研究视角；文化研究；语言能力；跨学科</td></tr>
<tr><td>比较文学与世界公民</td><td>“比较”；学科领域；学科姿态；语言能力；精英文学；合作；全球化；翻译；学科资金</td></tr>
<tr><td>论比较文学与文化研究的互补性</td><td>文化研究；研究焦点；“理论”；翻译</td></tr>
<tr><td rowspan="4">各抒已见之论文</td><td>批评在当今的功能：比较文学的承诺</td><td>文化研究；“比较”；精英文学；培养安排；“理论”；跨学科；合作；学科资金</td></tr>
<tr><td>比较的流亡：比较文学史上的边缘竞争</td><td>研究视角；研究焦点；文化研究；精英文学；“理论”；跨学科</td></tr>
<tr><td>我们必须道歉吗？</td><td>“比较”；“理论”；研究视角；跨学科；学科姿态；学科边界；研究焦点；合作</td></tr>
<tr><td>以比较文学的名义</td><td>“比较”；研究视角；语言能力；精英文学；“理论”；文化研究</td></tr>
</table>

（续上表）

	论文名称	论文中探讨的关键词
各抒己见之论文	终于可以做比较文学了！	学科领域；研究焦点；文化研究；身份危机
	椭圆时代的文学研究	学科领域；精英文学；研究焦点；语言能力；“比较”；研究视角；合作
	在精英主义与大众主义之间：比较文学何去何从？	精英文学；学科边界；翻译；全球化；研究焦点；“理论”；文化研究
	他们那一代	研究焦点；学科领域；语言能力；“理论”；精英文学；身份危机
	处于女性主义边缘的比较文学	跨学科；语言能力；研究视角；翻译；精英文学
	比较的空间	跨学科；文化研究；研究焦点；研究视角
	拓宽领域中的“文学”	精英文学；研究焦点；翻译；文化研究；语言能力
	谈谈学校的故事：比较文学与学科的没落	精英文学；文化研究；跨学科；学科资金
	您诚挚的托宾·西伯斯	“理论”；学科姿态；语言能力

附录三：《多元文化时代的比较文学》中16篇论文中的关键词统计表

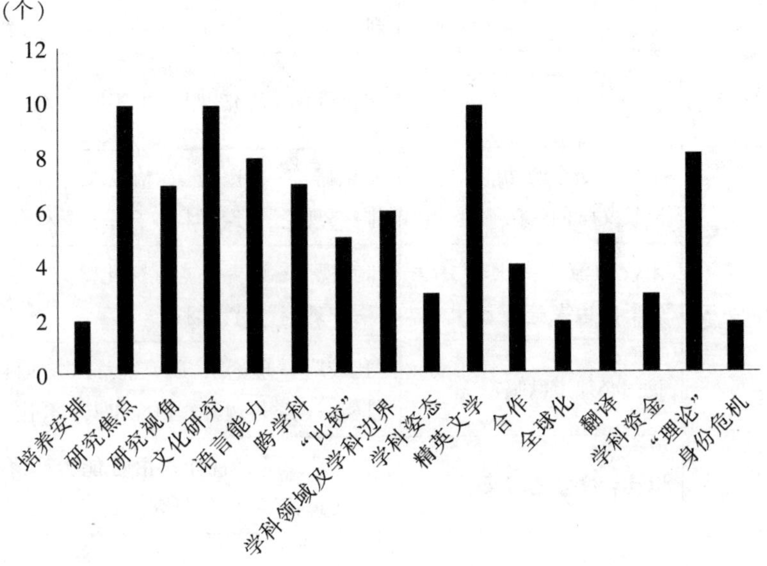

寻找别处的灯塔

——试析厄尔·迈纳《比较诗学：文学理论的跨文化研究札记》

梁鑫鑫

厄尔·迈纳（Earl Miner），中文名为孟而康，曾任国际比较文学学会会长。作为著名的日本文学、英国文学和比较文学学者，厄尔·迈纳精通多国语言，并对17世纪和18世纪欧洲文学以及东方文学（尤其是日本文学）研究颇有造诣，著有《比较诗学：文学理论的跨文化研究札记》（*Comparative Poetics: An Intercultural Essay on Theories of Literature*）、《日本宫廷诗歌导论》（*An Introduction to Japanese Court Poetry*）、《普林斯顿日本古典文学手册》（*The Princeton Companion to Classical Japanese Literature*）等。厄尔·迈纳凭借其宽广的理论视野和丰硕的研究成果，在国际比较文学界享有很高声誉。其中，《比较诗学：文学理论的跨文化研究札记》于1990年以英文形式出版后，引起了比较文学界的持续关注。1998年，该书由北京大学王宇根、宋伟杰两位研究生译成中文，并作为国家“九五”重点图书，经中央编译出版社出版。[①] 该书问世以来引起了学界对其“原创诗学”的阐发[②]、叙事文本解读的方法[③]、比较诗学方法论的确立[④]、相对

① 参见乐黛云：《见证比较文学先贤的国际友谊——悼念孟而康教授》，《中国比较文学》2004年第3期，第177页。

② 泰特罗在其《本文人类学》书中的第三讲中，对厄尔·迈纳在《比较诗学：文学理论的跨文化研究札记》中的论述提出了质疑。泰特罗认为厄尔·迈纳书中的“基本前提存在着基本、致命的缺陷”，是一种“强加于文学实践之上”的诗学体系论述，参见［爱尔兰］泰特罗演讲，王宇根等译：《本文人类学》，北京大学出版社1996年版，第57－89页。

③ 参见宋剑华、刘冬梅：《叙事视点—注意点与性别——厄尔·迈纳〈比较诗学〉叙事文本细读借鉴》，《中国文学研究》2008年第4期，第75－81页。

④ 参见纪建勋：《“文学自主”与“文学本位”：厄尔·迈纳跨文化比较诗学方法论刍议》，《文艺理论研究》2018年第1期，第29－38页。

主义的批评[1]以及学理启示[2]等方面的关注和反思。

虽然厄尔·迈纳将该书以“比较诗学”命名，但细读《比较诗学：文学理论的跨文化研究札记》，厄尔·迈纳并未在书中具体阐述何为比较诗学、有哪些比较诗学的方法等。厄尔·迈纳虽然并未给出比较诗学的具体定义，但他尝试将这本书作为比较诗学如何具体操作和进行的范例，揭示比较诗学的原理和要义。正如该书“绪论”中所指出的，“本书书名中至少有一个词——‘札记’——表明作者并不奢望作一深刻全面的探讨，其实‘札记’一词对于首次以一本书的篇幅从跨文化角度对诗学做比较探讨的尝试是必不可少的”[3]。厄尔·迈纳力图突破传统的思维模式，从基础文类[4]入手，通过大量中西方戏剧、抒情诗和叙事文学的对举，进行文类间跨文化比较的尝试。“灯塔下面是黑暗的”[5]，“只研究自己国家的文学是远远不够的，需要另一座‘灯塔’来照亮，‘中国的灯塔给我们美国带来了光明’”[6]。虽然厄尔·迈纳再三重申“本书仅仅是一种尝试，因为用一本书的篇幅在我们认为有必要的范围内对这些问题进行尝试性探讨实属首次”[7]，但这部作为厄尔·迈纳比较诗学观念实践结果的论著，恰是通过寻找别处的“灯塔”借以实现对自身的反观和“灯塔”间的互照互望，为比较诗学发展提供了新的阐释突破口和可能性，是一次照亮“灯塔”下的黑暗的有益尝试。

---

① 参见谭䄂、饶芃子：《从西方中心主义到文化相对主义：厄尔·迈纳文学观要义》，《深圳大学学报（人文社会科学版）》2017 年第 2 期，第 140－143 页。

② 参见钱中丽：《他者观照下的自我——厄尔·迈纳〈比较诗学〉中的跨文化研究视野》，《华南师范大学学报（社会科学版）》2013 年第 3 期，第 91－95，163 页；欧阳文风：《态度·方法·着力点：对比较诗学研究的几点思考——重读厄尔·迈纳〈比较诗学〉》，《当代文坛》2001 年第 4 期，第 44－47 页。

③ ［美］厄尔·迈纳著，王宇根、宋伟杰等译：《比较诗学：文学理论的跨文化研究札记》，中央编译出版社 1998 年版，第 2 页。

④ 厄尔·迈纳在书中使用的术语“文类”（genre）、“基础文类”（foundation genres），指的是抒情作品、戏剧作品和叙事作品。

⑤ 厄尔·迈纳在 1983 年中美双边比较文学讨论会会议发言时引的一句谚语，参见杨周翰、乐黛云主编：《中国比较文学年鉴：1986》，北京大学出版社 1987 年版，第 364 页。

⑥ 杨周翰、乐黛云主编：《中国比较文学年鉴：1986》，北京大学出版社 1987 年版，第 364 页。

⑦ ［美］厄尔·迈纳著，王宇根、宋伟杰等译：《比较诗学：文学理论的跨文化研究札记》，中央编译出版社 1998 年版，第 11 页。

一、寻找别处的灯塔：20 世纪 80 年代的两次双边会议

20 世纪 50 年代后期，比较文学从“法国时辰”（The French Hour）进入“美国时辰”（The American Hour）①，研究模式也从注重事实考据的影响研究转向了平行研究。20 世纪 70 年代末，基于批评理论的兴起和“越战后弥漫一时的犬儒主义和不信任的情绪”②，欧美文学研究兴起了“理论热”，“当代理论不仅更新了文学批评观念，拓展了文学研究的视野，扩大了文学研究的范围，也解构了‘欧洲中心主义’，促使欧美比较文学界增强了比较文学的全球意识，开始将研究的关注点从欧洲转向东方和第三世界国家”③。作为专门从事东西方比较诗学研究的厄尔·迈纳，一直对远在太平洋西岸的东方文学，尤其是日本古典文学有着浓厚兴趣。他洞察到“在已有的实际研究中，比较主要是文化内部的，甚至是国家内部的”④ 问题。厄尔·迈纳进一步指出，比较诗学不应拘囿于欧洲一个区域间文化的相互阐释和比较。“研究诗学，如果仅仅局限于一种文化传统，无论其多么复杂、微妙和丰富，都只是对单一的某一概念世界的考察。”⑤ 只有在跨文化的前提下，“比较诗学”的“比较”才真正具有意义。厄尔·迈纳主张将研究视野扩大到东方，在异质文化中探讨比较诗学的同时，自觉地打破了欧洲中心主义和东方中心主义。

1983 年 8 月 29 日，中国社会科学院外国文学研究所、文学研究所和美中学术交流委员会联合召开了首届中美双边比较文学讨论会。厄尔·迈纳教授带领的美国十人小组和王佐良教授带领的中国十人小组首次在北京万寿宾馆聚会，双方抱着切磋琢磨的态度，开始了为期三天的学术交流。讨论会上，学者们畅所欲言，交流的内容也十分广泛。厄尔·迈纳在会上

---

① ［美］查尔斯·伯恩海默著，王柏华等译：《多元文化时代的比较文学》，北京大学出版社 2015 年版，第Ⅰ页。

② ［美］查尔斯·伯恩海默著，王柏华等译：《多元文化时代的比较文学》，北京大学出版社 2015 年版，第 5 页。

③ ［美］查尔斯·伯恩海默著，王柏华等译：《多元文化时代的比较文学》，北京大学出版社 2015 年版，第Ⅲ页。

④ ［美］厄尔·迈纳著，王宇根、宋伟杰等译：《比较诗学：文学理论的跨文化研究札记》，中央编译出版社 1998 年版，第 5 页。

⑤ ［美］厄尔·迈纳著，王宇根、宋伟杰等译：《比较诗学：文学理论的跨文化研究札记》，中央编译出版社 1998 年版，第 7 页。

宣读了他的论文《比较诗学：比较文学理论和方法论上的几个课题》(*Some Theoretical and Methodological Topics for Comparative Literature*)，从社会历史方面探讨了欧洲和中国比较文学取得的进展，对“可比性”等若干有争议的重要概念进行划清，探讨了抒情诗、小说和戏剧的意义，将欧洲、中国和日本的诗文集的编排方式进行了细致的比较，并提出了文学比较的逻辑标准和实践标准。① 会议上学者们畅所欲言，厄尔·迈纳在讨论会结束发言中表达了对此次会议的相见恨晚之情，“这次参加会议象《西游记》所写的一样，我们东游带回了经典”②。这次较为深入的文化交流，也为《比较诗学：文学理论的跨文化研究札记》一书的写成提供了一定的理论帮助。③

正像钱锺书先生在首届中美双边比较文学讨论会的发言中所提出的“参加的人会一次比一次多，讨论的范围会一次比一次广，一次更比一次接近理想的会议——真诚的思想融合”④ 的愿景，1987 年 10 月 24 日，中国十人小组分别前往美国普林斯顿大学、印第安纳大学和加州大学洛杉矶分校参加第二届中美双边比较文学讨论会，时任普林斯顿大学比较文学系主任的厄尔·迈纳主持了此次会议。相较于第一届讨论会，这次会议参会人数更多，“由于会议在三所不同的大学召开，因此接触了美国东部，中西部、西部更多的比较文学学者，实际上，在三地参加会议的学者、研究生总共在一百人以上”⑤，在如此多学者和研究生参与的讨论会上，厄尔·迈纳宣读了他的专题论文——《历史、文学和文学史》(*History*, *Literature*, *and Literary History*)，再一次提出了比较诗学需踏出单一文化，走向多元文化间研究的观点。在这篇论文中，厄尔·迈纳开篇连用几个复数名词，再一次呼吁比较诗学应建立在多种文学的研究之上。论文中厄尔·迈纳将文

① 参见厄尔·迈纳著，鲁效阳译：《比较诗学：比较文学理论和方法论上的几个课题》，《中国比较文学》1984 年第 1 期，第 249 - 275 页。

② 杨周翰、乐黛云主编：《中国比较文学年鉴：1986》，北京大学出版社 1987 年版，第 364 页。这里的“象”即“像”，为和所引书目内容保持一致，这里未作修正。

③ 厄尔·迈纳在前言中写道：“从 1983 年的北京之行直到最近对这些问题的反思，我已然从他人的思想中获益匪浅。在很大程度上，我的《比较诗学》一书是与其他学者已经思考而且写作的内容之间的一个约会。”见厄尔·迈纳著，王宇根、宋伟杰等译：《比较诗学：文学理论的跨文化研究札记》，中央编译出版社 1998 年版，第Ⅴ页。

④ 杨周翰、乐黛云主编：《中国比较文学年鉴：1986》，北京大学出版社 1987 年版，第 366 页。

⑤ 乐黛云：《朝向中西文学对话的新阶段——记第二届中美双边比较文学讨论会》，《国外文学》1988 年第 3 期，第 55 页。

学和历史进行对照，并在文学史的编写上提出文学史可以像文学一样接纳三大基础文类的观点。厄尔·迈纳对文学史的重视、对三大基础文类的接纳，成为其比较诗学思想中重要的两个方面，并在其论著《比较诗学：文学理论的跨文化研究札记》中借基础文类进一步阐释其比较诗学观。

“这些会议带来了两种文化、两个民族以及许多文学学者富有成效的接触，他们后来成为朋友。”① 在这个特殊的年代，中美两次双边会议使得厄尔·迈纳发现了中国这一“灯塔”，并通过会议同杨周翰、王佐良等中国比较文学的学者结缘，建立了深厚的友谊。② 某种意义上说，中国比较文学学科在日益频繁的跨文化交流的推动下迅速发展，并于1985年秋，在深圳成立了中国比较文学学会，中国这一“灯塔”也终于真正点亮并被更多学者看到它所闪耀的光芒。

二、反观自身的灯塔：对比较诗学作实践性的阐释尝试

什么是诗学？厄尔·迈纳并不打算对这一问题详细展开论述。对“诗学”这一概念，厄尔·迈纳下了个简单的定义，即“文学的概念、原理或系统”③。在厄尔·迈纳看来，与其耽于出现一种包罗万象的文学理论的幻想，不如涉足不断变化着的时空洪流之中，借其他不同且独立的知识类型，去考虑诗学实践活动。古今中外的“诗学”内涵是不相同的，在不同时代背景下我们对其的关注也是不尽相同的。而厄尔·迈纳并未对中西方“诗学”的内涵分别进行追溯，更多是把“诗学”看作一个整体，并对其进行抽象的概括。

什么是比较诗学？厄尔·迈纳同样也并未做正面回答，他的本意也并非给予我们一个确切的答案和结论。“恰当而严格的定义是不存在的，也

---

① ［美］厄尔·迈纳著，王宇根、宋伟杰等译：《比较诗学：文学理论的跨文化研究札记》，中央编译出版社1998年版，第I页。

② 1989年末杨周翰教授遽然辞世，厄尔·迈纳立即发来唁电：“我将永远带着崇敬和热爱来怀念杨周翰先生”，并在中译本的“扉页”印下了“仅以此书中文版献给杨周翰和王佐良教授——我心中不灭的记忆”这几行字。见乐黛云：《见证比较文学先贤的国际友谊——悼念孟而康教授》，《中国比较文学》2004年第3期，第177页。

③ ［美］厄尔·迈纳著，王宇根、宋伟杰等译：《比较诗学：文学理论的跨文化研究札记》，中央编译出版社1998年版，第3页。

许是不可行的。”[①] 厄尔·迈纳将他对这一问题的认识所采取的思维方法一层一层“剖”出，通过诗人、作品、文本、诗、读者这五个文学要素，特定语境中的“世界”以及只涉及某些形式的文学生产方式[②]开始了对诗学的讨论，从实践层面展示出他所理解的比较诗学到底是什么、比较诗学的“可比性”究竟何为。

“诗学的存在所需的对于文学独立性的假定设计的就不是一个‘黑洞’（black hole），而是由许多不同类型的只是共同构成的‘星群’（constellation）。文学的存在取决于其他具有独立性的知识体系的存在。”[③] 在厄尔·迈纳看来，文学自主性并非孤立和绝对的，它需要以文字作为中介，把不同类型且相对独立的知识体系看作一个整体，并通过学科间不同知识类型的相互转换（transferability）和挪用（appropriation）得以实现。“一种知识同另一类知识之间相互转换或利用的性质或程度是各不相同的”[④]，因而知识间的这种互动和转换程度也随之不同，与之相比，文学具有可利用性较小且受制于美学这一“家族”的特点。通过文字这一中介，实现同美学“家族”之外，但也离不开文字的其他知识类型的“近亲联姻”。“只有当材料是跨文化的，而且取自某一可以算得上完整的历史范围，‘比较诗学’一词才具有意义。”[⑤] 厄尔·迈纳旨在通过这种跨文化的实践尝试，向学界提供一个打破常规惯性的思维模式，而这种尝试并非通向比较诗学的唯一路径。

厄尔·迈纳在该书中试图将比较文学研究同文学理论之间的关系划分清楚。首先，他把研究视野转移至非欧洲板块的国家中，尤其是从中国、日本、印度等不同国家的文学的产生入手，揭示出西方世界以外其他文学

① ［美］厄尔·迈纳著，王宇根、宋伟杰等译：《比较诗学：文学理论的跨文化研究札记》，中央编译出版社1998年版，第16页。

② 厄尔·迈纳这里提到的生产方式主要是吸收了马克思的生产方式等观点。厄尔·迈纳在首届中美双边比较文学讨论会上曾说，“我不是马克思主义者，中国学者用马克思的历史唯物主义作基础，使我可以学到很多东西”，参见杨周翰、乐黛云主编：《中国比较文学年鉴：1986》，北京大学出版社1987年版，第364页。

③ ［美］厄尔·迈纳著，王宇根、宋伟杰等译：《比较诗学：文学理论的跨文化研究札记》，中央编译出版社1998年版，第20页。

④ ［美］厄尔·迈纳著，王宇根、宋伟杰等译：《比较诗学：文学理论的跨文化研究札记》，中央编译出版社1998年版，第310页。

⑤ ［美］厄尔·迈纳著，王宇根、宋伟杰等译：《比较诗学：文学理论的跨文化研究札记》，中央编译出版社1998年版，第1页。

理论和文学批评的存在，并探讨不同文化体系中诗学体系的形成和发展的不同。这些国家的文学的产生方式不同，其诗学理论也不相同，因而厄尔·迈纳分出了两种不同的普遍性的诗学体系："其中之一在实践上是隐含不露的，这种诗学属于所有视文学为一种独特的人类活动、一种独特的知识和社会实践的文化"①；另一种只见于某些文化，即明晰的"原创"（originative）诗学，或称为"基础"（foundational）诗学。

"当一个或几个有洞察力的批评家根据当时最崇尚的文类来定义文学的本质和地位时，一种原创诗学就发展起来了"②，厄尔·迈纳接着对文类进行了划分和界定，从三大基础文类切入，探索不同文化间原创诗学的差异，借以阐释比较诗学的"文学比较"的含义。在厄尔·迈纳看来，"原创的"或"基础的"诗学建立和发展在所假定的文类之上，因而将文学作品进行文类的切分是很有必要的。在欧洲，伴随三大基础文类概念的使用和接受，可以追溯出一个"理论旅行"的图景。

英国最早采用这一概念的是弥尔顿（John Milton）等人，随后又为德国作家所接受。"亚里士多德建立在戏剧之上的《诗学》说明了文类这一概念的有效性——至少它可以表明，其他文化的诗学也同样是建立在我们所假定的文类之上的。"③ 在厄尔·迈纳看来，虽然文类不是比较诗学的唯一阐释路径，但相对于单一的阐释来说，文类三分概念的引用仍具有必要性。它的必要性体现在"它能使我们从历史发展中探讨理论的源头"④。从文类切入将有助于进一步思考成体系的文学观是如何被建构出来的，它对诗学体系的起源以及发展有着重要的意义。

"当文学是在一种特殊的文学'种类'或'类型'的实践的基础上加以界定时，一种独特的诗学便可以出现"⑤，厄尔·迈纳在书中用三个章节对戏剧、抒情诗、叙事文学三大基本文类的特殊性质分别展开梳理，在探

① ［美］厄尔·迈纳著，王宇根、宋伟杰等译：《比较诗学：文学理论的跨文化研究札记》，中央编译出版社1998年版，第7页。

② ［美］厄尔·迈纳著，王宇根、宋伟杰等译：《比较诗学：文学理论的跨文化研究札记》，中央编译出版社1998年版，第7页。

③ ［美］厄尔·迈纳著，王宇根、宋伟杰等译：《比较诗学：文学理论的跨文化研究札记》，中央编译出版社1998年版，第9页。

④ ［美］厄尔·迈纳著，王宇根、宋伟杰等译：《比较诗学：文学理论的跨文化研究札记》，中央编译出版社1998年版，第11页。

⑤ ［美］厄尔·迈纳著，王宇根、宋伟杰等译：《比较诗学：文学理论的跨文化研究札记》，中央编译出版社1998年版，"前言"第2页。

讨不同国家诗学体系的形成和发展时，既认识到西方诗学同其他国家的诗学的不同，也指出了国家间诗学体系互通性的可能。“西方诗学与世界上其他地方的诗学之间存在显著差异”①，如戏剧方面，西方世界以亚里士多德对戏剧的定义为范本，将文学视为摹仿的学科，并以戏剧这一文类为基础，创立了西方诗学，即摹仿诗学；而对一些东方国家的诗学而言，则是基于抒情诗的情感表现原则形成“情感—表现”（affective-expressive）诗学，如中国、日本等国家，这种原创诗学间的差异是不同文化体系中长期受不同的艺术干预所形成的。中国和日本等东方国家更在意字句的雕琢，并借语言对其思想、情感进行诠释，更多是基于一种情感原则和表现原则，因而形成了和西方不同的原创诗学。

戏剧是表演的艺术，是人类行为在舞台上的再现和摹仿。戏剧这一文类在东西方的地位不同，艺术发展水平也不相同。在中国，戏剧原本位于诗歌之下，随着时代的发展才逐渐得到尊重；在日本，虽然某些种类的能剧得到赞誉，但也只是部分形式受到欢迎；在西方，戏剧从雅典到现代经历了由盛到衰再到复兴的阶段，并在莎士比亚时期达到鼎盛状态。基于戏剧在西方文学中的特殊地位和重要影响，亚里士多德在“再现”的基础上提出的摹仿诗学也得到了西方学者的认可和再诠释，现代西方的文学概念也深受这一诗学的影响，戏剧诗学从某种意义来说，就是西方的原创诗学。除了西方这种“摹仿说”的戏剧诗学以外，还存在“情感—表现”的戏剧诗学和“反摹仿”的戏剧诗学。但是，“情感—表现”的戏剧诗学主要建立在抒情诗的基础之上，“反摹仿”的戏剧诗学还未形成专门的理论，所以这两种模式都没有“摹仿说”的戏剧诗学有力。

厄尔·迈纳对三大基本文类的探析并不仅停留在梳理上，“每种诗学体系不可避免地都只是局部的、不完整的，因为可供利用的材料受到了限制”②，而且尝试从两方面同时展开比较。厄尔·迈纳在“绪论”中指出，“比较”一词并未受到足够的重视，同时指出了实际研究中存在的具体问

① ［美］厄尔·迈纳著，王宇根、宋伟杰等译：《比较诗学：文学理论的跨文化研究札记》，中央编译出版社1998年版，第35页。

② ［美］厄尔·迈纳著，王宇根、宋伟杰等译：《比较诗学：文学理论的跨文化研究札记》，中央编译出版社1998年版，第25页。

题，“在已有的实际研究中，比较主要是文化内部的，甚至是国家内部的”①，这种并未走出统一文化体系之间的互相比较以及实际研究中倡导进行的互不相关的比较研究，无疑导致“比较”过于简单化、泛化，具有将“比较”同“比附”画上等号的风险，而这也是他尝试从跨文化角度开展比较诗学的动因：“考察他种诗学体系本质上就是要探究完全不同的概念世界，对文学的各种可能性作出充分的探讨，这样的比较是为了确立那些众多的史学世界的原则和联系。”②

一方面，厄尔·迈纳从跨文化角度，针对戏剧、抒情诗和叙事文学这三个各自不同的文类，分别展开了同一文类层面的比较。例如，在戏剧方面，厄尔·迈纳通过安菲特律翁（Amphitryon）以及唐璜（Don Juan）这两个戏剧素材的故事各版本间的对比，揭示了不同身份、不同国籍的剧作家们对同一素材进行的不同艺术处理方式。同时，厄尔·迈纳也将东方纳入研究视野之中，如将世阿弥和贝克特进行了比较，指出西方剧作家大量采用虚构素材，而世阿弥和观阿弥的创作更倾向于建立在真实材料之上。在对二者的比较中，也引出了亚里士多德和东亚在对“事实—虚构”问题上的不同态度。另一方面，厄尔·迈纳又对这三个文类进行了不同文类间的跨文化比较。指出叙事文学介入戏剧的手段、抒情诗对叙事文学以及戏剧的改变与吸收之不同以及抒情诗同戏剧、叙事文学之间的转化存在的两种控制等，通过这些具体的比较阐释，借以探讨抒情诗与戏剧、叙事文学的结合。厄尔·迈纳不仅探讨了三个基本文类之间的相异性，也探讨了它们彼此之间相互转化的可能性。

另外，厄尔·迈纳提出了比较的几点要求，即足够的相比性（如比较的规模、作比二者之间的差别）和实用原则。“这种实用原则认为，只有当形式上或假想中相同的主题、情节或者构成单元能够被确认出来时，比较才是可行的”③，这也为解决比较研究中存在的虚饰和浮夸倾向提出了解决的办法。

---

① ［美］厄尔·迈纳著，王宇根、宋伟杰等译：《比较诗学：文学理论的跨文化研究札记》，中央编译出版社 1998 年版，第 5 页。

② ［美］厄尔·迈纳著，王宇根、宋伟杰等译：《比较诗学：文学理论的跨文化研究札记》，中央编译出版社 1998 年版，第 7 页。

③ ［美］厄尔·迈纳著，王宇根、宋伟杰等译：《比较诗学：文学理论的跨文化研究札记》，中央编译出版社 1998 年版，第 30 页。

厄尔·迈纳对两种诗学体系进行了简单的分类，在具体的论述中，他指出，“明晰的原创型诗学一般理论的产生，确实必须考虑到当时最受尊重的文学类型”，[①] 但这并不能作为评判其他文类是否重要的标准和依据，其他文类有时也是异质文化间文学理论的互鉴、互照的良好出发点。

三、灯塔间互照互望的可能：相对主义的引入

在对跨文化的文学理论的出现进行揭示，并对借由不同基本文类对不同诗学体系话语进行分析和论述时，厄尔·迈纳认识到这一研究在实践中实际存在着的一些困难。首先，“这些障碍多来自集体意志和观念而非论题本身，其中多数难以克服，有的则无法逾越”[②]，这种集体意志受制于一个国家甚至是一个时代，不仅依赖特定的历史证据，有时也会受到对某一事件的描述的影响；“另一个障碍是人们一直对‘比较诗学’中‘比较’一词未加以重视，……会含糊其词地把‘比较诗学’说成是‘比较学者’（comparatists）和社会认可的诸如我们的一些高等学术研究机构及院校的比较文学系和部门一类的社团所研究的东西。”[③] “比较”不应因看重“可比性”（comparability）这一标准带来的安全感，就限制在同一文学体系或某一时期的内部中，况且这种安全感还存在靠不住的风险。为了突破文化中心主义的窠臼，克服在文化中心主义影响下长期形成的固化思维定式等障碍，厄尔·迈纳将相对主义引入阐释视野，“所有发展到一定阶段的文学传统都隶属于世界文学整体，同时又各具特色，互不相同”[④]，这种将相对主义引入比较诗学的尝试为构建“共同诗学”、助推文化间平等交流和对话提供了更多的可能性。

在该书最后一章，厄尔·迈纳阐释了相对主义引入的合理性。首先是文类中的相对主义。厄尔·迈纳举了贺拉斯的著作是否受亚里士多德影响

---

① ［美］厄尔·迈纳著，王宇根、宋伟杰等译：《比较诗学：文学理论的跨文化研究札记》，中央编译出版社 1998 年版，第 40 页。

② ［美］厄尔·迈纳著，王宇根、宋伟杰等译：《比较诗学：文学理论的跨文化研究札记》，中央编译出版社 1998 年版，第 1 页。

③ ［美］厄尔·迈纳著，王宇根、宋伟杰等译：《比较诗学：文学理论的跨文化研究札记》，中央编译出版社 1998 年版，第 1 – 2 页。

④ ［美］厄尔·迈纳著，王宇根、宋伟杰等译：《比较诗学：文学理论的跨文化研究札记》，中央编译出版社 1998 年版，第 340 页。

等例子，来论证文类概念对理论需求的满足。文类之间的区别具有整体性，每一种文类里公认的区别性特征同样也可能出现在其他文类之中。此外，文类之间也存在着相对性，而这种相对性并不是同等或相互的，文类间的互渗效果取决于互渗程度。例如三大基本文类之中，虽然只有戏剧必然具有虚构性，但在文类间区别的互渗中，虚构性被带入抒情诗或叙事文学中，使得虚构与事实相互之间同样存在着相对性。厄尔·迈纳以连歌《水无濑三吟百韵》中第一节之后的诗节和《荒凉山庄》为例，得出了虚构离开假定的事实是不可能存在的结论，这一结论同样也适用于意义被延搁的文学作品。

其次是文学史中的相对主义。“文学史这一概念被构想为与一般历史有某些相似但绝不相同”①，“历史”这个词首先指代两层意思，一是指实际发生的事件，二是指对某一事件的描述和评价。历史建立在过去的作品抑或思想观念之中，相比于无法预知和判断的变化，那些已存在甚至是重复出现的事件或评论，对当下或未来会产生更大的影响，而这种影响同时适用于文学史。“文学史在明晰或含蓄的诗学建立起来之后仍然受制于这一基础诗学。”② 文学史如果舍弃了它作为某一特定文学系统的变体或翻版，也就不再有存在的意义。厄尔·迈纳爬梳了17、18世纪各个阶段的文学要素并加以描述，证实了即使是用规范性术语构想的文类也同样具有相对性，“真正的文学不仅与基础诗学有关，而且也与语言规范和形式规范有关”③，总的来说，相关性在文学史中在所难免。

虽然相对主义对于比较研究来说有着必不可少的重要性，但是它也在我们面对一些极端形式时导致明显的困境。“严格的文化相对主义隐含着伦理相对主义：对非本土文化中的事物十分挑剔，对自己文化中的一切则非常宽容”④，厄尔·迈纳针对这一困境，相继开出了三剂“药方”，即添加一位或多位作家、尽量优先使用史料以及注重“理论关注”和“历史关

---

① ［美］厄尔·迈纳著，王宇根、宋伟杰等译：《比较诗学：文学理论的跨文化研究札记》，中央编译出版社1998年版，第328页。

② ［美］厄尔·迈纳著，王宇根、宋伟杰等译：《比较诗学：文学理论的跨文化研究札记》，中央编译出版社1998年版，第328页。

③ ［美］厄尔·迈纳著，王宇根、宋伟杰等译：《比较诗学：文学理论的跨文化研究札记》，中央编译出版社1998年版，第332页。

④ ［美］厄尔·迈纳著，王宇根、宋伟杰等译：《比较诗学：文学理论的跨文化研究札记》，中央编译出版社1998年版，第334页。

注”的结合。然而添加作家只是改变了变项，结果依然不是比较的。另外，史料的使用和多层面的方法的使用也并非都具有意义，即使存在意义，也不能声称是比较的。

厄尔·迈纳认为控制相对主义的最佳办法就是辨识被比较的诸事物，并在此基础上提供了驱除相对主义幽灵的三种方法：推论性的、评判性的以及实用性的。这种方法也是厄尔·迈纳控制相对主义所采用的主要思路。正如厄尔·迈纳在书中所操作的，亚里士多德的诗学观建立于戏剧这一文类的基础之上，而戏剧作为舞台上摹仿的艺术，在西方诗学体系中，叙事文学也被视为一种摹仿的学科；抒情诗具有情感原则和表现原则，因而生成了建立于抒情文类基础之上的“情感—表现”的诗学体系。这种推论性的方法虽然不能去除文学体系中的相对性，却达到了“驯化”相对主义的作用。

“评判性的方法”是对个人所作的假设进行精心的悬置与检查，是推论性方法的一种延伸。在具体的操作中，首先是去了解不同文化体系中的“偏见”，并考察这种偏见的来源，借此寻找其他的思路。异质文化间长期形成的文学感受和习惯不相同，在接受能力和程度上也不同。这种方法的难操作性在于，需站在批判的立场上，暂时悬置长期形成的本国或特定区域的文学理论习惯，重新审视另一种异质文化，并在审视的过程中反思我们的偏见。

“实用性的方法”则是把实用和公正作为依据的一种方法，是“评判性的方法”的扩展。这种方法也并不舍弃相对主义，而是在两难的境地中，依照实用性原则予以公正的选择，即偏向于更为宽泛和包容的一方。

厄尔·迈纳对于相对主义的态度是矛盾的，他不是不了解相对主义可能招致的种种问题，因此在提出这一命题之时，也对相对主义进行了充分的反思，“我们每个人在阅读或写作时都有特定的理论前提与意识形态前提”①。总而言之，厄尔·迈纳试图用“文化相对主义”打破“欧洲中心主义”，进而实现世界文学的整体化。

---

① ［美］厄尔·迈纳著，王宇根、宋伟杰等译：《比较诗学：文学理论的跨文化研究札记》，中央编译出版社1998年版，第335页。

结　语

厄尔·迈纳十年磨一剑，写下了这本涵摄丰富、视角新颖的作品。他采用大量详尽的例证去回应比较诗学究竟应该如何具体操作的问题，在多元文化冲击的特定语境下，厄尔·迈纳尝试摆脱“欧洲中心主义”，将视野投向南半球和东半球，努力构建双向的平等对话机制。“灯塔下面是黑暗的”，然而找寻到周围持续闪着亮光的灯塔时，灯塔之间的黑暗也将消失在光明中。厄尔·迈纳对比较诗学的尝试，给后来学者们对比较诗学的理解、对文学比较的含义的把握提供了颇具启示意义的参考。20 世纪 80 年代，比较文学学者们以文化实践为立足点，积极投身到对学科和研究的反思，竭力打通文学交流的渠道，“仅仅关注山花与林鸟是不够的，应该面向广阔的牧野与丰沃的田园”①。

① ［美］厄尔·迈纳著，王宇根、宋伟杰等译：《比较诗学：文学理论的跨文化研究札记》，中央编译出版社 1998 年版，第 12 页。

从《一门学科之死》看斯皮瓦克的新比较文学观

李红霞

佳亚特里·查克拉沃蒂·斯皮瓦克（Gayatri Chakravorty Spivak）（以下简称斯皮瓦克）[①] 现任职于美国哥伦比亚大学，担任该校比较文学与社会中心主任，长期致力于比较文学、后殖民主义和女性主义文化批评研究。1968 年，斯皮瓦克开始用英语翻译德里达（Jacques Derrida）的《论文字学》（*Of Grammatology*），1976 年译著出版并写下长达 78 页的“译者导言”而一译成名，成为美国学术界德里达解构主义的权威阐释者。由于深受德里达思想的影响，她将解构主义作为女性主义研究、后殖民主义研究、马克思主义研究、庶民研究、翻译研究的主要思想武器和方法指导。

斯皮瓦克的《一门学科之死》（以下称《学科之死》）是在 2000 年 5 月“韦勒克图书馆系列讲座”发表的三次演讲的基础上整理修改[②]，并于 2003 年出版的一部书籍，讲座时总的主题是新比较文学（The New Comparative Literature），后来出版的时候将其改为《学科之死》（*Death of a Discipline*），而且在该书的致谢中斯皮瓦克明确提到“希望读者姑且把它当作一门垂死学科发出的最后喘息来读”[③]，可见斯皮瓦克此处采用的是反讽修辞，

---

① 1999 年斯皮瓦克被哈佛大学出版社评为“世界顶尖的文学理论家之一”，2008 年成为美国哥伦比亚大学第一位亚裔女性校级讲席教授（University Professor），2018 年获得美国现代语言协会终身学术成就奖。她与萨义德、霍米·巴巴并称为后殖民主义研究的三大理论家，与齐泽克一道被认为是最有冲击力的后马克思主义理论家。

② 斯皮瓦克于 2000 年 5 月 22 日、5 月 23 日和 5 月 25 日在加州大学欧文分校（University of California，Irvine，简称 UCI）分别作了三次讲座，总主题是“新比较文学”（The New Comparative Literature），三次讲座的题目分别是“跨越边界”（Crossing Borders）、“集体性”（Collectivities）、“星球思考/大洲思考”（Planet-Think/Continent-Think）。

③ Gayatri Chakravorty Spivak. *Death of a Discipline*，Columbia University Press，2003，p. xii.

其本意并非要为比较文学大唱挽歌。第三次演讲的题目“星球思考/大洲思考”（Planet-Think/Continent-Think）也被改为“星球性”（Planetarity），可见斯皮瓦克对新比较文学未来发展方向的思考，期待新比较文学走向星球性思维模式，其旨在建构一种去政治化、回归自然属性、消除中心与边缘二元对立的全新的比较文学研究范式。斯皮瓦克的学术领域涉猎广泛，思想理论体系吸纳众家之长，因此《学科之死》中的比较文学研究强调将解构主义、后殖民主义、女性主义、马克思主义和翻译研究等理论融会贯通，并以此为基础绘制全球比较文学的未来发展图景。

一

斯皮瓦克是一位在学术理论和实践中均颇有建树的学者，1942 年出生在印度加尔各答，后于 1967 年获得美国康奈尔大学比较文学博士学位并留在美国高校任教至今，同时坚持在印度西孟加拉地区为贫困人民建立赤脚学校。如果说印度养育了斯皮瓦克的身体，那么美国则成就了她的才华，她是一位在印度和美国东西方两种文化滋养下成长起来的文学和文化批评家，这种文化背景的多重身份使她的批评理论呈现出多元性和独特性。面对这两种文化背景，斯皮瓦克也坦言“我有一个母亲，那就是加尔各答，我也有一个富裕的养母，那就是美国。两个都不美……因此，从某种意义上说，我获得了批评这两个地方的权利”①，因而她在比较文学领域里有着独特的文化语境优势，能够打通第一世界和第三世界之间的权力政治关系，解构欧美国家的殖民主义话语权，发现后殖民国家女性群体的生存困境。作为来自第三世界的女性知识分子，她能够看清被全球女性主义和男性话语遮蔽的第三世界女性的失声困境，并指出第三世界女性与第一世界女性在话语权等方面存在的巨大差异。多年的执教经验和教师身份，促使斯皮瓦克思考庶民女性可以通过接受教育提高自我思想文化素养，并获得自我言说的权利。由对德里达解构主义理论和孟加拉语作家马哈斯维塔·黛薇（Mahasweta Devi）作品出色的翻译实践走向翻译理论研究，她也关注第三世界文学文本被译介到第一世界遇到的文化差异问题。基于经济全球化的持续推进，斯皮瓦克深刻思考了残

① Sarah Harasym. *The Post-Colonial Critic: Interviews, Strategies, Dialogues*, Routledge, 1990, p. 83.

酷的国际劳动分工，第三世界国家对第一世界国家经济的依附，跨国公司对第三世界妇女、儿童的劳动力剥削，这些都凸显了马克思主义理论在世界范围内对经济殖民和文化殖民关系的现实批判意义。德里达的解构主义思想对斯皮瓦克而言，始终是一种“在场”，在关键时刻发挥作用。斯皮瓦克研究视角和关注焦点的多元化为她赢得了更多、更广泛的国际读者。

关注庶民女性群体遭受的印度父权和帝国主义双重压迫，以及庶民女性的教育实践，是斯皮瓦克后殖民主义研究的重要议题。斯皮瓦克对庶民女性的重点关注与庶民学派研究有一定的渊源关系，从某种意义上说，斯皮瓦克可以作为庶民学派的重要一员，她弥补了庶民学派研究中庶民女性研究视角的缺失，为推动庶民学派走向世界学术舞台发挥了积极作用。“庶民”（subaltern）这个词来源于安东尼奥·葛兰西（Antonio Gramsci）的《狱中札记》，当时葛兰西在狱中为了顺利通过警察的审查，避免用“无产阶级”这样的敏感词汇而用“庶民”一词替代。之后“庶民”一词的含义逐渐扩大，用来指涉更多的边缘群体。而庶民学派研究中的“庶民”不是现实中的实体，而是一种研究中的虚指，“精英和庶民的相对关系是充满矛盾张力的关系，但不是两个独立实体的对立关系”[①]，庶民学派更多是从支配关系出发去解构本质上的霸权话语。庶民学派早期主要是研究南亚庶民的历史和社会状况，突出殖民历史和印度精英主义历史对庶民群体价值和作用的忽略。庶民在反抗殖民统治斗争中所做的贡献长期被遮蔽和压抑，这种情形在新殖民主义和新民族主义中继续延续，为了恢复庶民的主体性，庶民研究小组[②]应时而生，小组的主要成员是一批历史学者，主要出版物是《庶民研究》（*Subaltern Studies*）。但斯皮瓦克并不属于庶民研究小组，与其只是一种合作关系，1985年斯皮瓦克为《庶民研究》撰写《庶民研究：解构历史编纂》一文，标志着斯皮瓦克与庶民研究小组合作的开始[③]。1988年她又发表了在世界学术范围内

① 刘健芝、许兆麟选编，林德山等译：《庶民研究：印度另类历史术学》，中央编译出版社2005年版，第10页。

② 庶民研究小组（Subaltern Studies Group）成员主要有古哈（Ranajit Guha）、帕尔塔·查特吉（Partha Chatterjee）、查克拉巴蒂（Dipesh Chakerabarty）、大卫·阿诺德（David Aronld）、大卫·哈德曼（David Hardiman）、沙希德·阿明（Shahid Amin）、潘迪（Gyanendra Pandey）等，主要是一些印度本地或者在西方任教的历史学家。从1982年到2005年的23年时间里，共出版了12卷《庶民研究》。

③ 具体参见刘健芝、许兆麟选编，林德山等译：《庶民研究：印度另类历史术学》，中央编译出版社2005年版，第140页。

影响很大的文章《庶民能够说话吗?》(*Can the Subaltern Speak?*)，同时与古哈合作主编《庶民研究选集》(*Selected Subaltern Studies*)，并特别邀请萨义德（Edward Wadie Said）作序，这些都为庶民学派进入西方学术界的观照视野奠定了基础。后来由于庶民研究小组主要关注印度问题，不接受斯皮瓦克关注南非问题而停止了合作。不可否认，斯皮瓦克扩大了庶民学派研究的范围，增加了对第三世界女性受压迫和剥削的生存现实的关注，强调了女性主体在历史中的作用，也促进了庶民研究超越了历史学科的研究范围，进而转向文化研究中的种族、阶级、性别等问题的探讨。

斯皮瓦克虽然被誉为“后殖民三驾马车”之一，但她并不喜欢这个头衔。在她看来，作为第一世界国家的后殖民知识分子很容易对第三世界的庶民群体在政治经济上构成压迫。斯皮瓦克与萨义德、霍米·巴巴（Homi K. Bhabha）都是在美国高校工作的后殖民文化批评学者，一度形成三足鼎立之势，他们一方面在美国是边缘群体和流散移民，为第三世界国家的文化主权进行抗争，另一方面长期流散在母国之外，能否真正代表第三世界言说仍然值得深思。但不容置疑的是，他们在改变西方世界对东方愚昧、落后的刻板印象方面起到了积极的推动作用。萨义德是后殖民文化批评的奠基人，而斯皮瓦克却是后殖民主义批评的重要实践者，二者的理论取向和研究内容都存在差异。萨义德的主要理论思想来源于葛兰西的“文化霸权”和福柯的知识—权力话语理论，他创造性地运用葛兰西的“文化霸权”理论阐明西方文化对东方的支配控制，通过福柯的权力话语分析西方霸权的运作方式，指出东方学是一种西方的权力话语，西方借助自己强势的话语权肆意扭曲贬低东方，生产出所谓的东方知识或东方文化景观。东方只有通过获得独立的话语权进行自我表述，而不是被表述才能抵抗西方对东方的主观想象。斯皮瓦克的主要理论来源是德里达的解构主义，后来又充分吸收马克思主义、女性主义的理论精髓，形成了颇具特色的犀利晦涩文风，因此也曾遭到萨义德等学者的批评。萨义德主要关注的是西方霸权意识形态下东方男性主体性的缺失，以及西方通过文化再现和帝国主义共谋实现对“东方”形象的建构。而斯皮瓦克作为印裔美国女学者，更加注意从女性主义角度思考后殖民语境中的庶民发声问题。

斯皮瓦克的《学科之死》的出版是偶然也是必然，1958 年韦勒克发表的檄文《比较文学的危机》引起了不小的轰动，如果将此视为比较文学的第二次危机，那么 20 世纪 90 年代比较文学的又一次危机也开始露出端倪。这次危机的具体表现为：1993 年查尔斯·伯恩海默在《多元文化时代的比较文学》中指出比较文学受到文化研究的影响，越来越偏离文学本身，需要自我革新；1993 年苏珊·巴斯奈特在《比较文学批评导论》中提出西方的比较文学对比较文学的范围、对象的严格规定使其处于死亡阵痛期，而第三世界和东方国家的比较文学在突出民族性的道路上正在复兴；2003 年希利斯·米勒（Hillis Miller）在清华大学的演讲中提到比较文学的危机与语言和新媒体的崛起有关；而 2003 年斯皮瓦克的《学科之死》的出版仿佛直接给比较文学下了死亡通知单，这种不无偏激的标题确实给美国比较文学当头一棒，并在国际比较文学界掀起轩然大波。[①] 这些均表明欧美比较文学又站到一个十字路口，无论是比较文学面临的理论热和文化研究的冲击，还是比较文学对学科疆界的过于规限，抑或是英语在世界上的霸权地位、全球化在经济和文化上的风行，诸多因素从不同层面推动比较文学变革自身焕发新生。

斯皮瓦克在 21 世纪之初提出“学科之死”，用意很明确，那就是宣布旧的比较文学已经死亡，应该开启比较文学新的发展阶段，这与乐黛云提出的比较文学发展的第三阶段不谋而合。[②] 比较文学在法国注重同源性，在美国注重类同性发展之后，迎来了注重差异性的跨文化对话阶段。斯皮瓦克强调旧的比较文学已死，是指长期局限于北半球的欧美比较文学很容易出现资源枯竭从而走向自我毁灭。在全球多元文化共生共存的时代，全球化浪潮带来的文化同质性和单一性必然不适合这个时代的发展语境。在 20 世纪 90 年代柏林墙倒塌、苏联解体以后，世界格局走向多极发展局势，拘囿于西方中心主义的美国比较文学必然“寿终正寝”。而第三世界的比较文学正在跨文化和跨学科的实践中走向多元化，呈现出一派繁荣景象。斯皮瓦克的新比较文学观中的“新”意在用星球性置换全球化，将自我在他者的观照下重新自塑成为星球的成员，去掉政治意识形态对全球的统治，回到自然包容全世界的比较文学。同时，斯皮瓦克对比较文学的学科范式进行重构，倡导比较文学通过与区域研究合作去跨越边界，从北半球文学视域转向南半球文学视域，不断走向他者，通过学习他者的语言和习语去认识、沟通和理解他者集体的

---

① 由于该书出版时间 2003 年正值美国比较文学学会编撰年度报告，所以 2004 年在苏源熙编写的论文集《全球化时代的比较文学》中，收录有多位学者对斯皮瓦克《学科之死》的分析和评价，这也进一步引发了国际比较文学界对此问题作出回应。

② 具体参见乐黛云在《比较文学发展的第三阶段》中的具体论述，该文载于《社会科学杂志》2005 年第 9 期。

异质性和复杂性。斯皮瓦克的新比较文学观重申新比较文学是一门即将来临的、未来的学科，这体现出比较文学自身的不断建构性和自反性，也就是说，比较文学会在不同的时代语境中调整自身的发展方向，而人文关怀价值和世界主义胸怀是它永远的底色。《学科之死》是对长期笼罩在欧洲和美国霸权之下旧的、传统的比较文学的批判，斯皮瓦克通过这种反讽的手段强调比较文学需要再次跨出边界，走向他者，寻找新的家园。

二

《学科之死》不仅仅是对旧的、传统的比较文学的解构，更是对新比较文学的建构。斯皮瓦克通过对“跨越边界”和“集体性”这两个关键词的阐释，试图对旧的比较文学进行解构，此外，通过“星球性”建构新的比较文学发展蓝图。

斯皮瓦克在仔细分析比较文学、文化研究、区域研究之间关系的基础上，倡导比较文学跨越边界，与区域研究联手突破各自领域的研究范式，实现彼此变革自身的需求，达到二者共赢模式，为比较文学的研究范围重新制定蓝图。众所周知，美国的区域研究在20世纪四五十年代兴起，目的是确保美国在冷战中的国际影响力，在战争和战略方面给政府官员和决策制定者提供具体建议，许多学者开始从经济、政治、当地习俗、法律条文等各个方面开展对某一区域的研究，尤其是针对第三世界国家以及一些土著居民，形成了亚洲研究、非洲研究、拉丁美洲研究、中东研究等板块。区域研究出于战争和军事的需要，专门培养精通特定区域语言和文化的人才，因此学校的课程根据区域特点进行设计，学生需要专门学习当地语言，研习当地文化。为了深入了解目标区域的文化特质，区域研究提倡运用经济学、历史学、民俗学等学科方法去分析当地的具体问题。应当说，区域研究拥有较为明显的语言资源优势和丰富多样的跨学科方法，但是近年来由于国际格局急遽变化、美国对外战略调整、经费缩减等，区域研究也面临巨大的危机和挑战。

比较文学从19世纪诞生之初就是要脱离民族文学和国别文学的孤立状态。法国学派的影响研究范式注重从事实材料出发，探讨国际文学关系史，究其实质，主要是论证法国文学对周边国家的文学影响。美国学派倡导没有事实联系的不同国家的文学之间的审美性比较，以及文学的跨学科研究。比较文学先后在法美的主要发展状况表明比较文学在不断跨越边界，拓宽发展资源，从中也可看出比较文学从跨越国家、跨越民族、跨越语言、跨越文化到跨越学科的发展历程。比较文学一直标榜要跨越民族主义的狭隘视野，用世界主义的胸怀观照各个民族、各个国家的文学生态，并在这方面做出了不小的突破，比较文学也因一再突破自身的学科界限而获得新生。作为一名来自印度并长期在美国从事比较文学教学研究的资深学者，斯皮瓦克对美国比较文学的发展现状有着深入了解。1973 年斯皮瓦克担任国际比较文学学会执行委员的时候，学会正在推出一套欧洲各个时期的学术文集，她提议将世界其他语种诸如中日韩三语、阿拉伯语、波斯语、非洲各语言等也包括进来，借此扩大出版系列的范围，而当时学会的一位资深委员立即阻止了她的提议，声称汉语界已经有一部很好的文学史了。2007 年斯皮瓦克在一次访谈中又提道："人们不断地提及美国，无论到了哪里，都是与美国比。到了科威特，是阿拉伯文学与美国文学；到了日本，就是日本文学与美国文学。无论到了什么地方，总是美国、美国。"① 从这两个例子可以看出斯皮瓦克尝试拓展美国比较文学的国际视野，将南半球文学包括进来，但这种想法在现实处境中遭遇到了重重困难。如果以美国学派为坐标，纵观比较文学发展历程，就不难发现它虽然跨越了国家和民族，却始终没有跨出北半球的疆界，而想要再次跨出边界，将北半球的文学视野转向南半球，将会遇到极大的障碍，一如斯皮瓦克的判断，"从宗主国出发去跨越边界是轻而易举的；反之，从所谓的边缘国出发，会遭遇官僚机构或警政管辖设置的边境，要跨越这样的边界真是难上加难"②。斯皮瓦克指出全球文化的有限渗透性问题，认为强势文化随着全球化很快普及到世界各个角落，尼泊尔也已经安上了卫星天线，而弱势文化的习俗和惯例则很难被世界熟知。虽然全球化浪潮席卷了世界的各个角落，但是全球化语境下的文化再现则遮蔽了边缘国家、边缘群体的差异性特征。在全球化的背景下，法美比较文学局限于狭隘的欧洲中心主义和西方中心主义视域，这也直接导致了比较文学的危机四伏。

"简单地把比较文学和文化研究/文化多元主义结合在一起，要么是行不通，要么是行得太通，二者之间并无实质性差异。"③ 在斯皮瓦克看来，比较文学与文化研究结合并不现实，比较文学这一学科应该去政治化，而文化研

---

① 生安锋、李秀立：《后殖民主义、女性主义、民族主义与想象——佳亚特里·斯皮瓦克访谈录（下）》，《文艺研究》2007 年第 11 期，第 62 页。

② Gayatri Chakravorty Spivak. *Death of a Discipline*, Columbia University Press, 2003, p. 16.

③ Gayatri Chakravorty Spivak. *Death of a Discipline*, Columbia University Press, 2003, p. 4.

究诞生于20世纪60年代英国的伯明翰学派，表现出对帝国霸权、资本主义的强烈政治批判性。然而，“种族研究和区域研究相结合，从而绕过了文学与语言研究”[①]，这种状况又导致了无法利用文学的人文关怀去除区域研究的政治敌意。因为文学拥有对历史的感悟和对语言的精确把握，新比较文学会继续强调细读文学文本，关注语言和习语，通过文学文本负责任地走向他者并认识他者。所以在对文化研究、区域研究、比较文学三者关系的厘定下，斯皮瓦克想要采取一种与区域研究合作的策略。在她看来，区域研究学者拥有显著的语言资源优势，操持人类学、社会学、民族学的田野作业方法，但同时先天带有确保美国在冷战中有侵入他者的实力的政治敌意，而具有人文关怀、呼唤友爱政治的比较文学需要突破西方中心主义的局限，比较文学与区域研究应当相互协调和补充，这种模式是跨越边界的最佳方法。

斯皮瓦克通过对美国比较文学局限于欧美中心主义的批判，直接宣布了旧的、传统的比较文学的死亡。新比较文学需要跨出北半球的既有文学界限转向南半球，学习南半球的语言和习语以深入了解他者，从他者的视野中重新认识自我。接下来，斯皮瓦克抓住比较文学的要害集中探讨集体的构成问题。以全球视野为根基的比较文学始终在“可比性”中受人诟病，学界对集体性的认识依然不足，而以欧美为主的比较文学处于一种对集体认识的不可判定性的恐惧之中，无法认识他们是谁，进而也无法回答我们是谁的问题。集体性的界限是比较文学研究的基础，可是在身份政治的热潮中，集体这个问题似乎只是停留在一般层面的回答，所以斯皮瓦克通过德里达的《友谊政治学》（*Politics of Friendship*）、伍尔夫的《一间自己的房间》（*A Room of One's Own*）、萨利赫[②]的《移居北方的时节》（*Season of Migration to the North*）、黛薇[③]的《翼手龙》（*Pterodactyl*，*Puran Sahay*，*and Pirtha*）这几个艰涩的文本集探讨了集体构成的复杂性、异质性和不可判定性。

作为集体构成问题探讨的起点，德里达的《友谊政治学》是其讨论课的第一部分，他在课堂上不断提问“我们的人究竟还有多少？”从而将集体的不确定性暴露无遗。斯皮瓦克借德里达在课堂上的探讨论证集体构成的不可

---

① Gayatri Chakravorty Spivak. *Death of a Discipline*, Columbia University Press, 2003, p. 4.

② 塔依卜·萨利赫（Tayeb Salih）：（1929—2009）：苏丹阿拉伯语作家，是非洲和阿拉伯文坛重要的小说家。

③ 马哈斯维塔·黛薇（1926—2016）：印度孟加拉语作家，因其作品被斯皮瓦克翻译成英语而受到西方学界的关注。

判定性，她认为集体性的真正答案应该在教室里寻找，同一位教师的学生毕业以后都会走向空间和时间之中，呈现出一个真实的集体世界写照。德里达在《友谊政治学》中构造了“遥远的想象构成”（teleopoiesis）[①] 这个概念，它指的是对想象的远距离震撼，斯皮瓦克将它挪用过来，表达在阅读文学文本的时候，文学文本提供了一个自我与他者对话的场域。由于自我与他者不能直接进入集体，便需要通过“遥远的想象构成”创造一个对话场域，在这个场域中，差异被保留。复制和粘贴成为“遥远的想象构成”的一种阅读方法，将文本中呈现的内容原封不动地保留下来，即将这种差异性保留下来。自我从这种差异性中认识他者，理解他者，同时重塑自我，让自我得到成长。“因为表达了对异己他者性（alterity）的尊重，斯皮瓦克认为 teleopoiesis 涵括了一种‘负责任’的道德面向”[②]，即比较文学要负责任地进入他者，尊重他者，从文本的开放性和不确定性中去认识集体身份的复杂性与异质性。

斯皮瓦克通过伍尔夫的《一间自己的房间》对女性集体运行的可能性进行探讨，从而重新认识集体的不可判定性。在该小说中，伍尔夫有一段关于女同性恋的描写，讲述她们彼此喜欢却默默无言，各自回到家中照看孩子，对此伍尔夫没有将同性恋称为怪异，也没有做出任何评价。斯皮瓦克为了编辑“遥远的想象构成”，将这段描写直接复制粘贴过来，利用这段可以复制粘贴和重组的文本说明这种开放的结构预示了一个新的女同性恋的性别集体，通过这种方法去认识女性集体的复杂性。另外，伍尔夫直接在小说文本中利用践言冲突[③]或悖论的方式将女性集体解构，这也预示了一种想象构成的普遍性，它将建立真正的女性集体，带领集体走得更远。伍尔夫通过“不必说，我要讲述的事情并不存在；牛桥纯属杜撰，费恩翰学院也是如此；所谓的‘我’只是对什么人的方便称谓，并非实有其人”[④]，以及结尾处“我

---

① 该词来自德里达的《友谊政治学》，写法是 teleiopoios 和 teleiopoetic，而斯皮瓦克在《学科之死》的写法是 teleopoiesis 和 teleopoietic，稍微有差异，特此说明。

② 苏文伶：《比较文学里的“比较”与“文学”——回应斯皮瓦克的〈学科之死〉》，《中国比较文学》2009 年第 2 期，第 9 页。

③ 践言冲突（the performative contradiction）是一种哲学辩论方法，例如在《友谊政治学》中德里达引用亚里士多德的“噢，我的朋友们，这世上一个朋友也没有！”，说明一个人认为自己有很多朋友，那就意味着他几乎没有朋友，从这一点出发，瓦解了西方政治体系中“四海之内皆兄弟”的“博爱”自然血统，这个约定俗成的“博爱”将同一实体中的差异掩盖。而伍尔夫的文本中的践言冲突将作者的主体性解构，突出文本的虚构性和不确定性。

④ ［英］弗吉尼亚·伍尔夫著，贾辉丰译：《一间自己的房间》，商务印书馆 2019 年版，第 5 页。

得承认，我的想法有点儿不着边际；因此，我宁肯以小说的形式把它讲出来"[①] 等话语来直接说明文本的虚构性和不确定性，解构自我言说的主体性，从而使读者和文本都变得不再稳定，她的文本中充满了这种"可能也许"[②] 的想象构成。伍尔夫文本的自我解构形式预示了一种想象构成的普遍性，它可以直接粘贴复制过来，成为"遥远的想象构成"的一部分，这会带领女性集体走得更远。想象构成的普遍性有赖于其固有的不可证实性，通常不会局限于某一个单一的"事实"。而文学是不可证实的、虚构的和想象的，这是一种想象构成的普遍性。还有一种普遍性是指抑制个体性，建构一个"事实"，例如目前在联合国、跨国女性主义、政治集体中，女性作为一个普遍的名称广泛流行，这种"事实"普遍性在国际人权范式建立起来的女性权利中代表的是第一世界的女性集体，把世界上所有的女性置于同一平台、同一法律、同一社会中，忽略了第一世界和第三世界女性的文化差异、历史记忆。这种"事实"普遍性又将所有的穷人置于同一个世界金融资本体系下，由全球那些占主导地位的人们操控着。为了阻止这种"事实"的普遍化进程，伍尔夫虚构的文本便是明显的警示文本，比较文学通过关注世界女性之间存在的巨大差异建立起来的集体才是真正的集体，也是人类所需要的想象构成的普遍性。

斯皮瓦克通过萨利赫的《移居北方的时节》和黛薇的《翼手龙》对"遥远的想象构成"进行置换，通过负责任地进入他者集体，解剖他者集体自身的差异性，来了解和认识他者。他者不再是被俯视或者被看、被讲述的对象，他者成为发声言说的主体。萨利赫的小说通过传统和现代两个空间并置来认识这种他者集体差异性，小说中无名的叙述者和赛义德作为进入他者集体的代表，都是接受英国教育学成归来的知识分子，并重新返回自己所属的他者集体，讲述他者集体的文化传统。他们同样遭遇了苏丹传统文化与英国现代文化的碰撞冲击。由于接受了英国现代教育，难以再一味地接受传统，在传统和现代的矛盾冲突中，赛义德走向了死亡，而无名的叙述者也进入具有象征意味的河里呼救。如果这是一个殖民进入后殖民的他者叙述，那《翼手龙》的进入他者更能说明认识他者需要负有责任

---

① ［英］弗吉尼亚·伍尔夫著，贾辉丰译：《一间自己的房间》，商务印书馆 2019 年版，第 245 页。

② "可能也许"指伍尔夫在《一间自己的房间》这个小说文本中，多次提到小说中的人物是自己虚构的，将作者主体自我解构。

心地去理解对方，这是一部通向他者、走进他者心灵的叙述文本。文中普兰作为一个“自我”，负责任地进入了他者集体中，并成功地被他者集体接受。普兰是一名印度记者，作为一名非土著印度人的代表想要搞清楚土著的翼手龙是什么。他在土著人大旱的时候到访，碰巧那天晚上突降大雨，土著人接纳了他并将他视为带来雨水的神灵。后来他终于明白翼手龙是土著人比客赫画在岩洞里的一幅壁画。在放弃控制他者之后，普兰才真正进入他者集体中。这预示着在了解认识他者集体时，“遥远的想象构成”又进了一步，“通过‘遥远的想象构成’使他者保持尊重，为他者创造足够的空间”[①]，让他者自我言说，自我发声，负责任地去想象他者，认识他者。以上的文本细读阐释了斯皮瓦克将集体的确定性解构，指出了集体构成本身的复杂性、异质性和不可判定性特征，这也正是比较文学这一学科不断跨越边界、不断反思自身的原因所在。而星球性是斯皮瓦克重新认识集体之后为新比较文学提出的一个建构性概念，是新比较文学的未来家园，也是对全球化批判之后的探索结果。

斯皮瓦克尝试为比较文学的未来建构一种星球性思维模式，重塑自我并将自身想象成为星球的一员。“她在努力制造一种模式，去阻碍全球化的统一传播、全球的金融一体化，改变正统信仰的相似性和同一性”[②]，她想象人类自己是星球上的臣民和生物，而不是地球上的代理人和实体，这样人类之间就不会产生他异性；新比较文学体现出星球思维模式的未来性特征。她用星球（planet）改写全球（globe），用星球性（planetarity）改写全球化（globalization）。全球化就是将强势的、中心的文化输入弱势的、边缘的文化中，使他者文化处于失语状态，不能发出自己的声音。全球化概念本身也是一个西方中心主义的概念，西方霸权的强势文化在全球扩张，同质性是它最大的特征。而星球是一个他异性的体系，人类只是借住在上面，这是一个未经分割的自然空间，一个未政治化的空间，一个置于宇宙的星际空间。星球性思维是开放的，可以包含所有的分类系统，它是一个未来不断构建的空间。星球性具有使熟悉的家园诡异化、回到史前史状态和回到自然属性三大特征。斯皮瓦克借用弗洛伊德“将熟悉的、亲切的变成神秘的、恐惧的”这个思路阐释星球概念如何使熟悉的家园陌生

① Eric Hayot. “I/O: A Comparative Literature in a Digital Age”, in *Comparative Literature*, 2005, 57 (3), p. 225.

② Emily Apter. “Afterlife of a Discipline”, in *Comparative Literature*, 2005, 57 (3), p. 203.

化、恐惧化和诡异化。弗洛伊德对一些精神病人进行观察，发现他们对女性生殖器感到诡异，这个地方最初却是他们通向人类家园的熟悉入口，斯皮瓦克从而指出星球相对于地球实体而言是一个陌生、恐惧或者诡异的空间，却是人类亲切的新家园。星球性呼唤一种史前史状态，即利用星球性这一思维方式处理各地区的异质性问题。后殖民群体、美国的新移民群体、更古老的少数种族包括伊斯兰教，都是新比较文学关注的对象，星球性通过关注这些被忽视、被边缘化的群体开启历史性的修改活动，修正明显的欧洲起源记录，去发现那些没有被认可的史前史。例如伊斯兰教散居者分布广泛，类型复杂多样，比较文学的星球性思维可以随着研究的深入改变对伊斯兰世界妖魔化印象的统一意识形态认识，回归到史前史的状态，重新认识伊斯兰世界的复杂性。星球性还呼唤一种自然属性，斯皮瓦克利用非裔美国作家托妮·莫里森的《宠儿》进行文本阅读分析，莫里森利用“天气”消解了非洲和非裔美国的差异，所有的时空之下只剩下天气，大自然才是世界最本真的状态，从而突出了星球性思维的自然属性。例如斯皮瓦克将古巴诗人何塞·马蒂的乡村主义作为一个杠杆，把历史本身置于自然力量的中间，从而脱去各种国家的特征，将乡村形象指向大地，用大地这个超国家的意象想象星球性，进而揭示星球性思维的自然特征。星球性明显是指向未来的，印证新比较文学是一门即将到来的学科，然而斯皮瓦克未能提供一套具体的方案接近星球性，这意味着比较文学的自身突破永远在路上。她在《重新思考比较主义》中提出“退后一步去运行认知差异，期待认知差异的到来”①，这说明新比较文学始终要跨界，走向他者，这里的他者指的是那些不被关注的受压迫地区、种族或下层人民，即斯皮瓦克所说的不能发声的庶民，新比较文学应该从文化研究转移开来，去努力接近星球性思维模式。

“新的比较文学同样一如既往地不断去瓦解和颠覆主导者对新兴者的剥削和压制。其格局也不能被自由的多元文化主义的要求左右”②，斯皮瓦克努力为不断跨越边界的比较文学构建一个星球性概念，目的是消灭中心与边缘的二元对立，摆脱欧美文学对全球其他文学的单向影响，去审视发

① Gayatri Chakravorty Spivak. “Rethinking Comparativism”, in *New Literary History*, 2009, 40 (3), p. 625.

② Gayatri Chakravorty Spivak. *The Death of a Discipline*, Columbia University Press, 2003, p. 100.

现南半球文学的独特价值和魅力。新比较文学的目标就是要建立一个公正的世界，消除自我与他者的对立，为自我与他者搭建平等对话的平台。

三

首先，斯皮瓦克重构比较文学的研究范式，倡导比较文学与区域研究合作，声称不断跨越边界的比较文学始终没有突破欧美中心主义的藩篱，长期处于欧美北半球文学的疆界之内，无法认识他者，而区域研究具有优良的语言优势和社会科学的跨学科方法，二者可以联手跨越边界，拓宽资源，实现比较文学的新生。其次，她通过集体身份的认同探讨比较文学一直以来恐惧的主体性问题，并选择女性集体进行专门论述，通过“遥远的想象构成”对文本的解读，从而解构了集体的同一性和确定性，凸显集体的异质性、复杂性和不可判定性特征。最后，她通过对全球化的置换建构星球性这一概念，将星球化当作比较文学的新家园，即作为一个开放的、非政治化和不断构建的空间。“跨越边界”“集体性”“星球性”这三个关键词就是斯皮瓦克对新比较文学的认真探索，她坚持一种“去政治化”“不断走向他者”的无所不包的新比较文学观，但由于其理论存在的悖论和矛盾使其还处于一种悬置状态，未能落地实施，笔者尝试对《学科之死》的新比较文学观提出一些批判性思考，兼及探索该理论对中国比较文学发展的参考价值。

第一，斯皮瓦克倡导比较文学与区域研究合作以重构学科研究范式，坚持学科的去政治化，指出文化研究对比较文学学科发展带来的负面冲击，批判文化研究学术政治化，并煞费苦心地呼唤友好政治的到来，但区域研究自身携带的政治敌意依然无法去除。美国比较文学虽然认识到自身西方中心主义的局限，但对东方的认识依旧限于萨义德的西方化的“东方”，欧洲资本主义携带的优越感使其始终无法真正与他者对话，所以斯皮瓦克倡导比较文学的去政治化也只能是美好的愿景。另外，区域研究与比较文学的结合，建立在改造区域研究的基础之上，区域研究与国家权力政治密切关联，短时间内难以调整方向，而且区域研究的文学占比非常小，根本无法实现与比较文学的对接。比较文学想要跨出边界、心怀世界主义，必须自我革新，从教学制度、学生培养、学术团体等方面实现全面改革，同时欧美国家也要梳理历史，重新认识东西方之间的关系，第三世界国家也要在经济、文化、政治等方面努力追上发达国家，这样才可以整体改变比较文学的西方中心主义，仅仅依靠与改造的区域研究合作难以实现斯皮瓦克理想中的新比较文学。

第二，斯皮瓦克提出跨越边界，主要想利用区域研究对亚非拉地区研究中的语言优势，从宏观角度出发将美国比较文学视野由北半球转向南半球，这种走向他者产生的最主要问题便是加强对南半球庶民语言的学习。大卫·达姆罗什（David Damrosch）表示“比较文学学者通常学习除了英语的几种接近的语言，法语、德语、意大利语、西班牙语、俄语或者一些‘次要’的欧洲语言或者像汉语的‘主要’语言”[①]，斯皮瓦克也在2014年批判比较文学在语言学习方面依然没有得到应有的重视和改善[②]，可见比较文学对南半球语言的学习确实不够。由于语言学习的长期性和难度，比较文学还是处在一套精英教育模式之中，没有将“互为主体，平等对话”的思维方式广泛普及到中小学教育中。中国学者刘献彪倡导的比较文学应面向大众对普及、传播和应用具有重要的参考价值，比较文学的全球视野、跨文化思维方式作为基础教育面向中小学是非常好的认识他者的前提和基础。“作为学术研究的比较文学是根基，打牢根基以后我们就可以充分发掘比较文学大众化的潜质，在通识教育、跨国公司企业文化和大众文化和传媒领域发挥效能”[③]，这种比较文学的跨文化思维理念下沉到大众层面的应用和普及，会作为动力逆推比较文学的庶民语言学习，实现自身的突破革新。另外，从微观角度考虑，一个国家文学中除了主体民族文学，又包括许多少数民族文学，那么从一个国家的一个民族文学视野跨到另一个民族文学视野，也是比较文学可以纳入考虑的一个新视角，[④] 这也是中国比较文学的创新发展方向，中国的民族文学关系研究也取得了一定成绩。

---

① David Damrosch & Gayatri Chakravorty Spivak. “Comparative Literature/World Literature：A Discussion with Gayatri Chakravorty Spivak and David Damrosch”, in *Comparative Literature Studies*, 2011, 48（4）, p. 461.

② 参见美国比较文学学会网站公布的第五次报告中2014—2015年网络论文集：斯皮瓦克的文章“The End of Languages?”, https：//stateofthediscipline. acla. org/list - view。

③ 邹赞、朱贺琴主编：《涉渡者的探索——中国语言文学学术名家访谈录》，社会科学文献出版社2020年版，第149页。

④ 此处参考杨周翰《比较文学：界限、“中国学派”、危机和前途》中对于比较文学界限的思考。具体收录在杨周翰：《攻玉集：镜子和七巧板》，上海人民出版社2016年版，第175 - 184页。

第三，斯皮瓦克倡导比较文学与区域研究合作还有一个很重要的原因，就是她非常看重区域研究注重采用人类学、社会学、民族学等学科的跨学科田野作业方法，这样可以实现比较文学的跨学科研究，同时，她认为比较文学所属的文学与音乐、哲学、艺术史及新闻媒体的联系是一种说服力不强的跨学科研究，这就涉及比较文学跨学科研究界限问题的探讨。其实，比较文学的跨学科研究探讨文学与其他学科的关系，这正是实践比较文学无所不包的一个场域。文学与艺术、文学与社会科学、文学与自然科学的关系都是比较文学跨学科研究的思考范式，乐黛云强调"跨学科的文学研究，特别是自然科学与文学研究之间的整合必将为文学理论的发展翻开全新的一页"[①]，所以比较文学的跨学科研究应该是全方位的各学科融会贯通，不应该厚此薄彼，将某些学科排除之外，当然比较文学也需要宣示文学的主体性位置，研究的是"文学"与其他学科的关系，不能丢掉文学研究的根本所在。中国的文学人类学这一跨学科研究在理论创新和具体实践上均取得了瞩目的成就，以叶舒宪为代表的学者带领团队完成了"玉成中国三部曲"和"四重证据法"的研究[②]，为文学人类学的跨学科研究奠定了扎实的基础，实现了文字文本向文化文本的转向。2020 年《国际比较文学》杂志刊登的一篇会议文章直接以"比较文学跨学科研究的黄金时代已经来临"为主标题，讨论了比较文学与其他学科之间的文化互动，绝不仅仅是简单意义上的单向流动，开启了比较文学跨学科研究的新时代。

第四，斯皮瓦克过于强调对庶民语言和习语的学习，弱化了翻译文学研究的重要性。想要真正实现自我与他者的平等对话，翻译研究作为跨文化交流的一种方式，对于了解原著语言文化可以起到有效的促进作用。"不同民族、不同国家之间的文学要发生关系——接受并产生影响，就必须打破彼此之间的语言壁垒，其中翻译毫无疑问起着首屈一指的作用"[③]，斯皮瓦克提到语言翻译之间的不可化约性，以及霸权语言肆意对殖民地地区的绘图等，意在强调庶民语言学习的重要性，但也削弱了翻译作为桥梁

---

① 乐黛云、孟华主编：《多元之美》，北京大学出版社 2009 年版，第 7 页。

② "玉成中国三部曲"指的是 2015 年以来完成的三个科研项目：《中华文明探源的神话学研究》(2015)《玉石神话信仰与华夏精神》(2019) 和《玄玉时代：五千年中国的新求证》(2020)；"四重证据法"：第一重证据：传世文献资料；第二重证据：甲骨文、金文等新出土文字材料；第三重证据：口传文化、仪式展演等人类学研究特色资源；第四重证据：考古发掘的遗址、文物和图像等资源。

③ 谢天振：《比较文学与翻译研究》，复旦大学出版社 2011 年版，第 141 页。

的价值。中国比较文学学者谢天振的译介学的兴起，确实给翻译研究找到了一个很好的位置，从跨文化的角度研究翻译文学出现的文化意象的变异、扭曲、失落。“创造性叛逆”这一主张使译者的主体性得到凸显，接受者和接受环境对翻译文学的影响对文学关系问题的思考也具有重要意义。翻译文学的研究是文化交流和自我他者互相了解的一种方式，做好文学翻译研究的深化反过来也可以推动对庶民语言的学习。

第五，斯皮瓦克关于集体身份认同的思考仅仅停留在认识层面，指出了集体的复杂性、异质性和不可判定性，却没有将之更多地应用于实践。斯皮瓦克选取三个文本《一间自己的房间》《等待野蛮人》《移居北方的时节》针对女性集体进行专门探讨，拆穿了殖民者和父权社会对女性集体压迫的共谋。在三个文本中，三位女性——莎士比亚的妹妹、赛义德的妻子、女性野蛮人的生活状态和地位并未发生实质性的改变，这些妇女没有发声的渠道，她们的反抗均以悲剧结尾。斯皮瓦克只是强调关注这些庶民的语言和习语，通过教育改变这种现状，但是并没有提出一个可行的、有效的具体措施推动具体实践的实施，许多人并没有机会像她一样接受高等教育，成为美国学界的精英知识分子。电影《沙漠之花》（2009）、《风雨哈佛路》（2003）中的华莉丝和莉斯作为具有代表性的个例也并不能彻底改变世界范围内底层女性的命运，而中国的张桂梅女士利用自己微薄的力量在2008年创办了中国唯一一所免费女子高中——丽江华坪女子高级中学①，如今已经帮助2 000余名女生走出大山，摆脱命运的束缚。所以要想真正改变全世界的女性集体遭受压迫的命运，比较文学不仅需要关注女性集体的复杂性和异质性，还需要许多强有效的政策保证教育能够落地成功。要想让底层女性获得发声的机会，必须让世界能够看到底层女性的真实生活状态，在语言还不能普及的情况下，比较文学需要借助新媒体技术等多种手段推动具体政策的实施，使底层女性的受教育权利和其他均等机会得到有效保障。

第六，由于没有提供一套可行的具体方案去接近这个他异性的星球，斯皮瓦克为比较文学建构的星球性家园这一乌托邦构想遭到许多学者的质

---

① 张桂梅，满族，生于1957年，丽江华坪女子高级中学校长，2021年被评为“感动中国2020年度人物”“全国攻坚脱贫楷模”，荣获“七一勋章”。

疑。实际上这一建构需要学界提供更多的理念去不断完善它，而不是一味地质疑和批判。星球性思维具有很大的拓展空间，它呼唤一种人与自然的和谐共生、自我与他者的和谐相处，也想要建构一种不同文化能够协商对话的场域，学界从这些方面去阅读文学文本，思考比较文学的社会功用，改变全球化的强势文化和经济资本对第三世界弱势国家的压制和剥削，才是对比较文学走向星球性思维有益的思考。中国学者乐黛云倡导的“多元文化共存的命运共同体”的跨文化对话与斯皮瓦克的星球性构建形成一种互文关系，斯皮瓦克倡导不断走向他者，乐黛云坚持异质文化的平等对话，两位学者共同反对霸权文化的全球化，其实她们的目的只有一个，就是世界不同民族、不同国家能够相互了解，相互尊重，相互学习，避免文化冲突和战争，实现人类命运共同体的构建。中西学者对星球性构想有益的完善应该是学界为比较文学开拓的一条新路径。

结　语

斯皮瓦克彻底批判了美国比较文学的西方中心主义倾向，倡导比较文学通过与区域研究合作来改变研究范式。比较文学需要学习南半球庶民的语言和习语，不断走向他者、认识他者，从而跨越边界去拓展资源寻求新生。她对比较文学由来已久的主体的不可判定性恐惧问题进行解构，指出集体构成本身存在的复杂性、异质性。由于区域研究的政治敌意，庶民语言学习的难度系数大，西方中心主义思想的根深蒂固以及对东方积累的刻板印象和误读等，斯皮瓦克的新比较文学理论依旧难以落地实践。美国比较文学想要跨出边界依旧是困难重重，想要真正认识他者、消除对集体的不可判定的恐惧，也需要较长时间的思想认识改造。由于没有具体的程序来进入，斯皮瓦克为比较文学建构的星球家园也矛盾重重，这使新比较文学陷入了扑朔迷离的困境。中国比较文学已经为翻译文学、国内多民族文学关系以及文学的跨学科研究等具体问题的研究开辟出一些新思路、新方法，这使得比较文学在中国呈现出一种繁荣发展态势。欧美比较文学的变革需要继续循着斯皮瓦克的新比较文学思想实践下去，新比较文学发展的突破还有很长的路要走。比较文学想要在第一世界与第三世界之间打开一条通道，为东方和西方搭建平等交流的平台，需要世界人民共同探索，共同贡献智慧。“中国学者和西方学者共同研究，既不是中国向西方的纯粹学习，也不是西方向我们的纯粹讨教，而是中西文化在一种互补的基础上以互动方式向前发展”①，斯皮瓦克的“走向他者”和乐黛云的“跨文化对话”，可作为中西比较文学学者的互补互动交流典范，我们期待比较文学在中西学者的互补互动中为世界建构更为健康和谐的文明话语体系，为人类的文学文化交流贡献更多成果。

---

① 乐黛云：《中国文化面向世界的应当是什么？——从世界文明史上最大规模的共同抗疫说起》，《文明》2020 年第 5 期，第 43 页。

全球化时代比较文学的危机与再生

——对《苏源熙报告》的再思考

张　艳

比较文学的出现是社会政治经济发展到一定阶段的产物，自诞生之初比较文学就显示出强烈的自反性。[①] 比较文学通过不断质疑、反思自身的学科定位和研究范式，在经历了一次次“向死而生”的淬炼之后，在今天依旧焕发出蓬勃的生命力。美国比较文学学会自1960年成立以来，每十年提交一份关于比较文学学科发展现状与未来规划的报告，这当中包括1965年的《列文报告》、1975年的《格林报告》以及1993年的《伯恩海默报告》。2003年，苏源熙（Haun Saussy）接受美国比较文学学会邀请，负责撰写比较文学新的十年发展报告，该报告题目为《新鲜噩梦缝制的精致僵尸》，这是美国比较文学学会在21世纪发布的第一份报告。这份报告聚焦全球化与多元文化的时代语境，围绕比较文学学科发展面临的诸多问题展开，体现了苏源熙对比较文学研究对象的深入思考以及如何拓展新的比较文学研究空间的热切关注。这篇综述性报告连同其他11篇探讨学科问题的文章和7篇回应文章共同编撰成论文集《全球化时代的比较文学》（*Comparative Literature in the Age of Globalization*），该书视角多元、观点极富张力，深入阐释了全球化语境下比较文学的存在状况。苏源熙作为美国著名的汉学家，先后在杜克大学、耶鲁大学进行比较文学专业学习，在比较文学领域有精深的造诣。苏源熙在《全球化时代的比较文学》一书的“序言”中坦言，该书是一本富有争议和分歧的书，通过一系列相关主题的探

① 所谓理论的“自反性”（self-reflexivity），就是我们在思考和讨论某个理论话题时，应当采取一种质询和对话的姿态进入，要警惕话语“常识”所设定的思维陷阱，以一种建构主义的方式处理理论话语的当下效应。参见邹赞、张艳：《从比较文学到世界文学——邹赞教授访谈》，《长江丛刊》2020年第31期，第104页。

讨，期待与读者达到对话的效果。该论断既是对论文集内容及风格的精准概括，同时也体现了全球化时代比较文学研究者应当秉持的开放包容的学术姿态。

经济全球化深刻影响文化的全球化进程，文化全球化是指“地球上各种不同文化，通过各种形式、各种范围、各种程度、各种途径的交往、碰撞（甚至免不了厮杀），互相影响、互相渗透、互相融通，从而在某些方面或某些部分达到统一，实现一体化，某些方面、某些部分难以一体化（或者说不可能一体化）的，可以在保持个性化、多样化、多元化的情况下，互相理解、彼此尊重，达成某种价值共识和价值共享，促成全球性的人类文化繁荣”①。马克思、恩格斯早在《共产党宣言》中就已经预见了这一情形：世界市场的形成使得物质的生产和消费全球化，精神生产也随之成为世界性的，传统的自给自足的生活状态日渐消失，世界各地区各民族之间的交流密切而频繁，各民族的精神产品逐渐成为人类共同的财富。在这个过程中，西方文化观念和欧美现代性模式妄图以文化霸权姿态渗透其他地区，但全球化并不意味单一化，也不等同于文化帝国主义，不同文化之间因为差异性的存在，交流、碰撞不可避免。正是在不断的融合与碰撞中，不同文化之间增进互识，彼此借鉴，相互促进，在对话协商中寻求共同的话语空间。

比较文学一直以促进不同文化、不同学科之间的对话与沟通为根本使命，在全球化多元共生、各种话语并存的时代，比较文学如何在这样一个新的复杂语境中寻找适合自身发展的道路，切实履行自己的神圣使命，这是当代比较文学研究者必须正面应对和积极思考的命题。如果说，1993 年查尔斯·伯恩海默发布的《多元文化时代的比较文学》是在文化理论热的冲击下，为比较文学指明一条由文学研究转向文化研究，放弃欧洲中心主义转向全球化的发展之路；那么，苏源熙的《全球化时代的比较文学》则是在 21 世纪全球化背景下，立足各种思想资源多元共生、批评话语异彩纷呈的复杂语境，尝试对比较文学当下处境与未来发展前景的深入思考。苏源熙认为全球化时代比较文学依然面临危机，究其原因是比较文学研究始终没有确定研究对象，由此他鲜明地提出比较文学研究要“重返文学性”，以新的视角重返具有新见解的文学研究。同时，苏源熙试图对过于泛化的

① 杜书瀛：《文学会消亡吗——学术前沿沉思录》，中山大学出版社 2006 年版，第 69 页。

文学跨学科研究进行纠偏，旨在重新找回文学文本研究在文学跨学科研究中的核心地位，并重申文学研究的系统性和重要性。

一、重提危机：是胜利也是梦魇

比较文学自诞生之初就伴随着不断的争议和质疑，对“何为比较文学”“比较文学何为”的追问从未停止过。一个世纪之前，克罗齐（Croce）就曾指出比较文学是一种研究方法而非一个研究领域，进而否定比较文学作为一门学科存在的合法性。1958 年教堂山会议上，雷纳·韦勒克在那篇著名的檄文《比较文学的危机》中也明确提出：“我们至今还不能明确确定研究主题和具体的研究方法，就足以说明我们的研究尚处在不稳定状态。”① 韦勒克认为，比较文学缺乏明确的研究主题和方法，因此依旧处于不稳定的状态，同时要面临此起彼伏的争论和质疑。20 世纪 90 年代，英国学者苏珊·巴斯奈特在深入思考翻译研究与比较文学的关系之后指出，由于文化研究、女性研究、后殖民理论的兴起和涌入，文学研究的面貌已经发生了根本性的改变，比较文学作为一门学科的鼎盛时期已经成为过去式。苏珊·巴斯奈特在《比较文学批评导论》中直接断言：“从现在起，我们应当将翻译研究视为一门主要的学科，而把比较文学看作一个有价值但是辅助性的研究领域。”② 2003 年，斯皮瓦克的《一门学科之死》公开出版，该书以骇人听闻的标题直接宣布旧的西方中心主义的比较文学已经死亡，一种新的比较文学正在诞生。由此观之，比较文学的危机一直存在，但它正是在对危机、忧患的质询和反思中，不断调整学术视域和研究范式，由此获得了一次次向死而生的奇迹。

进入 21 世纪，虽然现实语境发生了根本性的变化，但是学界对于“比较文学是什么”的思考依旧在继续。苏源熙在《全球化时代的比较文学》中就比较文学近十年的发展进行了回顾，他断言比较文学已经取得了胜利，但这种胜利并未让其有得胜之色，因为比较文学并未有实质性的回报，比较文学依然面临着定位危机，从事比较文学研究的学者在学术体制

① ［美］雷纳·韦勒克：《比较文学的危机》，见张隆溪选编：《比较文学译文集》，北京大学出版社 1982 年版，第 22 页。

② ［英］苏珊·巴斯奈特著，查明建译：《比较文学批评导论》，北京大学出版社 2015 年版，第 185 页。

中的身份依然略显尴尬。苏源熙在报告中详述缘由：经过多年的发展，比较文学在美国大学中已经取得合法性地位，比较文学能否作为一门学科的争议已然结束，“比较文学从未像现在这样备受欢迎。我们学科特有的前提和规范不仅充分体现在课程设置、出版、招聘之中，也时常在咖啡馆里的交谈中出现”①，“时至今日，我们的这门学科已成为首席小提琴，为整个交响乐团定音，我们的结论成为他人研究的前提”②。比较文学学科身份的确认既是比较文学取得的胜利，但同时也是梦魇，因为自此比较文学丧失了自己明确的学科属性。

根据苏源熙的分析，美国高校的比较文学系要求从事比较文学研究的学者至少要精通三门外语，从事比较文学研究的研究者通过各种“跨越”参与其他领域的研究。随着比较文学研究对象的不断扩大，比较文学理念、思维方式和教学方式已经传播到其他人文科学领域并与其他学科发生关联，比较文学的研究呈现出越来越明显的跨学科特征。苏源熙这样形容这一过程：“让转基因通过花粉进入大自然，改变野生和栽培植物的构造。”③ 这里的“转基因”形象地比喻比较文学渗入其他学科领域的情形，比较文学一旦跨入其他学科领域，就会将自己的基因渗入其他学科中，进而改变其他学科的构造。随着研究的不断深入和研究对象的不断延伸，比较文学的学科建制就像蜂巢一样不断分化出新的院系和学科，这些院系和学科又作为独立的单位与比较文学进行资源争夺。此外，比较文学研究受到文化理论、美学理论、接受理论等理论思潮的冲击，有些从事文学研究的所谓批评家，离开具体文本高谈阔论文艺评论，更有甚者彻底抛开文学文本，将文学理论作为独立的研究对象，这在苏源熙看来是极其危险的。由此他提出自己的疑虑：对于像比较文学这样一个由鲜活文学例证构成的学科，很难有自身的学术独立性，“这种研究领域不能完全独立自足的情形使我们寝食难安，也很有可能无法适应学术建制环境中的种种变数”④。

① ［美］苏源熙著，任一鸣、陈琛等译：《全球化时代的比较文学》，北京大学出版社 2015 年版，第 3 页。

② ［美］苏源熙著，任一鸣、陈琛等译：《全球化时代的比较文学》，北京大学出版社 2015 年版，第 4 页。

③ ［美］苏源熙著，任一鸣、陈琛等译：《全球化时代的比较文学》，北京大学出版社 2015 年版，第 5 页。

④ ［美］苏源熙著，任一鸣、陈琛等译：《全球化时代的比较文学》，北京大学出版社 2015 年版，第 17 页。

那么如何消除这一疑虑呢？在苏源熙看来，首要任务是要明确比较文学的研究对象，由此苏源熙提出要重新考察文学性，以新的视角重返具有新意的比较文学研究。

二、研究对象：重返“文学性”

《伯恩海默报告》鲜明指出比较文学的研究对象不应该局限于文学领域，而要拓展至整个文化生产领域内的各种话语实践，要重视对文本生产过程的文化语境的研究，“文学现象已不再是我们学科的唯一焦点。如今，文学被视为复杂、变换且矛盾重重的文化生产领域内各种话语实践中的一种……作为被研究的对象，文学生产因而可以被比作音乐、哲学、历史或法律话语系统地生产”①。苏源熙认为，伯恩海默将文学的研究对象确定为对文本语境的研究，实际是放弃对文学研究的坚守，这明显是将比较文学研究核心从文学转向文化研究。这种将其他学科领域作为比较文学研究对象的做法，最直接的后果就是导致比较文学丧失学科的独立性，沦为其他学科的附属。苏源熙指出：“假如比较文学研究领域的理论要用外部的术语来阐明，那它就有丧失独立性的危险，从而沦为框定它的那些学科的应用领域。”② 由此他提出要重新关注文学内部研究，强调重返对文学文本的文学性考察。在2003年的报告中，苏源熙强调比较文学作为一门世界性学科，应该将所有文学的共享因素即“文学性”作为自己真正的研究对象，他认为在特定的语境中研究文学性对比较文学研究具有极其重要的意义。苏源熙简单追溯了比较文学的学科发展史，他在否定把“共同特征”“中间对照物”“题材”“创作技巧”以及“语义”等作为比较文学的研究对象之后，明确提出要重新将“文学性”当作比较文学研究的对象。

“文学性”并不是一个新鲜的词汇，早在俄国形式主义理论风行之时，文学性就经常被用以表明文学的本质特征。苏源熙关于文学性的理解可以追溯到罗曼·雅各布森、什克洛夫斯基以及保罗·德曼等形式主义理论家的理论主张。因此，在理解苏源熙对于文学性的相关阐释之前，我们有必

---

① ［美］查尔斯·伯恩海默著，王柏华等译：《多元文化时代的比较文学》，北京大学出版社2015年版，第47页。

② ［美］苏源熙著，任一鸣、陈琛等译：《全球化时代的比较文学》，北京大学出版社2015年版，第31页。

要对文学性这一关键概念进行简单溯源。文学性这一概念最早由雅各布森提出，用于区分文学文本与其他文本的特性，最初的含义在于强调文学之为文学的最本质的特征。[①] 俄国形式主义理论家什克洛夫斯基在《作为手法的艺术》中也着意强调，正是某种具有文学性特质的东西唤醒了人们对日常事物的独特感受，这里的文学性指陌生化的艺术表达技巧。比较文学视域内的文学性最初由韦勒克提出，他在《比较文学的危机》一文中指出，文学性是比较文学的最基本方法论原则和学科基础。韦勒克与沃伦合著的《文学理论》将文学研究分为内部研究和外部研究，从篇章布局和具体论述可以看出，该书更加侧重内部研究。韦勒克认为文学考察的对象应该是文学文本自身，而非作者、社会语境等外部因素，由此可见，韦勒克作为布拉格学派传人和美国新批评代表人物对文学性的执着与坚守。虽然不同学者对于文学性的理解各有不同，但仔细考量，文学性始终指向文学语言形式。

如果说韦勒克将文学研究的焦点设定在语言的内在机制，那么苏源熙所谓的文学性则是在继承结构主义批评传统的基础上对语言的修辞性发掘。他认为比较文学研究的核心依然是文学，因此提出要重返文学性，要致力于对文本的修辞性解读。苏源熙的思想深受什克洛夫斯基等人的影响，他认同将创作视为"写作手法的艺术"的观点，强调文学研究应该注重技巧而非主题。苏源熙认为什克洛夫斯基与雅各布森的研究虽然有差异，但是都着重于文学语言形式的解读，这样的研究可以为比较文学提供一个局部的范例，即将比较工作聚焦在文本复杂的语言学知识的细枝末节。由此可见苏源熙对文学语言形式研究的偏爱。苏源熙认为，"文学性的语言学问题"这一创新性的术语为比较文学研究创立了全新的研究视点，对于人类丰富的语言表达而言，有多少种字面交流方式就有多少种言语表达手段，比较文学将研究方向指向"文学性的语言学"这一领域，既立足于文学本体，又与文化研究、社会学研究以及媒介研究等特定领域相区别，由此真正拥有了自己的研究领域，从而获得独立的学科身份。

苏源熙赞同保罗·德曼从语言学维度对文学性的思考（保罗·德曼将

---

① 雅各布森认为文学研究的对象并非文学而是文学性，具体指那种使特定文本成为文学作品的东西。在雅各布森看来，如果文学批评关注文学作品的道德内容和社会意义，那就是舍本逐末：文学形式才是文学理论应该讨论的对象。参见赵一凡等主编：《西方文论关键词》，外语教学与研究出版社2006年版，第592页。

文学性理解为语言的修辞或喻说维度)，认为“比较文学最为人所知的特点，不是解读文学，而是对任何可读之物进行文学的（literarily）解读(详察文本并保持抗拒和元理论意识)”①。苏源熙本人的学术实践充分诠释了应当如何解读文学文本的文学性，在他的另一部著作《中国美学问题》中，他“坚持对文类进行语言分析，具体的分析策略是颠覆字面义，发掘言外之意，也就是说从语言的语法和逻辑中释放出修辞性”②。他以中国经典《诗经》为研究对象，从语言修辞的分析角度切入，将诗经中的“比兴”手法理解为西方的“讽寓”，并认为从“讽寓”修辞角度分析《诗经》文本，能够发现重大的理论问题。尽管苏源熙的研究遭到众多学者的质疑，例如，有学者认为他随意将西方辞格概念用于中国文学研究的做法值得商榷，但是苏源熙为比较文学研究拓展了新的视域和空间。他在坚守文学本体研究的立场之上，提出比较文学要重返文学内部研究，关注文学语言形式，提倡对文学文本进行文学性解读，这既是在新的社会语境中对文学传统研究路径的回归，也是在面临文化研究的强烈冲击之下，对比较文学研究模式的积极思考与探索。

三、成功的关键：跨学科

20世纪50年代，美国学派提出文学的跨学科研究，推动跨学科研究成为比较文学的重要对象。跨学科指涉学科之间的交叉，那么学科具体指什么？学科是“从理论上对反映在初始为口头，后来为书面文学中人类活动、经验和求知欲的不同体裁与种类的划分”③，“跨学科就是交叉学科，它研究不同学科之间的相互关系和相互整合”④。美国学者亨利·雷马克认为文学是一个混杂物，因此对文学的研究与阐释几乎是无限的，他本人对跨学科研究给予了足够的关注。早在1961年，亨利·雷马克在对比较文学进行概念界定时，就明确将跨学科研究纳入比较文学的研究范围之中，

---

① ［美］苏源熙著，任一鸣、陈琛等译：《全球化时代的比较文学》，北京大学出版社2015年版，第36页。

② 周小莉：《从语言学的视角看美国比较文学的演变》，《兰州大学学报（社会科学版）》2017年第3期，第133页。

③ ［美］亨利·雷马克著，耿强译：《比较文学的起源、演化及跨学科研究》，《中国比较文学》2009年第3期，第12页。

④ 乐黛云、陈跃红等：《比较文学原理新编》，北京大学出版社2014年版，第25页。

“比较文学是一国文学与另一国或多国文学的比较，是文学与人类其他表现领域的比较”[①]。这一定义当时在学界引起争议，遭到韦勒克的质疑和反对。乌尔利希·韦斯坦因（Ulrich Weisstein）也坦言：“无论是法国学派还是美国学派，他们的代表人物中都没有一个是赞成这一观点的。”[②] 但最终，比较文学跨学科研究的合法地位还是很快得到确认。在雷马克之后，美国比较文学学会发布的系列报告都将跨学科研究作为比较文学研究的主要内容，由此显示出跨学科研究的蓬勃发展态势。《列文报告》明确指出，比较文学系增设的主要目的是促进与其他语言和文学专业的连接，比较文学必须始终包含某种科系之间的交叉，同时强调“需要考虑文学之外的学科与比较文学的相关性，尤其是语言学、民俗学、艺术、音乐、历史、哲学，或许还有心理学、社会学以及人类学。严格确立自己的位置有助于我们认清学科之间的相互关系”[③]。《格林报告》更明确提出：“比较文学运动还希望探索文学与其他艺术和人文学科之间的关系，例如文学与哲学、历史、观念史、语言学、音乐、艺术和民间传说等的关系。”[④]《格林报告》尽管缩小了比较文学的学科范阈，同时也表达了其对跨学科交叉研究可能导致的学科疆界过于松弛的担忧，却体现了文学跨学科研究的传统。《伯恩海默报告》鲜明指出，现有的跨学科研究模式已经与传统的研究模式大为不同，比较文学的比较空间大大拓展，“以致文学这个词已不再能有效描述我们的研究对象了”[⑤]。伯恩海默详述了这种变化，以往的文学研究将关注焦点置于作者、民族国家和文类等模式之上，当下比较文学研究的关注重心已经不再是文学文本和文学现象，而转向文本赖以生存的文化语境，过去不同学科之间关于艺术品的比较、文化建构之间的比较等，逐渐被性别、种族、意识形态分析取代，这是比较文学走向文化研究的明显信

---

① ［美］亨利·雷马克：《比较文学的定义和功用》，见张隆溪选编：《比较文学译文集》，北京大学出版社 1982 年版，第 1 页。

② ［美］韦斯坦因著，刘象愚译：《比较文学与文学理论》，辽宁人民出版社 1987 年版，第 25 页。

③ ［美］查尔斯·伯恩海默著，王柏华等译：《多元文化时代的比较文学》，北京大学出版社 2015 年版，第 24－25 页。

④ ［美］查尔斯·伯恩海默著，王柏华等译：《多元文化时代的比较文学》，北京大学出版社 2015 年版，第 31－32 页。

⑤ ［美］查尔斯·伯恩海默著，王柏华等译：《多元文化时代的比较文学》，北京大学出版社 2015 年版，第 46 页。

号。“文学生产因而可以被比较音乐、哲学、历史或法律话语系统地生产。”① 由此，伯恩海默提倡的跨学科研究完全抛弃了文学本体这一立足点，文学研究不再是比较文学的核心，转而降格为众多话语实践之一。综而论之，列文和格林对于跨学科的阐释依旧保持在文学的视域之内，而伯恩海默彻底颠覆了这一基础，伯恩海默所阐释的跨学科研究将文学视为意识形态、文化的一部分，这在某种意义上使得比较文学的跨学科研究淹没在无边的比较之中。

苏源熙认为，伯恩海默所倡导的以文化研究取代文学研究的主张并不可取，这是一种“弄巧成拙”的做法。他坚持认为，比较文学的跨学科研究应该始终坚持以文学为核心，这一点可从其报告中关于比较文学重返文学性的相关论述得知。《苏源熙报告》延续了对比较文学跨学科研究的热切关注，它对跨学科的研究方法寄予厚望。在报告最后，苏源熙强调跨学科研究对比较文学的重要性，他视比较文学为“思考人文科学里里外外知识结构的试验场”②。苏源熙在报告中分析，比较文学作为一门开放性学科所进行的跨学科研究，其主观原因可归结为比较文学一直以来的开放性，比较文学乐于接纳不被其他学科欢迎的学科，同时能够包容综合性以及过于理性化的研究方法。而客观原因则是因经济预算无法独立进行研究的课题可以在比较文学这里得到庇护。因此，学科交叉导致的学科泛化容易让比较文学面临很难归类的威胁，苏源熙提倡应该注重基本原理的阐发和学科内部的阐释。关于比较文学如何开展跨学科研究，苏源熙延续了列文和格林的传统，强调语言在比较文学研究中的基础作用。他认为两种语言加一种学科的要求决不能放松。与伯恩海默的研究立场截然相反，苏源熙在报告中同时阐释了比较文学跨学科研究应当遵循的基本原则和方法，他强调研究要切中要害，同时要了解相关学科之间的关联。最后，苏源熙指出：“现在是时候了，我们要敲响所有借用了我们思维方式的学科大门，宣示自身。当然我们也要感谢其他学科。”③ 苏源熙将比较文学跨学科视为

---

① ［美］查尔斯·伯恩海默著，王柏华等译：《多元文化时代的比较文学》，北京大学出版社2015年版，第47页。

② ［美］苏源熙著，任一鸣、陈琛等译：《全球化时代的比较文学》，北京大学出版社2015年版，第52页。

③ ［美］苏源熙著，任一鸣、陈琛等译：《全球化时代的比较文学》，北京大学出版社2015年版，第53页。

一种重要的方法论，这与格林和列文将比较文学跨学科视为一种本体论的主张有明显差别。但与二者相同的是，苏源熙仍然坚持比较文学跨学科的文学研究立场，将伯恩海默无边的跨学科研究拉回文学研究的一极，从而走向更为扎实、更加合理的人文学科体系建构。

结　语

苏源熙报告秉承了美国比较文学学会一直以来的反思和内省传统，在历经了欧美理论热、文化研究转向冲击后，苏源熙将比较文学研究拉回聚焦"文学性"讨论的本业。苏源熙对比较文学因为学科泛化导致的定位危机进行了深度思考，明确指出比较文学所面临的危机是因为没有确定合适的研究对象，这也是一直以来困扰比较文学发展的因子。苏源熙强调比较文学的研究对象应该重返对文学性的关注，继承了韦勒克、乔纳森·卡勒（Jonathan Culler）等一批学者一直坚持的注重文学内部研究的立场，并对《伯恩海默报告》中提出放弃文学转向文化研究的做法进行纠偏。不仅如此，他还将文学性理解为"语言的修辞性"，为比较文学研究提供了新的研究视角和可能探索的新方向。

在苏源熙看来，坚持文学性并不一定要放弃文化研究，这种辩证思维有效纠正了之前"非此即彼"的二元论倾向。苏源熙在坚持比较文学文学性研究的立场上，进一步提出比较文学要坚持跨学科的研究方法，并强调这是比较文学之所以取得成功的关键所在。面对《伯恩海默报告》提出的学科泛化的倾向，苏源熙关于跨学科研究的理论思考，可以说是为比较文学研究重新定调。但从另一个方面来看，苏源熙对比较文学的思索并未超越前人的思维框架，对于"比较是什么""比较文学要研究什么"等重要论题的探询，也是在前人已有的基础上进行扩展和延续。苏源熙所提出的要从文学语言修辞角度切入对文学性的探索，并未得到学界的广泛认可与回应，甚至有学者质疑其真实性。此外，苏源熙所提出的比较文学跨学科研究者必须坚守两门外语和一门学科的苛刻条件，明显带有精英论者的立场，忽视了大众文化与媒介文化对于比较文学学科的意义和价值。再者，苏源熙尽管坚持了跨学科作为比较文学研究的重要方法论这一立场，但对于"跨学科研究怎么进行""学科界限如何确定"等问题依旧未予置评。

当下中国比较文学学科的发展，需要批判性学习、借鉴欧美比较文学已有的发展经验，密切结合本土历史文化情境的具体状貌，探索符合自身发展特色的学术话语实践。首先，要借助跨学科理念促进比较文学学术创新，推动比较文学研究向纵深发展。进入21世纪，随着媒介技术的不断进步，网络化、信息化不断发展，生物信息工程、人工智能等技术飞速进步，人文学科与其他学科的对话与互渗不断加深，跨学科研究已经成为我们必然面对的范式，无论是国际还是国内，比较文学研究都早已超出传统文学的范围，将关注焦点转向大众文化、大众传媒、后殖民理论、性别研究等领域，这种发展趋势在近年来的重要国际、国内学术会议上得到了清晰显示。2004 年在香港举行的国际比较文学学会第 17 届年会的主题是"空白、疆域，文学与文化之间的互动"。2005 年美国比较文学年会设定的主题是"诸种帝国主义：时间、空间与形式"。2021 年中国比较文学学会第 13 届年会的主题为"时代变革与文化转型中的比较文学"。相关议题涉及比较文学与宗教研究、数字人文与中外科幻、生态文学研究、文学人类学等。21 世纪比较文学要获得长足发展必须借助跨学科理念，引领比较文学广泛接纳和借鉴其他学科的思想与方法，不断完善比较文学研究的主体性架构。同时也应时刻警惕，如果完全放弃文学研究这一基本前提，将会使比较文学研究沦为"文化研究"或"比较文化"，如若忽视与文学之外的众多学科的对话，一味坚守文学本质主义，也将会拘囿于狭隘的文学研究。

其次，要始终将文学性作为比较文学研究的立足点，坚守人文精神，注重对人类人文关怀和审美价值的探求。坚守文学性不是简单将文学研究的视域囿于纯文学的圈子之内，从更深层次来讲，坚守文学性是对人文精神的一种坚守。比较文学提倡人与人之间要通过沟通交流，促进彼此互识，它始终以体现人类共同生命情感为旨归。比较文学旨在促进不同文化、不同学科之间的对话与沟通，它体现了当下社会语境中新的人文精神，体现出对人的生存状态的人文关怀。因此，比较文学发展要坚守文学性这一生命底线，注重对人文精神的深入开掘。

再次，要正确对待不同文化之间的差异，以包容的心态积极寻求与其他民族和地区之间的交流与对话，求同存异，在理解沟通的基础之上实现平等对话。比较文学是顺应时代潮流和现代学术精神的学科，正是基于不断的反思和内省，比较文学才能不断适应时代发展需求，不断开拓进取，始终处在学术研究的前沿。中国比较文学发展首先要正视差异问题，要警惕“文化相对主义”将差异绝对化所造成的谬误，要正确理解文化之间的差异不是绝对的，不同文化之间也有沟通共识的可能。因此，中国比较文学发展要注重寻求中外文化对话的基点，在此基础上不断丰富探索符合中国现实语境的发展模式，结合中国比较文学发展实际不断拓展和延伸问题意识，拓展比较文学的研究空间和范式。

最后，要正确认识文学理论的价值。文学理论大行其道会给比较文学的发展造成极大冲击，以单纯的文学理论研究取代文学研究的做法将导致比较文学丧失学科独立性，但也不应矫枉过正，要杜绝故意忽视文学理论对于比较文学研究的积极价值的偏激做法。因此，要正确认识文学理论的价值，着力挖掘世界不同文化语境中文学叙事的共同主题，把握文学发展的共同规律，在坚守自身文学传统的基础上，积极推进交流互鉴，促进文学传统守正创新，发挥好比较文学在助力“讲好中国故事、传播中国声音、呈现良好中国形象”等方面的重要作用。

大卫·达姆罗什的“世界文学”观研究

宋骐远

一、达姆罗什如何理解“世界文学”

大卫·达姆罗什（David Damrosch）在《什么是世界文学?》（*What Is World Literature*?）一书中，从流通、翻译、生产三个部分展开论述，广泛运用了世界范围内的文学创作实例，有理有据，视野宏阔。从古巴比伦的楔形文字残片，到古埃及的象形文字文本，从中世纪德国女神秘主义者的通神异象书写，到危地马拉妇女的创伤记忆口述，从卡夫卡作品的重新修订与翻译，到当代词典形式小说的国际阅读，达姆罗什关于“世界文学”的论述既注重时间层面的长度，又把握视角层面的宽度，观点鲜明，论据充分。通过阅读理论文本，我们可以看出达姆罗什极为扎实的世界文学知识积淀和对多种语言的精通。他创造性地提出了自己对世界文学的深刻理解，积极探讨世界文学的丰富内涵，为国际比较文学学术界带来了颇具深度的学术思考。

在以往国际比较文学界对世界文学的研究中，大部分人都重视进入世界文学的作品的经典性、文学品质以及其中是否仍有民族文学特质等方面。达姆罗什在世界文学观念和研究方法上，都对传统的世界文学研究有所超越。他所注重的，不是探讨世界文学的本体论，而是研究世界文学的现象学，即从流通、翻译和生产角度，重点关注世界文学的动态生成性、跨文化性和变异性。[①] 达姆罗什还讨论了今日世界文学的一个核心特点，即可变性和多样性。他认为，世界文学这一概念的指涉范围绝对不是固定不变的，也不可能出现一种放之四海而皆准的阅读方法。某部作品有时候

---

① ［美］大卫·丹穆若什著，查明建等译：《什么是世界文学?》，北京大学出版社 2014 年版，“译者序”第 3 页。

存在于世界文学之中，有时候又从世界文学的舞台上黯然离场。基本上极少有作品能确保自身可以永远属于世界文学场域，大多数作品还是随时代而发生变化，在世界文学之林出入无常。达姆罗什以莎士比亚、但丁和歌德等名家为例，借此说明即使这些文学大师的作品进入世界文学范畴也绝非易事。

达姆罗什在《什么是世界文学?》的结语部分“如果有足够大的世界和足够长的时间”中总结了他对世界文学的定义：“世界文学是民族文学间的椭圆形折射；世界文学是从翻译中获益的文学；世界文学不是指一套经典文本，而是指一种阅读模式——一种以超然的态度进入与我们自身时空不同的世界的形式。”① 以上的三重定义便是达姆罗什对“世界文学”概念的全新解读，值得高度重视。当然，达姆罗什并未尝试勾勒世界文学的美好蓝图，也没有规定世界文学应当是什么，而是试图阐释世界文学实际的存在方式，探索世界文学的生成机制。应当说，达姆罗什对世界文学的定义从规定性转向了描述性，正是他的特别之处。

著名学者杨慧林认为，达姆罗什之所以从世界、文本和读者三个角度入手，重新界定“世界文学”的内涵，其重点在于“之间”和“之内”的诸多关联性。假如说“世界”的关联性在于“民族文学间的椭圆形折射”，“文本”的关联性在于“从翻译中获益的写作”，那么“读者”的关联性就是对异域文化的“疏离”式“参与”②。在杨慧林看来，达姆罗什关于世界文学的界定立足世界、文本和读者三个维度，较之此前有关“世界文学”的各种说法更具合理性。

（一）作为“椭圆形折射”的世界文学

“世界文学是民族文学间的椭圆形折射”（World literature is an elliptical refraction of national literatures）是达姆罗什定义中最引人深思的特别表达。“椭圆形折射”（elliptical refraction）是达姆罗什在光学术语“椭圆反射”（elliptical reflection）的基础上创造的一个短语。椭圆反射指在一个椭圆形空间里，一个焦点上的光源会借助反射作用重新聚焦到第二焦点上，因而

① David Damrosch. *What Is World Literature*? Princeton University Press, 2003, p. 281.

② 杨慧林：《“世界文学”何以“发生”：比较文学的人文学意义》，《北京大学学报（哲学社会科学版）》2017 年第 1 期，第 112 页。

形成双焦点。[①]“椭圆的”（elliptical）与“折射”（refraction）两个词语被达姆罗什重组，自创出一个没有科学依据的短语。他的意图在于说明民族文学在进入世界文学空间时的可能路径，不是简单、直接的“反射”，而相当于穿过了一些介质（比如语言、文化、时间、空间等）的“折射”；民族文学通过介质“折射”变为世界文学，早已不再是它原本的面貌了。[②]一部置身于椭圆形空间的世界文学作品，是源语文化与译入语文化相互交融的结果。民族文学并不一定可以跻身世界文学之列，它只有跨越民族国家边界，进入他国文化空间，以源语言或通过翻译在世界范围流通，方能成为世界文学。这一定义，是达姆罗什独创的，引起了国际学术界的重点关注。

1. 关联性：世界文学与民族文学的关系

如今的世界文学研究总是步入两个极端：有些学者对民族文学研究不屑一顾，有些学者则是局限于民族文学的框架不愿走出，导致世界文学研究受阻。[③] 这两种做法在达姆罗什看来都是不可取的，他的主张是：世界文学与民族文学并不是相互矛盾的，民族文学的蓬勃发展对于世界文学的发展有着深远的意义。把世界文学解读为民族文学间的椭圆形折射，能够强调两者之间不容忽视却并非直接的联系。达姆罗什认为，基本上所有的文学作品都产生于本地区或本民族的文学传统，都带有本民族的风格、气质和地域特征，并得到保留和传播。它们即使通过某种渠道进入世界文学的流通中，其携带的民族特色也是难以磨灭的。这些熔铸在作品深处的民族文化特质将会伴随着“文本的旅行”而逐渐扩散。一般而言，作品与发源地的距离越远，所发生的折射也就越明显、越引人注目。

《世界文学》是乔治·勃兰克斯在1899年撰写的一篇文章，他站在欧洲小国的立场，表明了自己的世界文学观念。某些作家为了作品可以进入世界文学殿堂，不惜抛开民族特色，一味迎合“世界趣味”。勃兰兑斯认为这种行为是非常不合适的。在他看来，越是民族的，就越是世界的：“今天，文学变得越来越民族化。但是我不相信民族性和世界性是不可融

① 吴永安、刘洪涛：《如何成为世界文学？——“椭圆折射”理论与中国古诗海外传播》，《北京师范大学学报（社会科学版）》2015年第6期，第131页。

② 陈惇、孙景尧、谢天振：《比较文学》，高等教育出版社2014年版，第14页。

③ ［美］大卫·达姆罗什著，李锐、王菁译：《世界文学 民族语境》，《中国比较文学》2012年第2期，第1页。

合的。未来的世界文学会更加有趣，民族的烙印越是被强烈地彰显，就越是有特色。”[①] 他与达姆罗什的观点相似，都看重世界文学的民族特色。

除了达姆罗什，还有许多学者关心世界文学与民族文学的关系问题。韦勒克一向反对按照民族和语言的标准把世界文学区分为民族文学或国别文学。世界各地的文学、多元语言的文学串联成一个有机整体，所有的“国别文学”或是“民族文学”建构起“总体文学”的观念。文学既是超越民族的，也是跨越语言的。[②] 艾金伯勒主张把各民族文学看作全人类共同的精神财富，看作相互依赖的整体，他以世界文学的总体观点看待各民族文学及其相互关系。[③] 泰戈尔对世界文学有着自己的诗性理解，在他看来，世界文学不应该有民族和地域的区别，只要作家在作品中……体现了普遍的人性，他的创作便是世界文学。[④] 郑振铎将世界文学视为一个统一的整体，认为文学虽然具有地域、民族、时代、派别的不同，但是以普遍人性为基础，文学就有了世界统一性，这就是郑振铎心目中的世界文学。[⑤]

无论是韦勒克、艾金伯勒、泰戈尔还是郑振铎，他们在世界文学与民族文学的关系问题上的看法具有共通性，即都把人类文学看作一个统一的整体，认为世界文学是一个整体性概念，应该超越民族或是国别的界限。虽然民族文学或国别文学之间存在内在的差异性，但都是世界文学的有机组成成分，世界文学研究要具有跨民族的宏大视野。达姆罗什与以上学者的区别主要在于，他更侧重探讨民族文学是如何成为世界文学的，强调发掘其中的生成机制。达姆罗什认为世界文学与民族文学是共荣共生的，彼此之间存在着千丝万缕的联系，民族文学经过折射形成的椭圆形空间便是世界文学。

2. 双重性：源语文化与译入语文化的融合

达姆罗什所说的“椭圆形折射”具有双重性质。通过融入异国文化空

---

① ［丹麦］乔治·勃兰兑斯著，刘洪涛译：《世界文学》，见［美］大卫·达姆罗什、刘洪涛、尹星主编：《世界文学理论读本》，北京大学出版社 2013 年版，第 52 页。

② 支宇：《文学批评的批评：韦勒克文学理论研究》，中国社会科学出版社 2004 年版，第 312 页。

③ ［法］艾金伯勒著，戴耘译：《比较文学的目的，方法，规划》，见干永昌等选编：《比较文学研究译文集》，上海译文出版社 1985 年版，第 121 页。

④ ［印度］泰戈尔著，王国礼译：《世界文学》，见［美］大卫·达姆罗什、刘洪涛、尹星主编：《世界文学理论读本》，北京大学出版社 2013 年版，第 53 页。

⑤ 郑振铎：《文学的统一观》，见［美］大卫·达姆罗什、刘洪涛、尹星主编：《世界文学理论读本》，北京大学出版社 2013 年版，第 65 页。

间，文学作品得以成为世界文学。一部世界文学场域中的作品，往往成为译入语文化与源语文化之间进行协商和沟通的关键点。译入语文化对外来文学作品可以采取多种态度：积极地借鉴，吸收其中的有利因素为己所用；作为反面教材，对本土文学起到警醒作用或是保持中立，视为参照物。因此，世界文学既受到译入语文化价值取向和实际需求的种种约束，又无法脱离源语文化的影响，它的译介是一个双重折射的过程。这种双重折射可以用一个椭圆表示：源语文化和译入语文化是生成椭圆空间的两个焦点，它们共同创造出一个完整的椭圆，椭圆内部就是世界文学。作为世界文学而存在的文学作品，由两种文化共同决定，既不仅仅受制于一方，又与两者息息相关。

达姆罗什提出的“椭圆形折射”这一短语，实际上是一种比喻手段，以之分析世界文学的流通方式。民族文学在实际的流通过程中，发生了双重折射，使得自身成为融合了译入语文化与源语文化的产物，从而进入世界文学的领域。达姆罗什认为这种从分裂走向统一的状态正是民族文学跨越民族边界，借助流通方式进入世界文学范围的表现。

在达姆罗什眼中，世界文学场域是由动态的文学关系构成的，这个空间充满张力。置身其中的文学作品受到两种文化的影响，它的样态和存在方式是两种文化合力促成的结果。因此，世界文学空间的文学作品在内容和形式上已然发生了变化，并不完全是以前的样子，而是既有源语文化的独特品质，又添加了译入语文化的色彩。[①]

3. 协作性：全球通才与国别专家的合作

达姆罗什发现，承认民族文学在世界文学中占据的重要地位，为世界文学的研究设置了难关。显而易见的是，没有任何人可以读完来自世界各地的文学作品，更不必说了解作品里蕴含的本土文化。局限在个别民族传统上、停留在有限材料范围内会难以打开研究视野、推进学术进程；仅仅是学术旅游、泛泛而谈则饱受争议。如何有效地处理世界文学与民族文学之间的复杂关系是对学者的考验。

其实亨利·雷马克早在多年前发表的文章《徘徊在十字路口的比较文学：诊断、治疗与预后》中谈到了解决办法：通过合作来研究大量材料。

---

① 查明建：《比较文学视野中的世界文学：问题与启迪》，《中国比较文学》2013年第4期，第4页。

协作分工有助于连接起业余性和专业性，尽量减少全球通才（世界文学学者）和国别专家（民族文学学者）各自研究的弊端。[①] 梵·第根在《比较文学论》中认为不能勉强要求国别文学专家精通多种语言和外国文学，因为这是超出他们所能承受的力量和时间的。只有一个办法可以解决这个困难：那就是分工从事。[②] 在韦勒克看来，专家的权威性总是被高估。事实上专家们往往可能只了解书目，懂得一些表面情况，不一定有非专家的鉴赏力、敏感度和广博的知识储备。非专家们较为广阔的视野和颇为深刻的观察能力，足够补齐欠缺多年专门研究的短板。[③]

达姆罗什与雷马克、梵·第根的观点不谋而合。达姆罗什认为学术研究应该是一个椭圆的模型，具体含义是：在一个研究项目中，由两名（或以上）学者作为焦点，在他们之间开展讨论和分析。因为在今后的教学和科研中，超出个人能力范围的议题会经常出现，与他人合作势在必行。[④] 他发现合作分工诞生了很多有益的成果。比如：国际比较文学学会曾经组织过一个多卷本比较文学史的编写项目，每一卷本的编写都是由该地区或该民族的专家们合作完成；当今的世界文学选集大多由十几位来自不同研究领域的专家合著而成，他们都对思想火花碰撞带来的乐趣印象深刻；团队教学在世界文学和跨文化主题的研究课程中变得逐渐普遍。

达姆罗什指出，国别文学研究的专家们尽管十分熟悉作品在本国的基本情况，可是一旦本国作品与异国文化产生关联时，面对不同文化间的差异，他们的研究方法便出现了明显的短板。在新的社会历史语境下，全球通才们对于世界文学的研究可以弥补国别专家们的不足之处。达姆罗什在区分“专家”和“通才”时，指的既是个人，也是研究方法。在使用“通才”的研究方法时，也应该充分发挥专家的优势。通才需要从专家那里学习的东西有很多，并且研究过程中应该尽量如实地以专家们的知识为前提，在理想化的状况下，反过来启发专家们去修正他们的理解。然而现

① ［美］大卫·丹穆若什著，查明建等译：《什么是世界文学?》，北京大学出版社 2014 年版，第 314 页。

② ［法］梵·第根著，戴望舒译：《比较文学论》，见干永昌等选编：《比较文学研究译文集》，上海译文出版社 1985 年版，第 54 页。

③ ［美］韦勒克著，黄源深译：《比较文学的危机》，见干永昌等选编：《比较文学研究译文集》，上海译文出版社 1985 年版，第 131 页。

④ ［美］大卫·丹穆若什著，查明建译：《椭圆时代的文学研究》，见［美］查尔斯·伯恩海默编，王柏华等译：《多元文化时代的比较文学》，北京大学出版社 2015 年版，第 146 页。

实中存在一种不好的情况：通才有时会对专家心存偏见，认为专家缺乏全球视野，这种想法事实上有失偏颇。因此，只有加强全球通才与国别专家的分工合作，实现两者之间的优势互补，才能更加妥善地处理世界文学与民族文学的关系。

（二）作为“语言转换”的世界文学

世界文学与翻译的关系也是这些年来世界文学相关探讨中的热点问题。早期一些研究者的普遍看法是：翻译会造成原作的源语文化信息的丢失甚至变形，由此可知，根植于译本基础上的世界文学阅读和研究是不可信的。20世纪70年代以来，这种想法发生了改变。霍米·巴巴的后殖民主义翻译理论，伊塔马·埃文－佐哈儿（Itamar Even-Zohar）的多元系统翻译理论，安德烈·勒菲弗尔（Andre Lefevere）的改写理论，巴巴拉·戈达尔德（Barbara Godard）、雪莉·西蒙（Sherry Simon）等人的女性主义翻译理论登上历史舞台。[①] 虽然这些翻译理论从不同的研究角度切入，但是对于译本的独立性及其价值都予以充分肯定，主张译本是原作生命的延续与发展。翻译文学是一种特殊的文学形态，它介于外国文学与本国文学之间，并且促使两者发生了影响与接受的对话关系。翻译文学既受到异域文化的深刻影响，又具有本土文化的鲜明烙印。比较文学家大都关注翻译文学的这种介质性与跨界性。[②] 这些翻译理论给达姆罗什带来了灵感和启发，促使他在重新定义世界文学时，格外注意翻译在世界文学中的作用。

1. 世界文学与翻译的关系

达姆罗什把“世界文学”看作一个椭圆形的公共空间。民族文学并不是产生之后自然就能变为世界文学，它要穿越诸多介质，进入这个椭圆的公共空间，才能成为世界文学。而翻译是民族文学进入世界文学空间时必须穿越的诸多介质中最为重要的一环。达姆罗什高度重视翻译对世界文学的独特价值，认为翻译是助力民族文学跨越语言屏障，在更为开阔的世界文学领域流通并获得广大读者认可的必经之路。缺少了翻译的作用，可能世界文学就不会出现。一部文学作品，即使在本民族当中享有极高的地位，若是没有其他民族语言的译本，也很难被其他民族了解，更谈不上跻

---

① 陈惇、孙景尧、谢天振：《比较文学》，高等教育出版社2014年版，第15页。

② 孟昭毅、李载道主编：《中国翻译文学史》，北京大学出版社2005年版，“绪论”第1－2页。

身世界文学行列。从这个意义上讲，世界文学作品是由译本构成的，是结合了源语文化与译入语文化的混杂、共生的作品。

有些文学作品与其源语言和文化联系紧密，它们的内容不太可能有效地被翻译成一种新语言。这些作品的翻译过程伴随着某些因素的流失，因此，它们主要在本地区或本民族中流传，没有能够成功地成为世界文学的一部分。达姆罗什表示，获得与失去在文学语言的翻译中是并存的，而衡量得与失，是一个区分民族文学与世界文学的尺度。文学作品如果在翻译中受损，那它就只能停留在民族文学的层面上；相反，从翻译中获益的文学可以进入世界文学的范畴，像《吉尔伽美什史诗》和《哈扎尔辞典》这两部作品就是如此。达姆罗什倡议，世界文学研究对待翻译的态度应当更为包容。

郑振铎也意识到世界文学与翻译的关系是不可或缺的。文学没有统一的语言，一个人能力有限，不可能通过原文阅读所有的世界文学作品，更不必说研究了。郑振铎建议研究者可以借助译本，因为在他看来文学是可译的。① 王宁认为，翻译在世界文学中所起到的中介作用是不容小觑的，而翻译又与译者的主体意识和创造性转化密不可分。优秀的翻译可以锦上添花，使得一部原本在本国享有一定知名度的文学作品在进入异国语境之后变得更为著名。相反，拙劣的翻译也会对一部作品在其他语境的流通起到负作用：一部原本十分出众的作品经过不当的翻译反而无人问津，这样的例子在中外文学史上并不少见。总之，没有翻译到外国，只是在本国或同一种语言中传播的作品不能算是世界文学。②

勃兰兑斯同样认识到翻译在民族文学进入世界文学时的媒介作用。然而，他并没有一味地强调翻译的优点。在勃兰兑斯心中，在翻译的帮助下进入世界文学的作品不见得都是真正的杰作，这是由于作品的思想性和艺术性会在翻译时有所损失。③ 勃兰兑斯对翻译的批判性思考值得注意。劳伦斯·韦努蒂指出翻译在建构世界文学体系中发挥了不可替代的作用。韦努蒂认可达姆罗什的看法：世界文学是在翻译文本跨国流通的基础上构成

① 郑振铎：《文学的统一观》，见［美］大卫·达姆罗什、刘洪涛、尹星主编：《世界文学理论读本》，北京大学出版社 2013 年版，第 65 页。

② 王宁：《比较文学、世界文学与翻译研究》，复旦大学出版社 2014 年版，第 210 页。

③ ［丹麦］乔治·勃兰兑斯著，刘洪涛译：《世界文学》，见［美］大卫·达姆罗什、刘洪涛、尹星主编：《世界文学理论读本》，北京大学出版社 2013 年版，第 52 页。

的，没有翻译可能就没有世界文学。不过翻译在韦努蒂看来并不等同于原作的复制，而是对原作的改写。因为翻译吸收了译入语文化中的价值、信仰和观念，是独立于原作的崭新文本。[①] 苏珊·巴斯奈特是国际知名的翻译理论家，也是翻译研究"文化转向"的关键倡导者之一。她也发现了翻译在当今时代发挥的特殊作用，翻译一直是改变文化史面貌的重要力量。当代翻译研究范式以多元系统理论为先导，以译本和译入语文化为核心，从更为广阔的文化活动领域考察翻译研究，大大地拓展了研究空间。巴斯奈特更是在翻译研究与比较文学未来发展之间建立了广泛的联系。[②]

韦努蒂和巴斯奈特都是翻译理论家，他们将翻译作为自己研究的中心。而达姆罗什更多是在发掘翻译与世界文学之间的关联性，翻译是他在界定世界文学时的一个层面。达姆罗什的世界文学研究与翻译研究相辅相成，有着十分紧密的关联。

2. 从翻译中获益的案例

为了论证翻译对于世界文学的重要影响，达姆罗什举出了多个研究案例。他认为弗兰茨·卡夫卡作品的翻译特别值得关注。对卡夫卡译本的修订体现了文学研究大范围转向文化研究的趋势，这样的转变对世界文学中的很多作品而言意味深长。越来越多的世界文学作品凭借其展示的文化差异而备受青睐。"卡夫卡归来"显示出一种迹象：边缘文化中的作者成为新的关注点，应当重新定位世界文学经典中原有的某些作家。20 世纪八九十年代，卡夫卡的作品再度引起了学术界的重视，修订卡夫卡译本的热潮推动了卡夫卡作品新版本的出现。从某种程度上，"卡夫卡归来"要归功于翻译。

著名诗人和学者帕维奇的《哈扎尔辞典》(*Dictionary of the Khazars*)是达姆罗什援引的又一例证。这部小说在 20 世纪 90 年代，已经拥有了 26 种语言的译本，并在全球范围内流通。如果《哈扎尔辞典》没有被翻译成多种语言，那么它可能无法顺利进入世界文学之列。[③] 因此达姆罗什表示，

---

① ［美］劳伦斯·韦努蒂著，王文华译：《翻译研究与世界文学》，见［美］大卫·达姆罗什、刘洪涛、尹星主编：《世界文学理论读本》，北京大学出版社 2013 年版，第 203 页。

② ［英］苏珊·巴斯奈特著，查明建译：《比较文学批评导论》，北京大学出版社 2015 年版，"译者序"第 5 页。

③ 李滟波：《全球化语境下的"世界文学"新解——评介大卫·达姆罗什著〈什么是世界文学〉》，《中国比较文学》2005 年第 4 期，第 170 页。

世界文学研究应该更为积极地将翻译加入研究的视野里。

翻译的不同对《源氏物语》在西方的传播产生了不同效果。这也是达姆罗什引证的案例之一。亚瑟·韦利（Arthur Waley）的经典译著《源氏物语》删除了原作中的大量诗歌，其余的译成了散文。他在翻译过程中以意译为主，为了帮助西方读者更好地理解，添加了说明性文字而导致了原文的扩写。韦利还使用了脚注解释文化信息。1976年，爱德华·塞登斯迪克（Edward Seidensticker）完成了重译本，直译程度大大超过韦利版本，对原著诗歌的翻译采取以诗译诗的形式。为了避免大众读者丧失阅读兴趣，他最终确定的注释数量只比韦利版本稍多一些。2001年，罗耶尔·泰勒（Royall Tyler）再次翻译了《源氏物语》。他通过注释、附录等传递原著的文化信息，突出了作品的异域特色。这个新译本受到了出版界的普遍称赞。[①] 正如安德烈·勒菲弗尔所说：译者只有在译文中直接展示原作的文化背景，对脱离本身文化规范的同化作用才最有效。达姆罗什认为，将《源氏物语》从源语文化翻译出来，使之进入世界文学语境中，可以获得更多关注。

（三）作为“阅读模式”的世界文学

世界文学与阅读模式的关系问题是达姆罗什极为重视的另一层面。以读者身份观察世界文学，一套一成不变的经典是无法涵盖它的。世界文学应该是一种阅读模式，可以引领读者穿越时空的阻碍，从而了解陌生世界。参考读者反应理论，一个文本如果没有被读者阅读，本身是无意义的。因此，民族文学作品在成为世界文学的过程中，读者的阅读是不可缺少的一环。例如考古学家于1849年发现的人类最古老的史诗《吉尔伽美什史诗》，直至20世纪初期才被翻译成现代语言，从而能够流通到世界各地，被不同民族的读者阅读。正是由于读者的阅读，它才渐渐成为一部世界文学作品为人所知。除此之外，一部文学作品在本土之外被阅读，会吸引新的读者群，并且自身能够焕发新的生机。例如《好逑传》在中国古典文学中并不算特别杰出的小说，却在欧洲引起了广泛关注；《牛虻》在中国被奉为经典，可是在英国文学中并不著名。这些案例都能证明，跨时

---

① ［美］大卫·丹穆若什著，查明建等译：《什么是世界文学?》，北京大学出版社2014年版，第324页。

空、跨文化的阅读和沟通对世界文学的生成意义重大。[①]

1. 世界文学不是经典文本的集合

世界文学选集的编选对于一部作品的经典化过程起着至关重要的作用。达姆罗什本人也参与了多部世界文学选集的编写工作。诺顿和朗文等国际出版机构出版的世界文学选集享有世界声誉，还有许多出版社出版了国别文学选集，他们的编选实践的本质是对诸多文学作品进行筛选。从客观意义上看，这些著名的文学选集已经对世界文学经典的形成做出了不可估量的贡献，至少为进入大学就读文学相关专业的学生提供了世界文学的阅读样本。[②]

因为世界文学选集的重要作用，所以目前的世界文学选集层出不穷。教师和出版者想要收入不断扩容的经典文本，使得经典选集越发膨胀。然而，世界文学具有动态生成性，并不是一成不变的。试图通过篇幅有限的经典选集去容纳世界文学存在一定的困难。达姆罗什一针见血地指出，世界文学并不等同于一套经典文本，仅仅依靠文学选集是不能囊括所有的世界文学的。

达姆罗什提供了一个特别的思路：既然至少需要三个点来确定一个平面，那么也许三部作品放在一起对比研究，就能定义一个文学领域。《安提戈涅》《沙恭达罗》和《第十二夜》一起阅读可以给读者展现一个悲剧世界。同时读紫式部的《源氏物语》与普鲁斯特的《追忆似水年华》会有好处。研究故事讲述的时候将《一千零一夜》和薄伽丘的《十日谈》合并探讨，会取得事半功倍的效果。达姆罗什的建议反映了他对世界文学的理解：世界文学是一种阅读模式和方法。

2. 世界文学与阅读模式的关系

达姆罗什认为，世界文学作品来自世界各地，各自的历史和文化背景千差万别。读者只有主动熟悉世界文学作品的源语文化语境，才能在阅读作品的过程中更好地去理解。达姆罗什也解释了其中的原因。倘若对作品的源语文化缺乏一定程度的了解，很有可能造成不好的后果：普通读者会把本土的文学价值取向套用在异域文学作品上；学者在解读一部外国作品时，也可能使用本国的某种批评方法。这样可能会产生对世界文学作品的

① 刘洪涛、张珂：《全球化时代的世界文学理论热点问题评析》，《清华大学学报（哲学社会科学版）》2014年第6期，第135页。

② 王宁：《比较文学、世界文学与翻译研究》，复旦大学出版社2014年版，第211页。

强制阐释。不过对源语文化语境了解程度的深浅没有固定标准，因作品不同而存在差异。一方面取决于作品自身，另一方面阅读作品时的目的也起到了影响作用。此时阅读方式的选择就显得尤为重要。

在达姆罗什的“世界文学”观念里，世界文学不是必须掌握的数量巨大的经典文本集合，而是一种阅读的方式，读者既可以深入体验小部分作品，也可以广泛探寻大批量作品，两者都能取得不错的效果。阅读和研究世界文学实质上是更为超然的参与模式，它与文本进入一种不同的对话，与身份或是熟悉度无关，而只需坚持距离和差异的原则。读者不是在源语文化中心与作品相遇，而是在文化和时代都截然不同的作品所形成的张力场中阅读。

达姆罗什的“阅读模式”不是一个高深的术语，而是建立在普通读者阅读经验的基础之上。因为每个人的阅读经验存在差异，所以他们对特定文学作品的解读不可能完全一致，审美情趣也不尽相同。其实普通读者不一定要在阅读过程中追求审美感受，从世界文学作品中了解他国文化传统是很多人的阅读动机。达姆罗什认为世界文学作品成了观察世界的窗口，读者可以通过阅读遇见另一种文化。①

（四）与歌德、卡萨诺瓦等“世界文学”观念的异同辨析

歌德是较早明确提出“世界文学”观念的开拓者，他在1827—1930年间，频繁表示“民族文学在现代算不了很大的一回事，世界文学的时代已快来临了。现在每个人都应该出力促使它早日来临”②。德语“世界文学”（Weltliteratur）这个术语是歌德首创的，他是名副其实的世界文学研究先驱者，也是系统表述这个概念的第一人。歌德对于世界文学的表述有以下三个要点：第一，世界文学提供了一个对话和流通的平台，各民族文学可以借助这个平台彼此沟通、以人之长补己之短、实现共同繁荣。第二，世界文学是对世界主义的呼应，有利于各民族文学逐步改变分离割据的状况，相互交流而组成一个有机的统一体。第三，民族文学的独特价值可以在世界文学空间得以凸显。③

---

① 张飞龙：《简论达姆罗什的世界文学观》，《山东社会科学》2012年第3期，第51页。

② ［德］爱克曼辑录，朱光潜译：《歌德谈话录》，人民文学出版社1978年版，第113页。

③ 刘洪涛：《世界文学观念的嬗变及其在中国的意义》，《中国比较文学》2012年第4期，第10页。

韦勒克指出，“世界文学”这个名词是从歌德的“Weltliteratur”翻译得来的，可能有点不准确。这个术语包括了从新西兰到冰岛世界五大洲的文学。实际上歌德用“世界文学”这个名称旨在说明：终有一天世界各国文学都将合而为一，构建一个伟大的综合体，每个国家都将在全球性的大合奏中发出自己的声音。可是，歌德自己也清楚，这是一个美好而遥远的愿景，因为不会有任何一个国家甘愿放弃自己的独特个性。①

约翰·皮泽在《世界文学的出现：歌德与浪漫派》一文中，从具体的历史语境出发考察歌德对世界文学的看法，较为完整地介绍了歌德是在怎样的欧洲政治与文学背景下表述世界文学观念的。皮泽特意说明，歌德的世界文学观念仅限于欧洲文学，这是由于在歌德所处的年代，文学作品基本上是在欧洲大陆的范围内进行跨国流通的。歌德的世界文学观念与欧洲中心主义无关，更不存在东方主义的问题，而是那个时代世界文学现实情形的客观反映。②

达姆罗什继承了歌德关于世界文学是一个超民族文学的有机统一体的观念，二人对世界文学与民族文学关系的看法是一致的，都认为民族文学在世界文学中扮演着重要角色。然而，他们之间的不同也是非常明显的。首先，有无对世界文学观念作出定义。歌德虽然提出了“世界文学”观念，但是他并没有对世界文学的内涵作出定义，是一个十分笼统的概念，在某种程度上只是一种乌托邦式的美好愿景，表达了他对文学发展的憧憬。达姆罗什却对世界文学是如何生成的有着清晰的界定，他的“世界文学”三重定义有着具体的内涵。其次，时代背景不同。歌德所处的时代可以看做世界文学的萌芽时期，正如约翰·皮泽所说，那个时候产生世界文学的环境依然限制在欧洲大陆，无法关注全球语境。而达姆罗什处于全球化时代，文学的发展出现了许多新的状况，扩大世界文学的研究范围有其必要性。基于时代背景的巨大差异，达姆罗什与歌德的“世界文学”观自然呈现出不同的面貌。

1848年，马克思、恩格斯在《共产党宣言》中对歌德的世界文学观念有所响应，从历史唯物主义的视角颇为独到地阐释了他们的“世界文学”观：“资产阶级，由于开拓了世界市场，使一切国家的生产和消费都成为

---

① ［美］韦勒克、沃伦著，刘象愚等译：《文学理论》，江苏教育出版社2005年版，第43页。

② ［美］约翰·皮泽著，尹星译：《世界文学的出现：歌德与浪漫派》，见［美］大卫·达姆罗什、刘洪涛、尹星主编：《世界文学理论读本》，北京大学出版社2013年版，第6页。

世界性的了。……过去那种地方的和民族的自给自足和闭关自守状态，被各民族的各方面的互相往来和各方面的互相依赖所代替了。物质的生产是如此，精神的生产也是如此。各民族的精神产品成了公共的财产。民族的片面性和局限性日益成为不可能，于是由许多种民族的和地方的文学形成了一种世界的文学。”[①] 马克思和恩格斯所说的世界文学较之歌德早年的狭窄概念已经大大地拓展了，实际上专指一种包括所有知识生产的全球性的世界文化。如果说歌德的“世界文学”观念具有明显的乌托邦的建构成分，那么马克思和恩格斯的观念已经开始指向一种审美的现实。

马克思和恩格斯的“世界文学”观与达姆罗什的“世界文学”观最大的差异在于研究角度的不同。马克思是从文学的外部看待世界文学的产生，借用了这一术语，用以描述作为全球资本化的一个直接后果的资产阶级文学生产的“世界主义特征”。他们将世界文学看成是资本主义世界市场形成过程中，各民族文学走向普遍联合的一种必然趋势。而达姆罗什侧重从文学内部语境考察世界文学，他谈论的无论是民族文学、翻译还是阅读模式都存在于文学的框架之内。

雷迈克（又译“雷马克”）在《比较文学的定义和功能》中对“世界文学”这个术语作出了界定：世界文学涉及空间因素，含有认识整个世界——一般指西方世界的意思。世界文学也含有时间因素。世界文学一般包括经受了时间考验的伟大文学作品。因此，当代文学常常不属于世界文学范围。除了空间、时间、质量和感染力的因素，世界文学不探讨文学和其他领域之间的关系，也没有一套专门的研究方法。[②] 雷迈克的世界文学观念从整体上看较为传统。达姆罗什的“世界文学”观具有方法论层面的意义，对世界文学的研究有很强的指导性，与雷迈克的看法还是有区别的。他们虽然都关注世界文学的空间问题，但是雷迈克的重点在于世界文学是认识世界的窗口，而达姆罗什则更加关心民族文学怎样跻身于世界文学场域。

20 世纪 90 年代末以来是国际比较文学界研究世界文学理论的黄金时期。世界文学研究的高潮之所以产生有以下原因：随着 21 世纪的到来，全

---

① ［德］马克思、恩格斯著，中共中央马克思恩格斯列宁斯大林著作编译局编译：《马克思恩格斯全集（第 4 卷）》，人民出版社 1958 年版，第 470 页。

② ［美］雷迈克著，金国嘉译：《比较文学的定义和功能》，见干永昌等选编：《比较文学研究译文集》，上海译文出版社 1985 年版，第 217 页。

球化时代世界文学的现实与人们的普遍期待并不相符，反而暴露出很多问题，生成许多新的可能性。与此同时，综合国力的快速增强使得一些新兴国家也提出了文化上的要求，即它的民族文学应该在世界文学中占据更重要的位置。卡萨诺瓦于1999年出版的《文学世界共和国》、莫莱蒂于2000年发表的论文《世界文学猜想》、达姆罗什于2003年出版的《什么是世界文学?》等著作，都是这段时间的重要成果。近年来，其他学者如约翰·皮泽、艾米丽·阿普特、劳伦斯·韦努蒂等在世界文学领域也都小有成就。[①]

帕斯卡尔·卡萨诺瓦（Pascale Casanova）的《文学世界共和国》（*The World Republic of Letters*）与达姆罗什的《什么是世界文学?》同样关心世界文学议题。卡萨诺瓦将她对“世界文学”的考量转变成对“文学世界”的考察。“文学世界”似乎是一个依靠自身机制运作的“共和国”。卡萨诺瓦认为世界文学空间是实际存在的，它是一个经由文学生产和流通从而联系在一起的庞大结构。卡萨诺瓦所说的世界文学空间有三个显著特点：其一，世界文学空间的形成经过了漫长的历史进程。其二，虽然世界文学空间对政治经济的世界体系有所依附，但是它具有一定程度的独立性，不会对政治经济体系亦步亦趋。其三，世界文学空间是不平等的，有中心和边缘的区别。卡萨诺瓦对世界文学从近代以来的结构布局和发展方向有着独到的见解，剖析了深藏于世界文学空间内部的权力运行机制。[②] 弗兰克·莫莱蒂（Franco Moretti）在2000年发表了《世界文学猜想》，他与卡萨诺瓦都着眼于世界文学体系的形成，研究了近代世界文学发展的一些规律性和结构性问题。在进化论和世界体系理论的启发下，莫莱蒂将近代以来的世界文学视为一个不断进化发展的体系，这个体系有中心与边缘，存在不平等关系。[③]

卡萨诺瓦的“世界文学”观念虽然有较高的认识价值，但是仍然存在一些问题。卡萨诺瓦把欧洲文学看成世界文学的中心地带，更把法国文学看成是欧洲文学的核心，其中隐含着欧洲中心主义思想。卡萨诺瓦认为非西方文学在20世纪中期才第一次在世界文学空间彰显自身价值，这个观点

---

① 陈惇、孙景尧、谢天振：《比较文学》，高等教育出版社2014年版，第13页。

② ［法］帕斯卡尔·卡萨诺瓦著，罗国祥等译：《文学世界共和国》，北京大学出版社2015年版，“总序”第4页。

③ 高树博：《弗兰克·莫莱蒂的“世界文学”思想》，《学术交流》2015年第1期，第183页。

在阿米尔·穆夫提看来是片面的。穆夫提指出，西方语言文学从现代早期开始，就从东方古典语言文学中汲取养分，东方文学在世界文学空间的建构中扮演了重要角色。[①] 这些问题正是卡萨诺瓦“世界文学”观念与达姆罗什“世界文学”观念的根本不同。达姆罗什对欧洲中心主义思想持有批判态度，他把世界文学视为一个有机统一体。达姆罗什还积极致力于扩大世界文学的构成和范围，努力挖掘世界文学的东方资源。与达姆罗什不谋而合的是波斯奈特和艾田伯。波斯奈特的世界文学观对西方中心论有所突破，将东方的中国文学和印度文学当作世界文学的重要起源，拓展了世界文学的考察范围。[②] 艾田伯主张把世界文学研究的领域扩大到东方文学。当然，达姆罗什的观点与卡萨诺瓦也有相似点。在全球化的时代背景下，都认为世界文学是通过文学生产和流通而构成的一个空间，不仅仅是各民族文学的简单相加。

如果我们对20世纪西方学术界的世界文学观进行纵向观察，不难发现，它大致经历了一个世界文学范围不断增大，欧洲中心主义思想渐渐淡化的过程。20世纪初期西方学者认定的世界文学，还是西方文化传统中的名家名作。那时出版的世界文学选集的入选作品也不例外。到了21世纪，这种情况发生了极大的转变。真正具有全球视野的世界文学观，在21世纪逐渐走向了历史的前台。

二、达姆罗什的“世界文学”经典观

对于“什么是文学经典”这个问题，一直以来众说纷纭，没有形成定论。有的学者认为：经典作品本来就拥有经典的艺术特性与思想价值。时间是检验经典的标准，只有经历了漫长的时间考验之后依旧能够脱颖而出的作品，才有资格称为经典，经典就是不朽的作品。从这个角度来说，筛选经典便是一个客观的历史过程。这种观点明显过于理想化。还有的学者认为：经典的形成在很大程度上受到权力和意识形态结构的制约。文学机构审查制度的严苛，艺术和美学尺度的使用，使得经典的筛选似乎公平、

---

① ［美］阿米尔·穆夫提著，尹星译：《东方主义与世界文学机制》，见［美］大卫·达姆罗什、刘洪涛、尹星主编：《世界文学理论读本》，北京大学出版社2013年版，第172页。

② 刘洪涛：《从国别文学走向世界文学》，复旦大学出版社2014年版，第267页。

公正、公开，然而无论何种文学作品都无法独立于特定的社会历史以及生活形态之外，文学机构挑选出来的经典以及背后的整套价值体系，一定与政治理念和意识形态紧密相关。在高度市场化的今天，不仅文化政治对经典遴选起到举足轻重的作用，经济和资本的力量也总是渗透其中。[①] 达姆罗什也热衷于讨论世界文学经典问题，并且总结了自己的观点。

《后经典、超经典时代的世界文学》是达姆罗什于2006年撰写的一篇文章，该文分析了全球化时代世界文学经典的变与不变，表明了达姆罗什的"世界文学"经典观。这篇文章选自《全球化时代的比较文学》（*Comparative Literature in the Age of Globalization*，2006），美国比较文学学会委托苏源熙主编出版了这份长篇报告，对比较文学的学科现状进行了梳理。达姆罗什在文章中提到，世界文学领域的快速增长并非如很多人所说的，将传统意义上的经典作品排除在外，而是实现了文学领域的重新建构。与经典"大作家"一起在文学界享有盛誉的，除了一小部分作家新星，还有许多反经典作家。以前的"小作家"作为"影子经典"继续存在，并逐渐隐藏到幕后，读者很少。[②]

达姆罗什发现传统的世界文学经典的范围存在很大局限。以著名的《诺顿世界文学作品选》（*The Norton Anthology of World Literature*）为例：1956年，《诺顿世界文学作品选》第一版顺利出版，遴选了世界上73位作家的作品。遗憾的是，选集中没有一位女性作家，并且他们全部都是"西方文学传统"作家。诺顿出版社在此之后的各版选集覆盖的作家数量呈现递增趋势。1976年，第三版《诺顿世界文学作品选》选集出版的时候，选集的编辑们特意为一位女性——古希腊诗人萨福（Sappho），辟出两页予以介绍。直到20世纪90年代初，诺顿文学选集仍是将选择重心放在欧洲和北美，这跟大部分其他机构出版的世界文学选集以及世界文学课程的安排情形大体接近。

达姆罗什提出，1995年伯恩海默（Bernheimer）担任主编的《多元文化时代的比较文学》具有里程碑式的意义。因为从此以后，美国学术界改变了对世界文学的传统认知，突破了欧洲中心主义，世界文学经典的范围得到了前所未有的扩展，包含了亚洲、非洲以及拉丁美洲等地区。诺顿、

① 南帆、刘小新、练暑生：《文学理论》，北京大学出版社2008年版，第226页。

② ［美］大卫·达姆罗什著，王文华译：《后经典、超经典时代的世界文学》，见［美］大卫·达姆罗什、刘洪涛、尹星主编：《世界文学理论读本》，北京大学出版社2013年版，第159页。

朗文、贝德福特出版社推出的这些闻名世界的世界文学作品选集筛选了500多位作家的作品，他们来自全球数十个国家和地区，[①] 这是一个可喜的倾向。达姆罗什统计了美国现代语言协会出版的《现代语言学会书目》（*MLA Bibliography*）收录的1964—2003年间研究不同作家的论文数量和比例后，有一个重要的发现——虽然世界文学经典的范围扩大了，可是以前的经典作家地位一如既往。于是达姆罗什提出了经典的三层次说：超经典（hypercanon）、反经典（countercanon）和影子经典（shadow canon）。[②]

（一）达姆罗什的“世界文学”经典三层次说

过去，学界主要以“主流作家”和“非主流作家”的二分法对世界文学进行划界。虽然世界文学的研究对象以“主流作家”为主，但是在具体的文学选集里、课程安排上和学术讨论中，在探讨这些大作家的同时，依然会兼顾那些西方文学的小作家。如1956年版的《诺顿世界文学作品选》既收入了许多托尔斯泰和陀思妥耶夫斯基的重要作品，又收入了亚历山大·布洛克的作品。“非主流作家”总是作为“主流作家”的陪衬而存在。达姆罗什认为，近年来，在世界文学领域，当代比较文学研究进入了“超经典”“反经典”和“影子经典”三重结构模式，取代了从前的“主流作家”和“非主流作家”所构成的双重结构模式。世界文学经典从过去的两层体系变成了三层体系。在以前的双重结构模式中，文学作品只有两种可能性：经典和非经典，没有第三种可能。相较而言，达姆罗什的“世界文学”经典三层次说更有合理性。

1. 超经典

某些著名作家在过去的几十年里自身地位非常稳定或者地位愈发重要，这就是超经典。达姆罗什的统计显示，像莎士比亚、荷马、华兹华斯、普鲁斯特和乔伊斯这样的超经典作家，他们的地位是无可取代的。与后工业时代的经济发展状况同理，富人更富，传统意义上的老牌主流作家只会越来越强。

虽然近年来出现了几个作家新星引起了注意，但是超经典作家依然占

① 刘洪涛：《世界文学观念的嬗变及其在中国的意义》，《中国比较文学》2012年第4期，第16页。

② ［美］大卫·达姆罗什著，汪小玲译：《后经典、超经典时代的世界文学》，《中国比较文学》2007年第1期，第1页。

据着大部分的学术资源，在文学选集中频繁出现并且获得了热烈的讨论。这些作家通过增加自己在后经典潮流中的价值来进一步巩固自己的地位。如詹姆斯·乔伊斯曾经是欧洲现代主义研究的核心作家，现在又有一些学者要对他进行新的阐释。因此，像《半殖民主义的乔伊斯》（*Semicolonial Joyce*）与《跨国乔伊斯》（*Transnational Joyce*）这样的论文集陆续得以出版和发表。新的研究方法和理论话语为超经典作家提供了一个契机，他们的研究价值得到了极大的丰富。

英国六大浪漫主义诗人也是一个超经典诗人组合。达姆罗什从美国现代语言协会出版的《现代语言学会书目》所收录的相关研究中发现了一个现象：《现代语言学会书目》的调查报告显示，这六大诗人的研究热度很高而且处于相对稳定的状态。从 1964 年到 1973 年的这十年时间，六大诗人几乎主导了整个诗歌评论界。他们中的每一位诗人都有至少 400 部研究专著或文章（有的全部内容是研究他们的，有的部分内容是研究他们的），而统计的其他浪漫主义诗人，在同一个时期的研究作品居然都不足 100 部。直到现在，他们的差距依然如此。除此之外，六位诗人内部的差异变化也可以忽略不计。拜伦最初的时候就是这个超经典诗人组合的最后一位，而且没有改变过位次。雪莱、柯勒律治、布莱克和济慈都有过短暂的上升或下降。华兹华斯在开始的时候就处在最高端，而且一直位列第一，后来甚至还扩大了领先优势。

2. 反经典

反经典指非主流的、有争议的作家，他们在进行文学创作时使用非主流语言，或者虽然他们使用大国的主流语言，但是隶属非主流的文学传统。大多数旧的超经典作家与这些初来乍到的文学经典新晋成员比邻而居、相安无事。这些新成员基本上很少有人积累了极高的人气，因此，那些旧的超经典作家不仅根本感受不到新人的威胁，而且由于跟这些新人相提并论而获得更大的声誉。当然，正是教师和学者决定了哪些作家可以真正成为当今世界文学的经典。

反经典作家也许在某一个阶段颇受欢迎，可是等到这个时期过去，他们的声誉会逐步下降，从而徘徊在经典的边缘，地位不如超经典作家那般稳固。在达姆罗什看来，世界文学作品选集中数量不多的东方文学，是反经典的可能性非常大。它们对西方读者而言只是昙花一现，即使曾经异军突起，获得了好评，但是西方读者总有一天会淡忘反经典。

反经典的出现确实标志了世界文学经典领域的重大转变。达姆罗什从统计数据中观察到有两位反经典诗人，希曼斯和巴波在过去的20余年里从几乎是零的地位上升起来，但是升得不是那么高。他们现在大概处于过去可以称之为“小”经典的地位。如果将统计的范围扩大，将散文也包括在内，就会看到简·奥斯汀从“大”作家中较低的位置上升到至高无上的地位（在过去的十年里有942部关于她的研究作品，仅次于华兹华斯），而玛丽·沃斯通克拉夫（Mary Wollstonecraft）和玛丽·雪莱（Mary Shelley）会上升到超经典的行列。达姆罗什发现即使考察范围扩大，放眼整个世界文学经典场域，反经典的出现虽然是一种非常值得关注的现象，但是超经典的地位无可撼动。

达姆罗什的论述往往基于相对客观的统计数据，并不仅仅是停留在理论层面的泛泛而谈。世界文学经典之间存在巨大差异是一个不争的事实。因为世界文学有着相当大的时间跨度，涉及的作家数量极多。假如把所谓的“世界文学”定义为在本土之外、本专业领域之外人们阅读和讨论的文学作品，那么就会发现，超经典的范围变得更大。异军突起的反经典文本序列，虽然不失为世界文学经典领域的一抹亮色，却依然是超经典面前的弱势群体。

3. 影子经典

当新的世界文学经典体系不断受到维护的时候，就出现了影子经典。那些被超经典遮蔽的小作家就是影子经典，他们越来越处于一种隐身的状态，消失在超经典的阴影里，尽管他们为老一代学者所熟知，但读到他们作品的年轻一代的学生和学者越来越少。这种现象甚至在民族文学传统中也可以看到，虽然民族文学传统在时间和考察范围上所面临的压力要比世界文学小很多。莎士比亚和乔伊斯的经典地位是无法撼动的，他们实际上的势力反而会得到加强。但是，赫兹里特（Hazlitt）和高尔斯华绥（Galsworthy）则很少出现在大众视野，渐渐被读者遗忘，人气面临耗尽的危险。

范小青认为，《平凡的世界》属于“影子经典”的范畴。虽然它曾荣获1991年的茅盾文学奖，由它改编的广播剧也曾风靡大江南北，但是它稍显陈旧的现实主义风格没有得到批评界的认可，一直处于一种尴尬的境地。范小青称它为“影子经典”，指的是在往日的阅读中，给很多读者留下了美好的回忆。但那仅仅是回忆，至于值不值得重读，就是另一回事了。20多年来，时代发展日新月异，不仅席卷了农民为进城而拼搏之类的故事，而且几乎吞没了文学本身。[①]

达姆罗什通过统计发现后殖民研究与英国浪漫主义情况有相似之处，也有几位影子经典作家。这些人读者都“知道”（当然多数是通过文学选集中的一两篇文章了解到的），但用文字去探讨他们的人却寥寥无几。例如：普列姆昌德（Premchand），在过去的20年里只有几篇研究他及他的作品的文章。有些影子经典作家，以前在殖民和后殖民文学研究中享有盛誉，可是现在因为其他的一些作家成为超经典作家，所以他们的声望受到不利影响而远不及以前了。例如：纳丁·戈迪默排名上升了，但亚兰·佩顿（Alan Paton）则有所下降；萨尔曼·拉什迪取代了R. K. 纳拉扬（R. K. Narayan）的位置。在20世纪六七十年代人们经常谈论的诗人噶里布（Ghalib），现在却几乎再没有人讨论了。

（二）与布鲁姆、卡尔维诺等文学经典观的比较

佛克马（Douwe W. Fokkema）提出，可以采取两种不同的途径去研究经典：第一种是借鉴历史学和社会学的相关知识，研究经典的形成过程；第二种是善于运用批评方法，对新的经典怎样生成或现有经典如何修订进行研究。在佛克马看来，经典总是表现为专门机构选出的文本。这些文本的筛选不是随心所欲的，而是建立在系统的评价标准基础上的。遴选出的文本应当满足特定的需要，如用于教学，或是为人们的个人生活和社会行为提供选择。它们构成了文学批评的参照系。但经典不能只是被描绘成一系列文本，它的空间的、时间的和社会的维度也一定要被说明。[②] 达姆罗什的看法与佛克马是类似的，虽然文学选集对经典的形成有着重要的促进作用，但是世界文学经典不能简单等同于经典文本的集合，还应该考虑其他因素。

布鲁姆在《西方正典》一书中，重点研究了26位经典作家，并试图辨析使这些作家跻身于经典的特性，即那些使他们成为文化权威的特性。布鲁姆认为这些作家及作品成为经典的原因正是在于陌生性，这是一种无法同化的原创性，或是一种人们完全认同而不再将其当做异端的原创性。阅读经典作品的真正作用是增进内在自我的成长。深入阅读经典不会使人

① 范小青：《“影子经典”的回归》，《中国图书评论》2015年第11期，第95页。

② 童庆炳、陶东风主编：《文学经典的建构、解构和重构》，北京大学出版社2007年版，第3页。

发生本质的变化，对于公民也没有社会现实层面的意义。西方经典的全部意义在于使人善用自己的孤独，进行心灵的自我对话，这种孤独的终极形式是一个人和自己死亡的相遇。[①] 布鲁姆总结了文学经典何以生成的原因以及阅读经典作品对于读者的意义，极具启发性。

布鲁姆的经典观透露出一种精英文学主义，虽然他承认文学经典之间有“竞争性”关系，也认识到了经典建构的动态生成性，但是他依然再三强调，“莎士比亚和但丁是西方经典的中心所在”，他甚至觉得莎士比亚和但丁就是“文学”的代表人物，不管发生什么，他们的地位都不可取代。达姆罗什的观点与布鲁姆所论并不相同，达姆罗什认为即使伟大如莎士比亚和但丁，他们的命运也不可能是一帆风顺的，在世界文学中的地位并不像布鲁姆声称的那么稳定。达姆罗什还表示，经典只有在读者的阅读过程中才有生命力，不顾作品的可读性，一味地将经典拘泥于那些所谓的“时代杰作”，并不是一件值得提倡的事情。[②] 除此之外，布鲁姆在书中列举的作家大部分来自西欧和北美，他建构的经典谱系还是以西方作品为主。达姆罗什则认为需要扩展文学经典的范围，这是全球化时代世界文学发展的内在需要。

卡尔维诺在《为什么读经典》中对经典的定义做了如下界定：“经典是那些值得重读并且每次重读都带来新发现的书；经典是那些为读者提供宝贵经验的书；经典是那些对读者产生某种特殊影响的书；经典是那些具有丰富内涵的书；经典是那些不断在它周围制造批评话语的书；经典是帮助读者认识自己的书；经典是在众多文学作品的系谱中享有重要位置的书。”[③] 卡尔维诺从各个侧面定义了他心目中的经典，是对经典内涵的有力诠释。卡尔维诺的界定虽然有丰富的要点，但是更多是在讨论经典与读者之间的联系。在他看来，读者在阅读经典的过程中，得到的益处不言自明。

童庆炳在《文学经典建构诸因素及其关系》中提出了“文学经典建构六要素”，在他看来，文学经典建构的影响因素有很多种，至少需要以下六个要素：一是文学作品的审美价值；二是文学作品提供的阐释空间；三是意识形态和文化权力；四是文艺理论和批评的价值取向；五是读者的期

---

① ［美］哈罗德·布鲁姆著，江宁康译：《西方正典》，译林出版社2011年版，第2页。

② 尹紫原：《论大卫·达姆罗什的文学经典观》，湘潭大学硕士学位论文，2017年，第31页。

③ ［意］伊塔洛·卡尔维诺著，黄灿然等译：《为什么读经典》，译林出版社2012年版，第1–7页。

待视野；六是发现人，或称为“赞助人”。在这六个要素中，前面两个是文学作品内部的因素，隐含“自律”问题；中间两个属于对文学作品产生影响的外部因素，指向“他律”问题；最后两个“读者”与“发现人”，介于“自律”和“他律”之间，它们是连接内部和外部的中介因素，若是没有这两个要素，任何文学经典都是不可能构建的。①

程正民的文章《经典在对话中生成》主要是从对话的角度出发探讨经典形成的问题。他的文章重点从三个层面研究了这种对话和生成性。第一，文学经典是作者在与前辈作家的对话中产生的，经典的生成过程也可以理解为人类文化的积淀过程。第二，文学经典是在“文本内在对话”中生成的，值得指出的是，虽然程正民也重视经典文本的“内在特质”和“内在结构”，却把这种特性和结构解读为文本的内在对话性。换句话说，就是通过反映现实生活的诸多矛盾和对话来展示世界的丰富性。最后程正民认为，文学经典是在作者和读者群体的对话中生成的，时代不同、历史文化语境存在差异，经典的命运必然多样，产生的影响也不尽相同，经典的意义和价值会在与读者群体的对话中不断生成。②

达姆罗什与卡尔维诺、童庆炳、程正民等国内外学者都十分看重读者与文学经典的关系。达姆罗什从读者的角度出发，将世界文学界定为一种阅读模式，而非一套经典文本；卡尔维诺突出了阅读经典对读者产生的重大作用，寻求“为什么读经典”的原因；童庆炳认为，能够建构为文学经典的作品，总是具有相当的艺术水准和价值，能够引起读者的阅读兴趣和心理共鸣，能够满足读者的期待；程正民把作者和各代读者的对话当做生成文学经典的关键因素。

然而，即使几位学者都在探讨文学经典的建构问题，各自却有着不同的研究角度。在达姆罗什看来，世界文学经典的重新建构从过去的两层体系变成了三层，注重的是最终形成的“超经典”“反经典”及“影子经典”三重结构模式，进而深究三种经典形态的内涵。达姆罗什对经典的划分正是他的理论创新性所在，这是其他学者都不曾涉及的。达姆罗什的创见对文学经典研究提供了一种新奇而独到的观点。

---

① 童庆炳：《文学经典建构诸因素及其关系》，《北京大学学报（哲学社会科学版）》2005年第5期，第71页。

② 程正民：《经典在对话中生成》，见童庆炳、陶东风主编：《文学经典的建构、解构和重构》，北京大学出版社2007年版，第6页。

三、达姆罗什的“世界文学”阅读策略与教学理念

达姆罗什非常重视世界文学与读者的关系，他设身处地为读者出谋划策，探索在全新的时代背景下，应该如何阅读世界文学。达姆罗什建议读者，在接触陌生文化语境中的文学作品时，大可不必无从下手，可以巧妙地运用比较法，寻求它与熟悉作品之间的异同。与此同时，对译本的批判性阅读也是必不可少的。除此之外，与世界文学相关的选集、网站、教材等都是很好的参考资料。达姆罗什的“世界文学”阅读策略，不仅仅是理论探讨，更是可操作性极强的具体方法。这些有效的策略有助于读者更好地解决阅读世界文学时出现的问题。

达姆罗什作为世界文学领域的知名教授，在日常的教学实践中总结出许多教学经验。这些教学经验对我国高校教师的世界文学教学工作有很多启发。首先，达姆罗什试图证明虽然应该反对超经典的霸权地位，但是教师和比较文学学者依然需要好好利用这一资源，把超经典与反经典作品结合起来，让教学和学术研究领域出现越来越多的跨越超经典与反经典之间鸿沟的课题，也使超经典作家与反经典作家都在世界文学领域占据一席之地。其次，他在《讲授世界文学》一文中，表达了世界文学课程应当采用主题教学的看法。最后，达姆罗什在采访中提到，要加强专业人才的培养，因为他们才是世界文学教学的中坚力量。

（一）达姆罗什的“世界文学”阅读策略

2009 年 3 月，达姆罗什出版了新书《怎样阅读世界文学》，该书的主要内容涉及比较文学研究的方法论问题以及世界文学的阅读方式，是极具实践性和指导性的重要著作。在全球化和多元文化语境中，世界文学超越了语言藩篱和民族界限，为读者提供了跨越时间和空间的阅读资源，是处于单一文化语境中的民族文学所不能相提并论的。可是，哪怕是开放多元的全球化时代，读者身处不同的文化语境之中，想要拥有与作者一样扎实的文化背景知识也是困难重重。读者在阅读世界文学的时候，应当积极寻求新的理解模式，掌握新的阅读方法。达姆罗什在《怎样阅读世界文学》中对读者在初次接触世界文学作品时可能产生的困惑提供了可资借鉴的处理方案。[①]

---

① 尹星：《阅读世界文学的挑战与对策：大卫·达姆罗什的〈怎样阅读世界文学〉》，《外国文学》2009 年第 3 期，第 119 页。

1. 世界文学带来的阅读挑战

达姆罗什研究发现，读者在阅读世界文学时，会遇到一些挑战。如何正确地理解“文学”自身的含义，这是一项难题。文学从狭义的角度来说，是指“诗歌、戏剧、散文、小说——用合适的语言组织成的具有创造性、想象力的作品”。而转换成广义的角度，文学的边界就不断扩大，包含了宗教、哲学、短文、自传、纪实，以及口述文学和电影叙事。文学的类别和范畴也具有了多种层次。因此，读者对来自不同文化传统的文学作品的期待产生错位，在面临与自身存在区别的文学规范和习惯时总是手足无措。

虽然读者通过阅读世界文学可以开阔自身的文学及文化视野，但是怎样有效地阅读陌生文化语境中的作品便是读者需要直面的另一个棘手难题。世界文学选集的编者可能会告诉读者作品的历史和文学背景，让读者了解到一些以前没听过的作家作品名字，这些信息却不能保证读者真正读懂作品。读者仍旧停留在作品的表层，用自己原有的知识结构去生硬地理解。达姆罗什认为，读者在阅读跨文化的文学作品时，既不能彻底依赖固有的阅读经验，又不能完全抛弃多年积累的知识基础，应当做的是创造性地使用它，把它视为进入新文化环境的跳板。面对世界文学可能给读者带来的这些挑战，达姆罗什给出了实用的阅读策略。

2. 阅读陌生文学作品的对策

读者应以比较的眼光阅读陌生作品。达姆罗什启发读者，阅读陌生的文学作品，如果遇见表面上逻辑不通、毫无意义、平淡无奇的地方，不必茫然失措，读者可以把陌生文学作品置于本土文化语境中去发掘新的内涵。读者要坚持用比较的眼光，寻找陌生文学作品和本民族作品或是其他熟悉的作品的差异性与相同点，以陌生作品给出的新角度来审查熟悉的作品，这样的阅读方法对于重读经典十分有利。达姆罗什提醒读者，将陌生与熟悉的作品并列在一起进行比较阅读虽然可以加深对作品的理解，但是会落入传统比较文学的俗套。

读者应以批判的眼光阅读翻译作品。达姆罗什研究了翻译的优势与缺点，思考了读者在阅读翻译作品的时候应该关心哪些方面。达姆罗什建议读者，就算不了解译本的源语言，读者也一定要用批判的眼光去读翻译作品，清楚译者在翻译过程中是如何发挥他的主观能动性的，从而继续探讨译作的质量高低，意识到译者的翻译有什么问题。对译作的批判性阅读既可以丰富读者的阅读经验，又有益于考量作品在翻译过程中的得失和译者的贡献。读者在阅读翻译作品的过程中还可以采取比较不同译本的方法，进而看出不同译者的文化价值取向。

达姆罗什的新著《怎样阅读世界文学》并不是针对某一理论或思潮泛泛而谈，而是从几个具体角度给读者提供了阅读世界文学的可行路径：优秀的世界文学作品选集；能够查阅的世界文学网站；高校里开设的世界文学课程和使用的教材；世界文学的理论研究；翻译研究；向他国文化的学习和借鉴。[①] 达姆罗什提出这些基础问题的目的，是给读者传递更丰富的文学材料，拓展更广阔的文学视野，展示更多变的文学世界，让更多的读者面对世界文学时能够高效地阅读。

（二）达姆罗什的“世界文学”教学理念

在达姆罗什看来，目前正是比较文学学科的变革期，如何培养学生具备广阔的学习视野，怎样帮助教师思考实用的教学方法，这是他深感兴趣的问题。达姆罗什十分重视世界文学的教学，对他而言，教学是学术研究的根基，二者应该受到同等对待，共同发展。达姆罗什编辑了多种世界文学作品选，出版了多部与“世界文学”密切相关的研究著作，也参与了世界文学教材的编写。达姆罗什通过教材传递他对“世界文学”的深刻理解，从而使各层次的学生都能获得世界文学知识。达姆罗什认为，无论是本科生、研究生还是专业学者，都是研究世界文学不可或缺的构成力量，针对不同层次的读者，应该有重点各异的书籍可供阅读。他的《什么是世界文学?》不是教科书，目标受众是学者；《怎样阅读世界文学》是为本科课程准备的；而为研究生课程预备的书也有许多，如《普林斯顿比较文学原始资料选》《新方向：比较文学与世界文学读本》以及《世界文学理论读本》等。[②]

达姆罗什在《讲授世界文学》一文中，探讨了几个重要问题：“世界文学属于谁？怎样穿越时空，理解不同文化语境中文学的多种表现形式？在教学课堂上如何高效地讲解世界文学?”达姆罗什叙述了世界文学教学

① 尹星：《阅读世界文学的挑战与对策：大卫·达姆罗什的〈怎样阅读世界文学〉》，《外国文学》2009 年第 3 期，第 123 页。

② ［美］大卫·达姆罗什、郝岚：《新时代的世界文学教材编写与人才培养：大卫·达姆罗什教授访谈录》，《比较文学与世界文学》2014 年第 1 期，第 99 页。

中可能遇见的问题和相应的解决办法。他认为世界文学教学不能面面俱到，世界文学课程需要以主题为纲追求突破性，需要打造一系列可教授的作品，而不必寻求一些不现实的比例分配。① 达姆罗什还指出，只研究一个文本并且研究它是如何传播的也是一个不错的世界文学研究课题。

1. 世界文学课程需要主题教学

对于世界文学教学来说，这个崭新时代充满着机遇和挑战。很多高校教师尝试扩大世界文学教学的范围，可是当他们想要实际操作的时候，便会发现一些极难解决的困难。最为突出的就是时间问题。虽然教师在不断地开阔自身的全球视野，但是每学年的教学时间还是跟原来一样，怎样安排教学任务变得越来越让教师烦恼。不仅如此，随着与日俱增的语言、文化和亚文化进入教学视野，教师的备课内容也正越来越受到世界文学课程的严峻挑战。

在达姆罗什的观念里，世界文学课程希望包含全世界的作品是徒劳无功的。他建议教师可以先在世界文学课程中提炼出特殊的主题，突出问题意识，进而从不同的文化传统中寻找特色鲜明的相关作品，然后跟随这些主题和问题的牵引，把作品进行排列组合，实现创新性教学，那么课堂效果将事半功倍。这样的教学实验可以在一些类型或主题相关，但是历史影响或民族背景无关的作品中进行。达姆罗什作为世界文学教授，深知教学中会出现的问题，即不能在一个学期或学年内做每件事情，也不可能在每种语言、国家或者时间上平均分配。因此世界文学课程需要有突破性而不是面面俱到，需要创造一系列可教授的作品，而不是追求既不可能也无必要的比例分配。特别是在以概述性为主的本科教学中，应当先对世界文学有一个整体的把握，再追求对某个地区、时期、类型和主题的课程的更深层次的研究。

我国学者刘介民的看法与达姆罗什有异曲同工之妙。他对21世纪我国“比较文学与世界文学”课程的教学有自己的设想。他认为组成单元教学是一种很好的教学方法。单元教学旨在鼓励学生对中外文学史中的某一主题或流派等形成自己的独立见解。教师想要实施单元教学，必须选择那些在知识结构上有内在联系的内容进行组织。单元教学是一种兼具系统性和

---

① ［美］大卫·达姆罗什著，徐文译：《讲授世界文学》，《江南大学学报（人文社会科学版）》2013年第3期，第85页。

科学性的教学模式，以培养学生的基本文学素养和创新性思维为教学目标。教师应该依据学生的学习心态，安排丰富多彩的世界文学类型，使得学生学会寻找不同民族文学之间的可比性，真正喜欢上世界文学课程。①

针对世界文学研究范围的扩大，达姆罗什认为可以转变研究焦点。他提出了这样一个世界文学的研究课题：以一部作品为中心，研究它是如何在世界领域内传播的。达姆罗什写过一本研究《吉尔伽美什史诗》的著作，这本书研究的是《吉尔伽美什史诗》如何跨越时间在不同国家之间流传。虽然这不是一个典型的世界文学研究课题，因为研究对象只有一本书，但是可以理解为把书的不同版本进行比较。达姆罗什的这种思路提供了一个值得努力的研究方向。

2. 反经典与超经典的横向对比

在达姆罗什看来，虽然超经典霸权是应该抵制的，但是更好的做法是努力扭转这种现象，让它朝有利的方向发展。学生在选修世界文学课程的时候，总是言必称莎士比亚，却对某些作家闻所未闻，这样的情况是非常令人遗憾的。因此，若是想要扩大学生的世界文学视野，教师可以将超文学经典跟反文学经典并置教学，这样做它们双方都能从中获益。这种教学方法既能极大地展现超经典的特色，也能最大化地突出反经典的优点。这样的教学同样也可以解决学生的喜好问题，无论他喜欢哪类作家，都可以阅读到相关的作品。超经典与反经典的横向对比是非常有趣的教学实验，也是一种值得践行的教学策略。

世界文学教学的课时有限，超经典、反经典、影子经典三者地位的悬殊也无法彻底改变，这是客观现实。对于这种情况，达姆罗什给教师提出了一个很好的建议：增强超经典和反经典之间的相互连通性，用比较的研究方法为它们提供一个“文学场域”。这种比较可以是一国的，也可以是跨区域、跨文化的。借助比较的力量，打破世界文学中超经典与反经典之间的阻碍，使它们实现优势互补。既拓宽了学生的阅读范围，又加深了学生对作品的感悟。

3. 重视专业人才的培养

达姆罗什认为世界文学学科重要概念的推广绝对不能忽视教学和人才

① 刘介民：《比较文学教学：21 世纪“比较文学与世界文学”教学断想》，《中国比较文学》2000 年第 3 期，第 78 页。

培养的作用，因此他致力于比较文学与世界文学多层次的人才培养，也包括青年教师的培训。他通过成立世界文学研究所（IWL），将“世界文学”制度化。达姆罗什组织这个项目的意图非常清晰，为了把对“世界文学”课题感兴趣的研究生和教师集合在一起，让他们亲自参与一些课程，与本领域的高端专家共同开展讨论，而且有机会分享彼此的最新进展，形成一种团队意识。IWL 的宗旨是既鼓励单位的参与，又照顾个人的加入。在一所大学里也许只有一两个人对世界文学研究感兴趣，他们身边没有许多同样感兴趣的同事一起讨论，往往处于一种孤立的状态。因此世界文学研究所成立之后，这些人就可以来到这里组织他们自己的研究团队。达姆罗什想要创造一种有持续性的合作氛围，这样人们只要加入 IWL，就可以随时保持联络。

在成立 IWL 之初，达姆罗什便将视野放在世界各地，包括亚洲、美国、欧洲和中东。2011 年在北京大学召开第一次会议，2012 年在伊斯坦布尔，2013 年在哈佛大学，2014 年在香港。达姆罗什发现，现在有越来越多的地方想要举办 IWL 会议。目前 IWL 在全球约有四个分支机构，其中美国和中国的成员数量最多。这两个国家是开设世界文学课程最多的地方。达姆罗什的目标是让 IWL 成为向全球输送人才的机构。①

（三）对国内世界文学教学的启示

在全球化时代，世界文学的教学越来越受到各大学文学专业的高度重视。在汉语世界，中国的大学一般都会在中文系和外语系开设类似的世界文学必修课或选修课，向学生们讲授世界文学的相关知识。许多高校也都纷纷设置比较文学与世界文学专业的硕士、博士点，培养专业人才。世界文学的教学对于我国研究者把中国文学放在一个世界语境下来考察和评价是必需的。中国的文学研究者也编选了具有本土特色的多卷本《外国文学作品选》，可以帮助不懂外语的学生在有限的时间内对世界文学的概况形成大体了解。②

我国有许多学者都十分关注世界文学的教学问题。刘献彪在他主编的《比较文学教程》中提出，无论是阅读还是分析作品，都应具备世界文学

① ［美］大卫·达姆罗什、郝岚：《新时代的世界文学教材编写与人才培养：大卫·达姆罗什教授访谈录》，《比较文学与世界文学》2014 年第 1 期，第 103 页。

② 王宁：《比较文学、世界文学与翻译研究》，复旦大学出版社 2014 年版，第 211 页。

和世界文化的宽阔视野，持续尝试用新的角度解读作品，自然会有新的发现与启示。这对于打破惯性思维，更新知识结构，培养比较能力，都有很大的启迪意义。他还指出，将比较文学观念引入中学语文教学活动中有多种办法，具体分为如下四个方面：第一，将比较文学引进中学语文教材。第二，通过课外阅读指导，引导学生学会用比较文学的思想观念去阅读中外文学名著。第三，举办专题讲座介绍比较文学知识。第四，结合课堂教学引入比较文学。① 虽然中学语文教学与大学的重点不同，但是刘献彪所说的教学路径值得注意。

在昂智慧看来，对于“比较文学与世界文学”这门专业课，教师应该采取多元和灵活的方式来进行授课。比较文学的基本理论问题，中外文学与文化的基本知识，从全球化的视角讲授世界文学，② 这三点是昂智慧特别提醒教师应该留心的。何志平认为，大学世界文学课程的教学目的，应当重视以下两点：①较为系统地讲授世界文学的基本知识，助力学生把握世界文学史及其中的重要作家作品；②在学习了世界文学基础知识的前提下，进而深入理解文学的基本理论。他还提出，“世界文学教材体系改革”的一个重要方面，应该是在教材体系中加强总体的研究和加强中外文学的比较研究。③ 陈俐对“比较文学与世界文学”的课程设置有自己的心得。将整个课程体系分为三步走：从“外国文学作品选”到“外国文学史”再到专业选修课，④ 循序渐进方能获得好的教学效果。大数据是当今时代的一个热门话题。郝岚在《大数据与世界文学教学》一文中探讨了两者之间的关系。主要表现在三个方面：第一，大数据思维特性渗透到世界文学选集编选之中；第二，大数据引导世界文学教学方法的革新；第三，大数据也带来阅读的扁平化的问题。⑤ 几位学者都在用心思索世界文学的教学策略，基本上覆盖了课程设置、教学内容以及教学方式几大方面，具有指导意义。

---

① 刘献彪、刘介民主编：《比较文学教程》，中国青年出版社 2001 年版，第 236 – 238 页。

② 昂智慧：《更新观念，迎接挑战：对“比较文学与世界文学”教学的思考》，《中国比较文学》2000 年第 2 期，第 111 页。

③ 何志平：《世界文学教学必须强调全方位的总体视野》，《外国文学研究》1993 年第 2 期，第 117 页。

④ 陈俐：《比较文学与世界文学课程设置和教学内容体系新探》，《中国大学教学》2007 年第 9 期，第 52 页。

⑤ 郝岚：《大数据与世界文学教学》，《中国比较文学》2016 年第 1 期，第 186 页。

他山之石，可以攻玉。我国的知名学者在世界文学教学问题上提出了很多有价值的观点，不过达姆罗什的世界文学教学理念还是有许多可资借鉴的地方。虽然达姆罗什认为世界文学不等同于一套经典文本，但是教师想要在有限的教学时间内尽可能多地扩充学生的世界文学知识面，还是应该借助世界文学选集。学生在经典作品集的帮助下，学习会更有针对性，而不是在世界文学的宏大范围中漫游。教师在授课过程中不必追求面面俱到，这是不现实的。先确定一个核心主题，再在这个主题的指引下寻找各国文学中与之相关的优秀作品，让学生在不同文化背景作品的比较中加深对核心问题的理解，会取得意想不到的效果。把享有霸权地位的超经典作品与异军突起的反经典作品放在一起讲授是一种有趣的教学实验。这样可以避免学生只知道莎士比亚、但丁等作家，而对其他知名度略低却极有特色的作家一无所知。对世界文学专业人才的培养是达姆罗什相当看重的，也是我们应当努力的方向。

我国的比较文学和外国文学等课程的任课教师，应当及时更新自身的教学理念，思考如何让学生更好地吸收世界文学知识，打造学术性与趣味性并重的大学课堂。我国应该建立有中国特色的世界文学研究机构，将中国文学放置在世界文学的宏大语境中进行考察，思考中国文学走出国门的有效路径，提高中国文学在异国的知名度。同时跟进世界文学的研究动态，促进“比较文学与世界文学”学科取得长足的发展。

结　语

达姆罗什身为当今国际上世界文学领域重要的理论家，做出了令人瞩目的突出贡献。无论是理论意义上把“世界文学”的概念内涵概括为三重定义，以及将“世界文学”经典观区分为三个层次，还是提出具有实践指导意义的世界文学阅读策略与教学理念，都令人深思。他不仅创造了“椭圆形折射”这一术语来解释世界文学与民族文学间的关系，认为世界文学具有双重文化性质；而且提出了超经典、反经典、影子经典的三重结构模式，有别于传统的文学经典观；还在世界文学的阅读和教学方面介绍了许多切实可行的方法，帮助世界文学的传播。

达姆罗什能够取得如今的成就，在比较文学界享有一定的话语权，并不是一蹴而就的。他的“世界文学”观是经过多年的不断摸索逐渐形成的，已经构成了一套“达姆罗什式”的理论体系，对比较文学、世界文学、翻译研究等都有宝贵的启发性。虽然达姆罗什对“世界文学”的研究已经取得了显著的成果，但是仍有值得商榷之处。如“流通固然把模糊而不可能有实际意义的‘世界文学’在概念上变得更为清晰，可以实际操作，但流通本身并不能区分流通的作品之高下优劣，没有对作品本身的性质做明确规定，即没有任何价值判断”[①]。除了反思“流通说”，达姆罗什对世界文学的定义相对松散且宽泛，并未追求界定的精准性，如果机械地套用，可能对一部文学作品是否属于世界文学依然会产生分歧；他更多从文化层面出发考察世界文学，重点是文学作品本身的跨文化流通，未过多涉及政治经济对世界文学的影响；他虽然具有一定的全球视野，但是对非主流文学的关注尚不充分。

总体来说，在全球化的今天，达姆罗什立足于全新的时代背景，对世界文学领域存在的种种问题进行了极具个性的思考。他的世界文学观念可以视为对“影响研究”和“平行研究”两种传统研究范式的超越，是探索比较文学与世界文学研究的新路径。

---

① 张隆溪：《什么是世界文学》，生活·读书·新知三联书店2021年版，第25页。

从《摩罗诗力说》看鲁迅的比较意识及其实践

刘俊杰

进入20世纪，尤其进入20世纪下半叶，尽管比较文学不断遭到质疑和经历危机，但它作为一门学科还是如火如荼地发展起来，其势头也从欧洲进入美洲，进而拓展至亚洲。比较文学逐渐从西方中心主义的局限中走出，开始了东西方文学的比较，为学科的发展带来了新的空间，中国比较文学也乘“西风”赶上了世界的潮流。当然，在学科发展的道路上，少不了那些眼光独到、视野开阔的先驱的作用，鲁迅就是其中一位。日本留学期间，他较多地接触西方的医学、科学、文化等先进知识，进一步打开了视野。1907年，鲁迅写作《摩罗诗力说》一文，显示其对中西方文艺理论的理解把握，他以“摩罗派”诗人拜伦为中心，在中西文学的比较、互动中阐释了对诗歌力量的理解，并呼唤“撄人心”的文学和“精神界之战士”的出现。但在当时复杂的社会文化环境下，从1908年发表在《河南》月刊起，由于其古奥的文字和偏重文化批判（当时更重视社会批判）等原因，这篇文章并未引起多大的反响。“在鲁迅的全部作品中，最具有摩罗精神和浪漫主义精神的作品是《摩罗诗力说》，但它没有得到充分的研究。”[①] 鲁迅去世之后，国内学术界更是将研究的重点放在《狂人日记》及其之后的小说、杂文的研究中，对其早期5篇文章的研究则相对滞后。1933年瞿秋白编选了《鲁迅杂感选集》，从思想史的角度给鲁迅研究带来了新的贡献，之后也引发了对《摩罗诗力说》较多的关注与研究。[②] 20世

---

① ［捷克］马立安·高利克著，伍晓明、张文定译：《中西文学关系的里程碑》，北京大学出版社1990年版，第22页。

② 关于《摩罗诗力说》的研究综述可参看：刘锐：《九十年来〈摩罗诗力说〉研究述评——兼说〈摩罗诗力说〉及对鲁迅早期研究的限度与可能(上)》，《上海鲁迅研究》2017年第4期，第86－99页；刘锐：《九十年来〈摩罗诗力说〉研究述评——兼说〈摩罗诗力说〉及对鲁迅早期研究的限度与可能（下）》，2018年第1期，第131－145页。

纪80年代，日本学者北冈正子的专著《摩罗诗力说材源考》认为："《摩罗诗力说》是在鲁迅的某种意图支配下，根据当时找得到的材料来源写成的。将材料来源的文章脉络和鲁迅的文章脉络加以比较检查弄清鲁迅文学的构成情况，就可以从中领会鲁迅的意图"，并将其看做"鲁迅文学的出发点"[①]，这无疑给当时的鲁迅研究带来了方法论的变革，学界开始重新认识这篇文章。另一位日本学者伊藤虎丸也认为"鲁迅的留学时期……已经基本上形成了以后鲁迅思想的筋骨时期"[②]。由于特殊社会历史背景导致的对鲁迅早期思想忽视的情况也开始发生转变，国内学者也及时转变研究思路，将其看做理解鲁迅早期思想的一把钥匙。汪晖认为："1907年、1908年就是他非常重要的一个出发点或再出发点"，"他将自己转化为一个比所有人都更深沉的国际主义者和世界主义者"[③]，澳大利亚汉学家寇志明认为鲁迅以文言文创作的一系列文章是"此后一生中文学旅程的蓝图"[④]。

尽管在此之前的1904年，王国维已经写出了《红楼梦评论》这样带有自觉比较意识的研究文章，但学界仍然非常看重《摩罗诗力说》，将其看做现代中国比较文学的开端。如金路在20世纪80年代指出《摩罗诗力说》是"我国划时代的比较文学论著。……是鲁迅比较文学实践的处女作，而且，也标志着我国比较文学的起点"[⑤]。赵瑞蕻认为"鲁迅——中国第一个比较文学家，以《摩罗诗力说》这篇介绍西方浪漫派诗人的专著，为我国的文学研究开辟了一条新路——比较文学研究的道路"[⑥]。乐黛云也强调"从现代说起，中国比较文学的源头也可以上溯到1904年王国维的《叔本华与尼采》，特别是鲁迅1907年的《摩罗诗力说》和《文化偏至论》"[⑦]。站在今天比较文学的研究基础上回望上述的基本判断，如果我们

---

① ［日］北冈正子著，何乃英译：《摩罗诗力说材源考》，北京师范大学出版社1983年版，"前言"第2页。

② ［日］伊藤虎丸著，孙猛、徐江、李冬木译：《鲁迅、创造社与日本文学：中日近现代比较文学初探》，北京大学出版社2005年版，第223页。

③ 汪晖：《鲁迅文学的诞生：读〈呐喊〉自序》，见张鸿声、［韩］朴宰雨主编：《世界鲁迅与鲁迅世界：媒介、翻译与现代性书写》，中国传媒大学出版社2013年版，第9页。

④ 张鸿声、［韩］朴宰雨主编：《世界鲁迅与鲁迅世界：媒介、翻译与现代性书写》，中国传媒大学出版社2013年版，第281页。

⑤ 金路：《我国划时代的比较文学论著〈摩罗诗力说〉》，《东北师大学报（哲学社会科学版）》1985年第3期，第74页。

⑥ 赵瑞蕻：《鲁迅〈摩罗诗力说〉注释·今译·解说》，天津人民出版社1982年版，第295页。

⑦ 乐黛云：《比较文学与中国现代文学》，福建教育出版社2015年版，第8页。

接受"'比较文学'作为一门学科在中国出现则是20世纪20年代末、30年代初"[①] 的基本论断，那么《摩罗诗力说》应该被看做中国比较文学的一次尝试，是中国比较文学萌芽期的代表性成果，尽管并非学科意义上的专论，但比较文学意义上的研究活动已然展开。整篇文章采用文言形式，共9个部分，洋洋洒洒2万多字。[②] 通常，研究者将其分为两部分，1~3节为总论，4~9节为分论。尤其在第二部分，充分展示出鲁迅在对待外来文学、文化上的开放态度和世界视野，有着浓厚的比较意识。在比较实践中，鲁迅并未停留在事实材料的罗列上，也非X与Y的简单比附，而是既注重中外文学、文化的跨越性比较，同时也重视外国文学内部之间影响关系的梳理与分析，因而《摩罗诗力说》不是一篇为了比较而比较的文章，而是非比较文学目的的比较研究的典范之作。

一、全球视野及自觉的比较意识

19世纪的马修·阿诺德第一次在英语语境中使用"比较文学"这一术语，并以自己跨越文学、文化甚至教育、政治的经历告诫我们，文学批评不能仅仅局限在一国范围，而应放眼世界，突破国与国之间的界限。尽管这一呼声出现得太早而在很大程度上被人忽略，但现今从事比较文学研究的学者因学科特点而应具备世界视野、跨越思维、语言素养等已成业界公认之素养。关于世界视野，比较文学的先驱们在认识上是一致的。梁启超认为"凡一民族之文化，其容纳性愈富者，其增展力愈强"[③]；王国维认为应"破中外之见"[④]，"欲完全知此土之哲学，势不可不研究彼土之哲学。异日发明光大我国之学术者，必在兼通世界学术之人，而不在一孔之陋儒，固可决也"[⑤]。马修·阿诺德也认为："每个批评家在自己熟悉的那种文学之外，至少都应该尝试并掌握至少一种伟大的文学，并且与他自己的

---

① 乐黛云：《比较文学与中国现代文学》，福建教育出版社2015年版，第9页。

② "因为那编辑先生有一种怪脾气，文章要长，愈长，稿费便愈多。……又喜欢做怪句子和写古字，这是受了当时的《民报》的影响"，见鲁迅：《鲁迅全集（第1卷）》，人民文学出版社2005年版，第3页。

③ 梁启超：《梁启超全集》，北京出版社1999年版，第3805页。

④ 谢维扬、房鑫亮主编：《王国维全集（第1卷）》，浙江教育出版社2010年版，第125页。

⑤ 谢维扬、房鑫亮主编：《王国维全集（第14卷）》，浙江教育出版社2010年版，第36页。

文学差别越大越好。”[1]

（一）出国留学进一步开阔了世界视野

尽管比较文学这一学科、名词的出现在中国都晚于鲁迅创作《摩罗诗力说》的时代[2]，但鲁迅已具备这种素养并知晓世界视野的重要性，“明哲之士，必洞达世界之大势……外之既不后于世界之思潮，内之仍弗失固有之血脉”[3]，《摩罗诗力说》在追溯文明古国衰落的原因、中外文学的差异以及摩罗精神等问题时，始终都将对中国文学、文化的反思置于与其他国家的文明、文化对话的语境中，展现出他开阔的世界视野和自觉的比较意识。这种世界视野首先得益于他的日本留学经历。因清政府官派，鲁迅在1902—1909年去往日本留学。“维新有老谱，照例是派官出洋去考察，和派学生出洋去留学。我便是那时被两江总督派赴日本的人们之中的一个”，“凡留学生一到日本，急于寻求的大抵是新知识。除学习日文，准备进专门的学校之外，就赴会馆，跑书店，往集会，听讲演”[4]。明治维新时期的日本对西学大量的翻译与介绍进一步打开了鲁迅的视野，使他对新思想如饥似渴。留学时期他发表在《河南》月刊的《人之历史》《文化偏至论》等文章就是在接受西学知识的基础上思考的结果。

《摩罗诗力说》于1908年发表于《河南》月刊的第二、三期，署名令飞，其名称的由来即得益于鲁迅接受的西方资源。“摩罗”即“恶魔”之意，来自印度，称“天魔”，在欧洲被称做撒旦。周作人认为：“这题目用白话来说，便是‘恶魔派诗人的精神’，因为恶魔的文字不古，所以换用未经梁武帝改写的‘摩罗’。英文原是‘撒但派’，乃是英国正宗诗人骂拜伦、雪莱等人的话，这里把它扩大了，主要的目的还是介绍别国的革命文人。”[5] 鲁迅以一种民族文化传统中已然具有的比较意识，加之自己广博的阅读视野，从分析古国文化史的发展入手，认为历史上文明古国的命运大

① Arnold Matthew. *Essays in Criticism*, The Clarendon Press, 1918, p. 35.

② “比较文学”这一名称最初是由日本引入的。1919年章锡琛翻译日本学者本间久雄的《文学研究法》这是中国近现代文献首次提及“比较文学”这一名词。真正使比较文学理论系统传入中国则在30年代以后。见管新福：《晚清民国留学运动与中国比较文学的生成》，《中国比较文学》2019年第1期，第120页。

③ 鲁迅：《鲁迅全集（第1卷）》，人民文学出版社2005年版，第57页。

④ 鲁迅：《鲁迅全集（第6卷）》，人民文学出版社2005年版，第577－578页。

⑤ 周作人著，止庵校订：《鲁迅的青年时代》，河北教育出版社2001年版，第39－40页。

都免不了“脱春温而入于秋肃”的萧条结局。当文化衰落了，民族的命运也就终止了。中国如要逃出这一悲剧命运的行列，就应该认识到，在可留给后世子孙的遗产中，最有力的莫过于“心声”。文章举意大利和俄国的例子，说明正是但丁发出的沉默了10个世纪的声音，然终使得欧洲世界迎来了文艺复兴的曙光，意大利尽管“分崩矣，然实一统也”①，而俄国则因“无声，终支离而已”，直到19世纪的俄罗斯出现了普希金、莱蒙托夫、果戈理等诗人、作家才使“殊特雄丽之言”“伟美于世界”。诗歌是有力量的，针对这一论断，如果联系鲁迅的德语背景以及他对德国文艺的翻译、阅读等活动来考察，尽管并无直接的文字资料证明鲁迅接受了德国哲学家赫尔德对“诗之力”② 的强调，但鲁迅开阔的世界视野和德语的优势仍然可能促使了“影响”的发生。也许我们可以得出这样一种认识：即鲁迅在《摩罗诗力说》中强调诗歌之“力”通过语言符号对读者、听者的心灵产生作用与赫尔德的观点呈现为精神的高度相关性。在留学生周树人看来，“诗人者，撄人心者也”，而当时的中国则缺乏能够运用这一力量的“精神界之战士”，因而，他从英国以拜伦为代表的摩罗派诗人那里汲取“摩罗”精神以振奋当时的国人，他选取了英国、俄罗斯、波兰重要的八位浪漫主义诗人，并对他们的主要经历、精神生活及其创作情况进行了介绍、梳理与对比分析，从而呈现出对“诗之力”观点的推崇。与同时期创作的《文化偏至论》中张扬尼采“掊物质而张灵明”的观点是一致的，也与后来他提倡文艺救国、文艺运动的想法是直接相关的。《摩罗诗力说》旗帜鲜明地提出“欲扬宗邦之真大”③，发扬国民之精神，就需要广博的世界见识。这种对世界的关注浓缩在了“首在审己，亦必知人；比较既周，爰生自觉”④ 的论断中，也与鲁迅后期提倡的“我们应该有‘自知’之明，也该有知人之明”⑤ 的观点相呼应。对鲁迅来说，比较文学的观念或意识是一

---

① 鲁迅：《鲁迅全集（第1卷）》，人民文学出版社2005年版，第66页。

② 鲁迅弟弟周作人在《河南》月刊发表有关赫尔德的文字，并且留日期间及回国后对德国浪漫主义尤其赫尔德的高度关注可以作为鲁迅至少对赫尔德的观点不陌生的较有力的证据。这一启发可以参看陈怀宇：《赫尔德与周作人：民俗学与民族性》，《清华大学学报（哲学社会科学版）》2009年第5期，第54-65页；尚晓进：《周作人文化民族主义与德国浪漫主义渊源》，《现代中文学刊》2019年第2期，第28-36页。

③ 鲁迅：《鲁迅全集（第1卷）》，人民文学出版社2005年版，第67页。

④ 鲁迅：《鲁迅全集（第1卷）》，人民文学出版社2005年版，第67页。

⑤ 鲁迅：《鲁迅全集（第6卷）》，人民文学出版社2005年版，第647页。

种自发的，源自人类认识世界时的思维方式“比较”的运用。“它是一种文学现象的历史发展和理论上升。因为用比较这一方法获得知识和交流知识，其本身和人类的思维的历史同样古老而悠久。”①

作为中国比较文学先驱的梁启超、王国维、鲁迅等都具有世界视野，都从日本接受了现代知识，但差异还是非常明显的。王国维从本土性情出发，以中西方“相化”观学习西方，并最终转向对古代文论的建构；梁启超追随日本政治小说，认为“彼美、英、德、法、奥、意、日本各国政界之日进，则政治小说，为功最高”②，以此来否定古代传统，力求群治。两位先驱在对待外来文学、文化时的态度在根本上是一致的，代表了中国比较文学发展的一股潮流，即“用从西洋输入的理论来阐发中国文化和文学”③（如梁启超、王国维），而青年鲁迅则在洋务运动与维新变革双重失败的情况下，在与世界文学对话的视野中认为“凡是愚弱的国民，即使体格如何健全，如何茁壮，也只能做毫无意义的示众的材料和看客，病死多少是不必以为不幸的”④。他带着青年人特有的激情呼唤摩罗诗人，肯定他们反叛的破坏力量，期待用摩罗诗人的反叛精神来惊醒当时的国人，王元化先生认为“鲁迅学医的时代，在中国启蒙运动史上正遗留下了两页辉煌的史迹，这就是新政派的洋务运动和戊戌维新运动，这两次启蒙运动虽然不幸都流产了，然而却给后世留下了光辉的教训，这对于鲁迅初期思想的构成起着绝大的影响”⑤。此时，鲁迅对科学知识的接受已然不是解决知识救国的问题，而是将其作为一种思想来对待，他超越了梁启超小说界革命而走向了更高层面的思考。要调动国民的积极性，力量何在？是尚武的《斯巴达之魂》？义和团运动失败了；是学习西方的科学技术？洋务运动失败了；是用西方的思想来武装我们的头脑，进而施行西方的制度来改变中国落后的局面？戊戌变法失败了；那么应该怎么办？青年鲁迅在阅读西学时为拜伦、雪莱、普希金等诗人的精神所激发，他认为这些人身上存在一种精神，“立意在反抗，指归在动作”，他们“动吭一呼，闻者兴起，争天

① 卢康华、孙景尧：《比较文学导论》，黑龙江人民出版社1984年版，“前言”第1页。

② 梁启超：《梁启超全集》，北京出版社1999年版，第172页。

③ 杨周翰：《镜子和七巧板》，中国社会科学出版社1990年版，第7页。

④ 鲁迅：《鲁迅全集（第1卷）》，人民文学出版社2005年版，第439页。

⑤ 王元化：《王元化集（第1卷）早期著作》，湖北教育出版社2007年版，第96页。

拒俗，而精神复深感后世人心”[①]。

杨周翰先生认为：“西方比较文学发源于学院，而中国比较文学（或萌芽状态的比较文学）则与政治和社会上的改良运动有关，是这运动的一个组成部分。”[②]《摩罗诗力说》这一与比较文学直接相关的唯一一部专门之作也是在这样的背景中产生的。当时的清政府，由于文化上的自大和保守，政治上又施行闭关锁国等政策的原因，其发展逐渐脱离世界轨道，并在接二连三的被侵略战争中败落。亡国灭种是此时面临的最大危机。留日学生陈天华在《警世钟》中提出的十个须知中第一条就是“须知道瓜分之祸，不但亡国罢了，一定还要灭种”[③]。面对危机，以李鸿章、曾国藩、张之洞等为代表的洋务派倡导通过引进西方科学技术来实现富国强兵；康梁维新也大量介绍西学，从波兰的灭亡中吸取教训，以期达到改良。效果似乎也有，正如美国汉学家芮玛丽在分析“同治中兴”这一阶段的“自强”运动时，这样评价道：“一个似乎已崩溃了的王朝和文明在19世纪60年代通过非凡人物的不寻常努力而得以复兴，以至于又延续了60年。”[④] 在洋务运动的中兴效果下，社会上流行的观点是“中外虎争，文无所用”[⑤]，“学问一端，亦以西人为尚。化学、光学、重学、医学、植物之学，皆有专门名家，辨析毫芒，几若非此不足以言学。而凡一切文学词章，无不悉废”[⑥]。鲁迅的父亲曾说过：“现在有四个儿子，将来可以派一个往西洋去，一个往东洋去做学问。”[⑦] 鲁迅确实和弟弟周作人因着父亲类似笑谈似的期许，渴慕日本维新的成果而去了日本留学，但在鲁迅看来“维新以后，中国富强了，用着学来的新，打出外来的新，关上大门，再来守旧。可惜维新单是皮毛，关门也不过一梦”[⑧]。而以义和团为代表的陈旧、落后的农民起义也无法挽救中国。芮玛丽认为“一些比火力更必要的东西，中国仍然

---

① 鲁迅：《鲁迅全集（第1卷）》，人民文学出版社2005年版，第68页。

② 杨周翰：《镜子和七巧板》，中国社会科学出版社1990年版，第5页。

③ 邹鲁编：《中国国民党史稿（上）》，东方出版中心2011年版，第496页。

④［美］芮玛丽著，房德邻等译：《同治中兴：中国保守主义的最后抵抗（1862—1874）》，中国社会科学出版社2002年版，“再版序言”第3页。

⑤《谭嗣同集》整理组整理：《谭嗣同集（上）》，浙江古籍出版社2018年版，第64页。

⑥ 郑振铎编：《晚清文选》，中国人民大学出版社2011年版，第404页。

⑦ 周作人著，止庵校订：《鲁迅的故家》，河北教育出版社2002年版，第65－66页。

⑧ 鲁迅：《鲁迅全集（第1卷）》，人民文学出版社2005年版，第352页。

是缺乏的”[①]，在这一点上与青年鲁迅是一致的。

（二）广泛的阅读与语言优势

“任何一个喜欢读书的人都会走上所谓的比较文学道路……一旦开始阅读，我们就会超越边界，做出种种联想和联系，不再局限于单一的文学之内，而是在歌德所谓的‘世界文学’这个伟大广阔的大写的文学空间内阅读”[②]，梁启超曾呼吁：“国家欲自强，以多译西书为本，学子欲自立，以多读西书为功。”[③] 许寿裳曾记载：“鲁迅在弘文学院时，已经购有不少的日本文书籍，藏在书桌抽屉内，如拜伦的诗、尼采的传、希腊神话、罗马神话等等。”[④] 他的涉猎范围相当广泛。对待西学鲁迅一直坚持“拿来主义”的态度，他认为“一切事物，虽说以独创为贵，但中国既然是世界上的一国，则受点别国的影响，即自然难免，似乎倒也无须如此娇嫩，因而脸红。单就文艺而言，我们实在还知道得太少，吸收得太少”[⑤]，留学带来的空间的变化使鲁迅产生了跨界研究的自觉，广泛的阅读与思考又打开了他的视野。北冈正子所做的《摩罗诗力说材源考》更是以实证方式直接证明了鲁迅阅读面的广度。

中外比较文学大家的研究活动表明，语言能力对比较文学学者的成长至关重要。他们无一不是语言大家，如梁启超、王国维到后来的季羡林、杨周翰；法国的艾田伯是东方学家；美国学派的代表雷马克、韦勒克更是通晓多种语言。早期比较文学学者梅茨尔曾在1877年的《比较文学当前的任务》中强调：“只有比较的对象以它们原初的形式展现在我们面前时，真正的比较才成为可能。……通晓多种语言本身就是一种直接交流。”[⑥] 部分法国学者认为：“了解一门以上的外语，是一个必要条件。……英语是绝对需要的，德语不但对于使用词典、百科全书，而且对于使用有关接受美学和文学创作方面的论著都是不可缺少的。……比较学者同时也是语言

---

① ［美］芮玛丽著，房德邻等译：《同治中兴：中国保守主义的最后抵抗（1862—1874）》，中国社会科学出版社2002年版，“再版序言”第272页。

② ［英］苏珊·巴斯奈特著，查明建译：《比较文学批评导论》，北京大学出版社2015年版，“导言”第2页。

③ 梁启超：《梁启超全集》，北京出版社1999年版，第82页。

④ 许寿裳：《亡友鲁迅印象记》，广西师范大学出版社2010年版，第7页。

⑤ 鲁迅：《鲁迅全集（第7卷）》，人民文学出版社2005年版，第170页。

⑥ 张沛主编：《比较文学基础读本》，北京大学出版社2017年版，第24页。

学家。”[①] 美国学者韦勒克也承认“研究比较文学将对学者们掌握多种语言的能力提出很高的要求”[②]，法国学者艾田伯在《比较不是理由》中提到“不久以后最优秀的比较学者应该是这样的人：一方面具有百科全书式的才能，懂得几门2000年左右世界上重要的书写语言；另一方面对于文学美具有深切的感受”[③]。因而，具备优越的外语条件，能够直接阅读、接触外来文学、文化是进行比较文学研究的必要条件。鲁迅的文学活动起于翻译，1903年在日本翻译了《月界旅行》和《地底旅行》。他一生翻译了涉及15个国家110多位作者，近300万字的文字，译介外国艺术作品十余种。“他评论过的外国作者达166人，他在文字中提及的外国作者达571人。”[④] 北冈正子考证出鲁迅“《摩罗诗力说》第四节、第五节的材料来源是木村鹰太郎的《拜伦——文艺界之大魔王》和拜伦著、木村鹰太郎译的《海盗》”[⑤]，这间接说明了鲁迅利用语言优势接受浪漫主义思想的事实。而对匈牙利诗人裴多菲的介绍也是因语言优势而进行的翻译，“鲁迅与周作人译过《裴象飞诗论》。译自匈牙利人赖息用英文写的《匈牙利文学论》的第27章，周作人口译，鲁迅笔述。刊登在1908年的《河南》第7期上。下半篇遗失。”[⑥] 正是世界的视野与多种语言的优势，如日语、德语甚至英语优势的交互作用保障了鲁迅得以顺畅地进行东西方的比较活动。

二、富有启发意义的比较实践

《摩罗诗力说》不仅展现出鲁迅广博的世界视野，而且在比较实践中也带给当今中国比较文学学界重要启示。早期关于鲁迅与比较文学的研究论题，主要集中在传统的影响研究、平行研究甚至跨学科研究的范式下进

---

① ［法］布吕奈尔、比叔瓦、卢梭著，葛雷、张连奎译：《什么是比较文学?》，北京大学出版社1989年版，第230页。

② ［美］韦勒克、沃伦著，刘象愚等译：《文学理论（新修订版）》，浙江人民出版社2017年版，第38页。

③ 张沛主编：《比较文学基础读本》，北京大学出版社2017年版，第120页。

④ 张鸿声、［韩］朴宰雨主编：《世界鲁迅与鲁迅世界：媒介、翻译与现代性书写》，中国传媒大学出版社2013年版，第276页。

⑤ ［日］北冈正子著，何乃英译：《摩罗诗力说材源考》，北京师范大学出版社1983年版，第1页。

⑥ 程麻：《鲁迅留学日本史》，陕西人民出版社1985年版，第225页。

行。如程致中的《〈摩罗诗力说〉与比较文学》① 从四个方面分析了鲁迅在影响研究、平行研究方面对我国比较文学研究的贡献；臧恩钰等的《中国比较文学之父——鲁迅比较文学理论与实践》② 在谈及《摩罗诗力说》时，也是将其放在影响研究、平行研究的框架中。尽管鲁迅在文章中梳理了拜伦影响的谱系，进行了中外文学的平行比较，但其根本的立足点则是"欲扬宗邦之真大"，发扬国民之精神，寻求"精神界之战士"，并期待"第二维新之声"③。因而，其比较的意义和价值更在于自觉的比较意识，在于对弱小民族的情感认同和民族的主体立场。

（一）自觉的比较意识

在《摩罗诗力说》中，鲁迅循着从己出发、推己及人的方式，将对民族文化发展的思考纳入了世界文学的大框架之中。他自觉跨越了国界，从宏观上对比了中西文化，从功能角度分析了文学与科学的差异；并以较大篇幅从微观层面介绍了以拜伦为中心的浪漫主义诗人，范围跨越了国界、语言、文化，是典型的跨越式研究。在鲁迅看来，文艺是具有相通性的，"可以转移性情，改造社会"④。在开阔了世界视野后，鲁迅更是认为只有用文艺才能实现人类之间的"彼此不隔膜，相关心"。⑤ 世界及人类的整体性是进行比较研究的客观基础，而文学内在的品质又决定了人心与文心的相通。正是在这一意义上，鲁迅认为世界上文明古国的衰落主要源于文化的衰落，中国要摆脱这种命运需要求新声，需要处理好新与旧、内与外之间的关系。文明古国往往"自语其前此光荣"造成"呼吸不通于今"⑥，因而无法开创未来，只能缅怀过往，最终成为祥林嫂式的喋喋不休的笑话。因此，鲁迅提出"首在审己"，要认清自己的处境，积极寻求外来有益思想，不忘过去，更兼将来。在进化论思想的影响下，鲁迅认为"平和为物，不见于人间"，"杀机之防，与有生偕"，战争在前，西方人往往"运其神思，创为理想之邦"，或寄托在乌托邦，总之"神驰所慕之仪的，

① 程致中：《〈摩罗诗力说〉与比较文学》，《东方丛刊》2002 年第 1 期，151－160 页。

② 臧恩钰、李春林、王旭东：《中国比较文学之父——鲁迅比较文学理论与实践》，《辽宁教育学院学报》，2000 年第 1 期，第 86－90 页。

③ 鲁迅：《鲁迅全集（第 1 卷）》，人民文学出版社 2005 年版，第 103 页。

④ 鲁迅：《鲁迅全集（第 10 卷）》，人民文学出版社 2005 年版，第 176 页。

⑤ 鲁迅：《鲁迅全集（第 6 卷）》，人民文学出版社 2005 年版，第 544 页。

⑥ 鲁迅：《鲁迅全集（第 1 卷）》，人民文学出版社 2005 年版，第 67 页。

日逐而不舍”。他们是向前看的，是进化、反叛的。反观中国“理想在不撄”，因而哲学家们大都神往于过去太古时代，思想家们“惝恍古国”，如“老子之辈”，最终“神质同隳”。《诗经》《楚辞》以来的中国文学的两大传统都缺失了撄人心的文学。假如出现了天才，则“竭全力死之”或“设范以囚之”[①]，如以“诗无邪”“诗言志”进一步扼杀了诗人及其自由。屈原也不能幸免，反抗挑战，终篇未见，而且世人只“著意外形，不涉内质”，终使其不被理解，“孤伟自死”。况且“人人之心，无不泐二大字曰实利”，因此，要有能让诗人热血沸腾的声音，这声音来自诗，“败拿破仑者，不为国家，不为皇帝，不为兵刃，国民而已。国民皆诗，亦皆诗人之具，而德卒以不亡”[②]。鲁迅在这里是借助柯尔纳的诗歌来说明文学情感的中介作用，与梁启超强调的“移人”以振奋国民精神相一致，期待以具有反叛性的浪漫主义诗歌的力量来实现激扬民众的目的。文章中“使知黄金黑铁，断不足以兴国家”的看法与他接受的尼采的“掊物质而张灵明”呈现出一致性。这是鲁迅在学习西学时，自觉运用外来知识来分析中国国情的尝试。文章的第三节则从功用角度指出文学能“涵养人之神思”，“决不次于衣食，宫室，宗教，道德”[③]，与科学做了宏观的比照。尽管这种比照更可能是基于洋务运动强调的“师夷长技以制夷”的科学救国思想的一次反思，但结合鲁迅的世界视野及其留学期间的阅读经历，这已经反映出鲁迅将文学与科学对举的跨学科式研究取向。

许寿裳认为鲁迅“曾在《浙江潮》和《河南》两种杂志上撰文，又翻译《域外小说集》，都是着重在精神革命这一点”[④]。鲁迅将拜伦等浪漫主义诗人纳入比较视野，首先着眼于中西诗人处境的相似。要么如英国一般“当十八世纪时，社会习于伪，宗教安于陋，其为文章，亦摹故旧而事涂饰，不能闻真之心声”[⑤]。要么如俄罗斯之“无声兆”；波兰之“忧患”；匈牙利之“沉默蜷伏”。拜伦以一己之力反抗鄙陋的精神，超出国界“其力如巨涛，直薄旧社会之柱石。余波流衍，入俄则起国民诗人普式庚，至波兰则作报复诗人密克威支，入匈加利则觉爱国诗人裴彖飞；其他宗徒，

① 鲁迅：《鲁迅全集（第1卷）》，人民文学出版社2005年版，第70页。
② 鲁迅：《鲁迅全集（第1卷）》，人民文学出版社2005年版，第72－73页。
③ 鲁迅：《鲁迅全集（第1卷）》，人民文学出版社2005年版，第73页。
④ 许寿裳：《我所认识的鲁迅》，人民文学出版社1978年版，第45页。
⑤ 鲁迅：《鲁迅全集（第1卷）》，人民文学出版社2005年版，第102页。

不胜具道"[①]。对其超出国界产生的影响，勃兰兑斯曾专门论述道："在俄国和波兰、西班牙和意大利、法国和德国这些国家的精神生活中，他如此慷慨地到处播下的种子都开花结果了——从种下龙的牙齿的地方跃出了披盔戴甲的武士。"[②] 而"种下龙的牙齿"的反叛性正是以赛亚·伯林认为的浪漫主义的核心，"使现实裂成碎片、从事物结构中挣脱、说出不可说的种种努力"[③]，而这一核心使"人们所要获得的不是关于价值的知识，而是价值的创造"[④]，而鲁迅则说："我们要革新的破坏者。"正是在这样的价值取向上，鲁迅选择了摩罗诗力，而且"不仅汉化了'satanic'一词，而且他将这一词嵌入文章的主题中；摩罗一词表达颠覆性的思想，但并不扮演邪恶的角色"[⑤]。

关于比较文学，卡雷给出了一个经典的定义："比较文学是文学史的一个分支：它是对跨国界精神关系的研究，即存在于拜伦和普希金、歌德和卡莱尔、瓦尔特·司各特和维尼（Vigny）之间，存在于分属不同民族文学的作家的作品、灵感，甚至生平履历之间的实际关系。"[⑥] 鲁迅则几乎循着卡雷的定义，详细地梳理了拜伦—普希金—波兰三诗人、匈牙利裴多菲的影响谱系。将摩罗诗人们的生平经历、创作情况以及他们之间存在影响关系的异同均纳入其比较分析中。鲁迅认为拜伦"超脱古范，直抒所信，其文章无不函刚健抗拒破坏挑战之声"[⑦]。其影响超越了国界，而且这种影响同中有异，鲁迅从接受者的社会背景、性情、创作等方面进行了深入的分析。如普式庚（普希金）通过"读裴伦诗，深感其大，思理文形，悉受转化，小诗亦尝摹裴伦"[⑧]；密克威支也"渐读裴伦诗"[⑨] 而"极崇仰"拜伦；斯洛伐支奇则"性情思想如裴伦，……初至伦敦……仿裴伦诗

① 鲁迅：《鲁迅全集（第1卷）》，人民文学出版社2005年版，第102页。

② ［丹麦］勃兰兑斯著，徐式谷、江枫、张自谋译：《十九世纪文学主流（第4分册　英国的自然主义）》，人民文学出版社1984年版，第453页。

③ ［英］以赛亚·伯林著，吕梁等译：《浪漫主义的根源》，译林出版社2011年版，第123页。

④ ［英］以赛亚·伯林著，吕梁等译：《浪漫主义的根源》，译林出版社2011年版，第120页。

⑤ 张鸿声、［韩］朴宰雨主编：《世界鲁迅与鲁迅世界：媒介、翻译与现代性书写》，中国传媒大学出版社2013年版，第284页。

⑥ 张沛主编：《比较文学基础读本》，北京大学出版社2017年版，第74－75页。

⑦ 鲁迅：《鲁迅全集（第1卷）》，人民文学出版社2005年版，第75页。

⑧ 鲁迅：《鲁迅全集（第1卷）》，人民文学出版社2005年版，第89－90页。

⑨ 鲁迅：《鲁迅全集（第1卷）》，人民文学出版社2005年版，第94页。

体"[①]；匈牙利的裴多菲则"幼时，尝治裴伦暨修黎之诗，……性情亦仿佛二人"[②]，也有几位诗人还通过多种途径接受拜伦的影响，如来尔孟多夫（莱蒙托夫）不仅受普式庚（普希金）的影响，而且还"仿裴伦诗纪东方事，且至慕裴伦为人"，并将裴伦认作"生涯有同我者"。在分析这三人的影响关系时，鲁迅还对普希金和莱蒙托夫所受拜伦影响进行了分类："同汲其流，而复殊别。"这种分析不仅梳理了拜伦在俄罗斯的流传学谱系，而且还进行了升华，深化了对三位诗人的理解，为我国比较文学的影响研究提供了思路。不仅如此，鲁迅还超越了这种事实关系，进行了无事实联系的审美关系的分析。如他指出易卜生与拜伦之间存在的差异，但同时也认为二人对"愤世俗之昏迷，悲真理之匿耀"在认识上存在相通，这也使易卜生可以归入具有摩罗之力的诗人的行列。在分析对天才的迫害时，中西方是相通的，"窘戮天才，殆人群恒状，滔滔皆是，宁止英伦。中国汉晋以来，凡负文名者，多受谤毁"[③]，而正是这种相通性不仅加深了鲁迅对中国文化的反思力度，也使鲁迅在情感上产生了对拜伦的深度认同，为呼唤"精神界之战士"提供了文学根据。美国学者雷马克在《比较文学的定义和功能》（1961）中认为法国学者未能足够重视"保存下来的是些什么？去掉的又是些什么？原始材料为什么和怎样被吸收和同化？结果又如何？"[④] 但在《摩罗诗力说》中，鲁迅显然已经弥补了这些缺陷，他并未只对相关事实进行罗列，指出他们之间由于阅读等事实途径产生复杂的影响关系，而是更进一步通过对作品文学性的分析挖掘其内在的审美品性，并结合不同诗人的内在精神气质指出"其为品性言行思惟，虽以种族有殊，外缘多别，因现种种状，而实统于一宗：无不刚健不挠，抱诚守真；不取媚于群，以随顺旧俗；发为雄声，以起其国人之新生，而大其国于天下"[⑤]。这种对事实材料的占有、分析，对文学性的把握和独到的比较思维，使青年鲁迅展示出了作为比较文学先驱的气魄，也促使中国比较文学的发展在一开始就摆脱了派别之争。

方汉文认为："比较文学是通过世界文学的同一性与差异性的思维与

① 鲁迅：《鲁迅全集（第1卷）》，人民文学出版社2005年版，第96页。
② 鲁迅：《鲁迅全集（第1卷）》，人民文学出版社2005年版，第100页。
③ 鲁迅：《鲁迅全集（第1卷）》，人民文学出版社2005年版，第78页。
④ 张沛主编：《比较文学基础读本》，北京大学出版社2017年版，第102页。
⑤ 鲁迅：《鲁迅全集（第1卷）》，人民文学出版社2005年版，第101页。

研究方式来掌握文学发展规律的学科。”[①] 从这一观点来看，比较对于鲁迅来说，就不仅仅具有一种技术意义，是一种比对事物的方法，而且更具有一种文化意义，它要求知识、学科、认识的汇通性。在作为专有名词的“比较文学”出现之前和之后，我们都应该具备世界的视野、自觉的比较意识和汇通的雄心，而这也许更应该是《摩罗诗力说》对中国比较文学更大的启发意义。

（二）情感认同与民族主体立场

鲁迅认为自己的翻译是“从别国里窃得火来”，正是这种火一般的激情实现了青年鲁迅与摩罗诗人情感上的认同。如对拜伦：“就自己而论，也还记得怎样读了他的诗而心神俱旺……那时 Byron 之所以比较的为中国人所知，还有别一原因，就是他的助希腊独立。时当清的末年，在一部分中国青年的心中，革命思潮正盛，凡有叫喊复仇和反抗的，便容易惹起感应。”[②] “A. Mickiewicz（1798—1855）是波兰在异族压迫之下的时代的诗人，所鼓吹的是复仇，所希求的是解放，在二三十年前，是很足以招致中国青年的共鸣的。”[③] 惹起感应与共鸣的固然是社会背景的因素，但真正能够取舍的更在于作家内在的精神气质。面对拜伦，鲁迅与梁启超的接受呈现为不同的样貌。梁启超在 1902—1924 年不间断翻译、介绍拜伦，1902 年在《新中国未来记》[④] 中首次介绍了拜伦并翻译了《唐璜》中“哀希腊”的片段。但梁启超是从“群”的概念出发力图建构一个民族主义表征的拜伦以实现自己的政治抱负，因而在小说中极力赞美拜伦对希腊民族解放斗争的政治意义。而鲁迅则特别重视先觉者的心声，在《破恶声论》中强调，“吾未绝大冀于方来，则思聆知者之心声而相观其内曜。内曜者，破黮暗者也；心声者，离伪诈者也”[⑤]，因而《摩罗诗力说》是用来“破”

---

① 方汉文：《比较文学学科“永恒危机”的逾越——兼及巴斯奈特与米勒的“比较文学危机论”》，《南京师范大学文学院学报》2004 年第 2 期，第 133 页。

② 鲁迅：《鲁迅全集（第 1 卷）》，人民文学出版社 2005 年版，第 233 - 234 页。

③ 鲁迅：《鲁迅全集（第 7 卷）》，人民文学出版社 2005 年版，第 193 页。

④ 《新中国未来记》是梁启超 1902—1903 年发表在《新小说》上的一篇政治小说，未完成，只有四回。梁启超是中国第一位翻译拜伦诗歌的人，在第四回中，借黄克强和义弟李去病二人交谈引出。节选翻译了拜伦的诗歌“渣阿亚”（Giaour）以及“端志安”（Don Juan）。具体内容见梁启超：《梁启超全集》，北京出版社 1999 年版，第 5629 - 5631 页。

⑤ 鲁迅：《鲁迅全集（第 8 卷）》，人民文学出版社 2005 年版，第 25 页。

“平和”的。故而，对浪漫主义诗人的接受全从“破”而出，指出他们是“力足以振人，且语之较有深趣者”，“大都不为顺世和乐之音，动吭一呼，闻者兴起，争天拒俗，而精神复深感后世人心，绵延至于无已”，[①] 特别强调他们的恶魔性和反叛性。《斯巴达之魂》中就对这种英雄气概持赞同态度：“大仇斯复，迄今读史，犹懔懔有生气也。我今掇其逸事，贻我青年。呜呼！世有不甘自下于巾帼之男子乎？必又掷笔而起者矣。”[②] 尽管鲁迅并未像拜伦一般参加具体的民族解放运动，但其对振兴中国问题的忧虑和探索，与拜伦呈现为精神的一致性，体现出知识分子的良知。在鲁迅看来，“有些民族因为叫苦无用，连苦也不叫了，他们便成为沉默的民族，渐渐更加衰颓下去，埃及，阿拉伯，波斯，印度就都没有什么声音了！至于富有反抗性，蕴有力量的民族，因为叫苦没用，他便觉悟起来，由哀音而变为怒吼。怒吼的文学一出现，反抗就快到了”[③]。正是拜伦的诗歌激起了那些弱小民族的斗志，他参加的希腊民族解放运动也超出了国界，这使拜伦在一定意义上成为世界主义者。

鲁迅敬佩拜伦支持弱小民族的行动，“看到一些外国的小说，尤其是俄国，波兰和巴尔干诸小国的，才明白了世界上也有这许多和我们的劳苦大众同一运命的人，而有些作家正在为此而呼号，而战斗”[④]，鲁迅“尤其注重于短篇，特别是被压迫的民族中的作者的作品”[⑤]。许寿裳也回忆鲁迅“所译偏于东欧和北欧的文学，尤其是弱小民族的作品，因为它们富于挣扎、反抗、怒吼的精神”[⑥]，20 世纪 20 年代之后鲁迅仍然关心波兰等弱小民族的文学及其发展。正是这种从己出发，推己及人的情感认同使鲁迅将波兰、印度等国引为“华土同病之邦”，“二国而危者，吾当为之抑郁，二国而陨，吾当为之号咷，无祸则上祷于天，俾与吾华土同其无极”[⑦]，这种情感上的认同不仅是比较文学得以发展的条件之一，同时也使鲁迅的思想和视野实现了从狭隘的对一国的关注到广阔的对世界弱小民族的关注的升华。

---

① 鲁迅：《鲁迅全集（第 1 卷）》，人民文学出版社 2005 年版，第 68 页。
② 鲁迅：《鲁迅全集（第 7 卷）》，人民文学出版社 2005 年版，第 9 页。
③ 鲁迅：《鲁迅全集（第 3 卷）》，人民文学出版社 2005 年版，第 438 页。
④ 鲁迅：《鲁迅全集（第 7 卷）》，人民文学出版社 2005 年版，第 411 页。
⑤ 鲁迅，《鲁迅全集（第 4 卷）》，人民文学出版社 2005 年版，第 525 页。
⑥ 许寿裳：《亡友鲁迅印象记》，广西师范大学出版社 2010 年版，第 59 页。
⑦ 鲁迅：《鲁迅全集（第 8 卷）》，人民文学出版社 2005 年版，第 35 页。

北冈正子在《摩罗诗力说材源考》中以翔实的资料证明了鲁迅对外来文学的接受及运用，但其主要集中在文章的第4节至第9节的前半部分。如果将文章的第1~3节和第9节的后半部分结合来看，我们会发现鲁迅非常鲜明的主体立场，在进行中西比较分析的过程中，其着眼点始终放在如何改变中国的问题上。“鲁迅在弘文学院的时候，常常和我讨论下列三个相关的大问题：一怎样才是最理想的人性？二中国国民性中最缺乏的是什么？三它的病根何在？”[①] 针对这三个问题，在义和团、洋务派、维新派等变革均失败的情况下，鲁迅认识到尽管我们曾有让“四邻莫之与伦”的先进文明且“具特异之光采”不受异邦影响的文化，但现在已经陷于“萧条”了。而萧条的原因首先在于闭关自守，已不能“与世界大势相接”的现实；其次在于文学所具备的精神力量没有得到适时的张扬。鲁迅从审美无功利的视角强调了文学的“不用之用”，“由纯文学上言之，则以一切美术之本质，皆在使观听之人，为之兴感怡悦”[②]，文学之区别于“史乘”“格言”“工商”“卒业之券”就在于“涵养人之神思”，但我们的文化中“尚古”以及对实利的追逐造成“无有为沉痛著大之声”。当然，出现七次之多的“萧条”并非彻底否定中国的传统及其文化，只是提请人们要发扬光大民族文化，振兴中国不能“以习惯之目光，观察一切”，否则只会如维新20年，但“新声迄不起于中国”，只剩“治饼饵守囹圄之术”一样，如“要新本领旧思想的新人物，驼了旧本领旧思想的旧人物，请他发挥多年经验的老本领”[③]。因而，要革新就要输入新鲜血液、新的风尚，正如陈寅恪先生曾指出：“李唐一族之所以崛兴，盖取塞外野蛮精悍之血，注入中原文化颓废之躯，旧染既除，新机重启，扩大恢张，遂能别创空前之世局。”[④] 尽管面对的并非同一个问题，但这一看法与鲁迅在《摩罗诗力说》中极力推崇摩罗诗人，呼唤摩罗精神在本质上是一致的。在鲁迅看来当时的中国需要一种“巨大的、野蛮的、粗犷的气魄”[⑤] 来给衰朽的正统文化注入活力。鲁迅充分认识到中外文化之间的差异性，并从差异性出发表达

① 许寿裳：《亡友鲁迅印象记》，广西师范大学出版社2010年版，第23页。

② 鲁迅：《鲁迅全集（第1卷）》，人民文学出版社2005年版，第73页。

③ 鲁迅：《鲁迅全集（第1卷）》，人民文学出版社2005年版，第352页。

④ 陈寅恪：《陈寅恪集·金明馆丛稿二编》，生活·读书·新知三联书店2001年版，第344页。

⑤ ［法］狄德罗著，张冠尧等译：《狄德罗美学论文选》，人民文学出版社2008年版，第188页。

了自己对待外来文化的态度。当本土正统文化遇到问题时，我们更应该在与异文化比较的过程中，关注异文化中带有积极性、有效性的内容，汲取精华，去除糟粕并将其解构到本土文化中。因而，鲁迅期待可以借助于异邦的摩罗精神，进行第二次维新，以改变国民精神上的“聋”，从而完成思想的启蒙，并带来中国思想的现代化。也正是在这个意义上，鲁迅“求之华土，孰比之哉?”[①] 的反问和“然则吾人，其亦沉思而已夫，其亦惟沉思而已夫!”[②] 的文末反思才有了更深刻的内涵。

三、几点反思

比较文学历经百年，从法国学派的一统天下到美国学派的据理力争，从平分天下的局面再到当今东西方研究的并起，其发展可谓危机重重但也风生水起。从注重事实材料的考证到对审美关系乃至跨学科层面的转向，都表现出强劲的发展势头。但要回答文学的比较研究到底是什么这个问题，今天来看依然不容易。与中国同时代的作品相比，《摩罗诗力说》可以说独树一帜，开辟了中外比较文学研究的新思路，也给当今中国比较文学的发展以启发。比较文学不仅仅是将两种及两种以上不同文学的相同点或不同点加以罗列、对比，而是应将其看做一种整体，坚持民族主体的立场，分析其内在的关联。从这一角度来看，《摩罗诗力说》是一篇典型的比较文学论文，鲁迅不仅将拜伦对其他国家诗人的影响关系进行了基于事实材料的梳理，而且还进行了审美关系的分析，强调了文学性。不但进行了作家、作品细节的比较分析，而且还从宏观的角度对比分析了中西文化的特点，充分展示出鲁迅广阔的世界视野和自觉的比较意识。但《摩罗诗力说》又超前于后来法国或美国学派对比较文学理论的限定，另辟蹊径以既强调实证资料，也重视实用审美的中国文化特有的综合、打通观念，以比较的目光去审视他国的文学与文化，通篇没有强加的比较文学的方法，而是自然而然地呈现；没有专业的比较文学理论，但自带理论光环。也许对拜伦与雪莱的分析并未超越国界，但比较文学研究并不要求比较呈现在每一页、每一节中。在对材料的分析和处理上，鲁迅远远走在时代和同代

① 鲁迅:《鲁迅全集（第1卷）》，人民文学出版社2005年版，第101页。
② 鲁迅:《鲁迅全集（第1卷）》，人民文学出版社2005年版，第103页。

人的前列，在比较文学的领域充当了先锋者的角色，其作品闪耀着“比较文学”的智慧和光芒，为今天的比较文学研究提供了某种参照。

季羡林先生说，比较文学已经成为一门显学，这既是针对世界更是面向中国而言。习近平总书记指出：“放眼世界，我们面对的是百年未有之大变局。”比较文学也面临前所未有的机遇与挑战，是跟随比较文学的世界潮流亦步亦趋，还是努力探索，依据中国文化的特点发展出中国特色的比较文学？也许在21世纪的今天，我们重新回望《摩罗诗力说》中青年鲁迅的思想会有所启发。我们是否可以想象，假设鲁迅有幸活到今天，他将不只是新文学运动的主将，还将是比较文学的大家。

中国比较文学的复兴

——以比较文学研究的三篇文献为例

余嘉辉

学界一般认为，中国比较文学的复兴始于1979年钱锺书《管锥编》的出版。在中国比较文学学科建设的初期，贾植芳、杨周翰、乐黛云等一批学者梳理了比较文学在中国本土的生发过程，概括了比较文学的本土学科实践并进行了理论阐发，强调了比较文学“中国学派”的独特价值。在多元文化发展的新时代，中国比较文学作为比较文学发展的第三阶段，在坚持人类命运共同体思想、追寻中国梦的同时，尝试用复杂性思维去思考中国文化与世界文化的关系。比较文学“中国学派”尝试跳脱欧美比较文学“欧洲中心主义”和“西方中心主义”的限制，积极推动世界各地之间平等对话、友好交流，促进人类文明的和谐发展。

一、中国比较文学的发生

中国比较文学在20世纪七八十年代逐步复兴。从学科史构建的意义上说，中国比较文学体系的形成晚于法国学派和美国学派，但中国比较文学绝不是简单移植影响研究和平行研究的“舶来品”。比较文学在中国的发生与中国特定的社会历史情境紧密相关，是“立足于本土文学发展的内在需要，在全球交往的语境下产生的、崭新的、有中国特色的人文现象”①。

早在汉代，我国就已经有跨文化交流的记录。汉桓帝时期，安世高“宣译众经，改梵为汉”②，将印度传入中国的佛经翻译为汉语。此后，印度佛经汉译在中国掀起浪潮，出现了使用本土的儒家、道家术语阐释佛经

① 乐黛云：《比较文学发展的第三阶段》，《社会科学杂志》2005年第9期，第170页。

② （南朝梁）慧皎等撰：《高僧传合集》，上海古籍出版社2011年版，第4页。

的“格义佛教”[①]。唐太宗时期，已经有部分《圣经》被译成中文并在中国传播，诸如此类对异域文化典籍进行翻译、传播和接受的历史事实在我国古代不胜枚举。虽然这一类文学交流现象未被直接命名为“比较文学”，但这种跨文化的文学翻译实践为中国比较文学的形成提供了土壤，是我国比较文学实践、学科发展和学科理论建构的宝贵财富。

汉唐时期，对外来文化的研究主要在翻译层面，并未形成对中西文化的“比较”分析。清末民国时期，学者们讨论中西文化的差异时，主动的比较意识已经充分体现出来。清朝末期，西方列强入侵中国，中国社会被迫接受西方文化。这种强势的文化入侵带来了一个与中国传统文化完全不同的参照系。过去的天朝上国其实不堪一击，有识之士开始反思自身文化的弱点和不足。为了寻求救国、兴国的路径，林纾、严复等学者从文学翻译入手，引入大量外国文学作品，以便当时中国学者接受西方先进思想洗礼，考察西方文学与中国文学之间的差异，希望从中发现当时中国落后于西方的原因，同时从思想上唤醒“沉睡的国人”。出于这样的目的，清末民国时期的比较文学实践，与法国学派侧重文学溯源以及后来美国学派强调文本内部研究不同。中国近代的比较文学实践者不仅关注文学文本的“学院式”研究，而且更重视文本与社会之间的实际联系，注重文学的公共角色和社会功能，充满反思精神和忧患意识。鲁迅的《摩罗诗力说》向国人介绍了“摩罗诗派”，对以拜伦为代表的英国浪漫派进行具有积极意义的文化阐释。在文中鲁迅常将西方的文化思想与当时的国人精神作对比，呼吁国人学习以拜伦为代表的“摩罗诗人”，学习他们勇于抗争的革命精神。钱锺书的《谈艺录》是一部打通古今中西的大作。书中的序言首句便写道：“《谈艺录》一卷，虽赏析之作，而实忧患之书也。”[②] 清末民国时期，中国社会处于巨大的震荡之中，中国比较文学的雏形也在这一时期产生。在这样的背景之下，中国比较文学从产生之初就关注中西文化之间的差异，紧密关注特定语境下社会的文化需求。总的来说，中国比较文学自诞生之初就与国家命运息息相关，充满强烈的忧患意识，与欧美比较

---

① 汤用彤在《理学、佛学、玄学》中对“格义”进行了解释。广义的“格义”意味着通过概念对等即用原本中国的观念来对比外来的思想观念，以便借助熟习的本已中国概念逐渐达到对陌生的概念、学说之领悟和理解的方法。参见汤用彤：《理学、佛学、玄学》，北京大学出版社1991年版，第284页。

② 钱锺书：《谈艺录》，中华书局1993年版，第1页。

文学浓重的学院气息判然而别。

改革开放后，随着经济文化对外交往的持续推进，大量外国文学作品、文化思潮涌入。为了能立足中国实际情况对外国的思想理论进行本土转化，中国比较文学理所应当得到重视。而正是在中国比较文学的复兴时期，发祥于英国伯明翰学派的“文化研究”思潮开启全球理论旅行，深刻影响人文学科的研究范式和思维方式。文化研究凭借自身的“跨学科性、实践性、政治性、批判性和开放性”[①] 等特点，打破了传统研究模式，把文学置于特定的文化语境中探讨文学间交流的权力关系，极大拓宽了文学研究的广度和深度。传统的比较文学研究仅仅停留在文本实证考察和文本内部分析层面，这已经无法适应时代语境的变化，比较文学的内涵和外延受到了巨大的挑战。面对这样的情况，中国比较文学学者进行了主动的回应，积极将文化研究的方法融入比较文学中。乐黛云将比较文学的定义从“跨文化的文学研究”更新为“跨文化与跨学科的文学研究”[②]，把跨学科研究纳入比较文学研究的范围。周宪更是认为在跨学科研究和文化研究的影响之下，比较文学正逐步向跨文化研究方向转变。[③] 比较文学不断融合文化研究的方法论资源，拓展自身的研究范式和研究领域，能够更加积极地面对社会文化语境的变迁。

此外，文化研究努力打破“中心”与“边缘”二元对立的固有格局，关注处于边缘位置的、被遮蔽的文化现象。在这种提倡“自下而上”的边缘立场的影响之下，国际比较文学界也逐渐注意到被欧洲和北美文学遮蔽的广大亚非拉地区的文学作品。欧洲中心主义和西方中心主义的欧美比较文学研究逻辑已经无法适应时代的潮流，中国比较文学在这一特定历史阶段担当责任，尝试推进一种探索全球化背景下异质文化间交流互动的跨文化研究范式。在推动构建人类命运共同体的美好愿景之下，在“中国梦”的引导之下，乐黛云等学者梳理了中国源远流长的中外文学文化交流历程，总结了中国比较文学的特色实践，并认为中国有充分的思想资源成为比较文学第三阶段的推进者，中国比较文学完全有能力突破法国学派和美国学派存在的局限。在此基础上，中国学者们掷地有声地提出了比较文学

① 陶东风：《文化研究：西方话语与中国语境》，《文艺研究》1998 年第 3 期，第 22 页。

② 乐黛云：《跨文化、跨学科文学研究的当前意义》，《社会科学杂志》2004 年第 8 期，第 99 页。

③ 周宪：《跨文化研究：方法论与观念》，《学术研究》2011 年第 10 期，第 127 页。

的“中国学派”，主张建立异质文明相互平等交流的研究模式，力图达到不同文化体系之间“文学的‘互识’‘互补’和‘互动’”。[①]

二、中国比较文学的学科化实践

中国比较文学复兴期的时代语境已与过去不同，所要面临的问题和挑战也更加复杂。如何合理借鉴吸收法国学派和美国学派的合理资源，同时从本土经验出发，突破前两者的局限并顺应时代潮流的发展，是每一位中国比较文学学者所要思考的难题。在四十多年的发展历程中，中国比较文学已经逐渐探索出一条具有本土特色的比较文学学科实践道路，具体而言，主要涉及中外文学关系研究、中华民族文学共同体研究、文学人类学研究、比较诗学研究、电影研究、华裔文学研究以及将比较文学作为方法对环境问题、科技与人的关系问题的研究。

梳理中外文学关系是中国比较文学较早开始的一项学科实践。“我国做学问重考据的传统”，“甚至创作也要‘无一字无来历’”，“事事都要溯源”。[②] 梳理中外文学关系这一类“影响研究”对中国学者来说并不陌生。但是法国学派的影响研究主要探寻他国文学受到法国文学影响的部分，具有明显的文化民族主义色彩。中国学者主张在平等对话的基础上梳理中外文学关系史，把研究的关注点从欧洲和北美扩大到亚洲、非洲和拉丁美洲。如季羡林的《印度文学在中国》考察了印度文学对中国传统文学的影响，介绍了印度文学在中国的译介情况，加深了中印双方文学关系的互识、互动。乐黛云的《尼采与中国现代文学》关注了西方哲学家与中国作家的关联，认为尼采对鲁迅、茅盾、郭沫若等中国现代文学大家产生过重要影响。

除了考察中外文学关系，“向内比”也成为中国比较文学的独特贡献，也就是说，中国比较文学立足中华民族“多元一体”格局的社会历史状貌，以铸牢中华民族共同体意识为主线，既重视中外文学交流，也注重发掘各兄弟民族文化间的交流交往交融。在西方学者看来，比较文学必须

① 乐黛云：《比较文学发展的第三阶段》，《社会科学杂志》2005 年第 9 期，第 172 页。

② 杨周翰：《比较文学：界限、“中国学派”、危机和前途》，见《镜子和七巧板》，中国社会科学出版社 1990 年版，第 8 页。

“跨国”，比如卡雷就认为，“比较文学是文学史的一个分支：它是对跨国界精神关系的研究……”[①] 但也有学者对“比较文学必须跨国”这一条件进行反思。韦斯坦因便认为当选择语言的差异作为标准来判断一种情形是否属于比较文学的研究范畴时，瑞士、印度和苏联等国家充满了讲不同语言的少数民族，他们之间的文学研究就应属于比较文学的内容。[②]

中国是一个现代统一的多民族国家，在多元一体的格局之下，各兄弟民族都拥有自己的文化特色，跨民族的文学比较与文化交流研究成为中国比较文学的特色分支。因此，我国的比较文学研究必须根据新的发展趋势打破“跨国”的狭隘局限。杨周翰提出“比较文学不一定要跨国界，可以在一国之内进行不同民族的比较研究，这类研究也应纳入比较文学的范畴”[③]。在多民族文学研究领域，从具体的文本和作者研究出发，阿不力米提·乌买尔·毕力盖的《优素甫与儒家人性论比较研究》将优素甫作品中体现的人性论与孟子、荀子和董仲舒的人性论进行了异同对照。热依汗·卡德尔的《东方智慧的千年探索：〈福乐智慧〉与北宋儒学经典的比对》探讨了《福乐智慧》与北宋“四书”之中相似的学术追求和思想导向。另外，一些学者从宏观角度梳理了少数民族文学关系史、文学学术史，为中国比较文学“向内比”打下坚实基础。如 2001 年刘亚虎主编的《中国南方民族文学关系史》，揭示了中国南方各少数民族之间文学发展演变的过程。近期由李晓峰主编的十三卷本《中国少数民族文学学术史》，聚焦中国少数民族文学批评的发展历程，全面推进了我国少数民族文学研究向纵深发展。

文学人类学是中国比较文学的一个重要分支。学者们打破了文学、社会学、人类学等学科之间的壁垒，运用多种学科方法，深入田野，展开多民族的文化文本研究。文学人类学的研究模式突破了过去文学研究只关注文字文本的局限，将口传文学、仪式、图像、器物等文化形式纳入研究视野之中，重视人类文明的多元表述。在《文学与人类学——知识全球化时

① ［法］让 - 玛利·卡雷著，李玉婷译：《〈比较文学〉序言》，见张沛主编：《比较文学基础读本》，北京大学出版社 2017 年版，第 74 页。

② ［美］乌尔利希·韦斯坦因著，刘象愚译：《比较文学与文学理论》，辽宁人民出版社 1987 年版，第 9 页。

③ 杨周翰：《比较文学：界限、“中国学派”、危机和前途》，见《镜子和七巧板》，中国社会科学出版社 1990 年版，第 10 页。

代的文学研究》中，叶舒宪就认为文学人类学是比较文学中国学派的一个独特研究方向。叶舒宪梳理了文学与人类学之间的关系，将文化研究的方法融入文学人类学中，并为文学人类学研究提供了方法示范。徐新建的《表述问题：文学人类学的起点和核心》提出文学人类学应该超越文字中心的观念，不能将文学框定在精英文本之中。文学人类学的发展为中国比较文学打破固有研究思路提供了新的方向。

翻译作为文化交流不可或缺的媒介，在中外文化交流史中扮演着不可或缺的角色，中国比较文学从诞生之初就与翻译实践密切联系。随着比较文学的不断发展，对于翻译的要求也逐渐提高。学者们意识到文学翻译并不仅仅是按照原作逐字逐句转述，更要传达出文本的审美趣味和文化内涵。谢天振就认为在翻译文学作品时要强调翻译文学的传播、接受和影响现状的研究，并提出了译介学的学术命题。译介学的出现拓展了中国比较文学的研究空间，甚至也是国际比较文学研究的前沿课题。在《译介学：比较文学与翻译研究新视野》中，谢天振借用法国文学社会学家罗贝尔·埃斯卡皮的“创造性叛逆”这一术语来介绍译介学的基础概念及理论，讨论了文学翻译、翻译文学、文学翻译史、翻译文学史之间的关系。查明建在《译介学：渊源、性质、内容与方法——兼评比较文学论著、教材中有关“译介学”的论述》一文中考察了译介学的学科渊源，从“翻译研究的文化转向”和“文化研究的翻译转向”着手，重申了译介学研究的比较文学学科属性，概括了译介学的理论和方法，梳理了译介学的主要研究内容。

比较诗学在中国比较文学的发展过程中同样得到了长足发展。过去用外来文学理论阐发中国文学是一种学术潮流。在一段时间内，中西诗学交流呈现出不平衡局面，也出现了不少“强制阐释”① 的案例。随着中国比较文学的不断深入，越来越多的学者意识到必须要建立一种既能在美学上表现共通性、普遍性，又能展现出文学的差异性和民族性的诗学。叶维廉的《地域的消解》、张隆溪的《道与逻各斯》等著作都站在中国诗学的基

① 张江在《强制阐释论》中提出：强制阐释是当代西方文论的基本特征和根本缺陷之一。各种生发于文学场外的理论或科学原理纷纷被调入文学阐释话语中，或以前置的立场裁定文本意义和价值，或以非逻辑论证和反序认识的方式强行阐释经典文本，或以词语贴附和硬性镶嵌的方式重构文本，它们从根本上抹杀了文学理论及批评的本体特征，引导文论偏离了文学。参见张江：《强制阐释论》，《文学评论》2014 年第6 期，第5－18 页。

本立场之上，吸收外来诗学的精华，对新语境下的比较诗学研究进行了有益的探索。

电影研究也是中国比较文学的研究方向。学者们将电影放置在特定的社会历史语境之中，运用比较的方法通过影片反思社会文化。此外，电影本身与文学、音乐、戏剧等其他艺术形式联系密切。一些学者从电影与文学、电影与戏剧等跨媒介角度着手，分析不同艺术形式之间美学的呈现方式和表现效果。戴锦华的《坐标与文化地形》一文，从话剧《北京法源寺》、电视剧《琅琊榜》和电影《刺客聂隐娘》三个文本出发，探究三部作品产生的国际社会环境及作品中的文化政治表达。通过解读三部在国际舞台上有一定影响力的作品，戴锦华认为全球化时代的中国应该通过文化文本来挑战既有的文化坐标和思维模式。在电影研究方面，中国学者们也努力突破以西方为中心的固有格局，将研究的目光从西方转向亚非拉地区，关注亚非拉国家在电影方面取得的成果及其与中国电影之间的联系。邹赞等撰写的论文《历史记忆、文化再现与风景叙事——聚焦吉尔吉斯斯坦近十年重要电影》《从中亚电影走向"亚际电影"——图绘乌兹别克斯坦电影》分别关注了吉尔吉斯斯坦和乌兹别克斯坦的电影作品，解读影片之中蕴含的文化记忆和民族认同等深度命题。此外，作者将吉尔吉斯斯坦、塔吉克斯坦的经典影片与中国电影进行了跨文化分析，从"一带一路"倡议出发，提出重构"亚际电影"（Inter-Asian Cinema）的设想，旨在为构建"亚洲命运共同体"搭建对话和沟通平台。

中国比较文学从诞生之初便是一门积极回应社会变化的学科，对人类社会发展方向及遇到的问题进行不懈探索。在后人类时代，面对环境问题、科技与人的关系问题，比较文学学者们也进行了积极的思考。乐黛云的《生态文明与后现代主义》将怀特海提倡"生命共同体"的过程哲学，与王阳明的"心学"、老庄哲学相联系，将约翰·科布的"构建性的后现代主义"与《周易》做对照。乐黛云认为这些中西哲学家的思想相互贯通，都具有一种有机整体主义，强调人与自然的和谐共处、共生共存，消解了主客二分的割裂困境。西方文化和东方文化为谋求人类共同福祉达成了一种共识。戴锦华的《"新技术革命"在当下》从互联网的运行以及唐纳·哈拉维（Donna Haraway）的《赛博格宣言》的发表等标志性事件着手，回顾技术革命的历程，展现技术革命给人类社会生活带来的巨变。戴锦华认为，技术在赋予人们便利的同时也剥夺了人本身。面对这样的社会现实，我们要时刻关注新媒介、新技术以及新的全球化阶段，主动投身“由知识生产到社会介入及社会建构的远足”①。王宁的《科学与人文的冲突与共融》回顾了中国现代人文主义的历史，认为中国在新文化运动时期科学与人文是紧密融合的，“德先生”“赛先生”和“胡先生”（Mr. Hu, Humanism）共同启蒙了中国民众。随着科技的发展，机器与人的关系变得更加复杂，甚至人的价值都受到了挑战。王宁通过解读后人文主义理论家凯瑞·沃尔夫（Cary Wolfe）的《什么是后人文主义?》来反思人的价值和人在自然界中的位置。王宁认为沃尔夫批判了过去傲慢的人类中心主义，在后人类时代，人类中心主义已经无法通行，人仅仅是自然界中的一种生物，必须要与自然融合在一起。此外，沃尔夫还指出，当人类发明的机器逐渐控制了人自身以后，人的异化也越来越得到体现。但王宁和沃尔夫对人类的未来并不消极，虽然人越来越依靠技术，但在情感表达和审美能力方面以及在细致的脑力工作方面，机器依然无法取代人类。

除了以上研究方向之外，海外华裔文学研究也是中国比较文学的研究领域之一。学者们关注海外华人用中文或他国语言完成的作品，研究中华文化与异国文化之间的交流和碰撞，为中华文化与其他国家或民族文化之间的交流对话提供启迪。在饶芃子、谢天振等学者的努力之下，海外华文文学研究得到了不断推进。饶芃子的《比较文学与海外华文文学》是这一领域的重要研究成果。

三、中国比较文学的展望

20 世纪人类经历了两次世界大战的劫难，进入 21 世纪，和平与发展成为当今世界的两大潮流。在民族解放运动中，一大批亚非拉国家在政治上获得了独立，力图在文化上也摆脱被殖民的局面。以和平的方式实现文化上的去殖民化需要依靠跨文明的沟通与对话。随着以“征服自然”为口号的工业化进程不断推进，自然资源日益匮乏，自然灾害频频发生，这些都严重威胁了人类的生存。只有站在全人类共同的立场上去思考人的生存方式，思考人与自然的相处方式，才有可能缓解环境问题和资源问题。全球化过程中出现的困境不是依靠一两个国家能够解决的，面对这种情况，

① 戴锦华:《“新技术革命”在当下》,《上海艺术评论》2018 年第 6 期，第 36 页。

世界不同文明之间积极进行跨文明对话势在必行，为人类面临的共同问题寻求解决方案。然而，随着“911 事件”“《查理周刊》事件”的发生，全球化时代文化之间的尖锐矛盾也凸显出来。萨缪尔·亨廷顿（Samuel Huntington）的《文明的冲突与世界秩序的重建》、斯塔夫里阿诺斯（L. S. Stavrianos）的《全球分裂》便表达了对全球化时代文化对立冲突的焦虑。在全球化的浪潮下，文化软实力较强的一方往往可以借助全球化推行文化霸权主义。拥有强势文化的一方企图利用其先占有的技术优势强行覆盖其他地区的原有文化，实施文化单边主义或文化殖民。此外，只强调文化特殊性的文化原教旨主义者，反对任何形式的文化沟通，追求文化的“至纯”。正是这些极端的文化态度导致各地之间的文化交流常出现冲突，针对这一现象，人文学者应肩负责任和使命，对此做出反思。

如何解决这些跨文化交流中出现的困境？中国比较文学学者们结合中国的跨文化实践进行了深入思考。乐黛云在《复杂性思维简论》中借用莫兰（Edgar Morin）的《道——走向人类的未来》对文化霸权主义、文化原教旨主义等非此即彼的思想进行了激烈批判。她认为文化之间的互识是一个复杂的认识过程，不是一个逻辑程序，不是主客二元的分析结果。在文化的对话过程中，强行推进文化单边主义必会导致更加剧烈的文化冲突。文化也不可能保持完全的“纯净”，文化之间积极的相互影响和渗透并不会导致原文化被覆盖和代替，而是经原有文化的过滤，“与当地文化相结合产生出新的，甚至更加辉煌的结果”①。总之，要推进跨文化对话，必须要摒弃逻辑中心主义、主客真假善恶二元对立思维和西方中心主义。“万物并育而不相害，道并行而不相悖”②，用一种复杂性思维，一种允许对立双方同时存在的对话逻辑来看待文化之间的沟通和互动。

正是在平等对话的复杂性思维之下，中国学者积极地探索着跨文化对话的新路径。作为世界上最大的第三世界国家，中国曾深刻体悟过被西方列强入侵的痛楚，中国传统文化积极倡导“和而不同”，因此在跨文化交流的过程中，中国坚决杜绝野蛮的强势文化入侵的方式。2017 年，习近平总书记在联合国日内瓦总部的演讲提出了“共同构建人类命运共同体”的美好愿景。“人类命运共同体”成为我国跨文明对话的首要关键词。从文

① 乐黛云：《跨文化方法论初探》，中国大百科全书出版社 2016 年版，第 8 页。

② 王国轩译注：《大学·中庸》，中华书局 2012 年版，第 129 页。

学角度出发，在各民族的文学作品之中，我们可以发现许多人类共同探讨的话题。古今中外的人们围绕生、死、爱、恨都有丰富的思考，世界各地的读者在阅读不同国家的文学作品时也能对作品中表达的情感产生共鸣。从康德的审美共通感到主体间性的共同审美价值，具有共同类属性——“人”在审美过程中有相似的追求和体验。通过理解不同文化中对这些共同话题的思考，我们能以更加广阔的视野去看待人生中出现的种种困境。因此，乐黛云就认为“不同文化、不同时代的人们通过这样的解读，可以互相交往，互相理解，得到共识”[①]。在人类命运共同体的美好愿景之下，各文化中呈现的思想互通，又有各自的特殊。通过积极的沟通与对话，可以增进文化之间的交流互鉴从而形成多元文化共存的局面。从这个角度出发，比较文学对于促进多元文化时代的到来，推动构建人类命运共同体具有十分重要的意义。

平等包容的沟通是跨文明对话的理想追求，然而伪装成现代化和全球化的文化单边主义却时刻进行文化渗透，威胁文化多样性的发展。因此，在沟通的过程中牢固树立主体意识、发挥主体的能动性至关重要。中国在跨文明对话时，应当以坚守“中国梦”为重要原则，从中国立场出发探索文化间的交流。中国梦的内涵十分丰富，如果将中国梦看做一种思想，那么作为一个“国家梦”，中国梦指向“国家富强、民族振兴、人民幸福”；作为一个“世界梦”，中国梦指向“和平、发展、合作、共赢”。如果将中国梦看做一种历史阶段，那么中国梦将是美国梦、欧洲梦之后一个全新的历史节点，一个力图摆脱西方中心主义，提倡世界不同文明之间交流互鉴的新时期。与美国梦、欧洲梦不同，中国梦在几千年中华文明的滋养下，有着独特的思维逻辑。在《美国梦・欧洲梦・中国梦》一文中，乐黛云深刻地指出，无论是美国梦还是欧洲梦，都将自己摆在世界的中央，是充满地区保护主义色彩的梦，不是一个可以普遍化的世界梦。美国梦和欧洲梦遵循着主客二元对立的逻辑，在维护自身利益的过程中，忽视他者的生存境遇甚至牺牲他者的利益来实现自己的梦。中国梦是一个关注世界的梦。“穷则独善其身，达则兼济天下”[②]，中国梦站在中国的主体立场之上，兼顾其他国家的发展，用复杂性逻辑去看待自我与他者的关系，“更加关注

① 乐黛云：《文化转向的风标》，《中国比较文学》2009 年第 2 期，第 147 页。

② 杨伯峻译注：《孟子译注》，中华书局 2013 年版，第 281 页。

的是和谐、完整和万物的相互影响而非只是注意孤立的现象”①。

突如其来的新冠肺炎疫情在全球范围内肆虐，人们过去习以为常的时空格局被彻底打乱。面对全球性疾病，依靠几个国家的力量去解决疫情并不现实，人类命运共同体的愿景在这样的背景之下显得尤为重要。中国也遵循着中国梦的价值指引，主动担起大国责任，在控制好国内疫情的同时向全球需要帮助的国家伸出援手，打破因疫情带来的各地之间的隔阂。在推动重启全球性对话过程中，通过文学与文化打破僵化的局面，促进各地之间的相互理解是一条更加容易实现且更具有深度的路径。中国比较文学在这样的话语环境之下，必须要肩负起重大的学科任务，为实现世界范围内的文化互动贡献力量。

中国比较文学作为比较文学发展的第三阶段，不仅在研究对象、研究方法等方面进行了拓展延伸，更推进了比较文学学科精神内涵的发展。比较文学中国学派摆脱了法国学派和美国学派的西方中心主义桎梏，关注了第三世界国家的文学发展状况，努力促进不同民族文化之间的相互理解、相互对话。在人类命运共同体和中国梦的价值指引之下，比较文学中国学派旨在打破因疫情带来的文化隔阂，拓宽各民族之间相互接触的通道。中国比较文学将会在反对霸权主义，促进世界各文明之间互为主体、平等对话的道路上做出自己独特的贡献。

① 乐黛云：《跨文化方法论初探》，中国大百科全书出版社 2016 年版，第 90 页。

简论钱锺书《谈艺录·序》的跨文化思维

蔡逸雪

《谈艺录》是一部关于中国古代诗文的论艺专著，其将宋、元、明、清时期的诗歌置于美学、修辞学、艺术论、创作论等理论框架之下，搭建起古今中外文化互融共通的桥梁，可谓中国传统诗话的大成之作。钱锺书将西方文学理论运用于中国古代文论的研究之中，将古今中西熔为一炉，发前人之未发，旁征博引。尽管钱锺书自述他的方法并非一般意义上的比较文学，但不可否认的是，他在理论和实践两个层面都为中国比较文学做出了卓越贡献。

钱锺书的《谈艺录》《管锥编》《七缀集》等著作包含着丰富的比较文学思想，张隆溪教授在1981年整理的《钱锺书谈比较文学与“文学比较”》一文，则是钱锺书对其比较文学观的一次自述。首先，钱锺书认为“要发展我们自己的比较文学研究，重要任务之一就是清理一下中国文学与外国文学的相互关系”①。正如他所说的那样，钱锺书先生为中西关系指出了一个经久不衰且至今仍在努力的方向，即打通中西文化，异而求同、同而见异，在保持自身独特性的同时促进世界文化的相融与共，共同追求人类文化的普遍规律，这与当今所秉持的“和而不同”理念一脉相承。其次，钱锺书提出跨学科的必要性，强调文学与历史、哲学、心理学、语言学等其他学科的联系。值得注意的是钱锺书在《谈艺录》中所体现出的对“诗心文心”的追求，认为不同文化语境下的不同文本会有动机相同、情节相似等“巧合”，作家们跨越时间与空间会出现无心契合终而合的见解。最后，钱锺书的文化态度还直接体现出中国比较文学的独特性与开放性，旨在开辟一种独特的话语空间，在不同文化之间进行平等的对话与交流，真正实现异质文化间的互识、互证、互补，为推动跨文化对话做出努力。

---

① 张隆溪：《钱锺书谈比较文学与“文学比较”》，《读书》1981年第10期，第132页。

单从《谈艺录》的创作而言，这部贯穿中西、融汇古今的大成之作不仅基于钱锺书个人深厚的知识底蕴，还有其身处动荡社会、融入社会百态的动力趋向。首先，钱锺书有着学贯中西、引经据典、信手拈来的本领，可以从三个方面究得缘由：一是家学；二是学校教育；三是自学。钱锺书的家学以国学为主，在伯父与父亲的教导下，钱锺书熟识中国古典著作，打下了厚实的文言文及古典文学基础，这成为他后来从事文学创作和学术研究的根基。学校教育，则是以西学为主，钱锺书自小学毕业后，初中及高中均就读于圣公会办的教会学校，外文基础由此打下。至19岁便因英语和专业课成绩优异而被破格选入清华大学，清华大学多元鲜活的文化氛围让钱锺书对西方文化萌生兴趣，之后在英、法等国的留学经历使他成为一个包容度高、思辨力强的“中西文化共生体”。家学和学校教育让钱锺书在中西文化的瀚海中找到了方向，而后自学阶段是钱锺书正式接触中国文学、涉猎外国文学的关键期。[①] 深厚的中国古典文学为他奠定基石，多国的语言基础为他开辟天地，中西兼备的兴趣取向使钱锺书成为名副其实的文化传播者与交流者。

《谈艺录》创作于1939—1942年，此时正值日本帝国主义发动侵华战争时期，国内外忧患重重，而此时钱锺书与妻子杨绛怀揣着一腔爱国热情，毅然决然地返回故土守护家园。据《谈艺录》的序言所言，《谈艺录》的创作辗转于湘西、上海，“养疴返沪，行箧以随。人事丛脞，未遑附益。既而海水群飞，淞滨鱼烂。予侍亲率眷，兵罅偷生。如危幕之燕巢，同枯槐之蚁聚。忧天将压，避地无之，虽欲出门西向笑而不敢也”[②]。钱锺书看到祖国烽烟连云、山河破碎，为国而愁为国而愤，继而“销愁舒愤，述往思来”[③]，对《谈艺录》发出“虽赏析之作，而实忧患之书也”[④] 的深切感慨，忧国忧民忧己的患难之情呼之欲出。钱锺书承受国之磨难，他牢抓中

---

① 参见张文江：《钱锺书传——营造巴比塔的智者》，复旦大学出版社2011年版，第1-49页。

② 钱锺书：《谈艺录·序（补订本）》，中华书局1984年版，第1页。意为：因养病便带着行李返回上海，然而人事琐碎，也没有时间和精力写完全书。上海战乱四起，我带着家人在战乱中苟且偷生，就像在高处筑巢的燕子，枯槐中的蚂蚁，形势险峻，岌岌可危。担心战祸袭来无处躲避，无安宁愉快的事可言啊！

③ 钱锺书：《谈艺录·序（补订本）》，中华书局1984年版，第1页。意为：消解愁闷派遣愤懑，故而将自己的所思所想记录下来（指作者发愤著书的心愿）。

④ 钱锺书：《谈艺录·序（补订本）》，中华书局1984年版，第1页。意为：虽然都是赏析（诗词）的文章，但实际上也是记录我的忧虑（忧国忧民忧己）的书啊！

国古典文学之根基，在西方文论中找寻文化渊源，探求“文心”，以搭建中西文化的桥梁，在异质文明的交流中找寻共通之处。在异中求同，同中融异，从而达到“和”，构建异质文明间平等交流的话语体系。

一、“打通”东西，文化互通

“东海西海，心理攸同；南学北学，道术未裂。”① 钱锺书认为中学西学有共通的学理之心，有不可忽视的道术之法。因此，“打通”将是沟通的桥梁、文化研究的纽带。那么，何为“打通”呢？他在给郑海夫教授的信中说：“弟因自思，弟之方法并非‘比较文学’……而是求‘打通’，以中国文学与外国文学打通，以中国诗文词曲与小说打通……皆‘打通’而拈出新意。”② 他还说：“我们讲西洋，讲近代，也不知不觉中会远及中国，上溯古代。人文科学的各个对象彼此系连，交互映发，不但跨越国界，衔接时代，而且贯串着不同的学科。”③ 钱锺书追求的“打通”即“跨”，是打通中西、连接南北的媒介，旨在寻求异质文明间的跨越性、沟通性。在文学研究中通过跨民族、跨国别、跨语言、跨学科等来搭建异质文明间沟通的桥梁。

为什么要“打通”？又为什么能“打通”呢？钱锺书在《谈艺录》序言中明确指出：“盖取资异国，岂徒色乐器用；流布四方，可征气泽芳臭。”④ 在中西之间，不仅需要有器物技术等物质方面的交流，更需要有思想文化方面的交流。如若将世界各国归为一个整体来看待，立足于人类共同的文化，打通古今、打通中西，甚至打通学科等，破除隔阂与藩篱，可以发掘出人类文明与文化中共同的“诗心”和“文心”，所以在学术的研究方法上并非全然断裂，而是紧密相连。但“打通”不是简单意义上的寻求相似之处、刻板求同，而是指在探索“心理攸同”和“道术未裂”的道路中，搭建平等、互助、互识的对话交流空间，让人类最普遍的规律留于

---

① 钱锺书：《谈艺录·序（补订本）》，中华书局 1984 年版，第 1 页。意为：无论东方西方，在心理上有着共通之处，“南”“北”的地域之学术在根本上也是相互联系的。

② 郑朝宗：《〈管锥编〉作者的自白》，见《海滨感旧集》，厦门大学出版社 1988 年版，第 124－125 页。

③ 钱锺书：《诗可以怨》，见《七缀集》，生活·读书·新知三联书店 2002 年版，第 129 页。

④ 钱锺书：《谈艺录·序（补订本）》，中华书局 1984 年版，第 1 页。意为：不论物质文明还是精神文明都应向各个国家吸收、学习，相互沟通、交流，也可知风气的好坏。

文化桥梁之上。

那要如何“打通”呢？应当做到两点：其一，博采。跨国别、跨语言、跨民族、跨学科甚至是跨媒介，在广度上博采；不分高低贵贱，以无差别、平等的眼光看待不同文化。其二，求索。研究者要有包容的求索态度，切不可画地为牢，旨向求“和”；聚焦精神文化层面，寻求“诗心”和“文心”，探求人类文化的最普遍规律。钱锺书即是以此为任，以兼容并包的求索态度身体力行。他在《谈艺录》第一则“诗分唐宋”一篇中便博采众家之说，横跨中西，用大量实例来论证“非曰唐诗必出唐人，宋诗必出宋人也”[①]。东有“诗分唐宋”，西有席勒“诗分古今”，而其志相承。诗所谓古今之别，不在于时代之别，而在于体制之别、格调之别，及创作主体的性情之别等。钱锺书用其娴熟的文言流畅地引据中西例证，让中西文化在同一角度中对话，酣畅淋漓，尽显“东海西海，心理攸同”的文学旨趣。放眼《谈艺录》诸篇，钱锺书多管齐下，从各个角度将中西文论相互阐发，即是为了开辟和搭建一种独特的话语空间，在异质文化之间建立一种真正平等有效的对话关系，从而通向人类共同的文化旨趣。如乐黛云所说，比较文学“首先要求研究在不同文化和不同学科中人与人通过文学进行沟通的种种历史、现状和可能。它致力于不同文化之间的相互理解，并希望相互怀有真诚的尊重和宽容。比较文学的根本目的就在于通过文学促进文化沟通，坚持人类文化的多样性，改进人类文化生态和人文环境”[②]。

二、中西互释，以己为本

“钱锺书认为文艺理论的比较研究，即所谓的比较诗学（comparative poetics）是一个重要而且大有可为的研究领域。如何把中国传统文论中的术语和西方诗学的术语加以比较和互相阐发，是比较诗学的重要任务之一。”[③] 中西文论相互阐发、相互对话，对解除中国文论话语“失语”现状似乎是一个较有效的途径，钱锺书在中西文论的互识、互释、互证、互补

---

① 钱锺书：《谈艺录·序（补订本）》，中华书局1984年版，第2页。

② 参见乐黛云、陈跃红、王宇根等：《比较文学原理新编》，北京大学出版社1998年版，第18页。

③ 张隆溪：《钱锺书谈比较文学与“文学比较”》，《读书》1981年第10期，第135页。

中所寻求的，则是中西间跨文化体系的建构。《谈艺录》《管锥编》及《七缀集》等篇章中为如何进行中西文论的阐释做出了方法论的指导：一是“旁行以观”；二是基“东土法”。

“旁行以观”意为“四出而行之”①，何为四出，即上文所言“东海西海”“南学北学”，那么如何从这四方而出、而行呢？钱锺书在《谈艺录》序言中便指出了方向，“虽宣尼书不过拔提河，每同《七音略序》所慨；而西来意即名‘东土法’，堪譬《借根方说》之言”②。宣尼书之过拔提河，有跨国、跨语言上的声音之障碍、文字之障碍，究其根本，“出”的前提是跨越，“行”的基点是平等。西方之学能入华夏，那么华夏之学也同样能入西方，这首先应是“平等之行”；此外，无论声音障碍还是文字障碍，无论是跨越国别还是跨越语言，其义理无障碍，都是从共通的“诗心”或“文心”而“出”。因此钱锺书“旁行以观”的治学之法在根本上所倡导的，是搭建文化平等对话与交流的桥梁，给予中国传统文论现代话语的转变，在多种跨越中寻求人类之文学普遍规律。

基“东土法”，即基于中国本土的传统文化，基于中国古典文论。陈子谦在《〈谈艺录·序言〉笺释》中言“东土法”即为“东来法”，“西人学中国而又以其学返回中国，颇似学火药而以枪炮回赠之。站在西人角度，其学是‘东来法’；站在我们自己的角度，其实是‘东土法’”③。意在表达东西间的来往互通、东西间的学术交流，就像西方的数学著作《借根方说》被引入中国，中国的《九章算术》也远及国外。用“东土”而不用“东来”也是对中国传统文论本土意识、民族意识的彰显。东土，即本土，即中国固有之文化。但无论是西方文论还是中国传统文论，研究一方之学都应以本民族的文化为基点，把握本民族文化的独特性，在不同文化的相互阐释中互识、互释、互证、互补。在钱锺书对东西方文论的相互阐释中，他从来都是从中国文论出发，对西方文论旁征博引，最终又归于

---

① 陈子谦：《〈谈艺录·序言〉笺释》，《文学遗产》1990年第4期，第5页。

② 钱锺书：《谈艺录·序（补订本）》，中华书局1984年版，第1页。意为：孔子的书没有到印度，多被郑樵慨叹，西来之意即为东来之意，就像《借根方说》流通于中西。指东土、西土可以互通，东法、西法可以互用，不必强设畛域，画地为牢。转引自陈子谦：《〈谈艺录·序言〉笺释》，《文学遗产》1990年第4期，第5-6页。其中郑樵《通志·七音略序》云：“瞿昙之书能至诸夏，而宣尼之书不能至跋提河，声音之道有障碍耳”，纪昀《纪文达公文集》卷九《耳溪诗集序》中评郑樵的话说，“文字亦障碍”。

③ 陈子谦：《〈谈艺录·序言〉笺释》，《文学遗产》1990年第4期，第6页。

本土文论。无论在钱锺书笔下所引征的西方文化有多么丰富多彩，他最终想要追寻的都只有对中国的文化传统和文化话语产生一种新的认同。他认清中国传统文论的丰富性及含混性，将中西文论恰当地进行互识、互释、互证、互补，努力使中国传统文论在新的对话空间中产生出新的诗学意义。①

总而言之，“旁行以观”的治学之法理应从本体出发，从本民族出发。历来对中国传统文论的阐释似是取西为多，取己为少，使中国传统文论处于“失语”状态，而钱锺书一反当时学人的定式思维，强调“宣尼之书亦可过拔提河”，“东土法”即为“西来意”，凸显本民族文化的主体意识，使中国传统文论的现代性转变得到突破性的进展。从根本意义上来说，尊重本体、理解差异、平等对话，是中西文论相互阐释向“和”发展的不二法门。不行历史虚无主义，也不走狭隘的民族主义，不偏不倚，找准在现代话语体系中应有的话语空间，处之有平等之原则，行之有主体立场，搭建中西方平等交流的话语体系，“颇采二西之书，以供三隅之反”②，逐步构建中国自己的文论体系。

三、异中求同，探求诗心

一直以来，在进行中西文化、中西诗学的比较研究时，研究者们对比较文学是重在求同还是重在求异的问题众说纷纭，未有定论。而钱锺书秉持打通中西、打通学科的治学理念，在跨文化、跨学科中找寻人类共同的文学规律与文化规律，寻求“心理攸同”的文学旨趣。他在《诗可以怨》一文中横跨中西、旁征博引，阐发了诗歌的创作是“发愤所作为”这类文学现象，细致入微地注意到刘勰在《文心雕龙·才略》篇品评冯衍的两篇文章时用到的“蚌病成珠”这个比喻，认为冯衍的这两篇文章成功的关键在于其是郁结而作，格里巴尔泽也说，诗好比害病不做声的贝壳动物所产生的珠子，福楼拜、海涅等也都不约而同地运用到了这个比喻，正因为它很贴切“诗可以怨”“发愤所作为”这类文学现象，充分说明中外不同学

① 参见季进：《钱锺书与现代西学》，上海三联书店2002年版，第162－198页。

② 钱锺书：《谈艺录·序（补订本）》，中华书局1984年版，第1页。意为：“二西”指耶稣之西与释迦之西，指西方的著作和佛经。即向各国采撷，以起到举一反三、全面贯通的作用。

者们在创作的情感机制上有着共同的心理体验，更是不约而同地出现为“穷苦之言易好”而去虚假体验与创作的相似现象。钱锺书一方面是在批评这种文学创作的不正之风，另一方面也是在尝试说明这种共同的创作心理机制，无论好坏与否，都会在不同国界、不同时代抑或不同民族中有所表征。如此一来，钱锺书所追寻的人类普遍的共同“诗心”和“文心”似是确乎存在的，作家在两种截然不同的文化背景和创作经历下，依然能跨越山海，有着相同或相似的心理倾向。

但共同的“文心”和“诗心”并不是“同声一致”，而是“和而不同，谐而不一”。钱锺书所追求的“诗心”与“文心”是坚持以民族本位的文学观为基础，认为每个民族不应泯灭自身的特色去应和其他文化，而是保留自己的特色与其他民族的特色相融共生，就像歌德在《论世界文学》一文中所提出的“博物学家的镜子”这一概念。钱锺书就像是一位博物学家，学贯中西、学识广博，他用勇于接纳、善于发现、热情开放的“心镜”去映照不同民族的文学，让各民族文学与文化互惠、互通，构成五彩斑斓的文化盛宴。但周游列国，终究要归于镜中的本体，看遍世界文化的繁华胜景，是为了更好地发现自身文化的特色，即采经千里，基于本经。共同的“诗心”与“文心”旨在通过找寻人类文明在心理、文化等层面上的共通之处，以此搭建中西文明的沟通之桥，让纷繁万象的世界文学与文化和谐共存，异中存同，同中融异，树立文化自信与自觉，把握民族文化根基，善于接纳、善于包容、基于本体、放开视野，借助“心镜”打通彼此，获得“文心”。

然究其根本，共同的“诗心”与“文心”所指向的是搭建一个供全人类共同交流的平等话语空间，找寻人类在文化层面上共同的心理指向。雷蒙·威廉斯（Raymond Williams）针对文化的传播，提出生命的平等原则，倡导一种共同文化①。这与钱锺书所寻求的“诗心”与“文心”有着异曲同工之妙。生命的平等是不分国界、民族、语言等诸多差异，普遍存在于人类生命的平等，是搭建互通、互识、互补的桥梁的必要前提。然而“人类各个方面的不平等是不可避免的，甚至是值得欢迎的好事；因为这是任

① ［英］雷蒙·威廉斯著，高晓玲译：《文化与社会》，吉林出版集团有限责任公司 2011 年版，第 330 页。

何丰富和复杂生活的根本所在”①，但如果否定人类生命的不平等，那就是在排斥其他人类、贬低他人人格，甚至是对人类文明的排斥。所以，建构平等的话语空间不是要消除差异，而是基于生命存在的人格伦理，互相尊重彼此的存在价值，用包容、开放的眼光看待人类文明与文化。而对于纷繁各异的多国文化，“没有人能够提升他人的文化标准。最多能做到技巧的传递，而技巧并非个人财产，而是整个人类的财产”②。探求“诗心”所指向的共同文化是整个人类的共同财产，是差异与共通并存的人类的文明和文化，钱锺书所追寻的异国文化包容并生的“贞元之年”③ 仍是未来不懈追求的方向。

结　语

“东海西海，心理攸同；南学北学，道术未裂”是贯穿钱锺书先生诸多著作的学术理念，钱锺书意在探求打通东西，横跨南北，构建中西文化间平等交流的话语空间，探求“诗心”，找寻人类文化的普遍规律。然而，他这种趋“同”的学术旨向，并不是偶然的，而是社会现实与他个人学术素养共同驱动的结果。雷蒙·威廉斯在《文化与社会》中探讨了“工业”（industry）、“民主”（democracy）、“阶级”（class）、“艺术”（art）和“文化”（culture）这五个关键词在我们现代意义框架中的重要性，强调文化的思维方式会随着人们的学习、教育及艺术活动的实践以及对社会、政治和经济体制的思考而发生转变。“‘文化’一词的发展记录了我们对社会、经济、政治生活领域的这些变革所做出的一系列重要而持续的反应”④，那么一定的文化观念与社会进程的推演及社会体制的变化息息相关，求同抑或求异，都存在着相应的社会基础，有其一定的合理性。

钱锺书在时代的浪潮中选择“求同”，探求“诗心”与“文心”，与

① ［英］雷蒙·威廉斯著，高晓玲译：《文化与社会》，吉林出版集团有限责任公司 2011 年版，第 330 页。

② ［英］雷蒙·威廉斯著，高晓玲译：《文化与社会》，吉林出版集团有限责任公司 2011 年版，第 331 页。

③ 借钱锺书先生于《谈艺录》序言中“苟六义之未亡，或六丁所勿取；麓藏阁置，以待贞元”的自谦之辞，以贞元年的盛世之景来展望比较文学之兴旺的未来。

④ 参见［英］雷蒙·威廉斯著，高晓玲译：《文化与社会》，吉林出版集团有限责任公司 2011 年版，第 5 页。

其背后深厚的社会基础和极高的个人学术素养密不可分。首先，深厚的国学知识积淀、多国语言的熟练运用、丰富的留学经历等，都使得钱锺书血液里就流淌着关注世界的眼光与心怀。其次，《谈艺录》创作于1939—1942年，那时战火硝烟连绵不断，面对残酷的战争和历史现实，像钱锺书这样早已觉醒的知识分子，已无暇顾及"五四"时期所倡导的文学与人生的关系问题，而是归于现实，集中全力投笔从戎，展现民族立场，促进本体意识觉醒。钱锺书基"东土法"释"西来意"，立足中国古典文论，试图打破空间，将中西文论进行平等对话，即民族本体意识的觉醒。而钱锺书等人作为"时代咽喉"的作家，理应转变目光与思路，将自我的文学主张融汇到广大的时代潮流中。虽处乱世，但乱世打破了尘封已久的"心境"，让这一代知识分子注意到中西差异，在乱世中求"和"。在"异类互补、异中证同"[①] 的过程中，去发现某些中西间不谋而合的心理趋向，找寻文学与文化层面上普遍存在的规律，通过超越地域、语言、艺术、思想、文明等分歧差异的趋同，揭示超越现实的人类精神共通境界。但钱锺书先生所追寻的"求同"，并非欧洲中心主义观念下的"认同"，前者是为促进中西交流，打破壁垒，构建中西文化平等交流的话语空间，而后者则是指狭隘的欧洲范围内的"世界"，是文化霸权的集中体现，二者决不可并论。

那么，当今我们为什么更推崇异质性研究，追寻差异性研究呢？其原因有三：第一，一反与法、美学派的求同思维，打破欧洲范围内的文化圈，寻求异质文明间的互识、互证、互释、互补，实现真正意义上的跨文化交流。欧洲比较文学主要是在西方文化这一特定的、同质文化领域的文学内部进行，而中国比较文学起源于中西异质文化间的对话，是在世界文学的大背景下发生的。因此，"差异性"的研究是中国比较文学跳脱法、美学派求同的定式思维，构建求异的新的学科理论范式，这是中国比较文学独立学科话语的充分彰显。第二，文化认同是民族认同、国家认同的重要基础，也是最深沉的基础。自十八大以来，习近平总书记在多个场合提出文化自信，强调文化自信对一个国家和民族的重大意义。"文明特别是思想文化是一个国家、一个民族的灵魂。无论哪一个国家、哪一个民族，

---

① 陶家俊：《钱锺书〈谈艺录〉中的中西诗学共同体意识》，《外国语文》2020年第2期，第36页。

如果不珍惜自己的思想文化，丢掉了思想文化这个灵魂，这个国家、这个民族是立不起来的。”① 在当今全球化时代，尊重差异、理解差异、保持差异，有利于维护本民族文化的独立性与自主性，在与多元文化和谐共生中展现出中华文化的独特魅力。第三，“地球村”视野下的世界多极化与文化多样性是人类文明的理想旨归。现代交通网络四通八达，推动经济融通、人文交流，使世界成了紧密相连的“地球村”。而异彩纷呈的异国文化，以不同的文化底蕴融汇一堂，多元共存，和而不同，势必是人类文明日益繁盛的理想之境。

求同或求异，并无优劣之分，在根本上是一致的。二者都是对自身民族文化自主性及独特性的确立，在相对平等的中西文化交流话语空间中，异中存同，同中持异，最终旨向人类文明的繁荣与共。“平等的对话既不是取消差异性而追求一致性，也不是以一种话语统治乃至取消另一种话语的行为。相反，从方法论上来说，所谓平等对话实际上意味着，承认文化选择、文化传播中误读、过度阐释以及其他变形在对话中存在的潜在可能性。”② 在理解差异、把握共通中，“各个文化体系之间才有可能相互吸收、借鉴并在相互参照中进一步发展自己”③。在当下复杂的国际形势中，我们面临着众多的机遇与挑战，但如钱锺书这般学人为我们的文化事业所留下的学术研究方法、学术旨趣以及学人精神都将是永恒的财富，他们所构想的通向世界文学繁荣与共的美好未来，仍是我们不懈努力的追求方向。

---

① 习近平：《从延续民族文化血脉中开拓前进　推进各种文明交流交融互学互鉴：在纪念孔子诞辰 2565 周年国际学术研讨会暨国际儒学联合会第五届会员大会开幕会上的讲话（2014 年 9 月 24 日）》，《党建》2014 年第 10 期，第 6 页。

② 乐黛云、陈跃红、王宇根等：《比较文学原理新编》，北京大学出版社 1998 年版，第 89 页。

③ 乐黛云：《跨文化之桥》，北京大学出版社 2002 年版，第 66 页。

论叶维廉比较诗学的理论建构

——以《寻求跨中西文化的共同文学规律：叶维廉比较文学论文选》为例

李红霞

叶维廉是著名的美籍华裔比较文学学者①，1937 年出生于广东中山的一个沿海小村落，童年遭遇战乱之苦，后来在香港避难又经历了寄人篱下的生活，这些给叶维廉留下了许多惨痛和酸楚的记忆。1963 年他赴美在爱荷华大学创意写作班学习，并于 1964 年获得美学硕士 MFA（Master of Fine Arts）学位。② 1967 年他获得普林斯顿大学第一个比较文学博士学位，毕业后在美国加州大学圣地亚哥分校任教直到退休。这种长期的跨文化体验为叶维廉在中西比较诗学领域开展卓有建树的研究奠定了坚实基础。一方面，叶维廉对中国传统文化怀有深厚的情感，中国式传统教育使他在国学方面造诣深厚；另一方面，在海外长期从事文学翻译实践和中西诗学对话研究，他发现西方文化对中国传统文化存在长期的误读和歪曲，这使他对西方文论的强势垄断和话语霸权充满了质疑。这些都促使叶维廉在中西比较诗学的理论建构方面进行思考，也为他在中西文化的汇通研究方面提供了经验。

由温儒敏和李细尧主编的《寻求跨中西文化的共同文学规律：叶维廉比较文学论文选》，集中体现了叶维廉在比较诗学方面的理论建构。叶维廉借鉴语言学家沃夫（Benjamin Lee Whorf）的“文化模子”的理论，提

---

① 叶维廉是一位集翻译家、诗歌批评家和诗人等多重身份于一身的学者。

② 叶维廉于 1955 年去台湾求学，先后在台湾大学、台湾师范大学获得学士和硕士学位。毕业以后他回到香港工作，因为香港当时受英国的殖民统治，只承认英联邦的学历，叶维廉虽然有硕士学历，却只能去中学工作，而且工资还只能拿到别人的一半，所以他就想到了留学，自此开始了他的旅居海外生活。参见张生、叶维廉：《诗人？学者？还是诗人！——与叶维廉先生谈话录》，《华文文学》2011 年第 3 期，第 43 页。

出了著名的“模子”理论，又在艾布拉姆斯的《镜与灯》中提到的“文学四要素”的启发下提出五据点和六种文学理论，对“模子”理论进行完善，并引导我们如何去寻找不同文学的共同文学规律，以及关注中西文化的互照互识。此外，叶维廉积极推动台湾、香港和内地的比较文学发展，应邀在香港、台湾、北京讲学并协助台湾大学创立比较文学博士班，协助香港中文大学创立比较文学硕士班，协助北京大学创办比较文学研究所。19 世纪五六十年代是法国学派和美国学派在比较文学的范围、对象、研究范式方面进行激烈争论的时期，艾田伯在《比较不是理由》中调和法、美两个学派矛盾的同时指出“比较文学就会像命中注定似的成为一种比较诗学”①，这本论文集也反映出 19 世纪七八十年代叶维廉在比较诗学研究方面的承接关系。叶维廉不仅在比较诗学理论建构方面和中西文化的汇通方面做出了杰出贡献，也推动了中国比较文学的学科化进程。

一、“模子”理论的建构

1974 年，叶维廉在《东西方文学中“模子”的应用》这篇文章中，集中对他的“模子”理论进行了阐释，这种“模子”理论为中西比较诗学研究打开了一扇窗户，找到了一个突破口，具有比较文学方法论的里程碑意义。

叶维廉以一则蛙鱼寓言作为“模子”理论的导入，这则寓言主要讲述鱼根据自己的样子去想象水面之外事物的样子，而不能认清这些事物本质的故事。青蛙和鱼是好朋友。有一天青蛙跳出水面，看到了水面外戴帽子和穿衣服的人，看到了天空中展翅高飞的鸟，也看到了用轮子前进的车，回到水里后它将这些告诉鱼，鱼便用自己的样子去想象人、鸟、车的形状。从这则寓言可以看到鱼将自己作为一个“模子”去想象其他事物的过程，也可以看到鱼这种“模子”的作用对其他事物（人、鸟、车）造成的误读、误解问题。可见“所有的心智活动，不论其在创作上或是在学理的推演上以及其最终的决定和判断，都有意无意地以某一种‘模子’为起点”②。鱼没有见过人，依赖自己的形象作为“模子”去构思人，可见

---

① ［法］艾田伯著，胡玉龙译：《比较文学之道：艾田伯文论选集》，生活·读书·新知三联书店 2006 年版，第 42 页。

② 叶维廉著，温儒敏、李细尧主编：《寻求跨中西文化的共同文学规律：叶维廉比较文学论文选》，北京大学出版社 1987 年版，第 1 页。

“模子”是作为一种结构行为力量，就像文学作品中的“文类”，作者和批评家对“文类”的认识和评价就像鱼对人的认识和评价一样。作者在创作时，要找一个形式（文类）把自己的经验素材呈现出来。如果该“模子”无法表达诗人想要创作的经验素材时，作者会将原来的“模子”改装成新的“模子”。批评家在对作品进行研究时，需要先熟悉原来的“模子”以及新“模子”，接下来才可以去具体分析文本，否则就像鱼对人的认识一样，仅局限在“鱼”的模子中，无法从对方“人”的模子去构思和想象“人”。跳出自己的“模子”局限，从对方的“模子”出发去认识和构思他者才是解决问题的关键所在。

但是近百年来西方对中国文字和中国传统诗歌的认识有许多误读与歪曲之处，究其根源，就是因为西方没有跳出自己的“模子”局限去认识中国。主要体现在两个方面：一是异域文化对中国文字的误解。一方面，异域文化常常认为中国人将图像简化为象形文字这一文字符号，并没有继续把文字符号简缩为字母，原因在于中国人缺少发明创造的才能，并且厌恶通商交流；另一方面，异域文化武断地认为中国至今还没有字母，所以还无法去建造其他国家已经建造的东西。从异域文化和外国人对中国的文字的看法可以看出，在他们心中，抽象的印欧语系的字母符号是最优越的。他们只以一种模子作为标准，根本不愿意探究中国的象形文字具有的美感作用和思维体系。“象形文字代表了另一种异于抽象字母的思维系统：以象构思，顾及事物的具体的显现，捕捉事物并发的空间多重关系的玩味，用复合意象提供全面环境的方式来呈示抽象意念。”① 而字母系统是一种抽象思维的展现，注重逻辑分析和直线演绎。两者各有所长，各有各的独特性，没有高低优劣之分。二是西方对中国古典诗歌的歪曲认识。近百年来汉诗的英译者忽略了中国诗特有的美学形态和语法构成，他们通过阐释和附加解说的方式将中国诗详细地译成散文形式，这本身就打破了中国文字语法规则构造的中国诗歌意境之美。中国古典诗歌的意象会在一种互立并存的空间关系之中营造一种环境气氛，读者只需移入这个空间并参与这种美感体验，就能真正领会中国古典诗歌的奥妙。而这种美感经验的呈现形式是和中国的象形文字的观物传达方式有关。与此相似的歪曲误解现象不

---

① 叶维廉著，温儒敏、李细尧主编：《寻求跨中西文化的共同文学规律：叶维廉比较文学论文选》，北京大学出版社 1987 年版，第 4 页。

仅发生在文学领域，在人类学和社会学领域中依旧存在，早期考古人类学者和社会学者在研究原始民族的文化模式时，仅仅根据西方的科学统计方法以及西方的历史归纳总结出来的文化观念和价值就去评判非洲某个原始民族是野蛮的、落后的、没有文化的，却不明白西方所追求的文化价值仅仅是在物质进步、工业发达、逻辑思维系统等有限的方面，而非洲民族追求的是另外一套文化价值体系。从上述案例便可看出，“模子”的错误使用势必导致不能认清不同文化系统的特征，反而会破坏不同文化之间的相互理解。所以“对中国这个‘模子’的忽视，以及硬加西方‘模子’所产生的歪曲，必须由东西方的比较文学学者作重新的寻根的探讨始可得其真貌”[①]。那么，如何去进行模子的寻根认识呢？叶维廉借鉴了语言学家沃夫的“文化模子”理论来阐释并提出了自己的“模子”理论。

沃夫在《美国印第安人的一个宇宙的模子》一文中，对比了霍皮（Hopi）印第安人和西方人的时间和空间观念。霍皮印第安人不会把时间看成一个顺序流动的时间范畴，在他们的语言中既没有任何一个文字结构和西方的时间概念对应，也没有文字用语来指示西方的空间概念。此外，西方的语言中也没有恰当的词语可以解释霍皮语中的一些抽象概念，例如西方语言中的“主观”（subjective）的领域指的是想象中的虚幻和不真实，而对霍皮人来说都是真实存在的事物，充满了生命和力量。从沃夫对霍皮印第安人的语言研究中可以发现，“一个思维‘模子’或语言‘模子’的决定力，要寻求‘共相’，我们必须放弃死守一个‘模子’的固执”[②]，分别从两个模子的文化本身出发去做寻根探源，并进行比较分析，这样才能获得对这两种模子的深刻认识。因此叶维廉开始尝试构建自己的“模子”理论，他用A圆和B圆分别代表一个模子，A圆和B圆相交的部分是两个模子相似的部分C，这相似的部分C就是建立基本模子的地方（见图1）。不能用A圆的所有部分去阐释B圆的内容，也不能用B圆的所有部分去阐释A圆的内容。我们可以从A圆和B圆不相交的部分去探讨比较二者的歧异之处，然后去获得二者的全部面貌。从两者的“差异性”入手，然后再去建立“基本相似性”，这就是“模子”理论的核心要义。

① 叶维廉著，温儒敏、李细尧主编：《寻求跨中西文化的共同文学规律：叶维廉比较文学论文选》，北京大学出版社1987年版，第5页。

② 叶维廉著，温儒敏、李细尧主编：《寻求跨中西文化的共同文学规律：叶维廉比较文学论文选》，北京大学出版社1987年版，第11页。

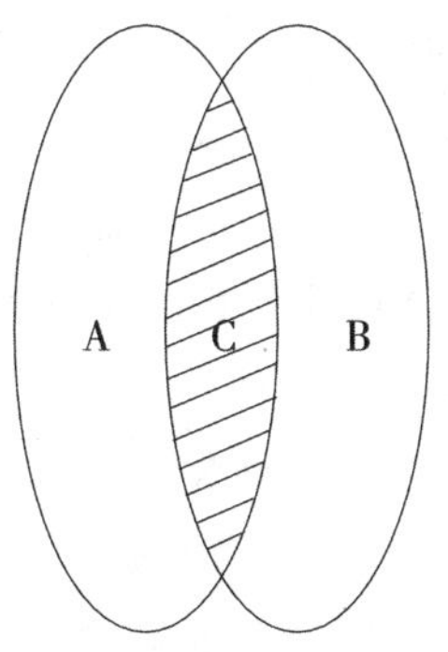

图 1 “模子”理论[1]

但是也必须明确，“在对‘模子’作寻根探固的了解时，我们不应以为，一个‘模子’一旦建立以后便是一成不变的。‘模子’不断地变化，不断地生长”[2]。“模子”具有不稳定性和变化性特征，作家和批评家在“模子”建立后又会追寻衍生新的“模子”，他们在使用的时候甚至会用一个相反的“模子”，所以在对一个“模子”进行范围确定时，要考虑“模子”形成的历史以及文学的外在因素、文学史的领域等，这样才能聚焦重点论题去加以比较分析研究。“模子”问题在早期欧美文学体系内的比较文学是不受重视的，虽然欧美各个国家、各个民族各有特色，但他们的思维体系、价值观念、语言结构都出于同一希腊罗马源头，在“模子”的运用上不会出现太大问题。当两三个不同文化系统的文学进行比较时，便会发现“模子”问题的尖锐程度，西方必须像青蛙一样跳出水面，跳出自己的固有“模子”才能发现与其他文化系统“模子”的巨大差异。“模子”理论的建构就是为了推动不同文化文学的沟通交流，“文化的交流正是要开拓更大的视野，互相调整，互相包容，文化交流不是以一个既定的形态去征服另一个文化的形态，而是在互相尊重的态度下，对双方本身的形态作寻根的了解”[3]。东西方文学艺术的比较仍需要关注 A 圆和 B 圆相交重叠的部分，“文学艺术中具有此种超过文化异质、超过语言限制的美感力量，

① 叶维廉著，温儒敏、李细尧主编：《寻求跨中西文化的共同文学规律：叶维廉比较文学论文选》，北京大学出版社 1987 年版，第 11 页。

② 叶维廉著，温儒敏、李细尧主编：《寻求跨中西文化的共同文学规律：叶维廉比较文学论文选》，北京大学出版社 1987 年版，第 12 页。

③ 叶维廉著，温儒敏、李细尧主编：《寻求跨中西文化的共同文学规律：叶维廉比较文学论文选》，北京大学出版社 1987 年版，第 14 页。

好比其自成一个可以共认的核心”①，例如新批评对艺术品具有“美学结构”的永恒性的肯定，这便是所有人类对艺术品的美学价值的追求。

在比较文学学科的发展史中，美国学派与法国学派在比较文学的研究对象上产生过很大的争论。法国主导范式影响研究注重事实材料的收集和文学的国际关系史研究。卡雷、基亚、巴尔登斯伯格等人主张比较文学不再比较，遭到美国学者韦勒克、雷马克、韦斯坦因的攻击，影响力最大的文章就是韦勒克在1958年教堂山会议发表的檄文《比较文学的危机》，他在文中对法国主张的对文学“外贸”研究进行了声讨，强调比较文学的审美价值研究，注重文学性维度。而“‘模子’的寻根探固的比较和对比，正可解决法国派和美国派之争，因为‘模子’讨论正好兼及了历史的衍生态和美学结构行为两个方面”②，这正是模子理论的价值所在。在中国的古典诗歌研究中，我们经常会看到这样的标题“伟大的浪漫主义诗人李白”“从西方的浪漫传统看屈原”等，实际上在中国古典文学中并没有出现过所谓的浪漫主义运动，不能仅仅从表面上看到部分的相似性就一概而论，需要仔细探究西方浪漫主义运动的发生过程及实质，还有屈原、李白等人的诗歌表述和他们自己的人生遭际。学者们从两个“模子”出发去寻根探源，这样才可以真正了解中国诗人李白和屈原与西方的浪漫主义运动之间的联系和区别，进而去深入探讨双方文化系统中历史的衍生态和美学结构。

二、互照互识：寻找跨越中西文化的共同文学规律

“模子”理论就是要通过对不同文化的差异性探讨去追根溯源这些差异的原因，进而去寻求基本相似性的建立。不可死守一个“模子”的思维体系去认识另一个“模子”的文化形态。那么如何在跨越不同文化体系的文学作品和理论之间寻求共同的文学规律与共同的美学据点呢？1983年叶维廉在“比较文学丛书”总序中进一步完善“模子”理论，根据艾布拉姆斯的文学作品四要素“世界、作者、作品、读者”提出了“五据点”的文学理论架构，同时通过“五据点”又引申出“六种文学理论”（见图2）。

---

① 叶维廉著，温儒敏、李细尧主编：《寻求跨中西文化的共同文学规律：叶维廉比较文学论文选》，北京大学出版社1987年版，第14页。

② 叶维廉著，温儒敏、李细尧主编：《寻求跨中西文化的共同文学规律：叶维廉比较文学论文选》，北京大学出版社1987年版，第15页。

利用“五据点”和“六种文学理论”去寻求跨中西文化的美学据点和共同的文学规律。

叶维廉提出一部作品的诞生有五个必须的据点，“（一）作者；（二）作者观和感的世界（物象、人、事件）；（三）作品；（四）承受作品的读者；（五）作者所需要用以运思表达、作品所需要以之成形体现、读者所依赖来了解作品的语言领域（包括文化历史因素）”①，这五个据点是东西方诗学探寻共同规律的基点，所有的文学范畴都离不开这五个据点提供的理论来建构边界。五据点的提出对于“模子”理论是有益的完善，也为中西比较文学学者提供不同文化系统中文学可以比较的基点。五个据点以文化、历史、语言为中心形成了一个不可分割的复合体。每一个据点都不是独立的存在，而是互相影响，互相制约。根据这五个据点之间的关系概括出六种不同的文学理论：A. 作者通过文化、历史、语言去观察感受世界，然后去选择观察到的事物或事件和选择想要表达的思想观点，而这些会决定作者的运思表达方式、作品中想要表现的对象及相适应的语言策略。对这些的思考又会产生相应的理论。B. 作者把自己观察世界所得经验用文字表达出来会涉及艺术安排设计理论。C. 一部作品可以同时从读者和作者两方面去研究，作者会考虑作品给读者带来什么效果以及如何打动读者。读者会考虑在接受过程中作品传达的认识理念与读者感受反应的关系。无论是从读者还是从作者出发都会涉及诠释学和接受美学理论。D. 读者间接地会影响作者的构思和语言选择，所以读者对象的确定理论也值得关注。E. 一个作品完成以后成为一个独立的存在。作为一个独立完整的系统不受时空的限制，可以与过去、现在、将来的读者沟通交流。这种作品自主论也存在忽略文化、历史的影响因素，有其自身的局限性。F. 以上五种理论都离不开文化历史环境的影响基源论。可以看到以上 A、B、C、D、E 五种理论与第六种 F（文化历史环境）的关系紧密相连，文化历史因素在作者的观察方式、表达方式、读者的接受反应等方面都具有重要的作用。但是“导向文化历史的理论，很容易把讨论完全引向作品之外，背弃作品之为作品的美学属性，而集中于社会文化现象的缕述”②。这就意味着如果只局

① 叶维廉著，温儒敏、李细尧主编：《寻求跨中西文化的共同文学规律：叶维廉比较文学论文选》，北京大学出版社 1987 年版，第 27 页。

② 叶维廉著，温儒敏、李细尧主编：《寻求跨中西文化的共同文学规律：叶维廉比较文学论文选》，北京大学出版社 1987 年版，第 31 页。

限于社会文化历史作为研究对象，就会偏离文学本身，局限为意识形态服务的工具，走向机械论和实用论。叶维廉的“模子”理论虽然注重对不同文化系统根源的探讨，但是也非常注重“宇宙秩序（道之文——天象、地形）”“社会秩序（人文——社会组织、人际关系）”及“美学秩序（美文——文学肌理的构织）”这三者的互相观照，并始终关注文学作品的美学价值研究。

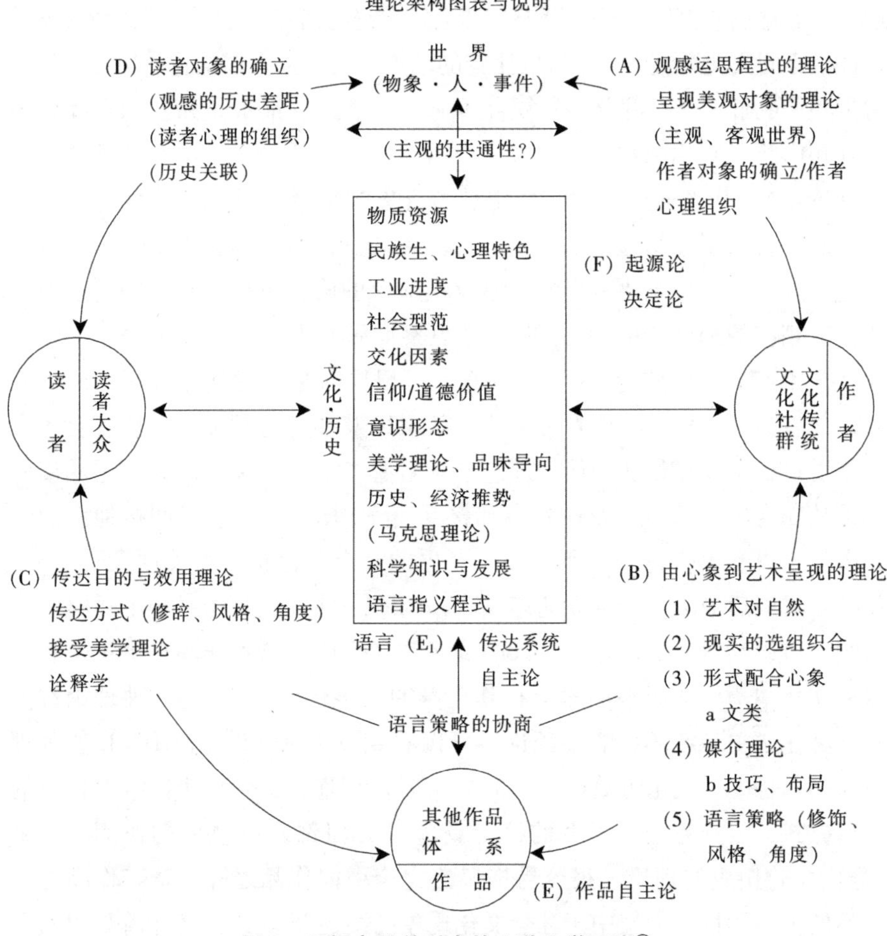

图 2　五据点及其引申的六种文学理论①

---

① 叶维廉著，温儒敏、李细尧主编：《寻求跨中西文化的共同文学规律：叶维廉比较文学论文选》，北京大学出版社 1987 年版，第 28 页。

叶维廉的比较诗学以“模子”理论为架构，以五据点和引申出来的六种文学理论作为比较指南，是对东西方文化文学不能展开比较研究的有力反驳，是东西方诗学可以汇通研究的理论基础，也使寻求共同的文学规律和美学据点成为可能。而“互照互识”是模子理论使用时的一种参照理念，从某种意义上说，这种理念可以看出叶维廉受到克罗德奥·纪廉教授的影响。纪廉教授给叶维廉的信中提到“东西比较文学研究是，或应该是这么多年来（西方）的比较文学研究所准备达致的高潮，只有当两大系统的诗歌互相认识、互相观照，一般文学中理论的大争端始可以全面处理”[①]。所以在使用“模子”理论寻求东西方文学中“共同的文学规律”和“美学据点”的过程中，学者们一定要避免西方的文化中心主义，要兼顾不同文化的互照互识。互照互识让西方读者明白世界上还有不同于柏拉图和亚里士多德美学观念出发的文学作品，也让中国读者明白除了儒、释、道理念之外，还有其他观察事物、感受事物的运作方式和价值理念。通过互照互识不仅可以打破一种文化对另一种文化的垄断，而且可以促进文化之间的交流和沟通。

一方面，互照互识可以打破理论的垄断原则，认识到理论的暂时性和开放性。任何文化系统中的理论都不可能是唯一的和绝对的。“这些秩序、体系或批评的架构只不过是部分的真理，部分的显现而已。”[②] 所有理论都会受社会、历史、文化的限制，不可能放之四海而皆准。许多理论也是开放的，等待后来学者专家去修正和补充。例如书写文学理论对口传文学的严重歪曲，在印第安人、非洲人、大洋洲人的文化体系里还保留着口头文学的形式和魅力，可是考古学者和人类学者或者诗人抱着某种固执的偏见来对待这些文化，使这些口头文学在被翻译成书面文字的过程中遭到了严重的破坏。口头创作的策略，如在祭祀中，那些和谐、整齐、相辅相成的歌唱、击掌、舞蹈等，不应该仅仅被视为对书面文学中主题的一种衬托，而且是口头文学的主要形式和内容，它们之间是一个不可分割的整体。诗人和作家经常按照书面文学中的创作意图去理解这些祭祀活动，因此无法理解这些发声效果、即兴表演的作用，以及超越语言之外的开放性等内

---

① 叶维廉著，温儒敏、李细尧主编：《寻求跨中西文化的共同文学规律：叶维廉比较文学论文选》，北京大学出版社 1987 年版，第 25 页。

② 叶维廉著，温儒敏、李细尧主编：《寻求跨中西文化的共同文学规律：叶维廉比较文学论文选》，北京大学出版社 1987 年版，第 34 页。

容。诗人和作家把这些内容视为次要的甚至无关的内容。这样就需要对几种“文化模子”进行比较和对比，“不轻率地依据一种文化的传统去评判由另一种文化产生出的观感形式和表达程序”[①]，要进行互照互识。文化交流的价值和意义就是要互相推动、互相发展、互相调整，就是要打破那种文化体系垄断原则，就是要努力把我们认识的范围推向更大的圆周，认识到自身理论的暂时性和开放性。

另一方面，互照互识可以促进文化的交流和沟通，是解决某些重大批评理论问题的关键。“互照互对互比互识可以使我们提出单一文化论者不大会指出的问题”[②]，以悲剧文类为例，西方的悲剧一般有这样两个特征：一是面对巨大灾难的英雄人物必须具有面对的勇气；二是英雄人物会因为自身的自负导致无法避免的失败。但这两个特征在中国戏剧里是不存在或是被忽视的，如此就会产生诸多疑问：中国有没有西方意义上的悲剧？如果没有，那么为什么没有？中国戏剧的兴起在元代才出现，而西方为什么一开始就将戏剧作为一种重要的文学形式？如果西方戏剧起源于酒神祭祀，那么中国古代也有祭祀仪式，是什么阻碍了戏剧的发展呢？这一系列的疑问会迫使我们去对中西方的文化根源进行对比对照，找出两个文化美学系统发展演变的同和异，去发现一些共同美学据点的问题。当然不要为了只找同而消除异，要通过异而认识同。“通过互相映照，用甲文化的眼光去看乙文化的语规活动和含义；然后，再用乙文化的眼光去看甲文化的语规活动和含义，进而了解各种论述美学与权力之间迎拒成毁的多元辩证。”[③]互照互识让不同文化持一种包容开放的心态去对话协商，从而可以促进文化之间更好的交流互动，让我们重新审视每一个美学立场的演变过程，去寻求不同文化的共同文学规律和美学据点，从而去构筑新的批评理论基础。

三、对叶维廉比较诗学理论的反思

中华人民共和国成立后的30年，苏联文学理论在中国文论界占据主导位置，中国大陆的比较诗学研究基本处于停滞期，“但该时期中国台湾、

---

① 朱徽：《叶维廉访谈录》，《中国比较文学》1997年第4期，第101页。

② 叶维廉著，温儒敏、李细尧主编：《寻求跨中西文化的共同文学规律：叶维廉比较文学论文选》，北京大学出版社1987年版，第40页。

③ 朱徽：《叶维廉访谈录》，《中国比较文学》1997年第4期，第102页。

香港地区和海外华人学者的比较诗学研究在一定程度上弥补了大陆研究的空白时间段，对大陆的比较诗学研究起到了助推作用”①，此时旅居海外的华裔学者叶维廉在比较诗学的理论建构方面做出了突出的贡献，具有很大的影响力。其实从钱锺书 1948 年的《谈艺录》序言中的“东海西海，心理攸同；南学北学，道术未裂”开始，中国大陆学者就已经在积极尝试构建比较诗学，寻找共同的“诗心”和“文心”。在度过停滞期后，20 世纪 80 年代伴随比较文学在中国的复兴，比较诗学成为比较文学中重要的一个研究方向，发展到今天取得了丰硕的成果。叶维廉在海外多年亲身体察西方文化对中国古典诗歌的误解以及西方理论话语的垄断局面。他心系中华文化，开始构建文化“模子”理论，期望寻找跨文化的共同文学规律和美学据点从而去促进东西方文化的交流。但他也提到，任何理论都不是绝对权威的，都会受到文化、历史的制约，鉴于此，叶维廉的“模子”理论也有其自身的局限性。笔者在此提出一些反思进行探讨，以期对比较诗学的未来发展提供参考价值。

第一，叶维廉的“模子”理论特别强调在不同文化场域下要寻找共同文学规律和共同的美学据点，但是共同的文学规律和美学据点不仅在于“同”，还应该注意“通”。我们应该在人心相通方面入手，文学就是人学，将不同文化系统中的人心相通作为理论建构的基础，这应该是对叶维廉比较诗学的有益完善。全球新冠肺炎疫情对人们的生活方式已经造成了很大改变，人们在线上交流愈益便捷的同时，人与人之间的情感也愈益疏远。在任何时空之中，对幸福的追求、对爱情的渴望、对生命的敬畏、对弱者的同情和对自然的崇拜都是人类永恒的伦理情感，如聂珍钊教授所言：“文学伦理学批评从伦理的立场探讨文学起源问题，把文学看成道德的产物，认为文学的产生源于人类伦理表达的需要，文学创作的原动力来源于人类共享道德经验的渴望。”② 这为比较诗学的理论建构在人心相通方面提供了一个新的视角。

第二，叶维廉的比较诗学注重不同文学根源的互照互识，从而促进文化的交流和沟通。当今时代更加注重不同文化之间的协商对话，这种协商

① 曹顺庆、陈思宇：《70 年来我国比较诗学研究的得与失》，《英语研究》2020 年第 1 期，第 10 页。

② 聂珍钊：《文学伦理学批评的价值选择与理论建构》，《中国社会科学》2020 年第 10 期，第 82 页。

对话的方式比互照互识在“互为主体”方面更为深入。将“对话”这种理念纳入互照互识之中，排除种族、性别、阶级、年龄的歧视，开展人与人、国与国之间的平等对话，这也是对叶维廉比较诗学的有益补充。在全球总体安稳和平的环境下，局部地区的冲突也时有发生，这种“对话”理念也更能凸显“人类命运共同体”构建的重要性和及时性。乐黛云提倡跨文化对话原则“要在文化系统之间、文学传统之间建立一种真正平等与有效的对话关系，为人类的交流与合作，也为文化间的互补、互识、互鉴做出应有的努力与贡献”[①]。比较诗学的理论建构应该充分考虑本民族的文化特色，以平等对话的姿态去对待异质文化，不能一味地贬低或抬高任何一方，通过互照互识的方法认清自我与他者的差异和相似，促进不同文化之间的平等交流，达成不同文化之间的协商对话。

第三，叶维廉的“模子”理论虽注重从两个模子的差异性去寻求二者的相似性，拒绝仅仅根据一个文化模子去认识和评价另一个文化模子，倡导要以一种尊重包容的心态去比较和对比，从而了解两个文化的整体面貌，但是并没有进一步去深入挖掘如何批判性地认识不同文化面貌的价值。叶维廉的比较诗学旨在寻求跨文化体系的共同美学据点和文学规律，但是缺少一种对不同文化文学的批判精神。李砾提出“人性和理性是文学和诗学的灵魂。接受这样一个观念，就意味着比较诗学不能放弃批判的精神。要在识别体裁、语言、表达以及解读等创作形式、理解方式的同时，有所选择和扬弃，有所批判和学习”[②]。学界可以沿着叶维廉的“模子”理论去深入探讨西方诗学和中国诗学的历史衍变过程，然后去比较不同文化体系诗学的价值所在并进行批判性的思考，这样才能推动“世界诗学”[③]的发展。

第四，构建比较诗学的“模子”理论还必须要深入探讨西方强势话语对第三世界话语遮蔽的原因所在。萨义德在《东方学》中指出东方是西方化的东方，是被建构和表述出来的东方。周宁的《天朝遥远：西方的中国形象研究》从意识形态和乌托邦两个角度，详细梳理了中国形象在西方的历史演变。这两部学术著作为我们批判性审视西方话语体系奠定了理论基

① 乐黛云：《比较文学原理新编》，北京大学出版社 2004 年版，第 80 页。

② 李砾：《比较和比较的意义：叶维廉诗学研究》，中山大学出版社 2016 年版，第 62 页。

③ “世界诗学”构想由王宁教授提出，主要指想要构建一种具有普遍性的文学阐释理论，具体参见王宁：《世界诗学的构想》，《中国社会科学》2015 年第 4 期。

础，体现出第三世界的文化自觉以及第三世界开始反思自我与他者的关系。只有真正弄清楚第三世界被遮蔽的原因所在，才能有效拆解西方的霸权话语，在此基础上不同国家、民族、区域才能真正站在一个平等的场域对话。下面以一些国际文学大奖来观照这个问题，过去已经有多位非洲本土或者非洲裔作家获得诺贝尔文学奖或布克奖，如沃莱·索因卡（Wole Soyinka）、约翰·马克斯韦尔·库切（J. M. Coetzee）、纳丁·戈迪默（Nadine Gordimer）、纳吉布·马赫福兹（Naguib Mahfouz）、伯娜丁·埃瓦里斯托（Bernardine Evaristo）等人，而2021年诺贝尔文学奖、布克奖、龚古尔文学奖这三个重要奖项又分别颁给了坦桑尼亚小说家阿卜杜勒拉扎克·古尔纳、南非作家达蒙·加尔古特和塞内加尔作家穆罕默德·姆布加尔·萨尔，可以说第三世界的非洲文学在2021年获得了大满贯，非洲文学和非裔文学在世界文学中其独特的魅力和价值开始得到凸显，这是一个可喜的局面。但是我们也必须看到这些获奖作家大多数已经移民到欧洲，接受西方的文化教育，用英语写作，世界文学并没有完全摆脱欧洲中心主义和英语语言霸权的影响。将来获得诺贝尔文学奖的作者想要更加多元化，世界文学领域想要利用本土语言创作的作家数量增长起来还需要一定的时间。虽然摆脱欧洲中心主义和英语语言霸权的道路还很长，但欣慰的是非洲文学、拉丁美洲文学、印度文学在世界文学的影响力也与日俱增，中国的科幻文学、电影电视等也都在海外产生愈益显著的影响力，如此观之，第三世界与第一世界的差距正在缩小，一个真正平等、共享、多元的世界文学家园一定会到来。

结　语

不满于西方话语霸权的垄断以及对中国传统文化怀有的深厚情感促使叶维廉提倡对中西文化进行寻根探源，对比较诗学进行理论建构，并尝试提出“模子”理论。“模子”理论的提出具有比较文学方法论的里程碑意义，叶维廉主张通过双方文化的差异性认识去寻求基本相似性的建立，拒绝将一种文化“模子”硬套在另一种文化“模子”上，以免发生鱼根据自己的样子去认识人的寓言故事结局。参照艾布拉姆斯的文学“四要素”，叶维廉提出“五据点”和“六种文学理论”，借此对“模子”理论进行补充和完善，并将“互照互识”作为中西文学加以比较的参照理念去寻求中西文化中共同的文学规律和共同的美学据点。叶维廉虽长期旅居海外，却心系中国，他积极建构寻求中西诗学的汇通，也积极推动香港、台湾和大陆比较文学的学科发展。尽管叶维廉的比较诗学理论具有一定的局限性和反思空间，但我们坚信只要循着叶先生的“模子”理论继续向前发展，不断去补充、更新思维和方法，未来将会建构更为完善、更为合理的比较诗学理论。

张隆溪的跨文化理论研究
——以《道与逻各斯》为例

王　静

一、张隆溪在求同基础上的比较文学构想

（一）求同或辨异——对待中西文化差异的两种不同取向

1. 求同

考察比较文学学科发展的历史，长期以来法国学派和美国学派都将比较文学的重心放在关注国家、民族和文化间的共同之处。一般认为，法国的比较文学侧重于将比较文学研究的范畴规定在只关注存在实际影响和事实联系的两种语言或两个民族之间的文学史的实证性研究。其主要代表人物都表达了类似的思想，例如法国比较文学学者卡雷认为："比较文学不是什么都能拿来比较，比较文学也不是文学的比较，比较文学并不关心作品的美学价值，而是侧重于每个民族、每个作家借鉴的种种发展的演变。"① 基亚进一步在其著作《比较文学》中提出："比较文学实际上并不强调比较，只是一种取错名字的科学方法，正确的名称应该是：国际文学关系史。"② 另一位法国比较文学奠基人梵·第根也一再强调："'比较'这两个字应该摆脱全部美学的含义，而取得一个科学的含义。"③ 这些学者都注重文学作品的外部因素的实证性研究。以雷纳·韦勒克为代表的美国学者针对法国学派在研究中呈现出的实证模式的刻板化与极端化等弊端，提出了激烈的批评。在1958年国际比较文学学会教堂山会议上作的报告

---

① ［法］卡雷著，李清安译：《〈比较文学〉初版序言》，见北京师范大学中文系比较文学研究组选编：《比较文学研究资料》，北京师范大学出版社1986年版，第43页。

② ［法］马法·基亚著，颜保译：《比较文学》，北京大学出版社1983年版，第1页。

③ ［法］梵·第根著，戴望舒译：《比较文学论》，见干永昌等选编：《比较文学研究译文集》，上海译文出版社1985年版，第57页。

《比较文学的危机》中，韦勒克明确表达了对法国学派将比较文学视为国际文学关系史做法的不满。他认为，如果像法国学派那样把研究对象或范畴限定在两种文学之间的事实联系上，去核实它们之间的来源和影响、原因与结果，“其结果是把比较文学限于两种文学的外贸，就是限定它只注意作品本身以外的东西，注意翻译、游记”①。他提倡应该将“文学性”作为比较文学研究的目标，在没有事实联系的不同国家或民族文学之间，去发现其中涉及的关于文学主题、形象等美学层面的关联。美国学派的另一位代表人亨利·雷马克在《比较文学的定义和功能》中明确提出了美国学派关于比较文学的经典定义：“比较文学不应是只局限于一国范围之内的文学研究，而应将一国文学与另一国文学或多国文学进行比较，并且研究文学与其他领域之间的关系，包括与艺术、哲学、历史、社会科学、自然科学的关系等。”② 这个定义不仅提倡平行研究，而且提倡跨学科综合研究，也由此奠定了美国比较文学的基础。此外，韦勒克在确定比较文学的研究对象和范畴时，并没有将不同国家文学之间的事实联系排除在外，他补充道：“比较文学的价值既存在于事实联系的影响研究中，也存在于毫无历史关系的语言现象或类似的平行对比中。”③ 从雷马克和韦勒克的论述中，我们发现美国学派进一步发展了平行研究，基于此，美国学派得以以类同性和综合性作为平行研究的可比性基础。

美国学派与法国学派的观点看似背道而驰，然而在其学派板块的交接处却有内在的一致性，不管是以同源性作为影响研究的可比性依据，还是以类同性和跨学科性作为平行研究的可比性依据，法国学派和美国学派都主张求同性质的比较。因此早在20世纪60年代，法国和美国就有学者主张要融合两派的观点，到了20世纪80年代，法国学派和美国学派逐步打破壁垒，实现融合。其中以法国学者布吕奈尔（P. Brunel）等人的著作《什么是比较文学?》（1983）最具影响力，该书认为：“比较文学不仅在文学现象之间、文学与文本之间进行对比，而且将文学与其他知识领域进行对比，这种对比并不为时间和空间所限，它们可以来自几种不同的语言或

---

① ［美］雷纳·韦勒克：《比较文学的危机》，见北京师范大学中文系比较文学研究组选编：《比较文学研究资料》，北京师范大学出版社1986年版，第50页。

② 范文俊：《比较文学美国学派的理论视域及文学理论研究性质》，《学术研究》2012年第10期，第20页。

③ 黄怀军：《法国学派与美国学派的对峙与融合》，《中国文学研究》2017年第3期，第30页。

文化，也可以隶属于同一种民族和文化传统，而这种对比的目的是通过对类似、亲族和影响关系的研究，更好地理解和鉴赏文学和文本。”① 显然这一主张看到了法国学派和美国学派比较文学研究对象的相似性与融汇的可能性。事实上，法国学派和美国学派都将比较文学的合法性建立在类同性的基础上，这也奠定了两大学派最终由对峙走向融合的基础。

中国比较文学的发展深受法国学派和美国学派的影响，反观中国比较文学的发展进程，钱锺书在《谈艺录》序言中提出“东海西海，心理攸同；南学北学，道术未裂”的观点，与韦勒克认为东西方不同文明的文学有共同的可比性十分相似。张隆溪继承钱锺书超越中西文化差异找到共同之处的做法，这种思想尤其体现在他的代表作《道与逻各斯》中。在这本书中，他将中国的“道”与西方的“逻各斯”做比较，并发现二者之间存在相似性。

2. 辨异

以法国学派和美国学派为主导的比较文学学者构建了西方传统的比较文学学科理论框架，这一理论框架认为东西方不同民族和文化之间的文学不具备合法性。无论是法国学派的“影响研究”还是美国学派的“平行研究”都强调共同性，他们将可比性的基础分别建立在同源性和类同性之上。主张以同源性和类同性为基础的理论家认为异质文明的文学差异太大，因此基于不同文明的文学比较是不可能的，实际上更为重要的原因是西方中心主义对东方文学的遮蔽。但是关于东西方文学的比较一直作为一种文学批评现象存在于具体的文学批评实践中。与西方相比，以跨文化对话为主要特征的中国比较文学对异质性的强调更为突出，尤以曹顺庆提出的比较文学变异学影响最为广泛。我们将对曹顺庆倡导的比较文学变异学进行粗略的介绍，目的在于与张隆溪等老一辈比较文学学者提出的求同形成对比。

第一，语言层面的变异的可比性。这种比较通常发生在语言层面，它主要是指文学现象及具体的作品通过翻译，跨越语言的障碍，最终在目的语言环境中被接受和传播的过程。在对这些被翻译成别国语言的作品进行研究的时候，很多研究者都谈及一国文学流传到他国，并在异国文化中产

① 张辉：《重提一个问题：什么是比较文学？——基本共识与新的思考》，《浙江社会科学》2019 年第 1 期，第 14 页。

生的变异。中国学者谢天振突破传统翻译的“信、达、雅”标准，借用法国文学社会学家埃斯卡皮的术语，将翻译过程中出现的差异称为“创造性叛逆”（creative treason），并指出参与创造性叛逆过程中的主体不仅有译者，还有读者和接受环境。其对“创造性”的肯定，为翻译中的变异现象的研究确立了可比性操作的合法性。的确，语言在一定程度上具有不可译性和变异的潜在性，再客观的翻译总是避免不了在忠实原本的基础上发生某种“叛离”。对这一问题的认识古已有之，比如说在中国的南北朝时期，道安根据佛经翻译实践，提出了“五失本，三不易”的理论。但是正是这种无法避免的翻译过程中的变异，让我们得以寻觅到不同民族和国家文化的差异，也为原作的思想内涵带来了新的增殖。

第二，民族国家形象的变异的可比性。形象学研究最早在法国学派的影响研究中被基亚提出。在《比较文学》一书中，基亚以一章的篇幅来论述人们眼中的外国形象。最初的形象学研究主要是从实证性关系入手。变异学中的文学形象研究把研究的范围从过去的文学文本层面扩展到了立体的文学文化层面，并拓展了以实证、考据为主的研究方法，其研究则重在阐述在一国文学作品中表现出来的他国的形象，以及这个形象在异国发生变异的过程，并试图从文化过滤和文学误读的机制去剖析变异的原因。中国近几年的形象学研究取得了丰厚的成果，比如谭渊的《“名哲”还是“诗伯”？——晚清学人视野中歌德形象的变迁》、冯佳的《政治寓言中的“他者”形象和西方的危机：评乌勒贝克的〈屈从〉》、沈杏培的《中国形象三重奏：文化差异·人性创伤·民族志》等论文通过对异域形象的细腻分析，深刻探讨了这些形象背后投射的政治文化。

第三，文学文本变异的可比性。文学性和文学文本是比较文学研究的根据地，文学文本的变异研究与文学接受美学有很大的关系，因为以法国学派为代表的影响研究主要是从社会历史的外部研究来为不同国家的文学的影响研究寻求实证性证据，但是这种研究方法无法解决发生在文学传播中的受众主体的选择问题，文学接受过程往往包含特定的美学和心理学因素，这是影响研究无法证实的现象，但可以归纳到文学变异的范畴。实际上，文学文本的变异研究，不仅包括以往影响研究涉及的有实际交往的文学文本之间产生的文学接受的层面，而且包括平行研究范畴内的主题学和文类学的研究。

第四，文化变异的可比性。叶维廉在《东西方文学中“模子”的应用》一文中提出了“文化模子”的理论问题，他认为比较文学研究者在进行中西文学的比较研究时必须重视文化模子的问题，文化在传播过程中因为各自文化固有的模子的不同而产生变异是不可避免的。“模子”问题的提出，实质上就是要提醒我们重视中西异质文化之间的差异性，这种差异性的表现尤以文化过滤现象最为突出，在文学文化的交流和对话中，接受者往往基于自身的文化背景和传统而有意无意地对传播方发送的信号进行选择、改造、删改和过滤。不同的“文化模子”会产生不同的文学误读现象。在中国的比较文学研究中，自五四运动以来，就倾向于采用西方以亚里士多德为代表的批评模子来研究中国文学，并借用西方的理论来重构中国的文学批评理论，这种以西释中的做法往往造成了歪曲中国古典文学的后果。西方学者本身也将用亚里士多德以来的模子批评他国文学视为理所当然，由于抱守欧洲中心论，他们很少反思以该理论作为他国文学批评据点的可行性。①

张隆溪在《中西文化研究十论》这本书中，明确提出自己对变异学的看法：“只看到东西方文化的差异，并将二者对立起来，在讨论东西方文化时，往往用一种文化的局部来代替整个文化的全部和本质特征，然而东西方文化的特点不是随随便便用一句话就能说得清的。我们在进行东西方的比较研究时首先要克服将不同文化简单对立起来的倾向，只在异中求同，又在同中求异，真正的比较研究才能开始。”② 在一次对曹顺庆的采访中，有学者向曹顺庆提及张隆溪的这一看法，曹顺庆表示赞同张隆溪的意见，因为“它涉及比较文学变异学的基本内涵问题”③。可见曹顺庆在提倡比较文学变异学时并没有完全反对张隆溪的观点，而是以此为基点。

（二）张隆溪关于文化对立的批评

1. 对后学的批判

后学是指西方后现代主义文化理论从哲学、历史和社会各方面深刻反省近代西方传统的基本观念，通过反对西方文化霸权和欧洲中心论，揭示

① 曹顺庆：《比较文学学科理论的“跨越性”特征与“变异学”的提出》，《中外文化与文论》2006 年第 1 期，第 15 页。

② 张隆溪：《中西文化研究十论》，复旦大学出版社 2005 年版，第 34 页。

③ 曹顺庆、秦鹏举：《变异学：比较文学学科理论的新进展与话语创新——曹顺庆教授访谈》，《衡阳师范学院学报》2019 年第 1 期，第 112 页。

出西方文化深刻的内在危机，具有极强的自我批判精神。西方后现代主义和后殖民主义理论在对西方传统作自我批判的同时，往往把中国视为西方的反面，强调东西方文化的差异和对立，通过把中国或东方浪漫化、乌托邦化来更鲜明地反衬西方文化。张隆溪从西方后现代和后殖民理论与中国社会现实的关系入手，从两个方面对后学提出批评："一是不满足于后学貌似激进，实际上却起一种为现存文化和社会秩序辩论的保守作用，并且以中国和西方的对立代替了对自身文化和社会现实的批判。二是中国的后学往往否认知识分子文化批判的职责，甚至否定知识分子存在的价值。"①

第一个方面体现在张隆溪对以下几位学者的观点的批评中。在《"后学"与中国新保守主义》一文中，赵毅衡对近年来中国文学和文化讨论中出现的后现代主义热潮作了尖锐的批评，赵毅衡明确表示，无论是在文学还是文化上，他都坚持文化批评的立场。在对20世纪90年代国内热衷于谈论的后现代、后殖民等"后学"理论的批评中，赵毅衡指出这不仅仅是对"五四"和20世纪80年代文化批评的简单否定和批判，还是以东西方文化的对立代替了以本国的体制文化为对象的文化批评。这种批评立场无论是从政治上还是从文化上都是对现存秩序的妥协，他称之为"新保守主义"。其特点在于："一方面宣称代表'第三世界'中国的利益而反对西方霸权，另一方面又以西方当代最流行的后现代、后殖民主义理论话语为依据。"② 张隆溪认为赵毅衡对"后学"的批评暴露了大陆的"后学"脱离中国实际，故意夸大中西对立从而回避面对中国现实的问题。徐贲在《"第三世界批评"在当今中国的处境》这篇文章中指出中国第三世界批评的核心是本土性，而不是反压迫。尽管他们也谈反压迫，但那是指第一世界对第三世界的话语压迫，显然这是脱离中国实情的，因为这种做法通过把话语压迫上升为当今世界面临的主要压迫形式，从而有意无意地遮蔽了原本存在于本土社会现实生活中的话语张力。中国这种对第三世界批评的基本倾向在徐贲看来是"舍近求远、避实就虚"。张隆溪认为这篇文章中提出的"第三世界批评"和赵毅衡所说的"后学"一样，都是避开对本国

① 邬震婷、葛桂录：《思想史语境里的他者形象研究——关于比较文学形象学研究方法的反思》，《福建师范大学学报（哲学社会科学版）》2014年第4期，第181页。

② 聂茂：《文化批判视域下中国新时期文学的道路选择》，《湖南师范大学社会科学学报》2018年第6期，第25页。

现存文化秩序的批判，而在东西方对立的观念中，把反对西方“第一世界”的文化霸权作为首要任务，并且这两篇文章都一针见血地指出20世纪90年代中国文学和文化批评中存在的问题，即后学在中国具体的社会文化背景上，是否会导致与现存文化秩序妥协，甚至把它理论化、合理化，从而引向保守？张颐武对赵毅衡和徐贲的文章提出反批评，张隆溪认为张颐武的观点可视为“后学”的典型，其自相矛盾之处也是后学内在的困境。张隆溪批评张颐武在对赵、徐进行批判时，将矛头直指赵、徐二人，认为他们是来自中国大陆并任教于西方学院体制中的学者，并反复指出他们对西方的主流话语和意识形态的强烈认同，这样一来，就可以把赵、徐作为西方第一世界的代表，而自己则安居第三世界中国代言人之位。于是，“后学”和“第三世界批评”又有了立言之本，其中西、内外对立的套路并未改变。①

第二个方面体现在张隆溪对萨义德知识分子文化批判职责的评价中。萨义德强调知识分子必须要有独立的人格，不是狂热鼓吹狭隘的民族主义，也不只是为了维护某个区域的利益，而是超越任何与某些集团利益相关的是非和真理标准，并把其作为自己言论和行动的准则。张隆溪批评一些接受西方后现代、后殖民主义理论的批评家，一方面否认知识分子对现存秩序和体制文化的批判责任，另一方面又以民族主义式的东西方对立从根本上否定知识分子的独立人格。他们往往对萨义德关于知识分子应当承担文化批判职责的论述视而不见、讳莫如深。其实萨义德的知识分子论与《东方主义》恰恰是相辅相成、相互论证的。不理解萨义德对知识分子职责的论述，就难以把握他关于东方主义的深刻论述。可以看出，张隆溪对萨义德知识分子论的强调与前面对赵毅衡等理论家的论述回应是遥相呼应的。西方具有批判精神的后学在中国的语境却趋于保守，可以说这是研究后学的理论家们需要反思的问题。

2. 对文化不相通论的批判

文化不相通的观念不仅存在于西方，还存在于东方。张隆溪对东西方文化不相通的观念作了大致的梳理，并着重对其不利于东西方跨文化理解的方面作出了批判。莱昂利·查理·邓斯威尔曾在伦敦吉卜林学会宣读一篇论文，在这篇论文中他高度赞赏英国诗人吉卜林那句著名的诗句：“啊，

① 张隆溪：《走出文化的封闭圈》，生活·读书·新知三联书店2004年版，第76页。

东即是东，西即是西，这两者永不会相遇。”① 邓斯威尔很认同吉卜林对东方的看法，并将其引以为道，称吉卜林为帝国主义毫不动摇的代言人，当时邓斯威尔正在印度服役，他借助吉卜林的诗句不过是为了证明英国殖民主义的合法性。在论文中他还说道：“东西方之间的根本差异是永远不会改变的，谁也不能说我们西方的文化就高于东方的文化——相反两者之间根本没有比较的可能。”② 邓斯威尔这种认为东西方没有任何共通之处，因此也就没有比较的可能的观点，普遍存在于当前的中西学术环境中。他们大多持文化不相通论的立场。在当代理论中，文化不相通的观点与托马斯·库恩的著作《科学革命的结构》密切相关，在这本书中，库恩提出在不同理论范式下工作的科学家们，由于使用的是不同语言，因此好像完全置身于不同的世界工作，尽管他在其著作《科学革命的结构》中将这一提法降级为“局部的不相通性”，但仍然坚持术语的不可译性。库恩提出的不相通概念，原本是想解释科学史上的不同规范，但这一术语的影响力很快波及了别的领域。文化不相通的观念，更多地表现为东西方的对立，在很多西方学者看来，中国在地理和文化上都是一个距离西方最为遥远的国度，因此也最具异国情调，其中法国学者弗朗索瓦·于连的著作就是一个典型的例子。在书中弗朗索瓦·于连反复将中国与希腊对立，以此来反衬西方文化上的他者。中国的汉语更是被西方学者视为独立于西方逻辑的语言系统。例如庞德将中国的语言看作一种诗性视角，德里达称之为代表极端的“差异”，福柯将其称作“异托邦”。

其实，在中国，那些把西方视为东方对立形象的人，也在抱守东西方存在根本差异的立场。例如李大钊也曾引用吉卜林的诗句来支持东西方相反的意见，他认为东洋文明主静，西洋文明主动。梁漱溟在1921年出版的《东西文化及其哲学》中再次强调东西方的根本差异，并宣告西方文明的没落意味着中国文明的复兴。季羡林认为东西方最基本差异源于思维方式的不同，东方主综合，西方主分析。③ 这种二元对立的东西方差异的对比还有很多，这里就不一一列举。

为了检验这一理论正确与否，张隆溪以东西方文学作品为具体例证，来看这些文本在主题、思想内涵或其他方面是否存在某种程度的共通性。

---

① 张隆溪：《同工异曲：跨文化阅读的启示》，江苏教育出版社2006年版，第25页。

② 张隆溪：《同工异曲：跨文化阅读的启示》，江苏教育出版社2006年版，第3页。

③ 张隆溪：《同工异曲：跨文化阅读的启示》，江苏教育出版社2006年版，第20页。

在这方面张隆溪赞同诺思洛普·弗莱所提倡的原型批评，虽然弗莱在自己的著作中很少提到东方文学，但是张隆溪认为他的批评有一个全球视野，因为他将文学作品视为有系统地联系起来的整体，而不是相互隔绝、彼此孤立的片段。张隆溪希望自己能够按照弗莱的这种批评眼光，将东西方具体的文本细节并列起来，并从中发现东西方文学的联系。弗莱还指出在文学批评中，必须要"后退"几步，才能看得出其原型的组织。因为只有我们后退足够的距离，才能从眼前拨开文本的细微差异，看出那些把不同文学作品联系起来的主题和原型。张隆溪借用维特根斯坦在《逻辑哲学论》提到的爬梯子的比喻继续补充这一观点，维特根斯坦曾说过只要读者明白他书中的那些哲学命题，便可像爬完梯子之后就把梯子扔掉一样将其扔掉，但张隆溪认为，在文学批评中，那架让我们登高望远、获得批评洞见的梯子不能扔，因为这个梯子是由文学作品丰富的语言细节组成的，这些细节构成了张隆溪在进行中西主题研究时的文本材料。

总之，张隆溪坚决反对文化不相通论，他主张的是"从画布前后退几步之后，或爬上楼梯获得新的眼界和视野，以这样的眼光看出去，就可以见到东西方文学极为丰富的宝藏，见到多种多样的形式、修辞手法和表现方式。这种眼光可以使我们摆脱文化对立论那种短浅目光，超越种族主义和狭隘民族主义那些偏狭的看法。"[①] 正是这种主张构成了他超越差异、融汇中西的广阔视野。

（三）求同策略形成的原因

1. 中国思想文化的影响

张隆溪从老一辈比较文学的研究者身上得到启发，他敬重的那些学界前辈总是超越学科、语言、文化和传统的局限，从而获得开阔的眼光和胸怀。他的学术研究尤其受到钱锺书的影响，钱锺书以学贯中西、旁征博引的学识为中国比较文学和比较诗学的发展作出了巨大贡献，对于中西文学的可比性基础这一问题，钱锺书明确表达自己求同的立场。继钱锺书之后，持"求同"主张的学者中，张隆溪可谓是声音最为清晰和响亮的那一个。两人是亦师亦友的关系，张隆溪曾多次在自己的文章和访谈中提到钱锺书对自己治学方法和学术道路的影响。

---

① 张隆溪：《同工异曲：跨文化阅读的启示》，江苏教育出版社 2006 年版，第 3 页。

张隆溪对中西文学和文化比较的看法，很大程度上继承了钱锺书的衣钵，在一次访谈中，他说："我后来的研究其实就受到他很大的影响，钱先生曾经说过：'东海西海，心里攸同；南学北学，道术未裂。'在我看来，这正是他本人最根本的学术立场，这种立场也是我深深认同的，这也是我后来之所以长期从事中西文学、文化比较研究的一个重要原因。"[①] 钱锺书在《管锥编》这本书中论述道："'道可道，非常道'；第一、三两'道'字为道理之'道'，第二'道'字为道白之'道'，如《诗·墙有茨》'不可道也'之'道'，即文字语言。古希腊文'道'（logos）兼'理'（ratio）与'言'（oratio）两义，可以相参。"[②] 张隆溪从中受到启发，并写成专著《道与逻各斯》来具体探讨中国的道与西方的逻各斯的相同之处。在这本书中，张隆溪基本上采用钱锺书的"可以相参"的说法谋篇布局。不过张隆溪又在钱锺书的基础上往前迈了一步，他不仅要论证"道"与"逻各斯"相同，而且得出了中国也有逻各斯中心主义的结论。《道与逻各斯》这本书可以说是张隆溪在求同策略下，于中西文化不同的文化、文明之中发现相同之处的代表作。

此外，在这本书的序言中，张隆溪明确表明全书是围绕文学阐释学展开的，更是采用了"东西方文学阐释学"的副标题。张隆溪指出他是从东西方比较诗学的角度对阐释学这门理解和解释的艺术产生了兴趣，他在书中要做的就是深入阐释学这一概念，来看西方批评传统和中国古典诗学是如何理解语言和阐释之间的关系的。这一点也受到了钱锺书的《管锥编》的影响，众所周知，《管锥编》是我国最早提到阐释学的典籍，钱先生对于阐释学的理解和运用深刻影响了张隆溪。在一篇总结钱锺书治学方法的文章中，张隆溪详细梳理了钱锺书关于阐释学的精彩论述。钱先生在证明中西相似之处时尤为重视具体实例的运用，而不屑于采用系统化理论阐释的做法，钱锺书还认为对于文艺鉴赏和批评的解释尤其是鞭辟入里的解释，应以具体的审美经验为基础，而不必依赖于空洞的理论框架和抽象的名词术语。张隆溪认为钱锺书的这一看法和当代德国阐释学名家伽达默尔不谋而合。伽达默尔强调理解和解释不是一套方法，解释不必也不能以作

---

① 梁建东：《跨越中西的文化交流与对话——张隆溪教授访谈录》，《书屋》2010 年第 4 期，第 6 页。

② 童明：《说西一道东：中西比较和解构》，《首都师范大学学报（社会科学版）》2016 年第 1 期，第 25 页。

者的原意为全部标准，理解者完全可以掺入自己的主观成分。此外，钱锺书对阐释循环这一概念也提出了自己的见解，同样是在《管锥编》这本书中，钱先生评论乾嘉“朴学”时指出清代小学家由字之诂而识句之意，再由句之意通全篇之义，这种以小明大，由局部到整体的理解方式可谓“积小以明大，而又举大以贯小；推末以至本，而又探本以穷末；交互往复，庶几乎义解圆足而免于偏枯”，这正是“阐释循环”的要义所在。他还指出理解当中人与我、古与今之间也构成交往反复的阐释循环，二者如“鸟之两翼、剪之双刃”，缺一不可。① 张隆溪认为钱锺书对阐释循环的理解是最为精到的。在《道与逻各斯》这本书的序言中，张隆溪表明自己反对将东西方看成持如此迥乎不同的立场，他坦言钱锺书融贯中西的学术立场给了他很大启发，他在《道与逻各斯》这本书中要展示的正是中西方文学阐释学所共有的东西，而不是被束缚在学术、学科的藩篱之中。② 在受钱锺书影响的基础上，他又对西方阐释学尤其是伽达默尔的阐释学进行了深入的研究，他认为尽管阐释学的系统理论是从德国哲学传统中发展而来的，但是中国文化传统也有极其漫长的围绕一部经典文本进行阐释的时期，在这点上中西方其实是类似的，不过张隆溪在整本书中关注的焦点是文学阐释学，并从此入手去思考中西文学中的某些共同的主题，以及语言的隐喻性、歧义性、暗示性等方面的相同点。

总体来看，钱锺书求同立场的治学之道主要可以概括为“通人”二字，所谓通人就是不做那种眼光短浅、胸襟狭隘的学究式学者，而是采用打通的治学方法，不仅要打通古今、中外，还要打通学科。张隆溪深谙钱锺书通人之学的思想，致力于以求同为策略推进打破跨学科、语言及文化传统界限与壁垒的跨文化交流。这种思想不仅贯穿《道与逻各斯》这本书，也融汇于张隆溪整体的学术景观之中。

2. 跨文化阅读的启示

张隆溪所谓的跨文化阅读是指跨越中西文化差异来阅读文学，并不只是为了超越欧洲中心主义或只是用非西方的经典来取代西方经典。跨文化阅读的要点在于获得真正全球性的视野，只有拥有了这样的视野，才可能充分鉴赏各种不同形式的文学作品。

---

① 钱锺书：《管锥编》，中华书局1979年版，第408页。

② 张隆溪：《道与逻各斯》，江苏教育出版社2006年版，第12页。

张隆溪将各种不同的文学放在一起形成对话的目的是进入跨东西方文学主题的讨论，并通过大量具体的例证来考察文本的遇合与文化的遇合。张隆溪将跨文化阅读的实践与弗莱所主张的从大处着眼的原型批评联系在一起，他认为跨文化阅读不仅能够让我们与孤立的单部作品及其文字细节产生一定的距离，并在一定距离上获得理解，而且还可以让我们在探讨诗的意象和文学主题的过程中发现不同文学作品之间的联系，从而以更敏锐的感觉和更高的鉴赏力重新回到单部作品之中。通过大量具体的跨文化阅读实践，他不断摸索出了这一方法的奥秘。例如在探讨相反性质的辩证转化是自然和人类活动中最基本的模式之一，而事物发展推向其反面又有可能是一种复归这一主题时，张隆溪首先从心灵想象活动之表现是以圆为形状的精神这一主题入手，为探讨这个主题，张隆溪从19世纪美国文学的研究入手，他发现以圆周和圆圈的意象来表达自我及其精神追求的主题出现在这一时期很多作家的作品中，比如爱默生在《圆》这篇文章中说："眼睛是第一个圆；眼睛形成的视野是第二个。"① 圆以及它象征的循环运动便成了最主要的形状。圣奥古斯丁把上帝的性质描述成一个圆，这圆的中心无所不在，其周边却无处可寻。我们一生都在解读这一首要形式的极为丰富的含义。他又补充说，人的发展是从一个极为细小的圆环开始的，随着自我的不断填充和完善，就会逐渐向外拓展成一个更完美的圆，这体现了一种专注自我、依靠自我、不断超越自我局限的精神。此外完美的圆、中心和圆圈的意象，也常常在诗人的作品中出现。不管是哲学，还是文学在界定自我在宇宙中位置的时候，都把精神理解为在宇宙之圆无限巨大的周边之内不断运转。张隆溪从跨文化的角度指出在中国古典传统中，诗人和批评家也常用圆这一意象来比况诗文的完美，喻其构思和用语圆熟如珠如轮。其次，张隆溪又从循环入手，认为老子和古希腊的哲学家一样，也认为时间事物永远在循环运转。而老子对自我循环运转的理解又归于"静"的观念，静即无为，老子所谓的无为，并非被动地无所作为，而是主动适应事物的自然发展。众所周知，老子喜欢用正反两面的辩证法来表达自己的观点，例如"其出弥远，其知弥少""求学日益，为道日损"。我们如何理解这些和我们日常经验相矛盾的话呢？其实老子所说的知并非从书本上获得的知，而是关于道的真知，而求道是一种静默沉思的内在追求，诉求

① 张隆溪：《同工异曲：跨文化阅读的启示》，江苏教育出版社2006年版，第30页。

于心灵之外是无法得到的，张隆溪认为可以将老子的这一观点与柏拉图认为真知不是得之于外，而是来自对自己内在灵魂的“回忆”这一神秘的观念相比较。这样看来，所谓精神的追求就是一个返回心灵内部的旅程，因此老子说：“反者道之动”，也就是在告诉我们，道的运动以及我们认知道的过程，都是一个圆，到达终点也即返回到开始的起点。接着张隆溪又由此引出复归的主题，与此相关的返回起点或回家的观念，在几种宗教传统里是表现精神追求的常用比喻，《圣经》中出现的浪子回家的寓言，佛经中出现的儿子离开父亲的家流浪在外的故事，都强调主人公最终痛改前非，返回故里。新柏拉图派的玄学思想认为，万物都从绝对的一当中流出，最终又复归于一，这种返回本源的思想是新柏拉图主义一个基本的观念，这不仅与道家强调的认识道之循环运行的观念十分接近，而且与儒家强调的认知的内省之路也很接近。张隆溪把儒家、道家、佛家和新柏拉图主义者之间的这种相似性概括为一种反转，也即复归的观念，它们都将精神追求的旅程表现为返回心灵的内在体验。最后张隆溪又指出，复归的观念不单是回家或恢复原状，同时也是对反转或原初状态的否定。因此这种辩证转换的观点普遍存在于东西方的哲学和文学表达中。

由上可见张隆溪在论述这一主题时涉及了哲学、宗教、文学等多方面因素。张隆溪认为在进行跨文化或者是跨学科的阅读时，要以开放包容的胸怀面对形形色色的创作形式，哲学、宗教、历史和文学并不互相排斥。那种把自己的眼光限定于窄化的文学范围之内的人，是培养不出来好的文学修养的。这一观念也贯穿他的《道与逻各斯》这本书中。

二、张隆溪的东西方文学阐释学思想

（一）文学阐释学观念的建构

1. 阐释学的理论视域

阐释学是从西方翻译过来的术语，又被译为诠释学或解释学。西方阐释学的发展经历了漫长的历史时期。其历史源头可追溯到神学和历史语言学，也就是对《圣经》和古希腊、古罗马古典著作的解释。《圣经》和古希腊、古罗马古典著作的解释所经历的世俗化和理性化的历史过程为阐释学的出现奠定了基础。18 世纪末到 19 世纪初，德国神学家施莱尔马赫（Schleiermacher）第一次将古希腊、古罗马古典著作的释义传统与解释圣经的神学传统统一起来，提出了作为一种哲学理论的普遍阐释学。19 世纪浪漫主义美学认为艺术是天才的无意识创造，在这种思想背景下，施莱尔马赫提出阐释学的一个重要目标就是理解天才的非自觉创作，要达到这个目标，施莱尔马赫提出阐释学的任务是“首先理解得和作者一样，然后理解得甚至比作者更好”[①]。在施莱尔马赫看来，作者不仅是非自觉的，同时也是语言学的，这个观点的重要贡献在于在更好地理解作者的探索中提出了注重心理因素，也强调了语言学层面，并试图将阐释学建立在语言分析的基础上。一般来说，内在言说因其透明性和自足不需要解释，然而一旦被用作为外在言语的语言来进行表述和传达时，内在语言就会发生异化，变得不足以实现其传达的目的。施莱尔马赫提出“误解是必然发生的，因此才随时随地地需要去理解”[②]。他将阐释学界定为避免误解的技艺。19 世纪，狄尔泰是继施莱尔马赫之后，又一个发展阐释理论的重要哲学家。狄尔泰的“生命哲学”认为历史是由人的活动构成，人既然创造历史，也就能准确认识历史，在这种历史的认识当中，主体和客体是一致的，他把人生和历史这些充满不确定因素的认识对象，都看成是像文本那样客观化的东西，通过阐释学这一媒介就能解读生命的表现，然而历史经验是随时变动的，并不等于客观化的文本，人们在历史经验中认识自己的历史，并不能像认识自然那样和认识的对象分开，狄尔泰显然没有认识到历史经验与理解者之间的关系是不同于自然与理解者之间的关系的，这样做的结果就是否定了历史中人自身的因素而走向相对主义。后来这一矛盾，在胡塞尔提出的“水平”“眼界”或“视野”这些概念中得到了解决。胡塞尔的现象学充分注重人的主动性，并正视了人的理解离不开理解者的主观因素这样一个基本现实，从而摆脱了相对主义的困惑。继胡塞尔之后，海德格尔认为历史存在和自然存在并不能截然分开，把理解从纯粹的认识论问题转为存在和本体论问题，其中存在要在时间的视野里来决定。历史的存在和自然的存在并不是截然对立的，人对科学的认识构成了人的认识的一部分。海德格尔主张从具体的时空中的存在来探讨理解的问题，这就使阐释学发生了根本变化，从而摆脱了困扰 19 世纪浪漫阐释学的客观性和相对主义问题。伽达默尔是海德格尔的学生，他在海德格尔的基础上，将阐释学

① 张隆溪：《同工异曲：跨文化阅读的启示》，江苏教育出版社 2006 年版，第 28 页。
② 张隆溪：《同工异曲：跨文化阅读的启示》，江苏教育出版社 2006 年版，第 3 页。

发展成为20世纪哲学一个重要而丰富的领域，以往的阐释学总是摆脱不了主客观的二元对立，伽达默尔扭转了这一局面，并且承认了在面对一个文本时，阐释者不可避免地会把自身因素作为理解的前提。这不仅促进了人文学科的发展，也使20世纪的阐释学发展更上一个台阶。

当代阐释学与传统阐释学的一个重大区别，就在于前者对于作为理解和阐释主体的人的充分重视。在当代阐释学看来，"人"之所以为人，而不同于一般的动物，就在于人具有自我意识，人在时空的进程中具有永不停歇的反思能力，而且能够不断获得超越自身既有认识的认识，这也是"阐释"的丰富性和永无止境的奥秘所在。当代阐释学在认识到人这一特殊的属性之后，开始对作为创作和批评的主体的人给予极大的关注。在当代阐释学看来，文学理解和阐释不仅要关注主体的认识与行为方式，更要关注人的存在方式，由于人的存在具有历史的有限性、人的思维具有自身的特性，因此任何理解和阐释都具有一定的主观性，且受制于"前理解"的影响。认识到这一点，人们理解时就不再如过去那样将掌握事物静止不动的事实作为最高追求，真正要做的是理解人在不同的历史时期所面临的存在问题。理解一个文本也不再是企图找出永恒不变的原义，而是一个目的是揭示和敞开文本以试图表明人的存在意义的可能性的学术追问。正是在当代阐释学的这一启示下，张隆溪强调在跨文化阅读过程中，要在一个更大的阐释循环之内对本土文学作出新的理解和认识。当代阐释学对张隆溪的另一个启示在于："被阐释的文本不是等待理解的被动之物，而是阐释过程中的积极的参与者，每一次的阐发行为都意味着一种积极的、互相提问的对话关系，在这样的阐释过程中，被阐释的文本不再是一个被动的客体，而是能够主动提问的另一个主体。"①

张隆溪早年去哈佛大学求学时，曾经拜访过伽达默尔，并明确向他表明自己对阐释学的认同。在广泛涉猎一些20世纪西方文论和哲学的论著之后，他认为德国阐释学和接受美学对他的学术影响最大，因为他认为中国传统文论和这两套理论体系最为接近，其中有很多观点可以互相印证和参照，它们之间的比较研究也是最有意思的部分。② 在具体的学术实践中，张隆溪对西方现代阐释学的关注，在他的第一本著作《二十世纪西方文论

---

① 陈跃红：《西方理论与中国传统文论的现代阐释——以比较文学的阐发研究为例》，《东方丛刊》1999年第2辑，第2页。

② 野草、杨红旗：《比较诗学跨文化阐释之路》，《当代文坛》2017年第5期，第20页。

述评》中初露端倪。这本以介绍西方文学理论为主的书，最后一篇为《仁者见仁，智者见智——关于阐释学与接受美学》。他在《文学理论与中国古典文学研究》强调研究西方文学理论时应先从阐释学入手。他在《文学理论的兴衰》一书中通过反思近年来对理论的过度关注使文学研究沦为边缘，陷入危机的现象，呼吁文学研究应该回到对作品本身的赏析和解释，进而回到文学研究本身。他在《引介西方文论，提倡独立思考》探索阐释主题问题，提出最好的文学批评应当做到既尊重文学自身发展的规律和传统，也要结合历史、文化等社会发展的方方面面，只有这样才能尊重文学作品本身的多义性和包容性，使读者更深刻地欣赏作品在文学表现方面的创造性和审美理念。正是对西方现代阐释学融会贯通的吸收，使得他完成了第一本英文著作《道与逻各斯》。

张隆溪之所以对阐释学产生如此浓厚的兴趣，一方面在于他认为“阐释学不像其他理论有一套十分僵硬的方法论体系，研究者必须要遵照某种既定标准和规范，相反，阐释学注重阐释者理解本身的理解，并且能够容纳阐释者本身的眼界和知识准备，具有一定的哲学意味”[①]。另一方面在于“西方阐释学所涉及的很多话题也同样存在于中国传统文化和文论之中，所以将东西方进行比较研究便于剖析有关阐释学的方方面面，也可以说，东西方普遍存在的阐释问题为中国和西方的跨文化比较研究搭建了桥梁”[②]。

2. 跨文化的文学阐释学观念

在分析张隆溪的文学阐释学观念之前，我们有必要大致介绍一下阐发法，再进一步厘清二者之间的关系。长期以来，阐发法一直被认为是比较文学中国学派的理论前提和核心方法。甚至可以说，阐发法是与比较文学中国学派一起被提出来的。阐发研究在中国已有很长的发展历程，早在中西文化激烈碰撞的清末民初时期，就已经出现了以西释中的单向阐发，一般认为以王国维为标志，他借用西方哲学与文化理论的相关方法，对中国文学进行重新解读，从而得出令人耳目一新的观念，这开启了中国比较文学阐发研究的先河。阐发法作为比较文学的研究方法在1976年由台湾学者古添洪和陈慧桦在其编写的《比较文学的垦拓在台湾》中正式提出，他们

① 野草、杨红旗：《比较诗学跨文化阐释之路》，《当代文坛》2017年第5期，第21页。

② 张隆溪：《阐释学与跨文化研究》，生活·读书·新知三联书店2014年版，“序言”第3页。

指出中国文学理论很难为中国文学的研究提供一套系统性和可操作性的方法；而西方文学批评方法有其不可取代的优势，因此可以为我所用。他们称这种研究方法为“阐发法”，并且又将之定义为比较文学中国学派。中国台湾学者提出的阐发研究主要是指运用西方的文学理论和批评方法来研究中国自古以来的文学现象及作家作品。其实这是对当时大陆普遍存在的现象的概括，不过后来大陆的学者又在这个基础之上，将“阐发法”进一步拓展为除运用西方的文学理论外还可以用中国古代的文学批评理论来阐发西方自古以来的文学作品和文学现象。这种方法被称为“双向阐发”理论。事实上，长期以来“双向阐发”在中国的文学研究中发挥着主要作用，其影响直到20世纪80年代后仍有明显的表现。然而关于这一方法作为比较文学研究方法的可行性，学界一直存在质疑，甚至有学者认为无论是最初的单向阐发，还是后来的双向阐发，在理论上和实践上都基本是不成立的。其原因主要在于阐发研究往往存在将理论与作品进行生硬嫁接的弊病，研究者难以在用西方理论阐释中国传统文学文本的同时，实现双方的相互照亮。为了弥补这一缺陷，跨文化文学阐释观念在继承阐发研究的成果的基础之上，借鉴并创新了西方哲学中的“阐释”概念，使其经历了本土化改造的过程。这样一来，跨文化文学阐释学把文学阐释发展成一种内涵丰富的观念，这种文学阐释学从“哲学阐释学有关的‘理解和解释’中借鉴展开文学研究的方法，在具体的研究活动中，它不仅要对文学思想和文学现象进行深入的挖掘和诠释，又巧妙地运用了‘前理解’‘时间距离’‘视野融合’等许多阐释观念”①。这就有利于文学研究者将文学理论和文学作品融合沟通于统一的理解解释活动中。

弄清阐发研究和跨文化文学阐释的关系后，我们还要指出张隆溪以及钱锺书、朱光潜、季羡林等老一辈的比较文学学者的著作，表面上看起来与阐发理论有着某种相关性，其实它们是截然不同的，因为不同于阐发研究的比附性，他们是在平等的基础上，将中西文学理论中探讨的相似性的问题和中西文学中类似的文学主题或现象融会贯通，然后进行综合的比较和研究。这是阐发研究所不能做到的。关于这一点，我们可以从张隆溪对文学阐释学的阐释中看出。“跨文化的文学阐释学”观念中的“文学阐释”

① 张洪波：《“跨文化的文学阐释”观念对于中国比较文学学科的意义》，《人文丛刊》2012年，第20页。

命题的提出恰切地回应了20世纪以来长期困扰着中国比较文学发展的一系列学科难题。其中在理论阐发如何结合作品阐释这一问题上，以往对中国古典文学经典作品的研究往往忽略了西方的文学理论与中国作品出自不同的文化源流和文学传统，而倾向于强调理论先行于文本，甚至用文本去验证理论。这实际上导致了理论和文本之间存在一种不正常的关系。而文学研究本身发展的规律告诉我们，具体的文学作品才是文学理论产生的源泉和基础，更何况中国文学经典意蕴的复杂丰美仅仅靠对西方理论的套用是无法被发掘出来的。我们在面对自己的民族经典作品时，不能唯西方文论或任何一种理论至上，只有让理论和作品形成良性的“互为主观”的双向阐释的关系，才能挖掘并阐释出作品更为深刻的意蕴。①

张隆溪深得中西文学阐释的要义，在《道与逻各斯》这本书的序言中，他一再强调自己对文学阐释学的运用绝不是将西方的阐释学理论运用到对中国文学的阅读中去，而是要在西方批评传统和中国古典诗学中去发现二者在对语言和解释之间的关系的理解上有无相通之处。张隆溪对文学阐释学的运用贯穿全书的始终，“他所关注的是一种特殊的文学阐释学，这种阐释学主要研究的是语言的性质，虽然这和西方的哲学阐释学有很大关系，但最终因为他把关于语言性质的思考集中在文学理解的一些特殊问题上而与哲学阐释学区别开来，比如说他通过阐释学考察的是诗人所使用的语言在文学阅读和理解中的内涵”②。此外张隆溪坦言他最感兴趣的是重新思考语言的隐喻性质，思考词作为符号和象征使用时其固有的暗示性和不足性，以及这些东西的使用对文学写作和文学阅读的微妙意义。虽然这些问题是当代文学理论许多争论的中心，但是从观察范围的广阔程度上看，张隆溪的研究也有超越已有的哲学和文学阐释学的地方，比如他对语言与解释的讨论超越了西方批判传统的疆域，并在透视东西方比较研究时试图把东方和西方带到富有成果的相互启发中去。从《道与逻各斯》这本书的整体来看，张隆溪是围绕着中西文学中与语言有关的相似方面展开的，比如说中西文学或哲学中对语言的怀疑或者肯定，以及与此相关的语言中包含的隐喻、歧义、反讽和暗示等。他没有像姚斯那样将阅读经验划分为不同的阶段，他认为重建经验的范围，以便人们在对一部作品的过去

① 张洪波：《“跨文化的文学阐释”观念对于中国比较文学学科的意义》，《人文丛刊》2012年，第321页。

② 张隆溪：《道与逻各斯》，江苏教育出版社2006年版，第33页。

和现在的理解之间设置出阐释的距离，这种做法在文学史的研究中只能被视为在方法上有用。而在张隆溪看来，文学阐释学并不是一套指定的准则和方法，它并没有为阐释者提供一套具体的可以批评和研究各种文本的方法，而是在于它可以帮助我们透过作品的表面进入文学作品创作的原则，加深我们对文学修辞的体会，提高我们的文学素养，从而使我们对文学作品的理解深于普通的读者，甚至比作者本人还要更深。

总之，张隆溪在文学阐释学的维度上，深入中西文学作品的个案的细致阐释，通过对文学语言的充分理解，力图在文学阐释活动中实现中西文学互为主体、平等交流，这对中国比较文学的发展具有重大意义。

（二）阐释学视野下的主题研究

1. 言说与思想的二重性

在将阐释学引入中西文学讨论的过程中，张隆溪首先从对道与逻各斯这两个宏大的概念的阐释入手，从某种程度上来看，道与逻各斯是他对中西文化传统中有关语言性质的一些重要的思想和观念这一主题关注的最高统摄。而他又通过语言、文字和思想的形上等级制将中国的道与西方的逻各斯统一起来。

在论证中国也存在与西方相似的逻各斯主义时，张隆溪首先通过引入黑格尔和德里达对于非拼音式的汉语的态度来建立自己的批评立场。尽管两人对待非拼音式的汉语和拼音文字的立场正好相反，但在张隆溪看来，他们在拼音文字的优越性问题上的看法是殊途同归的。例如，黑格尔直接将非拼音式的汉语排除在西方语言之外，德里达在对西方哲学传统及其语言问题上的种族优越论和语音中心主义（phonocentrism）观点的解构性批判中，将以黑格尔为主要代表的这种语言观视为西方文化中根深蒂固的偏见，他进一步将这种偏见命名为“逻各斯中心主义（logocentrism）”，即“拼音文字的形而上学”。张隆溪注意到德里达在强调逻各斯中心主义的偏见之深、之久，同时也深信由于形而上学的逻各斯中心主义在西方的书面表达中呈现为语音中心主义，因此它描绘的是纯粹的西方现象，表达的也仅仅是西方的思想，这其实就把东方包括中国排除在外。张隆溪引入斯皮瓦克的话来印证自己的观点，斯皮瓦克在其翻译德里达的《论文字学》（*Of Grammatology*）的前言中提到德里达坚持认为逻各斯中心主义乃是西方的财产，“这其实是一种相反的种族优越论，尽管在书中的第一部分也讨论到了西方对中国的偏见，但是德里达在自己的学术研究中从未真正面对东方的问题”[①]。由此，张隆溪为进一步论证在东方传统中也存在与逻各斯中心主义相似的东西奠定了基础。

为证明以上观点，张隆溪首先抓住了逻各斯中心主义所涉及的思想和言说的二重性。换言之，逻各斯这个词既意味着思想（denken），又意味着言说（sprechen），在这个词中，思想和言说从字面上来看是融为一体的。接着张隆溪开始追问，在中国是否也存在这样一个词同时包含了思想和言说的二重性？他的回答是肯定的，他认为这个词就是“道”。《老子》这本哲学著作，指出“道”有两个不同的意思——“思”与“言”。《老子》的开头有几句颇为著名的话：“道可道，非常道；名可名，非常名。”对于这几句话历来有多种阐释，按照老子的看法，“道”既是内在的，又是超越的；它是万物之母，是超越了语言所能表述的玄之又玄的东西。在其著作的开篇，老子便强调文字是无力的，甚至是徒劳的，“道”是不可说的，是超越语言力量的“玄之又玄”。然而老子一边强调“道”的不可言说性，一边又以一部五千言的书来解释“道”，这一悖谬从司马迁为老子所作的传记中可得到某种调和，即《老子》的成书是应关令之请而写的。为了让不是哲学家的关令了解神秘的道，老子面临着言说不可言说和描述不可描述的困难，尽管老子用文字书写阐明了道为何物，但是按照老子的意思，作为内在的“思”一旦外现于文字的表达，便立即失去了它的恒常性。老子声称没有任何命名可以指称这一恒常，所以老子也无法给予道具体的名称。类似的情况也出现在有关柏拉图的哲学论述中：“世界上没有哪一个聪明的人会愚蠢得选择用语言来记录他理性思考的结果，柏拉图认为越是那种无法改变的形式，就越具有不稳定的特征，其中最突出的表现就是名称。”[②] 通过老子和柏拉图的对比，张隆溪提出二者对于思与言之间的悖谬关系的认知是相似的，“因此不仅只有西方的逻各斯在力图为不可命名者命名，并勾勒思想与言语之间的不对等关系，中国的‘道’也同‘逻各斯’一样，蕴含着思想与言语的双重含义，并且认为思想所指示的内在现实和言语指示的外在表达之间存在等级关系”[③]。

① 张洪波：《“跨文化的文学阐释学”观念对于中国比较文学学科的意义》，《人文丛刊》2012年，第20页。

② 张隆溪：《道与逻各斯》，江苏教育出版社2006年版，第55页。

③ 张隆溪：《道与逻各斯》，江苏教育出版社2006年版，第35页。

思想、言说和文字的形上等级制度即意义统辖言说、言说统辖文字的制度，早在柏拉图和亚里士多德时代就已经存在于西方传统之中了，亚里士多德认为口说的话象征着内心体验，而书面文字象征着口说的话，这是因为声音作为原初符号的生产者，与心灵有一种基本的、当下的接近。张隆溪认为亚里士多德所说的这种等级制度不仅适用于拼音文字，也同样适用于非拼音文字。比如在《说文解字》中，字（词）被定义为“意内而言外”，在《易经·系辞》中有“书不尽言，言不尽意”的表述。张隆溪指出，和亚里士多德一样，庄子也认为文字是一种无关紧要的、外在的符号；一旦蕴含在它之内的意义被提取出来，它们就变得多余，可以被舍弃。《庄子》中有一段话对中国的哲学和诗歌产生了很大的影响：“筌者所以在鱼，得鱼而忘筌；蹄者所以在兔，得兔而忘蹄；言者所以在意，得意而忘言。吾安得夫忘言之人而与之言哉?”在这段话中，庄子呼唤的这个人忘记了作为外在表达的言词，却记住了内在把握到的东西。张隆溪将庄子的这段话和赫拉克利特的残篇做一比较——不要聆听我，要聆听逻各斯；并和维特根斯坦《逻辑哲学论》末尾的隐喻做比较——读者在领悟了他的主张后，应该像登楼入室后抛弃梯子一样抛弃这些主张。由此张隆溪得出结论：“由意指与言词、内容与形式、志意与表达这类通过相对的术语来表达事物两分性的语言现象，不仅存在于中国的文化传统之中，也见之于西方文化传统。而且每一组词语都处于等级制的关系之中。由此可见，思想、言说和文字的形上等级制不仅存在于西方，同样也存在于东方，同样，思想、言说和文字的逻各斯中心主义也并不仅仅是西方所特有的独一无二的思维方式，它们其实反映了人类思维方式的基本特征。”①

2. 对语言的怀疑

对中国的道和西方的逻各斯所涉及的思想与言说作了最高的比较之后，张隆溪立即回到自己最为关注的思想、言说和沉默等问题上来。其中对于语言的怀疑和肯定往往是同时发生的，是存在悖谬性的，不管是哲学家还是诗人，他们在对语言提出怀疑的同时，依然在为自己使用语言寻找理由，即包含着对语言肯定的一面，这里为了论述的方便把它们拆开来说。

在对语言的怀疑进行论述时，张隆溪首先从哲学入手。路德维希·维特根斯坦在《逻辑哲学论》的前言中以一句话概括了他书中的全部精髓：

① 张隆溪：《道与逻各斯》，江苏教育出版社2006年版，第45页。

“可以去说的可以清楚地去说；对不可以说的则必须保持沉默。”[①] 这句话包含的对语言之无力的怀疑与上文提到的柏拉图和老子在著作中出现的忧虑如出一辙。维特根斯坦认为哲学工作的宗旨就是阐明那些不透明和模糊的思想，他心中理想的语言是一种可消除日常话语中的歧义和混乱的语言，也是一种消除思想和表达之间断裂的语言。维特根斯坦进而宣称所有的哲学都是对语言的批判，那些能够经由思考而获得清楚表达的东西只能是“自然科学的见解，即某种与哲学全然无关的东西”。[②] 罗素对此提出质疑，他指出尽管在维特根斯坦那里我们看到每一种哲学主张看似都不可能说出任何正确的东西，它们在语法上都是糟糕的，但是实际上维特根斯坦不仅设法说了很多，而且试图启发读者在语言的某些层面还存有可以通风的窗口。维特根斯坦并没有像他宣称的那样对不可说的保持沉默，相反，他把不可表达的东西通过警句和格言式的文字表达出来。同样，庄子对于他那“不可道”的道的处置也不是保持绝对的沉默，而是试图用意出尘外、怪出笔端的隐喻、寓言和意象来述说不可言说的“道”。事实上哲学家们无不运用了所有的修辞手段来宣布他们对语言的怀疑和克服言意脱节的努力。在这里，修辞变成了哲学家们对语言否定的一种妥协和折中。因为不可能放弃对语言的使用，他们所使用的哲学话语往往充满了形象和类比，表现出诗歌中存在的隐喻性的倾斜。康德也明确指出，哲学家在表述哲学概念时往往无法诉诸直观，而是把它转变为与这个概念类似的东西，这种转变使本来直观的对象发生变形。康德还指出语言无法逃避隐喻性，实际上隐喻性构成了哲学话语的本质。例如维特根斯坦写作的格言和庄子绚丽多彩的寓言都体现了这一点。正如德里达所说，那没有任何形象，没有任何隐喻，只有一种意思的语言，始终是位于哲学家心脏的一个梦。然而这个梦终究无法实现。但哲学家们依然在通过各种方法抵达这个梦，不管是维特根斯坦所说的爬完梯子就把梯子扔掉，还是庄子的得鱼忘筌，都主张人们一旦懂得用语言表达的含义，就把语言抛开。不管是维特根斯坦保持沉默的律令，还是庄子把“无言”用作“言无言”的执照，哲学在西方与东方都一直在与自身的隐喻性进行搏斗，都是一方面在使用着语言，另一方面还继续着对语言的批判。

---

① 张隆溪：《道与逻各斯》，江苏教育出版社2006年版，第43页。
② 张隆溪：《道与逻各斯》，江苏教育出版社2006年版，第51页。

在文学理论方面，张隆溪提出再现现实或表达情感中的真实性问题，并将这个问题归纳为语言上的再现问题提出。他指出中国关于语言问题的论战是在道家思想特别是庄子激进的语言观议论中产生的。早在魏晋时期，在语言能否充分表达意义这个问题上，文人之间就有过一场论战，正是由于这场语言的论战，中国最早的文论之一——陆机的《文赋》应运而生。《文赋》在开篇的序言式评论中就涉及了诗歌的表达问题。他指出在研究天才作家的作品时常有“恒患意不称物，文不逮意。盖非知之难，能之难也”[①] 之感。陆机清楚地看到作家们如何竭力表达心中之意，又如何难以清晰地表达苦闷。另一位文论家刘勰在其著作《文心雕龙》中写到诗具有“伊挚不能言鼎，轮扁不能语斤”的神妙。这与庄子遥相呼应。刘勰之后一千年，另一位批评家徐祯卿也借助轮扁这一意象，认为诗的多种多样的精妙如同“此轮匠之超悟，不可得而详也”。对于中国的传统文论为什么不去分析和论辩，而倾向于用诗一般的形象语言来谈论诗这一问题，张隆溪指出这也与对语言的怀疑有关系，文论家们或引用一些具有典范性的句子来证明他们以为精妙而又难以言传的性质和特征，或试图凭借意象和隐喻来暗示这些性质和特征。针对这一问题在西方文学理论中的呈现，张隆溪没有列举与之对应的理论观点，而是着眼于爱情诗中的诗性言说的困难。张隆溪分析了莎士比亚在十四行诗中抱怨他的缪斯被“拴住了舌头”，以致他的思想始终沉默暗哑、无以表达的现象。但我们知道莎士比亚在怀疑语言的同时还是写出了不朽的爱情诗篇。如果说在莎士比亚那里，抱怨语言软弱无力只是一种姿态，那么张隆溪进一步指出在现代诗人那里，诗人的抱怨已经变得无比真实和迫切了。以艾略特《烧毁的诺顿》[②] 中的部分诗句为例，他对语言的无力有着痛苦的自觉：

……

词的辛劳
在重负与紧张中破碎，断裂，
它由于不精确而滑落、溜走、灭亡
和衰朽，它不再适得其所，
不再驻留于静谧。

……

---

① （南宋梁）萧统编：《文选》，中华书局 1977 年版，第 239 页。

② 艾略特著，卞之琳等译：《T·S·艾略特文集》，上海译文出版社 2019 年版，第 288 页。

诗人几乎是在破碎的诗句和音节的碰撞中来演绎语言的支离破碎。在艾略特创作的现代诗《四个四重奏》中，对诗歌语言的自我批判一直处于诗歌主题和语义的中心，以致最后他发出“诗并不重要”的呐喊。尽管如此，张隆溪认为艾略特和前面所提到的哲学家一样，在对语言表达失望和怀疑的同时，还是要以语言为书写材料，说到底，通过语言表达出的对语言的怀疑最终将他们引渡到通过宣布“诗并不重要”或“非言”这些策略来试图找寻重新恢复语言的生命力的道路。

3. 对语言的肯定

由对语言的怀疑，到不得不使用语言，再到重新肯定语言，是张隆溪对东西方文学中涉及的思想、言说和沉默问题论说的基本路径。对语言的重新肯定这一问题，张隆溪以象征派诗人里尔克的“诗作为赞颂”和马拉美的“空白说”为例，并将他们的诗学与陶渊明的淳朴诗歌中涉及的诗学命题进行比较。

和艾略特在《四个四重奏》中表现出的对语言的自我怀疑一样，里尔克在诗歌《杜伊诺哀歌》的开头就表现出了这种自我怀疑的腔调，诗人在诗中创造了天使这一超人的存在物并赋予天使可以超越诗人言说的能力，天使能够在对无媒介的内在性的无言把握中免于使用语言，而人类却由于置身于生命的短暂中，不仅被剥夺了天使式的永恒，而且被剥夺了用充分有效的方式来传达其内在体验的能力。因此诗人在诗中悲叹，我们的声音由于充满了模棱两可的语言，已经不能再被天使听见。在里尔克看来，语言的危机最终来自可见与不可见、主体与客体的对立和两分，这种对立和分裂不仅把人从世界中隔离出来，而且造成心灵和命运的两分。张隆溪指出《杜伊诺哀歌》这首诗从宏观上来看表现了人与天使的疏离，从微观上来看表现了心灵中内化的分裂。这两种层面上的对立都体现了诗性言说的危机。尽管从总体上来看，诗人在诗中表现的基本上都是这些，但是这首诗真正展开的景象是在向读者显示诗人将怎样战胜分裂，超越天使，找到某种方式去说那不可言说的一切的。里尔克的诗歌在表现语言无力时的感染力让人信以为真，的确，否定性言说在里尔克的诗中不仅作为修辞手段，而且也搭建了诗歌的结构。张隆溪引用了德·曼对里尔克诗歌的分析，来证明里尔克在修辞背后传达的对语言的肯定和有效运用。德·曼认为里尔克的诗歌具有一种典型的里尔克式的“配置颠倒”，这种颠倒通过消除其修辞结构的种种对立，构成一种重新肯定语言力量的方式，这并没有脱离那种出现在所有对语言提出疑问的写作方式的反讽模式的策略。

“配置颠倒”在诗人那里产生的修辞效果是使诗人能够通过召唤和展示做到传达不可直接传达的事情。最显著的例子就是里尔克创作的《古阿波罗残像》这首诗，里尔克试图通过颠倒观看者和被观看者的位置，来超越命中注定的截然两分。在诗中观看者的眼睛注视着雕像，看见了“圆曲的胸部”“宁静的臀部和大腿”，然后看见了“黑色生命繁衍的中央”；陡然一转，观看者（读者）变成了被观看者（雕像），雕像最终向“黑色生命繁衍的中央”发出了声音。德·曼指出是雕像眼睛的残缺使得调换产生，看似不在场的眼睛无疑是在场的，并且由于想象性幻觉的出现，无眼的雕像变成了神话中的百眼巨人，视觉的置换就这样从子虚乌有中创造事物，并以此成为转化使命的有力手段。里尔克将这种用语言创造事物的方式说成是一种为赞颂命名的行动。诗作为赞颂，对里尔克而言是一种语言魔术。它是诗人的呼唤，并帮助诗人召唤出难以言说的事物。张隆溪对此作出了推测和比较，如果说赞颂帮助诗人召唤那无名的、失名的一切，那么这一魔力不正是庄子所说的非言，即所谓无言之词具备的力量。在里尔克后来的作品中，沉默发挥了更大的作用，张隆溪再次指出沉默看似是对语言的全盘否定，其悖谬在于它包含着“言说之根”。

除了里尔克之外，张隆溪还分析了马拉美的诗歌。马拉美主张在白纸上暗示出隐藏着神秘的作品，如他本人所阐明的那样，诗歌中蕴含的如梦般的神秘气氛，并不是完全剔除掉具有逻辑关系的意义，而是为那种不可用直白语言复制的某种神秘的事物寻找出恰当的语言，这种语言往往富于隐喻性和暗示性。暗示那省略的语言所作的间接表达是马拉美的创作原则。与里尔克的无言相似，马拉美的空白意指从虚无中召唤出某种东西，对于马拉美而言，无言并非否定语言，相反它包含着言说之根，开发了言说的无限可能。因此张隆溪也将马拉美的诗学称为“无言诗学”。

在中国能够代表无言诗学的诗人就是陶渊明了。张隆溪不遗余力地将其诗歌美学与以上两位西方诗人打通。陶渊明的诗和散文经常谈到言说的困难，与同时代诗人近乎挥霍地滥用辞藻不同，他的作品多呈现出缄默少言和朴实无华的风格。这也体现了他对语言使用的高度自觉。尽管在陶渊明生活的那个时代，他的诗歌并不受推崇，但自从苏轼评论他的语言“外枯而中膏，似淡而实美”后，后人渐渐理解了这位诗人。张隆溪引用宇文所安等多个具有代表性的评论家的论述，向我们指出陶渊明的语言看似质朴但又绝不质朴，他的语言总是指向自身之外，平淡自然的风格并非天然形成的，而得益于诗人对语言性质的深湛理解。如果我们想要真正地读懂陶渊明，必须穿透表面去触摸隐匿于其中的复杂和多面。接着张隆溪又转向探讨对陶渊明思想和创作影响最大的究竟是儒家思想还是道家思想这一问题。他颇为赞同陈寅恪的观点，即陶渊明是“外儒而内道”。的确，就陶渊明对语言的理解而言，他无疑更多地受到庄子对言意以及沉默忘言等问题的思考的影响。结合陶渊明的创作名篇《饮酒》中的“此中有真意，欲辨已忘言”，我们很自然就想到了《庄子》里得鱼忘筌的说法。所谓辩不若默，道不可闻。陶渊明的诗表明他意识到了言说的复杂性和克服言说的困难方式，不能直接表达而只能间接暗示，这就是“无言诗学”的原则。至此，张隆溪将里尔克、马拉美和陶渊明这三位不同时代、不同国家的诗人通过“无言诗学”连接在了一起，而所谓“无言诗学”的真正意图正是由对语言无力的失望走向对语言使用策略的探索。

（三）走向阐释的多元化

1. 作者、文本、读者的维度

张隆溪认为文学阐释学不可避免地具有阐释多元化的倾向，即它主张一种开放的、真正互惠的对话。对此进行论述时，张隆溪首先对西方文学理论中存在的对作者、文本和读者的片面化、极端化和僵硬化的强调提出批评，但又并非对这三个因素的彻底否定，因为他倡导的走向阐释的多元化必须同时兼顾作者、文本和读者等多方面因素。

首先，西方文论关于作者的争论主要围绕意图论阐释学展开。关于意图论的阐释，中西方都有源头可寻。中国古代《尚书》以“诗言志”开创了中国的诗学。中国人认为诗歌起源于对诗人意志的激发和制约。对“志”作为诗的起源的强调在《诗大序》中得到进一步的加强。中国后代文学批评中经常为人所引用的对诗歌的定义：“诗者，志之所之也。在心为志，发言为诗”就出于这篇序文。张隆溪将诗言志之“志”解释为诗人意欲表现的东西，即先于文本的作者的意图。他进而以意图论阐释学梳理出中国传统的诗学批评。中国的意图论阐释学在孟子的著作中得到了有力的推崇，在对《诗经》进行诠释时，孟子提出要想把握文本的真正意思，应当以诗人的“志”为最高的权威，即根据作者的意图去恢复文中的原本含义。他将自己的诠释方法总结成“以意逆志，是为得之”。这种方法主宰了中国漫长的批评话语体系。他们对作品的阐释往往以恢复作者的本意为目的，以再现作品的历史背景和诗人当时的体验为宗旨。最终，作者的意图成了正确阐释的命钥和终极参照。继孟子之后，刘勰在其重要的批评著作《文心雕龙》中，专门用一章来讨论对文本的真正的理解是建立在对诗人本意的探查上的观点。他将这种理解称为“知音”。这一概念来自伯牙和钟子期的传说。相传钟子期总能揣摩出伯牙鼓琴时所欲传达的真正含义，伯牙和钟子期的传说便成了充分理解的象征。很多诗人渴望能够获得真正理解自己真实情感的理想读者，一如陶渊明曾在诗中叹息“知音苟不存，已矣何所悲”①。很多批评家也将此作为自己的目标和愿望。一如仇兆鳌在评论杜甫的诗歌时曾表达自己身临其境的体验“恍然如身历其世，面接其人，而慨乎有余悲，悄可有余思也”②。关于西方的意图论阐释学，张隆溪重在论述意图论阐释学的现代拥护者赫施。面对混乱的阐释现状，赫施试图建立一个有效的阐释基础。他用“意思”和“意义”这一对术语来阐明自己的观点。赫施认为意思不是别的意思，只能是作者的意思，是作者通过文本想要再现的本来意思。相对而言，意义就具有更多的不确定性。与中国的意图论批评家重在对作者心理的认同不同，赫施认为作者的头脑是读者不可进入的地带，所以他主张从哲学层面把握文本的意思。也就是说不同的读者的不同意向，可以生产或者复制出同一个意向性客体即作者的意思。赫施所强调的文本中不变的“意思”，后来被发展成等同作者的本意。

不管是在中国，还是在西方，意图论批评家都希望为文本建立一个权威性的阐释版本。为了实现这个愿望，他们都把自己的方向确立为恢复作者的本意。张隆溪对此作出了批判，当意图论批评家想方设法地在文本中恢复作者的本意的时候，他们忽略了这样一个事实——由文本批评建立起来的作者意图，本身就是研究和诠释的结果。为了更好地说明这一悖论，张隆溪引用了中国历代批评家对李商隐《锦瑟》这首诗解读的案例。众所周知，《锦瑟》是中国文学史上最费解、最容易引起争议的作品之一。我们发现，中国的批评家在对《锦瑟》这首诗进行注解的时候，往往从揣摩作者的意图以及整首诗的意思开始。于众多注解中，张隆溪举出了几个比较有代表性的例子来阐明自己的观点。首先来看朱彝尊和何焯，两位批评家都认为这是一首悼亡诗，然而解释的角度却有不同，朱彝尊认为这首诗

---

① （晋）陶渊明著，龚斌校点：《陶渊明全集》，上海古籍出版社 2015 年版，第 54 页。

② （清）仇兆鳌辑注，蒋鹏翔主编：《四部要籍选刊·唐代编·杜诗详注》，浙江大学出版社 2016 年版，第 56 页。

是诗人用来怀念死于二十五岁的妻子的，它来自琴弦突然断为五十的暗示。而何焯则另辟蹊径，认为这是一首自伤之诗，是诗人对自己命运的悲叹。两种解读不仅对作品的类型假定存在差异，而且在细节上也存在差别，比如两人都对蓝玉这一意象做了详细阐释，在朱彝尊那里，蓝玉意指诗人的妻子被埋没在坟墓中，在何焯那里蓝玉则隐喻诗人自己被埋没。张隆溪通过将二人的阐释冲突进行对比，从中发现文本的“中立性”，“即作品既不坚决支持，也不绝对排斥不同的类型假定和不同的意义诠释，文本的诠释来自意义的交涉，这一交涉是在文本的要求和批评家的理解之间逐步进行的”①。除此之外还有别的解读，比如苏轼认为这首诗是在描写一种乐器等。

通过对中西方意图论阐释学和具体实例的介绍，我们很清楚地看到意图论阐释学并不能对文本作出同一性的解读，所谓恢复作者的意图以实现最为有效和权威的阐释只不过是批评家们的幻觉。对此，张隆溪提出自己的观点，所有的解释都不能摆脱整体与部分、种类假定与细节说明之间的阐释循环。所谓作者的意图也不过是解释者的解释而已。正是由于阐释循环的存在，我们才要对任何所谓绝对正确的阐释保持怀疑。

其次是西方文论对文本的争论，现代文学最重要的一个特征就是对文本表达方式本身的注意。以俄国形式主义所提倡的对诗歌语言“陌生化”的追求为例，现代文学理论对传统的现实主义和自然主义文学发起挑战，他们认为诗歌语言的功能应不同于日常语言，它必须是新颖的。对文学文本“陌生化”的过度追求，导致了文本的隐晦。

最后是对读者作用的争论，要从对读者作用的重视说起，而对读者作用的重视又与文本的审美变化有很大关系，文本的困难和隐晦是现代文学比较重要的特征。20世纪初俄国形式主义者的代表什克洛夫斯基对“陌生化”的主张，提倡在功能上将诗歌语言与日常语言区分开，这激起了现代文学理论倾向于把歧义、难度和费解视为诗歌的语言特征，现代文学不仅在诗歌中，而且在散文和小说中也推崇这种文体上的艰难。罗兰·巴特在《S/Z》中所推崇的给读者以紧张和享受性的文本正是这种更为困难的“读者性”的文本。陌生化的文本在文本结构上总是开敞的、未决定性的，它总是呼唤着读者用新鲜的、醒悟的感觉积极参与到文本的破译之中。因此

① 张隆溪：《道与逻各斯》，江苏教育出版社2006年版，第209页。

现代批评无法再像传统批评那样继续忽略读者的作用，相反，文本的解读始终离不开读者创造性的参与和理解。对于这个问题在中国的展现，张隆溪认为中国传统诗学对暗示的欣赏、含蓄的强调以及对文本“味外之旨”“象外之象”“景外之景”的把玩都能给西方类似的关于文本的开放性和未决定性见解带来启发。然而对读者作用的过度强调，在西方造成了读者作用的“过度扩张”，当读者审美体验参与到审美对象的创造中时，现代艺术作品就成了意义不确定性的对象，甚至连判断艺术作品是否为艺术作品的标准都成了问题。比如马塞尔·杜尚的《自行车》、威廉姆斯的《便条》，《便条》是否为诗歌在很大程度上取决于读者的态度，传统的诗歌标准已经无力发挥其规范作用，面对这种现象，姚斯一改自己早年对读者作用的强调，而对读者生产作用的过度扩张提出批判。此外英伽登也指出读者的历史局限是导致一部作品在不同的时代有不同的解读的主要原因。尽管也有理论家试图克服读者理解文本时的主观主义倾向，但并未取得成效，例如张隆溪所提到的斯坦利·费什，他提出了“阐释共同体”的主张，即依赖在社会共同体及其集体精神来实现合法的读解，以避免读者个人的无效误读。张隆溪一方面认为费什的“阐释共同体”确实为阐释的一致和不一致提供了一个强有力的解释，因为在理论方面，“阐释共同体”作为读者反应批评中的一个必要限制而发挥作用，有助于批评家们摒弃和避免主观主义。在这样一种诠释模式下，作者和文本淡化与隐退了，所有的一切都取决于读者，而读者又受制于阐释共同体的准则和预设。另一方面，张隆溪还指出了“阐释共同体”未能解决以下理论问题：首先，简单地把决定性力量从个人转交给集体并不能阐明阐释的性质；其次，无论是个别读者还是阐释共同体，都不能随心所欲地决定什么是文学；最后，审美标注和诠释视野始终面临变化的问题，这个问题必须考虑到那些来自社会共同体及其集体精神之外的挑战。

因此张隆溪认为正如新批评和形式主义者往往因为把文学当作自足、独立于社会之外的整体而受到质疑，读者取向的批评也在将读者或者阐释共同体设想成自足的整体中误入歧境。

2\. 文学阐释的多元化

张隆溪对作者、文本和读者问题的批评，正是看到了当代的文学理论，不管是对作者、文本还是对读者的强调，往往表现为把某一特定的概念、术语或方法视为唯一正确和有效的东西。纵观当代批评理论的每一流派都在对差异的确认中建构自己的最高权威。例如在维姆萨特和比亚兹莱看来，文本是唯一重要的东西，而作者和读者只能放在视线之外；在赫施看来，诠释是否有效的唯一客观标准是是否符合作者的意图。对此张隆溪提出了自己的疑问，在文学批评中，文本的解读方式多种多样，为什么我们只能选择其中一个而排斥其他各种可能性？为此他主张在对文学进行理解时，作者、文本、读者都是理解文本意义的有机组成部分，要想对文学达到一种更为深刻的理解，就要学会将这些因素和力量进行综合平衡。这取决于一个人的学识和修养。张隆溪进一步将自己的观点概括为文学阐释的多元化倾向。所谓的文学阐释的多元化倾向是指一种开放的、真正互惠的对话，并强调这样的对话作为交流的范例具有重要的意义。不过，长期以来多元论的提法一直饱受批评家的质疑，有人认为多元论的主张并不像其表面上说的那样强调多元，它实际上是一种有计划的排斥，它更多时候反而走向了自己的对立面：由多元走向压抑宽容的策略，由多元走向一元。张隆溪认为所有对于多元论的怀疑，都不足以动摇多元论强调多元的原则，排斥并非多元论的固有属性，阐释的多元化意味着它吸收接纳了更多相反的观点，走向阐释的多元也就坚持了文学阐释学的开放性，在阅读文学作品并试图作出阐释时，要能够意识到那些与自己不同的解释和评论，做到了这一点就可以避免西方文论家普遍存在的将自己完全投入到某种特定的方法的做法。

相比西方而言，张隆溪指出在中国传统诗学中，不同的理解方式和解释方式更容易得到承认与接受。也就是说中国的诗学早就为走向阐释多元化埋下了种子。《易经》中早有仁者见仁、智者见智的记载，批评家们经常引用这句话为阐释上的差异作合法性辩护。诗人们也经常引用这句话来为自己不同的理解争得一席之地。之后董仲舒为反对对《诗经》只作字面上的生硬解释，提出了“诗无达诂”的说法，这种说法无异于鼓励对《诗经》的种种解释。因此董仲舒的说法也被用来论证诗歌解读中的多元论阐释。张隆溪又举出沈德潜主张诗的读者应涵泳浸渍于诗中而不必强调理解和审美上的一致，他认为沈德潜的这句话是对董仲舒“诗无达诂”的注解，以及谢榛在解读陶渊明诗的时候曾称：“诗有可解、不可解、不必解。若水月镜花，勿泥其迹可也。”通过对中西文学阐释学的横向和纵向对比，张隆溪对文学阐释学作出了自己的价值判断。在他看来，“最好的阐释不过是在阅读过程中对众多的因素作出了说明，对文本进行了最前后一致的解释和总体上揭示了文本的意义而已”①。对于西方种种各执一派的文学批评的批判，恰恰表明张隆溪不希望我们被任何理论、概念和方法束缚。在进行阅读和文学批评时，我们应该综合考虑所有相关因素，只有这样才能对文学阐释学的性质有更深、更广阔的把握。

三、对话与反思：对道与逻各斯的比较诗学阐释

（一）“说西—道东”的讨论

1.“说西—道东”的由来

“说西—道东”的由来，与德里达的《论语法学》及其解构主义思想有很大的关系。1966年德里达在霍普金斯大学的学术会上发表了解构主义的宣言书 *SSP*（*Structure*，*Sign and Play in the Discourse of Human Sciences*）。在宣言书中德里达明确提出解构所解构的是以逻各斯中心主义形成中心的那些结构。那么德里达所说的逻各斯究竟指什么？在《论语法学》一书中，他明确指出“逻各斯”是指柏拉图的“逻各斯”，实际上是“逻各斯中心”。因此，该书潜在地将柏拉图的语音中心主义界定为逻各斯中心的一个具体的表现。柏拉图认为“言说之字”（the spoken word）虽并不能代表思想本身，但它代表了思想的外部形式，而书写文字与思想离得更远，因为它只是言语的外部形式。因此言说和“理性”离得更近，根据二元对立中有尊必有贬，尊言语意味着“书写”遭到否定。德里达进一步指出“逻各斯”一词在希腊传统中有着丰富的含义，而柏拉图将逻各斯（logos）解释成尊言语（speech）而贬书写（writing），这种解释不仅缩小了逻各斯的范围，而且使柏拉图成为逻各斯中心主义的创造者，也成为后来语音中心主义偏见的众矢之的。德里达在书中表示解构的目的就是将哲学从柏拉图传统的束缚中解放出来。然而值得反思的是，德里达通过将逻各斯中心主义的起源追寻到柏拉图对话，进而将逻各斯中心主义等同于语音中心主义。这种做法是对逻各斯中心主义的曲解，首先语音中心主义不是逻各斯中心主义的全部内涵，古希腊哲学家赫拉克利特在其著作残篇第一条提出了“逻各斯”的概念。格思里在其著作《希腊哲学史》中对赫拉克利特的“逻各斯”作了系统的研究，并从古代希腊人的著作残篇中归纳出逻各斯

① 张隆溪：《道与逻各斯》，江苏教育出版社2006年版，第260页。

的十种含义，其中包括任何讲出来的东西、写出来的东西和判定价值相关的东西、比例、合适的尺寸、事物真相、理性思维所蕴含的力量等。[①] 此外，格思里还认为，“逻各斯”在希腊语中是一个最常用的词，严格说来，不可能在英语中找到一个对应的同义词来翻译它。其次即使在柏拉图语境里，语音中心主义也不是逻各斯中心主义的全部内涵，柏拉图式的语音中心主义除了具有德里达指出的尊言语、贬书写的含义，还有另外两层含义。第一层含义，是指言说的在场与书写的不在场实际上与柏拉图传统里的其他二元对立的例子相辅相成，如：尊知识贬现象，尊灵魂贬肉体、贬情绪等。因此这里的语音中心主义其实就是二元对立辩证法。第二层含义，是指把言说之字提到一个崇高的地位，把它看作思想和事物本身的代表，并将它升华为神圣而绝对的真理概念、一个“在场词”，也就是“依赖或附属于逻各斯中心”的能指。比如，在男女平等的语境里，“男人”不是“在场”词。当“男人”代表“男尊女卑”的概念时，它才是“在场”词。如此看来，二元对立和尊崇圣言才构成了柏拉图的逻各斯或逻各斯中心主义的基本特征，而不能简单地将逻各斯中心主义和语音中心主义做字面的等同。[②]

从柏拉图的逻各斯中心主义中找到了基本的解构思路之后，德里达在《论语法学》一书中还试图从中国这一他者视域中寻找灵感，他在书中指出“中国的文字符号，即‘意象符号’（ideogram），通过菲诺洛萨对庞德的影响产生了‘意象诗学’（imagism）”[③]。德里达极力赋予这件事情足够的历史意义，将庞德借鉴中国文字形成新诗学这个文学现象，说成是顽固的西方传统中的第一次突破。《论语法学》的英文译者斯皮瓦克却从中体味出别的意思，她将德里达把逻各斯中心主义归为西方特有的属性这种做法称为逆向的种族中心主义。的确，德里达在《论语法学》中的解构主要以西方为主，他并没有认真研究过东方文本，他认为中国没有逻各斯中心主义，这种观点缺少明确的文本依据。斯皮瓦克的观点很快在学术界掀起了一场关于东方有无逻各斯中心主义话题的争论。

---

① 汪子嵩、范明生：《希腊哲学史》，人民出版社2014年版，第342页。

② 童明：《说西一道东：中西比较和解构》，《首都师范大学学报（社会科学版）》2016年第1期，第25页。

③ 童明：《说西一道东：中西比较和解构》，《首都师范大学学报（社会科学版）》2016年第1期，第25页。

1985 年，张隆溪在《批判性研究》（*Critical Inquiry*）上发表了一篇文章，在文章的前半部分，张隆溪再次指出黑格尔、莱布尼茨等人借贬抑中国的语言来彰显西方的语言，这本身就是一种偏见，在文章的后面，张隆溪认为斯皮瓦克对德里达的批评尊重了长期被掩盖的事实，并提出中国也存在逻各斯中心主义的观点。为证明这一观点，张隆溪提出，中国的《道德经》中的“道”有“说”和“道”的双关，与西方 logos 的“言说”和“理性”双关，二者正好吻合，之后，张隆溪又将自己在文章中提到的观点进一步扩充，形成一本专著《道与逻各斯》。这本书的立言基础就是坚持“道”与“逻各斯”的相似性。当然张隆溪之所以理直气壮地认为“道”与“逻各斯”相似，一方面是为了回应以德里达为中心的西方“偏见”；另一方面，还与他受钱锺书在《管锥编》中论述的中国的“道”和西方的“逻各斯”可以相参的观点的影响有关。张隆溪关于道与逻各斯的论说，也引起了学术界的广泛讨论。在厘清“说西—道东”这一由来的学术背景之后，我们将会更为清晰地理解张隆溪的思想。

2. 中国有逻各斯中心主义吗?

学术界对于张隆溪“说西—道东”的讨论主要集中在他《道与逻各斯》这本书，其争论的焦点在于“中国有无逻各斯”这一核心问题上。他们的论述有些是从张隆溪所得出的“中国也存在逻各斯中心主义”，并将道与逻各斯等同这一结论出发，有些是从张隆溪论述道与逻各斯相似的过程入手。但很少有人真正从整本书的架构出发，即在道与逻各斯这个宏大主题之下，张隆溪更为用心的中西文学的主题研究。

道与逻各斯作为中西方思想的最高范畴，引起了学者们的普遍关注，张隆溪以求同为策略，主张超越中西文化的差异来寻求共同之处。在他的代表作《道与逻各斯》中，他将中国的“道”与西方的“逻各斯”并列，认为二者均包含了思想、言说和文字的形上等级制，并得出“逻各斯中心主义”不是西方文化独有的，中国文化也有“逻各斯中心主义”的结论。国内有些学者认为这是“中国比较文学界的一大创获”①。但也有些学者对此提出了质疑。其中最普遍的是认为尽管张隆溪在《道与逻各斯》这本书的序中一再声明，他试图要做的并不是将西方的阐释学理论运用于对中国

① 支宇：《寻找跨东西文化的共同文学规律——评张隆溪教授的〈道与逻各斯〉》，《中国比较文学》1999 年第 2 期，第 89 页。

文学的阅读，但跳出“以西释中”的老路是很困难的。张隆溪在将道与逻各斯进行比较的时候，还是先行对中国传统文论作了符合西方阐释学旨义的解释，并且存在“你有我也有”的攀比心理。有些学者认为张隆溪对中国思想和逻各斯中心主义作了简单化理解。中国思想并不只局限在老庄一脉，不能以偏概全，儒家思想反而有一种文字中心主义。刘若愚指出，即便是老庄哲学也有一种对言语文字怀疑的态度，不能断定其为纯粹的语音中心主义。逻各斯中心主义也并非德里达所言只是语音中心主义。[①] 张隆溪并没有从文化探源的角度梳理这两个中心范畴。

曹顺庆教授聚焦道与逻各斯为中西文化和文论话语的原生点之一这个层面进行分析。他明确指出“道”与“逻各斯”的相似之处，比如第一，“道”与“逻各斯”都是永恒的，赫拉克利特所说的逻各斯之“永恒”和老子道的“常”是可以通约的。第二，“道”与“逻各斯”都有“说话”“言谈”之意。第三，“道”与“逻各斯”都与规律或理性相关。但是曹顺庆更感兴趣的问题是为什么中西文化以这相似性为起点却最终在文化和文学上的最深层次问题上分道扬镳。首先，曹顺庆归纳总结出了“道”与“逻各斯”的不同之处大致可以分为“有与无”“可言与不可言”“分析与体悟”这三个方面。曹顺庆还指出这三个方面恰好与上述三个相同方面相对应而存在。对于这种“二律背反”的现象，曹顺庆只对前两个方面作出了详细论述，其中在第一个方面“有与无”，曹顺庆指出老子的“道”，其根本是“无”，赫拉克利特的“逻各斯”虽然也具有某些“视之不见”“听之不闻”的特征，但是相对于老子从根本上认为“道”就是一种谁都看不见、听不着的“无”的观点，赫拉克利特认为“逻各斯”并不是“无”，只是由于人们的认知没有达到它所要求的高度，因此也就不能捕捉它隐含其中的事物的本质。这个本质绝非“无”，而是“有”。赫拉克利特主张人们应该去寻求并遵循代表智慧的“逻各斯”。赫拉克利特最终从“逻各斯”走向了物质的实体，从观察万物中总结规律，而这条求知—观察—追问原因—总结规律的链条正是西方文化与文论的基本哲学话语特征，古希腊哲学大师亚里士多德正是在对“有”和“存在”的追问中，建立起西方科学理性话语和确立逻辑分析推论的意义生成方式的，当代海德格尔和德里达所批判的“逻各斯中心主义”也即这种话语体系。受此影响

① 周荣胜：《中国文明中的逻各斯中心主义问题》，《求是学刊》2011 年第 3 期，第 5 页。

的西方文化和文论更注重逻辑因果，注重对现实事物的模仿，注重外在的比例、对称美、外在形式美等。而中国的文学艺术和文论在老子“尚无”的影响下提出“虚实相生”“虚静”“象外之象”“味外之旨”等。关于第二个方面“可言与不可言”，老子清醒地认识到“道”是不可言的，但要论道，他依然摆脱不了用语言去表达不可言之道，老子被迫走向了“强为之名”的道路，但实际上老子在无奈中走出了一条“以言去言”之路，从而超越语言，直达道之本身。而海德格尔在批判“逻各斯中心主义”的时候也指出了在西方哲学史上，逻各斯没有被引向不可言说的道之本身，而是最终导向了可以言说的理性、规律与逻辑。“道”与“逻各斯”正是各从“不可言说”和“可言说”中选了一条路，从而形成了两套截然不同的文论与文化的话语言说系统。[①] 还有学者认为中国有逻各斯中心主义的逻辑，但是没有语音中心主义意义上的逻各斯中心主义。中国有另外一套语汇来表示逻各斯中心主义，但是，老子的“道”并不属于这个语汇。[②] 柏拉图的“逻各斯中心主义”和老子的“道”只是表面相似，而实质上却有很大差别，比如逻各斯中心的逻辑是通过将某种语义用“在场”词固定，从而垄断语义，而老子认为常恒之道是不能用言语表达清楚的。

另外一些学者认为张隆溪在引用老庄、孔子涉及言与意关系的言语来论说中国语言观中也存在与西方相同的“思—言—文”结构时，忽略了一个重要的事实：中国古代的“言”并没有严格区分口语之言与文辞之言，中国古代的言不是仅代表言说或口语，而是代表包括言辞、名称、书文等在内的语言的总体。因此中国的言与西方的 speech 貌合神离。而且汉语的“意”与西文的“思”也是两种不同的思维。张隆溪由此得出的中国也存在与西方一样的思想言说和文字的形上等级制的结论是不可靠的。而在此基础上中国也存在逻各斯中心主义的结论有待商榷。在对待语言的态度上，柏拉图与老子确有相似之处，但这并不等同于他们对语言的思考完全一致。“道”这个字在《老子》中出现过七十三次，只有一次与言说有关，在《老子》一书中，老子并没有以下定义的方式对“道”进行明确的界定，而是作了某种规定，也就是他所说的“道之为物”，这里的“物”是

---

① 曹顺庆：《道与逻各斯：中西文化与文论分道扬镳的起点》，《文艺研究》1997 年第 6 期，第 51 – 59 页。

② 童明：《说西—道东：中西比较和解构》，《首都师范大学学报（社会科学版）》2016 年第 1 期，第 25 页。

指“万物”之所以成为“万物”的“本根之物”，并由此得出“道生一，一生二，二生三，三生万物”的结论。此外老子还具体描述了“道”的其他特征。比如“道大”，这是指“道”在空间上的无限性；“道久”，这是指“道”在时间上的无限性，以及“道”的先天地生和“道”的无形无象、不可感知等，总之“道”是不可言说的，凡能被言说的，都不是真正意义上的“道”，而他自己的“五千言”，也不过是“勉强而言之”。老子本人的话语只是着眼于整个语言的言与意之间的关系，并无意区分书面语和口语之间的关系，从中并不可见语音中心主义的相关内容。然而张隆溪在论证中国也存在逻各斯中心主义的时候，仅从挑战德里达的语音中心主义西方语言观念出发，认为西方“思—言—文”这一形而上学的等级结构不仅存在于西方，还存在于东方。中国也有逻各斯中心主义的思维模式，其实是有失严谨的。①

（二）道与逻各斯的比较视域

为了更有效地回应上述学者的质疑，本文尝试引入比较视域的视角。比较视域是比较诗学学术研究的基点，在此基础上比较诗学在学科上才得以成立，并开展学术研究；比较视域也可以被看作比较诗学学者对中外诗学以及有关学科进行研究时所持有的视角或眼光，比较视域决定了比较诗学在学科上的成立以研究主体定位，“比较诗学研究主体自觉选择多种国别文学理论之间的互文关系作为自己研究的对象，在具体研究中注重整合与此相关的文化和历史背景。除此之外，为了达到多元透视的效果，必须在跨民族、跨语言、跨文化和跨学科的基础上进行汇通性研究”②。通常在学理上，我们会将这种在“四个跨越”中形成的关于多元化文学理论的研究视域称为比较视域。比较诗学与一般文学理论以及国别文论研究的不同在于比较诗学这一学科安身立命的基点是比较视域。《道与逻各斯》就是在这“四个跨越”的多元透视中对中西文论和文化的比较研究。我们只有引入比较诗学的比较视域才能对张隆溪的比较文学思想有更深刻的认识。

1. 道与逻各斯的视域融合

回顾西方阐释学的发展，从古典阐释学到施莱尔马赫和狄尔泰的一般

---

① 张廷国：《“道”与“逻各斯”：中西哲学对话的可能性》，《中国社会科学》2004 年第 1 期，第 10 页。

② 杨乃乔：《比较文学概论》，北京大学出版社 2013 年版，第 437 页。

阐释学，尽管呈现出一定的历史进步与发展的趋势，但都是把恢复文本和作者的原意作为最终的指向，这不过是在一种带有客观性的方法论和认识论框架中的改进和改造而已。现代哲学阐释学，尤其是以海德格尔和伽达默尔为代表的哲学大师，将阐释学从以往的认识论提高到本体论的理解，在现代哲学阐释学看来，艺术的理解和阐释不仅是主体的认识和行为方式，更是作为人的本身的存在方式，因此理解必须要正视这样一个问题，恰恰是人的历史性构成了理解的基础，理解无法完全克服主体及其时空的偏见以达到对作品纯客观的理解。海德格尔提出的“前理解”的概念，即对理解者和阐释者的前有、前见和前知的承认就是对理解的本体论和人的本身存在方式的肯定。德国学者伽达默尔又在海德格尔“前理解”的基础上进一步提出了视域融合的构想，伽达默尔在《真理与方法：哲学诠释学的基本特征》这本书中讨论了诠释学和历史前理解的问题，他认为：“当下视域是在一个持续的过程中所形成的，因为我们也在不停地检验我们的前见。对于我们过去的遭遇以及所经历的传统的理解是这一检验的重要组成部分。因此，如果没有过去，当下视域就不能形成。同理，如果没有孤立的当下视域，就不存在孤立的获得性历史视域。只有将这些独自存在的视域融合才能理解。”[①] 伽达默尔延续海德格尔的思绪，无论是原本的作者还是后来的阐释者，在理解一个文本的时候都带有自己的视域，即所谓的偏见，而在具体的理解过程中，这两种视域总是在时间的距离和历史背景的差异中，存在各种各样的差距和错位，为了达到更好的理解，理解者和阐释者要不断扩大自己的视域，不仅要使这两种视域交融在一起，还要更进一步地使自己的视域与其他的视域接触、交融，从而实现视域融合。[②] 伽达默尔强调的视域融合这个概念被应用到比较诗学研究领域中具有重大意义。在《道与逻各斯》这本书中，张隆溪充分吸收了伽达默尔的阐释学观点。凭借学贯中西所具备的跨文化和跨学科的知识积累与研究眼光，他很自然地就拥有了融合中外和古今的比较视域。

对于张隆溪在中西两种不同的诗学文化传统之间进行的跨文化和跨学科视域的融合成为可能的原因，我们可以借助交集理论进一步讨论。交集

① Hans-Georg Gadamer. *Truth and Method*, Crossroad Publishing Company, 1989, p. 6.

② 杨乃乔：《论比较诗学及其他者视域的异质文化与非我因素》，《北京大学学报（哲学社会科学版）》2007 年第 1 期，第 20 页。

理论因其简单且高效地回答了视域融合以及比较研究如何成为可能的问题，在比较文学的学科理论建设上具有重要意义。威利·凡毕尔在《文学理论的普世性》这篇文章中，全面且条理清晰地阐述了交集理论在比较文学研究领域的学理性和适用性。为了更方便理解，我们将该理论进行调整、重构并结合“道”与“逻各斯”来进一步说明视域融合问题。如图1所示，我们将世界现有的全部的文学理论命名为“T组”，将东方文学理论命名为“E组”（这里也可指“道”），将西方文学理论命名为“W组”（这里也可指“逻各斯”），“E组”和“W组”是“T组”的子集合，“E组”和“W组”在“T组”的圆周中形成的交叉部分，我们称之为“I组”（“道”与“逻各斯”相通的部分），交叉部分即“E组”和“W组”的交集，这个交集就是东方文学与西方文学两者在世界文学大的范畴内交叉融合的具有普适性和共通性的部分。张隆溪在《道与逻各斯》一书中研究的视域融合，正是在“I组”中生成的。而处于交集之外的“E组”和“W组”，则是各自特异之处的体现，即民族性和差异性。[①] 比较诗学研究在跨文化的基础上所形成的整合和汇通性，决定了它的一个基本理论点就在于两者或多者的交集形成视域融合，融合本身就完成了一种意义重构（reconstruction），或者说比较诗学研究主体以自身的多元文化知识在中西视域融合中重构出一种崭新的意义，从而形成第三种立场与第三种诗学。张隆溪认为中西诗学之间的比较研究应该在超越差异的基础上打通，他将中国的“道”与西方的“逻各斯”进行汇通性的比较研究。正是在两种中西方最高的哲学视域的碰撞与整合中，张隆溪作出了颇有勇气的判断，这种判断也是比较诗学研究在视域融合的交集中生成的新的意义，尽管关于“道”与“逻各斯”相似性的判断饱受学界争议，但是它为张隆溪在《道与逻各斯》这本书中进行中西方文学的主题研究开拓了极大的对话空间，并确立了他走向阐释多元化的价值判断。

① 杨乃乔：《论比较诗学及其他者视域的异质文化与非我因素》，《北京大学学报（哲学社会科学版）》2007年第1期，第20页。

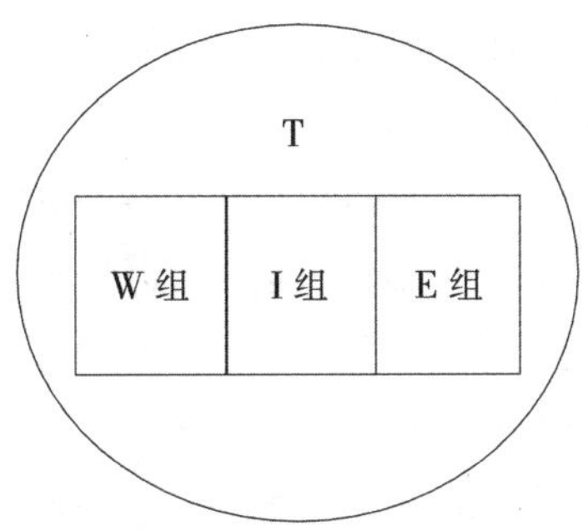

图1　道与逻各斯的比较视域

2. 道与逻各斯互为他者视域

他者视域在比较诗学研究中，有两种文化立场：第一种是研究主体站在本土文化语境下研究对方文论，此时对方文论构成本土研究者的非我因素——他者；第二种是研究主体站在相异的对方文化语境下，将本民族的文化理论带入其中，用非我因素的他者眼光进行审视与反思。我们在进行比较诗学研究时，将他者与他者视域带入进来，是为了强调在对本土诗学与异质文化的诗学进行研究时，应该相互重视，互为他者或他者视域。反对以一方为中心的单向度的他者研究心态。[①] 从比较诗学研究的具体范例来看，产生于不同民族文化土壤的民族的诗学于另一方而言就是一面镜子，也可被称为“文化之镜”，“正是由于异质文化之间的差异性所在，一个民族文化的形象投射在另一个民族文化之镜上，在此过程中，因文化的差异而在对方镜中会呈现出带有反差的却更为本真的形象，这个本真的文化形象在没有互通之前，在己方相对封闭的文化场域是无法看得如此清晰的。当然不同文化之间可以相互为镜的前提是因为二者之间存在类的共通性”[②]。

著名的比较文学学者厄尔·迈纳（Earl Miner）在1983年中美比较文学双边讨论会闭幕式上发表感言，他将中国的文学比喻为照亮美国文学的灯塔，确实如此，每一个民族的文化传统都像一座灯塔，灯塔的光芒不仅是本民族诗学研究所取得的闪耀的理论之光，而且还照亮了别的民族的诗学文化研究，但是在灯塔的下面总有一片盲区等待重新被点亮，而本土诗学研究者仅凭借在本土语境下研究的成果往往不能照亮盲区，他们必须从

---

① 杨乃乔：《比较文学概论》，北京大学出版社2013年版，第430页。

② 杨乃乔：《比较文学概论》，北京大学出版社2013年版，第438页。

本土诗学文化传统中跳出来，借用他国的诗学理论或者相关的学科理论才能照亮和激活这片盲区。以他者视域作为参照，我们再来审视张隆溪的《道与逻各斯》，便会更为深刻地体会到作者的用意。在这本著作中，我们注意到张隆溪把属于中西哲学本体范畴的“道”与“逻各斯”从各自的哲学背景中提取出来，放在中西文学理论的框架内进行汇通性的研究。更值得注意的是张隆溪在完成这本著作时的华裔文化身份，即他在美国的学术背景下并且用英语写作。因此他整部著作的架构处理的关键是把中国诗学在理论的澄明中，介绍给欧美英语学者阅读。这样一来，中国古代诗学的“道”在命题成立上被放置在“逻各斯”之前。在实际的研究中，张隆溪用希腊词“逻各斯”具有理性和言说的双重含义，来透析中国道家哲学中的“道”也包含思想和言说的二重性，并且这里的思想与理性是相同的，张隆溪又进一步挖掘潜藏于道家哲学中的诗学内涵，并以西方形而上学的等级序列进行阐述。“道”与“逻各斯”都以一字表达着双重的意义，这两层意义都代表着内在现实和外在表达之间的等级关系。因此张隆溪的《道与逻各斯》这本书最大的特色在于，把西方古典哲学中的逻各斯中心主义以及与此相关的西方现代哲学中的阐释学和后现代哲学中的解构主义，作为照亮中国道家诗学的灯塔，并在中西方汇通的过程中，澄明与激活了遮蔽在道家文化传统中和中国诗学传统文化中丰富的诗学思想。

（三）对《道与逻各斯》的重新思考

张隆溪的跨文化理论研究是在一以贯之的求同策略下进行的，这是他高度的理论自觉的体现。这种自觉也贯穿《道与逻各斯》这本书。在进行中西文学阐释学研究时，张隆溪把这些不同民族和国家彼此无关、迥然不同的作品拿来比较，发现他们所蕴含的共同主题。张隆溪首先发现的主题就是中西文化中都有逻各斯中心主义精神。尽管学术界对张隆溪的这一点论述存有争议，例如上文所提到的在证明中国诗学传统中也存在与西方一样的“思—言—文”的等级关系时，他忽略了一个重要问题：中国的文化传统中，“书”的含义既可以指书写，也可以表示书籍，“言”则不仅仅指口语，大而化之甚至囊括了书写文字的整个语言。[①] 但是本文尝试引入比

① 刘人锋：《超越差异：张隆溪与赵毅衡的中西比较诗学研究》，《当代文坛》2006 年第 2 期，第 15 页。

较诗学的比较视域与视域融合概念，来表明张隆溪在对中西文学进行阐释的过程中为我们营造的与被理解事物之间的开放性的对话关系，从这个角度来看，《道与逻各斯》仍然不失为一部富于启发的优秀比较诗学著作。

此外，关于学术界对求同策略一味求同而忽略差异做法的质疑，张隆溪借海德格尔的一篇论述荷尔德林的文章作了深刻的阐释，这篇文章对同一（the same）和等同（the equal or identical）作了区分：等同是为了让每个事物划归于一个共同的名称，总的趋势是差别的消失。与此相对，同一则是用差异的方式聚集起不同的事物。张隆溪表明他将中西不同作品拿来比较就是为了从分散的事物中看出同一，而这种在差异中见出同一的做法并不意味着使异质的东西彼此等同，或者抹杀不同文化和文学中的固有差异。这恰好与建立在对文化、种族、性别等种种差异的强调上的当代或后现代的西方理论截然不同。[①] 正是这种超越差异，致力于同一性研究的立场，使得他可以在《道与逻各斯》这本书中将中西不同的诗学观点聚集在一起，使之展开跨文化对话，并达到了相互“照亮”的效果。例如，大多国内外学者都倾向于认为中国传统的文学批评中的主流是意图论批评，代表说法就是“诗言志”“知人论世”和“以意逆志”，但张隆溪在《道与逻各斯》这本书中，从西方现代阐释学理论中获得启发，并结合对李商隐诗歌的解读中所蕴含的阐释循环、诗人对“知音”的渴望以及董仲舒的“诗无达诂”等，发现在中国诗学中也存在一条一以贯之的阐释学思路，这对于拓展中国文论的阐释空间具有重大意义。此外，张隆溪认为中西方都存在对于语言的怀疑和肯定的反讽式的纠缠，在论及中西方的文学语言特征时，他又提出了无言诗学的观点。这都是在平等的跨文化对话的指导下作出的突破。

结　语

张隆溪对于中西文化比较的看法在很大程度上师承于钱锺书先生，即主张跨越中西文化与历史差异，确认文学和批评传统中共通、共有和共同的东西。但寻找共同，并不意味着抹杀不同文化和文学中固有的差异，而是从中西审美体验和文学批评阐释差异中发现共同的东西，以开放的胸怀

① 张隆溪：《道与逻各斯》，江苏教育出版社 2006 年版，第 8 页。

面对不同的观点和立场。这种旨在寻找共同之处的跨文化研究，在《道与逻各斯》所涉及的对中西文学主题的阐释中尤为突出。《道与逻各斯》从一个哲学观念开始，讨论文学的阐释，在对中西文学进行融会贯通的比较中，张隆溪主张一种开放的、多元化的文学阐释观。

那种简单地将张隆溪等老一辈比较文学学者的学术探索归为封闭式的求同一派，并以此确立与之相对立的另一种极端的范式都是有失偏颇的。尤其是在当下中国比较文学的发展进入了一个历史性的关键时期的背景下，我们更应该以开放、多元的姿态为拓展比较文学的发展作出贡献，顺应比较文学学科世界性胸怀的内在要求，进一步促进中西文化的交流与融合，为推动构建人类命运共同体作出贡献。

译介学：比较文学与翻译研究的交叉领域

——以《译介学》为例

高晓鹏

比较文学侧重不同民族、不同文化、不同国家之间的文学关系研究。不同文化、不同国家间文学交流存在着隔阂，翻译为文学跨文化沟通交流架起了桥梁。然而，在欧洲早期比较文学研究中，因比较文学学者掌握多种西方语言，无须依赖翻译作为研究工具，终究导致比较文学学者漠视翻译问题。随着比较文学研究涉及对象和内容的丰富，其研究视野逐渐扩大，尤其是自19世纪以来西方对中国文学、文化产生关注和兴趣[①]，东方文学、文化进入西方比较文学学者的研究视域中，不谙东方语言的学者开始关注翻译的作用并将翻译研究纳入比较文学研究领域中。梵·第根把“译本和翻译者”置于比较文学“媒介”研究范围内，探讨译本和翻译者所起的媒介作用，研究“译本是否完整”“译本的删节和增加”“译本之比较”“译者的任务”和“译者的序”等内容。[②] 由此，翻译作为一种“媒介”工具，成为比较文学研究的重要内容。

翻译为比较文学研究带来新活力、激发新动向，继梵·第根之后，法国比较文学界对翻译一直给予较大的重视[③]，异质文化间的交流纵深发展，翻译作为文化传播手段所起的作用也愈加显著，对翻译作用的关注和认知，也逐步走出法国比较文学界，使得东西方比较文学界全面系统地阐述对翻译的看法，并把翻译理论引入比较文学研究之中。长期以来，国内译界对翻译的探究通常局限于字当句对的语言符号转换层面，对翻译的关注

---

① 谢天振：《译介学（增订本）》，译林出版社2013年版，第5页。

② ［法］梵·第根著，戴望舒译：《比较文学论》，吉林出版集团有限责任公司2009年版，第128－134页。

③ 谢天振：《译介学（增订本）》，译林出版社2013年版，第6页。

点集中于翻译是否忠实、是否准确等层面上，同时将“信、达、雅”作为翻译实践的标准，使其成为衡量翻译质量的标杆。此外，在20世纪90年代前后，国内的翻译研究侧重翻译家个人主观经验阐述，忽略理论升华和规律总结，导致国内翻译研究无法脱离翻译技巧的藩篱。

在西方翻译理论大量进入国内之前，国内翻译学者缺乏系统性的理论认知，“真正超越文本、超越翻译技巧、有理论深度的文章比例并不大”①，从宏观文化和语境层面着眼于翻译研究，所取得的成果更是寥寥无几，普遍局限于“原地循环”的研究模式。在20世纪70年代，西方翻译研究出现“文化转向”，翻译研究的重心从“原作”走向“译作”，关注译作诞生的历史文化语境、为何译这一作品以及为何这么译。与此同时，20世纪90年代以来，“文化转向”为比较文学研究注入新鲜血液，注重从文化层面探究比较文学涉及的问题。文化研究的“翻译转向”仍然以文化研究为阵地，关注翻译实践中编码与解码过程的考察②，通过分析译者解码和编码以探究翻译中的权力关系。

正是在这样的学术背景下，译介学成为中国比较文学学者的考察内容，谢天振从比较文学和翻译研究两个层面着手，创立了体系化的译介学理论，成为为数不多的中国学者创立的比较文学学科理论和翻译学理论。在21世纪，该研究领域被列入“2006年国家社科基金资助项目（外国文学研究）”八大课题之一，也是国家哲学社会学科“十一五”规划重要课题中的一部分。③ 译介学把翻译作为一个既定客观事实，以翻译文学为研究对象，将翻译置于特定的历史文化语境中探讨翻译问题和现象，为我们考察翻译实践活动深层次问题提供理论基础，对此我们可以从创造性叛逆、翻译文学、翻译文学史、文学“译出”等层面理解译介学理论。

一、创造性叛逆：译介学研究的理论基础

由于文本意义总是在特定文化语境和意识形态影响下，按照一定的语

① 廖七一：《译介学与当代中国翻译研究的新发展》，《外语学刊》2019年第4期，第109页。

② Susan Bassnett. “The Translation Turn in Cultural Studies”, in Susan Bassnett & André Lefevere (eds.). *Constructing Cultures: Essays on Literary Translation*, Shanghai Foreign Language Education Press, 2001, p. 139.

③ 谢天振：《译介学：理念创新与学术前景》，《外语学刊》2019年第4期，第95页。

言规则组合而成，原文本的编码和受众的解码处于相对独立的状态，而且编码和解码代码或许不是处于完全对称状态①，使得解码获取的意义与编码传递的意义并不完全一致，在文学翻译中更是如此。译者在文学翻译活动中持有两种身份，即原文本的读者和译文本的作者，两种文本的受众处于不同文化语境和意识形态之中，同时它们有可能面临着具有差异化的诗学规范，这就将译者解码获取的意义及其二次编码行为中传递的意义与原作中的意义更加无法以一种对等的形式呈现。因此，译者在进行文学翻译实践时，需要深谙原作思想内涵、审美特征和语言风格，转变传统翻译理论倡导的语言“模仿”观念，调动个人认知思维在译文中呈现出原作的内涵和创造作品的艺术特征。

不同于雕塑、绘画、音乐、电影等其他艺术，文学是一种依赖于语言呈现的艺术作品。也正因如此，文学翻译不同于非文学翻译，前者不仅要传递作品的信息，还要表现作品的艺术审美特征，最终形成具有译者个性化风格的“新作”；相对而言，后者通常只需将原文本信息准确无误地传递给受众即可，不需要译者投入更多精力去追求艺术性再现。郭沫若在谈论文学翻译时指出“翻译是一种创作性的工作，好的翻译等于创作，甚至还可能超过创作”②；由此可见，译者在进行文学翻译时，要考虑如何将原文故事在一个陌生语境中，以生动有趣且富有感染力的形式创造出来，对文学翻译者自身文学修养、文化品位、思想观念、知识储备等方面都无不有着极高的要求，即使像郁达夫这样享誉全国的作家也会“觉得翻译古典或纯文艺的作品时，比到自己拿起笔来，胡乱写点创作诗词之类，还要艰难万倍”③。但在当前，人们对翻译文学和译者的态度有失偏颇，未将译文置于与原文同等的地位，总是认为译文低原文一等，译者低原作者一等，这一态度在某种程度上否定了译者的劳动和创造性，把译者看作是原作者的“仆人”。事实上，他们并未意识到原作实际是作者对现实生活和真实社会通过思维“翻译”再现，译作是对原作内容的再次利用并进行的二次

---

① Stuart Hall. “Encoding/ decoding”, in Stuart Hall, Dorothy Hobson, Andrew Lowe & Paul Willis (eds.). *Culture*, *Media*, *Language*, Routledge, 2005, p. 119.

② 郭沫若：《谈文学翻译工作》，见中国翻译工作者协会《翻译通讯》编辑部编：《翻译研究论文集(1949—1983)》，外语教学与研究出版社 1984 年版，第 22 页。

③ 郁达夫：《语及翻译》，见林语堂著，郁飞译：《瞬息京华》，湖南文艺出版社 1994 年版，第 786 页。

创作，与原作具有同等价值。

当读者欣赏到一部语言优美、故事生动、思想深刻的译作时，往往会归功于原作；但一部译作如果读起来佶屈聱牙、平淡乏味，读者会将其归咎于译者翻译不到位。但矛盾的是，即使原作本身并不怎么样，译者通过主观感知对原作再创造，以满足读者对译作的审美期待，那么也自然表现出叛逆作为译者文学翻译的一种常态，进而“反映了在翻译过程中译者为了达到某一主观愿望而造成的一种译作对原作的客观背离”①。在具体的文学翻译中，译者的创造与叛逆并非彼此孤立，而是和谐统一的整体行为；事实证明，文学翻译总是会存在着创造性叛逆。②

创造性叛逆并不只出现在文学翻译中，“它实际上是文学传播与接受的一个基本规律”③，如古今中外的口传文学，也正因一代又一代接受者对“原文”不断创造和叛逆，才丰富了作品内涵和形式，使作品充满活力和生命，使之成为集体创作的智慧结晶。可以说创造性叛逆使一部作品跨越时空局限，进入崭新的语境与更广泛的读者相遇，成为异域读者的飨宴；它呈现出的并非一种等值、准确忠实的译作，而是凸显在新的文化背景下，两种文化交流与碰撞形塑作品的崭新面貌。谢天振认为“创造性叛逆”不应仅仅局限在语言层面，还应该包括译入语国的文化语境④，具体而言就是译者、接受者和接受语境的创造性叛逆。

谢天振对译者“创造性叛逆”现象展开了深入探索，将其总结为有意识和无意识两种类型，具体表现为以下几种情况。首先是译者的个性化翻译，译者在长期实践中会形成一种习惯性的翻译方式，随着译作在接受语境中产生影响，译者的翻译风格也逐渐被目标读者接受，如清末林纾对西方文学作品的翻译通常采用古朴典雅的文言风格，翁显良倾向于以散文英译中国古诗，许渊冲在中国古典诗词中译英时注重押韵以突出中国诗歌的

---

① 谢天振：《译介学（增订本）》，译林出版社2013年版，第106页。

② 创造性叛逆（creative treason）是法国文学社会学家罗贝尔·埃斯卡皮（Robert Escarpit）在《文学社会学》一作中提出的概念，埃斯卡皮认为“说翻译是背叛，那是因为它把作品置于一个完全没有预料到的参照体系里（指语言）；说翻译是创造性的，那是因为它赋予作品一个崭新的面貌，使之能与更广泛的读者进行一次崭新的文学交流；还因为它不仅延长了作品的生命，而且又赋予了它第二次生命”。参见［法］罗贝尔·埃斯卡皮著，王美华、于沛译：《文学社会学》，安徽文艺出版社1987年版，第137－138页。

③ 谢天振：《译介学（增订本）》，译林出版社2013年版，第109页。

④ 谢天振：《译介学概论》，商务印书馆2020年版，第4页。

韵律特色。其次，译者翻译中存在误译和漏译，误译是由多重因素形成的结果，其中有意误译值得研究者关注。误译产生的原因是译者解码意义与原作者编码意义处于非对称状态，两种意义所处文化语境的影响、译者个人目的和受众需求使然。无意漏译通常未产生什么文学影响，有意漏译即节译[①]，节译与编译都是以原作含义为基础，对一些与表达意义无关紧要的情节选择删除，但节译本的句子通常是以原作句子表达为基础，编译本有时句子表达会和原作句子表达一致，有时译者根据译语诗学特征进行创造性编写。最后一种情况是译者的转译和改编，转译是译者基于另一种外语对原文本的其他语言翻译本进行翻译，如在《域外小说集》中，鲁迅使用德文转译文学作品。对于通晓多语种的研究者而言，探究转译本可以将两个翻译本与原文本作对比，探讨译作的一次变异和二次变异现象。文学翻译中的改编，不单指作品文学样式、体裁的改变，同时还包括语言、文字的转换[②]。

接受者和接受语境的创造性叛逆，反映出受众作为个体或者集体对译作接受产生影响，译文接受者根据个人所处文化语境和个人心理、审美趣味再解码；自然而言，目标读者对译作的解读是对原作的二次叛逆。接受语境无法言说，但是接受语境可以通过受众集体需求对作品产生叛逆，由于翻译不是在真空中进行的，离不开接受语境对译作的影响，对此，我们可以基于接受语境中的意识形态、诗学特征、审美期待、读者心态探讨影响译作形成的因素以及译作接受、传播和影响效果等内容。

二、翻译文学：归属问题思考

翻译文学中的创造性叛逆是谢天振从事译介学研究的立论之基[③]，揭示了翻译尤其是文学翻译的本质特征。译者使原作在一个未预料到的语境中，根据这一崭新语境的主流意识形态、诗学规范，在译者个人心理结构、翻译目的、文学观念、思维风格以及读者需求等因素影响下，作品形式发生改变，作品含义得以扩展。再怎么忠实的译作也不可能完全等同于

① 谢天振：《译介学（增订本）》，译林出版社 2013 年版，第 120 页。

② 谢天振：《译介学（增订本）》，译林出版社 2013 年版，第 123 页。

③ 谢天振：《译介学：比较文学与翻译研究新视野》，《渤海大学学报（哲学社会科学版）》2008 年第 2 期，第 34 页。

原作，这种二次创作方式使翻译文学具有独特艺术价值，成为一种独立的文学形式，组成目标语文学多元系统中的一个子系统，在目标语文学中拥有一定的位置。

通常而言，一部作品经作家创作出版后，就具有最初的面貌和存在形式①，这种最初形式是原作者以本土语言对社会和生活感知的表征，并不是作品唯一的存在形式。作品中蕴含着永无止境的意义，需要读者抽丝剥茧般挖掘作品意义，艺术家对原作解读并创新作品艺术形式、完善原作意义，表现出作品强大的生命力。然而，人们往往只关注原作的存在，而忽视了由原作延伸而来的其他艺术形式的价值和意义，抹杀了其他艺术家为作品传播和延续作品生命作出的独特贡献。一部文学作品越是经典、越是耐人寻味，那么这一作品形式就会更加多样。如《木兰辞》起初以南北朝时期乐府民歌形式存在，木兰的忠孝、爱国精神引起无数读者共鸣，后世诸多文艺家对作品不断再创作，使该作以小说、戏剧、舞蹈、绘画、影视等多种艺术形式呈现出来，尤其是迪士尼对《木兰辞》的动漫电影制作，使之走出国门为广大域外观众所接受，这使木兰成为世界各民族公认的巾帼英雄，也使木兰成为引领女性自我意识觉醒的形象。

同理，文学翻译本身也是如此，传统翻译研究仅仅从语言学理论出发，关注译作对原作语言符号等值转换、信息传递忠实与否，这一观念对指导翻译实践和翻译教学自然有其重要价值；但它忽视了翻译文学在译语文化语境中的作用，其在跨文化交际中的影响和价值未能得到充分肯定。译者通过对原作文学价值和内涵的详细分析和理解，使翻译文学以译者理解的形式再次呈现，译者为了在译作中体现原作艺术特征和意境，会注重以个人思想、情感、审美去体味原作精神，并巧妙地运用译语再现原作语言风格，以期使译作“好像原作者用另外一种文字写自己的作品”，“使读者在读译文的时候能够像读原作时一样得到启发、感动和美的感受”②。翻译文学经过译者之手轮回转世，此时译作不再是原作的等值物，而是具有与原作同等地位和价值的“文学存在形式”。

翻译文学作为一种独特的文学存在形式，既充分肯定了译者的努力和

① 谢天振：《译介学（增订本）》，译林出版社 2013 年版，第 170 页。

② 茅盾：《为发展文学翻译事业和提高翻译质量而奋斗——1954 年 8 月 19 日在全国文学翻译工作会议上的报告》，见中国翻译工作者协会《翻译通讯》编辑部编：《翻译研究论文集（1949—1983）》，外语教学与研究出版社 1984 年版，第 10 页。

付出，也为我们更好地认清翻译文学的归属问题奠定了基础。关于翻译文学归属问题的探讨需要准确把握翻译文学与外国文学的关系。外国文学是原作者在外国语境（社会、历史、文化、习俗等）和语言系统下，打造作品艺术意境、艺术形式，进行弥漫着个人思想、情感和精神的创作；翻译文学是译者从本土语境出发，根据本土语言系统，对原作艺术意境和艺术形式进行审美感知，在译语中进行的艺术性再创造。因此，译作不等于原作，即使再怎么忠实的译作也无法与原作画等号，由此可见，翻译文学不等于外国文学。

以往翻译文学之所以被认为是外国文学，主要是因为人们混淆了外国文学和外国作品，外国作品既包括文学作品，又包括社会学、哲学、经济学、地理学、物理学等非文学作品，这些非文学作品即使被翻译成目标语，还是属于原作者；然而翻译文学则不同，如前文所述翻译文学经过轮回再生，已不再属于原作者所在国家。若把翻译文学归属于原作者，则忽视了译者的存在；翻译文学是译者再创造的劳动产物，因此其归属于译者。当然，人们把翻译文学混同于外国文学的根本原因在于“持这种看法的人对文学翻译所起的特殊传递作用认识不足，因而忽视了翻译文学的存在”[①]。我们在判断一部作品的归属问题时，通常是以原作者所属国籍作为判断依据，而不是以语言和塑造的人物判断作品归属；由此推理出，翻译文学自然属于翻译家所在的国籍。

翻译文学的归属和地位问题一直以来受到伊塔玛·埃文-佐哈（Itamar Even-Zohar）重视，他基于“多元系统理论”展开思考，关注“翻译文学在文学多元系统中处于何种地位？这一地位又与其所在总体文学库存在什么联系?”[②] 等问题。因此，对于翻译文学在国别文学的地位，我们也可以从“多元系统理论”进行深入理解。当一国文学处于稳定发展状态、作品形式多样、体裁丰富，在世界文学宝库中占有重要地位时，翻译文学在该国处于边缘地位，受众数量比较少；相反，当一国文学处于发展伊始期、文学系统还不完善、文学类型和体裁欠缺时，需要不断从他国引入一些文学作品，以丰富本国文学系统库，翻译文学就会大量出现，新的文学思潮和风尚会在该国涌现并在该国文学系统中占据重要地位。当然，不是

① 谢天振：《译介学（增订本）》，译林出版社2013年版，第189页。

② Itamar Even-Zohar. “The Position of Translated Literature within the Literary Polysystem”, in Lawrence Venuti (ed.). *The Translation Studies Reader*, Routledge, 2000, p. 193.

所有的翻译文学都在文学系统中处于边缘地位或主导地位，也并非所有翻译文学在文学系统中地位平等。这样看来，翻译文学始终是文学系统中无法割舍的一部分[①]，因而，翻译文学理应被看作是国别文学中的一部分。

三、翻译文学史：一部文学关系史

翻译文学归属于国别文学这一观点，早在1928年就已受到俄国形式主义者鲍里斯·托马舍夫斯基（Boris Tomashevsky）的关注，他提出“翻译文学应当作为每个民族文学的组成要素来研究”[②]，谢天振把翻译文学作为国别文学的一部分的观点受到诸多学者认可，贾植芳认为“这是对文学翻译家创造性劳动最有力的肯定”[③]，王向远指出“把翻译文学视为中国文学的组成部分，是合情合理的，必要的”[④]。翻译文学作为中国文学多元系统中的一部分，有着独特的地位，这同时也促使我们再度思考翻译文学史的问题。

20世纪二三十年代，国内学者就已将翻译文学写入文学史中，将其视为中国文学的一部分，如《白话文学史》（胡适）、《中国近代文学之变迁》（陈子展）、《中国新文学运动史》（王哲甫）、《中国小说史》（郭箴一）等，这些作品不仅梳理了翻译文学的发展轨迹，也收集了译作的部分片段，对译作展开分析和评判，这表明我国现代文学史界重视翻译文学在文学史中的地位和作用，但之后新出的各种中国现代文学史舍弃了翻译文学。[⑤] 时至今日，国内文学研究者倡议重写文学史，这也就有必要再次把翻译文学编入其中，因为他们认为没有翻译文学的文学史是不完善的。

将翻译文学编入国别文学史内，既是学界从史学方面对翻译文学的认同，也是对翻译家辛勤劳动成果的肯定。此外，学界也需要编写独立的翻

---

① Itamar Even-Zohar. “The Position of Translated Literature within the Literary Polysystem”, in Lawrence Venuti (ed.). *The Translation Studies Reader*, Routledge, 2000, p. 193.

② ［法］罗贝尔·埃斯卡皮著，于沛选编：《文学社会学》，浙江人民出版社1987年版，第138页。

③ 此处引自贾植芳在“序一”中的论述。参见谢天振：《译介学》，上海外语教育出版社2003年版，第3页。

④ 此处引自王向远在“前言”中的论述。参见王向远：《二十世纪中国的日本翻译文学史》，北京师范大学出版社2001年版，第6页。

⑤ 谢天振：《为“弃儿”寻找归宿——翻译在文学史中的地位》，见《比较文学与翻译研究》，复旦大学出版社2011年版，第128页。

译文学史。翻译文学通常会伴随着特定社会、政治、思想和文化变革而大量浮现，比如晚清刊行的1 500多种小说，其中翻译小说占三分之二[①]；翻译文学会给译入语国家带来不同的思想观念，透过翻译文学，人们可以从特定的社会文化语境中洞察思想变革情形，如清末民初，为了反对封建专制、传播民主思想和宣传社会变革，当时的翻译家会选择拜伦、雪莱等有助于反对封建统治的作家文学作品进行翻译。此外，翻译文学也满足了译入语国家对文学和文化的需求，通过翻译文学史能够从宏观上把握特定社会背景下翻译对文学变革产生的影响。

值得关注的是，翻译文学史与文学翻译史有着本质性的区别，不可将二者混为一谈。翻译文学史归属于文学史的范畴，包含有作家（翻译家和原作家）、作品（翻译文学）和事件（文学翻译事件）三个基本要素。[②]因此，在研究内容上，翻译文学史会容纳翻译主体在特定文化语境下翻译的文学作品，及其被翻译后在目标语国家的传播、接受和影响，同时关注在特定历史时期翻译家所翻译的文学作品特征、同一部外国作品被翻译后会有什么变化、翻译文学给译入语国家带来哪些文学思潮和文学观念变革、外国作家形象的变化等。文学翻译史虽然也关注翻译家和外国原作家，但是在内容上更加侧重翻译家具体的翻译实践活动。翻译文学史更加侧重对事件的论述和评论，文学翻译史主要梳理翻译事件。在目的和任务层面，翻译文学史不仅仅是介绍翻译家、翻译活动和翻译事件，而且通过文学翻译来管窥特定时期中外文学关系和不同民族间的跨文化交流，了解国内受众或者文学家对国外不同国家文学的态度。文学翻译史的目的是梳理翻译活动的具体情况，反映出译者在文学翻译时的方法及其思想总结，为他者从事文学翻译实践活动提供启发。从编排方式层面来看，翻译文学史的编排方式一般是按照翻译活动的历时顺序，同时还要注意按照国别、地区、语种、流派、思潮和代表作家编排[③]，这样可以让读者清晰掌握国外不同时期的文学思潮、文学观念，也使读者可以根据现实需求和个人兴趣从翻译文学史中选择合适的作品。文学翻译史则按照翻译家的翻译活动历时编排，将不同年代的翻译活动按照时间顺序梳理出一条清晰的线性脉络。最后，需要注意的是二者在学科属性方面存有差异，翻译文学史属于

① 唐弢主编：《中国现代文学史（一）》，人民文学出版社1998年版，第5页。

② 谢天振：《译介学（增订本）》，译林出版社2013年版，第207页。

③ 谢天振：《译介学（增订本）》，译林出版社2013年版，第234页。

比较文学学科范围，凸显翻译文学在跨文化交流中的媒介作用，因此翻译文学史不仅是翻译文学发展史，同时也是中外文学关系史、中国的外国文学研究史[①]。与之不同的是，文学翻译史的学科属性属于外国语言文学学科范畴。

当前，我国在翻译文学史的具体实践中，进行了许多富有成效的探索并取得了诸多成果，具体有：《翻译史话》（阿英）、《中国翻译文学史稿》（陈玉刚）、《二十世纪中国的日本翻译文学史》（王向远）、《五四以来我国英美文学作品译介史（1919—1949）》（王建开）、《中国翻译文学史》（孟昭毅、李载道）、《中国现代翻译文学史（1898—1949）》（谢天振、查明建）、《浙江翻译文学史》（吴笛等）、《二十世纪中国翻译文学史》（杨义）等，由此可见，我国翻译文学史有编年史、断代史和专题史等类型，这些著作都对我国当下与未来翻译文学史编写提供了借鉴。其中，《二十世纪中国的日本翻译文学史》受到谢天振的认可，并认为该作更能实现其对翻译文学史的主张，让读者得以看到作家、译作和翻译实践[②]；此外，王向远提出了翻译文学史内容编写六要素[③]，认为翻译文学史应以译本为中心来写[④]，这一观点使翻译文学史更为有效地凸显出特定时代、特定环境下翻译文学的接受和影响，并把译语读者对译本的观点和态度作为其中一部分，从而有助于翻译文学史紧扣在比较文学学科范围内。

四、由“译入”到“译出”：译介学一个新的增长点

从前文所述可以发现，谢天振在译介学理论探索方面，从译入语境着手探索“翻译文学与中国国别文学（民族文学）之间的关系”[⑤]，关注翻

---

① 此处引自查明建与谢天振在“前言”中的论述。参见查明建、谢天振：《中国20世纪外国文学翻译史（上）》，湖北教育出版社2007年版，第13页。

② 谢天振：《“创造性叛逆”：本意与误释——兼与王向远教授商榷》，《中国社会科学评价》2019年第2期，第5页。

③ 王向远在“前言”中将翻译文学史内容编写六要素分为“时代环境—作家—作品—翻译家—译本—读者”。参见王向远：《二十世纪中国的日本翻译文学史》，北京师范大学出版社2001年版，第8页。

④ 此处引自王向远在“前言”中的论述。参见王向远：《二十世纪中国的日本翻译文学史》，北京师范大学出版社2001年版，第8页。

⑤ 许钧：《译介学的理论基点与学术贡献》，《中国比较文学》2021年第2期，第14页。

译文学在中国文学史中的地位和作用。研究发现，翻译文学在中西文学、文化交流中占据着重要地位，促使中国读者接受国外诸多思想观念、文学样式、创作手法和叙事模式，并体验域外风俗习惯，同时在中国文学界引发一阵阵文学思潮，反映中国受众对翻译文学的态度。当前，随着世界逐渐成为一个“地球村”，世界不同民族、不同国家之间的跨文化交流愈加紧密。如何促进各民族相互了解和包容，不断弥合彼此之间的文化差异，成为学界关注的热点话题，其中文学作为一个民族文化和精神的凝结物，文学译介成为各民族交流必不可少的媒介渠道。同样，中国文学蕴含着中国文化、中国思想和中国精神，对中国现当代文学的译介，有助于域外了解我国当前社会、政治、经济、文化和生活的变化，向世界传递中国的新面貌、新形象。

为此，中国政府组织学界选择并翻译中国诸多优秀文学作品，以推动其他国家全面地认识中国社会和文化，如政府资助和支持的“中国图书对外推广计划”“经典中国国际出版工程”“中国当代文学百部精品译介工程”等，都揭示出我国在与他国文化交流互鉴过程中的积极性和主动性，这些举措为中国文学和文化“走出去”带来契机。译介学关注的重点是翻译文学与文化①，使译介学成为文学研究、文化研究的新视点；当下中国文学外译是与其他国家文学交流和文化互动的桥梁和纽带，这激起比较文学和翻译研究学者的浓厚兴趣，译介学理论也从文学“译入”研究扩展到“译出”研究，这使得译介学理论更为成熟，涉及的范围更为广阔，尤其是二者之别成为译介学理论新的增长点②。从译介学视角反思中国文学和文化“走出去”，我们可以发现中国文学和文化译介涉及的不是简单的语言符号转换，而是中国文学和文化在一个崭新的语境下，与其他国家开展文学、文化的交流、传播、接受和影响的过程。

自近代以来，中国的文学翻译都是以引入外国文学作为了解他者思想和社会的主要手段，为国内社会、政治、文化和文学带来了变革。为了便于国外了解新中国，1951 年《中国文学》杂志创刊，将一批反映中国意识形态的中国优秀文学作品翻译成英语对外推广；为了进一步扩大这一政策的影响力，1981 年，在中国著名翻译家杨宪益的倡导下，中国文学出版社

---

① 许钧：《译介学的理论基点与学术贡献》，《中国比较文学》2021 年第 2 期，第 15 页。

② 张西平：《从译入到译出：谢天振的译介学与海外汉学研究》，《中国比较文学》2021 年第 2 期，第 22 页。

基于“企鹅丛书”的成功案例创立“熊猫丛书”，选取中国文学译为英、法两种语言。但好景不长，《中国文学》杂志和“熊猫丛书”在2000年都业已停刊。此外，在21世纪以来，《大中华文库》翻译出版了汉英对照版的中国典籍作品，涉及文学、历史、科技、军事、哲学等中国古代经典作品。迄今为止，这套丛书已翻译出版了一百多种选题，但仅有个别选题得到国外出版商关注和收购版权，其余绝大多数作品出版权仍限于国内，似乎未能真正“传出去”。[①]

这一尴尬情境出现的原因并非所选作品不够经典，而是长期以来我国根据国内读者需求，自主翻译外国文学作品，并注重对原作忠实再现，坚持以“信、达、雅”作为文学翻译指导思想，使中国读者能够接触到这些外国作品的真实“面貌”。然而，当下中国文学外译，仍有学者借用译入的方法和策略忠实准确地再现中国文学作品的内容和形式，唯恐因翻译不到位影响读者阅读趣味。但在这些外译作品中不乏优秀译作，并成为国内翻译课堂教学中的典范，如根据笔者研究，《大中华文库》推出的《聊斋志异选》英译本可谓是语言优美、文笔流畅，但在英语世界备受关注和借阅最多的是翟理斯（Herbert A. Giles）的英译本。因此，可以看出，中国本土译者翻译和出版的文学英译本在英语世界产生的影响收效甚微，用译入的思想指导文学译出就目前形势来说尚有不妥。

此外，我们需要清楚文化传播的一个普遍规律是“文化的走势从强势文化走向弱势文化”[②]，不得不承认，相对英美国家来说，由于历史原因，我国的文化传播仍然处于相对弱势的文化地位，当然这不是崇洋媚外、自我贬低和文化自卑，而是我们当前应该直面的一个问题，并为之提供有效的解决方案，不能沉溺于盲目自信的状态中，否则这并不会对推动中国文学和文化走出去产生太大作用。一个明显的案例是当下我国翻译和出版最多的外国文学作品主要来自欧美国家，然而对于非洲和东南亚一些国家的文学作品，我们了解甚少，所能找到的中译本也是屈指可数，主要是我们相对欧美国家处于弱势地位，相对非洲和东南亚国家处于强势地位，出现这一现象也就不足为奇。

当然，这是否意味着我们就放弃中国文学和文化外译呢？当然不是。

---

① 谢天振：《中国文学走出去：问题与实质》，《中国比较文学》2014年第1期，第2页。

② 谢天振：《中国文学、文化走出去：理论与实践》，《东吴学术》2013年第2期，第51页。

我们要做的是从在国外成功译介的中国文学作品中汲取经验，分析这些成功译作的特点和语言风格，判断目标读者的审美趣味，据此选择比较符合读者需求的作品。以目标读者为导向，并不是对读者“卑躬屈膝”，而是要清楚我们翻译的目的是能够让作品在目标语受众中成功传播、被接受和产生影响，进而培养更多潜在的中国文学和文化外文受众，提高我国文学和文化在国际上的影响力。因此，译者在翻译前需要分析译语接受环境[①]，根据受众需求挑选出合适的作品翻译，这成为“翻译文本有效传播，进而产生预期文化功能的重要前提”[②]。

五、关于译介学的学术价值及启示

翻译是跨文化传播必不可少的途径，传统比较文学对翻译的关注被置于媒介学研究内容之中，翻译成为探究文学传播和其产生影响的一个媒介手段，所以“在20世纪中叶之前的传统比较文学学科理论体系中，对作为跨文化实践的文学翻译的理解还处于工具性认知层面上”[③]，换言之，传统比较文学对翻译的关注点也是如何忠实再现原文的形式和信息。在20世纪70年代，西方翻译研究出现“文化转向”，后现代理论被运用于翻译研究中，开启了翻译研究的新局面，这一转向也引起国内翻译研究和比较文学研究学者的关注，其中包括中国著名学者谢天振。谢天振对译介学的研究缘起于20世纪80年代对翻译文学的思考，并撰写了论文《为“弃儿”寻找归宿——论翻译在中国现代文学史上的地位》。[④] 同时由于20世纪90年代比较文学“文化转向”给比较文学研究带来了新范式，拓展了比较文学研究视域，使学者注重从文化语境层面探究比较文学的一些议题。这些学术史上的事件，使译介学突破了学界仅仅将翻译视为语言信息转换的狭隘观念，更加注重从特定的文化语境看待翻译问题，思考为何译的问题，

---

① 所谓接受语境是指制约或驱动目标文本产生预期功能的社会文化环境，包括源语文化与译语文化之间的势差、接受文化受众的类型与心态，以及受众的意识形态与传统诗学。参见廖七一：《文化典籍的外译与接受语境》，《东方翻译》2012年第4期，第4页。

② 廖七一：《文化典籍的外译与接受语境》，《东方翻译》2012年第4期，第4页。

③ 宋炳辉：《外来启迪与本土发生：译介学理论的中国语境及其意义》，《外语学刊》2019年第4期，第104页。

④ 谢天振：《译介学：比较文学与翻译研究新视野》，《渤海大学学报（哲学社会科学版）》2008年第2期，第33页。

使之不同于传统的翻译研究。

中国学者从本土翻译实践出发，融合中外多学科理论，将译介学发展为比较文学与翻译研究的一个交叉研究领域，丰富了比较文学理论内容，也为翻译研究特别是对翻译文学的分析和本质问题的解决提供了路径和方案，为比较文学和翻译研究提供了肥沃滋养。《译介学》是首部系统阐述和全面深化译介学理论的著作，有学者指出“光《译介学》一书被 CSSCI 刊物引证的次数每年就都超过 18 次”①；这一理论在国内甚至国际学术界，都处于当前比较文学学术发展的前沿。② 这一理论之所以在国内和国际比较文学和翻译研究学术史中占有重要位置，主要在于该理论对于问题的开放性、多维度和本质性探寻，因其强大的阐释效力开辟了比较文学与翻译研究的新视点，对学术界如何看待翻译文学、翻译现象和文学翻译实践的问题具有启发意义。

长期以来，人们能够看到翻译文学在各民族跨文化交流中的作用，深知翻译文学可以引领社会发展、推动政治变革和促进文学传播，但从未给翻译文学一个确切的“名义”，使之沦落为文学的一个“弃儿”，无法获取一个公正的地位和应有的位置。由于翻译文学是译者智慧再创造的结晶和辛勤劳动的成果，译介学为翻译文学寻觅了一个“归宿”，使之成为国别文学中的一部分，被编入国别文学史中，同时也倡议要为翻译文学编著独立的翻译文学史，以期进一步凸显翻译文学自身存在的价值和意义，使读者能够透过翻译文学史发掘本民族文学与外国文学交往的情形和外国作家在本土的接受状况。

翻译文学难免因文化间的差异在交流过程中遇到阻滞、碰撞、误解、扭曲等问题③，我们可以从“创造性叛逆”这一译介学理论基础中获取不同的视角。谢天振将“创造性叛逆”论述为“命题”“概念”“现象”“理念”④，揭示出“创造性叛逆”不是用于指导翻译实践的一种翻译方法和手段。对创造性叛逆容易造成乱译这一问题的担忧，主要是把这作为一种翻

① 蔡韵韵：《谢天振教授的翻译研究对中国译学的影响》，《科技信息》2011 年第 8 期，第 575 页。

② 此处引自贾植芳在“序一”中的论述。参见谢天振：《译介学》，上海外语教育出版社 2003 年版，第 4 页。

③ 谢天振：《译介学：理念创新与学术前景》，《外语学刊》2019 年第 4 期，第 96 页。

④ 谢天振：《译介学概论》，商务印书馆 2020 年版，第 3－6 页。

译方法来看待；之所以出现这一误解，笔者认为主要是因为把“创造性叛逆”与“创译”相混淆所致。“创译”是译者能够以一种创造性的思维对原作中的内容进行翻译，从而能够使译文给读者不同的审美体验；而“创造性叛逆”是把翻译文本作为客观存在物，是分析翻译文学中变异现象的一个理论视角。

谢天振创建的译介学理论不仅关注译入的问题，而且根据现实国家战略关注译出，使我们能够从本质层面把握当下中国文学和文化在英语世界传播过程中碰壁的原因。前文已具体阐述影响中国文学和文化传播的多重复杂因素，在此不再赘述。根据有关数据分析，“翻译作品在整个美国的出版物总量中只占3%，在英国只占5%，其中文学作品的翻译甚至连1%都不到”①，由此可见，我们推动中国文学和文化走向英语世界，不能贪多贪全，而是要注意从目标读者的需求出发，对读者做田野调查，选择性翻译能够吸引读者兴趣的文学作品，还要注意根据目标语文学的诗学规范和意识形态，翻译时可以删除原作中不符合目标语文学系统规范且不影响文本主要意义的内容，以免影响整个作品的传播；“任何一种外来文化想让目标文化接受的话，都必须经历一个本土化的过程”②，所以我们在传播中国文学和文化时需要根据目标语境进行本土转换。对于一些中国文学作品，我们可以改编成影视剧、话剧、漫画等艺术形式，以多模态的形式呈现给目标读者和吸引读者的兴趣。值得注意的是，外来文化在目标文化中得以接受，不是一蹴而就的，需要经历一个漫长的过程，我们推动中国文学和文化译介不能急于求成，要注意培养潜在受众的阅读兴趣，借助这些受众将我们的文学作品和文化在目标文化中逐渐传播开来。

结 语

本文以《译介学》为中心，探讨了谢天振译介学理论的重要内容，并对该领域核心思想做了梳理。译介学基于国内长期以来的译入实践和所取得的翻译成果，从翻译文学的归属出发，把文学翻译活动置于特定的文化语境中思考，使翻译文学成为不同文化交流、协商、碰撞的结果。因原作

---

① 谢天振：《译介学概论》，商务印书馆2020年版，第316页。

② 谢天振：《译介学概论》，商务印书馆2020年版，第299页。

和译作所处文化语境相异，翻译文学中会因意识形态、诗学规范、赞助人的要求以及文化之间的差异，产生翻译中的扭曲、失落、误释等现象，对此我们可以运用“创造性叛逆”作出解释，这种创造性叛逆主要分为译者自身、接受者和接受环境的创造性叛逆。

凡翻译都是背叛①，翻译中的背叛或叛逆与译者的创造性不无关联，这需要译者理解原作的思想和精神，根据译语文化语境和读者需求对原作思想和精神进行创造性转换，使原作跨越时空的局限与更广泛的读者相遇，赋予作品新的形式，更加明确作品的意义，延长作品的生命。但这时的译作已不同于原作，而是属于译者的创作和劳动产物，因此翻译文学可以根据译者本人的国籍判断其归属问题。

翻译文学可以被看作是国别文学中的一部分，也理应被纳入国别文学史当中；同时学界需要编写独立的翻译文学史，这既是对翻译文学的肯定，也是对译者劳动成果的尊重和认可。值得注意的是，翻译文学史不同于文学翻译史，前者属于比较文学的学科范畴，是一种文学关系史、文学接受史和文学影响史；后者属于外国语言文学学科，注重对翻译活动和事件的清晰梳理。文学翻译史内容的结束意味着翻译文学史的开始，二者有着各自存在的价值和意义，不能说翻译文学史的价值和意义大于文学翻译史，更不能说用翻译文学史取缔文学翻译史。

此外，虽然谢天振对译介学的研究是以译入活动为主要考察内容，但当前国家战略鼓励、支持中国文学和文化“走出去”，增强与域外其他国家文学和文化之间的交流，以追求文明互鉴为目标，为比较文学界和翻译界带来一个新的研究增长点，这引发了谢天振对译出的思考，他从译介学视角探究译出问题，增强了译介学的阐释效能，也使得译介学更有活力、更加成熟。译介学的研究不是封闭的、静态的，而是开放的、动态的，需要更多学者根据当下或未来翻译出现的新课题和比较文学中翻译探究发展的新动向投入译介学研究中，进一步丰富和发展译介学的理论。

---

① ［法］罗贝尔·埃斯卡皮著，于沛选编：《文学社会学》，浙江人民出版社 1987 年版，第 122 页。

略论比较文学变异学的基本内涵及实践路径

——以《比较文学变异学》[①] 为例

杨开红

比较文学变异学的建构是理论创新，也是比较文学中国学派建构国际话语权的有益尝试。多年来，曹顺庆关注中国文论失语症，致力于中国古典文论的现代化转型、比较诗学、比较文学学科理论等研究，并提出独到的见解。2005 年曹顺庆首次提出变异学理论，之后撰写了上百篇相关研究的论文，并在其编写的《比较文学学》《比较文学教程》《比较文学概论》等教材中收录了对变异学的阐释，使这一理论经历了近十年的酝酿、改进和深化。2013 年，曹顺庆完成了其英文著作《比较文学变异学》，该书由斯普林格出版社出版，在美国纽约、英国伦敦、德国海德堡同时发行，这是第一本以专著形式完整系统地呈现比较文学变异学相关理论的著作，也是比较文学变异学在欧美世界的首次亮相。该书率先以英文出版，将阅读和接受对象设定为国内外比较文学研究者，让比较文学中国学派的声音传遍世界。语言是沟通的桥梁，其重要性不言而喻。过去受制于语言，“中国的比较文学研究繁荣发展数十年，却不为西方世界所知。……本书尝试跨越语言障碍，打破中国大多比较文学学者被圈定在自己的文化疆界的状态”[②]。同时，曹顺庆还揭示出比较文学法国阶段和美国阶段学理研究的缺憾，提出运用比较文学变异学进行弥补的措施，这吸引了欧美比较文学界的广泛关注，并且为实现跨国平等对话提供了良好平台。国际比较文学学会前任主席杜威·佛克马（Douwe Fokkema）在《比较文学变异学》序言

---

① Cao Shunqing. *The Variation Theory of Comparative Literature*, Springer-Verlag Berlin Herdelberg, 2013. 文中所提的《比较文学变异学》，均指此英文版（做特殊说明的除外）。

② Cao Shunqing. *The Variation Theory of Comparative Literature*, Springer-Verlag Berlin Herdelberg, 2013, p. v.

中写道："前法国学派单方面注重影响研究；美国学派受新批评理论启发，专注于美学研究，却忽略了非欧洲语言国家文学的研究。变异学理论回应了两个学派的缺憾。中国比较文学学者关注到了之前比较文学研究的局限，完全有资格完善这些不足。……曹顺庆的理论含有很多中肯的见解。当然，我们可以有不同意见。我们应该表达自己的看法，开展对话。"① 除此之外，美国科学院院士苏源熙（Haun Saussy）、美国科学院院士大卫·达姆罗什（David Damrosch）、欧洲科学院院士多明戈（Cesar Dominguez）、欧洲科学院院士德汉（Theo D'haen）等学者都对曹顺庆的比较文学变异学理论给予了肯定。

在《比较文学变异学》一书中，曹顺庆通过阐发影响研究和平行研究中普遍存在的异质现象和变异现象，提出以异质性和变异性作为可比性的具体研究路径，揭示比较文学变异学的理论内涵；同时，针对法国学派的欧洲中心主义和美国学派的西方中心主义的不足，重点详细阐发了比较文学变异学的实践路径，即跨语际变异研究、跨文化变异研究和跨文明变异研究。比较文学变异学通过新概念、新理论的创建，既拓展了国际比较文学理论的深度和宽度，又促进了中西文化平等沟通和对话，为构建比较文学中国学派话语体系，推动国际比较文学事业蓬勃发展贡献力量。

一、比较文学变异学的基本内涵

曹顺庆在《比较文学变异学》中给变异学下了如下定义："比较文学变异学以跨越性、文学性为基础，研究各国间有事实联系和无事实联系的文学变异，研究同一主旨范围内不同文学阐释中的异质性和变异性，探索文学内在的异质模式和变异规律。"② "异质性"和"变异性"是这一概念中的两个关键词，也是比较文学研究不可避免的客观存在。学界有很多学者基于比较文学中普遍存在的异质现象和变异现象展开对比较文学中"异质性"问题的探讨。韦斯坦因指出："在大多数情况下，影响都不是直接的借出或借入，逐字逐句模仿的例子可以说是少而又少，绝大多数影响在

---

① Cao Shunqing. *The Variation Theory of Comparative Literature*, Springer-Verlag Berlin Herdelberg, 2013, p. v.

② Cao Shunqing. *The Variation Theory of Comparative Literature*, Springer-Verlag Berlin Herdelberg, 2013, p. xxxii.

某种程度上都表现为创造性的转变。"[①] 爱德华·W. 萨义德揭示了"非理性的，堕落的，幼稚的，'不正常的'"[②] 变异了的东方形象。叶维廉提出"模子"理论。乐黛云指出："二十一世纪的比较文学无疑将以异质、异源的东西方文化为活动舞台。……异质文化之间的比较文学研究并不只是中国比较文学的特色，而将是二十一世纪世界比较文学进入一个崭新阶段的历史标志。"[③]

曹顺庆在《比较文学变异学》一书中并非全盘否定法国学派和美国学派的研究；相反，他提出变异学是建立在法国影响研究和美国平行研究的基础之上，是对两个学派理论的补充和深化。比较文学变异学的异质性和变异性既包含了影响研究中的文学异质性和变异性，同时也包含了平行研究中的文学异质性和变异性。曹顺庆指出，比较文学变异学产生于对先前形象学和媒介学中变异现象的观察，而形象学和媒介学本就属于法国影响研究的范畴。形象学之所以成为比较文学的构成部分，源自卡雷和基亚对影响研究中的不可控因素的观察。由于不满影响研究所产生的不可靠结果，卡雷和基亚尝试拓宽影响研究的疆域，形象学便由此在比较文学中找到了自己的位置。在形象学研究中，异国形象被看作是主体国眼中的"集体想象物"[④]。在曹顺庆看来，鉴于各个民族之间存在历史、文化、意识形态等差异，一国在对他国形象进行诠释时便会发生阐释变异，变异学不仅关注这种异质性和变异性，还进一步深入探讨变异的成因。[⑤] 除此之外，变异学还进一步深化影响研究中的媒介学和流传学，尤其是译介学。作为跨国、跨语言文学关系研究的影响研究，不管研究的是作家、作品还是文学流派，难免要涉及翻译，翻译过程中源语文化不可避免要与目的语文化进行碰撞，译者、读者的主体性和接受环境的差异性使翻译更加复杂化。在曹顺庆看来，变异学就是要分析解读译者是如何依据自己的历史背景、

---

① ［美］乌尔利希·韦斯坦因著，刘象愚译：《比较文学与文学理论》，辽宁人民出版社1987年版，第29页。

② ［美］爱德华·W. 萨义德著，王宇根译：《东方学》，生活·读书·新知三联书店2007年版，第49页。

③ 乐黛云、陈跃红等：《比较文学原理新编》，北京大学出版社2014年版，第15页。

④ ［法］达尼埃尔-亨利·巴柔著，孟华译：《从文化形象到集体想象物》，见孟华主编：《比较文学形象学》，北京大学出版社2001年版，第124页。

⑤ Cao Shunqing. *The Variation Theory of Comparative Literature*, Springer-Verlag Berlin Herdelberg, 2013, pp. 28－30.

现实语境、个人喜好以及目标语文化的语言规则、受众的接收屏幕对源语信息进行选择和解读，深化研究信息传播中文化的层层过滤、源语信息的缺损、扭曲、改写和变异。① 变异学同时还是对平行研究的继承和深化，归属于平行研究的主题学、文类学，由于置身于不同文明、不同文学体系和文学语境下，异质性较类同性在跨文化的文学交流中更为普遍，继而成为变异学关注的焦点。

比较文学变异学通过对文学交流和文学类比过程中异质现象和变异现象的研究，尝试弥补法国学派和美国学派有关外部实证研究和内部审美研究的不足。不管对于影响研究还是对于平行研究，异质性和变异性研究都将成为其研究的增长点。曹顺庆将异质性和变异学作为比较文学的可比性的一个突破口，对于推动“多元共存，平等对话”具有积极意义。在跨文化、跨文明研究的时代语境下，比较文学变异学既关注同源性和类同性，又关注异质性和变异性，将四者有机结合，是对国际比较文学学科理论体系的进一步深化。

二、跨语际变异研究

“跨语际变异研究，是比较文学变异学在语言层面展开的研究，关注在文学翻译过程中所发生的变异，主要是指文学现象通过翻译，跨越语言的藩篱，最终被接受者接纳的过程。”② 语言作为特定文化语境下约定俗成的能指符号，在各民族独具特色的语言文化表达方式之下，终究会让“语言不可译”的声音此起彼伏。持“不可译论”者往往夸大了不同语言之间的差异，将语言神秘化，而忘记了翻译正是始于差异。语言是文化的载体，语言承载着历史文化和思维方式。人的思想是可通约的，使用异质语言的人可以通过翻译沟通交流，语言的异质性正是翻译存在的意义。中西语言从属不同语言体系，语言之间差异颇多。拿英汉两种语言进行对比举例：英语具有词形、时态、语态变化，句法呈树状结构，篇章规则性强；汉语没有词形、时态变化，句型呈竹状结构，组句自由灵活。英汉两种语

① Cao Shunqing. *The Variation Theory of Comparative Literature*, Springer-Verlag Berlin Herdelberg, 2013, p. 31.

② 《比较文学概论》编写组：《比较文学概论（第二版）》，高等教育出版社 2018 年版，第 131 页。

言之间的差异，呈现的是东西方文化的异质性，造成差异的原因是双方所处地理位置不同、历史背景各异。作为人类思想和智慧的结晶，语言和文化体现了人类主体的独特性和创造力。各民族语言、风俗习惯不同，文化、思维方式各异，体现了世界的丰富多样性，相互之间不能够作高低优劣的价值评判。曹顺庆认为通过语言互译实现文化交流，第一体现为交流双方的平等性，第二体现为双方的异质性。文学翻译要区别于以互换信息为目的的一般意义上的翻译，翻译的准则不再局限于“忠实、通顺”或是“信、达、雅”。文学翻译需要跳出语言信息转换的“封闭圈”，还要注意准确传达文学的艺术性、审美性、思想性和趣味性。影响翻译的因素已经跳脱原文和作者的领域，译者、读者的主体性得到凸显，目的语语境成为影响作品接受的重要因素。译者依据自己民族的文化传统、现实语境、个人审美取向理解源语文本，信息传达过程中会出现删减、增添、扭曲等变异。处于接受环节的读者，也会依据自己的个人兴趣、理解能力和期待视野来理解和接受文本，文本在被接受中发生变异。

曹顺庆指出，跨语际变异研究的一个重要内容就是译介学。译介学研究区别于一般翻译研究，关注的落脚点不是翻译技巧、翻译策略等语言文字层面的翻译实践操作方式。译介学关注的是文学翻译和交流中信息的减损、增添和扭曲。它超越传统研究模式，打破语言研究限制，从传统的描述性研究转向比较文学的文化研究，在大的文化背景下探讨变异背后的原因。译介学关注翻译文学研究中两个方面的内容，一是文学翻译活动中的创造性叛逆，二是文学翻译活动中文化意象的失落与歪曲。原文文本转换成译文文本，一方面要求能唤起译文读者同原文读者相同的审美感受，另一方面文化的异质性、译者和读者的主体性决定了交流必然发生信息的冲突和扭曲。原文正是通过译者的再创造，在异域语言、历史、文化背景中获得新生。文学活动的创作性叛逆包括个性化翻译、误译和漏译、节译和编译、间接翻译和改编。个性化翻译要么体现为归化，即译者看似自然流畅地传达了信息，实则吞并了原文文化，要么体现为异化，即译者使目的语文化让位于原文化，凸显原作的文化信息，给读者以异化体验；误译和漏译是一种特殊的创作性叛逆，译者或是目的语国家接受和解读异域文化时的独特取向，反映了文化交流中的冲突、变异和扭曲；节译和编译要么是为了迁就译入语国家的风俗、习惯，要么是为了满足读者的需求或是道德的、政治的需求；间接翻译重塑文本，改编则背离原文的形式和风格。① 文学翻译活动中文化意象的失落与扭曲原因在于地理环境、风俗习惯、文化传统和思维风格的差异。文化意象是民族智慧、民族历史和文化的融合，与民族传说和图腾关系密切。文化意象的失落和扭曲导致无意误释和有意误释。无意误释不仅仅是因为译者的疏忽、语言能力的不足，还与文化差异以及译者和文本间的“距离”有关。翻译不仅是语言转换，还是文化转换。有意误释意味着两种文化的冲突，这对比较文学研究的意义更大。译介研究中，无论无意误释还是有意误释都会折损和扭曲原文信息。② 在现有文化框架下，跨语际变异研究对比较文学理论重建和世界文学繁荣发展有重大意义。

三、跨文化变异研究

曹顺庆的《比较文学变异学》使跨文化变异研究突破传统比较文学局限在同质文明下的跨文化研究，提出跨文化变异研究包括变异学研究下的文化过滤、文学误读和形象学。

“文化过滤指文学交流中接受者不同的文化背景和文化传统对交流信息的选择、改造、移植、渗透的作用。也是一种文化对另一种文化发生影响时，由于接受方的创造性接受而形成的对影响的反作用。”③ 比较文学法国学派主导下的影响研究范式往往只强调影响放送者的绝对权威性，把文学交流看作是从放送者到接受者的单维交流过程。随着 19 世纪 60 年代后接受美学的兴起，影响研究被注入新的活力，开始注重文化过滤，肯定接受者的主体性、选择性和创造性。曹顺庆指出文化过滤是文学交流的先决条件。文化一旦形成，就具有了独立性、稳定性和连贯性。面对异质文化的入侵，必然产生排异。异质文化之间的碰撞有两种情形：一种是外来文化强行介入本土文化；另一种是本土文化主动吸收外来文化中的有利因

① Cao Shunqing. *The Variation Theory of Comparative Literature*, Springer-Verlag Berlin Herdelberg, 2013, pp. 135 – 136.

② Cao Shunqing. *The Variation Theory of Comparative Literature*, Springer-Verlag Berlin Herdelberg, 2013, pp. 136 – 137.

③ 《比较文学概论》编写组：《比较文学教程（第二版）》，高等教育出版社 2018 年版，第 98 页。

素，以便满足自身发展需要。两种情形下都会发生文化过滤。影响文化过滤的具体原因有社会语境的差异、语言翻译行为的差异、传统文化差异、接受者个人接受屏幕的差异。文学交流中影响的发生体现了接受者的社会环境和时代背景对另一种文化的潜在需要。接受者会根据自身需求对放送者进行文化过滤，接受活动不仅是文学现象，更是一种文化现象、心理现象和历史现象。翻译行为导致文化过滤主要是由于语言负载着民族文化内涵，语言转换不可能实现完全对等。在跨文化交流中，接受者的传统文化和集体无意识限制自身的接受视野和期待视野，从而引起文化过滤。接受屏幕的差异使读者的期待视野和接受屏幕先于文学交流活动而存在，导致读者理解文本和填补文本留白时会进行文化过滤。曹顺庆进一步指出文化过滤的深层原因在于文化模子。每个民族都有自己的文化模子，两种文化模子发生碰撞，有重合的部分也有离散的部分。文化模子中重合的部分代表人类思维的共性，离散的部分代表了文化的异质性。文化的异质性正是产生文化过滤的深层原因。在文学交流中，接受者根据本民族历史发展中建构的文化特征、思维方式、审美经验处理别国文化模子中的信息，以便实现文学间的交流。

变异学下的文学误读是指“文学交流活动中主要由于文化过滤的作用，或者说由于发送者文化与接受者文化的差异，而导致发送信息的减损和接受者文化的渗入，从而造成影响误差或者叫创造性接受，这就形成误读”①。文学误读伴随着21世纪全球文化交流对话新阶段的进程而进入跨文化视野。曹顺庆把文学误读发生的原因主要归结为四点。一是作者创作意图的独立性。文学文本建构的结束就是对作者解构的开始，根据意图谬误理论，作者意图和文本实现之间存在着差距，作者意图不能完全反映在文本中；文本意义远在作者意图之外，所以作者意图无法成为衡量文学作品的标准。二是文学文本意义开放性和审美多样性。文学文本本身就是个巨大的语义场，呈现审美价值的多样性，所以在文学阅读和接受中不可能也没必要建构完全客观的文本价值。三是接受者的主体性和文化对接受行为的主导性。文学文本的价值和意义并不会随着文本的生成而固定下来，文本接受者参与理解、建构文本的过程就是探索文本潜在价值和意义的过程，接受者的个体经验、兴趣、理想塑造了潜在的审美期待；接受者的价

① 曹顺庆主编:《比较文学学》，四川大学出版社2005年版，第284页。

值观、宗教信仰和思维方式建构了文化前结构；两者共同作用于文学误读。四是文学传播过程中历史语境的特殊性。文学传播要依赖于媒介，媒介在传播过程中要面对意识形态的挑战，也离不开接受语境中多重因素的影响，要接受处于历史背景下的社会价值的检验。文学误读强调接受者的主体地位，寻求不同文化间的真诚对话，创造性地构建文学文本，在跨文化交流中是不可或缺的，但需要明确的是，"误读"不是鼓励受众对文本实施"误读"行为，而是要人们将其作为一种无法避免的现象进行研究。

"形象学是把'异国形象'置于与'社会集体想象物'的关联之中，研究一个民族对'他者'的各种诠释（描述、想象、幻象、神话、传说等）及其产生的社会、历史、文化和意识形态的原因。"[①] 曹顺庆把异国形象的创作、传播和接受看作是一个复杂的过程。形象的创作受创作者的观察视角、文化身份和立场的影响。形象的接受深受接受者所处的社会历史语境、文化态度、意识形态和社会心理的影响。变异学视角下的形象学主要研究创作者如何基于自己的理解构建异国形象，研究异国形象在接受过程中如何被选择、误读、过滤及发生文化过滤和文学误读的原因。[②] 形象的创作依据是创作者的文化模子，形象的创作归于变异研究。形象学的研究要注意探求文本形象与原型的异质性，揭示异质和变异的条件和根源。形象学研究既是对他者的解读，同时也加深了对自我的了解，分析他者的过程就是反思、发现、重建和完善自我的过程，因而形象学研究也是不同民族互鉴互识互补的交流和理解的过程，形象学的研究意义深远。[③]

四、跨文明变异研究

曹顺庆在分析多元文化时代语境的基础上，提出了比较文学跨文明变异研究。"'跨文明'比较文学研究，是以近百年来东西方文明的碰撞与交汇为基础的文学研究。就中国学者而言，主要是以中国与西方文化与文学

---

① 《比较文学概论》编写组：《比较文学概论（第二版）》，高等教育出版社 2018 年版，第 110 页。

② Cao Shunqing. *The Variation Theory of Comparative Literature*, Springer-Verlag Berlin Herdelberg, 2013, p. 188.

③ Cao Shunqing. *The Variation Theory of Comparative Literature*, Springer-Verlag Berlin Herdelberg, 2013, pp. 192 – 193.

的碰撞与交汇为其深厚基础的。"① 比较文学的跨文化研究不仅存在于同质文明中，也存在于异质文明中。以往欧美的比较文学研究往往是以欧洲为中心或以西方为中心，属于同质文明中的跨文化研究，并没有关注东西方文明的差异。即使是在多元文明背景下发展起来的中国比较文学，在早期发展中也往往忽略中西方文明的差异，在具体研究中，或是进行 X + Y 式的比附，或是完全照搬西方理论阐释中国的文学现象和文学理论，从而导致中国话语失语。曹顺庆表明其跨文明研究受到塞缪尔・亨廷顿（Samuel P. Huntington）的文明冲突、萨义德的东方形象和杜维明的新儒学的启发。亨廷顿认为自 20 世纪 90 年代以后，旧的世界格局被以三大文明为界的新关联和新秩序取代。人类在宗教和文化方面存在着深刻的差异，必然会相互冲突。他还预言第三次世界大战爆发边界将产生在基督教文明、伊斯兰文明与儒家文明之间。抛开民族立场，亨廷顿所言的文明格局便于人们更好地认识文明差异与多元文化，跳出狭隘的视野，以更加开放和兼容的心态去看待世界。萨义德的理论启示研究者跨越西方中心主义，重新审视东方文明。杜维明倡导多元轴心文明间不断对话，共同构建"共识"，以推动人类走向和谐稳定的文化体系，这为比较文学跨文明研究提供了多样化的基础。

当今世界已经步入多元文明共存的时代，但文明的界限依然存在。社会的历史进程不同，文明就表现出不同的特征。在曹顺庆看来，中西两种文明依循的是完全不同的两种路径。东西方文明的差异又决定了东西方文化基因和思维模式的差异。② 尽管东西方文明存在不可逾越的文明差异，但这并不妨碍寻求跨文明对话的可能。中国的文化基因和思维模式决定了其对待异质文明的态度是宽容友好的，既坚持自身文明传统，又讲求吸收外来文明精华。世界是由不同文明和不同文化构建的，任何一种文明都不能孤立地发展，而人类社会是一个整体，要在多元文明中求同存异，平等对话。中国跨文明变异学研究尊重文明差异，为他者存在提供空间，在与他者对比中不断优化自身，发展自身。同时，比较文学的跨文明变异研究将进一步促进不同文明间的平等对话，拓宽比较文学研究的道路，为比较文学研究设定更清晰的目标。

---

① 曹顺庆：《跨文明比较文学研究——比较文学学科理论的转折与建构》，《中国比较文学》2003 年第 1 期，第 72 页。

② Cao Shunqing. *The Variation Theory of Comparative Literature*, Springer-Verlag Berlin Herdelberg, 2013, p. 209.

五、对比较文学变异学研究的总结与反思

《比较文学变异学》以异质性和变异性为理论核心探讨跨文化交流，突出跨语际变异、跨文化变异和跨文明变异的实践路径，系统地构建起比较文学变异学研究范畴。曹顺庆运用历时研究和共时研究的方法，全面梳理了法国学派和美国学派所取得的成果及其不足之处，从而明晰了比较文学中国学派的新的突破点，深化和拓展了国际比较文学理论，贯彻了学术研究"和而不同"的理念，守护着比较文学的"最初的理念"："打破文学研究的国别限制，将眼光放开，将胸怀拓展，研究人类文学的相互交流和影响。"① 早在《共产党宣言》中，马克思就断言"民族的片面性和局限性日益成为不可能"②。歌德也呼吁"世界文学的时代已快来临了。现在每个人都应该出力促使它早日来临"③。21 世纪的中国作为世界上最具影响力的大国之一，注重加强世界不同文明之间的交流互鉴，习近平总书记在纪念孔子诞辰 2565 周年国际学术研讨会暨国际儒学联合会第五届会员大会开幕会上发表重要讲话，指出要"推进人类各种文明交流交融、互学互鉴"，强调"维护各国各民族文明多样性"及其重要意义。④ 曹顺庆的比较文学变异学架起了国与国之间开展文学交流和文明对话的桥梁，在多元文化背景下，对于构建中国比较文学的国际话语权具有重大意义。

学科总是不断向前发展，比较文学的构建一直在路上，因而我们也要历史地看待比较文学变异学理论。变异学理论总是要适应时代的变化，总是有进步的余地，需要根据未来的新课题展开新的探索。在《比较文学变异学》一书中，尽管曹顺庆已表明跨文化变异研究和跨文明变异研究是分属于同质文化和异质文化语境下的研究，但在实际操作中要区分二者并不容易，跨文化变异研究和跨文明变异研究还需要一个更明确的操作规范来指导实践。另外，比较文学变异学是否适用于跨民族研究的问题在此书中并没有论及。习近平总书记要求"要善于提炼标识性概念，打造易于为国

---

① 《比较文学概论》编写组：《比较文学概论（第二版）》，高等教育出版社 2020 年版，第 1 页。

② ［德］马克思、恩格斯著，中共中央马克思恩格斯列宁斯大林著作编译局编译：《马克思恩格斯文集（第 2 卷）》，人民出版社 2009 年版，第 35 页。

③ ［德］歌德著，爱克曼辑录，朱光潜译：《歌德谈话录（1823—1832 年）》，人民文学出版社 1982 年版，第 113 页。

④ 习近平：《在纪念孔子诞辰 2565 周年国际学术研讨会暨国际儒学联合会第五届会员大会开幕会上的讲话》，《人民日报》，2014 年 9 月 25 日第 2 版。

际社会所理解和接受的新概念、新范畴、新表述，引导国际学术界展开研究和讨论。这项工作要从学科建设做起，每个学科都要构建成体系的学科理论和概念”[①]。比较文学变异学的构建还应该尝试跳脱欧美影响研究和平行研究的范式束缚，将理论之根深扎于中华文化的肥沃土壤，进行古今中外四方对话。构建在中国古典文论、中国思想体系和美学体系基础之上的比较文学变异学将更能突出中国特色和中国原创。2021 年 9 月，曹顺庆的中文版《比较文学变异学》出版，与其英文版的《比较文学变异学》相比较，中文版的专著在内容上更加翔实，曹顺庆在中文版《比较文学变异学》中阐述了比较文学变异学的中国哲学基础，论述了中国的“变文格义”“格物致知”和“训诂义疏”[②]，这种立足于中国传统文论的变异学理论对于构建中国比较文学的学术体系和话语体系、传播中国学术思想的意义更为深远。

---

① 习近平:《在哲学社会科学工作座谈会上的讲话》，人民出版社 2016 年版，第 24 页。

② 曹顺庆、王超著:《比较文学变异学》，商务印书馆 2021 年版。

论中西方戏剧理论中的“陌生化”手法

郭佳楠

陌生化（defamiliarization）源于俄国形式主义文论，旨在通过对语言常规形式的偏离，造成语言理解与感受上的陌生化感受，给予读者一种全新陌生的阅读体验。其具体的表现是文学形式上的“陌生化”。这种新奇的文学表现形式一经提出便引起了中西方文艺理论界的共振。因为“陌生化”这一艺术创作的表现形式，在中西方都有诸多理论根源。

一、西方文艺理论中的“陌生化”理论

维·什克洛夫斯基在其1917年发表的《作为手法的艺术》一文中提出了自己的文学理论主张。维·什克洛夫斯基作为俄国形式主义学派的主要代表人物，他的文学理论主张主要集中在其早期的相关论著中。《作为手法的艺术》一文是其文学理论观点的鲜明体现。维·什克洛夫斯基斩钉截铁地宣称：“在文学理论中我从事的是其内部规律的研究，如以工厂生产来类比的话，则我关心的不是世界棉布市场的形势，不是各托拉斯的政策，而是棉纱的标号及其纺织方法。”① 他认为手法决定材料，而不是相反，手法和语言都要不断地更新，文学发展的历史是手法的更迭史，手法的更迭与时代变迁、社会环境、作家心理无关（他摒弃了一切外部因素）。作品本身是由手法和语言决定的，但是手法和语言的内部规律是会老化的，所以当作者想要唤起读者的新奇感受时，就必须更迭其手法和语言。维·什克洛夫斯基在文章里用了一个新词——“奇异化”，也就是我们后来说的“陌生化”手法。“陌生化”就是将作家本人拥有的情节、人物形象以一种新奇而又独特的手法展现出来，以吸引读者的注意，使读者觉得

① ［俄］维·什克洛夫斯基著，刘宗次译：《散文理论》，百花洲文艺出版社1994年版，第3页。

新鲜。维·什克洛夫斯基在文章里大量引用了列夫·托尔斯泰小说中的例子，来佐证自己的理论。

在《散文理论》一书中，他特意在前言中写道：“不言而喻，语言处于社会关系的影响之下……词按照受言语生理学等制约的词与规则而变化。……词的寿命当然可以比当初产生它的现象更久长。”①

维·什克洛夫斯基的文学理论主张将文本的解读局限在文本内部，认为文学形式大于一切，作者应采用新的创作手法将故事的情节和人物形象变形写入文本，使文本散发新的活力，借此吸引读者。俄国形式主义这一理论后来很好地被英美新批评的“细读”（close reading）借鉴，以至于拓展了一个新的文学流派。

德国戏剧家布莱希特提出了“间离”技术，这是在其戏剧创作的理论基础上的一次创新。他曾说：“为了使‘间离效果’达到它的目的，必须消除舞台和观众厅的‘魔力’。不应该使‘动作’有任何‘迷人之处’。‘在叙事的戏剧中’……演员并不用奔放无羁的感情来刺激观众的情绪，也不用真切动人的表情来抓住观众的心神。简言之，绝不要使观众如醉如痴，恍然以为在观看某些自然的、未经排练的事件。我们必须利用一定的艺术手段来消除观众的这种迷醉与幻觉的倾向。”这段话明确地表达出布莱希特的“间离”本意，使用一种“陌生感”来让观众达到移情的效果。“大家都知道，舞台与观众之间的联系通常是通过移情（empathy）而产生的。在今天，墨守成规的演员总把心力集中在创造移情作用这一点上，以致人们可以说：‘在它看来，这就是他的艺术的主要目标。’如上所述，‘间离效果’与通过移情作用而产生的效果，正如水之与火，是绝不相容的。‘间离效果’的技术实际上是为了防止演员去创造移情作用。”②

本雅明在吸收了波德莱尔笔下的游荡者形象后，在《巴黎，19世纪的首都》一书中创造了游荡者形象。游荡者是大都市中的一个冷静的旁观者形象。本雅明的游荡者处于繁华的街头，像一个波希米亚人一般对繁华的大城市充满了好奇。但是“闲逛”体现了本雅明的游荡者是一个现代生活的冷静的旁观者。他对街头的人群的态度是冷静的观察。游荡者在观察的同时也保持着距离，避免发生接触。本雅明的这个观点和布莱希特的“间

① ［苏］维·什克洛夫斯基著，刘宗次译：《散文理论》，百花洲文艺出版社2015年版，第3页。

② ［德］贝·布莱希特、邵牧君：《间离效果》，《电影艺术译丛》1979年第3期。

离”有着异曲同工之妙。

布莱希特谈论的是表演技术，表演是为了观看，其最终的目的是让观众不要“移情”地观看，也不要全身心投入地观看，而是要求观众有距离地看。布莱希特的戏剧理想是：观众在看戏剧，但并不沉溺于戏剧的情节，没有被舞台上的戏剧吞没。观众应该和舞台上演的戏剧拉开距离，避免将自己代入戏剧情节中，并且明确地时刻提醒自己是一名观众，并不处于上演的戏剧中。这种距离感反而让观众对舞台上演的戏剧有一种更加客观而冷静的观感，从而得出一个客观的结论。

相较于布莱希特的戏剧理念，“间离”技术使本雅明的游荡者得到灵感，在现代社会中处于一种冷静凝视的状态，和现代社会看似格格不入，但又融入社会并与整个现代文明对抗。

而维·什克洛夫斯基的“陌生化”手法，是对文本的创作的一种方法论上的指导，他在对待观众的问题上恰恰和布莱希特相反，他想用陌生了的情节和创作手法吸引读者，使得读者沉溺于新奇的创作，让文本焕发生机。

马尔库塞在《审美之维》中提出了“作为现实形式的艺术”对艺术的反抗，他认为，高度工业化的现代社会不可避免地将现代人都变成了“单向度的人”，所谓单向度的人，是指在工具理性社会中，人的深度被消解，工业文明是以人的压抑为代价的，现代社会将人变成了无深度的、单一的、被同化的群体。马尔库塞提出要“解放人”，提出“爱欲”和“恢复感性的权利”。①

马尔库塞认为感性是将人从理性的压抑中解放出来的重要途径，在《审美之维》中，他提出：“在一个以异化劳动为基础的社会中，人的感性变得愚钝了：人们仅以实物在现存社会中所给予、造就和使用的形式及功用，去感知实物，并且他们只感知到由现存社会规定和限定在现存社会内的变化了的可能性。因此，现存社会就不只是在观念中（即人的意识中）再现出来，还在他们的感觉中再现出来。”② 马尔库塞在面对消费社会对人

---

① ［美］赫伯特·马尔库塞著，李小兵译：《审美之维》，广西师范大学出版社 2001 年版。该书结论部分马尔库塞明确提出了：“艺术的自律反映了个体在不自由社会中的不自由状态。假如人们渴望自由，那么，艺术就是他们自由的形式和表现。”

② ［美］赫伯特·马尔库塞著，李小兵译：《审美之维》，广西师范大学出版社 2001 年版，第 132 页。

的异化的现状时提出要用感性作为反抗工具理性的武器：“成为彻底重建新的生活方式的工具。它已成为争取解放的政治斗争中的一种力量。这就意味着，个体感官的解放也许是普遍解放的起点，甚至是基础。”① 在这里，马尔库塞认为要使人真正地解放出来，必须借助感性。感性从理性的重压下解放出来，建立新感性是实现自由的第一步。然而，建立新感性的步骤就要涉及马尔库塞对于“形式”的论述：“形式，是艺术感受的结果：该艺术感受打破了无意识‘虚假的’‘自发的’、无人过问的习以为常性。这种习以为常性作用于每一实践领域，包括政治实践，表现为一种直接意识的自发性，但确是一种反对感性解放的社会操纵的经验。艺术感受，正是要打破这种直接性。”②

维·什克洛夫斯基提出的“陌生化”手法是在艺术作品的创作手法上，对一种陈旧的创作手法进行革新，以引起艺术作品焕发新奇的艺术魅力。马尔库塞对艺术提出“新感性”的主张，他认为在惯常的理性社会中，人们在经历了感性和人性的压抑后，对文明重压下的“文化”和“理性”逆来顺受地接受。“新感性”是一种新的感知世界的方式并将新锐且自由的政治主张暗含其中。马尔库塞说道：“新感性，表现着生命本能对攻击性和罪恶的提升，它将在社会的范围内，孕育出充满生命的需求，以消除不公正和苦难；它将构织‘生活标准’向更高水平的进化。”③ 马尔库塞提出的“新感性”理论和维·什克洛夫斯基的“陌生化”理论有一定的相通之处，在文明的重压下，人们似乎已经习惯了逆来顺受的文明和理性的规训，人的思想和行为趋于类同。为了重新确立人的价值，马尔库塞从艺术的角度对西方文明的理性重压加以反抗，形成了一种区别于文论的政治反抗理论。

虽然形式主义将审美作为衡量艺术作品的最高标准，但是马克思主义认为，文学艺术最终服务和孕育着革命和政治力量的觉醒，文学艺术最终是为社会和大众服务的。由此可以看出，从社会批判的角度来说，马尔库

① ［美］赫伯特·马尔库塞著，李小兵译：《审美之维》，广西师范大学出版社 2001 年版，第 55 页。

② ［美］赫伯特·马尔库塞著，李小兵译：《审美之维》，广西师范大学出版社 2001 年版，第 98 页。

③ ［美］赫伯特·马尔库塞著，李小兵译：《审美之维》，广西师范大学出版社 2001 年版，第 100 页。

塞从形式主义的角度出发，在西方社会文明理性的重压之下重新确立了“人”的位置，建立了“新感性”。

形式主义中的“陌生化”手法起源于艺术作品中的审美范畴，后来逐渐演变成一种具有政治色彩的反抗形式。“陌生化”手法在政治上的应用，使得维·什克洛夫斯基最终放弃“陌生化”理论。但是，陌生化理论概念已经成为文学研究中重要的文论概念。在20世纪现代主义与后现代主义驳杂的今天，日常生活审美化和审美生活日常化让艺术和生活的联系日益紧密。“陌生化”理论从文学理论走向政治维度也是不可避免的。“陌生化”理论不仅为人们提供了一种新的艺术创作视角，也提供了一种观看世界的新视角。对于后现代社会中碎片化、图像化的特征，在现代性社会中，人在被工具化、同质化的同时也消解了自身深度。因此，我们亟须从“陌生化”的角度再次提出“新感性”这种审美政治武器，这对于现代社会中“人”的“再发现”有着重要意义。

二、李渔的“机趣”说与“陌生化”理论

单从文学理论的角度看，钱锺书先生在《谈艺录》中提到了“陌生化”与“新奇”的比较。从中国戏剧理论出发，李渔在《闲情偶寄》中提到了一种“新奇说”的戏剧创作手法。李渔的戏曲理论集前人之大成，可谓是最古老的结构主义。他认为作品中最为重要的是叙事，这实际上是一种结构主义的观点。

（一）“脱窠臼”——创作结构上的陌生化

李渔在《闲情偶寄》中提出“戒讽刺”“立主脑”“脱窠臼”“密针线”“减头绪”“戒荒唐”“审虚实”这几种创作原则。他在《闲情偶寄·词曲部·结构第一》中说道：“‘人惟求旧，物惟求新。’新也者，天下事物之美称也。而文章一道，较之他物，尤加倍焉。戛戛乎陈言务去，求新之谓也。至于填词一道，较之诗赋古文，又加倍焉……古人呼剧本为‘传奇’者，因其事甚奇特，未经人见而传之，是以得名，可见非奇不传。‘新’即‘奇’之别名也。若此等情节业已见之戏场，则千人共见，万人共见，绝无奇矣，焉用传之？是以填词之家，务解‘传奇’二字……窠臼

不脱，难语填词，凡我同心，急宜参酌。”①

李渔的戏曲理论，有颇多超越前人的地方，他提出结构第一、词采第二、音律第三、宾白第四、科诨第五、格局第六的看法，主次分明，自成一说，重视戏曲艺术的特点和要求。② 上文大意是说：“文章这类东西，和其他事物相比，更要加倍地求异创新……如果某个情节已经在戏场中演过，千千万万的人都见过了也就没什么奇特的了，哪用再去写呢？……我认为填词最难的地方就是洗涤窠臼……不打破旧框架的约束，就谈不上填词。”

布莱希特的戏剧陌生化思维是打破西方传统戏剧的藩篱，积极探索新的戏剧样式。中国戏剧理论家李渔却从文本内部提出创新和不落窠臼的创作方法。首先：在李渔看来，“新奇”是创作戏曲和舞台表演的首要准则之一。李渔认为，人们在观看戏曲演出的时候，着重追求的是新奇的表演感受：“‘人惟求旧，物惟求新。’新也者，天下事物之美称也。”③ 在文本内部，李渔要求剧作家不仅在遣词造句上避免落入前人的陈词滥调，还要求情节故事的新奇。这种求新的创作方式和布莱希特的“间离”效果有所区别。李渔要求剧作家在创作情节和故事时不落窠臼，要吸引观众的注意力，让观众沉浸在新奇的故事中，避免观众由于陈腐和守旧的故事情节而懈怠，造成“脱戏”。在这一点上，二者虽然都是一种“陌生化”的创作手法，但是有极大的差别。

（二）“机趣”——创作语言的陌生化

在语言创作上，李渔特意提出“机趣”说，在戏剧创作中，李渔认为创作忌讳“老实”。他认为：“传奇之为道也，愈纤愈密，愈巧愈精。词人忌在老实，老实二字，即纤巧之仇家敌国也。”李渔认为，戏曲是一门表演艺术，特别忌讳填塞陈词滥调，观众来看戏，追求的是新鲜有趣，并不喜欢听讲布道，所以戏曲创作特别忌讳迂腐生硬。即使是描写一些春闺和爱情的戏剧，也要避免一些低俗浮泛的句子；纵然是描绘迂腐的伦理道德的情景，也要尽量避免说教的话语以免让观众失了兴趣。所以，李渔提出了“机趣”说：“‘机趣’二字，填词家必不可少。机者，传奇之精神；

---

① （清）李渔：《脱窠臼》，见《闲情偶寄》，上海古籍出版社2000年版，第9页。
② 郭绍虞主编：《中国历代文论选》，上海古籍出版社2018年版，第287页。
③ （清）李渔：《脱窠臼》，见《闲情偶寄》，上海古籍出版社2000年版，第24页。

趣者，传奇之风致。”[①] 其中“机”是指戏剧作品中前后语言要连贯成篇，不能在表演过程中出现语言断裂或者前言不搭后语的情况，一旦出现这类情况，读者或者观众非常容易出戏。“趣”落实到遣词造句的层面，李渔要求进行戏剧创作时语言晓白流畅但又不失其“趣”，引人入胜的同时风趣幽默、令人回味无穷。李渔认为只有达到结构和语言两个层面的“新奇”才可以整体提高戏曲的可观赏性。

“重机趣”，就必须要“忌填塞”。李渔认为当时戏剧语言多喜引用生僻典故，过分注重戏剧辞藻。这种戏剧语言常常借用古人的词句来代替现成的思考。李渔有言：“其所以致病之由，亦有三：借典核以明博雅，假脂粉以见风姿，取现成以免思索。”李渔认为“填塞”的根由在于一味引经据典，反而丧失了真实思考语言的浅白。“文章做与读书人看，故不怪其深；戏文做与读书人与不读书人同看，又与不读书之妇人小儿同看，故贵浅不贵深。”李渔在戏剧创作方面的观点是语言要平实浅白而又清新动人，反对一味拟古。这实际上也是对戏剧创作语言原则的一种“陌生化”要求。

结　语

文学理论从文学进入社会批评维度，充分体现了马克思主义的文艺观：文艺作品即为社会服务。然而，回归文本内部，“陌生化”这种文本创作手法在今天甚至在后现代主义社会以及无深度、碎片化的时代中仍焕发着生机。无论是从文学创作的角度来看，还是从社会政治层面来看，“陌生化”创作手法仍然具有革新的力量。不论是古代还是现代、西方国家还是中国，对于“陌生化”的创作理念在某种程度上都不谋而合。戏剧理论中的“陌生化”创作手法在进入社会后，充分发挥了文学理论为社会服务的功能。马尔库塞敏锐地感受到工具理性对艺术的压迫后提出“新感性”的艺术主张，亦可看作从“陌生化”的角度对艺术主张进行重塑。对比中西方戏剧理论中的“陌生化”创作手法，虽然是一个稍显老旧的话题，但是在比较之下蕴含着的仍是人们对艺术的无止境追求。

---

① （清）李渔：《李渔全集　第三卷：闲情偶寄》，浙江古籍出版社 1992 年版，第 49 页。

阿莱达·阿斯曼的文化记忆理论研究

余嘉辉

一、文化记忆的生成

阿莱达·阿斯曼（Aleida Assmann）的文化记忆理论产生并非一蹴而就。从柏拉图到莫里斯·哈布瓦赫（Maurice Halbwachs）再到皮埃尔·诺拉（Pierre Nora）、扬·阿斯曼（Jan Assmann），记忆研究的思路在不同的学者之间得到了传承、调整和更新。回顾文化记忆的生成路径，我们可以厘清文化记忆理论的形成背景以及记忆理论的对话对象，从而更加全面地把握阿莱达·阿斯曼的记忆研究框架。

记忆最初作为一种“记”与“忆”的能力被人们讨论。柏拉图在《泰阿泰德篇》（*Theaetetus*）中将记忆的过程与在蜡板（wax block）上书写的过程作了对应：“每当我们想记住自己看到的、听到的或构想的东西时，我们就会将这些观点或想法印在蜡板上，如同用印章戒指留下印记一样。只要印记还在蜡板上，我们就能记住、知道那些观点；但印记一旦被擦掉或没有被印上，我们就会忘却，对那些观点一无所知。”① 柏拉图的“蜡板说”解释了个人记忆的过程，在很长一段时间里影响了人们对于记忆的认知。在《论演说家》（*On the Orator*）中，西塞罗（Cicero）用西蒙尼德斯（Simonides of Ceos）的故事②对“蜡板说”作了进一步拓展，将“位置”与“图像”带入了记忆的过程之中：“我们应该将位置当作写字

---

① Plato. *Theaetetus*, translated by Robin A. H. Waterfield, Penguin Books, 2004, p. 99.

② 西蒙尼德斯是一位古希腊诗人。有一次他受到邀请，在大厅中，朗诵了一首赞美卡斯托尔和波拉克斯两位神的抒情诗。随后他被人叫了出去，但就在他走出大厅的一刹那，大厅的屋顶忽然发生了坍塌，厅里的人都被压在了残破沉重的建筑材料之下，从主人到宾客没有一个人能够幸免于难。尸体被砸得血肉模糊无法辨认，但西蒙尼德斯根据死者们在大厅内所坐的位置把宴会厅中的尸体辨认了出来。

的蜡板，将图像当作写在上面的字母。”[①] 经过西塞罗的更新，蜡板这个略显模糊的比喻被细化了，通过位置和图像这两个概念，解答了如何更好地进行这一问题。然而从柏拉图到西塞罗，从蜡板到位置、图像，记忆始终作为一种个体的力量或技巧被大家关注。最早从社会文化角度聚焦“记忆”这一关键词展开研究的是法国学者哈布瓦赫。

（一）哈布瓦赫的“集体记忆”

随着第一次世界大战的结束，世界上掀起了民族主义的热潮。为了缅怀战死沙场的士兵，无名的英雄纪念碑纷纷被树立，广泛的集体纪念活动受到了记忆研究者的关注。这种集体记忆的行为完全打破了过去记忆仅与心理和个体相联系的观点。哈布瓦赫在《论集体记忆》的序言中坦言：“记忆依赖于社会环境。”[②] 他别出心裁地提出了“集体记忆”这一概念，锋芒直指过去记忆研究中的生理主义和个人主义倾向，认为记忆与社会、记忆与群体之间存在着密切的联系。

1. 记忆的社会性

哈布瓦赫认为记忆的生成需要一个外部力量来唤醒，个体在被刺激和唤醒之前并不存在记忆，社会框架（framework）就是唤醒记忆的关键。在他看来，个体往往在与他者进行交互时才需要回忆。这个互动的他者便是一种社会性的刺激，召唤着个体进行记忆。所以，自我的记忆由他人刺激而产生，并且通过他人完成记忆。既然记忆需要通过与他者的互动完成，那么交互双方相互理解是完成信息沟通的前提。哈布瓦赫认为彼此共享的群体所拥有的价值观念、思维方式等“框架”是交互双方完成信息交互的关键。只有通过这样的社会框架，人们才能完成信息的交换并最终形成记忆，所以说“只有从集体记忆的框架中，我们才能重新找到它们的适当位置，这时，我们才能够记忆”[③]。

为了进一步阐释记忆的社会性，哈布瓦赫将记忆的过程与梦的过程进

---

① Cicero. *On the Orator*, Books Ⅰ-Ⅱ, transited by E. W. Sutton, Harvard University Press, 1948, p. 467.

② ［法］莫里斯·哈布瓦赫著，毕然等译：《论集体记忆》，上海人民出版社 2002 年版，第 68 页。

③ ［法］莫里斯·哈布瓦赫著，毕然等译：《论集体记忆》，上海人民出版社 2002 年版，第 289 页。

行了对照。他认为，人在梦境中只能浮现出支离破碎的片段而无法再现过去的完整事件。因为梦脱离了社会，梦中出现的意象并不属于社会的表征系统，所以梦中意象的能指与所指失去了关联，成为一组组没有逻辑和意义的混乱材料。而记忆与社会、与他者紧密相连，他者的刺激是产生记忆的关键，社会的表征符号为记忆提供了理解的可能，“记忆就像是一座大厦的墙壁”，它受到建筑物整体框架和相邻墙壁的支撑，因此“我们的记忆依靠的是我们的同伴，是社会记忆的宏大框架”①。

2. 个体记忆与集体记忆

在哈布瓦赫的理论中，个体记忆与集体记忆的关系和索绪尔结构主义语言学中“言语”和“语言”的关系十分相似。个体记忆就如同个人的“言语”，如果将个体记忆与社会的联系切断，那么它就会失去逻辑和意义，和梦一样成为难以被解读的碎片。集体记忆就如同“语言”，它与社会环境、社会习惯发生着紧密关联，被群体承认和共享，因此个体记忆只有在集体记忆的框架之下，才能完成辨识和互动。哈布瓦赫同时也关注到了个体记忆的重要性，他认为“尽管集体记忆是在一个由人们构成的聚合体中存续着，并且从其基础中汲取力量，但也只是作为群体成员的个体才进行记忆”②。所以，集体记忆与个体记忆之间便存在着一种相互依存、互为印证的张力关系：集体记忆由个体记忆构成，并由个体记忆得到呈现；个体记忆依赖集体记忆的框架，需要与社会环境保持着联系才能被理解。

在社会现实中，集体记忆在社会机制的要求下通过周期性的集体纪念活动、设立法定节假日等方式解释、重演记忆。刺激个体不断加深集体记忆。而个体记忆是人们在过去亲身经历的事件。随着时间流逝，与事件相关联的人、物逐渐消失，没有周期性的强化，这种记忆便会逐渐消退并最终消逝。

3. 记忆的内容与记忆的运作方式

在哈布瓦赫看来，记忆的内容不是对过去发生事件的忠实回顾。人们对于过去的态度根据当下的社会习惯、社会环境不断进行着调整和改变，“我们表面上好像是在重读以前读过的书，而实际上却似乎是在读一本新

---

① ［法］莫里斯·哈布瓦赫著，毕然等译：《论集体记忆》，上海人民出版社2002年版，第75页。

② ［法］莫里斯·哈布瓦赫著，毕然等译：《论集体记忆》，上海人民出版社2002年版，第39－40页。

书，或者至少是一个经过修订的版本"[①]。哈布瓦赫认为记忆的过程是一个对于过去的构建过程。在理性逻辑的驱使下，社会权力对过去的人、物、历史事件进行挑选和重塑，由此记忆的框架也随着时代的变化发生形变。种种能为现在服务的意象被转译为一种观念、符号，转变为一种社会意识形态，而可能导致个体彼此分离和群体相互疏远的记忆则被淡化甚至消除。个人在进行回忆时同样进行着重塑过去的行为，他们会根据自己的希望重新选择一个自己所属的"社会"，重新构造过去的社会环境与社会群体。在这个重塑的过去中，人脱离了当下现实的种种束缚，按照过去的框架完成自我辨识，短暂躲避了正在面对的社会压力。也正因如此，人们在社会的要求之下对过去进行回忆时，往往会润饰它们，并"赋予它们一种现实中不曾拥有的魅力"[②]。

哈布瓦赫对记忆的研究总是以"现在"作为基点的。在他看来，只有在理性思考的前提之下，记忆才能发挥作用，而"理性活动的出发点就是社会此刻所处的状况"[③]。所以，无论是记忆的形成还是记忆的功能，它们都是为了现在服务。哈布瓦赫在对于家庭、宗教和社会阶级的集体记忆与个体记忆分析中，也更关注记忆共时性的表征，突出记忆在当下的作用。在记忆的历时性方面，如记忆的传承和延续，哈布瓦赫并没有作出更加具体和细致的解读。巴里·施瓦茨（Barry Schwartz）就认为哈布瓦赫以现在为中心的观念陷入了另一个极端，他把过去理解得过于被动，历史完全被当下支配，历史的客观性和连续性被忽视了。[④] 扬·阿斯曼也指出，"哈布瓦赫没有超越群体层面，没有考虑将其理论拓展到文化理论领域，文化进化论的视角在他这里也被排除在外"[⑤]。虽然哈布瓦赫的理论有其局限性，但不可否认的是其作为将记忆研究转入社会学领域的先行者，他的思考为记忆研究奠定了坚实的理论基础。

---

① ［法］莫里斯·哈布瓦赫著，毕然等译：《论集体记忆》，上海人民出版社 2002 年版，第 82 页。

② ［法］莫里斯·哈布瓦赫著，毕然等译：《论集体记忆》，上海人民出版社 2002 年版，第 91 页。

③ ［法］莫里斯·哈布瓦赫著，毕然等译：《论集体记忆》，上海人民出版社 2002 年版，第 304 页。

④ Barry Schwartz. *The Social Context of Commemoration*：*A Study in Collective Memory*，Social Forces，1982，61（2），p. 376.

⑤ ［法］皮埃尔·诺拉著，查璐译：《纪念的时代》，见［法］皮埃尔·诺拉主编，黄艳红等译：《记忆之场：法国国民意识的文化社会史》，南京大学出版社 2015 年版，第 39 页。

（二）皮埃尔·诺拉的“记忆之场”

第二次世界大战后，欧洲经济大规模衰退。由于经济失调，法国社会陷入了严重的社会危机，国内、国际矛盾日益凸显。1968年5月，以学生和工人阶级为主要代表的“五月风暴”[①] 在法国爆发。学生罢课、工人罢工，法国的底层民众发出了自己的呐喊，他们反对旧的统治秩序，反对资本主义对人的异化，希望通过革命运动创造一个新的世界。在这场运动中，过去极少被历史书写的无产阶级展现了自己强大的力量。这种自下而上的革命运动对传统的文化社会学、历史学等领域的研究产生了巨大的冲击，其中以利奥波德·冯·兰克（Leopold von Ranke）为代表的实证主义历史学理论便成为学者们反思的对象。雅克·勒高夫（Jacques Le Goff）等法国年鉴学派学者锋芒直指实证主义史学，提出“新史学”（Nouvelle Histoire）概念，力图打破固有的史学思维，反对将历史作为纯粹记录朝代更迭的政治工具，提倡从更加微观的视角结合跨学科的方法进行经济的和社会的历史研究。在这样的宗旨之下，“记忆”便成为学界关注的焦点。皮埃尔·诺拉的《记忆之场：法国国民意识的文化社会史》就重拾了哈布瓦赫提出的“记忆”这一关键词，对哈布瓦赫的思想进行了批判性继承与发扬。

1. 记忆与历史的关系

在欧洲经济衰退的影响下，戴高乐主义[②]逐渐褪色，民族主义开始衰落，过去维系着法国民族共同体的集体记忆受到不断撼动，“民族情感从肯定变成了质疑”[③]。越来越多的学者开始反思过去的历史书写，对于同一历史事件，学者们从过去关注“主体”到谈论“客体”，从关注历史事件本身转变为关注如何阐释和书写历史的问题。诺拉深感历史编撰性的断

---

① 1968年5月，法国爆发“五月风暴”，“五月风暴”是一场由学生运动引发的波及全国的罢工，被认为是在现代资本主义状况下第一场争取社会主义的斗争。“五月风暴”的产生为诸如生态运动、女权运动等一系列新型的社会运动在20世纪七八十年代的崛起廓清了场地。参见戴锦华，王昶：《文化研究面对后现代噩梦》，《当代电影》1999年第2期，第44－49页；王岳川：《后现代知识转型与知识分子危机》，《学术月刊》1994年第2期，第67－72页。

② 戴高乐主义诞生于第二次世界大战期间，战后戴高乐重新执政使戴高乐主义得到充分实践和完善。戴高乐主义是戴高乐为了维护民族独立、维护战后法国在国际事务中的大国地位、建立的以法国为核心的欧洲、对抗美国的控制的政策和主张。戴高乐主义的思想基础是法兰西民族主义，它的实质主要就是维护民族独立和国家主权。参见周荣耀：《戴高乐主义论》，《世界历史》2003年第6期，第2－22页。

③ ［法］皮埃尔·诺拉著，安康译：《如何书写法兰西历史》，见［法］皮埃尔·诺拉主编，黄艳红等译：《记忆之场：法国国民意识的文化社会史》，南京大学出版社2015年版，第85页。

裂，认为过去历史—记忆统一体已经终结，“记忆和历史远不是同义语，我们应该注意到，一切都让它们处于对立状态”①。在诺拉看来，历史与记忆是一对相互排斥的概念：记忆是鲜活的、当下的想象，由现实的群体承载并与集体相连接，既是集体的也是个人的，而且充满了情感色彩。记忆可以沉淀在空间、行为、形象等具体的物象中。而历史几乎站在了记忆的对立面，它是对过去事物不完整的重构。历史关注的是时间的连续性，力图将回忆排除在外。

历史和记忆在性质上相互矛盾，但在现实中又彼此勾连。诺拉认为，历史与记忆充满张力的纠缠关系体现在三个层面。最初，民族历史与民族记忆联合，它们之间的合作巩固了民族共同体的形成与发展。档案中的记忆便是历史—记忆之间密切联系的证明。随着时代变化，在社会的变革和冲突之下，记忆与历史的撕裂逐渐明晰，为了抵抗历史的扭曲、抹去和遗忘，记忆强调起了责任，“它让每个人都觉得有责任去回忆，并从归属感中找回身份的原则和秘密”②。记忆—责任要求“由我来回忆，是我在回忆我自己”③，通过个体重新回溯和解读历史，记忆成为个体进行身份认同的重要途径。当记忆被人们发现且得到了广泛关注后，记忆成了研究的重点，此时的记忆便成为彼时的历史，记忆最终还是被权力攫取成为历史。为了探究记忆和历史的真实面目，当人们用解构的目光看待它们时，记忆的断裂便产生了。“从前我们知道我们是谁的儿子，今天我们知道我们既不是谁的儿子又是所有人的儿子”④，人们对于过去的观念发生了改变，从可以感知、可以交流变得认为其模糊不清、难以理解，记忆再次失去了自己的身份。

---

① ［法］皮埃尔·诺拉著，黄艳红译：《记忆与历史之间：场所问题》，见［法］皮埃尔·诺拉主编，黄艳红等译：《记忆之场：法国国民意识的文化社会史》，南京大学出版社2015年版，第5页。

② ［法］皮埃尔·诺拉著，黄艳红译：《记忆与历史之间：场所问题》，见［法］皮埃尔·诺拉主编，黄艳红等译：《记忆之场：法国国民意识的文化社会史》，南京大学出版社2015年版，第16页。

③ ［法］皮埃尔·诺拉著，黄艳红译：《记忆与历史之间：场所问题》，见［法］皮埃尔·诺拉主编，黄艳红等译：《记忆之场：法国国民意识的文化社会史》，南京大学出版社2015年版，第15页。

④ ［法］皮埃尔·诺拉著，黄艳红译：《记忆与历史之间：场所问题》，见［法］皮埃尔·诺拉主编，黄艳红等译：《记忆之场：法国国民意识的文化社会史》，南京大学出版社2015年版，第18页。

2. 记忆之场的形成

“之所以有记忆之场，是因为已经不存在记忆的环境”①，正是因为记忆被权力攫取成为历史，诺拉才提出了“记忆之场”的概念。在诺拉看来，记忆之场并非只是类似纪念碑的具象场地，它具有两个层面的交叉。记忆之场首先可以是一种可触可感、物质性的场域，它依附于空间、时间语言或传统。其次，记忆之场还可以是纯粹抽象的一种精神力量，是承载着一段历史的象征化的现实。记忆之场继承了记忆的特征，是处在历史与记忆之间的场域，“它自动地被用来指称记忆的储存工具、回忆中的避难地和特殊群体的身份象征”②。对于记忆之场的定义，诺拉总结道：“记忆之场就是：一切在物质或精神层面具有重大意义的统一体，经由人的意志或岁月的力量，这些统一体已经转变为任意共同体的记忆遗产的一个象征性元素。”③

3. 记忆之场的类型

诺拉将记忆之场分成了三个类别：第一类是非物质性的事物，如“风景”“史学编撰”等；第二类是物质性的事物，如“国家”“遗产”等；第三类是理念类的事物，如“荣耀”“词语”等。通过分类，诺拉几乎将可以感知到的所有事物都纳入了自己考察的范畴，他编著的七卷本巨著《记忆之场：法国国民意识的文化社会史》就列举了一百多条记忆场，力图从包罗万象的场域中解构被滥用的历史、记忆与身份认同。

在纷繁复杂的记忆之场中，诺拉分析了它们所共有的三个性质：实在性、象征性和功能性。他认为，在每一个记忆的场域之中，这三个性质总是同时出现，只是其中一些性质表现得更为明显，一些性质呈现得较为隐晦。例如：档案馆常被当作一个实在的场地，查阅档案是它存在的功能，但象征性的光环也是使其成为记忆场所不可忽视的重要一部分；遗嘱、老兵协会等功能性的场域，通过成为葬礼、纪念仪式的对象，以象征的形式进入记忆之场的领域。

---

① ［法］皮埃尔·诺拉著，黄艳红译：《记忆与历史之间：场所问题》，见［法］皮埃尔·诺拉主编，黄艳红等译：《记忆之场：法国国民意识的文化社会史》，南京大学出版社 2015 年版，第 4 页。

② ［法］皮埃尔·诺拉著，安康译：《如何书写法兰西历史》，见［法］皮埃尔·诺拉主编，黄艳红等译：《记忆之场：法国国民意识的文化社会史》，南京大学出版社 2015 年版，第 71 页。

③ ［法］皮埃尔·诺拉著，安康译：《如何书写法兰西历史》，见［法］皮埃尔·诺拉主编，黄艳红等译：《记忆之场：法国国民意识的文化社会史》，南京大学出版社 2015 年版，第 76 页。

诺拉以记忆之场为关键词，通过解构法兰西历史，揭示了历史与记忆在实践中的建构以及它们意义的消弭与浮现，他认为自己的工作对于历史与记忆来说，“不是重生、不是重建，甚至不是再现；只是回忆”①。

记忆之场的概念宏大且复杂，诺拉运用法兰西历史推进了历史与记忆的研究，让历史和记忆之间的关系显得更加丰满、更具血肉。然而，记忆之场囊括的范围极大，它在不断扩充自己场域的同时，自身的边界也逐渐模糊，诺拉自己也反思道：“记忆之场因试图包罗万象，结果变得一无所指。”② 而且，随着记忆之场的提出，当人们逐渐关注到这些场域的存在时，它们会不会重新被历史占据，会不会被隐喻重新稀释最终再次落入历史中成为平庸？除此之外，不少学者认为诺拉意图解构过去人们对法兰西历史的构建，而无形中又重新建构了新的法兰西历史，认为他“反拉维斯主义”的初衷最后又生产出了“新拉维斯主义”。③

（三）扬·阿斯曼和阿莱达·阿斯曼的“文化记忆”

冷战结束后，曾经历过第二次世界大战、经历了分裂的德国终于重新统一。统一之后，德意志民族如何进行历史书写并完成身份认同是迫切需要解决的问题。此外，随着“二战”中的幸存者逐渐退出历史舞台，人们对于“二战”的认识也将从个人的口述转为书写的历史，在这样一个宏大历史与个体记忆的交替关键期，如何将这些逝去的记忆固定下来，挑选哪些内容固定下来以及如何去反思战争对于人类的影响也是迫在眉睫的难题。德国学者扬·阿斯曼和阿莱达·阿斯曼吸收了文化研究的范式，从文化理论的角度进一步发展哈布瓦赫和诺拉的记忆理论。阿斯曼夫妇提出的“文化记忆”就对历史、记忆与身份认同之间的关联展开了探讨。

---

① ［法］皮埃尔·诺拉著，安康译：《如何书写法兰西历史》，见［法］皮埃尔·诺拉主编，黄艳红等译：《记忆之场：法国国民意识的文化社会史》，南京大学出版社2015年版，第79－80页。

② ［法］皮埃尔·诺拉著，安康译：《如何书写法兰西历史》，见［法］皮埃尔·诺拉主编，黄艳红等译：《记忆之场：法国国民意识的文化社会史》，南京大学出版社2015年版，第74页。

③ 拉维斯从19世纪末开始主持出版多卷本《法国史》，该书是第三共和国的历史课本，它以民族—国家为叙事框架，致力于协调民族观念与共和制度。在书本中，拉维斯通过“圣—加斯特战役”“法国大革命”等历史内容强调法兰西的身份认同。然而学者们通过口述调查发现，法国大革命这样的民族—国家历史叙述中的重大事件，在地方记忆中并不必然占据显著地位。这种通过建构历史达到身份认同的做法便是“拉维斯主义”。参见黄艳红：《“拉维斯主义”的退隐：法国记忆史研究一瞥》，《史学理论研究》2012年第3期，第18－21页。

1. 文化记忆与交往记忆

与哈布瓦赫一致，扬·阿斯曼同样认为“过去”是一个社会构建的产物，是由文化创造的，“其本质决定于当下对意义的需求及其参照框架”①。扬·阿斯曼借用让·范西纳（Jan Vansina）“流动的缺口”这一概念，对哈布瓦赫的集体记忆进行了详细补充。范西纳认为关于群体的记录被分成三个阶段，晚近的过去有着非常丰富的信息，越往之前回溯，信息量会逐渐减少。而在稍早一段时间的历史中，某些部分被略去或仅有极为少量的内容。在更早一段的历史中，我们又会发现丰富的关于群体起源的信息。所以，历史意识往往在起源时期和晚近时期这两个层面上发生作用。扬·阿斯曼将范西纳所描述的集体记忆的起源时期称为“文化记忆”，而将晚近时期的记忆称为“交往记忆”。他认为，交往记忆是对逝去不久的事物的回忆，这种记忆以个体生命所经历的历史为基本框架，是一种在日常交往活动中产生的非正式记忆。交往记忆并没有一个职业的传承人，它需要通过亲历者自己来讲述，因此当记忆的承载者走向死亡时，交往记忆便会随之消失。正如“二战”的亲历者，他们对于战争的记忆便是一种交往记忆，为了不让这些记忆随着他们逐渐老去而消失在历史的长河之中，人们便借助媒介，例如以书面的形式进行记录，通过记录口述历史的方式将这些记忆固定下来。文化记忆关注的是绝对的过去，这种记忆往往在节日、仪式性的祭典活动中通过萨满、吟游诗人、教师、学者等掌握了相关知识的专职传统承载者，借助“可供回忆附着的象征物”②，如文字、图像、舞蹈等编码，来展现凝结在客观外化物中的文化内涵。对于文化记忆来说，是否有据可查并不影响其重要程度，是否被人们回忆才是文化记忆是否得以延续的关键，只有那些被人们不断回忆、不断进行着现时化的记忆才能被铭记。在这样的回忆过程中，历史逐渐具有了神圣的因素，“基于事实的历史被转化为回忆中的历史，从而变成了神话”③。这里的神话并非意味着历史被解构走向了虚无，相反，正是在始终虔诚的回忆过程中，人们得

① ［德］扬·阿斯曼著，金寿福等译：《文化记忆：早期高级文化中的文字、回忆和政治身份》，北京大学出版社2015年版，第41页。

② ［德］扬·阿斯曼著，金寿福等译：《文化记忆：早期高级文化中的文字、回忆和政治身份》，北京大学出版社2015年版，第46页。

③ ［德］扬·阿斯曼著，金寿福等译：《文化记忆：早期高级文化中的文字、回忆和政治身份》，北京大学出版社2015年版，第46页。

到了自己的文化身份，找到了绝对必要和不可改变的根基。作为集体身份的起源与基石，这段历史才具有了被持续继承的动力，也因此变得更加真切、更加真实。

2.“冷回忆”和“热回忆”

扬·阿斯曼认为在历史回忆中，有的记忆具有镇静作用，有的记忆具有刺激作用。据此，他将文化记忆分为“冷回忆”和“热回忆”两种类型。冷回忆通过循环往复、反复回归的事物将历史变迁冻结。在冷回忆的作用之下，历史就如同四季变换一般，春、夏、秋、冬不断循环，且永恒如此，权力通过这种方式将一切都保持原有状态，防止断裂和突变的发生。编年史便是冷回忆的一种体现，在这些历史记录中，君权一直是神授予的，过去如此，今天依然。君主们“记录历史，是为了避免想象成分的出现，并且指明，在过去并没有什么值得讲述的事情”①。热回忆恰好与之相反，是一种追求改变的记忆类型。阿斯曼认为，热回忆会唤起人们进行自我认定的根基性的“神话”，这种神话的出现，让人们意识到那些被抹去、被排到边缘的记忆，发觉过去与现在之间的断裂。“当对现实的不满经验达到极端时，和现实对立的神话动力便有可能变得带有革命性。”② 在受到压迫和陷入贫困时，弥赛亚主义等充满乌托邦色彩的期待便刺激了人们对现实进行改变、反抗或颠覆的意愿。文化记忆中冷回忆与热回忆的特殊性质使其既可以成为统治者维持统治的工具，也可以作为反抗者的指引动力，所以统治者或统治阶级往往通过与记忆联盟来维持自己的统治。在《家庭、私有制和国家的起源》中，恩格斯指出：“它（国家）在一切典型的时期毫无例外地都是统治阶级的国家，并且在一切场合在本质上都是镇压被压迫被剥削阶级的机器。”③ 国家是建立在阶级统治的基础之上的，时时刻刻都存在着压迫与被压迫的关系，所以从“国家形式组织起来的文化倾向于在文化上‘发热’”④，而国家的统治阶级利用自己所占有的优势

---

① ［德］扬·阿斯曼著，金寿福等译：《文化记忆：早期高级文化中的文字、回忆和政治身份》，北京大学出版社 2015 年版，第 70 页。

② ［德］扬·阿斯曼著，金寿福等译：《文化记忆：早期高级文化中的文字、回忆和政治身份》，北京大学出版社 2015 年版，第 77 页。

③ ［德］马克思、恩格斯著，中共中央马克思恩格斯列宁斯大林著作编译局编译：《马克思恩格斯选集（第 4 卷）》，人民出版社 2012 年版，第 193 页。

④ ［德］扬·阿斯曼著，金寿福等译：《文化记忆：早期高级文化中的文字、回忆和政治身份》，北京大学出版社 2015 年版，第 68 页。

地位，使用权力想方设法让文化记忆“变冷”，不允许断裂与突发事件被写入历史。但越是这样的压迫，就越能激起记忆的神话动力，唤醒人们的反抗意识。

3.“卡农”及其作用

在文字产生之前，仪式是传承文化记忆最重要的活动。不断重复的仪式，促使人们回想起仪式之中相关的意义，以此来强化他们的身份认同。随着文字的出现，人们便以文字为媒介，通过抄写，传播并保存文化记忆。在古代，文字书写的代价极高，因此记录的内容需要人们精挑细选，那些必须被铭记的事物和准则以文字的形式得到保存，逐渐形成了一些标准性的、规范性的、定型性的文本。扬·阿斯曼将这一类文本定义为“卡农”（Kanon）。

作为卡农，它具有恒定和神圣的特性。同仪式活动一样，承载了群体根基记忆的卡农需要人们进行准确的复述。为了保证卡农安全且无误地传承，人们希望将文本固化。只有当“它所涉及的内容是禁忌，不可触犯，没有必要接受任何检验，也不再受进一步决定的限制”[①] 时，固化文本的要求才能被实现。被固化的文本内容已经不再被理性讨论容纳，成为不可亵渎、具有神圣性质的权威。由于卡农的内容不容修改，随着时间的流逝，文本内容与现实之间必然会存在差异，此时专门负责进行解释卡农的机构及人员应运而生。这些机构和人员在根据时代变迁对卡农进行解释的过程中，不可避免会带入当时的时代精神及个人的主观色彩，从而出现了对于卡农的误读。这些误读或丰富了卡农的精神，使其更加完善，或处于某种意图，对卡农进行了曲解。在轴心时代（axial period）[②] 诸多的卡农中，我国的《论语》便是历代学者们不断阐释的典型范例之一。从三国时期何晏的《论语集解》到南北朝时皇侃的《论语义疏》，再到南宋朱熹的《论语集注》。在《论语》中孔子所强调的“仁”“礼”“中庸”到了朱熹那里变成了“理”和“气”。在程颐、朱熹的推动之下，儒学发展为理学，

---

① ［德］扬·阿斯曼著，金寿福等译：《文化记忆：早期高级文化中的文字、回忆和政治身份》，北京大学出版社 2015 年版，第 124 页。

② 德国思想家卡尔·雅斯贝尔斯将人类历史划分为史前、古代文明、轴心时代和科技时代四个基本阶段，其中，第三阶段以公元前 500 年为中心，东西方同时或独立地产生了中国、印度、巴勒斯坦和希腊四个轴心文明。参见卡尔·雅斯贝尔斯著，李雪涛译：《论历史的起源与目标》，华东师范大学出版社 2018 年版。

成为古代重要的统治思想。正是经过不断的阐释，卡农才能在日常生活之中不断被人们实践，“因此，重要的不是背诵，而是对其加以解释”①。卡农神圣化的文本和不容亵渎的规则支撑一个群体形成了特定的身份。经过不断的阐释，卡农对于当下社会也进行了严格的规定，通过遵守卡农，个体才能融入社会，以群体中的一员来确立自己的身份。

扬·阿斯曼借助“文化记忆”和“交往记忆”、“冷回忆”和“热回忆”、“卡农”和“身份认同”等关键词，在哈布瓦赫的记忆理论基础上细化了集体记忆的内容，关注了记忆的历时性发展并且解读了由文字文本形成的卡农。

4.“功能记忆”与“存储记忆”

与哈布瓦赫、诺拉不同，阿莱达·阿斯曼并没有将历史与记忆作为两个对立的概念。“历史和记忆的对立越来越站不住脚。任何一种历史书写同时也是一种记忆工作，也在把赋予意义、帮派性和支持身份认同等条件暗度陈仓。”② 阿莱达·阿斯曼超越历史与记忆二项对立的观点，提出了“功能记忆”与“存储记忆”这两个概念。

功能记忆是一种有人栖居的记忆，它搭建起了连接过去、现在和未来的桥梁，帮助群体选择了应该记忆的东西和理应遗忘的东西。功能记忆强调了本群体与其他群体的本质性差异，凸显自身文化的独特性，是完成身份认同、规范社会行为的重要工具。因此，统治者通过与功能记忆联盟，使用权力以官方的形式将历史事件的构建行为合法化。“统治者不仅要过去，还有未来，他们想要被人记住，所以为此给自己的行为设立纪念碑。他们尽力使自己的行为被讲述、被歌唱、被以纪念建筑的形式永久保存下来、被存入档案。”③ 但阿莱达·阿斯曼也提到，依靠审查制度和人工制造的官方并不能长久维持记忆，在被统治阶级、被压迫者中，反抗和颠覆的记忆也正在被选拣和保存，这种反官方记忆同样也是一种功能性记忆。当推翻统治的契机出现时，带有鲜明政治诉求的反官方记忆就会对那些曾经

① ［德］扬·阿斯曼著，金寿福等译：《文化记忆：早期高级文化中的文字、回忆和政治身份》，北京大学出版社 2015 年版，第 94 页。

② ［德］阿莱达·阿斯曼著，潘璐译：《回忆空间：文化记忆的形式和变迁》，北京大学出版社 2016 年版，第 146 页。

③ ［德］阿莱达·阿斯曼著，潘璐译：《回忆空间：文化记忆的形式和变迁》，北京大学出版社 2016 年版，第 151 页。

被统治阶级所保留的功能记忆去合法化。

存储记忆是脱离了群体，与现在分离，对所关注的事物采取一视同仁的态度的记忆。与充满政治博弈的功能记忆不同，存储记忆与社会生活的关联程度较低，因此它需要通过专门的保存机构来抵抗遗忘。也正是因为存储记忆与现实社会具有一定的距离感，所以它脱离了被当成直接性工具的命运，并且能从一个不带政治诉求的客观外部视角对功能记忆进行批判和调整。

综上所述，功能记忆是一种处在前台位置的记忆，由于它与群体密切相关，所以能得到更加明显的呈现。而存储记忆则是“堆满了无用的、没有被化合的回忆的场地”①，是处在背景处的一种记忆。在这种前景和背景的关系中，功能记忆和存储记忆之间并没有清晰的界限，存储记忆就如同一个巨大的宝库，当那些过去被当作“杂物”而存储其中的记忆得到了有效开发，能与社会生活发生紧密联系时，它便从存储记忆转变为功能记忆。同样，当一些功能记忆逐渐失去了效力，逐渐与社会脱节时，它便会进入存储记忆的领域。阿莱达·阿斯曼抛弃了历史与记忆截然对立的观点，用存储记忆和功能记忆的概念反驳了哈布瓦赫与诺拉对于记忆及历史的解读。阿莱达·阿斯曼从这样一种相互补充的角度出发，认为存储记忆与功能记忆相辅相成、密不可分：与功能记忆完全无关的存储记忆就会成为没有价值和意义的碎片，面临着被遗忘和丢弃的风险；失去了存储记忆的功能记忆便如同无源之水，丢失了自己的根基，最终出现记忆绝对化和原教旨主义化的僵化局面。

文化记忆理论的发展是一个循序渐进的过程。莫里斯·哈布瓦赫打破了记忆仅仅作为生理和个体研究的刻板印象，将记忆带入了社会文化领域，为阿莱达·阿斯曼等学者开辟了一条记忆研究的新路径。皮埃尔·诺拉进一步扩大了文化记忆关注的范畴，从更加微观的角度出发，聚焦器物、建筑、社会活动中所蕴含的记忆。阿莱达·阿斯曼和扬·阿斯曼吸收了前任记忆研究的长处，不仅关注了作为社会文化的记忆，还进一步丰富了文化记忆的载体与媒介，探讨了记忆与身份认同之间的联系。此外，阿莱达·阿斯曼也指出过去将历史与记忆两者截然对立的研究思路有失偏

---

① ［德］阿莱达·阿斯曼著，潘璐译：《回忆空间：文化记忆的形式和变迁》，北京大学出版社2016年版，第149页。

颇。她提出“功能记忆”与“存储记忆”的概念，以“前景”和“背景”的关系来重新看待历史与记忆之间的复杂关系。在这样的研究思路之下，历史与记忆之间的撕裂得到了有效弥合，文化记忆理论也摆脱了二项对立的僵化思路，显得更有张力和活力。

二、文化记忆的媒介

扬·阿斯曼认为，文化记忆需要借助文字、图像、建筑、舞蹈等进行象征性编码后才能保存和传递。这些客观外化物，既是文化记忆的载体，同时也是文化记忆的媒介。它们的存在引入了一种新的感受尺度，通过不同的内容呈现方法影响着人们对于文化记忆的认知方式和理解框架。所谓“媒介即是讯息”①，阿莱达·阿斯曼从媒介的角度出发，考察“媒介在中介、转移、翻译中的意义”②。她认为在文化记忆中，不同时代对于媒介与记忆之间的隐喻关系往往透露着人们对于记忆的不同认知。当然，文化记忆包罗万象，单凭一个或几个媒介以及这些媒介与记忆之间的隐喻很难囊括记忆的所有内容，即便是现在也无法找出一个可以准确概括文化记忆的隐喻，文化记忆呈现在“许多不充分的图像的叠交、位移和区别里”③。所以，阿莱达·阿斯曼并不是通过解读文化记忆的媒介去寻找一个对于记忆的完美阐释，而是去探讨在文字媒介以及空间媒介之中，文化记忆因呈现方式差异而表现出的不同功能与价值。

（一）媒介的隐喻

最早在柏拉图谈论记忆的话题时，记忆便与蜡板这个充满隐喻性质的媒介紧密联系。在对记忆认识不断加深的过程中，与之相关的媒介隐喻也日渐增加。这些不断更新的关于记忆的媒介隐喻展示了人们对于记忆认识的不断调整，同时也暴露了过去人们对于记忆认识的局限性。阿莱达·阿

---

① ［加］马歇尔·麦克卢汉著，何道宽译：《理解媒介——论人的延伸》，商务印书馆 2000 年版，第 33 页。

② ［德］阿莱达·阿斯曼、扬·阿斯曼著，陈玲玲译：《昨日重现——媒介与社会记忆》，见阿斯特莉特·埃尔、冯亚琳主编：《文化记忆理论读本》，北京大学出版社 2012 年版，第 37 页。

③ ［德］阿莱达·阿斯曼著，潘璐译：《回忆空间：文化记忆的形式和变迁》，北京大学出版社 2016 年版，第 166 页。

斯曼从时间、文字以及空间三个层面的隐喻出发，解读了媒介传递出的记忆隐喻。

1. 记忆与时间的隐喻

如涂尔干（Emile Durkheim）所言，自亚里士多德以来，时间便是对应事物最普遍的属性之一，是包围着思维的坚固框架，支配着我们所有的知识。① 正因为线性的时间被打断、遗忘和毁坏，记忆才应运而生，重构着过去、现在与未来。以时间为媒介的记忆隐喻展示了记忆的线性特征。

阿莱达·阿斯曼列举了"吞咽、反刍、消化""冷冻和解冻""睡眠与觉醒"以及"招魂"四组以时间为核心的记忆隐喻。被冷冻的记忆与被搁置在阁楼的记忆相似，但被搁置的记忆需要回到空间中寻找，而被冷冻的记忆需要时间来解冻，它们都属于没有被使用也没有被遗忘的记忆，当这一段记忆被解冻、被重新利用时，便能回归成为一种功能记忆。"遗忘的睡眠"与"回忆的觉醒"这一组隐喻在阿莱达·阿斯曼看来带有显著的政治修辞色彩。"睡眠"对应着"冷记忆"，而"觉醒"则对应着"热记忆"。在权力要求下的睡眠是为了掩盖历史的变动和断裂。"革命运动总是把自己理解为'来自彼岸的呼喊声'"②，"热记忆"唤醒了神话动力，唤起了人们对于现实的反抗，民族运动便是一种觉醒记忆的表现。"招魂"是在线性的时间维度中让记忆"起死回生"的隐喻。在阿莱达·阿斯曼看来，文艺复兴对古希腊、古罗马文明完成了一次成功的"召回"，是一次成功的"招魂"仪式。召回记忆的过程需要一个触发记忆的引子，阿莱达·阿斯曼称其为"火花"。那些在文艺复兴时期被奉为经典的作品便起到了火花的作用。通过欣赏、阅读并不断阐释这些代表着古希腊、古罗马文明的作品，人们对于过去的文化记忆产生了新的认识，这些记忆在当下被取回、被现实化，完成了文化记忆的"起死回生"。除了主动召回的记忆，那些被压迫在意识之外的记忆也会突如其来地复活，如鬼魂一般回到当下。阿莱达·阿斯曼解读了海纳·米勒（Heiner Müller）作品中出现的鬼魂图像，认为那些被刻意回避的创伤性记忆会"借尸还魂"。未被完成的、需要偿还却未被言说的过去如同一个未知的定时炸弹，如果不能得到

---

① Emile Durkheim. *The Elementary Forms of the Religious Life*, translated by Joseph Ward Swain, George Allen & Unwin, LTD, 1964, p. 10.

② ［德］阿莱达·阿斯曼著，潘璐译：《回忆空间：文化记忆的形式和变迁》，北京大学出版社 2016 年版，第 187 页。

合理的处置和排遣就会成为一种集体的梦魇。

处理记忆的行为，则又对应着一组不同的隐喻。阿莱达·阿斯曼发现，人们以吞咽、反刍和消化等与肠胃相关的媒介来表征处理记忆的线性过程。如果说第一次经历事件对应着“吞咽”，那么回忆的过程就对应着“反刍”。在反刍的过程中，食物的味道会不可避免地发生损坏，回忆过去的经历也永远无法再现亲历时的场景，现在与过去之间存在着无法弥合的时间断裂。然而，这种断裂并非一种缺陷，恰恰相反，尤里·洛特曼（Yuri Lotman）就指出这种断裂导致的遗忘反而是更加值得关注的记忆现象。洛特曼认为回忆的过程看似是一种巩固记忆的行为，实际上，“每个文本不仅促进了记忆的过程，同样也促进了遗忘。因为人们总是根据特定的文化符号来选择记忆的事实材料，……所以文本并不是现实本身，而是重构的材料……研究者能够从文本中发现在作者看来由于其并非‘事实’而被遗忘的材料”①。通过对被遗忘的材料进行解读，人们能够更加清楚地看到当下对于过去有目的的重构。尼采认为，处理记忆最佳的方式就是通过遗忘将其“消化”。“人要顶住过去的巨大的并且越来越大的负担：过去压迫着他，使他佝偻着身子；过去使他步履维艰，是一种他看起来有朝一日能够否弃的、不可见的、模糊的负荷。”② 在尼采看来，唯有通过消化记忆实现超历史的生活，人才能放下包袱，得到自由并最终找到幸福。

2. 记忆与文字书写的隐喻

文字的出现改变了铭刻过去的方式，文字的“物质化和抽象化这两个进程共同构成了文化记忆领域里深刻的变革”③。在柏拉图提出的记忆“蜡板说”中，蜡板便是古希腊书写文字的工具，将需要记住的事物以文字的方式印刻在如同蜡板一样的头脑中，记忆便诞生了。所以对于记忆的讨论从最初起便与文字相关的隐喻密不可分。

由于书写的文字是一种持续在场的状态，而记忆的存在则需要短暂的不在场时间。阿莱达·阿斯曼发现了托马斯·德昆西（Thomas De

① Yu. M. Lotman, *On the Semiotic Mechanism of Culture*, New Literary History, Vol. 9, No. 2, *Soviet Semiotics and Criticism: An Anthology*, The Johns Hopkins University Press, 1978, p. 216.

② ［德］弗里德里希·尼采著，李秋零译：《不合时宜的沉思》，华东师范大学出版社 2007 年版，第 138 页。

③ ［德］阿莱达·阿斯曼、扬·阿斯曼著，陈玲玲译：《昨日重现——媒介与社会记忆》，见阿斯特莉特·埃尔、冯亚琳主编：《文化记忆理论读本》，北京大学出版社 2012 年版，第 37 页。

Quincey）“复用羊皮纸”这一记忆的隐喻。人们在羊皮纸上书写着新的记忆，用新记忆一层层覆盖旧的记忆。不断覆盖、重复书写的羊皮纸这一媒介，使书写的文字与记忆一样呈现出短暂缺席的特性，只有一段时间的不在场，才出现了记忆与回忆的必要。在德昆西看来，那些被覆盖的记忆并没有完全被消除，“每一次继承似乎都埋葬了之前发生的一切，但事实上，没有一件事物被完全消灭”①。旧的记忆依然保留着痕迹，在特定的环境之下可以被还原和利用，“每个连续的字迹，如想象的那样被定期抹去，又以相反的顺序被定期召回……从被遗忘的世纪的尘埃和灰烬中，那些一般人眼中已经绝迹的秘密，仍在余烬中闪烁着光芒”②。通过羊皮纸的隐喻，德昆西提出记忆可以成为一种无法被根除的痕迹，通过这些痕迹人们可以回溯甚至重构过去。

在阿莱达·阿斯曼看来，无论是空间、时间还是文字媒介，它们与记忆相关的隐喻都关注了回忆的重构性。与记忆术要求取出的内容与放入的内容完全一致不同，记忆力永远无法再现过去的场景，那些被回忆的过去往往经过了意识形态的塑造、重构和调整。随着第三次工业革命浪潮的来临，人类进入互联网时代，这些关于记忆的隐喻已经成为一种过去时。随着网络媒介、电子文档的不断发展，那些旧时代的记忆隐喻逐渐失去了效力。“每一次媒介技术的发展都重塑了记忆的模式和内容”③，网络媒介同样对文化记忆产生了不可忽视的影响力。阿莱达·阿斯曼认为，网络媒介脉冲式的承载记忆方式与人脑生理上的存储记忆方式十分相似，“各种各样的图像一直追求去跨越的那个距离实际上已经消失了”④。记忆从一种生理现象中脱离出来，成为一种社会、文化的构建物，而在文化现象之中，记忆又通过各种媒介及隐喻重新回到了生理记忆类似的起点。

---

① Thomas De Quincey. *The Palimpsest of the Human Brain*, *The Works of Thomas De Quincey* 21 vols, general editor, Grevel Lindop, Pickering and Chatto, Routledge Taylor & Francis Group, 2003, p. 175.

② Thomas De Quincey. *The Palimpsest of the Human Brain*, *The Works of Thomas De Quincey* 21 vols, general editor, Grevel Lindop, Pickering and Chatto, Routledge Taylor & Francis Group, 2003, p. 177.

③ 王蜜：《文化记忆：兴起逻辑、基本维度和媒介制约》，《国外理论动态》2016 年第 6 期，第 11 页。

④ ［德］阿莱达·阿斯曼著，潘璐译：《回忆空间：文化记忆的形式和变迁》，北京大学出版社 2016 年版，第 198 页。

3. 记忆与空间的隐喻

亨利·列斐伏尔（Henri Lefebvre）在《空间的生产》（*The Production of Space*）中提道："我们面对的不是一个社会空间。而是无限的、多样性的不可计数的空间的集合，他们被统称为'社会空间'。在成长和发展的过程中，世界上没有任何空间消失。"[①] 在列斐伏尔看来，社会空间并不是一个静止的容器，它见证并保存了社会的变迁和发展，不同的空间之间也相互叠加、渗透。在西蒙尼德斯的故事中，主人公西蒙尼德斯借助空间位置展现了自己超强的记忆能力："记忆术的核心就在于'视觉联想'，即把内容和难忘的图像公式编码，以及'入位'——即在一个结构化的空间中的特定地点放入这些图像。"[②] 自此，人们将记忆与空间密切联系起来，空间便成为记忆的隐喻。

阿莱达·阿斯曼从图书馆、功德祠、阁楼等建筑空间着手，梳理了空间与记忆的关系。功德祠空间狭小，因容纳数量有限，所以它的接受标准极为苛刻，只有得到广泛认可的榜样人物才能进入功德祠。借助纪念仪式，榜样人物完成了最终的神圣化和纪念碑化。功德祠是确立并巩固身份认同的重要记忆空间，因此也常常与统治联盟，成为一种用于确保未来的回忆。与功德祠相反，图书馆所存储的记忆是逐渐累积、不断增加近乎于无限的。存储在图书馆中的记忆往往是与社会带有一定距离的存储记忆，因而与图书馆相关的记忆隐喻通常代表着对于时间和遗忘的抵抗。阁楼则是一种存储记忆的隐喻，阿莱达·阿斯曼借助阁楼引出了"潜伏记忆"和"保存式遗忘"的概念。这些未加整理、杂乱无章的记忆就如同被遗忘一般放置在阁楼上，但这些记忆并没有被真正抛弃而是潜伏了起来。对这些记忆进行整理和利用，它们便有机会进入到功能记忆中。

除了这些建筑物的记忆隐喻，阿莱达·阿斯曼对"挖掘"这个词汇作了详细梳理。阿莱达·阿斯曼引用了弗洛伊德对于心理学和考古学的对比，认为取回记忆的过程与考古挖掘的过程十分相似。而只有在一个立体空间内，挖掘的行为才能发生，"挖掘"也因此成为一种记忆的空间隐喻。

---

① Henri Lefebvre. *The Production of Space*, translated by Donald Nicholson, Smith Basil Blackwell Ltd, 1991, p. 86.

② ［德］阿莱达·阿斯曼著，潘璐译：《回忆空间：文化记忆的形式和变迁》，北京大学出版社2016年版，第174页。

从普鲁斯特（Marcel Proust）的“玛德琳小甜点”[①] 再到瓦尔特·本雅明（Walter Benjamin）的《挖掘与回忆》，阿莱达·阿斯曼认为学者们对于记忆本体的观点各有不同，但在对记忆的提取与回忆方面都用了“挖掘”作为关键词。在他们看来，记忆的内容并不会凭空消失，往往只是被尘土覆盖而产生了遗忘。当一个触发回忆的“甜点”出现，当记忆的框架回归，当人们回到当初的地点翻动泥土时，记忆便在人们的挖掘之下逐渐与泥土剥离，最终呈现在社会之中。

（二）文化记忆中的文字与文本

“蜡板”“复用羊皮纸”等关于文字刻印的记忆隐喻揭示了过去人们对于记忆的认知，展现了记忆的回溯性与重构性。而文字本身对于文化记忆的影响更加深远，甚至从根本上改变了文化记忆的面貌。文字的出现，使“传统从鲜活的载体和现时的演出转移到了抽象符号的中间地带，在那里创立了一种新的物化存在形式，即文本”[②]。通过文字与文本，记忆的传承、传播不再受到时空限制，逐渐成为“最为可靠的记忆媒介”[③]。但在对文字的关注不断深入后，人们也逐渐发现，篡改文本内容、文本泛化导致了记忆流失的情况。这些问题的出现也使得文字本身的价值遭到了怀疑。由此，学者们将视线转移到过去被忽视的图像以及没有编码符号特点的痕迹这一类特殊的文本上。

1. 从“永生”的媒介到记忆的“毒药”

在没有文字的时代，文化记忆的传递往往通过仪式、舞蹈、口语等方式。随着需要记忆的内容逐渐增加，需要传递的信息越来越复杂，文字成为人们存储记忆的重要手段。文字从诞生起便是为了进行保存，甚至可以说文字存在的任务就是将记忆外化并进行传播和传承。“一切都表明，文字是被作为储存的媒介物而非交流的媒介物发明出来的。如果我们追溯到各种记录系统的源头，就会发现它们最初都是为记忆（而不是为声音）服

① 普鲁斯特认为茶点和泡软的糕点可以通过刺激味觉激起身体的反应，进而建立起当下与深藏记忆的关联。在普鲁斯特看来，引起回忆的甜点就如同埋藏在深处的锚链，可以将深处的记忆提起并使其浮到表面。

② ［德］阿莱达·阿斯曼、扬·阿斯曼著，陈玲玲译：《昨日重现——媒介与社会记忆》，见阿斯特莉特·埃尔、冯亚琳主编：《文化记忆理论读本》，北京大学出版社 2012 年版，第 37 页。

③ ［德］阿莱达·阿斯曼著，潘璐译：《回忆空间：文化记忆的形式和变迁》，北京大学出版社 2016 年版，第 201 页。

务的。”①

当然，作为存储记忆的工具，文字本身并不具备长久保存记忆的能力，因为那些没有被阅读的文字和文本最终会沦为没有意义的材料。唯有经过阅读，那些被贮藏在文本中的信息才完成了传播、传承记忆的任务。所以，阿莱达·阿斯曼认为，文字在帮助记忆获得“永生”时，离不开运用文字的学者群体以及后人的阅读。“文化文本拥有一种能力，使得作品所负载的能量不会消失殆尽，而是随着不断阅读而传播并储存于记忆之中，跨域历史的鸿沟结合在一起。”② 诗人用文字记录下英雄的事迹，文字通过持续的可读性保证自己的永生，而读者则是这一段记忆能否得到传承的决定者。在统治与记忆的联盟中，统治者采用学者编撰史书并将其经典化、神圣化，他们不断培养阅读的文化传统以此来保障自身荣誉的永存。

然而，文字作为一种看似完美的记忆载体，本身也具有诸多的局限性。借助苏格拉底（Socrates）与菲德拉斯（Phaedrus）的对话，柏拉图指出了文字的缺陷：“因为你的发明（文字）会在学习者的灵魂中造成遗忘，因为他们不再使用他们的记忆；他们会相信外在的书写文字而不是他们自己的记忆……你给予门徒的不是真理，而是真理的表象。”③ 当文字成为记忆的外化后，记忆的功能也被文字承担，为了省时省力，人们逐渐放弃了记忆这一行为。在柏拉图看来，文字自始至终只是一种记忆的辅助工具，它永远无法准确无误地呈现出记忆的内容，无法传递思考，更无法传播真理。这种言与意之间的关系思考，在我国也有着丰富的讨论。从“道可道，非常道”“得鱼而忘筌”到“事溢于句外”“但见其言，不见其意”；从“言不尽意”到“意在言外”，我国文人学者对于言语文字在表达意义、传递思想上也持有一种怀疑态度。此外，在文本阅读与阐释的过程中，必然会出现误读的现象，导致文本能指与所指的偏离。读者在阅读文字和文本时也并非被动地接受，而是存在“霸权式”“协商式”和“对抗式”等多种解码方式。在不同解码方式的主导之下，读者获得的和承认的信息也各不相同。随着技术革命的推进，印刷技术可以凭借低廉的价格复制大量

① ［德］扬·阿斯曼，王霄兵：《有文字的和无文字的社会——对记忆的记录及其发展》，《中国海洋大学学报（社会科学版）》2004年第6期，第73页。

② ［德］阿莱达·阿斯曼、扬·阿斯曼著，张硕译：《什么是文化文本》，见阿斯特莉特·埃尔、冯亚琳主编：《文化记忆理论读本》，北京大学出版社2012年版，第137页。

③ Plato. *The Seventh Letter*, translated by J. Harward, Encyclopedia Britannica, 1923, p. 139.

文字文本。在文化工业的筛选之下，带有娱乐性质、利于销售和获利的“快餐式”文本占据了畅销书榜单，那些存储了文化记忆的经典著作往往被埋没在泛滥的文本中无人问津。即便是有阅读意义的文本受到了大众的关注，但在文化工业不停地运作之下，在几周甚至几天后就会有更加吸引眼球的书籍文本诞生，“文本被写入的维度越来越不是声誉和记忆的长时段，而是越来越多地变成了有短暂繁荣的节奏的文学市场”①。

所以，运用文字表达记忆首先可能会导致记忆的惰性，过度依赖文字反而不利于记忆的发展；其次，在记忆和思考中，有一部分内容无法准确用言语来描述和传递，在形成文字的过程中便产生了意义的流失；再次，在读者阅读和阐释文本时，不同的阅读方式以及对于文本内容的误读，都会导致由文字传递的记忆信息发生形变；最后，随着时代的发展和进步，在印刷技术的影响之下，在文化工业的冲击之下，越来越多“文字垃圾”的产生以及迅速更替的文学市场使得文字偏离了传承记忆的使命。由此，阿莱达·阿斯曼指出，文字的出现增加了可以存储的记忆、方便了记忆的传播和传承，但在不同的时代背景之下，文字本身的缺陷也可能会带领记忆走向“永生”的背面，成为记忆的“毒药”。

2. 从“文字”到“痕迹”再到“垃圾”

文化工业操纵之下的文字和文本看似五花八门、各有特色，而实际上它们是一种已经被筛选、被框定的文化消费品。权力借助“文化工业”这一强有力的社会机器，制造大量赘余的文字信息编织集体的幻想，让人沉浸在漫无边际的商品中无暇反思。在生产与消费的迅速循环中，在洪流般的信息之中，文字内的记忆也被冲淡甚至走向消解。这样一个几乎所有信息都能被牢牢存储的年代，记忆不但没有走向繁荣，反而因自身被泛化失去了边界而走向了没落。

当文字已经渐渐失去了支撑记忆的作用时，那些存储了间接历史信息的“痕迹”成为阿莱达·阿斯曼的关注对象。“痕迹打开的那条通往过去的入口，与文本打开的那条完全不同，因为痕迹中还包含了一个过去文化的非语言的表达——废墟和残留物、碎片和残块——还有口头传统的残

① ［德］阿莱达·阿斯曼著，潘璐译：《回忆空间：文化记忆的形式和变迁》，北京大学出版社2016年版，第225页。

余。"[①] 在阿莱达·阿斯曼看来，历史和时代的影响力或多或少都会在各种材料中留下印记，所以痕迹的内容相当广泛，"痕迹的概念使'写入'的范围超越了文本，扩大到摄影照片以及对于物体或者通过物体进行的力的作用"[②]。阿斯曼借助痕迹，从跨媒介的视角将记忆的支撑从文字转移到了照片以及其他物体之上。

与编码文字不同，痕迹往往只是在历史中遗留下的残片，它们最初存在的意义也并不一定是为了延续和传递记忆，所以痕迹往往能够躲过权力的审查和监管，很少被修饰、几乎没有被篡改和阐释。因此，在文化工业急速膨胀的年代，与文字相比，痕迹中的文化记忆更加真实、可信。但痕迹也并不完美，因为痕迹并非完全为记忆而存在，所以它也不具备文字那样完整存储记忆的功能。在痕迹中，仅有部分记忆可以恢复，而这些被重新激活的记忆也仅仅是历史的"残片"，"它们把不可分割的回忆与以往编织在一起"[③]。

然而，在一些学者看来，痕迹同样也无法躲过权力的魔爪。大卫·洛文萨尔（David Lowenthal）在《过去如同异乡》（*The Past is a Foreign Country*）中提到残留的痕迹也并非完全平等，因为大多数为精英制作的东西都比普通人使用的东西更加耐用，所以上层阶级留下的痕迹会更加清晰明了，而下层阶级几乎没有留下任何痕迹。因此，以痕迹来回顾过去时，"精英往往以真实的、情景化的、明确的个人细节出现；来历不明，没有面目、没有差异则是奴隶普遍呈现的状态。前者在特定的语境中被理解为令人难忘的真实存在，后者则是去个性化的拟像，通常被认为不是人，而是一团黑色的物质"[④]。在洛文萨尔看来，痕迹并没有逃离权力的束缚和压迫，阐释和解读也时刻发生。通过痕迹来展示文化记忆非但没有让记忆更加公正、清晰，反而进一步加大了阶级之间的差异，加深了固有的阶级偏见。

---

① ［德］阿莱达·阿斯曼著，潘璐译：《回忆空间：文化记忆的形式和变迁》，北京大学出版社2016年版，第234页。

② ［德］阿莱达·阿斯曼著，潘璐译：《回忆空间：文化记忆的形式和变迁》，北京大学出版社2016年版，第236页。

③ ［德］阿莱达·阿斯曼著，潘璐译：《回忆空间：文化记忆的形式和变迁》，北京大学出版社2016年版，第234页。

④ David Lowenthal. *The Past is a Foreign Country-Revisited*, Cambridge University Press, 2015, p. 396.

如果说从痕迹出发探讨文化记忆可能留存着一种自上而下的精英视角，那么“垃圾”概念的提出则提供了一种自下而上的研究方向。通过对普通日常生活的凝视，对边缘事物的关注，那些被人们丢弃、已经脱离了社会主流的垃圾成为带有价值的信息。特别是在网络信息时代，便捷的数字信息传递也意味着权力可以更加轻松地完成信息审查和筛选。在那些经过编程的数字文字、数字痕迹中，保存和删除只差“一键之隔”，遗忘和记忆也没有了明确的区隔。阿莱达·阿斯曼由此提出，只有那些不被重视、游离在社会语境之外的垃圾“偶然地逃脱了所谓的记忆空洞、那巨大的痕迹毁灭机制”①。作为非官方的记忆，与痕迹相比，垃圾显得更加琐碎、庞杂。它可以是一张纸屑、一个废弃的床垫，在垃圾上的残留物无法被牢牢把握，却真实地保留着使用的痕迹，它们没有编码、转瞬即逝，因而从垃圾中还原文化记忆也十分困难。

3. 特殊的文本：图像

文艺复兴时期的学者们赋予文字以极大的赞誉，培根（Francis Bacon）、弥尔顿（John Milton）就认为文字是一种充满生命力的再造工具，“不仅能保存旧的，而且能生发新的东西”②，因此文字能够激活记忆并指向未来。通过文字的可读性与透明性，回忆得到了更加清晰准确的阐释。与之相反，图像在文艺复兴时期被认为是一种面向过去的东西，它的形式固定，只能是原型的翻版。而随着技术的不断更新发展，在电影、电视、互联网的影响之下，以图片为代表的视觉媒介盛行，图像叙事逐渐渗透于政治、文化、教育等社会生活的方方面面。贡布里希（E. H. Gombrich）就明确地提出：“我们的时代是一个视觉时代，我们从早到晚都受到图片的侵袭。”③ 米歇尔（William Mitchell）通过《图像理论》（*Picture Theory*）一书更加直接地提出了“图像转向”（pictorial turn）的概念，强调了图像的重要性。

在媒介的发展更新之下，文字的价值逐渐遭到怀疑，从痕迹延伸出的

---

① ［德］阿莱达·阿斯曼著，潘璐译：《回忆空间：文化记忆的形式和变迁》，北京大学出版社2016年版，第241页。

② ［德］阿莱达·阿斯曼著，潘璐译：《回忆空间：文化记忆的形式和变迁》，北京大学出版社2016年版，第216页。

③ ［英］恩斯特·贡布里希著，范景中译：《图像与眼睛：图画再现心理学的再研究》，浙江摄影出版社1988年版，第167页。

图像、照片又重新回到了记忆研究者们的关注视野之中。与清晰透明且直观的文字相比，图像是模糊且充满矛盾的。然而那些本被认为是图像的缺点的东西在当下却成为它们的优势，正是图像的非透明性和模糊矛盾性，为记忆提供了“原初的、未经加工的原材料”[①]。

阿莱达·阿斯曼认为古希腊、古罗马的记忆术就十分重视记忆与图像之间的联系。在记忆术中，图像借助各种意象（imagines）来传递需要记忆的内容。当然，并不是所有意象都可以成为记忆的载体，只有能够留下深刻印象、效果强烈的能动意象（imagines agentes）才能成为记忆的支撑。与文学中的“陌生化”手法相似，图像为了加深给人的印象，会增加意象对人的刺激，采用形变、扭曲、夸张等手法来加强效果，以此补偿人们对于事物逐渐丧失的感知，延长图像在记忆中停留的时间。

与古希腊、古罗马对图像的肯定相似，阿比·瓦尔堡（Aby Warburg）指出图像中凝结了强大的记忆力量，可以在特定的历史语境之中被唤醒。他认为“有意识地创造自己与外部世界的距离”[②] 是人类文明产生的基础，但人类的历史往往在“狄奥尼索斯—阿波罗”的二元论之间摇摆，一极指向距离的消弭，人类迷狂般地陷入客体之中，另一极则指向完全的克制，通过理性保持自己与外界的距离。由图像承载的记忆则处在这两极之间，图像“澄清了物体的轮廓具有反混沌的功能，又要求观看者虔诚地凝视被创造出来的偶像”[③]，在宗教般的迷狂下，图像“向内寻求幻想”，同时又希望保持距离，从而“向外寻求理性”。瓦尔堡认为古希腊、古罗马时期出现过的水仙、长袍等图像在历史的不同阶段如文艺复兴时期、近现代的邮票上不断重复出现，这并非简单的图像重复，而是凝结其中的“激情公式”发挥了作用。这些在历史中反复呈现的图像展示了凝固着激情与理性、狂热和克制的记忆痕迹（Engramme），在特定的历史条件之下释放出了记忆的强大动力。

查尔斯·兰姆（Charles Lamb）则认为图像和梦境一样是流动的幻象。

---

① ［德］阿莱达·阿斯曼著，潘璐译：《回忆空间：文化记忆的形式和变迁》，北京大学出版社 2016 年版，第 246 页。

② Aby Warburg. The Absorption of the Expressive Values of the Past, translated by Matthew Rample, *Art in Translation*, 2009, 1 (2), p. 273.

③ Aby Warburg. The Absorption of the Expressive Values of the Past, translated by Matthew Rampley, *Art in Translation*, 2009, 1 (2), p. 277.

那些能够引起恐惧的，在梦中被唤醒的图像力量便是一种“原型”。这些原型就如同集体无意识，是一种“跨主体的事先印入的图像，它们属于人类的遗传配置”。在兰姆看来，这些由图像传承的记忆内容是与生俱来无法被解释的。

阿莱达·阿斯曼通过“记忆术”“激情公式”“原型”等概念重新勾勒了图像的记忆功能，梳理了记忆与图像之间的联系，为人们通往记忆打开了另一扇大门。

（三）文化记忆的空间场所

福柯在《异托邦》（*Of Other Spaces*）中提道：“现在的时代或许首先是一个空间的时代。我们处在共时性时代：一个并置的、远和近、并肩又离散的时代。”[①] 20 世纪 70 年代，在列斐伏尔、福柯等学者的推动下，文化研究的“空间转向”应运而生。空间不再是一种抽象、空洞同质和无限的场所，而是与线性的时间一样，成为考察社会文化的一种重要的纵向角度。在文化记忆领域，空间也是学者们关注的重要层面。皮埃尔·诺拉在《记忆之场：法国国民意识的文化社会史》中对记忆在空间中的体现进行了研究，考察了埃菲尔铁塔等具有鲜明法兰西民族特色的文化建筑。但诺拉关注的记忆空间十分具体，框定在法兰西民族内部的研究视角使得他的理论缺乏一定的普适性。阿莱达·阿斯曼试图从更加宏观的角度出发去探讨文化记忆与空间的联系。

1. 作为记忆场所的身体

“身体是事件被铭刻的表面（语言对事件进行摹写，思想对事件进行拆分），是自我拆解的场所（自我具有实体统一性幻觉），是一个永远在瓦解的器具。”[②] 在福柯的理论中，身体不仅是自然的，更是社会的、历史的。身体被社会建构、被文化编码，由权力生产也生产着权力。作为空间的身体和权力之间有着密切的互动：身体展示了历史的印记，而历史则对身体进行破坏和重塑。那些印刻在身体上的历史和记忆是牢固且无法支配

---

① Michel Foucault. *Of Other Spaces*, Diacritics, 1986, 16 (1), p. 22.

② Michel Foucault. *Language*, *Counter-memory*, *Practice*, translated by Donald F. Bouchard and Sherry Simon, Cornell University Press, 1996, p. 148.

的，“是通过长时间的习惯、无意识的积淀以及暴力的压力产生的”①。印刻在身体上的记忆同样需要通过记忆内部的机制来抵御遗忘，在阿莱达·阿斯曼看来，语言和强烈情感就是让记忆停留在身体中的稳定剂。

语言作为一种编码、解码的符号系统，是人类沟通和传递思想的重要工具。虽然言意之间的转换存在一定的错位，很多身体能够感知的情感和思绪无法找到准确的语言来表达与描述，但相比那些无法用言语形容的东西，可以被语言描述或者用象征的方法表述的情感态度往往更加令人难以遗忘。此时的语言就如同贴在储物柜上的标签，清晰地将过去印刻在身体中的记忆进行了分类并命名。而无法被叙述的情感如未被整理的杂物，散落在记忆的深处。当人们回忆往事时，那些被整理过的情绪更容易被唤起，而无法被语言描述的情绪很容易被遗忘，因此“言语是回忆最有力的稳定剂”②。

强烈的情感是记忆在身体中的另一个支撑。在作为记忆媒介的图像中，只有产生强烈效果的能动意象才能成为记忆的支撑。同样，只有强烈的情感能够在身体上留下更加深刻的痕迹。在阿莱达·阿斯曼看来，过去或许无法被准确地复述，只能从当下出发追求更加精确的重构，但强烈的情感是人无法控制的，“它不仅摆脱了外部的矫正，而且不允许自己修改”③。在《忏悔录》中，卢梭就肯定了强烈情感的记忆作用：“我很可能漏掉一些事实，某些事张冠李戴，某些日期错前倒后；但是，凡是我曾感受到的，我都不会记错，我的感情驱使我做出来的，我也不会记错。”④

阿莱达·阿斯曼认为在回忆性的著作中，特别是在口述历史著作中，由于强烈情感而存储在身体之中的记忆得到了鲜明的展示，这种主观情感往往被大写的抽象历史排除在外。而对于口述史学者们来说，参与者的主观体验至关重要，通过对身体、情感和记忆的思考，观察客观事实与主观真实之间的分歧，使得我们能够从更多的侧面去考察历史，重现被遮蔽、掩盖和忽视的过去。印刻在身体中的记忆具有不可避免的重构性，它赋予

---

① ［德］阿莱达·阿斯曼著，潘璐译：《回忆空间：文化记忆的形式和变迁》，北京大学出版社2016年版，第275页。

② ［德］阿莱达·阿斯曼著，潘璐译：《回忆空间：文化记忆的形式和变迁》，北京大学出版社2016年版，第284页。

③ ［德］阿莱达·阿斯曼著，潘璐译：《回忆空间：文化记忆的形式和变迁》，北京大学出版社2016年版，第287页。

④ ［法］让·雅克·卢梭著，范希衡译：《忏悔录》，人民文学出版社1982年版，第344页。

口述史这一跨学科领域独特的魅力，让发生在过去的事件带着温度回到当下。但同时，这一种记忆的重构性也让口述史饱受争议。在实证主义的历史学者看来，“口述史正在进入想象、选择性记忆、事后虚饰和完全主观的世界……它将把我们引向何处？那不是历史，而是神话”①。然而历史书写作为一种言语结构，“叙事性”无法避免。海登·怀特（Hayden White）就关注到历史所具有的审美性，“只要史学家继续使用基于日常经验的言说和写作，他们对于过去现象的表现以及对这些现象所做的思考就仍然会是‘文学性的’，即‘诗性的’和‘修辞性’的”②。因为记忆具有选择性，便将口述史与想象画上等号的做法是武断的，“任何一种历史书写同时也是一种记忆工作，也把赋予意义、帮派性和支持身份认同等条件暗度陈仓”③。历史文献资料也无法保证完全客观，它们同样是具有叙事性质的，面临着被选择、被阐释的命运。从这个意义上说，“历史书写的记忆维度和科学维度并不是相互排斥的，而是以一种复杂的方式相互联系。……两者都不再是能够从科学话语中完全干净地消除掉的因素”④。记忆无法避免的重构性质并不意味着可以任由回忆进行幻想。为了获得更有价值的史料，口述历史著作坚持在尊重历史史实的基础上，努力呈现出更加真实的历史材料，反对那种对历史过于主观的扭曲和误读。

2. 作为记忆承载者的建筑

为了完成记忆和历史的可持续性诉求，在空间性建构中，建筑成为记忆重要的承载者。英国学者约翰·拉斯金（John Ruskin）在《建筑的七盏明灯》（*The Seven Lamps of Architecture*）中就肯定了建筑与记忆之间的关系：“当我们打造建筑时，让我们想着为永恒而建造吧。不要让建筑仅仅为了当下而被使用，让它成为那种能让后辈感激我们的工作……建筑的最高荣耀不在于它是石头造的还是金子造的，它的荣耀在于它的岁月，我们可以从那些经历了人类历史浪潮冲刷的墙壁中感受到深沉的声音、严厉的

---

① 杨祥银：《当代美国口述史学的主流趋势》，《社会科学战线》2011年第2期，第75页。

② ［美］海登·怀特著，陈新译：《元史学：十九世纪欧洲的历史想象》，译林出版社2004年版，第1页。

③ ［德］阿莱达·阿斯曼著，潘璐译：《回忆空间：文化记忆的形式和变迁》，北京大学出版社2016年版，第146页。

④ ［德］阿莱达·阿斯曼著，潘璐译：《回忆空间：文化记忆的形式和变迁》，北京大学出版社2016年版，第159页。

注视、神秘的共鸣甚至是赞同和谴责。”[①] 在拉斯金看来，除了墓地、纪念碑等专门用于纪念的建筑以外，街道、商店等关注当下需要，为生活、生产提供便利的建筑，在时间的洗礼之下，必然也留下了记忆的痕迹。所以，在作为记忆承载者的建筑之中，空间与时间并不是相互割裂的，建筑本身也是一个体现历史性的载体。从这个意义上说，由充满历史痕迹的建筑所组成的城市便成了一个大型的“记忆仓库”。城市里的建筑并非于同一时间完成，在不同经济情况和文化环境影响之下，各个年代修建的建筑也被赋予了不同的色彩和风格。在阿莱达·阿斯曼看来，城市中建筑的改变、覆盖、沉积与叠加就如同“复用”一般，在同一个空间之中展示了历史的不断叠加，总体上呈现出一种“非共时的共时性”。

然而这些建筑所展现出的“非共时的共时性”并不是一个稳定的状态，出于政治或经济目的，那些没有被“经典化”的建筑都面临着被拆除的风险。阿莱达·阿斯曼关注到了带有强烈拆除欲望的“投资之人”和追求保留的“保护之人”之间激烈的矛盾与冲突。在工业化和消费社会的冲击之下，波德莱尔、本雅明笔下的巴黎“拱廊街”在城市中扩张。资本主义通过这些带有浓重商品拜物教色彩的商业街迅速聚敛了大量财富。为了进一步加快财富的积累，“投资之人”不断增加商业街面积，将那些“无用”的建筑拆除，原来建筑身上印刻的记忆也随之消失。当千篇一律的“拱廊街”占据了越来越多的城市面积时，城市之中的“非共时性”遭到了破坏，记忆的中空化让部分人意识到，对经济、未来的盲目追求是以销毁、抹去记忆和过去为代价的。“这种向往过往历史情感上的转向其实是对于我们生活世界中那些熟悉场景消逝的一种补偿，而后者是随着社会快速发展而出现的。”[②] 记忆的维护者们提出保护历史建筑的口号，力图维持城市中错综复杂的历史。促进经济发展与保护历史之间存在着不可避免的冲突，在资本社会的运作之下，在文化工业及其意识形态操纵的熏染下，面对历史的消逝，“人们便会十分乐意将这些损失一笔勾销”[③]。

“每一次政权更迭都会带来重新的命名，通过这样的命名，取得统治

---

① John Ruskin. *The Seven Lamps of Architecture*, Smith, Elder and Co., 1849, pp. 172－173.

② ［德］阿莱达·阿斯曼著，袁斯乔译：《记忆中的历史：从个人经历到公共演示》，南京大学出版社2017年版，第77页。

③ ［德］阿莱达·阿斯曼著，袁斯乔译：《记忆中的历史：从个人经历到公共演示》，南京大学出版社2017年版，第88页。

地位的今人对既往分层的历史做出改写与修正。”① 阿莱达·阿斯曼以“巴黎大街”在一夜之间改为了党派领导人的名字——“施拉格特大街”为例，强调了存储在空间之中的记忆也一样容易被更改和抹除。那些被赋予了政治隐喻的建筑，如柏林墙、伟人雕像等也会随着政治风向的变更而被拆除或重建。印刻在建筑之中的记忆和文字一样，难以逃脱权力的阐释。在阿莱达·阿斯曼看来，那些在建筑之中被大面积展示的记忆往往是经过选择后必须被记住的历史。

三、文化记忆的存储与展演

在阿莱达·阿斯曼的理论中，功能记忆是一种与社会生活紧密联系的记忆。在权力的不断更替之下，功能记忆的范围也经历着不断的变化。那些曾经被奉为“必须”的记忆在新的社会语境下甚至会完全失去使用的效力。但是为了避免这些记忆被彻底遗忘，让这些材料在必要时能够被再次转化为功能记忆，对其进行集中存储、归档并向社会进行展演成为处理这些材料的办法。依靠个体的力量对大规模的历史文件进行归档并不现实，在权力的要求下，与存储这一类记忆相关的机构逐渐成型，档案馆、博物馆的出现为集中存储文化记忆提供了基础。所以，从这个意义上说，档案的产生离不开权力，但也正是因为权力的介入，“档案作为人类文明和社会实践的产物，自产生之日起就受到权力因素的干预、影响和作用，并从各个方面参与了档案的建构”②。阿莱达·阿斯曼着眼于文化记忆的集体存储和公共展演，解读了权力、公众和记忆在档案、博物馆与媒体中的显隐。

（一）档案

在缺乏记录手段的过去，如何记住必需的历史与传统是人们需要面对的难题。而当文字产生后，记忆得以极大地简化，从而出现了大量记录记忆的文字材料。为了给未来保留最有价值的文字资料，人们鉴定、收集并

---

① ［德］阿莱达·阿斯曼著，袁斯乔译：《记忆中的历史：从个人经历到公共演示》，南京大学出版社2017年版，第94页。

② 谭倩：《论现代公共权力建构档案的合法性》，《档案管理》2019年第2期，第30页。

保存属于过去的文件，档案便由此产生。阿莱达·阿斯曼从档案的选择标准、档案的公共价值以及档案文件共同的性质三个方面总结出档案具有选择性、可通达性和保存性三个特点。

1. 选择性

“今天鉴定昨天的文件，主要是为未来创造过去。”[①] 阿莱达·阿斯曼认为，档案中的文件虽然失去了社会效力，但并不意味着它们完全与社会脱离，成为彻底的存储记忆。档案存在于存储记忆与功能记忆的交界点，实践着这两种记忆的转换。作为一种过去的遗物，档案不仅解释了已经逝去的历史，也为现在的合法性做了证明，并且不断暗示着未来的走向，是一个连接了过去、当下与未来的中介。在早期的档案工作者看来，档案是完全客观中立的材料，“档案工作者保管这些文件不存在偏见或事后的想法，因此被认为（实际上被颂扬为）是公正、中立、客观的保管者”[②]。但阿莱达·阿斯曼认为，在权力的控制下，档案很难实现完全的客观与独立，它具有无法避免的选择性。

在纸质档案时代，为了节省空间和时间，必须先对文件进行挑选、再对文件进行保存，而即便是数字存储如此方便的当下，档案也并没有将一切事物都作为归档的对象。无节制的记忆消弭了记忆边界，无异于和遗忘画上了等号。“档案是一种具有独特价值的信息资源，它所承载的国家、民族、社群、个体的过往历程正是集体记忆所要留存、追溯的对象。”[③] 为了突出记忆的价值，档案必然对需要存储的材料进行挑拣，只有那些与国家、群体身份认同紧密相关的材料才能被纳入其中。

此外，作为一种社会记忆，档案无法脱离权力的监视。“控制一个社会的记忆，在很大程度上决定了权力等级。”[④] 在权力的强势影响下，不同时代对于身份认同的认识各有差异，档案选择的标准也因此各不相同。由于选择档案的标准有所参差，一个时期内被认为是无用的记忆或许在未来

---

① ［加］T·库克、李音：《铭记未来——档案在建构社会记忆中的作用》，《档案学通讯》2002 年第 2 期，第 74 页。

② ［加］T·库克、李音：《铭记未来——档案在建构社会记忆中的作用》，《档案学通讯》2002 年第 2 期，第 75 页。

③ 冯惠玲：《档案记忆观、资源观与“中国记忆”数字资源建设》，《档案学通讯》2012 年第 3 期，第 5 页。

④ ［美］保罗·康纳顿著，纳日碧力戈译：《社会如何记忆》，上海人民出版社 2000 年版，第 1 页。

会被视为最有价值的宝物。在福柯的理论中，档案与权力结构的关系更加密切，档案甚至不具备物质性，“档案首先是那些可能被说出的东西的规律，是支配作为特殊事件的陈述出现的系统”[①]。通过档案的法则，事物才能被陈述和言说，在这个意义上，档案本身就拥有选择的权力，所以阿莱达·阿斯曼认为，福柯所说的“档案”完全可以作为话语的定义。[②]

2. 可通达性

联系着过去、现在与未来的档案是维系着共同体的重要材料，因此权力对其进行着严格的筛选。经过选择的档案也并非完全对公众开放，因为被开放的档案会被不断阐释和解读，进而出现思考和批评，所以权力也在不同程度上限制着公众对于档案的获取。

“没有一个政治力量不对档案加以控制，不对记忆加以控制。”[③] 但不同性质的权力对于档案的控制程度存在着较大的差异，所以档案的可通达性也各不相同。阿莱达·阿斯曼认为民主政权控制下的档案可通达性更高。在雅典这一类民主城邦中，档案是共有的财产，面向公众开放。在档案可通达性越高的社会中，档案中存储的记忆就越容易在功能记忆和存储记忆之间进行转换。因为获取档案的难度较低，档案中的内容也更容易成为公众批评与阐释的对象。在对档案中的记忆进行不断解释和反思的过程中，那些原本被认为与社会脱离联系的存储记忆被重新赋予了时代的颜色，成为与社会生活密切相关的功能记忆。讨论档案中记忆的行为是具有一定风险的，档案中蕴含着身份认同的内容或许会成为“热回忆”的导火索，激起颠覆权力的呼声。但为了维护公众的权利，民主社会愿意承担这样的风险，不断拓展存储记忆的内容并供公众阅览，通过这种方式来改善权力与民众之间的关系。而在极权社会中，档案属于国家而非公民，权力对于档案的控制就显得极为严格。阿莱达·阿斯曼认为在一个充满压迫的极权社会里，档案的可通达性极低。在权力的压迫之下，存储记忆被大幅削减，将存储记忆转变为功能记忆的通道也被阻断。能被公众接触到的档

---

① ［法］米歇尔·福柯著，谢强、马月译：《知识考古学》，生活·读书·新知三联书店2003年版，第144页。

② ［德］阿莱达·阿斯曼著，潘璐译：《回忆空间：文化记忆的形式和变迁》，北京大学出版社2016年版，第401页。

③ Jacques Derrida & Eric Prenowitz. *Archive Fever*: *A Freudian Impression*, Diacritics, 1995, 25(2), p. 11.

案是经过裁剪、浸润着当下的意识形态的记忆。通过这种方式，极权社会企图制造一种“冷回忆”，告诫公众历史并无特殊之处，过去如此，现在依然，未来也不会有任何变动。

3. 保存性

在文学领域内，“文学性”是文学之所以为文学的重要特性。在档案的范畴内，阿莱达·阿斯曼认为，“保存性”是档案之所以成为档案的重要性质。

“保存性”首先体现为档案的“可降解”（biodegradable）。在垃圾处理技术中，废弃物在腐烂和分解的作用下转化为对环境无污染的化合物后重新回到生态环境中，具有这样一种再次进入生态循环能力的物质被认为是可降解的。阿莱达·阿斯曼借用了德里达的“可降解”概念来分析档案的独特性质。在阿斯曼看来，作为过去“遗留物”的档案和废弃物一样是可降解的，经过降解和消化，档案中的内容可以重新回到文化的循环之中。当档案融入活的记忆、文化和传统中时，它便成为文化发展根基的一部分，并且能够在特定的环境下为群体身份认同提供必要的支撑和生动的证明。

然而，阿莱达·阿斯曼也意识到，档案的降解和消化并不意味着与过去的文化完全同化。在融入文化的过程之中，档案始终保持着自己的独特性，与原有的文化之间存在着一定距离，所以档案也呈现出一种“抵抗性”（resistenz）。“为了使‘有机的’文化土壤更加肥沃，文本必须要抵抗、挑战、质疑和批评文化，因此它必须是不可同化的。至少，它必须被理解为不可被同化的消化，因为难以接受而难以忘怀，可以引发意义却不会穷尽，是不可理解的、隐晦的秘密。”① 在“可降解”和“抵抗性”的相互作用之下，档案与作为文化的记忆和传统之间产生了一种张力。档案通过“降解”成为文化的一部分，并赋予其不断发展的养分；档案又与文化之间互相抵抗，时刻对文化进行反思和批判。从这个意义上说，档案中的记忆“既不属于什么东西也不属于任何人，既不适用于任何事情也不被任何人占有，甚至不被载体占有。正是这种独特的不可归属性，使它能够

---

① Jacques Derrida & Peggy Kamuf. *Biodegradables Seven Diary Fragments*, Critical Inquiry, 1989, 15 (4), p. 845.

永远避免破坏，即使不能完全避免，至少可以维持很长一段时间”①。

从文化角度出发，档案中的记忆因其独特的性质而具有抵抗毁坏的能力。然而从物质媒介角度出发，以纸张、照片、光碟等为代表的传统档案存储方式都无法保证档案的完整和安全。纸张的保存需要适宜的温度和湿度，在自然状态下的纸张会因为天气、自然灾害等原因遭到无法修补的破坏。光碟、照片、录音带等媒介也会随着时间的变动而老化，存于其中的档案最终也会无法识别。互联网的出现让档案保存的问题出现了新的转机。通过不断的数字化，将传统媒介存储的档案转移到互联网成为信息时代保存档案的方法。随着网络技术的不断更新，档案也需要不断从旧的存储介质中转移到新的介质中。过去被静置的档案在互联网媒介中如同河水一般流动起来，阿莱达·阿斯曼将这种永不间断的档案转移现象称为“数据转移”。数据转移的最终形态是在记录档案的同时完成档案的保存和数据的不断更新，运用编程系统形成一种在存储和保管方面完全脱离人的自动的数字记忆。

在建设数字记忆方面，我国也进行了积极探索，冯惠玲、徐拥军等学者就提出了建设“中国记忆”数字资源库的构想。“中国记忆”数字资源库将与中华民族历史相关的音视频资料、各种文字档案汇集到一个平台上，供全民免费查阅和使用。学者们希望构建这样一个数字档案平台，进一步凝聚中华民族共同体意识，构建和保存中华民族更加完整、真实的集体记忆，进而不断增强国民的归属感和荣誉感。“中国记忆”这一类互联网的记忆模式打破了档案过去封闭、孤立的状态，通过网络中介，在不同档案之间，同一档案内音频、视频、文字多种媒介之间搭建了桥梁以促进它们的相互联系，最终形成一种流动的、数据自我组织的系统。②

（二）博物馆

档案主要存储了以文字形式保留的过去，博物馆则集中归档了以物品形式存在的记忆。博物馆中保管、展出的物品是历史最真实的样子，甚至

① Jacques Derrida & Peggy Kamuf. *Biodegradables Seven Diary Fragments*, Critical Inquiry, 1989, 15 (4), p. 845.

② “中国记忆”网络平台的详细情况参见冯惠玲：《档案记忆观、资源观与“中国记忆”数字资源建设》，《档案学通讯》2012 年第 3 期，第 4－8 页；徐拥军：《建设“中国记忆”数字资源库的构想》，《档案学通讯》2012 年第 3 期，第 9－13 页。

可以说它们本身就是历史的一部分，没有经过伪装、扭曲、阐释和篡改的物品在历史的冲刷下散发着独一无二的灵韵。这些历史物品本身并没有立场和态度，但阿莱达·阿斯曼注意到在权力的凝视下，一些物品被赋予了特定的象征意义。此外，博物馆在对物品进行挑选、对展出物品进行排序时，意识形态也随之侵入其中，在各种展演主题之下让物品呈现出符合要求的立场，关于过去的物品也被赋予了叙事性。

1. 对历时性的坚守

随着技术的不断更新，纸张、光盘、照片等记录了历史记忆的媒介通过编程被扁平化，成为一串串数据。这些数据在互联网中以一种高效、快捷的方式被各种跨媒介叙事串联在一起。关于过去的记录以极快的速度被复制，互联网力图以这种方式为人们呈现一个更加完整、多元的记忆图景。在信息时代的推动之下，对记忆的保存和传播被推向了一个新的高潮，但阿莱达·阿斯曼注意到，被抽离了物质载体的历史证据已经同本雅明所担忧的一样，被机械复制时代祛除了属于过去的、独一无二的“魅影”。

为了进一步缩减存储档案的成本，承载信息的媒介被不断简化，最终彻底与传统物质媒介分离。发黄的、带有折痕的纸张以及那些带有时间印刻的痕迹在数字化的过程中被无情抹去。在数字媒介的统治之下，属于过去的历时性被冲淡，一切历史仿佛都以一种共识性而存在。但那些过去的痕迹是一种独一无二的历史证明，因此阿斯曼从物质角度对博物馆和文物进行了极大的肯定，“一份羊皮纸书稿、一只花瓶、一座铜像、一件破旧的衣服、一卷档案，这些物品所具有的不可简化的物质性，是其自身意义中不可分割的一部分。”① 阿斯曼认为博物馆以及其中的文物是一种对于历时性的坚守，在过去被不断共时化的趋势下，博物馆拒绝向它让步，对另一个时间和空间做着担保的文物成为共时化趋势的阻碍。印刻在文物之中的各种关于过去的记忆得到了完整、真实的展现，那些带有历时性特征的细节使得博物馆在一个特定的环境中形成了一个带有过去“灵韵”的记忆场所。

2. 象征性

物品本身无法同文本一样将过去的记忆以一个较为完整的方式呈现。

---

① ［德］阿莱达·阿斯曼著，袁斯乔译：《记忆中的历史：从个人经历到公共演示》，南京大学出版社 2017 年版，第 135 页。

但这些与过去有关的事物所带有的象征性激发着参观者们的联想，刺激着人们对过去展开回忆。在历史展品的象征性中，权力、记忆的争斗与结合也在时刻进行着。

阿莱达·阿斯曼将博物馆中出现的展览品分为三类。首先是具有历史见证价值的证明原件。这一类展品是权力拥有者所使用的工具，它们带有鲜明的政治色彩。因此在这些物品身上，人们可以看到历史意义和政治意义的相互叠加。对这一类物品进行展出时，历史和政治纠葛便得到了充分的展现。以康拉德二世的王冠[①]为例，阿斯曼认为这些带有鲜明政治色彩的历史物品是一种“热记忆”的体现，它们的存在加剧了各地间的冲突和矛盾，物品中所蕴含的历史见证价值也被政治象征意义覆盖，由此，代表着过去的历史便延伸到了现实政治领域之中。其次，博物馆还会展出一些本身不具有符号性的历史遗物。这些物品本身不像旗帜、王冠一样充满政治色彩，但在历史叙述的过程中，它们不再沉默，成为这段历史的象征。在我国青岛的中国人民解放军海军博物馆中，就展出了一根来自上甘岭战役时的树枝，在仅 38 厘米长的枯枝上，一共嵌了 35 块弹片。这根树枝本身没有符号意义，但在特定的历史语境中，它已经成为志愿军保家卫国时与美军艰苦作战的真实见证，成为抗美援朝历史的一部分。最后，博物馆中还会展出具有个人纪念价值的物品。在这些细碎的个人物品之中，宏大的历史叙事对于个人的影响得到了具体的展示。在阿莱达·阿斯曼看来，这种对于个人物品的展示真切地再现了曾经发生在个体身上的历史事件。通过这些私人展品，参观者能够在一定程度上回到未曾亲历的那一段过去场景之中，“它们刺激着参观者们的想象，并在其心理上架起了一座主体、当下和过去的桥梁”[②]。在新疆兵团军垦博物馆中，大量的私人物品也得到了展示，用于屯垦、受到严重腐蚀的“坎土曼”，缝缝补补、打满补丁的军大袄……这些展品背后第一代军垦人艰辛劳作、与恶劣环境作斗争的画

---

① 康拉德二世的皇冠是德意志帝国历史重要的象征物，对于皇冠的争夺体现了权力对于记忆的控制。1796 年为防范被拿破仑掠夺，皇冠被人们从德国的纽伦堡运送到了奥地利的维也纳；1938 年，希特勒又将它从维也纳转移到纽伦堡；1945 年，德怀特·D·艾森豪威尔再次将它从纽伦堡送回维也纳。在皇冠一次又一次的转移和争夺之中，带有象征意义的文物逐渐成为一种热记忆，加剧了德国与奥地利之间的矛盾冲突。参见阿莱达·阿斯曼著，袁斯乔译：《记忆中的历史：从个人经历到公共演示》，南京大学出版社 2017 年版，第 121 – 124 页。

② ［德］阿莱达·阿斯曼著，袁斯乔译：《记忆中的历史：从个人经历到公共演示》，南京大学出版社 2017 年版，第 133 页。

面得到了隐形呈现。在这个意义上，这些私人物品就象征着第一代军垦人对祖国、对新疆的无私奉献。

3. 叙事性

博物馆中的展品通过将历史物体化的方式，创设了一个关于过去的环境。这些确确实实经历过历史洗礼的事物，让参观者仿佛身临历史情境，同时对于它们所呈现的过去深信不疑。但阿莱达·阿斯曼尖锐地意识到这些沉默的展品被赋予了叙事性，它们所呈现的“真实”在一定程度上也是当下的权力对于过去的建构。

为了使展览显得更有条理，博物馆在对展品进行展览时往往会设定一个确定的主题。在权力的影响之下，展览主题的设定就已经被限制在一定的范围内。阿斯曼发现在德国的博物馆中，“第二帝国和第三帝国始终被排除在博物馆主题之外，第一帝国获得的关注越来越大”①，那些对于“民族、国家中消极和破坏性的方面却从未得到关注和使用”②。除了对于主题的框定以外，安排展品排列和摆放顺序时，博物馆也会依照主题事先形成一个叙事文本作为展览的主题框架。展览的文本基础，极大地拓展了摆放展品的思路和模式。在这些事先安排的文本指引下，展览策划者们除了可以按照时间顺序摆放展品外，还可以从展品的系列、集群等空间因素进行考量。在展览策划者眼中，这些印刻着过去记忆的物品就如同一种立体的文字，通过对于不同文物之间的排列、组合以及摆放先后顺序的安排，引导着参观者进行联想，从而在无意识中书写、完善历史情节的叙述。在这样的参观过程之中，文物本身的真实性迷惑了参观者，让他们误以为自己看到的便是最为真切的过去。然而事实上，已经过叙事脚本设计的历史展览，拆散了文物之间原有的历史联系，将当下新的秩序和意义融入文物的联系之中，并借助它们完成了历史的再度语境化。从这个意义上说，在不同的文本框架下，同样或类似的展品经过不同的摆放和组合后呈现出的历史画面或许完全不同甚至相互对立。

① ［德］阿莱达·阿斯曼著，袁斯乔译：《记忆中的历史：从个人经历到公共演示》，南京大学出版社2017年版，第120页。

② ［德］阿莱达·阿斯曼著，袁斯乔译：《记忆中的历史：从个人经历到公共演示》，南京大学出版社2017年版，第120页。

（三）媒体演示

从阿多诺、霍克海默等学者的文化工业理论模式来看，电影、电视剧等数字媒体作为资本主义的产物，用消遣和娱乐来麻痹、控制人，使人丧失凝神专注的能力，从而彻底沉沦在资本创造的虚假世界之中。但阿莱达·阿斯曼认为，电影、电视剧以及各种数字媒体凭借其广泛而深远的影响力，成为再现历史的绝佳工具。在这些媒体的大规模演示下，人们对于历史和过去的态度在无形中塑造，权力借助这些媒体，填补了在档案、文物中存在空缺的记忆。

1. 连贯性与真实感

博物馆为了重新将物品进行历史语境化，需要借助组织、摆放文物来激起参观者的联想。但博物馆作为一个公共的开放空间，参观者可以自主选择参观的路径，而不一定按预先设定好的顺序进行阅览。此外，由于受众本身的情况千差万别，每个人对于历史的理解与认知也各有差异。展览往往很难预设最后的结论，参观者需要根据展出的文物展开联想从而得到关于历史的诠释。所以，即使有文本作为框架基础，展览也不能保证文物中所蕴含的历史记忆得到预设的呈现。

以电影为代表的媒体演示则与博物馆的展览方式不同。媒体演示本身的性质决定了它们所呈现的画面是完整、连贯的。区别于博物馆这一类开放的参观方式，电影、电视剧作为一种商品，在面向大众时，其中的音视频等各种组合元素就已经按照设想进行了不可更改的固定。通过这种事先预定好的叙事方式，可以保证电影、电视剧需要讲述和呈现的记忆是连贯、清晰且完整的。为了追求故事展现的连贯性和完整性，纯粹的历史资料已经无法满足这样的要求，想象在图像、音频的叙事之中成为一种“合法”成分。想象的存在不仅使记忆更加丰满，也为权力进入记忆赢得了空间。在观看影视剧的过程中，观众不需要同参观文物一样对展览进行联想，影视剧本身就已经将联想的过程以画面的形式得到了呈现。在本雅明看来，这种让人们放弃自我思考的影视剧编排方式是资本主义对于人的侵蚀和损害，麻痹了人们对于历史和现实的认知。而阿莱达·阿斯曼却认为，借助电影、电视剧等视觉媒介的连贯性、完整性，其中的历史意识得到了更加充沛的展现，媒体演示成了展现历史记忆的绝佳途径。

借助先进的叙事技术和制作技术，影视剧就如同掌握了一把时间的钥匙，将属于遥远过去的人物、环境拉回当下，赋予观众一种再次经历过去的体验。在精美的制作和包装下，无论是故事的讲述逻辑还是画面的呈现方式，影视剧都做到了混淆现实与虚拟的程度。与博物馆相比，影视剧从视觉、听觉甚至触觉、嗅觉等多种感官上为观众搭建了一个无法辨别真伪的历史场景，创造了一种虚假的真实感。影视剧的观众仿佛成了真实历史的亲历者，"从'就像我当时在场一样'产生的是'我当时确实在场'的幻象；假定性的'当时可能是这样'于是屈从于'当时的确是这样'的谬论"[①]。在强大制作技术的支撑下，媒体演示的记忆具有难以辨别的真实感，从而能够产生强大的影响力，所以阿莱达·阿斯曼也深感电影、电视剧等媒体的危险性，"历史（题材）电影的潜能，同时也是问题，就在于这样一种以图像扭转历史空间并同时与其重叠且将其封闭的魔力"[②]。

2. 媒体演示对记忆的影响

作为一种新兴媒体，电影和电视剧的影响力逐渐超越了印刷媒体。"从流行程度及其影响力来看，影像似乎已经成为流行文化的记忆的主导媒介。"[③] 在权力、资本的帮助之下，电影、电视剧在传递记忆的同时也引导、主持了关于这一段记忆的讨论：影视剧的宣传广告、影视剧简介、影评、电影花絮以及关于影片内容的争论和形形色色的线下交流活动等共同构成了一种社会文化语境，不断促进人们对于电影、电视剧所塑造的那一段历史进行接受。在这样的过程之中，那些掺杂着想象的历史和记忆拥有了成为集体记忆的可能。在电影、电视剧主导的媒介网络中，由它们叙述的记忆已经成为一种难以被察觉的潜意识，影视剧"制作记忆"的目的也在广大受众的共同协助之下得以实现。所以，阿莱达·阿斯曼认为，"现在有许多研究报告证明，美国的中小学生已不再从历史书中，而是从好莱坞电影中获取他们的历史图像了。较年轻的这代人在接受《阿甘正传》《拯救大兵瑞恩》和《辛德勒的名单》这些电影时，不是把它们当作故事片，而是把它们视为文献证据"[④]。新兴媒体的蓬勃发展，电影、电视剧在

① ［德］阿莱达·阿斯曼著，袁斯乔译：《记忆中的历史：从个人经历到公共演示》，南京大学出版社，2017 年版，第 140 页。

② ［德］阿莱达·阿斯曼著，袁斯乔译：《记忆中的历史：从个人经历到公共演示》，南京大学出版社 2017 年版，第 140 页。

③ ［德］阿斯特莉特·埃尔：《文学、电影与文化记忆的媒介性》，见阿斯特莉特·埃尔、安斯加·纽宁主编，李恭忠、李霞译：《文化记忆研究指南》，南京大学出版社 2021 年版，第 492 页。

④ ［德］阿莱达·阿斯曼：《回忆有多真实》，见［德］哈拉尔德·维尔策主编，季斌等译：《社会记忆：历史、回忆、传承》，北京大学出版社 2007 年版，第 65 - 66 页。

历史记忆领域内产生了越来越重要的意义，“它成了历史小说、历史戏剧、历史歌剧和19世纪其他重大历史媒体如叙事诗和历史油画的后继者”①。所以，阿莱达·阿斯曼强调要警惕媒体演示对记忆的随意捏造，但她认为可以通过媒体唤起人们对记忆的关注。

阿莱达·阿斯曼指出，历史影视剧可以再次呈现那些已经存在却难以把握的过去。这里的再现并不是要求影视剧对历史进行完全客观的描述，而是要求影视剧提供一个具有吸引力的讲述，引导集体思考如何去呈现一幅更加合适的历史画面。我国的电影作品中不乏以南京大屠杀为题材的影片。但是在不同年代，不同语境之下，南京大屠杀题材的电影却呈现出不同的视角，使人们对于这段历史不断进行思考。戴锦华与汪晖等学者针对南京大屠杀题材影片展开过讨论。戴锦华认为影片《南京！南京!》刻意弱化了日军在南京的侵略行为，标榜普世的人性价值。事实上，电影粗暴地将观看者放置在两个极端的对立面上，中国人对于日本侵略者的态度只能是世界主义或是民族主义的。汪晖认为《南京！南京!》将复杂的历史问题简单化，“以一幅高高在上的宽容和人道主义的悲悯来解决当中的一些问题”②，这种叙述方式明显受美国主导的“二战”意识影响，但中国并没有这种叙述的土壤和基础，因此影片最终只剩下一个空洞的叙事框架。相比之下，戴锦华认为《金陵十三钗》中对于南京大屠杀的刻画更贴合中国本土的语境。影片中，中国军人奋勇抗敌的斗志得到了正面呈现、邪恶的纳粹式“日本鬼子”形象也得到了展示。《金陵十三钗》通过对历史的再现，关注了民族创伤记忆中承受巨大伤痛的女性，激起人们对于这一段痛苦回忆的反思。③ 日本军国主义制造了南京大屠杀这一事实不容争辩，他们残害了数以万计的无辜百姓的事实不容置疑。但在影片的历史呈现方面，究竟哪一部电影更接近真实并没有确定的答案。历史语境、观看视角以及受众的心理状态、接受基础都存在巨大的差异。因此，从阿莱达·阿斯曼的理论思考出发，重要的并不是历史题材影视剧本身的真实或票房的成

---

① ［德］阿莱达·阿斯曼著，袁斯乔译：《记忆中的历史：从个人经历到公共演示》，南京大学出版社2017年版，第140页。

② 戴锦华、汪晖：《谈〈南京！南京!〉——写在〈金陵十三钗〉公映前》，http：//wen. org. cn/modules/article/view. article. php/article = 2964.

③ 戴锦华、滕威：《2011年度电影访谈》，见戴锦华主编：《光影之忆：电影工作坊2011》，北京大学出版社2012年版，第15－19页。

功，而是影视剧刺激、引导集体对于历史事件的关注与思考的作用。当影视剧所呈现的历史成为公众讨论的话题时，媒体对于记忆的影响便已经产生。

历史题材影视剧还可以挖掘并展现潜藏在社会记忆之中，始终没有被明确表达的记忆。影视剧可以激起集体对于这一段不被展示的历史的关注，从而打开一条新的通往过去的道路。在新疆兵团的发展过程中，第一代军垦人为新疆的屯垦事业作出了巨大贡献。21世纪以来，《热血兵团》《戈壁母亲》等兵团题材的电视剧作品的出现，使得这一段历史得到广泛关注。这一类影视作品聚焦20世纪五六十年代第一批军垦战士在新疆屯垦戍边的生活经历，以一种自下而上的微观视角，经过艺术加工和合理虚构讲述了军垦人的记忆和故事，一定程度上再现了军垦年代的历史语境，"从而避免因时过境迁造成的记忆'断层'/'裂痕'，确保历史叙事的连续性和合法性"①。从这个意义上来说，影视剧媒体通过演示这一段被忽视的过去，拭去了覆盖在这一段记忆之上的尘土，让那些处在边缘的人物和历史在集体记忆中占有一席之地。

从档案的叙述到博物馆的展览再到媒体的展演，阿莱达·阿斯曼从三个不同的视角关注了记忆的存储和展演，剖析了权力、公众和记忆之间充满张力的联系。在她看来，随着记忆存储、展演方式的不断改变，个体对于记忆的影响力逐渐增大，除了历史学家、政治家之外，展览的策划者、电影导演、画家也可以成为历史的代言人。特别是在信息时代，自媒体的出现超越了电影和电视等大众传播媒介，使得每个人都有权利和能力去书写、保存和展示自己的记忆，历史意识由此在社会文化之中得到广泛传播和生动演绎。

四、文化记忆的功能

在历史意识蔓延的社会中，"我是谁""我们是谁"这一类关于身份认同的问题也得到了广泛的关注。在阿莱达·阿斯曼看来，"我们通过共同的回忆和共同的遗忘来定义我们自己"②。文化记忆的功能便是在个体与群

---

① 邹赞：《新疆兵团军垦题材影视剧的记忆诗学与情感政治》，《社会科学家》2020年第3期，第18页。

② ［德］阿莱达·阿斯曼著，潘璐译：《回忆空间：文化记忆的形式和变迁》，北京大学出版社2016年版，第62页。

体之间搭建联系的桥梁，帮助个体和群体找到属于自己的定位，从而重新审视自我、回顾过去并展望未来。从不同角度来看，每个人可以同时处在多个不同群体中，身份认同的方法也各有差异。阿莱达·阿斯曼就从代际和创伤这两个具有代表性的关键词出发，分析蕴含在文化记忆中的身份认同功能。

（一）代际记忆

在家庭中，“代际”（generation）被用来描述血缘亲属关系的更替的序列。在统计学意义上，代际被用来指代同一年份或在相同一段时间之内出生的一批人。阿莱达·阿斯曼认为，代际不仅仅是一种简单的时间概念，在重大历史事件的影响和塑造之下，代际已经成为一种身份的标识，是与文化记忆紧密联系的社会概念。

1. 代际的形成

20 世纪 20 年代末，卡尔·曼海姆（Karl Mannheim）就对实证主义以“十五年”或“三十年”为界限划分“世代”的做法表示了怀疑，“任何生物的节律必须要以社会事件作为中介：如果不对这一重要的形成性因素进行考察，而将一切直接归为生命因素，那么在代问题中所有富含的潜力都会在问题解决时被抛弃”①。在曼海姆看来，纯粹时间上的共时性并不能产生“代”的身份认同，只有通过“参与共同命运”（Participation in the Common Destiny）②，代的记忆才能在相互共享和交流的过程中得到群体的认同。

阿莱达·阿斯曼以“水砖”为喻，对代际记忆作了更加详细的阐述。在阿斯曼看来，在仅仅关注年份统计的自然主义和实证主义者眼中，社会群体构成的是一块完整的水墙。在水墙上，人群之间的区别只与他们的出生日期相关联。但因为具有时间上的共时性而将人群划为一代的做法存在着诸多漏洞，因为生于同一时期但毫无历史交集的两个群体之间并不会产生任何群体认同感。所以，阿莱达·阿斯曼从社会学和记忆研究的视角出发，认为一代人就如同一块具有无形边界的“水砖”，在同一时间段内出

---

① Karl Mannheim. *The Problem of Generations*, *Essays on the Sociology of Knowledge*, Routledge & Kegan Paul Ltd, 1959, p. 286.

② Karl Mannheim. *The Problem of Generations*, *Essays on the Sociology of Knowledge*, Routledge & Kegan Paul Ltd, 1959, p. 303.

生且共享了相似记忆的人群才能被填入一块“水砖”之中。“特定时代中的群体必然会处于那一历史时期的总趋向以及中心经验的激励与影响之下，不论一个人是否愿意，他总与自己的同代人共同分享着的信念、看待世界的态度、价值理念以及阐释过去的方法等。这意味着一个人的记忆不仅仅在线性的时间上，而且在对待经验和过去时，都受到更为深广的代际记忆的强大影响。”① 这种趋同性使得群体激发了一种认同的自发想象，“直接地渗入到个人的生活态度和生活实践中，从实质上共同规定了个人的自我认识和方向性”②。例如，在第一次世界大战后，西方社会满目疮痍，“美国梦”的破碎使20世纪二三十年代的美国作家陷入了严重的社会危机，形成了“迷惘的一代”；第二次世界大战后，在美国社会异化加剧、保守文化统治的现实压迫之下，出现了“垮掉的一代”。在中国的电影研究中，根据导演的年龄以及他们的生活经历和作品表达方式划分出了具有理想主义气质、关注民族文化反思的“第五代导演”和展现庸常生活琐事及都市生活经历的“第六代导演”。这些与“代”相关的表述都与特定的社会历史背景紧密联系，被划为一代的作家和艺术家们在人生经历、艺术气质、作品呈现方式等方面也存在着一定程度上的相通之处。所以在阿莱达·阿斯曼看来，“代”的产生是社会性因素和生物性因素共同编织的集体想象。在这种集体想象的影响之下，一代人的身份认同最终得以确立。当然，不管是“迷惘的一代”还是“垮掉的一代”，这种“代”的称呼虽然被主流文化承认，但仍是一种极为宽泛的概括。在同一的时间段中，仍会有主流之外的“代”群体，他们“以不同方式处理共同经历材料的群体，构成了不同的代单位”③。“代”的内部也并非铁板一块，过分关注群体一致性而完全忽略了个人独特价值的思考模式同样需要警惕。

2. 代际的断裂

代际作为一种记忆，从历时性的谱系学意义上来说，同样可以在子孙后代之间传递。“没有哪一代人有能力掩藏那些意味深长的精神历程，而

① Aleida Assimann. *Shadows of Trauma*: *Memory and the Politics of Postwar Identity*, Fordham University Press, 2015, p. 14.

② ［德］阿莱达·阿斯曼著，袁斯乔译：《记忆中的历史：从个人经历到公共演示》，南京大学出版社2017年版，第19页。

③ Karl Mannheim. *The Problem of Generations*, Essays on the Sociology of Knowledge, Routledge & Kegan Paul Ltd, 1959, p. 304.

不让下一代人知道。"[①] 但阿莱达·阿斯曼认为"每一代人都形成了自己独有的把握过去的方式，这种方式并非完全由上一代赋予。在社会记忆之中，代际之间清晰的断裂展现在了不同代际的社会需求和价值观之中"[②]。阿莱达·阿斯曼并没有否认代际之间存在传递性，但她认为代际之间的影响往往以一种断裂的形式得到呈现。

代际产生断裂首先受到生理因素的影响。同一代人必然经历了共同的过去，但经历了共同过去的群体并不一定成为同一代人。在一个正常运转的社会之中必然同时存在着不同年龄阶段的人群，而他们所处的社会文化环境与经历的历史事件必然存在部分重叠，但不同年龄阶段对历史的感知程度具有较大的差异。阿莱达·阿斯曼指出"个人进入成年人承负责任的生活之前个性发展的敏感阶段，这一阶段的发展和印迹将对之后的一生具有持续性的影响"[③]。所以，对于青年产生了重大冲击的历史事件或许会成为他们印刻在脑海最深处的记忆，融入他们的日常生活之中，并最终影响一代人的思维模式。而同一事件对于处在婴幼儿或老年阶段的人群来说或许并没有掀起风浪，自然也无法影响他们对于社会历史的看法。所以，重大的历史事件往往成为代际之间的标记和门槛，成为历史表现的新方向以及价值转向的风向标，代际的断裂也由此产生。

此外，出于自我身份的强调，新一代人往往对于上一代人怀有抵触之感。只有通过与上一代人划清界限并保持距离，人们才能在历史的长河之中定位属于自己的群体。在不断制造分裂、不停与"上一代"这个假想敌斗争的过程中，历史的进程被加速推进，一代人的身份认同也更加牢固。但新一代人的成长与发展从客观上又无法完全脱离上一代人留下的历史根基。事实上，两代人之间"通过潜意识的联系相互叠交在一起，并且在历史历时的过程中注明自己是对前一代人的修正"[④]。所以在一个共时性的社会空间内存在着具有历时性差异的一代又一代人，他们之间存在着既联系

---

① ［德］于尔根·罗伊勒克：《世代/世代性、世代传递与记忆》，见阿斯特莉特·埃尔、安斯加·纽宁主编，李恭忠、李霞译：《文化记忆研究指南》，南京大学出版社 2021 年版，第 154 页。

② Aleida Assimann, *Shadows of Trauma: Memory and the Politics of Postwar Identity*, Fordham University Press, 2015, pp. 14－15.

③ ［德］阿莱达·阿斯曼著，袁斯乔译：《记忆中的历史：从个人经历到公共演示》，南京大学出版社 2017 年版，第 20 页。

④ ［德］阿莱达·阿斯曼著，袁斯乔译：《记忆中的历史：从个人经历到公共演示》，南京大学出版社 2017 年版，第 50 页。

又斗争的张力关系。在阿莱达·阿斯曼看来，代际在社会文化中的呈现正如记忆在城市建筑中所体现的那样，不同代的人因为代际的断裂和错位在社会之中呈现出“非共时的共时性”，在这种不同代际之间的复杂纠葛中，历史的丰富性和多样性得到了充分的展现。

（二）创伤记忆

人类的近现代历史，对于一部分群体来说是一部受难的历史。殖民主义在全球范围内的肆虐、频繁爆发的地域冲突和矛盾、两次世界大战、美苏冷战、殖民、集中营、大屠杀、原子弹爆炸等事件作为一种恐怖的历史记忆对人类产生了巨大的影响。在反思过去，特别是在反思冲突和战争的过程中，对于创伤的思考成为人们关注的焦点。

“只有让人不停疼痛的东西才能留在人的记忆之中……每当人们认为有必要为自己创造一段记忆时，没有鲜血、折磨和牺牲记忆就永远无法实现……”① 尼采认为，能够对身体造成伤害并留下印迹的东西才能让人记忆深刻。当身体成为铭刻记忆的地方时，那些伤痛的经历便成了刻写记忆所需要的材料。阿莱达·阿斯曼在分析身体这一特殊指代的记忆空间时指出，强烈情感是让记忆停留在身体中的稳定剂。身体和精神上的伤痛作为一种强烈的消极情感，对于个体和群体的记忆都能够产生强大的影响力，它们“在短时间内对心灵造成了巨大的刺激，以至于无法以寻常的方式处理或消除，这必然会导致能量运作方式的永久性干扰……我们将这些经历描述为创伤经历”②。

1. 亲历性与矛盾性

创伤记忆涉及两类人群。第一类人是创伤记忆的亲历者，精神上的创伤需要作用在个人的身体之上，因此，记忆的主体必须在场。第二类人是创伤记忆的回顾者，作为亲历者的后代，回顾者们通过倾听上一代人的讲述或阅读记录下来的文字，重新感受创伤记忆给人留下的印记。

亲历者们处于同一个时空场域之中，但由于个体在年龄、性别、思维

---

① Friedrich Nietzsche. *On the Genealogy of Morality*, translated by Maudemarie Clark & Alan J. Swensen, Hackett Publishing Company, Inc. 1998, pp. 37 – 38.

② Sigmund Freud. *Fixation to Traumas*, *The Unconscious Introductory Lectures on Psychoanalysis*, translated by James Strachey, edited by James Strachey & Angela Richards, Penguin Books, 1991, p. 315.

方式等诸多方面存在差异，对同一段经历，每个人感到伤痛的内容各不相同，情感的激烈程度也存在差异。因此，形成的创伤记忆千差万别，只有自己才能深切感受到属于自己的沉痛回忆。

在亲历者通过语言转述这些沉痛回忆时，创伤记忆的亲历性得到了更加显著的体现。首先，在记忆的隐喻之中，阿莱达·阿斯曼曾提到了“反刍”这一与消化相关的图像。亲历创伤的过程对应着牛进食的过程，对于创伤经历进行回忆便对应着牛反刍的过程。阿莱达·阿斯曼认为，每经过一次反刍，食物的味道就削弱一次。所以亲历者们在回顾那一段经历时，已经无法再次回到当时的历史语境之中，无法重新感受那种转瞬即逝的临场情绪，受到创伤时的种种细节在时间的阻力下已经显得模糊不清。其次，阿莱达·阿斯曼还注意到，语言通过能指与所指的关联成为人类通用的交流工具，但并非所有的所指都能找到合适的能指。充满了个性体验的创伤记忆，在一些特定语境之中并没有办法找到完全符合彼时心境的词汇，“他讲述的细节使这一苦难变得平常，只有从他的语气中人们可以听出来那些异样的、陌生的、恶意的东西”①。在阿莱达·阿斯曼看来，用语言传达的记忆会使得那一段沉痛的过去显得平淡乏味，出现“言不尽意”的无奈现象，从而增加了与亲历者们共情的难度，“这些言语用一层普通化和通俗化的薄纱遮蔽了这一条经验。它们把这一经验的尖锐性去除，它们不再切肤蚀骨，不再像那个回忆一样不停地让人感到痛苦。言语不能重现这种身体上的记忆伤口”②。

亲历者本身的记忆随着时间被不断侵蚀，在传递记忆的过程中，言语又并非一个完美的工具，所以这些信息在编码的过程中就已经出现了不少磨损。在回顾者解码的过程中，重新回到过去更是一种不可能的奢望，所以为了能够更加真实地还原过去，不可避免地需要依据已有的历史材料对创伤记忆产生的语境进行构建。在构建语境的过程中，回顾者本人对于过去的态度和理解便会在无意识中融入其间。从这个意义上说，“创伤事件的聆听者也是创伤事件重要的参与者和拥有者之一。通过倾听，聆听者自

---

① ［德］阿莱达·阿斯曼著，潘璐译：《回忆空间：文化记忆的形式和变迁》，北京大学出版社2016年版，第295页。

② ［德］阿莱达·阿斯曼著，潘璐译：《回忆空间：文化记忆的形式和变迁》，北京大学出版社2016年版，第296页。

身也部分地经历了创伤”[①]，那个原本属于亲历者的创伤记忆逐渐演变为亲历者和回顾者共同的过去。

创伤经历的承受者在完全被动的状态下遭受了伤害，对于发生在自己身体和精神上的重创，他们事先毫不知情，也无力抵抗。但当伤害确实发生时，无论是否愿意，这些经历便已经印刻在身体之中，成为自己无法摆脱的一部分。阿莱达·阿斯曼以身体中无法取出的铅弹作为图像，展示了创伤记忆的悖论。那些击中身体却没有命中要害、但也很难被取出的子弹就如同人们所经历的伤痛过往。子弹作为一个外来异物，在主体毫无防备的情况之下侵入了身体。进入身体，难以被取出的子弹被迫成为身体不可丢弃的一部分，但它从不被主体接纳和承认。创伤记忆强行进入了人的思维和记忆中，但是它很难被纳入身份认同的结构，所以呈现出一种是内部又不是内部，既在场又不在场的矛盾性。

2. 创伤的处理

“记住有关受难、耻辱的创伤经验是极度困难的，因为它们不能整合到积极的个体或集体的自我形象。”[②] 创伤记忆的矛盾性使得处理创伤成为一种难题。在《记忆的伦理》（*The Ethics of Memory*）中，作者阿维夏·玛格丽特（Avishai Margalit）认为，人们往往采用记忆或遗忘这两种策略应对创伤记忆。那些在战争或屠杀中留下的幸存者是这段历史的唯一亲历者和见证者，他们是唯一可以通过创伤记忆还原历史场景并组建记忆社区的群体。所以，这些创伤记忆就如“为纪念死者而举行的仪式时点燃的‘灵魂的蜡烛’”[③]，刺激着人们不断进行悼念和铭记。但也有人认为“对于任何人来说，仅仅为了纪念逝者而活着，他的前景是可怕的”[④]。为了获得一个更加美好的未来，群体不能被属于过去的坟墓统治，而要站在当下去思考未来，遗忘创伤记忆所带来的疼痛。

在这两种对待创伤记忆的基础之上，阿莱达·阿斯曼拓展出了四种处理创伤记忆的模式：对话式遗忘、为了防止遗忘而记忆、为了遗忘而记忆

---

① 王欣：《创伤叙事、见证和创伤文化研究》，《四川大学学报（哲学社会科学版）》2013 年第 5 期，第 75 页。

② ［德］阿莱达·阿斯曼著，陶东风编译：《创伤，受害者，见证》，《当代文坛》2018 年第 1 期，第 156 页。

③ Avishai Margalit. *The Ethics of Memory*, Harvard University Press, 2004, p. 8.

④ Avishai Margalit. *The Ethics of Memory*, Harvard University Press, 2004, p. 8.

以及对话式记忆。对话式遗忘并非对创伤记忆的彻底忘却，而是更倾向于保持沉默。在对话式遗忘的处理模式之下，创伤的制造者和承受者在协商的基础上达成了共识，将创伤的痕迹暂时搁置在一旁。通过这种沉默的处理政策，由创伤连接在一起的双方“结束相互敌对和仇恨，实现新的社会性融合”[①]，通过联合的方式来开启全新的历史阶段，处理未来可看的、能遇到的更加棘手的社会历史问题。但并非所有创伤都可以被暂时放置在一旁，“当一边是全副武装的攻击者，另一边是手无寸铁的受害者时，遗忘的策略就无法运作”[②]。在遭受了极端暴力的情况之下，搁置创伤的行为是对幸存者和死者的巨大伤害，违反了记忆的伦理，所以防止遗忘而对创伤进行不断强调成了一种义务。对创伤记忆的铭记并不意味着加害者与受害者之间没有弥合的可能，阿斯曼认为加害者可以借用基于对受害者共情以进行道德认可的共享记忆来克服两者之间的冲突。这种特殊的“记忆协议”（pact of remembering），为解决大屠杀等罪行造成的创伤记忆提供了新的思路。从加害者的角度出发，缓解创伤记忆的方式便是为遗忘而记忆。在这种目的与途径相互矛盾的策略里，记忆是一种缓解、宣泄伤痛的方法。通过公开坦白自己的过错与罪行，“痛苦的过去被提升到语言和意识的层面，这样过去才能被忘却”[③]。在不断记忆创伤、不断乞求宽恕的过程中，这一段沉痛的经历才能得到治愈。对话式记忆的模式则存在于多个国家或群体之间。在对话式记忆的主导下，这些曾造成了暴力历史的国家和群体相互承认并同情自己给他人带来的痛苦，共同承担历史责任。通过这种模式，参与施暴的国家或群体之间可以和谐相处，摆脱相互指责的局面，缓解因为相互推脱、诽谤而再次引发暴力冲突的压力。

阿莱达·阿斯曼特别指出，虽然她列出了四种处理创伤记忆的模式，但对于创伤记忆的修复并不是严格依照这四种模式展开的。记忆本身的动

---

① Aleida Assmann. *From Collective Violence to a Common Future*: *Four Models for Dealing with a Traumatic Past*, *Conflict*, *Memory Transfers and the Reshaping of Europe*, edited by Helena Gonçalves da Silva, Adriana Martins & Filomena Viana Guarda. Cambridge Scholars Publishing, 2010, p. 10.

② Aleida Assmann. *From Collective Violence to a Common Future*: *Four Models for Dealing with a Traumatic Past*, *Conflict*, *Memory Transfers and the Reshaping of Europe*, edited by Helena Gonçalves da Silva, Adriana Martins & Filomena Viana Guarda. Cambridge Scholars Publishing, 2010, p. 12.

③ Aleida Assmann. *From Collective Violence to a Common Future*: *Four Models for Dealing with a Traumatic Past*, *Conflict*, *Memory Transfers and the Reshaping of Europe*, edited by Helena Gonçalves da Silva, Adriana Martins & Filomena Viana Guarda. Cambridge Scholars Publishing, 2010, p. 14.

态性和多样性决定着处理记忆的方法也是在不断调整的。在不同的文化框架、社会需求的呼唤之下，同一国家和群体为缓解创伤记忆采取的模式也在不断更新。但从总体上来说，为了解决个体、社会和国家等三个层面的创伤性记忆，在继承过去的基础上更加关注当下，寻求人类共同的未来是所有缓和创伤策略共有的底色。

五、文化记忆的未来

全球化在互联网信息技术革命的推动下已经成为当今世界的主流趋势。全球化并非单纯的经济事件，“历史地看，其目标甚至首先指向了文化价值方面”①，所以从本质上来说，它是一场追求世界一体化的社会运动。在全球化的大背景之下，各种政治文化场域迅速进行着颠覆式更新。与记忆相关的概念，诸如记忆的方式、记忆的空间、记忆的存储与传播等都在被不断重新定义。

（一）记忆的跨国转向

时刻处在运动之中的全球化对记忆的研究产生了巨大的影响，阿莱达·阿斯曼就认为“当下，记忆和全球化必须放在一起研究，脱离全球这一参照系去理解记忆的轨迹已经变成一种天方夜谭”②。在新的时代语境之下，记忆的性质已经在根本上发生了改变。一方面，在全球化进程中，大规模的跨区域人口流动得以实现；个体作为记忆的携带者将印刻在身体上的记忆带入新的社会政治环境之中，记忆在全球范围内不断地交流、融合，记忆社区的边界被逐渐打破。另一方面，信息的数字化使得记忆可以轻松地在人脑、智能手机、电脑等载体中以信息流的形式相互转换并借助互联网短暂摆脱身体的束缚，在全球范围内传播。在国际人口迁移以及数字信息流的共同影响之下，“记忆旅行”比历史上任何一个时候都更加方

① 万俊人：《经济全球化与文化多元论》，《中国社会科学》2001年第2期，第39-40页。

② Aleida Assmann & Sebastian Conrad. *Memory in a Global Age: Discourses, Practices and Trajectories*, Palgrave Macmillan Memory Studies, 2010, p. 2.

便、快捷，“人们越来越认识到记忆是一种流动的、灵活的事物”[①]。全球化的文化语境中，国家、社会等过去框定和限制记忆的容器逐渐失去了自己的效力，记忆的共时性关系得到了前所未有的重视。过去狭隘的记忆观将记忆的视角局限在本国范围之内，他国记忆的影响被边缘化了，而当下的记忆已经完全溢出国家和民族的范围，呈现出跨代际、跨媒介、跨区域、跨文化这样几个丰富的维度，阿莱达·阿斯曼将记忆的这种变化称为跨国转向（transnational turn），这些超越国家的记忆“形成了一个由不同历史轨迹的流离失所者构成的新世界，他们在其中探索新的归属、参与新的文化认同形式”[②]。在超越国界的身份认同探索过程中，全球记忆（global memory）也应运而生。

（二）全球记忆的组织与记忆的责任

1. 全球记忆的组织

阿莱达·阿斯曼认为在全球化背景之下，单个国家以及个体对于跨区域的记忆交流影响力有限，越来越多的国际组织成为记忆的铭记者和传递者。以国家为参与主体的国际机构中，成员国通过举行成员国会议制定共同的规则和议程以分享共同利益，承担相应的责任。联合国教科文组织（UNESCO）是一个由多国参与的关注文化和历史记忆的国际组织。通过发布《保护世界文化和自然遗产公约》《保护非物质文化遗产公约》等具有标准性的公约和宣言，联合国教科文组织在客观上促进了全球范围内文化遗产的保护，为各国解决遗产保护和社会发展问题提供了帮助。在国际组织的引导下，全人类共同的记忆财富得到保存，我国的遗产保护也受到了联合国教科文组织的影响，“实现世界遗产申报零的突破以后，通过世界文化遗产的申报等项工作，文化遗产的概念逐渐引起社会广泛关注和普遍接受，并得到迅速普及”[③]。

除了以国家为代表构建的世界性组织以外，还有一些以自下而上的方

① Lucy Bond, Stef Craps & Pieter Vermeulen. *Memory on the Move*, *Memory Unbound: Tracing the Dynamics of Memory Studies*, edited by Lucy Bond. Stef Craps & Pieter Vermeulen, Berghahn Books, 2017, p. 1.

② Aleida Assmann. *Transnational Memory and the Construction of History through Mass Media*, *Memory Unbound: Tracing the Dynamics of Memory Studies*, edited by Lucy Bond. Stef Craps & Pieter Vermeulen, Berghahn Books, 2017, p. 66.

③ 单霁翔：《文化遗产保护与城市文化建设》，中国建筑工业出版社2009年版，第83页。

式成立的非政府机构。在“冷记忆”的运作模式之下，一些国家将容易引起冲突、矛盾的棘手记忆搁置一旁，而这些组织关注的就是那些尚未解决但被边缘化、被压抑、被忽视的记忆问题。在阿莱达·阿斯曼看来，全球化时代的到来为这些非政府组织提供了发声的渠道，“全球化不应仅仅是因为全球资本主义的迫切需要而形成的，它还服务于那些没有权利的人，充当战争的‘看门人’，通过新的渠道和沟通网络来传播他们的话语、价值观、主张和形象”①。在这些直接联系底层的组织的推动之下，草根全球化（grassroots globalization）也得到了相应的发展。

2. 全球记忆的伦理与责任

无论是国家参与的跨国组织，还是由底层群众组成的非政府组织，它们要发挥自己的作用都离不开全球性的数字网络媒体。阿莱达·阿斯曼指出，在数字媒介时代，任何一件不起眼的事件都可能通过互联网超越国家的界限，迅速在全球范围内得到广泛关注。在这样一个得到实时同步的公共领域之中，国家、集体、个人所作出的每一个行动都面对着全球观众的批评与审判，这无形中给处于“全球直播”之下的人群一种伦理道德上的压力，这种压力敦促着他们去承担自己应尽的责任。此外，通过“全球直播”的方式，一国在处理跨区域、跨民族的记忆遗留问题时，也为他国作了相应的示范。那些有着类似记忆遗留问题的国家如果在已经有先例的情况之下依然不采取有效措施去缓解记忆问题，就会无法避免地在全球公共领域内受到世界人民的共同问责。自 1995 年南非成立真相与和解委员会后，“血债血偿”的解决矛盾方式转变为“以真相和解换取未来”的新方法。在这样的和解思路之下，卢旺达、苏丹、加拿大、韩国等地相继成立了类似于真相与和解委员会的机构，通过忏悔与宽恕这种新模式，一定程度上解决了民族间历史遗留下的矛盾冲突，以和平方式走向合作与未来。

但全球记忆也存在着较大缺陷。跨国组织机构往往组成结构松散，对于国家的行为并没有强制措施，所以各成员国之间协商制定的各类条约、宣言容易沦为一纸空文，无法发挥实际效用。依靠舆论敦促国家、民族承认错误、承担记忆的道德伦理责任也不具有强制性。除此以外，具有强势影响力的国家借助全球化推行文化霸权主义，输出自己的意识形态，让自

---

① Aleida Assmann & Sebastian Conrad. *Memory in a Global Age*: *Discourses*, *Practices and Trajectories*, Palgrave Macmillan Memory Studies, 2010, p. 2.

己在全球性的公共领域之中占有舆论的优势地位，这使得全球性的道德审判被强势国家操纵，对人类公共事务的评价失去了公正的标准，背离了全球记忆的初衷。所以，阿琼·阿帕杜莱（Arjun Appadurai）就对记忆全球化研究表示了担忧，“全球化作为一种不均衡的经济过程，导致了学习、教学和文化批评资源的分散和不均衡分配，而这些资源对于形成民主的研究社区、形成全球化的视野都至关重要。也就是说，全球化阻断了那些可能的合作形式，那些形式或许更容易被理解或更容易进行批判”①。阿帕杜莱意识到，并非所有国家都是主动投入全球化之中的，被迫卷入全球化浪潮的国家在历史记忆等意识形态方面无法与业已成型的西方文化社会学科模式相抗衡。在第三世界国家中出现的新思想、新转机和新智慧很有可能在全球化的浪潮中被吞没、被抹杀。

（三）疫情时代的记忆

在现代化和全球化不断推进的浪潮之下，国际上越来越频繁、越来越紧密地合作成为一种常态。但随着2020年初新冠肺炎疫情的突然暴发，各国暂时关闭国门，极速旋转的时钟也被迫降速，全球化陷入了不可预料的停滞阶段。在突发事件的冲击之下，人们曾经习以为常的时间观念彻底被打乱、被冲散，因此对现代性时间的思考成为学者们关注的焦点。此外，在权力的影响之下，作为疾病的新冠肺炎却充满了政治色彩，疫情的记忆与权力之间也产生了难以分离的纠葛。

1. 时间的紊乱

在阿莱达·阿斯曼看来，传统的时间观念之下，未来总是充满希望的，“未来可以为我们的计划和目标提供一个明确的方向或稳定的视野，如灯塔般闪耀”②。然而随着两次世界大战的爆发、冷战的持续、各种社会问题和环境问题的出现以及突如其来的新冠肺炎疫情，未来逐渐变得模糊不清。那些无法担保的承诺使未来不再是人类欲望、目标和预测的重点。“现在的时间与过去的时间/两者也许存在于未来之中/而未来的时间却包

① Arjun Appadurai. *Grassroots Globalization and the Research Imagination*, *Globalization*, Duke University Press, 2001, p. 4.

② Aleida Assmann. *Is Time Out of Joint? On the Rise and Fall of the Modern Time Regime*, translated by Sarah Clift. Cornell University Press, 2020, p. 2.

含在过去里。”[1] T. S. 艾略特（Thomas Stearns Eliot）在《烧毁的诺顿》（*Burnt Norton*）中对线性的时间进行了思考，过去、现在和未来已经没有了连续性，当下的未来（time future）或许也是当下的过去（time past），人们对未来渐渐感到崩溃，以至于未来本身都遭到了质疑。

“当未来崩溃时，过去又重新涌现。”[2] 在疫情之下，通过从家到工作地点这种空间移动来体验时间流动的现代生活日常不复存在，和过去以家庭为单位的生产生活方式相似的生活节律重新回归。在居家办公的过程中，私人事务、工作事务，工作日、休息日都混杂交织在一起，工作和休息之间没有了明显的时间和空间区分。对于居家办公者来说，疫情或许只是造成了工作地点的变化，影响了他们的生活节奏，而对于那些处在贫困地区、没有稳定工作和收入的人群来说，疫情却是影响他们生存的。放眼世界，从国际层面来看，全球化的分工布局也在疫情之下显露了巨大缺陷。“由于北方国家取消订单，隔离和封锁政策导致全球供应链崩溃，商品链重构，给广大南方国家和地区带来毁灭性打击。”[3] 依靠廉价劳动力，处在全球产业链底层的发展中国家在疫情的打击之下不堪重负，而那些掌握尖端科技、进行设计研发的发达国家相比之下受到的损失就小很多。在疫情的影响下，时间的紊乱使世界陷入瘫痪，也展现出世界布局的不平衡，放大了地区之间的差异和撕裂。那些处在社会框架之外的、处于边缘的底层群众，那些被挤压在全球化边缘的发展中国家，被无情忽视，属于他们的疫情经历和疫情记忆也极少得到关注。

2. 流行病记忆与西方的中国记忆

苏珊·桑塔格（Susan Sontag）在《疾病的隐喻》（*Illness as Metaphor and AIDS and Its Metaphors*）中通过梳理疾病隐喻形成的过程，反对对疾病的过度阐释。她认为“看待疾病的最健康方式——是尽可能消除或抵制隐喻性思考”[4]。然而，当新冠肺炎疫情暴发时，政客们对疾病记忆进行滥用、对疾病进行隐喻，污名化疾病的同时也使得种族主义抬头。新冠肺炎

---

① ［英］T. S. 艾略特著，赵萝蕤译：《荒原——艾略特诗选》，人民文学出版社 2016 年版，第 152 页。

② John Torpey. *The Pursuit of the Past*：*A Polemical Perspective*，*Theorizing Historical Consciousness*，edited by Peter Seixas. University of Toronto Press. 2004，p. 242.

③ 魏建翔，《新冠肺炎疫情对发展中国家的冲击及其发展道路的思考》，《世界社会主义研究》2020 年第 10 期，第 68 页。

④ ［美］苏珊·桑塔格著，程巍译：《疾病的隐喻》，上海译文出版社 2003 年版，第 5 页。

早已经不是一种单纯的疾病，其背后折射的是一种鲜明的政治态度，疾病已经成为对付敌对力量的修辞学工具。在关于流行病的记忆中，常出现将疾病的想象与异邦的想象联系在一起的情况。因为疾病通常与一种不良的行为嗜好相联系，为了摆脱道德上的责任，病毒的携带者、污染者总被默认是来自外部，由此，流行病也往往与入侵、他者、异邦等词汇放在一起。“……政治意识形态试图强化人们的恐怖感，一种外来占领迫在眉睫的危机感……流行病常常引发禁止外国人、移民入境的呼声。”① 在这样的政治宣传和异域想象之下，疾病传播的真正路径被掩盖了，甚至疾病本身也成了异国的代名词。

新冠肺炎疫情的暴发让流行病与中国这两个关键词成为疾病隐喻的中心。历史上对于流行疾病的种种隐喻与西方人眼中扭曲的中国人形象交杂在一起。西方政客别有用心地操纵，将新冠肺炎当作反华的武器，对中国进行莫须有的污名化。

面对突如其来的疫情以及西方的污名化，中国政府积极作为、勇于担当，从全人类的共同利益出发，提出推动构建“人类命运共同体”的美好愿景。2017 年，习近平总书记在联合国日内瓦总部的演讲中提出全球化时代面向未来的中国方案：构建人类命运共同体，实现共赢共享。② 疫情之下，人类命运共同体的美好愿景更显重要。因病毒传播速度快、传染性强、防控难度大而放弃对疫情的控制是一种不负责任的行为。在医疗水平有限的广大亚非拉地区，任由病毒蔓延必然导致大量人口死亡。因此，中国政府在努力控制疫情传播的同时，主动打破由疫情造成的区域壁垒，向亚非拉等第三世界国家伸出援手，“中国已向 120 多个国家和国际组织提供了超过 21 亿剂新冠疫苗，是对外提供疫苗最多的国家，为全球抗疫注入信心；中国坚持‘动态清零’方针，统筹疫情防控和经济社会发展”③。网络时代的记忆书写与过去不同，各国应对疫情的举措同样处于“全球直播”的状态。中国主动承担大国责任，在世界范围内作出了积极的正向示范，与广大亚非拉发展中国家共同书写属于第三世界人民的抗疫记忆。

阿莱达·阿斯曼认为，全球化浪潮以及网络媒介的发展使全球记忆成

---

① ［美］苏珊·桑塔格著，程巍译：《疾病的隐喻》，上海译文出版社 2003 年版，第 133 页。

② 习近平：《共同构建人类命运共同体》，《人民日报》，2017 年 1 月 20 日第 2 版。

③ 李嘉宝、高乔：《书写人类命运与共的“中国答卷”》，《人民日报海外版》，2022 年 3 月 11 日第 8 版。

为可能。在全球性的记忆中，书写记忆的主体从国家、民族拓展到超越国界的区域，拓展到全人类。不可否认，文化霸权在全球化过程中不断输出自己的意识形态，侵扰其他地区的本土文化发展。但客观上，全球记忆为处在边缘的第三世界国家提供了一个书写自我历史的机会，打破了长期以来发达资本主义国家对全球历史书写的绝对垄断。另外，新冠肺炎疫情的突然暴发彻底打乱了常规的时间节律，人类中心主义的思维模式也在疫情下暴露了巨大缺陷。疫情中的记忆书写迫使人们从人类整体出发，反思人与自然的关系。为了扭转忽视自然环境的发展主义逻辑，中国提出了人类命运共同体的美好愿景，呼吁各国超越社会制度、意识形态、发展水平等差异，携手共进，处理全人类共同面对的难题，为人类的明天贡献力量。

结　语

记住过去就是为了发展未来而努力。阿莱达·阿斯曼的文化记忆理论通过展示记忆的多样性、当下性以及记忆与权力、身份认同的联系，引导我们思考记忆的本质和人类的未来。

存储记忆与功能记忆是贯穿文化记忆理论的关键概念。在阿莱达·阿斯曼的记忆构建之中，历史与记忆并非二元对立，在两者相辅相成、相互限定的张力哲学关系之下，文化记忆的广度和深度得到了前所未有的拓展。通过种种媒介作为隐喻，阿莱达·阿斯曼以拼贴画的方式勾勒出人们对于记忆的认识。在描摹出记忆的大致轮廓后，阿莱达·阿斯曼从媒介出发，探讨了记忆的构建性等特点。在这些特点中，她重拾了情感、直觉、身体等非理性因素，在“复数”的记忆研究模式下，她既关注宏大叙事，也从微观层面对个体记忆、口述历史进行了研究。为了凝聚共同体意识，权力对特定的过去进行了召唤，那些被聚焦的记忆得到了存储、展览与演示。阿莱达·阿斯曼通过对档案、博物馆以及媒体的关注，揭示了权力对于记忆的操纵和利用，那些看似中立客观的记忆实则是经过精心修补和搭建的意识形态。这些饱含意识形态的记忆，询唤着个体进行身份认同。阿莱达·阿斯曼以代际记忆与创伤记忆作为切口，剖析了代际之间以及历史中受害者群体的身份认同。在创伤记忆中，阿莱达·阿斯曼还尝试性地提出了缓和创伤记忆的方法与模式。最后，在全球化的快速推进下，人们对于时间、世界、国家以及记忆的认知发生了翻天覆地的变化。全球记忆以及记忆的伦理与道德、人类共同的未来命运成为记忆研究的新关注点。然而新冠肺炎疫情的突袭，仿佛让一切回到了过去。那些关于记忆的认知又落入了循环之中，全球化编织的人类未来也暴露出了自己的不足与缺陷。但未来并非没有希望，在新的媒介环境和记忆反思之下，在以中国为代表的负责任大国的引领之下，人类共同的明天依然具有实现的可能。

阿莱达·阿斯曼在这样一条清晰的记忆研究线索中，通过翔实的举例为我们展示了记忆自身的特点以及记忆与权力、身份认同的关系，但她的理论也存在着局限。

阿莱达·阿斯曼认为“历史书写也是修辞地进行的，也就是虚构的，意思是人造的……两者（历史书写的记忆维度和科学维度）都不再是能够从科学话语中完全干净地清除掉的因素”①。为了与实证主义的历史书写相区别，阿莱达·阿斯曼将各种文学、文化作品纳入研究视野。在探讨记忆的功能、记忆的存储时，阿莱达·阿斯曼以莎士比亚的历史剧、华兹华斯的诗歌以及当代艺术家的艺术展览等内容为分析对象，尝试从这些文学艺术作品中分析记忆的特点。阿莱达·阿斯曼对于文学和艺术品的分析并不局限于文本内部，她往往从当下的社会历史语境出发对艺术作品进行重构性解读。文学艺术作品本身带有作者的想象和虚构，并非历史的准确再现。经过阿莱达·阿斯曼带有当下意识的解读后，文本的意义或许早已偏离作者的意图。这样的研究方法虽然发掘了文本包含的更多可能性，但理论的客观性也因此受到影响。

此外，阿莱达·阿斯曼的文化记忆理论主要针对德国在“二战”后的社会文化现象进行反思，所以在具体的理论阐述中，她也往往选取德国的历史文化事件作为剖析对象。例如在解读空间中的记忆时，阿莱达·阿斯曼主要聚焦波恩和柏林这两座德国城市；在讨论记忆展演的主观性时，她关注了在柏林展开的“逃亡，驱逐，融合”和“胁迫之路”这两个以“驱逐”为主题的展览。阿莱达·阿斯曼所引出的这些话题都离不开特定的德国历史文化背景，她的理论论述中几乎没有涉及亚非拉地区的文化现象，所以其文化记忆理论的广泛适用性也值得商榷。

每一种理论都有自己生效的场域，脱离语境将理论“拿来”直接运用

---

① ［德］阿莱达·阿斯曼著，潘璐译：《回忆空间：文化记忆的形式和变迁》，北京大学出版社 2016 年版，第 159 页。

于文化分析很有可能会导致“强制阐释”的发生。阿莱达·阿斯曼的文化记忆理论并非放诸四海而皆准的绝对真理，我们在运用文化记忆理论解读中国社会文化现象时，也要考虑理论话语是否符合中国本土语境。在对具有鲜明历史文化印记的中国文学作品进行解读时，文化记忆理论拓宽了这一类文学的研究视野，为学者们提供了跨学科的新研究思路。但在分析“二战”后的中日关系时，文化记忆理论的使用效力便显得比较有限。虽然德国也是“二战”的战争策源地，但战后德、日两国对于战争的反思态度存在较大差异，在德国语境下产生的文化记忆理论很难用于解释日本“二战”后的种种行为。所以我们在运用文化记忆理论分析区域内特别是亚非拉地区的历史记忆时，一定要根据具体的历史文化语境判断理论的有效性。

虽然阿莱达·阿斯曼的文化记忆理论具有局限性，但不可否认，文化记忆理论的提出不仅推动了记忆研究的发展，也拓宽了文化研究的思路。阿莱达·阿斯曼将线性的记忆观念延展到空间之中，将研究的视角从国家、民族内部扩展到区域甚至全球。在她的启发之下，记忆的网络云储存方式、全球化过程中的记忆新发展都进入了人们的研究视域。阿莱达·阿斯曼的文化记忆理论就像一座连接过去、现在与未来的桥梁，引导人们在探索记忆的过程中不断产生对于自我和世界的新认识。所以，从这个意义上说，只要人类历史依然存在，记忆的研究就永不停歇，那些关于世界、未来与人类的思考永远在路上。

参考文献

一、著作

［1］［法］爱弥尔·涂尔干著，渠东、汲喆译：《宗教生活的基本形式》，上海人民出版社1999年版。

［2］［德］阿莱达·阿斯曼著，潘璐译：《回忆空间：文化记忆的形式和变迁》，北京大学出版社2016年版。

［3］［德］阿莱达·阿斯曼著，袁斯乔译：《记忆中的历史：从个人经历到公共演示》，南京大学出版社2017年版。

［4］［美］爱德华·W. 萨义德著，王宇根译：《东方学》，生活·读书·新知三联书店1999年版。

［5］［美］本尼迪克特·安德森著，吴叡人译：《想象的共同体：民族主义的起源与散布》，上海人民出版社2005年版。

［6］［爱尔兰］波斯奈特著，姚建彬译：《比较文学》，中国社会科学出版社2015年版。

［7］［法］布吕奈尔等著，葛雷、张连奎译：《什么是比较文学?》，北京大学出版社1989年版。

［8］［美］保罗·康纳顿著，纳日碧力戈译：《社会如何记忆》，上海人民出版社2000年版。

［9］［德］贝·布莱希特著，丁扬忠、李健鸣译：《布莱希特论戏剧》，中国戏剧出版社1990年版。

［10］查明建、谢天振著：《中国20世纪外国文学翻译史（上卷）》，湖北教育出版社2007年版。

［11］陈惇、刘象愚著：《比较文学概论》，北京师范大学出版社2010年版。

［12］陈惇、孙景尧、谢天振主编：《比较文学》，高等教育出版社

2014 年版。

[13] 陈庆著：《斯皮瓦克思想研究：追踪被殖民者的主体建构》，世界图书上海出版公司 2015 年版。

[14] [美] 大卫・丹穆若什著，查建明等译：《什么是世界文学》，北京大学出版社 2014 年版。

[15] [美] 大卫・达姆罗什著，陈永国、尹星主编：《新方向：比较文学与世界文学读本》，北京大学出版社 2010 年版。

[16] [法] 德里达著，夏可君编：《〈友爱的政治学〉及其他（上）》，吉林人民出版社 2011 年版。

[17] [法] 德里达著，夏可君编：《〈友爱的政治学〉及其他（下）》，吉林人民出版社 2011 年版。

[18] [英] E. 霍布斯鲍姆、T. 兰格著，顾杭、庞冠群译：《传统的发明》，译林出版社 2004 年版。

[19] [法] 梵・第根著，戴望舒译：《比较文学论》，吉林出版集团有限责任公司 2010 年版。

[20] [英] 弗朗西丝・耶茨著，钱彦、姚了了译：《记忆之术》，中信出版社 2015 年版。

[21] [德] 伽达默尔著，洪汉鼎译：《真理与方法：哲学诠释学的基本特征》，上海译文出版社 2004 年版。

[22] 关熔珍著：《斯皮瓦克理论研究》，复旦大学出版社 2017 年版。

[23] [美] 赫伯特・马尔库塞著，李小兵译：《审美之维》，广西师范大学出版社 2001 年版。

[24] [法] 亨利・列斐伏尔著，刘怀玉译：《空间的生产》，商务印书馆 2021 年版。

[25] [法] 亨利・列斐伏尔著，李春译：《空间与政治》，上海人民出版社 2015 年版。

[26] 黄进兴著：《后现代主义与史学研究》，生活・读书・新知三联书店 2008 年版。

[27] 季进著：《钱锺书与现代西学》，上海三联书店 2002 年版。

[28] [美] 佳亚特里・斯皮瓦克著，严蓓雯译：《后殖民理性批判：正在消失的当下的历史》，译林出版社 2014 年版。

[29] 孔茂祥著：《钱锺书传》，江苏文艺出版社 1992 年版。

［30］［英］雷蒙·威廉斯著，高晓玲译：《文化与社会》，吉林出版有限责任公司 2011 年版。

［31］李应志著：《解构的文化政治实践：斯皮瓦克后殖民文化批评研究》，上海三联书店 2008 年版。

［32］李红涛、黄顺铭著：《记忆的纹理：媒介、创伤与南京大屠杀》，中国人民大学出版社 2017 年版。

［33］李平著：《斯皮瓦克的女性主义研究》，中国人民大学出版社 2008 年版。

［34］［法］罗贝尔·埃斯卡皮著，王美华、于沛译：《文学社会学》，安徽文艺出版社 1987 年版。

［35］［法］马法·基亚著，颜保译：《比较文学》，北京大学出版社 1983 年版。

［36］［德］马克思、恩格斯著，中共中央马克思恩格斯列宁斯大林著作编译局编：《马克思恩格斯全集》，人民文学出版社 1964 年版。

［37］［法］莫里斯·哈布瓦赫著，毕然、郭金华译：《论集体记忆》，上海人民出版社 2002 年版。

［38］［法］米歇尔·福柯著，董树宝译：《知识考古学》，生活·读书·新知三联书店 2021 年版。

［39］［法］米歇尔·福柯著，刘北成译：《规训与惩罚》，生活·读书·新知三联书店 2019 年版。

［40］钱锺书著：《七缀集》，生活·读书·新知三联书店 2002 年版。

［41］［英］苏珊·巴斯奈特著，查明建译：《比较文学批评导论》，北京大学出版社 2015 年版。

［42］［苏丹］塔依卜·萨利赫著，张甲民译：《移居北方的时节》，华文出版社 2017 年版。

［43］王春元、钱中文主编：《文学理论方法论研究》，湖南文艺出版社 1987 年版。

［44］王岳川主编：《当代西方最新文论教程》，复旦大学出版社 2008 年版。

［45］王海洲著：《合法性的争夺——政治记忆的多重刻写》，江苏人民出版社 2008 年版。

［46］王明珂著：《华夏边缘：历史记忆与族群认同》，浙江人民出版

社 2013 年版。

[47] 谢天振著：《译介学》，上海外语教育出版社 2003 年版。

[48] [德] 扬·阿斯曼著，金寿福、黄晓晨译：《文化记忆：早期高级文化中的文字、回忆和政治身份》，北京大学出版社 2015 年版。

[49] [德] 扬·阿斯曼著，黄亚平译：《宗教与文化记忆》，商务印书馆 2018 年版。

[50] [法] 雅克·勒高夫著，方仁杰、倪复生译：《历史与记忆》，中国人民大学出版社 2010 年版。

[51] 叶维廉著：《中国诗学》，生活·读书·新知三联书店 2006 年版。

[52] 乐黛云著：《比较文学与比较文化十讲》，复旦大学出版社 2004 年版。

[53] 张隆溪著：《从比较文学到世界文学》，复旦大学出版社 2012 年版。

[54] 张文江著：《钱锺书传：营造巴比塔的智者》，复旦大学出版社 2011 年版。

[55] 赵瑞蕻著：《鲁迅〈摩罗诗力说〉注释·今译·解说》，天津人民出版社 1982 年版。

[56] 郑朝宗著：《〈管锥编〉作者的自白》，《海滨感旧集》，厦门大学出版社 1988 年版。

[57] 邹赞著：《穿过历史的尘烟》，暨南大学出版社 2016 年版。

[58] 中共中央文献研究室编：《习近平关于社会主义文化建设论述摘编》，中央文献出版社 2017 年版。

[59] 周海燕著：《记忆的政治》，中国发展出版社 2013 年版。

[60] 赵静蓉著：《文化记忆与身份认同》，生活·读书·新知三联书店 2015 年版。

[61] 姚勇著：《湘鲁女兵在新疆》，光明日报出版社 2012 年版。

[62] Aleida Assmann. *Shadows of Trauma*: *Memory and the Politics of Postwar Identity*. Trans. Sarah Clift. Fordham University Press, 2015.

[63] Aleida Assmann. *Is Time out of Joint? On the Rise and Fall of the Modern Time Regime*. Trans. Sarah Clift. Cornell University Press and Cornell University Library, 2020.

[64] Astrid Erll. *Memory in Culture*. Trans. Sara B. Young. Palgrave Macmillan, 2011.

[65] Ali Behdad & Dominic Thomas. *A Companion to Comparative Literature*. Wiley-Blackwell, 2011.

[66] Edwin Gentzler. *Contemporary Translation Theories*. Multilingual Matters, 2001.

[67] Erik Mueggler. *The Age of Wild Ghosts: Memory, Violence, and Place in Southwest China*. University of California Press, 2001.

[68] Gayatri Chakravority Spivak. *A Critique of Postcolonial Reason: Toward a History of the Vanishing Present*. Harvard University Press, 1999.

[69] Jan Assmann. *The Mind of Egypt: History and Meaning in the Time of the Pharaohs*. Trans. Andrew Jenkins. Harvard University Press, 1997.

[70] Leo Ou-fan Lee. *Lu Xun and His Legacy*. University of California Press, 1985.

[71] Susan Bassnett & Harish Trivedi. *Post-Colonial Translation: Theory and Practice*. Routledge, 1999.

[72] Wai-lim Yip. *Chinese Poetry, Revised: An Anthology of Major Modes and Genres*. Duke University Press, 1997.

[73] Yue Daiyun. *China and the West at the Crossroads*. Foreign Language Teaching and Research Publishing Co. , Ltd. and Springer Science + Business Media Singapore, 2016.

[74] Zhang Longxi. *The Tao and the Logos: Literary Hermeneutics Fast and West*. Duke University Press, 1992.

[75] Zhang Longxi. *Allegoresis: Reading Canonical Literature East and West*. Cornell University Press, 2005.

二、论文集

[1] [德] 阿斯特莉特·埃尔、冯亚琳主编：《文化记忆理论读本》，北京大学出版社 2012 年版。

[2] 陈新、彭刚主编：《历史与思想（第一辑）：文化记忆与历史主义》，浙江大学出版社 2014 年版。

[3] 冯亚琳主编：《德国文化记忆场》，中国言实出版社 2016 年版。

[4] [德] 哈拉尔德·韦尔策主编：《社会记忆：历史、回忆、传承》，北京大学出版社 2007 年版。

[5] 罗福惠、朱英主编：《辛亥革命的百年记忆与诠释（第四卷）：纪念空间与辛亥革命百年记忆》，华中师范大学出版社 2011 年版。

[6] [法] 皮埃尔·诺拉主编：《记忆之场：法国国民意识的文化社会史》，南京大学出版社 2015 年版。

[7] 孙江主编：《新史学（第八卷）：历史与记忆》，中华书局 2015 年版。

[8] 叶维廉著，温儒敏、李细尧编：《寻求跨中西文化的共同文学规律——叶维廉比较文学论文选》，北京大学出版社 1987 年版。

[9] 杨念群主编：《空间·记忆·社会转型："新社会史"研究论文精选》，上海人民出版社 2001 年版。

[10] Aleida Assmann and Linda Shortt, eds. *Memory and Political Change*. Palgrave Macmillan, 2012.

[11] Aleida Assmann and Ines Detmers, eds. *Empathy and its Limits*. Palgrave Macmillan, 2016.

[12] Derek Heng and Syed Muhd Khairudin Aljunied Reframing, eds. *Singapore: Memory-Identity-Trans-Regionalism*. Amsterdam University Press, 2009.

[13] Juri Lotman and Marek Tamm, eds. *Culture, Memory and History: Essays in Cultural Semiotics*. Translated from the Russian by Brian James Baer. Palgrave Macmillan, 2019.

[14] Susannah Radstone and Bill Schwarz, eds. *Memory: Histories, Theories, Debates*. Fordham University Press, 2010.

三、期刊论文

[1] [法] 艾金伯勒、罗芃：《比较不是理由——比较文学的危机》，《国外文学》1984 年第 2 期，第 104－142 页。

[2] [德] 阿莱达·阿斯曼、陈国战：《历史、记忆与见证的类型》，《首都师范大学学报（社会科学版）》2017 年第 5 期，第 100－106 页。

[3] [德] 阿莱达·阿斯曼、教佳怡：《历史与记忆之间的转换》，《学术交流》2017 年第 1 期，第 16－25 页。

［4］［德］阿莱达·阿斯曼、陶东风、王蜜：《记忆还是忘却：处理创伤性历史的四种文化模式》，《国外理论动态》2017 年第 12 期，第 87－93 页。

［5］［德］阿莱达·阿斯曼、陶东风：《创伤，受害者，见证（上）》，《当代文坛》2018 年第 1 期，第 153－159 页。

［6］［德］阿莱达·阿斯曼、陶东风：《创伤，受害者，见证（下）》，《当代文坛》2018 年第 4 期，第 175－183 页。

［7］［德］阿莱达·阿斯曼、王小米：《记忆还是遗忘：如何走出共同的暴力历史?》，《国外理论动态》2016 年第 6 期，第 27－37 页。

［8］蔡银强：《张隆溪与刘若愚诗学之比较》，《阴山学刊》2012 年第 5 期，第 57－60 页。

［9］曹顺庆：《建构比较文学的中国话语》，《当代文坛》2018 年第 6 期，第 4－11 页。

［10］查明建：《从互文性角度重新审视 20 世纪中外文学关系——兼论影响研究》，《中国比较文学》2000 年第 2 期，第 35－51 页。

［11］陈博、张健：《从元美学视角看张隆溪先生的跨文化研究》，《牡丹江大学学报》2010 年第 4 期，第 67－68＋71 页。

［12］陈俊松：《文化记忆批评——走向一种跨学科跨文化的批评范式》，《当代外国文学》2016 年第 1 期，第 159－166 页。

［13］冯亚琳：《记忆的构建与选择——交际记忆与文化记忆张力场中的格拉斯小说》，《外国文学》2008 年第 1 期，第 84－90＋128 页。

［14］胡燕春：《论文学理论对于韦勒克比较文学思想的影响》，《学术论坛》2005 年第 9 期，第 140－144 页。

［15］季进：《论钱锺书与比较文学》，《文艺理论研究》2001 年第 2 期，第 55－62 页。

［16］［澳］寇志明：《〈河南〉杂志：鲁迅早期文言论文的历史、思想背景以及周氏兄弟心目中文学的使命》，《现代中文学刊》2015 年第 5 期，第 56－65 页。

［17］李红涛、韩婕：《新冠中的非典往事：历史类比、记忆加冕与瘟疫想象》，《新闻记者》2020 年第 10 期，第 15－31 页。

［18］李伟昉：《论跨学科研究与影响研究的关系——从美国比较文学定义谈起》，《汉语言文学研究》2013 年第 2 期，第 57－62 页。

[19] 李晓峰：《论中国当代少数民族文学话语的发生》，《民族文学研究》2007 年第 1 期，第 59－65 页。

[20] 李咏吟：《主体间性理论与审美价值体验的共通感》，《吉首大学学报（社会科学版）》2011 年第 1 期，第 21－26 页。

[21] 刘人锋：《超越差异：张隆溪与赵毅衡的中西比较诗学研究》，《当代文坛》2006 年第 2 期，第 25－29 页。

[22] 刘献彪：《从“世界显学”到全球共享之学——比较文学学科建设的世纪思考》，《潍坊学院学报》2001 年第 1 期，第 35－40 页。

[23] 刘亚秋：《记忆的微光的社会学分析——兼评阿莱达·阿斯曼的文化记忆理论》，《社会发展研究》2017 年第 4 期，第 1－27＋237 页。

[24] 刘燕：《国族认同的力量：论大众传媒对集体记忆的重构》，《华东师范大学学报（哲学社会科学版）》2009 年第 6 期，第 77－81 页。

[25] 闵心蕙：《断裂与延续——读“文化记忆”理论》，《中国图书评论》2015 年第 10 期，第 81－87 页。

[26] 祁晓明：《文学批评史视野里的〈摩罗诗力说〉》，《暨南学报》2016 年第 9 期，第 65－75 页。

[27] 生安锋、李秀立：《后殖民主义、女性主义、民族主义与想象——佳亚特里·斯皮瓦克访谈录（上）》，《文艺研究》2007 年第 11 期，第 80－85 页。

[28] 石了英：《道家美学精神与现代诗艺的融合——叶维廉教授访谈录》，《文艺研究》2011 年第 8 期，第 62－71 页。

[29] 时晓：《当代德国记忆理论流变》，《上海理工大学学报（社会科学版）》2016 年第 2 期，第 154－158 页。

[30] 孙华明：《超越对立：论张隆溪的跨文化研究》，《安徽农业大学学报（社会科学版）》2012 年第 5 期，第 98－102 页。

[31] 孙景尧、张俊萍：《“垂死”之由、“新生”之路——评斯皮瓦克的〈学科之死〉》，《中国比较文学》2007 年第 3 期，第 1－10 页。

[32] 孙景尧：《比较文学在当代中国的复兴与发展（1978—2008）——在中国比较文学学会第九届年会暨国际学术研讨会上的学术总结报告》，《中国比较文学》2009 年第 1 期，第 1－9 页。

[33] 唐珂：《中国比较诗学研究动态（2018—2020）》，《国际比较文学（中英文）》2020 年第 4 期，第 722－728 页。

［34］陶东风：《“文艺与记忆”研究范式及其批评实践——以三个关键词为核心的考察》，《文艺研究》2011 年第 6 期，第 13 – 24 页。

［35］陶东风：《论当代中国的审美代沟及其形成原因》，《文学评论》2020 年第 2 期，第 135 – 143 页。

［36］陶东风：《文化创伤与见证文学》，《当代文坛》2011 年第 5 期，第 10 – 15 页。

［37］陶家俊：《钱锺书〈谈艺录〉中的中西诗学共同体意识》，《外国语文》2020 年第 2 期，第 31 – 37 页。

［38］王建：《从文化记忆理论谈起——试析文论的传播与移植》，《学习与探索》2012 年第 11 期，第 130 – 134 页。

［39］王蜜：《不在场的记忆——遗忘的出场学视域分析》，《首都师范大学学报（社会科学版）》2017 年第 5 期，107 – 114 页。

［40］王蜜：《从个体想象到集体记忆——文学表征中的“记忆的微光”与 1918 年大流感》，《东南大学学报（哲学社会科学版）》2021 年第 3 期，第 138 – 145 页。

［41］王蜜：《文化记忆：兴起逻辑、基本维度和媒介制约》，《国外理论动态》2016 年第 6 期，第 8 – 17 页。

［42］王宁：《比较文学的危机和世界文学的兴盛》，《中国比较文学》2009 年第 1 期，第 24 – 26 页。

［43］王宁：《比较文学在中国：历史的回顾及当代发展方向》，《上海交通大学学报（哲学社会科学版）》2018 年第 6 期，第 110 – 117 + 2 页。

［44］王霄冰：《文化记忆、传统创新与节日遗产保护》，《中国人民大学学报》2007 年第 1 期，第 41 – 48 页。

［45］王霄冰：《文字、仪式与文化记忆》，《江西社会科学》2007 年第 2 期，第 237 – 244 页。

［46］王晓路：《东方的回应——读张隆溪〈道与逻各斯——东西方文学阐释学〉》，《中外文化与文论》1996 年第 1 期，第 244 – 246 页。

［47］王炎、黄晓晨：《历史与文化记忆》，《外国文学》2007 年第 4 期，第 102 – 109 页。

［48］王岳川：《海外学者的“后学理论”与文化批评》，《东方丛刊》2001 年第 2 辑，第 135 – 158 页。

［49］谢天振：《中国比较文学的最新走向》，《中国比较文学》1994

年第1期，第1－13页。

［50］谢天振：《中国翻译文学史：实践与理论》，《中国比较文学》1998年第2期，第1－19页。

［51］徐新建：《比较诗学：谁是“中介者”?》，《中国比较文学》2001年第4期，第18－32页。

［52］［德］约翰·沃尔夫冈·冯·歌德著，查明建译：《歌德论世界文学》，《中国比较文学》2010年第2期，第1－8页。

［53］燕海鸣：《博物馆与集体记忆——知识、认同、话语》，《中国博物馆》2013年第3期，第14－18页。

［54］杨春蕾、张二震：《疫情冲击下全球经济治理的挑战与中国应对》，《南京社会科学》2021年第2期，第36－42页。

［55］叶舒宪：《比较文学“中国学派”的根基》，《中外文化与文论》1996年第1期，第108－110页。

［56］乐黛云：《“学科之死”与学科之生》，《中国比较文学》2009年第1期，第10－13页。

［57］乐黛云：《新中国比较文学的前驱贾植芳先生》，《中国现代文学研究丛刊》2008年第5期，第160－164页。

［58］张辉：《和而不同，多元之美——乐黛云先生的比较文学之道》，《中国比较文学》2021年第4期，第195－206页。

［59］张隆溪、刘泰然：《中国与世界：从比较文学到世界文学——张隆溪先生访谈录》，《吉首大学学报（社会科学版）》2020年第1期，第15－27页。

［60］张隆溪：《从外部来思考——评ACLA2005年新报告兼谈比较文学未来发展的趋势》，《中国比较文学》2005年第4期，第6－16页。

［61］张隆溪：《钱锺书谈比较文学与“文学比较”》，《读书》1981年第10期，第132－138页。

［62］章颜：《南京大屠杀文学书写的叙事伦理与民族认同塑型》，《文学评论》2020年第2期，第169－176页。

［63］支宇：《文学作品的存在方式——韦勒克文论的逻辑起点和理论核心》，《西南民族学院学报（哲学社会科学版）》2002年第3期，第67－71页。

［64］周海燕：《媒介与集体记忆研究：检讨与反思》，《新闻与传播研

究》2014 年第 9 期，第 39 – 50 页。

［65］朱静宇：《“中国时刻”需要实在的学术内容——同济大学“比较文学学术前沿”高端论坛侧记》，《中国比较文学》2017 年第 4 期，第 212 – 215 页。

［66］庄玮：《遗忘的福音和诅咒——阿莱达·阿斯曼〈遗忘的形式〉述评》，《德语人文研究》2017 年第 1 期，第 71 – 73 页。

［67］朱晓江：《留日期间鲁迅文学思想的生成（1902 – 1909）》，《社会科学战线》2019 年第 3 期，第 167 – 189 页。

［68］邹赞、萨玛拉：《历史记忆、文化再现与风景叙事——聚焦吉尔吉斯斯坦近十年重要电影》，《当代电影》2020 年第 5 期，第 84 – 90 页。

［69］邹赞：《风景与记忆：新疆兵团军垦题材影视剧的景观图绘》，《社会科学家》2019 年第 2 期，第 11 – 17 页。

［70］邹赞：《新疆兵团军垦题材影视剧的记忆诗学与情感政治》，《社会科学家》2020 年第 3 期，第 16 – 24 页。

［71］邹赞：《新疆生产建设兵团博物馆：被展览的记忆符号与文化生产》，《文化研究》2020 年第 1 期，第 178 – 189 页。

［72］Darío Villanueva. “Possibilities and Limits of Comparative Literature Today.” *CLCWeb*: *Comparative Literature and Culture*, 2011, 13 (5), pp. 2 – 10.

［73］Erll A. “Afterword: Memory Worlds in Times of Corona.” *Memory Studies*, 2020, 13 (5), pp. 861 – 874.

［74］Erll A. “Regional Integration and (Trans) Cultural Memory.” *Asia Europe Journal*, 2010, 8 (3), pp. 305 – 315.

［75］Jan Walsh Hokenson. “Comparative Literature and the Culture of the Context.” *CLCWeb*: *Comparative Literature and Culture*, 2000, 2 (4), pp. 2 – 11.

［76］Kippenberg H G. “The Problem of Literacy in the History of Religions.” *Numen*, 1992, 39 (1), pp. 102 – 107.

［77］Róbert Gáfrik. “World Literature and Comparative Poetics: Cultural Equality, Relativism, or Incommensurability?” *World Literature Studies*, 2013, 5 (2), pp. 64 – 76.

［78］Susan Bassnett. “Reflections on Comparative Literature in the Twenty-

First Century." *Comparative Critical Studies*, 2006, 3 (1 –2), pp. 3 –11.

[79] Timothy J. Nulty. "A Critical Response to Zhang Longxi." *Asian Philosophy*, 2002, 12 (2), pp. 141 –146.

[80] Wai – limYip. "Aesthetic Consciousness of Landscape in Chinese and Anglo – American poetry." *Comparative Literature Studies*, 1978, 15 (2), pp. 211 –241.

[81] Wai – limYip. "Classical Chinese and Modern Anglo – American Poetry: Convergence of Languages and Poetry." *Comparative Literature Studies*, 1974, 11 (1), pp. 21 –47.

[82] Wang Ning. "On the Construction of World Poetics." *Social Sciences in China*, 2015, 36 (3), pp. 186 –196.

四、报刊文章

[1] 陈蔚:《提高马克思主义哲学素养 增强辩证思维战略思维能力》,《新华日报》, 2015 年 3 月 17 日。

[2] 金寿福:《阿莱达·阿斯曼, 扬·阿斯曼: 关于过去视域的建构》,《文汇报》, 2015 年 12 月 11 日第 12 版。

[3] 庞惊涛:《钱锺书与张隆溪: 在中西阐释学之间》,《四川政协报》, 2017 年 12 月 2 日。

[4] 习近平:《在第十二届全国人民代表大会第一次会议上的讲话》,《人民日报》, 2013 年 3 月 18 日第 1 版。

[5] 习近平:《在哲学社会科学工作座谈会上的讲话》,《人民日报》, 2016 年 5 月 19 日。

[6] 张哲:《比较文学促多元文化相知相解》,《中国社会科学报》, 2012 年 10 月 24 日。